春潮

莫华杰 著

北京出版集团
北京十月文艺出版社

图书在版编目（CIP）数据

春潮 / 莫华杰著. — 北京 : 北京十月文艺出版社，2021. 3

ISBN 978-7-5302-2098-6

Ⅰ. ①春… Ⅱ. ①莫… Ⅲ. ①长篇小说—中国—当代 Ⅳ. ① I247.5

中国版本图书馆 CIP 数据核字 (2020) 第 224870 号

春潮

CHUNCHAO

莫华杰　著

出　　版　北 京 出 版 集 团
　　　　　北京十月文艺出版社
地　　址　北京北三环中路 6 号
邮　　编　100120
网　　址　www.bph.com.cn
发　　行　新经典发行有限公司
　　　　　电话（010）68423599
经　　销　新华书店
印　　刷　北京盛通印刷股份有限公司
版　　次　2021 年 3 月第 1 版
　　　　　2021 年 3 月第 1 次印刷
开　　本　880 毫米 ×1230 毫米　1/32
印　　张　16.5
字　　数　400 千字
书　　号　ISBN 978-7-5302-2098-6
定　　价　59.80 元
质量监督电话　010-58572393
如有印装质量问题，由本社负责调换。

目录

CONTENTS

第一章

还有几天就到中秋节了，秋风变得绵长起来，带来了野菊、桂花、木槿还有九里香的气息。阳光少了夏日的灼灼感，但照在身上依旧让人感到闷热。毕竟是南方，要过寒露时节才会秋高气爽。富江大桥的桥头两边是枫树林，高大的枫树枝繁叶茂，树冠层叠出来，长到高处时簇拥在一起，把桥头上空给遮蔽住了，从远处看，大桥就像一道峡谷。在阳光的关照下，枫叶尚未变色，仍带着浓浓的绿意，鸟儿们正在枝头叽叽喳喳，一片欢腾，或许它们正在议论迁徙的日子快要到了。

三个孩子从大桥中间飞也似的跑到桥头，像猴子一样迅速攀爬上一棵高大的枫树。站在树冠上，能眺望到远方，那些山峦、村落、农田、菜园，正被和煦的阳光擦亮，透出时光的宁静与祥和。不过，三个孩子并没有心思眺望远方，他们的眼睛正往机耕路的两头张望，等待骑单车的人经过大桥。

这三个孩子都只有十岁出头。一个长着尖脸，额头高耸，眼睛小，看上去像老鼠精投胎的，名叫罗祥兴，是同花街最顽皮的孩子，总能发明一些鬼点子整蛊他人，教人哭笑不得。

例如有一次，罗祥兴异想天开，给癞蛤蟆打针。他抓住那些拳头大的癞蛤蟆，用注射器刺入蛤蟆的肚子，将水一点点打进去。可怜的癞蛤蟆，肚子里灌满了水，胀得像一只气球，身上的疣粒也撑得像水痘一样大，舌头都吐出来了，模样极恐怖。入夜，他将注水的癞蛤蟆放到别人家门口，或是丢在街上，看到的人都吓一大跳，以为是妖怪；看不到的人一脚踩下去，像踩到深水炸弹一样，汁水四射，能把人吓个半死。要是姑娘家，发出的尖叫声不亚于夜里撞鬼。后来，罗祥兴还用红黑两种墨水注入癞蛤蟆的体内，踩中的人更是惊骇不已，想不通癞蛤蟆何以会像乌贼一样喷出一身黑水；踩中红墨水癞蛤蟆的人，双腿被墨汁溅得一片殷红，还以为犯了天煞，吓得双腿哆嗦，回去找巫婆跳大神，挥着桃树枝驱邪。那一段时间，整条同花街的人因为这个恶作剧而蒙上了阴影，人们以为这是天降凶兆，要暴发地震或山洪，所以才会滋生这种怪胎。于是纷纷跑去兴龙观拜神，祈求龙王保佑。有人拿着变异的癞蛤蟆去询问兴龙观的柴叔，连见多识广的柴叔也一时费解，摸出《易经》来起卦，并无异兆。后来，还是卫生站的刘见章医生掀开了谜底。

最近，罗祥兴又发明一个新的恶作剧。他用织渔网的胶丝线，横拉过大桥，绑在大桥两边的护栏上，像一根紧绷的琴弦。胶丝线纤细透明，仿若蛛网，被刺眼的阳光覆盖，肉眼根本看不见。这个恶作剧主要针对骑单车的人。大桥是水泥做的，桥面平坦，好骑得很，人们都会不由自主加快脚踏板的速度。线条刚好高过单车龙头一尺多，会勒在骑车人的手臂上。车子冲过去那一瞬间，胶丝线被绷断，但线条的韧性会勒疼骑车的人的手臂。夏天都是穿短袖的，手臂冷不防勒出一条细小的血痕来，陡然间像被刀片刮伤，骑车的人不免大吃一惊，仓皇之间反应不过来，吓得手忙脚乱，单车龙头摇摆不定，十个或有两三个会摔倒，搞出洋相来。

这天是礼拜日，罗祥兴和两个小伙伴闲着无聊，又跑到大桥上搞恶作剧。他们在桥面拉了胶丝线之后，就爬到枫树上守株待兔，等待第一个倒霉鬼的出现。这天不是同花街的赶圩日，秋风习习，正是木薯和水稻除草追肥的季节，人们都在田地里忙活，没什么人到同花街游逛，机耕路上人影寂寥。不过，三个孩子耐心十足，他们下了赌注，如果第一个骑单车的人穿过大桥时被线绊倒，两个同伴就请罗祥兴吃冰棍；如果不被绊倒，则由罗祥兴请两个同伴吃冰棍。

三个孩子坐在粗壮的树杈上，垂下双腿，在半空中悠闲地晃动，议论着吃绿豆冰棍还是花生果仁冰棍。罗祥兴眼尖，大老远看见一个姑娘正骑着一辆女式单车，从同花街的方向往大桥徐徐而来。罗祥兴吹了一声口哨，如同鸟儿啼叫，清脆响亮。那是他们之间的暗号，另外两个孩子立即收住嘴巴，像猴子一样往树冠上蹿去，把身子藏在浓密的枝叶后面，居高临下地盯着路面，看着那辆单车顺着机耕路缓缓地驶上了大桥。

踩单车的人叫欧阳娴，是同花镇中心小学的老师，趁着周日到街上买花布，准备回去做秋装。她骑着一辆女式单车——这还是一九九三年，农村人骑的几乎都是带大梁的男士单车，那种没有大梁，车架是一个漂亮弧形的女式单车在乡下还很少见。欧阳娴的父亲是中心小学的校长，托了供销社的关系，好不容易才搞到一辆，而且是粉红色的，特别打眼。

欧阳娴是同花镇出了名的俏姑娘，瓜子脸，大眼睛，眸子里蕴藏着一泓秋水，看上去明亮有神；鼻子高挺，耸起的颧骨对称，使得两边的脸颊立体；她的嘴巴小巧，却线条分明，嘴唇紧闭时下颏稍显尖削，有些高冷气质，让人知道她生气了。但她极少生气，是个开朗的姑娘，笑起来露出两排整齐洁白的牙齿。她不像别的女孩，笑起来时两腮的肌肉会往上脸堆去，将原本立体的颧骨给填平了，显得臃肿；她笑起来分外柔情，两腮的肌肉却是往脸颊伸移，因为脸瘦，脸部轮廓并不会因笑而增大，反而把鼻子和颧骨之间的线条变得更加深邃，翘起的下巴也更有弧度，嘴唇闪现皓齿，像幽静的山谷野百合盛开，令人感到一阵清爽。

这样的姑娘，无论走到哪里都会引来后生仔的注意，何况她还很会打扮。这天，她穿着一件淡藕色的连衣裙，裙摆绣着白色的月季花瓣，踩单车时裙摆随风轻飘，上面的花瓣像水花一样涌动；她戴着一顶粉紫色镶着花边的布帽子，帽带是一条很宽却又柔软的波纹绸，宽绸带不会把脸颊勒出印痕，而且系在下巴上，可以绑成漂亮的蝴蝶结，看起来更有美感。她骑着粉红色的女式单车，配上这样的裙装，远远看去，就像仙女踩着云彩掠过一样。她的单车龙头前面挂有篮子，篮子绑了一架小风车，风车迎风转动，像一朵盛开的红花。不仅后生喜欢看欧阳娴骑单车，就连小屁孩也都喜欢。同花镇的姑娘，都以此为时髦，谁都想拥有一辆这样的女式单车。

因为要赶回家吃午饭，到了桥上，欧阳娴便骑快了许多。那时的乡村道路全是碎石和泥沙混合铺成的，被拖拉机碾得坑坑洼洼，颠簸得厉害，很不好骑车。只有大桥这一百多米全是用水泥做的，平坦舒服，一到桥面上，谁都会忍不住加快踩车速度，让清风拂面，带来清爽的快感。女式单车的轮胎比较小，座位也低，那条横在桥面上的胶丝线没有勒在欧阳娴的手臂，而是勒在了她的脖子上。

遽然之间，欧阳娴感到脖子一阵疼痛，像有刀子割在喉咙上。她不知道发生了什么事，慌乱中下意识把身子往后仰。因为车速太快，身子向后仰时幅度过大，惯性中失去了平衡，车龙头猛地一晃，一瞬间人就从单车上仰面摔了下去，后脑勺磕在水泥地面上，竟然昏厥过去了。

这下可把三个淘气鬼给吓坏了。这样的恶作剧他们玩过几次，虽然常有人从单车上摔下来，但都只是皮外伤，没什么大碍。摔倒的人不知道是谁搞的鬼，也只是咧嘴骂几句就走了。把人摔昏迷，这还是头一次，而且是学校的老师——欧阳娴教的是三年级，罗祥兴和两个小伙伴已经读五年级，虽然不是她的学生，但毕竟是学校的老师，又是校长的女儿，他们也知道事情的严重性。

三个毛孩子从树上溜下来，走过去看，只见欧阳娴躺在地上，双目紧闭，脸色苍白，一动也不动。他们以为把人摔死了，一个胆小的孩子顿时吓得双腿哆嗦，放声大哭起来。

富江大桥下面，有一个叫冯源的后生，正在江里摸石螺。石螺是兴龙观的柴叔要的。柴叔吃石螺很挑剔，只要长尾螺，长尾螺吸在岩石上吃青苔，不仅肚子干净，没有泥腥味，而且肉质富有弹性，口感紧致，是顶好的下酒菜。长尾螺炒起来也简单，用钳子一夹，尾巴就断了，不像一般的石螺，尾壳短，而且吃淤泥长大，一股泥腥味，比长尾螺要差好几个档次。

摸长尾螺是需要功夫的，它们生活在深水区的岩石层，需要潜水才能摸到。冯源水性好，肺活量大，一个猛子扎下去，可以憋一分多钟的气，是摸长尾螺的高手。

罗祥兴跑到江边，惊慌失措地大喊救命。秋风将他的哭腔传得很远，江边的竹丛在秋风中哗啦啦地抖动着，仿佛也在为他感到着急。

罗祥兴是冯源的表弟。冯源知道表弟时常在大桥上用胶丝线搞恶作剧，曾经警告过他，说要是被人发现了，挨打可别作怨。罗祥兴却不听劝告，他们躲在树上，谁会发现呢，反倒觉得冯源多管闲事。

冯源把身子浮出水面上，左手拿着一个网兜，右手抹着脸上的水珠，问他怎么了。罗祥兴哭着说把人摔死了。

一听说搞出人命，冯源也吓坏了，飞快地从水里游上岸，把装石螺的网兜往地上一扔，就往桥上跑去。因为心急，他连衣服和裤子都没想起穿，就光着脚，穿着一条湿漉漉的大裤衩向前冲。

到了桥上，冯源看到躺在地上昏迷不醒的欧阳娴——他没想到表弟绊倒的是一位姑娘。冯源当然认识这位漂亮的女老师，他也像其他后生一样，对欧阳娴存有爱慕之心。但他从来不敢有非分之想，毕竟身份悬殊摆在那里，八竿子都打不到一起。在冯源心中，欧阳娴是天仙般的人物，自己一个深山野汉，是不可能有缘分接近的。每次看到欧阳娴骑单车路过，冯源也像别的后生那样偷偷瞄上几眼，望着她的背影暗自感慨。他以为自己这辈子都不可能与她有交集，没想到此时此刻，欧阳娴就倒在他的面前，不知死活，而这娄子却是表弟捅出来的。

冯源也是第一次经历这种事情，又惊又怕，一时不知所措。愣了一会，他想起电视上看过的剧情，于是伸出手指放到欧阳娴的鼻子下试探。还有呼吸，他心里略安。当务之急，自然是送去卫生站救命。情急之下，冯源不假思索，抱起欧阳娴就往同花街卫生站跑去。罗祥兴和两个小伙伴扶起欧阳娴的单车，慌慌张张地推着走，跟在了冯源身后。

富江大桥离同花街很近，不到两里地，平时蹭蹭脚跟就过去了。

但此时怀里抱着一个姑娘狂奔，体力消耗大，脚下的路也变得漫长起来。幸好冯源平时干惯苦力活，又是一名游泳健将，敢在发洪水的时候到江里打捞从上游漂下来的木头，身上攒着一股蛮劲。他咬紧牙关向前冲，倒也能坚持住。

还是晌午时分，尚未吃午饭。这天不是同花街的赶圩日，街上只有一些闲人瞎逛，冷清得很。女人都去洗菜做饭了，男人们坐在自家店铺门口乘凉，和街坊邻居抽烟吹牛。他们看到冯源穿着一条大裤衩，抱着一个花裙子姑娘狂奔而来，那架势就像旧时新郎迎接新娘入门时，从花轿子里将其抱出来一样。人们认出来了，那姑娘是欧阳娴，刚才还在街上买布料呢！人们像看到什么新鲜事一样，顿时来劲了，兴奋地问冯源是怎么一回事。冯源哪里顾得上说话，紧紧地咬着牙关，怕一说话身上的力道就岔了。他像火烧屁股一样只管向前冲，丝毫不理会别人的叫唤与议论。

人们知道有好事看，像苍蝇闻到了腥味一样，一窝蜂地跟在了冯源的后面。

卫生站的医生叫刘见章，长着一张圆圆的脸，额头很宽，眉毛却很淡，说起话来慢条斯理的，一看就是一副好脾气的人。刘医生今年有五十出头了，但看上去却只有四十岁，皮肤白皙，连女人见了都要忌妒，怀疑他是不是吃了千年的灵芝或何首乌，才会有这种不老之功。刘医生以前是学中医的，为了分配工作，后来进修西医。不过在治病上，他一向喜欢用传统的中医。除了开草药方子，他还会针灸、拔火罐、刮痧、艾熏等治病手法。最神奇的是他懂得一些民间偏方，能医治各种疑难杂症。

有一次，一名高烧不下的病人被抬到同花街卫生站。那病人先是喉咙疼，说不出话来，后来发起高烧，一连几天都退不下去，到县人民医院打针也不见好，病得奄奄一息，快要去跟阎王做亲戚了。家属把病人抬到刘见章面前，将最后的希望寄托在他身上。刘见章给病人把了一下脉，皱起了眉头，坐在诊桌上拨弄着算盘。那时的计算器还是稀罕之物，乡下人都是拨珠盘算数的。每当遇到疑难杂症时，刘医生就喜欢拨弄他那把褪色的老算盘。没人知道他在想什么，只听得算珠碰撞出嗒嗒的声响，像僧人敲木鱼一样。过了半刻钟，刘医生才对病人家属说："去买二两老姜过来，再去河边挖一个反鬼芋，越老越好，记得把泥洗掉。"

反鬼芋是一种野生芋头，有毒，吃不得的，叶子常年碧绿，连虫子都不敢咬。芋头剥皮后，会溢出一层黏糊的汁液，碰到皮肤立即过敏，奇痒无比，就像无数小虫子在毛孔里爬进爬出，痒得让人恨不得把皮剥下来——所以叫反鬼芋，就是连鬼都能策反。据说古代官府逼供时，把反鬼芋的黏液涂在犯人的命根子上，痒得犯人受不了，都当了反骨仔。

家属很快挖来一筐反鬼芋。刘见章冷笑一声："挖那么多干吗，又不能吃。"说罢，让家属将病人按住，他戴着一副做手术用的胶手套，拿一个削皮的刨子，将反鬼芋的皮刨掉，把黏液涂在病人脖子的喉结处。病人顿时觉得喉咙奇痒无比，像有一窝蚂蚁正钻到喉咙里面啃噬。他想抓痒，但是被人按住了手脚，动弹不得。刘见章又将二两老姜捣碎，加入酒精做成姜泥，用纱布包住，捆在病人的喉结上。姜汁辛辣，更是把皮肤的瘙痒渗透到喉咙深处，整个喉管和嘴巴都发苦，像浇了硫酸。病人哀号起来，如同被鬼掐住脖子般，呼吸急促，几乎快要喘不过气来了。

刘见章让家属按住病人，等病人口吐白沫再说。他洗了手，坐在一边悠闲地抽着烟，像看戏一样。过了不久，那病人果然口吐白沫，刘见章将病人脖子上的姜泥包解开，让家属将病人扶到门口。那病人双腿跪在地上，捂着肚子呕吐起来，空气中顿时充满了腥臭味。刘见章给病人把了一下脉，说死不了。开了三服草药，就让家属将病人抬回去。

当天晚上，病人竟然奇迹般地退烧了，第二天喉咙也能开嗓讲话。家属感激不已，决定送刘见章一面锦旗，以表谢意。锦旗上需要写字，家属不知道要写什么，于是买了一匹红布到兴龙观求助柴叔。

柴叔叫钟柴书，比刘见章大几岁，因为名字谐音，地方上的人惯称为柴叔。柴叔出生于战乱之年，又遇上灾荒，才两岁大，父母就双双过世，被兴龙观的庙祝收养，成为了接班人。后来地方办学，兴龙观被征为学堂，柴叔有幸跟着读书。那时的教书先生都是老秀才，柴叔与先生同住檐下，不仅学会吟诗作对，还学到书法和绘画的妙处，老先生们都夸柴叔是个有慧根的人，将来必有大才。做庙祝毕竟只能图温饱，因为穷，连自己的窝都没有，只能赖在庙观里。加上柴叔的相貌也不好看，从小营养不良，长得矮小，脸瘦额头大，又有些秃顶，下巴生得过于方正，整个轮廓都不协调。算命先生说，这是奇人异相，虽有大智慧，却无大福分。果然，从来没有女人看上柴叔。柴叔心里愁苦，只好把心思放在读书和书法绘画上，聊以解闷。后来找来佛经学习，竟然断了俗念，剃了光头，像个和尚一样，不再想着娶妻生子。“文革”时兴龙观被毁，柴叔进入公社，负责下乡写标语，还有画毛主席的头像。他写字好看，在墙上写标语，就像印刷上去一样；画功也妙，用工笔画或小写意描绘出来的毛主席头像栩栩如生；他还擅长大写意，画《祖国山河一片红》的时候，前面几张人脸用小写意手法，后面的群众与旗帜一片大写意，影影绰绰，与山河融为一体，气势逼人，线条和构图上都显出潇洒不羁的性子。县里的领导看到了，颇为震惊，立即将柴叔调到县里工作。改革开放后，人间复苏，人们的日子渐渐好了起来。兴龙观是明朝的老庙，几百年流传下来，地方的人们对其感情深厚，信奉者于是带头提议，重修庙观。家家户户都捐了钱，也都出了力，不到一年时间就修好了。柴叔本被安排在县里的文化馆上班，是吃国家饭的人，但不知为何，他却执意辞掉工作，要回兴龙观当庙祝。

回归庙堂，柴叔扮起了僧人，常年剃光头，每日捻着一串檀香珠子默经，虽不穿僧袍，却有高僧风范。当然，他是当不了和尚的，因为他喜欢吃肉喝酒，连大肉（狗肉）也不忌讳。因会写字作画，农村人逢年过节或红白喜事要写神台、对联，贴观音、仙女、八仙过海等神图，都来找柴叔。柴叔广施人缘，来者不拒，拿出自己的真本事，从不糊弄人，深受地方百姓拥爱。一些村寨遇到棘手的纠纷事件，例如两村因为地界相争，或者修路时不愿意让步，难以调解，只要柴叔出面，都会各让一尺。

柴叔也已听说刘见章用反鬼芋头治病之事——同花镇这小地方，任何一件风吹草动的事情，很快就会传开的。柴叔于是泼墨挥笔，在红布上用行楷写上“千年老烧，不敌一痒”，落笔小楷写“敬妙手神医刘见章反鬼转世”。家属便拿了鞭炮，将锦书送去给刘见章。刘见章一看是柴叔的字，哈哈一笑：“这柴老怪，回头也给他涂点反鬼芋，让他尝尝千年老痒的滋味。”

却说冯源抱着欧阳娴冲进卫生站，将她放在病床上。刘见章看到昏迷的欧阳娴，不禁吓了一跳。

刘见章和欧阳娴的父亲欧阳才华是多年好友，经常在一起喝酒，论交情辈分，欧阳娴算得上是刘见章的侄女，刘见章是看着她长大的。

在同花镇，欧阳才华也是一位排得上号的人物，不仅因为他是同花中心小学的校长，而且人如其名，是个极有才华的人，能写文章，且有不少发表在省或市的报刊上。两年前，县政府启动新的县志编撰工作，欧阳才华被邀请去当主要编委，县电视台的记者采访他，录了两分钟的专题片，插入晚间新闻播出，使他成为了家喻户晓的名人。只是欧阳才华平时为人严肃，不苟言笑，总让人联想到那些古板的老先生，不像柴叔那么和气通达，也不像刘见章那样平易近人，因此很多人都怵他，说他是托塔天王投的胎。民间神仙画像中，托塔天王的表情最为严肃，能镇住河妖海怪。不过一旦喝起酒来，有了几分醉意，欧阳才华就变得洒脱好玩，说今时笑话，或吟唱古诗旧词，喜欢念“一生大笑能几回，斗酒相逢须醉倒”的诗句；有时还用横笛吹《梅花三弄》，颇有魏晋之风。柴叔说欧阳才华是个怪人，怪人有怪才，因此给他取了个“欧阳怪”的绰号。欧阳才华也回敬了柴叔一个“柴老怪”的绰号，说他长得一副怪相。后来，刘见章也得了个“刘见怪”的绰号。刘见章性格倒不怪，人长得也不奇怪，但他喜欢用偏方给人治病，不走常道，也算是个怪人。刘见章、欧阳才华和柴叔三人经常聚在一起喝酒，自称“同花三怪”。时间一久，欧阳才华觉得这个称号传出去有失身份，在农村乡下，“怪”是带有贬义的。因为仰慕古时的竹林七贤，欧阳才华于是将“同花三怪”改为“同花三圣”。

这天上午，欧阳娴到同花街买布料，刘见章见到她，还留她吃午饭，但欧阳娴说要趁着太阳还不是很辣，早点赶回去。刘见章也不挽留，毕竟从同花街到欧阳娴居住的渡水村，不过六七里地，踩单车不用二十分钟就到了。刘见章托欧阳娴传口信给其父，让欧阳才华明天晚上到兴龙观喝酒。柴叔一早就来同花街打酒，和刘见章约好明天晚上开坛，并让刘见章找人带口信给欧阳才华。柴叔叫冯源到江边摸几斤长尾螺，也是为明晚聚会做准备的。

怎么也料不到，欧阳娴才离开同花街不久，竟被人抱着送回了卫生站。刘见章看着冯源，这个浑身湿漉漉的后生仔，只穿一条裤衩跑过来，这也太怪异了。而冯源身后跟着一大帮好事者，探头探脑地看热闹，叽叽喳喳地议论着，搞不好要闹出流言蜚语的。刘见章深知这个小镇的风气，有时候一件鸡毛蒜皮的小事，经过几个人的口，就能抹黑一个人的名声。

冯源将欧阳娴放到病床上，退到一边，背脊紧紧地贴着墙壁，身子像要镶在墙上一样，背上的湿汗在墙上留下了一个很深的水印。他捂着胸口不停地喘粗气，因为体力消耗过大，此刻如同虚脱般，说话上气不接下气：“刘医生，她……她骑单车摔倒……不知道有没有事……”

刘见章皱起眉头，给欧阳娴把了把脉，脉象正常，知道是短暂的昏厥，并不碍事。他说：“人没事，只是昏过去。”却又疑惑地问：“你怎么穿着短裤送人家过来？”

冯源这才意识到自己穿裤衩的事情，刚才一时情急，脑子混沌，只想着救人要紧，哪里想到这个细节。后面跟来看热闹的人听到刘见章这么问，都笑了起来。冯源脸一红，顿时困窘起来，忙说：“我刚才在江里……摸石螺呢，她……她是在大桥上摔倒的，我只想着救人要紧，就这样跑过来了……”

刘见章看出了冯源的尴尬，走过去拍着他的肩膀说：“你这是做好事，没事的。”转头看着门外围观的众人，大声地说：“别堵在门口围观，把空气都搞坏了。人家冯源为了救人，光着脚跑过来，你们要向他学习。救人如救火，哪有什么讲究的。”说罢，朝冯源使了个眼神。

冯源是个机灵人，当然明白是怎么回事。小镇的人喜欢嚼舌头，就算自己穿戴整齐，抱着一个姑娘家跑到卫生站，也会成为重大新闻，何况只穿了一条裤衩——虽然裤衩是粗布缝制，宽松合体，只比短裤短了一些，看上去并不显猥琐与突兀，许多农村汉子天热耕田下地时都会穿这样的大裤衩——但毕竟是穿裤衩抱姑娘，情况不一样，闹不好流言蜚语会炸开窝的。

冯源一时懊丧不已，怪自己当时脑子怎么烧糊了，只顾着救人，没有想到这些个细节。刘见章看到冯源的脸上露出后悔与不安的神情，像做错事的小孩，便说：“我替校长感谢你，你先回去吧，救人的事情我来处理。”一边送他一边将围观的人驱散了。

冯源忐忑不安地走出卫生站，只觉得脚底板一阵刺痛，像被玻璃碎片割伤了。他才想起来，自己是赤脚跑过来的。乡下人都习惯夏天打赤脚走路，平时并不觉得如何，但怀里抱着人一路狂奔，脚底被路上的石头硌疼，不免有磕破的地方。此刻，冯源的身心从紧张里苏醒过来，才突然感觉到脚底下传来阵阵刺痛。

好事者纷纷围住冯源，追问事情的起因。冯源不敢乱讲，只说欧阳娴骑单车摔倒在大桥上，昏迷过去，自己正好在桥下摸石螺，就把她送过来急救。人们立即怀疑事情的真相，毕竟谁都会骑单车，摔倒是正常的，没有听说被摔昏迷的。就连小孩学骑单车摔倒了都不会轻易受伤，何况欧阳娴一个大姑娘，骑的又是女式单车，女式单车的车架矮，座位低，双腿一伸就撑着地了，怎么可能会摔倒呢？而且在大桥这样平坦的路面，没有坑陷也没有洼地，不可能无缘无故出事的。

罗祥兴和两个小伙伴把欧阳娴的单车放在卫生站的门口，像做贼一样跟在冯源的身后。有人看到罗祥兴手中拿着一卷胶丝线，立马明白是怎么回事了。罗祥兴在大桥上用胶丝线搞恶作剧，是一件好玩之事，早就在同花街的后生群中传开了，也有后生曾前去凑热闹，还夸这小子鬼点子多。

立即有人质问罗祥兴："是不是你拉胶丝线把欧阳娴绊倒摔晕的？"

罗祥兴毕竟还是少年，做贼心虚，吓得脸色一变，一句话也不敢说，扭头跑掉了。那两个小伙伴也知道闯下了大祸，慌里慌张地跟着一起跑掉了。

刘见章将欧阳娴戴在头上的布帽子解下来，取出银针，往她头上的人中、少冲、合谷、内关四个穴位刺进去。过了片刻，银针拔出来，欧阳娴便苏醒了。欧阳娴摔得并不严重，有布帽子垫在头上，没有磕破皮，只是刚好撞到后脑勺的穴位，一时晕厥过去。欧阳娴像做了一场梦，但梦到了什么却也不记得，醒来时只觉后脑勺隐隐作痛，感觉供血不足，仍有些晕乎乎的。刘见章说她骑单车摔倒了，被一个叫冯源的后生仔送到卫生站来。

刘见章问欧阳娴头痛不痛，有没有恶心想呕吐的症状。欧阳娴说头有些痛，但不觉得恶心。刘见章给她把了脉，又量了血压，一切正常，就让她先回去休息，如果第二天觉得头疼，或有恶心呕吐的情况再过来就医。

回去的路上，欧阳娴心底一直存有疑惑：骑单车怎么会摔晕呢？简直是见鬼了。经过富江大桥时，她才猛然触景生情，中断的记忆一下子苏醒过来。她恍惚记起自己是被一条线勒住脖子，一时慌张才从单车上摔下来的。欧阳娴心里产生了阴影，害怕再次中招，骑车过桥时放慢了速度。但是穿过了大桥，并未发现有异状。她摸了摸仍有些隐隐作痛的脖子，心想，难道一切都是幻觉？

第二章

两天后，关于冯源和欧阳娴的流言席卷了整个同花镇，欧阳娴才知道，她那天是被一个穿着大裤衩的后生抱在怀里，送往卫生站求医的。从富江大桥到卫生站，可有一段距离，想到自己竟然被一个光着上身的男子一路抱着走，真是羞死人了！

九十年代初，乡下消息闭塞，人们的观念仍很保守，一个后生光着身子抱一个姑娘家去卫生站，本身就是难得一遇的新闻，加上一些因素的存在，使得这件事情迅速发酵：一是欧阳娴长得漂亮，家境又好，有不少人嫉妒她；二是欧阳娴有男朋友，许多爱慕她的人因此吃醋，见她落水，便有人幸灾乐祸，要令她难堪；三是欧阳娴的男朋友是梁坤健——这大约是她被人们攻击的主要原因。

所谓“事经三张嘴，白蛇长大腿，神庙也闹鬼”。在纷纷扰扰的谣言中，事情出现了各种不同的精彩版本。有人说，冯源占了欧阳娴的便宜，他抱着欧阳娴从富江大桥跑到卫生站，这一路有两里多地，途中，冯源多次亲了欧阳娴的脸；又说，冯源是故意穿短裤去抱欧阳娴的，想跟她亲密接触，他抱起欧阳娴的时候，已经摸了一遍欧阳娴的身体；还有人说这一切都是冯源故意下的套，唆使罗祥兴拉线去绊倒欧阳娴，他借机占欧阳娴的便宜。还有更离谱的说法，冯源想得到欧阳娴的身体，埋伏在桥头的枫树林里，等欧阳娴一出现，他就冲出来，像土匪一样劫走欧阳娴，扛到江边的草地上要弄她，把欧阳娴吓得晕过去——欧阳娴不是从单车上摔晕的，而是被冯源脱衣服吓晕的……

无论是哪个版本的谣言，对欧阳娴都是一场灾难，她又气又恨，却又无可奈何，一时羞得上吊的心都有了。梁坤健也被谣言中伤，他是个极要面子的人，哪里容得下别人如此恶意造谣玷污女朋友的清白，气得像发了疯的公牛，恨不得一头撞入那些制造流言蜚语的人群中。

在同花镇，梁坤健也算一位小有名气的人物，主要是他的风头很盛。梁坤健家境极好，父亲梁锐是同花劳改农场的副监狱长，母亲是同花镇政府的科员。在父亲的规划下，梁坤健的人生走得一帆风顺，先是以优秀的成绩考上了警校，毕业之后，即被招入农场当警官。梁坤健的工作不是看守犯人，因为劳改犯每天要出工干活，狱警也跟出去风吹日晒，是一件极苦的差事。梁坤健被安排在办公室，做的是行政工作，现在已经是办公室副主任，同时兼任了同花街管理处的常务副主任。同花街并不是自然村落形成的街道，而是从同花农场衍生出来的，街道管理处的职务皆由农场的内部行政人员兼任。

梁坤健长得人高马大，一米八五，从后面看就像一块门板，身形看似有些发胖，但从正面看就不胖了，因为他身子的骨架大，能撑得起肉，看上去一副魁梧的样子。他出身警营，身板挺拔，走起路来雄赳赳气昂昂的，给人一种威猛感，颇有气势。身板是一块好料，但梁坤健的模样却算不上英俊，眉毛很浓，眼睛却小，还是单眼皮，一笑就眯成一条线，眼皮褶起皱纹，看上去像被针线缝住了一样，因此他天生不爱笑；他的鼻子很大，鼻翼厚，但鼻梁却不够挺，缺少一点男人味；脸型端正，却过于方正，失去了轮廓感，略显平庸。因为不爱笑，加上这样的方脸，再配一身警服，一股严肃感便扑面而来，有着威风不可侵犯的气场。他走路习惯性地昂首挺胸，眼睛居高临下，一般人跟他打招呼，他只是斜视一下，高傲得像一只公鸡。他确实是有高傲的资本，自小家境好，自己也是高才生，又分配了好工作，加上父亲的关系，前程远大。一系列的优势，让他觉得自己高人一等，几乎不跟一般人结交来往，身边也没有几个朋友，农场的同事们私下里给他取了个绰号，叫“冷面大侠”。

同花街的租户们都害怕梁坤健。每个月初，梁坤健和财务大早就到街道管理处的办公室喝茶抽烟，等着租户们来交租金和电费。如果租户缴费来迟了（规定是在上午交租），不管是谁，哪怕年纪比他大一倍，梁坤健也不会客气，黑着脸，狠狠地训一顿，因此租户们私下里叫他“催命鬼”。每逢同花街赶圩，梁坤健没事便到街上巡逻，他穿着警服，戴一副蛤蟆镜，背着双手走在人潮中，高大的身影特别惹人注目。那个年代，蛤蟆镜还是十分拉风的，像打领带一样，属于城里人或干部子弟才有的风头，农村人即使买得起也不敢用，会遭人笑话。与其说梁坤健是出来巡街的，不如说是出来抖威风的，年轻气盛的他想让同花镇的人都知道，他是这条街的王者。他喜欢驱赶那些乱摆摊的农家人——但遇到漂亮的村妇或年轻的姑娘，便假装上去盘问几句，让她们遵守街道秩序摆摊，却不斥责，也不驱赶——倒不是他怜香惜玉，毕竟是年轻人，对自己的形象还是很在乎的，心肠再怎么硬，也不可能去驱赶姑娘家。久而久之，同花镇的人们便掌握了这个秘密，到街上摆摊做买卖，就派自己的女儿或年轻的媳妇过来。于是促成了一道风景，一到赶圩日，后生们都纷纷涌来街上瞎晃荡，为的就是观看摆摊的姑娘和嫂嫂们。当然，他们也只是看看，或者借买卖的幌子上前问价格，搭讪一下，谁也不敢有过分的行为。没人敢在同花街闹事，这是劳改农场的地盘，连小偷都不敢来。有一次小偷来行窃，当场被抓住，没有送去派出所，而是直接押到农场里面剃了光头，和犯人一起劳改了三个月，才转交给派出所。那小偷被送到派出所录口供时，哭得一把眼泪一把鼻涕，说打死也不敢做小偷了。

同花街的人都看不惯梁坤健，觉得他是个没有教养的人，总是装出一副牛皮烘烘的样子。跩什么呢，地盘是公家的，又不是你梁家的天下，有必要这么盛气凌人吗？何况，我们又不欠你家的钱粮，凭什么心高气傲，摆出一张臭脸给人看。那时乡下的娱乐节目少，人们无聊时就喜欢凑成一堆扯嘴皮，梁坤健一副鹤立鸡群自命不凡的样子，自然成了人们谈论与打击的对象。有些脾气不好的后生喝酒之后，扬言要把这狗崽子打一顿，看他还敢不敢这样子走路——梁坤健本来个子就高，还喜欢仰着头走路，把鼻孔对着别人，在后生仔的眼中，这副样子实在是欠揍。

梁坤健把欧阳娴追到手之后，更是成为后生们的头号公敌。这也怪梁坤健过于高调，为了炫耀自己有个漂亮的女朋友，经常开着摩托车，载欧阳娴到同花街游逛或看电影。虽然他开的是一台小嘉陵，排量小，声音很吵，但在农村乡下，这已经是非常了不得的事情。要知道，那时的农村乡下，连女式单车都还是稀罕品，摩托车更是稀罕至极。每次梁坤健拧着油门载着欧阳娴招摇过市，总会引来一些人的嫉恨，朝摩托车的尾气吐口水。

自分田到户之后，人们渐渐过上了温饱的日子，也攒了些余钱，不少农民买来了电视机。因为山区偏远，天线信号弱，只能收到三四个电视台，电视剧少得可怜，为了不浪费电，很多时候电视机只是一个摆设。晚上没事做，附近的人们就会到同花街瞎逛，聊以打发时间。平日里的同花街夜里比白天还热闹，几家消夜店生意好得很，卖油茶、糍粑、炒粉、田螺、烤串等食物。价格并不贵，糍粑两角钱一个，油茶也是两角钱一碗，再买一角钱的米酒，便可以过一把嘴瘾。要是再舍得掏五角钱，便可以买一盘鸡蛋炒粉或田螺，吃得美滋滋的。乡下人都不舍得花钱，逛几回夜街，才咬牙掏出五角钱，装出老顾客的样子，大叫着先端一碗油茶上来尝尝味道。消夜档主要做狱警的生意，农场很大，关押着上万名犯人，里面有几百名狱警。狱警们下了班，成群结队地聚在一起吃消夜，喝小酒，有时会猜拳，声音大得很，把一个小镇的烟火嚷出了城市的喧嚣。中心小学离街道也不远，过了富江大桥，再走几里地便到了，学校的外地老师大多要寄宿，晚上无事做也会来街上玩耍。

最吸引人的是每个月底的赶圩日，同花街就有露天电影看。电影机也是农场的，逢年过节时犯人休息了，就放教育片给他们看，让教育和娱乐同时进行。除了教育片，其他的电影农场一概不准放，看战争片或武打片，怕点燃犯人的热血；看爱情片吧，这里头收押的全是男犯，显然是不适合的。教育片有限，反反复复就那么几个，放的次数多了犯人也受不了。大多时候，电影机都是闲置的，梁坤健于是提出建议，每个月底将电影机搬到街上，免费放电影给群众看。同花街是农场的地盘，与人民群众打成一片是十分有必要的，而且放电影能带动人流，给街上的商铺带来生意。这个提议很快就获得了领导的批准，于是每到月底，同花街便有免费的电影看。

电影胶片是从县城电影院借来的，资源颇为丰富，不会重复播放一个片子，而且经常能看到新片。每到月底赶圩那天，夜里的同花街便格外热闹，像逛庙会一样。梁坤健坐在场中最好的位置，摆出一张小桌子，放一壶茶，还有一盘瓜子或点心，悠闲得很。他的桌子前面是不能坐人的，他说谁要是敢挡住他看电影，以后就不把电影机拿出来播放。在娱乐匮乏的时代，人们对电影还是很迷恋的，因此形成了规矩，谁都不能坐在梁坤健的桌子前面，仿佛那是一片禁地。

自从追到欧阳娴，梁坤健更是耍宝，故意摆了许多零食在小桌上，除了瓜子蜜饯，还有人们没有见过的巧克力，以及健力宝饮料和各种饼干，堆满了小桌子，仿佛炫耀自己的家境好。两人坐在小桌边上，喝着汽水嗑瓜子，盯着屏幕看；电影看到一半，梁坤健又让消夜档的伙计送一些油茶和糍粑过来。在那个时代，这种情调当然是令人羡慕的。原本一对郎才女貌的情侣，却因此惹得许多人眼红与嫉恨，暗地里早就有人说他们的闲话了，想搅黄他们的恋情，苦于一直找不到机会。

没想到半路杀出个冯源来搅局，闹出了这么一桩“惊天动地”的事情，后生们终于抓到了把柄。虽然那是欧阳娴的把柄，但对于打击梁坤健同样有效，他们纷纷制造谣言，想要气死梁坤健，打掉他平日里那些嚣张气焰。

假如欧阳娴的男朋友不是梁坤健，人们顶多只是当笑话传传，不会如此取笑一个姑娘家。欧阳娴为人友善，平日里走在路上看到相识的人，不管熟不熟稔，都会打一声招呼，并不高傲。而且她还是一位老师，平时教学好，颇受家长们的尊敬，不至于出了这么点事情就被人们落井下石。此事因为能辐射到梁坤健，故而闹得沸沸扬扬。

先说说同花镇。这是一个位于桂北山区的小镇，在桂湘粤三省交界处，翻过两座大山便是湖南的江华县，往西北走一百多里就到广东的怀集县。旧时，因三省交界，加上山野荒芜，历来招惹土匪盘踞，势力混杂。解放后，一支军队驻扎下来，花了整整五年的时间，把附近几座大山用炸药夷为平地，修了一条如城墙般的石头围墙，将大片大片的荒山野岭围起来。当地人以为要修军区，建兵工厂，觉得这个地方将来要发达，没想到却围了一座劳改农场。农场围好之后，开始从全国各地押送犯人过来开荒劳动（主要以桂粤湘三省犯人为主），硬是把这蛮荒之地改造成了良田肥土，不仅种上了水稻、苞谷、大豆、花生等农作物，还种柑橘、梅子、桃子等果树，并植有养蚕的桑林以及养猪和喂鱼的长叶草。有人胆子大，爬上农场的围墙，俯视农场内部，能看到农场一片生机勃勃，像一个与世隔绝的部落。

农场占地面积很大，霸去了同花镇的半壁江山。用本地话来讲，放一头怀胎的母牛进去，把牛胎跑掉了也跑不出去。因为有围墙隔着，人们看不到犯人在里面的劳动情景，只能听到他们每隔一小时就有报号的喊声。地方上有人在农场当狱警，说起里面的场景，无非是狱警每天押着犯人出去干活，除了插秧、割稻、锄草、施肥、修剪树木，犯人也要养鸡、喂猪、放牛，跟农民一样忙碌，只是比农民要辛苦得多，而且没有人身自由。

农场的大门设在同花街边上，挨着富江。以江为界，东边是农场，西边是同花镇的村寨，一共有十八个村寨，旧时的同花镇也叫十八乡。大的村子有两三百户人家，小的寨子只有十几户人家。十八村寨以前同属一个公社，搞革命活动时，所有的生产队人马都会聚在一起，人与人之间没有什么陌生感。那时的男女相亲，主要依靠各生产队的媒婆互相搭桥牵线，这种就近原则的娶嫁方式，使得村寨之间都有亲戚往来，地方上一旦有什么风吹草动，很快就能传遍乡野。

同花街并不是什么老街古巷，是农场一九八一年投建的，不过十来个年头。当初修这条街道，出于乡镇建设的整体规划考虑：一是要重新规划同花镇的中心位置，让地方乡民以农场为中心；二是要对外出售农场的农副产品，带动农场内部经济；三是因为里面关押的犯人有许多来自外地，家属从外地赶来探监，没有落脚的地方。县城离这里还有四五十里地，那时的公交车极少，探监十分不便，修建街道可以增设旅馆，让远道而来的家属有落脚之地。

同花街有两里多长，铺面一律用红砖瓦房建造，没有什么雕梁画栋，也没有什么飞檐翘角，就是老老实实的土房子，和旧时的乡村老街一个模样：一条三丈宽的水泥路从中间劈开，两边是连体的门对门商铺，大门朝东的店铺后门临富江，大门朝西的店铺则背靠通向农场的柏油路。同花街的尾处有一个很大的广场，可容纳几千人，专供地方上的人们摆摊，逢年过节有时也会搭戏台唱戏或放映电影；广场过去就是镇政府、派出所、农村信用社、供销社等国家单位，还有农场狱警的宿舍楼。楼房不再是红砖瓦房，而是水泥青砖，但也只有三五层高，并没有高楼林立的感觉。这片区域的楼房被宽阔的广场隔开，不跟同花街连体，属于独立区域，人们称之为政府区。

同花街是农场出资修建的，产权归农场，不对外出售，只对外出租。租铺面的人有些是农场警官的家属，有些是本镇居民，也有些是从县城过来的客家商人，还有一些是湖南那边过来的贩子。同花街逢新历的一五十赶圩，正如老话说的“十个大寨也不如一个烂圩”，每到圩日，聚了乡里十八村的人气，自然是人山人海。

冯源的姑父罗正旺租了同花街居中的铺面卖酒，挂牌为“罗家酒铺”。同花街的店铺都很大，房子的格局一律长方形，临门的大厅便是铺面，穿过铺面进去是一间大厢房，供主人居住，厢房的侧廊出去是天井，天井过去是两间小厢房，再穿过去就是后院了。后院很大，两边有平房，一边是厨房，一边是厕所。罗正旺利用空间，在后院建了一个酿酒坊和一个磨坊。除了做卖酒生意，也搭着磨豆腐。乡下人喜欢数手指上的罗圈，并通成了歌谣唱，“一罗穷，二罗富，三罗酿酒卖豆腐，四罗骑马上大路……”，因为酿酒又卖豆腐，加上姓罗，人们于是给罗正旺取了绰号，叫罗三圈。时间一久，人们便以为罗三圈是他的大名了。

冯源并不是本镇人，他是隔壁百山镇的人。顾名思义，那是百山群绕、峰峦层叠的地方。冯源的老家就扎在山窝子里，山高地窄，有时放个雷，整个山谷都传出滚滚声音。穷人的孩子早当家，冯源从小便是个干活的能手，七八岁就能上山打柴。因山穷水恶，田地极少，山里人的家境向来贫寒，冯源虽然读书聪明，初中毕业时考出了好成绩，本可以去读中专或高中的，但实在是凑不到钱，只好辍学在家务农。冯源的姑妈从百山镇嫁到同花镇的三塘村，三塘村在同花镇也是个山窝子，本地人都不愿意嫁到那旮旯之地，只有外地山区的女人才肯过门。罗三圈祖上是开酒坊的，用山泉酿出来的米酒清香甘洌，味道醇厚，但在山里酒路没办法打开。同花街成立之后，罗三圈卖掉了家里的猪和牛，卷着所有家当来租铺面开酒坊。做了几年，终于打响名头，生意渐渐好，时常忙不过来，就把冯源叫过来当帮手。

冯源是个热心、机灵、勤劳又能吃苦的后生，人长得也中看，虽然比梁坤健矮了半个头，但相貌却比梁坤健英俊许多。冯源一张瓜子脸，脸颊消瘦，饱满的额头通过颧骨的弧度，和下巴形成一条线，显得立体，按照“小脸当道，大脸当家”的说法，长这样一张弧形瓜子脸的人，是有些门道的；他的眉毛不浓，但很修长，看起来和气，不是那种顽固之人；眼窝子很深，藏着一双大眼睛，加上挺拔的鼻梁，一眼看去有着山里少数民族的风情。但他并不是少数民族，或许祖上有少数民族的血统，毕竟是山里人，祖上和瑶族、壮族、苗族通婚的可能性很大。人长得好看，手脚勤快，品行端正，同花街的人都喜欢他，有好事的妇女要给冯源做媒，说愿意将自己某个亲戚的女儿介绍给他，但是一听说他是百山镇的人，又犹豫起来，毕竟那是个穷地方。

就连兴龙观的柴叔都夸冯源品行好，是个可靠的后生，又说他的名字也取得有寓意，左右逢源，以后能出头的。在同花镇，能得到柴叔夸奖的后生并不多，这相当于认证一个人的品质了。

那天，冯源回去之后，跟姑父和姑妈讲起了表弟用胶丝线绊倒欧阳娴的事情。罗三圈听了后，气得两眼瞪直，二话不说，扬起巴掌就要打罗祥兴。姑妈爱子心切，家中只得这么一个独生子，哪里舍得他受罪，就护着，只是骂了几句。罗三圈却不肯罢休，怒气冲天，说要是搞出人命或是把人摔残了，倾家荡产也赔不起，天天这么顽皮，不打断他的手，他怎能改？——硬是冲过去，狠狠地甩了罗祥兴一个响亮的耳光。罗祥兴从小受父母宠爱，第一次挨打，吓得一屁股坐到地上，哇哇大哭起来。

如果是一般的事情，冯源也不会去告表弟的状。他已经预感到，自己穿着裤衩抱欧阳娴求医之事，将会成为人们津津乐道的新闻，肯定会传出闲言碎语，只怕到时自己压不住。那天，他从卫生站走出来，许多好事者耐不住性子，死死扯住他，要他把事情的起因经过说出来。有些人当场拿他开玩笑，问他光着身子抱美人，是什么心情，有没有要进洞房的感觉。尽管冯源用诚恳的语气，甚至做出哀求的样子，希望大家不要拿这件事情开玩笑，这关乎人家姑娘的名声。所谓失命是小事，失节是大事呀！但人们才不会听他的话，好不容易遇上这样一件有意思的事，哪里会善罢甘休。

人们用调侃的语气说："阿源，你可能会成为同花镇的名人了，小心点，两大鼻孔肯定会揍你的。"——"两大鼻孔"是梁坤健的另外一个绰号。梁坤健鼻子大，走路喜欢拿鼻孔对人，因此后生们给他取名"梁大鼻孔"，因为谐音，就叫成了"两大鼻孔"。

谣言的凶猛超出了冯源的预想。走在街上，人们看他的眼光都不一样了，像看到一只长着六条腿的牛或三只脚的猪。人们脸上都泛起诡异与欢快的笑容，一发调侃他："阿源，光着身子抱这么漂亮的姑娘，那是要入洞房哟！你老弟可真有福气，抢吃了个新鲜。"甚至有人不叫他阿源了，直接叫他欧阳女婿，问他什么时候和欧阳娴办喜酒。这可把冯源急得求爷爷告奶奶的，央求他们不要乱说。人们越是看到冯源那惊慌无措的样子，越是觉得好玩，谣言也就传得更厉害了。

罗三圈夫妇也听到了各种版本的谣言。事情由罗祥兴惹起，没想到焦点全都涌到了冯源身上。欧阳娴的男朋友梁坤健是同花街管理处的常务副主任，手里握着租客的生杀大权，可以无理由地收回任何一家店铺的租赁权。如果梁坤健追究起来，罗家酒铺就无法开下去。既然风向转移，为了保住家业，那么黑锅就由冯源去背吧。罗三圈让罗祥兴以及参与事情的两个小伙伴必须闭紧嘴巴，无论谁问起，都不能说在桥上拉线之事，要是被查出来，就要抓他们到农场当劳改犯，关一辈子。吓得三个孩子面色苍白，发誓就算被人打掉牙齿，也不会透露半个字。

罗三圈让冯源回老家避一避风头，等风声过了再出来。但是冯源却倔强起来，他本着救人要紧的初衷，并没有对欧阳娴做出任何冒犯之举，问心无愧，跑回去避风头反而显得做贼心虚，让别人以为事情是真的，坐实了非礼之名，以后更加难以抬头做人。人们越是造谣，他越要站出来面对，以示自己的清白。罗三圈只得苦笑，说："要是惹出事了，你可要受着点。"

欧阳娴无端地蒙受了羞辱，心情格外压抑，特意请了一周的假，没去学校上课。让她难以接受的是，尽管谣言传得有些夸张，但有一个事实是不能否认的，那天她是被一个只穿着大裤衩的后生仔抱到卫生站的，这是千真万确的内容，人们只不过是在事情上面加工话题而已，她无论如何都绕不开。那天摔倒昏迷，她的身上并没有受什么伤，休息一晚就好了，没想到最大的伤害来自于摔倒之后的是是非非，她毕竟是少女心灵，敏感脆弱，如何经得起谣言摧残。有时气极了，心里就生出一个念想，宁愿那天摔死在富江大桥上，也不愿意被一个穿着裤衩的后生仔抱去卫生站救命，把一生的名节给毁了。

那天是怎么摔倒的呢？欧阳娴已经完全回想过来，她确认是被一根线勒到脖子，导致一时慌乱才从单车上摔下来磕晕的，也就是说，这是人为事故，不是她的失误。而且，她脖子上有一条被胶丝线勒伤的细痕，过了几天才消失，足以证明这是一场恶作剧。

欧阳娴将事件的原委跟父亲说了。欧阳才华气得跳起脚来，一反平日严肃端庄的面孔，气呼呼地拍着桌子骂娘，要彻底查清这件事情，还女儿一个清白。随后他又破口大骂那些造谣的人，说蛆从粪生，嘴巴不积德的人肚子里也没好货，恨不得用胶水粘住他们的嘴巴。

欧阳才华之所以生这么大的气是有原因的，他有三个孩子，欧阳娴是大女儿，遗传了他的良好基因，聪明伶俐，长得又俊俏，品行学识是一流的，在学校当老师，教出来的学生也聪明，很受人尊敬，给欧阳才华增添了许多光；二女儿欧阳慧小时候调皮，跟一帮孩子四处野玩，没事就爬树摘野果、扒鸟窝，把鸟蛋掏出来用火烤了吃。那是八十年代初，零食匮乏，小孩们掏鸟蛋摘野果解馋，也是常见之事。有一次欧阳慧爬树摘桑葚，不小心摔下来，把脑袋磕伤，昏迷了三天才醒过来。由于当时医疗条件落后，无法治愈，因此落下病根来，今年二十岁出头，身材与相貌都已长成姑娘，但脑子却发育不健全，智商仍停留在八九岁左右，成才是没有指望的了，日后能不能嫁出去还是个问题；儿子欧阳阔今年十五岁，在县城读初中，是个叛逆少年，读书不用功，还惹是生非，有次和别人打架，头破血流，额头上留下了抹不掉的疤。三个孩子当中，唯有欧阳娴是欧阳才华的骄傲，没想到自己最喜爱的女儿却遭遇飞来横祸，无端地受到玷辱，他如何能坐得住。欧阳才华让梁坤健必须彻底追查此事，还女儿一个清白。

不用说，梁坤健也会主动站出来，为女朋友讨一个公道。

梁坤健和欧阳娴谈恋爱已经有大半年，他本想着中秋节到欧阳家提亲，把事情定下来。眼见中秋节就要来了，没想到关键时刻，却出了这样一个娄子。女朋友被谣言恶意中伤，辱没得像被玷污一般，梁坤健如何咽得下这口气。他本是心高气傲之人，又深爱着欧阳娴，面子上遭受了打击，内心就像扎了许多钉子，发誓不把肇事者抓出来决不罢休。

经过一番走访调查，梁坤健从谣言中找出了根源，是罗祥兴和两个小伙伴搞恶作剧，用胶丝线将欧阳娴从单车上绊下来摔晕的。而且，他听说是冯源暗中主导这件事情，为的是要占欧阳娴的便宜。

梁坤健找来此四人问话，可都被他们一口否认了。罗祥兴和两个小伙伴知道事情严重，经大人的训导，不管是谁来问，打死也不会说出真相。而冯源问心无愧，反倒理直气壮地说："我救你女朋友一命，你反要来查我，良心何在！"

梁坤健咬牙切齿，满腔怒火无处发泄，他双眼死死地盯着冯源，就像盯着杀父仇人一样。就是眼前这个人，毁了他女朋友的清白，打乱了他的提亲计划，他恨不得变成一只老虎，把冯源撕成一片一片的。

事情虽然闹得轰动，但根本没办法查。主要是没有证据，就算事情真如人们所言，但没有人证和物证，如何追究责任？不可能有人站出来做证的，一是大家都不喜欢梁坤健，本来制造谣言就是针对他，他越着急，人们就越兴奋；二是谁也没有看到冯源或罗祥兴用线绊倒欧阳娴，谁敢站出来做假证呢，那可是要结仇的。

同花街做生意的人来自各村各寨，还有湖南贩子和客家商人，说得好听是乡里乡亲，说得不好听其实是一群乌合之众，做起买卖来一个比一个精。他们一天到晚闷在街上，少有新鲜事件渗入生活，日子平淡乏味，缺少乐趣。尤其是后生仔，一个个精力旺盛，无处消遣，总想惹出一些是非来热闹一番。现在好了，终于逮到了这么个大事，后生们唯恐天下不乱，看见梁坤健来追查事情，他们更是兴奋，把谣言当成了泥巴，一块块地往梁坤健身上扔去，希望借此拆散这对鸳鸯。后生们已经听到风声，梁坤健打算中秋节去欧阳家提亲，哪个后生愿意看到欧阳娴嫁给梁坤健呢？都巴不得把一潭清水给搅浑了。眼见离中秋节只有几天了，正好发生这样的事情，大家都有意火上浇油，要烧死梁坤健才肯罢休。

这也怪梁坤健不会做人，平日里风头太盛，引人嫉妒。自古枪打出头鸟，一旦惹上了什么事情，肯定要被人狠踩的。有人甚至站出来现身说法，说亲眼看见冯源抱着欧阳娴亲了一下。这样的谣言流传到下一个人的嘴上时，就变了个版本，说冯源没有亲欧阳娴，而是给欧阳娴做人工呼吸，并且双手放在她的胸口压气。于是就有人跟着感叹，说真是便宜冯源这条狗崽了，一边亲嘴还一边摸胸，快活似神仙呀！

谣言如同轰炸机，不断地掠过耳边，扰得梁坤健片刻不得安宁。但他也实在没办法，毕竟嘴巴长在别人身上，想堵也堵不住。他放出狠话，要收拾冯源，收回罗三圈的店铺，让他们滚出同花街。并且，他决定从此之后不再放电影给人们看，他觉得街上的人都是白眼狼，自己每月辛辛苦苦跑去县城电影院借胶片回来，放电影给他们看，然而却没有一个人站在他这边。

人们听说梁坤健从此不再放电影，同花街便少了娱乐，那可是一大损失。但是风向并没有转变，人们更是生气，权力掌握在梁坤健的手中，而且电影机确实是农场的，他们无权过问，只好将那种不满的情绪放到了谣言中，说一些难听的话，令梁坤健更加难堪。

罗三圈听说梁坤健动了大怒，要收回他的店铺，这可把他吓坏了，他好不容易在同花街打响招牌，要是店铺被收回去，他回乡下酿酒做豆腐，根本没有出路。罗三圈于是去找梁坤健求情，希望他大人大量，不要被谣言中伤。但梁坤健正在气头上，摆出铁面无私的样子，说他是个无良商贩，往酒里掺水，往豆腐里掺石灰，要将他清扫出去。那时的店铺租赁虽然有合同，但合同上面并没有写租期是多久，只是按月算，店主不想租了就和管理处说一声，或是管理处不想租给店主就提前告知，让其打包走人。管理处曾经清退过几家不良商贩，那是分分钟的事情，没人敢跟管理处的人理论，这是农场的地盘，惹怒了他们没有好果子吃。当然，要是不惹出什么乱子，按时交租，管理处是不会乱赶人的。

罗三圈的儿子确实踩了地雷，闯下大祸，惹怒了梁坤健。罗三圈知道自己有错在先，他不敢和梁坤健争论，赶紧去农场找来另外几位相熟的警官，让他们帮忙说情。

罗家酒铺在同花街是受人认可的，虽然他家的豆腐做得一般，但酿酒却是一流的。罗三圈得到了祖上的秘方传承，酿出来的米酒味道柔顺，入口齿留清香，舌下藏甜，不像一些小酒坊酿出来的米酒，既苦口又冲脑。同花街餐馆的米酒都是罗家酒铺供应的，农场许多警官也喜欢来买他的酒喝。最重要的是，罗家酒铺是同花街唯一的酒坊，要是他搬走了，换一家味道不好的，这可不妙。于是有警官站出来帮罗三圈说话，劝梁坤健消气。事情很快就传到了梁坤健父亲梁锐的耳中，梁锐并不是滥用职权的人，他不想儿子闹出负面新闻，影响仕途。梁锐训了儿子一顿，说他不站在人民群众的立场上想事情，并叫他不要因为谣言小事而破坏警民关系；又说一个人的身子正，哪怕影子歪呢，谣言就是一个影子而已。

梁坤健遭父亲训斥之后，一时无奈，但他毕竟年轻气盛，不搞点事出来，心中难以解恨，面子上也下不了台。于是他给罗三圈下命令，说不收你的店铺可以，但是必须清走冯源，不能让此人出现在同花街。

罗三圈没办法，只得劝冯源回家暂避风头，等事情过去了再请他来当帮手。这可把冯源气坏了，他不是任人宰割的羔羊，也是有自己的性格的。他恨恨地想："我又没做什么错事，要是被人赶走，人们还真以为我做了见不得人的事情，以后哪里还能抬起头来做人！"

罗三圈知道冯源性子有些耿直，再三相劝。冯源虽然气不过，但终究是懂事的人，为了不影响罗三圈做生意，也给梁坤健一个台阶下，他搬出了酒铺子。人们以为冯源会回老家避风头，但冯源却偏偏不肯离开同花镇，背着铺盖去兴龙观，和柴叔住在了一起。

柴叔和冯源关系极好。整个同花镇，柴叔最喜欢的后生仔就是冯源。柴叔喜欢喝酒，尤其是喜欢喝中酒。农村人酿米酒用的是蒸馏技术，将酒粮放到锅里煮，酒气在蒸馏甑中逐渐聚集，到一定浓度，经过冷凝，酒液就从管道中慢慢流出。刚出来的头酒度数很高，有六十多度，蒸馏到一半时，称之为中酒，只有三十多度，这个段位的酒水物质比较均衡，口感最好。再往下蒸，酒精度就越低，最后变成了酒尾水。农村人酿酒不分段位，从头到尾都装在酒缸中，一直混稀成十几度的米酒，也称为水酒。每次酿酒到了中段，冯源就会装出几斤，放到酒坛里拿去给柴叔喝。柴叔打开酒坛的木塞，吸了吸鼻子，两眼放光，说这才是真正的好酒啊！冯源喜欢看书，没事就去兴龙观找柴叔借书看，闲时跟柴叔学绘画。柴叔尽心尽力地培养他，虽然没有收他为弟子，但也把他当成徒弟点拨，将自己的心得倾囊相授。冯源知道柴叔喜欢吃长尾螺，闲时就去江里摸几斤上来，用青椒丝和紫苏一炒，出锅时撒些萝香（荆芥），那就是一流的下酒菜。

柴叔喜欢冯源，除了冯源为人聪明热络，还有另外一方面，他觉得这个后生颇具慧根，是个可造之才。

每年的腊八节过后，柴叔就要写对联，一写几百副，叠放在书房里。进入腊月，兴龙观的香火一天比一天旺，地方上的人们到兴龙观拜神时，就会顺便找柴叔求对联，并带来大米或鸡蛋、腊肉、糍粑等东西赠给柴叔。

有一年腊月二十，冯源奉姑妈之命，拎了两斤米酒，外加两斤豆腐干去找柴叔求对联。那时，冯源到酒坊做事还没满一个月，对同花街刚有一些了解，与柴叔打过照面，但并不熟稔。柴叔对酒铺新来的伙计也没有太多印象，见他上门来求对联，就从写好的诸多对联中，抽了一副给他。

冯源打开那副对联，写着“门迎春夏秋冬福，户纳东西南北财”，是做生意常贴的福对。他摇了摇头说：“这对联太俗，没意思，帮我改个字吧。”

柴叔一听这话，来劲了，这副对联从古流传至今，不曾有人说出这样的话，这后生仔难道还能搞出花样？于是就问：“你要改什么字？”冯源说：“把‘福’字改成‘客’字，我们做生意的，只有‘门迎春夏秋冬客’，才能‘户纳东西南北财’。”

柴叔听了，不胜欣喜，一个字竟把整副对联里的老气横秋给挑开了，有了人气与生机，还真有点意思。柴叔哈哈一笑，帮冯源重写了一副。就在柴叔重写对联时，冯源随手翻看柴叔写好的那堆对联，翻着翻着，就笑了起来，说：“柴叔，你家的锦是铁做的吗？”柴叔愣了愣，没回过神来。冯源说：“你这锦绣山河，变成铁锈山河啦！”柴叔走过去一看，果然是错别字，他一天要写许多对联，偶有一两个错别字也不见怪，每次送人对联时，他都会再细细过目，偶尔也能挑出错字来。柴叔说：“你小子懂得挺多的，喜欢看书吗？”冯源却说：“听说你有好多书，能借给我看吗？”柴叔很少借书给别人看，他知道一旦打开了这个口，以后借书的人会很多，难免丢书。然而，当冯源开口询问时，面对这个并不相熟的酒铺伙计，柴叔却没有任何犹豫，欣然一笑："只要你愿意看，那还不容易。"

于是，两人结为好友。后来冯源要拜柴叔为师，学习绘画，但柴叔却不愿意，说和你做朋友最好，你想学什么我就教你，做了师徒反而不好玩。冯源觉得也是，两人亦师亦友倒也洒脱，遂不再提起拜师之事，只是一有空闲就钻到兴龙观去学绘画。时间一长，两人情义愈深，冯源走投无路了，自然就想着去兴龙观避风头。

第三章

中秋节这天，因为谣言的困扰，梁坤健没有去找欧阳娴提亲。

梁坤健知道欧阳娴是无辜的，不管别人怎么说，都不会影响他对欧阳娴的感情，反而加深他内心对欧阳娴的心疼，恨不得早点将她娶回家，将谣言击破。然而，在这风声鹤唳的时候去提亲，显然是不合时宜的，那些无聊的人正等着看好戏，肯定会把谣言传得更厉害，令他们更加难堪。乡下人别的本事没有，传谣却是一流的，能把一件事情说得天花乱坠。

欧阳娴和冯源的事情影响很大，已经传到农场内部，不少狱警都拿这事情开梁坤健的玩笑。表面上，这是欧阳娴和冯源的事情，但梁坤健并不是傻瓜，早已猜到这些谣言大多是针对他的。他也知道，自己以前风头太盛，加上家境好，遭人嫉妒，所以才受到这样的打压。凡事都讲个兆头，提亲这种喜庆之事，当然不能在这种郁闷的情况下进行。于是，梁坤健打算先缓一下，等到元旦再提亲。

欧阳娴心情烦躁，也没有心思在这个时候谈婚论嫁。何况，她心里对梁坤健一直存有犹豫，即使没有发生“冯源事件”，梁坤健来找她提亲，她也会再三考虑。

说起来，欧阳娴和梁坤健谈恋爱已有大半年，农村乡下，谈半年恋爱，一般都会进入谈婚论嫁的阶段。欧阳娴从未想过要和梁坤健订婚，觉得那是一件遥远的事情，她对梁坤健只有一些好感，并没有那种情投意合或难舍难分之情；或者说，她对梁坤健并没有表现出所谓的爱情，甚至连亲密的友情都没有，感觉自己与他不过是普通的朋友。其中原因，主要是两人谈不来。而这谈不来，问题在梁坤健。

梁坤健性格内向，不爱讲话。在监狱里工作要经常面对犯人，他的脸色一向肃然正气，没有哪个犯人敢跟他对视三秒钟，久而久之，这副工作的表情随着时间潜移默化，僵化在脸上，即便是在平常日子，他的脸上也缺少笑意，看起来很严肃，因此同事们才给他取了“冷面大侠”的绰号。

除了表情严肃，梁坤健也不擅长聊天，不是那种会哄女人开心的人。欧阳娴和梁坤健待在一起，除了一些无关紧要的话题，更多时候都只是沉默。年轻人相处，如果活泼不起来，很难激起女孩内心的涟漪。而且，梁坤健认为很出风头的事情，就是骑着摩托车接欧阳娴到同花街看电影，两人坐在人群中间，桌上有零食茶点，被黑压压的群众包围着，有“万众瞩目”之风。他以为这样会让一个姑娘倍感有面子，恰恰相反，在欧阳娴的眼中，其实一点也不好玩。两人坐在那里，四周都是人群，连话都不能说，随便一个动作都会被当成焦点。看完电影，梁坤健又骑摩托车送她回去，故意在街上兜个圈子，在别人眼中看似浪漫，实则一点也不浪漫，她宁愿跟他去清静的地方走走，哪怕是到江边散散步，看看月亮，也比待在这大庭广众之下好玩。

同花镇毕竟是小地方，适合男女约会的地方少得可怜，梁坤健在风月情趣上面本就木讷，困在这样一个地方，哪里能玩出新鲜的花样。

大多时候，他都是带欧阳娴逛同花街，但这样一条街，能有什么好逛的，看来看去都是一副老样子，丝毫不能让一个姑娘提起兴趣。最远的一次，梁坤健就开着摩托车带欧阳娴去县城逛。谈了半年恋爱，那是欧阳娴唯一感觉到有意思的事情。

从镇上去县城，有五六十里地，踩单车要半天，开摩托车只要一个多小时就到了。县城比镇上要好玩得多，有公园、商场、溜冰场，还有大型市集。以前欧阳娴就读县城一中，寄宿学校，因为路途颇远，她每隔一两个月才回家一趟，周末不上课时，她就会去县城瞎逛，因此对县城很熟。那次梁坤健带欧阳娴到公园散步，还到公园的湖里划木船。虽说两人坐在木船上并没有什么话可说，但在碧波荡漾的湖面，一叶扁舟被阳光照亮，倒映在天地之间，多少能找到一种青春恋爱的感觉。她本想让梁坤健带她多去几次县城，可是梁坤健就只带她去过那一次。一个姑娘家，当然不能主动提出要求，只是在言语中暗示过几次，说起县城的好玩之处。但梁坤健却没有听出弦外之音，或许他听出来了，不知道是不是因为工作忙，毕竟他在办公室搞行政工作，又兼任同花街管理处的常务副主任，且他又是个爱岗敬业的人，公务上是很忙的；又或者，他只是把欧阳娴说的话当成了普通聊天内容看待，并没有往深处去想。这样一个不解风情的男孩，让欧阳娴陷入了苦恼，她不知道如何定位两人的关系。

像欧阳娴这种才貌双全的姑娘，当然要嫁给一个优秀的人才不枉此生。梁坤健无论是家境还是个人能力，都算得上是优秀的。虽说梁坤健年轻气盛，爱出风头，喜欢炫耀自己的优势，但这是哪个年轻人都会有的毛病，倒也不是什么缺点。而梁坤健不爱说话，脸色严肃，这是性格原因，不能否认他的做事能力。工作上，梁坤健的表现一向出色，他的性格强悍，做事干练，在岗位兢兢业业，每年农场评优秀警员，他都能上榜。并不是因为父亲的关系，而是他做事的能力确实出色，被同事们认可。然而，工作上的优秀并不等于生活上的优秀，在人情练达方面，梁坤健却缺少了柔情细腻的一面。他不知道，很多时候女孩子并不是只仰慕英雄，对温柔体贴的男生更加青睐，这也是流氓能战胜英雄虏获少女芳心的原因。梁坤健过于阳刚，缺少柔情魅力，如果是一般的乡下姑娘，当然会被他这样的阳刚之气给折服，愿意跟他一辈子。但欧阳娴不是一般的乡下姑娘，她受过良好的教育，读过中师，在桂林待了三年，也算是见过世面的，观念比较新潮，对爱情的追求，她认为不只是建立在男方的家境与工作能力上，更多是男方的个人情调与生活魅力。毕竟，两人是要过一辈子的，如果在一起没有生活乐趣可言，对方工作再优秀，也是怅然。

欧阳娴有时也会想，假如当初她和李世岩谈恋爱，是不是会更好。

李世岩在同花街的后生仔中，也是佼佼者，他的父亲李宝军在改革开放大潮的号召下，毅然辞去公职，在同花镇开了一家淀粉厂，是镇上第一家私营企业。作为淀粉厂老板的儿子，李世岩平台好，直接出任淀粉厂的厂长。虎父无犬子，在车间管理上，李世岩展现出自己的才华，帮父亲分担了许多事务，而且还扩大了车间的生产规模。有一年，他被评为县里的“新时代创业好青年”，还上了县电视台。当时的各地政府都在大力号召人们创业，经常搞出一些噱头宣传。同花街的人因此给李世岩取了个绰号，叫“李好青年”。

李世岩有一次在同花街买东西，碰见了欧阳娴，跟许多后生一样，一下子就被迷住了，于是通过镇上朋友的介绍，开始追求欧阳娴。他以为自己一个淀粉厂的厂长，家境好，追欧阳娴不在话下，没想到半路杀出个梁坤健，打破了他的美梦。那时候乡下的传统观念还很重，女孩谈男朋友，必须一是一二是二，要很快确定下来，不能同时跟两人交往，否则会被说风流闲话的。在父亲欧阳才华的建议下，欧阳娴决定跟梁坤健交往，于是撇开了李世岩。

欧阳才华是个严肃的人，物以类聚人以群分，在梁坤健和李世岩之间，他当然更倾向于梁坤健。他将两个年轻人身上的优点和缺点分析了一通，郑重其事地跟女儿说："梁坤健是正经的本科警校毕业，受过严格训练，为人严肃，做事认真，负责任敢担当。他现在已经是办公室副主任了，他的父亲是副监狱长，以后他还有很大的上升空间，一辈子靠得住；李世岩只是高中毕业，要不是他的父亲开了一家淀粉厂，他顶多做个代课老师。另外，李世岩整天嘻嘻哈哈的，有些轻浮，不稳重，看上去不像做大事的人。虽然李家开淀粉厂，但做生意总归没有吃国家饭的牢靠，谁知道以后政策还会不会变。所以，我更看好梁坤健。"

欧阳娴没有谈过恋爱，不知道其中的玄妙，觉得父亲的话有道理，因此听从父亲的话，和梁坤健确认了恋爱关系，不再与李世岩交往，惹得李世岩很伤心，写了一封很长的祝福情书给她。

欧阳娴和梁坤健交往的时候，梁坤健就比较寡言。起初，欧阳娴以为他是性情腼腆，不知道要说什么，等两人熟悉之后，自然无话不说。然而，两人熟稔起来了，他仍是一副严肃的样子，没有什么浪漫情调。甚至，欧阳娴觉得梁坤健趣味太低，还没有地方上一个农家子弟来得有意思。不久前，地方上就传出一段佳话：一位姑娘与后生处对象，媒婆带姑娘到后生家里查看家境。后生很是热情，带着姑娘转了一圈，转到了猪圈前，几头肥猪看到有生人来，吓得往后退，缩在角落里面。

后生就笑起来：“我家的猪看到你就怕，你猜为何？”姑娘疑惑地摇了摇头。后生风趣地说：“看到你，它们知道小命保不住了。你看这几头猪，够我们摆三天酒席吧？”姑娘一想便明白过来，扑哧一声笑出来，当天便把婚事订了。

欧阳娴听到这件逸事之后，倒是羡慕起那位姑娘来，找了个有情趣的男人。偏偏自己处的对象是个严肃的人，一点也不好玩，连个笑话都不会讲，就知道整天板着脸。然而，当欧阳娴明白过来时，却已经很难回头了，她和梁坤健谈恋爱闹得轰轰烈烈，已是众所周知，两人仿佛绑在一条线上的蚂蚱。最令她难过的是，突然冒出冯源这桩事情来，让她成为众矢之的，假如以后她和梁坤健分手，人们肯定怀疑与“冯源事件”有关，到时又闹出笑话来，搞得她更加没面子。如果没有“冯源事件”，就算她和梁坤健分手，那也只是私人事件，大家议论几句就过去了，不会惹来猜疑。

这些恋爱苦恼，欧阳娴并没有跟父亲诉说，只是暗藏在心里，独自发愁。她知道父亲是不会明白她内心的愁闷的，父亲也是一个严肃的人，平时也不会讲笑话，跟梁坤健一个性子，所以父亲才这么喜欢梁坤健，像找到知音一样。欧阳才华不知道女儿心中的惆怅，见女儿整天面带愁容，还以为女儿是被谣言中伤，所以才闷闷不乐。欧阳才华好言相劝，却也无法令女儿开颜，搞得做父亲的也郁郁寡欢，对着天空长吁短叹。

欧阳才华从未想过，这样一桩小事情，并不是什么鸡鸣狗盗，居然会引来这么大的风浪。因为谣言的搅拌，就连学校的老师也都在背后打听欧阳娴的事情。虽然许多老师都是出于同情的态度，想把真相弄清楚，还欧阳娴一个清白。一些要好的老师私下里也好心安慰欧阳娴，让她不要为这件事情苦恼——但同时也证明了，这些老师对事情的真相已然失去了判断。

谣言确实能让一件事情变得扑朔迷离，老师们都想弄清楚事情的来龙去脉，但在谣言的包裹下，真相早已如同遗落在水里的珍珠，被泥沙掩埋起来了。既然冯源穿着大裤衩抱欧阳娴的事情是真的，那么根据事情的发展，冯源给欧阳娴做人工呼吸，双手压胸的事情也就顺理成章了。没有人会相信单纯的一面，一旦有老师打听事情的真相，或去安慰欧阳娴，其实也表明他们已经相信事情复杂的一面。如此推算，可以看出女儿的名节已经被这件事情给毁伤，成为人生的一个污点。

想通了这个环节，欧阳才华心情更是郁闷，要不是念及自己的身份，他定然要去找冯源大骂一通，以消心头之怒。

农历八月十六这天，正好是国庆节。正所谓“十五月亮十六圆”，柴叔托人捎话给欧阳才华，让他到兴龙观吃晚饭，一起赏月喝桂花酒。欧阳才华这些天心情郁闷，也想借酒消愁，痛痛快快喝他几大斤，让心头的不快全都消散。

太阳落山，晚霞渐渐化成了暮色，欧阳才华将单车推到门口，准备骑车前往兴龙观。刚坐上单车，却又想起来，今晚月亮好，饮酒赏月恐怕要闹到深夜才归来，那时月色正撩人，一路踩着白霜般的月光，哼着小曲回家，倒是千古逸事，说不定能激发灵感，写出一篇“醉酒乘月”的文章来。

这么一想，心情似乎也清爽起来，他将单车推回了屋子，脱下皮鞋，换上一双布鞋，沿着江边散步而去。为了节约时间，欧阳才华走的是近道，他没有走兴龙观的大门，而是穿过田野与菜地，从一条开满蒲公英的小路往寺观的后门走去。

越过几片田野和竹林，远远地便看到兴龙观高耸的飞檐翘角，在渐渐暗淡的暮霭下，寺院弥漫着江边涌过来的秋雾，看起来缥缈似仙境。

兴龙观是地方上最大的寺庙，占地三亩多，用青砖墙围起来，看上去像一个大宅院。从大门进来，迎面便是大殿，殿堂宽阔，可容纳千人，当中供着一条青石雕刻而成的龙王，正壁上画的也是一条巨大的神龙，腾云驾雾，颇有气势。两边的墙壁也作了画，一边是八仙过海，另外一边是七仙女下凡。因为是龙王庙，要以龙王为尊，不能画观音和如来这样的大神，会把龙王的气势压下去。壁画皆出自柴叔之手，每一笔都勾勒得非常用心，画像栩栩如生，见过的人都忍不住夸赞，说这些仙女夜里恐怕会活过来。大殿左右两边有侧廊，进去是天井，天井很大，种了青梅、翠柏、罗汉松等盆景，中间是一个水池，池内有一块两米多高的太湖石。天井的两边设有耳房，左耳房是香客房，右耳房是香火房。香客房是待客用的，香火房除了存放线香、蜡烛、火纸等物品，还放了打醮用的器皿道具。穿过天井，迎面是一条拱形沿廊，沿廊两边是厢房，左边厢房乃柴叔卧室，悬着“紫气东来”牌匾，因为房内的床是坐东朝西的；右边厢房为书房，上面悬着“近水斋”，写着一副对联：书中天地阔，纸上日月长。

穿过沿廊，便到了后院。后院极大，足有一亩多地，种了桃树、垂柳、丹桂、竹子，还有两棵油桐和一棵老枫树。此时渐有秋意，枫叶尚未变色，但梧桐已悄然落叶，巴掌大的枯叶被秋风吹得铺满了后院。柴叔却故意不扫，让它生出一股秋气来，倒有时节的韵味。后院有厨房和柴房，并排挨着，已被烟火熏黑，又被雨水染黄，有了岁月的沧桑感。从后门出去是一片菜地，菜地是柴叔种的，菜地的另一头有茅厕。地方上的神庙，厕所都是要建在外面的，以免亵渎神灵。

兴龙观之所以受本地人敬重，除了它是明朝老庙之外，还有别的原因。江的东边是一座劳改农场，农场里关押的全是犯人，煞气重，必须有一座观来对冲，镇压邪气，以免搅坏了地方的风水。每年入冬，人们都会自发捐钱维持观里的开支与修缮事宜，保证香火旺盛，不能让其败落。因人们器重兴龙观，柴叔在衣食方面向来宽裕，日子倒比神仙还爽。

欧阳才华走到兴龙观时，夜幕已经降临，寺观裹上了夜色之后，看起来没有白天那种巍峨的厚重感，变得轻盈起来，屋顶那些高高耸起的雕梁翘角，在朦胧的夜色中有如水中倒影，仿佛一阵风吹来，它们就会晃动。欧阳才华推开虚掩的柴门，从后院走进去。他并不是故意晚到，而是想着既然是要喝酒赏月，自然是天黑之后才开局，否则就赏不了月。

跨进院子，听到厨房传出炒菜的声音。厨房的窗户面朝围墙，灯光和炒菜的油烟从窗户跑出来，扑在墙角的一丛矮竹上，矮竹常年享受人间烟火，在灯光下看起来绿油油的，一副未经风雨的样子。欧阳才华背着手走过去，只见柴叔和刘见章正在厨房烧菜。柴叔掌勺，刘见章烧火，配合得倒是天衣无缝。厨房的菜桌上已经炒好三样菜：一盘红焖鸡，看鸡头上那硬挺的鸡冠就知道是一只公鸡，公鸡红焖最好吃；一盘白鲦炒萝香，那白鲦是江里的一种鱼，两根手指大，浑身通白，只有一根刺，是顶好的下酒菜；还有长尾螺炒紫苏，那是他们最喜欢的下酒菜。边上的小灶头上的瓦罐正咕噜咕噜地冒着香气，欧阳才华走过去掀开看时，却是排骨炖莲藕。中秋的莲藕正脆，煮汤鲜美，用来做醒酒汤最妙不过。

柴叔拿着锅铲，正在大锅里翻炒。锅里炒的是肉片，放了豆豉、蒜苗、姜丝，在火力的催促下，香气扑面而来。刘见章叼着一根烟，坐在灶头前添柴加火。烧的是上好的松木，劈得均匀细瘦，只有老师的戒尺大小，不仅燃烧充分，主要是可以控制火候，炒起菜来香味足。松柴性子烈，火苗闷在灶头里不甘心，探出头来，把刘见章原本嫩白的脸照得一片通红，看上去像喝醉了酒一样。

欧阳才华啧啧叹道："幸好观里供的是龙王，也是个吃肉不眨眼的大神。要是供着如来观音，这样大吃大喝，岂不亵渎神灵。"柴叔用搭在肩膀上的汗巾抹了一下光溜溜的额头，头转过来说："要是供如来观音，我就不来当庙祝了。我也是属龙的，供这龙王，也正合胃口。"说罢，将灶头上一盘切好的青椒倒入锅里翻炒。他要炒的是青椒肉片，铲子在锅里翻了两下，青椒片发出嗞嗞响声，与油水交欢，顿时，一股呛人的青辣味从油烟里散发出来，弥漫在空气中。三人都被呛得咳嗽起来。柴叔有经验，用汗巾捂住了嘴鼻，倒是好受一些；刘见章呛得打喷嚏，叼着的烟都掉到地上了；欧阳才华平日极少下厨，哪里受得住，于是捂着鼻子走出厨房，到后院透气。

后院几棵桂花皆已绽放，香气盈盈，驱散了鼻子里残留的青椒油味，顿时让人感到神清气爽。桂花树边上放了一张八仙桌，碗筷还没有摆出来，但桌子的中间蹲着一坛五斤装的米酒。既然要喝酒赏月，当然是要开露天席，在桂花树边上喝酒是最好的，兴起时，摘些桂花放到杯中，喝下去别有一番趣味。往年的中秋节，他们就是这么喝上头的，称其为桂花酒。

此刻夜色渐浓，但明月尚未出来，褐色的天空藏着一丝幽蓝，一看便是个好天气，不必担心月亮不出来。趁着没到吃饭的当口，欧阳才华从后院往大殿走去，准备给龙王上香。他要许下心愿，近来女儿被谣言缠上，名声受损，但愿龙王保佑，早日平息这场风波，还女儿一个清白。

欧阳才华走到大殿。往常的这个时候，大殿已经关门，也会关掉电灯，只留下两盏烧煤油的长明灯，在神案前点亮空旷的大殿。然而此时，大殿灯火仍一片通明，大门也是敞开的，一个后生站在大殿门外，就着门口的灯光，在一块画板上作画。这个场景让欧阳才华感到惊奇，夜幕已经降临，何以有人在门口作画，莫不是看花了眼？

那后生便是冯源，他原本要去厨房帮柴叔打下手的，但被柴叔赶出来，让他到大殿门口迎接欧阳才华。今晚的酒局，是冯源请柴叔帮忙整治的，席上所用的菜肴佳酿，一律由冯源采办。冯源知道欧阳娴被谣言中伤，心里肯定很难受，他不可能去找欧阳娴道歉，他知柴叔和欧阳才华关系好，遂通过柴叔的关系，邀请欧阳才华来喝一顿酒，借机道歉，略表内疚之情，以免产生误会，积下怨恨。

冯源住到兴龙观这些天，一直隐居观内，没有抛头露脸。这是柴叔教他的，谣言毕竟是谣言，不必太在意，等新鲜劲一旦过去，就变成了老梗，没人愿意再去嚼，事情也就过去了。这时出去跟人家争论，只会火上加油，还不如在观里清静一阵子，操练画功。冯源也担心自己出去澄清，人们反倒来劲，事情不知何时才平息，于是听从柴叔之言，整日窝在兴龙观绘画，画累了就拿书来看，摆出一副隐士的样子，两耳不闻窗外事。

这天晚上，冯源按照柴叔的吩咐，在大殿等候欧阳才华，做好迎接客人的准备。从夕阳落山，一直等到夜幕降临，也不见欧阳才华的影子。冯源有些沉不住气，这样等下去实在无聊，不如搬出画板，把近来的一幅《春江图》画好。这两天，冯源用小写意手法，画了一幅《春江图》，感觉极好，有些痴迷了，一直想着早点完成画稿。反正等人是在消耗时间，索性把画板搬出来，借着门口的灯光作画。若是欧阳才华到来，要从江边的机耕路往兴龙观走上来，寺庙建在高处，冯源站在门口一眼便能看见，到时把画搬到一边，也不耽误迎接客人。

然而不曾想到，欧阳才华步行而来，抄了近道从后门入观。冯源虽然把守着大门，却哪里能见到客人。

欧阳才华在大殿的神龙案前，拿了三炷香，凑到长明灯上面点燃，对着龙王肃穆站立，心里默然许愿，然后躬身三拜，将香火插到香炉。随后他转过身子，往大门外走去。他倒想弄清楚，这么晚了，这后生仔在大殿门口鼓捣什么。

冯源是个用心的人，画得正入迷，哪里察觉到身后有人走过来。何况欧阳才华穿的是布鞋，走路悄无声息。欧阳才华凑过去看，只见这后生画的是富江春景图。富江是地方的景物，欧阳才华最熟悉不过了，他曾写过几篇散文，发表在市报的副刊上，还曾获过征文奖。柴叔也画过几幅富江山水图，拿给欧阳才华点评。柴叔的画功老到，线条遒劲，能把富江那种浑然天成的层次感，用自己的手法还原于笔墨之中，打开画卷，便能让人感到一股气势。他倒想看看，这后生笔下的富江，有没有画出新意来。

冯源的《春江图》以写实为主，添加一些个人想象。一条江跃然纸上，带出远处山峦苍云和近处的竹丛柳堤，江水并不是平时的幽静怡然，看上去是雨后的江，水溢满，有些浮浪；江面漫着轻盈雾气，看上去湿软，泛着活气。边上的竹林粗粝，但柳树却是雅致的，形成一种对比，暗藏了延伸的空间。山水画最怕过实，实则有沉闷的老气；又怕太飘逸，轻脱压不住阵脚。冯源画的虽是实景，却没有闷住景调，在他的勾勒下，整幅画显出灵动与俊秀之气，色调也淡雅相宜，运用墨分五色的手法，加以渲染，使得山青、水绿、竹翠、柳苍，整体上富有层次感。唯一不足的是，冯源的画还不够平静，写意部分颇为从容，但画到实物时，线条不够有弹性，缺少张力，捂不住劲，显出浮躁之气。山水画以实景润色，以静物养气，才显得幽静高冷。

欧阳才华是个识货的人。柴叔喜欢作画，藏了不少关于绘画的书，包括唐代的《历代名画记》，北宋的《图画见闻志》和《宣和画谱》，南宋的《画继》，以及近代的《中国绘画史》等书。这些都是有意思的书，欧阳才华时常借来看，因为他要点评柴叔的画，总要掌握一些理论知识才行。由此，欧阳才华虽不会作画，但练出了一双火眼，瞄上几眼便能看出一幅画的好坏。

欧阳才华自顾着点头说：“画得蛮不错嘛，气氛有了，就是缺些气韵。”冯源正画得入迷，冷不防吓了一大跳，转身见到欧阳才华，更是惊愕起来，也有些慌乱，嗫嚅地说：“校长，你是什么时候进来的，我怎没看到？”（作者注：南方地区口语中不用“您”这个字，见到长辈或德高望重的人，说话仍是用“你”。后文亦如此。）

欧阳才华说：“我从你身后来，你后脑又没长眼睛，怎会看到。”冯源低声说：“柴叔叫我在前门迎接你，等了大半天也不见人，闲着无聊，就搬出画板来描上几笔。”

欧阳才华并不认识冯源，虽说两人都是柴叔的好朋友，但从未在兴龙观碰过面。欧阳才华一般都是晚上来兴龙观吃饭喝酒，而冯源到了傍晚，却是最忙碌的时候，要守在店铺里卖酒称豆腐，不可能有机会和欧阳才华在兴龙观相遇。不过，欧阳才华和冯源还是打过几次照面的，欧阳才华到过罗家酒铺沽酒，是冯源帮他打的，但他每日见这么多人，怎么会记得酒坊里的一个伙计。此时见面，欧阳才华只觉得这后生隐隐有些眼熟，倒不记得在哪里见过。都是本地人，看着眼熟也正常，他想："这小子画得挺入流的，地方上没听说有这方面的人才，莫不是柴叔的弟子，怎么从未听他说起过。"就问："你是柴老怪的弟子吗，叫什么名字？"

冯源不敢贸然说出自己名来，怕欧阳才华听说是他，一气之下撕破脸，那场面就尴尬了。眼下就他二人，没有一个和事佬，场面乱起来不好收拾。冯源脑子聪明，只是接了前半句话，低声说："我不是柴叔的弟子，他嫌我天资差，没有收我为徒。"欧阳才华"哼"了一声："你画得很好，哪里天资差，柴老怪有眼无珠，不识宝。他自己都没多少天资，还嫌你不够，真是笑掉大牙。我待会喝酒时，罚他三杯才行。你是学画出身的吗？"冯源忙摇头说："不是，只是闲时跑来柴叔这里借书看，没事跟他学绘画，图个好玩。"欧阳才华问："你是什么学历？"冯源说："初中毕业。"末了，又补了一句："中考时考了好成绩，可以去读中专和高中的，但家里没钱，只好停学做工。"欧阳才华惋惜地说："可惜了，要是多读几年书，好歹也能混个代课老师，初中毕业，文凭还是低了些。"又说："你愿不愿意当代课老师，学校倒是缺一个像你这样的美术老师，要是愿意，我想办法把你弄进去。不过初中毕业，就算当了代课老师，工资也很低的。"冯源诚惶诚恐地说："哪敢，我这半桶水，怕误人子弟。"

冯源喜欢看书，说起场面话来，也能文绉绉的，倒也很对欧阳才华的胃口。欧阳才华笑道："你还有别的画吗，到时拿给我看。我虽不会作画，但看画还是有些门道的。”冯源说：“有几幅，在柴叔的书房里。”欧阳才华说：“晚上赏完月，就顺便赏你的画，看看你的真实水平。对了，你叫什么名字，哪个村的？”

幸好冯源是个机灵的人，担心欧阳才华会再次问起他的名字，因此在聊天时，已经想好了对策。他说：“我叫阿牛，不是本地人，是隔壁镇的。”

他倒没有撒谎，农村娃都有小名，他的小名确实叫阿牛。这是一个常见的乡下娃娃名，也不稀奇，欧阳才华“哦”了一声，正要说什么，这时只听得后院传来柴叔的叫声：“开饭喽！快来吃饭。”

冯源如逢大赦，正担心欧阳才华追问他的大名，那就捂不住了，便对欧阳才华说：“校长，你先去吃饭吧，我把大门关一下。”

欧阳才华朝他点了点头，背着手，迈开八字步，转身往里间走去。

冯源把画板搬到大殿里，拉上大门，闩好，再到天井的压水井上摇水上来，洗手又洗脸，觉得一脸的清爽，才往后院走去。

桂花树边上的八仙桌上，碗筷已经摆上，菜也都端上桌，红焖鸡、炒鱼干、紫苏长尾螺、青椒肉片、排骨莲藕汤，还有一盘空心菜，把八仙桌挤得满满当当的。

四人共餐，正好一人坐一边。农村人喝酒吃饭，一般没有什么讲究，但是“同花三圣”喝酒，却要按照古人的待客之道，要分排座位，显出他们的不同之处。露天治席，毫无方位可依，就按古人“尚左尊东”的座次来排位。按道理，主人要坐正位，但今天晚上的主角是欧阳才华，这场酒是冯源的赔罪酒，所以柴叔让欧阳才华坐在以东为首的正席，自己则坐在左位作陪，刘见章坐右位作陪，冯源则坐下席，与欧阳才华面对面，这才像赔罪的样子。

三位长者坐定，冯源打开坛子，往酒壶里倒酒。乡下人喝酒例来用大碗，因为米酒只有十来度，须大口喝，用小杯子喝不过瘾。“同花三圣”最初也用大碗喝酒，后来欧阳才华提议，说用碗喝酒有失风范，要用杯子才能喝出古人的情趣来。古人饮酒都以杯为雅，从诗中便能看出，“劝君更尽一杯酒”或“将进酒，杯莫停”“晚来天欲雪，能饮一杯无”，假如将诗中的“杯”换成“碗”，那就不是一个味道了。

柴叔的学业是跟老秀才学的，慕古情结也十分重，他立马赞同改掉用碗喝酒的陋习。三人于是各自去买了酒壶和杯子，专门用来雅聚。但柴叔觉得买来的杯子还是少了些乐趣，他从一些古书上找图片，照葫芦画瓢，用泥巴做了几套酒具，放到农村烧石灰的窑里烤出来。他做的酒壶仿的是古代的罍，底部方形，中间圆肚，开口伸出一个鸟嘴，方便倒酒，但看上去有点像供神的香炉；酒杯也是仿古的椑器，椭圆形，杯子边上伸出一片花瓣似的东西，上面刻着篆体的酒字，杯子的下面却是方的。许多人不识货，说柴叔的酒壶和杯子四不像，是个怪事物。柴叔却故意咬文嚼字，说内圆外方，才是天地之道。又说：“‘天尊地卑，乾坤定矣’，尊卑并非贵贱，而是万物之本。尊其实是酒樽（酒壶），卑是酒椑（酒杯），倒酒时一个在上，一个在下，代表了天地；乾坤定矣，就是说喝酒的人能定乾坤。古来枭雄，哪个不是靠喝酒打天下的，曹操与刘备煮酒论英雄，成为千古佳话，要是两人煮肉，那就没气势了，煮肉论英雄不是王者之风，顶多就是个土匪。”

人们并不知道柴叔说的是俏皮话，见他说得像煞有介事，信以为真，都佩服他学识多广。酒鬼们于是高兴，都拿这件事情往外传——柴叔说喝酒能定乾坤，世界上哪有比喝酒更大的事情呀！于是，人们慢慢地把喝酒叫成了定乾坤——今晚去哪里定乾坤？外地人还以为是要干什么大事，其实指的是去哪里喝酒罢了。

冯源将坛子里的酒分到四个酒壶，每人面前放一壶，又帮他们倒满酒杯。乾坤定矣，主人尚未说话，欧阳才华却先开口，对柴叔说："我刚才看到这位小老弟作画不错，很有天赋，你说他天资不够，不肯收他为徒？"柴叔笑起来说："我哪敢收他为徒，怕误了他的时辰。老话说，拜师如投胎。你看我都混成这样，让他往我这里投胎，不是自找死路嘛！他天资好，要是肯下苦功，我不如他的。"欧阳才华哈哈一笑："你倒有自知之明。刚才我还说，要是他愿意，以后学校缺代课老师，我就把他弄进去，专教美术，只怕他嫌工资低。"刘见章接口说："这可是好事，当老师都是文曲星下凡的。冯源，还不赶紧敬校长一杯。"

欧阳才华正拿起乾坤杯，准备一饮而尽，听了后半句话，到嘴边的杯子却凝固不动了。他脸色一变，把杯子放下来，霍然问："你说什么，他叫冯源？"说罢，紧紧地盯着冯源，仿佛怕他会跑掉一样。

冯源被盯得一下子紧张起来，垂下头来，不敢看他。

刘见章愣住了，他以为冯源和欧阳才华刚才在大殿聊天，已经通报过姓名，说不定冯源借着单独聊天的机会，向欧阳才华解释事情的起因，并且赔了礼，而欧阳才华大人有大量，也原谅了他。没想到冯源刚才故意拿小名糊弄过去，并没有正式介绍。

柴叔看出了端倪，赶紧打圆场说："是啊，他叫冯源，就是那天救你女儿的后生仔，你还不快点谢他一杯酒。"

欧阳才华顿时怒不可遏，他这些天心情郁闷有加，窝了一肚子的气无处发泄，要不是顾及自己的身份，早就去找冯源臭骂一顿了。现在倒好，这小子送上门来了，就在自己眼皮底下，他哪里还能忍得住。于是猛地一拍桌子，霍然站了起来。乾坤杯被震倒了，酒顺着桌子往下流。他愤然地说：“救我女儿，害我女儿还差不多！”说罢，指着冯源：“我问你，我女儿是不是你用线绊倒的？”

柴叔见欧阳才华一改平日的客气，像火烧屁股了一样，没有了校长的气度，就劝道：“才华兄，火气伤人，且坐下来慢慢谈，发这么大火干什么，这事情恐有误会。”欧阳才华“哼”一声，却不肯坐下来，只是冷笑道：“误会？我正要问清楚事情呢！我问你，你老实回答我。抬头三尺有神灵，何况是在龙王庙，我谅你也不敢撒谎。你说，我女儿是不是你用胶丝线绊倒摔晕的？”冯源摇头语气坚定地说：“不是我绊倒的，我当时只想着救人。”他说的倒是实话，但欧阳才华哪里相信，仍是怒道：“即便不是你用线绊倒的，那也与你有关系，是不是你那个表弟搞出来的鬼事？你和他定然是一伙的！”

显然，欧阳才华已经打听了事情的起因与经过，多少掌握了一些确切信息。欧阳娴确实是被罗祥兴用线绊倒的，无论如何都赖不掉。当然，冯源不敢承认，怕欧阳才华追究罗祥兴的责任，引来不必要的麻烦。可他又不能否认，只好默不作声，把头低下来。不出声自然是默认了，欧阳才华冷笑道：“你表弟把我女儿绊倒摔晕，你穿着裤衩送她去医院，你说你是救人，谁会相信啊！肯定是你对我女儿心怀不轨，唆使表弟做出下三烂的事情，否则你怎么可能只穿一条裤衩送我女儿去卫生站。任何一个正常人，都知道男女有别，不会做出这种失态的行为。我看你说话也像读过不少书的人，难道不知古人说的‘男女授受不亲’？这一切肯定是你暗中搞的事！”

冯源被逼急了，也站起来说：“真不是我搞的事，那天我恰好在大桥下面摸长尾螺，听说有人骑单车摔死了，我根本不知道是个姑娘，更不会想到是你女儿，一时着急去桥上看情况，都没想起要穿衣服。我看到是你女儿，躺在地上不知死活，心里更是慌张，只顾着救人要紧，情急之下哪里还想起跑到桥下去穿衣服。我连鞋子都没穿，光着脚跑了两里多地，脚都扎破了好几处。”说到最后，他语气颇为委屈，这段时间来，他也是受了不少气呢！

柴叔对冯源的人品是信得过的，知道他不会说假，帮衬说：“那天他确实是在桥下面摸长尾螺，是我让他去摸的，第二天要请你喝酒，你忘了吗？我们每次喝酒吃长尾螺，都是阿源帮我去江里摸的，而且不要我一分钱。说起来，你也沾了光的。”

刘见章也知道这是个误会，那天冯源穿着裤衩抱欧阳娴到卫生站求医，虽然不体面，但他看出来了，冯源确实是一心要救人，并没有怀着其他邪念。冯源把欧阳娴放到病床上时，整个人都几乎虚脱，快说不出话来了，可见他一路跑来的艰辛。作为一名医生，刘见章心中始终将救死扶伤当成第一原则，他时常拿听筒伸进女人的衣服里面听心跳，按照常人的眼光，岂不是耍流氓？自古人命关天，紧急时刻人工呼吸都要用上，这有什么好见怪的。何况，同住在一条街上，冯源的为人如何，刘见章也是知道的，他不是那种猥琐之辈。

刘见章劝道：“才华兄，是你多想了，冯源绝不会做那种伤天害理的事情。我和柴老怪都清楚，这后生是个正人君子，不会动歪门心思。你想，他怎么晓得你女儿会路过大桥，又不是神算子。即使晓得，也不可能会料到用一根线就能把你女儿绊晕，纯属巧合嘛！你偏听信那些流言，自找不高兴，岂不知谣言止于智者，你读了这么多书，怎么没有开明的念头。来来，先坐下来，喝上三杯酒，定了乾坤，什么杂念都去了。”柴叔也说：“是啊！谣言毕竟是谣言，就像浑水一样，越搅越浑，放上几天就沉淀了。你为这些无聊之事所困，岂不有失校长的威仪。坐下来，先喝三杯乾坤酒，月亮就出来了，会还你女儿一个清白的。”

欧阳才华没想到自己生平最好的两位朋友都帮冯源说话，想来这小子人品不坏。要是别的事情，他就退让一步，原谅他了，可一想到女儿无端地蒙受冤辱，名声受损，还打乱了中秋节梁坤健要来提亲的计划。欧阳才华对未来的女婿还是很满意的，他希望女儿早点和梁坤健订婚，可是因为冯源的搅局，一切都乱了套，他心里却怎么也消不了气。

欧阳才华仍是冷冷地站着，看了柴叔一眼，表情严肃地说：“即便不是他唆使的，但因为他和他的表弟的牵连，让阿娴名声扫地，无脸见人，这笔账找谁算？阿娴好端端地走在路上，却惹来这样的丑事，天底下还有没有天理了？你们喝吧，我是不会跟他喝酒的，这种脸我可丢不起。我先走了！”说罢，一转身，竟然头也不回地拂袖而去。

柴叔和刘见章站起来，跟在身后再三挽留，却也没有用。欧阳才华愤然地走出后门，穿过菜地，消失在野路上的一片竹丛中，只留下了一连串的蛙鸣虫叫，旷野愈发的清寥。

桌上只留了三人，气氛一时有些尴尬。柴叔对冯源说：“他就是这么一个怪人，所以我们叫他‘欧阳怪’，老古板一个！”刘见章为欧阳才华辩解道：“这事情也不怪他，毕竟阿娴确实无辜得很。外面的流言生猛，欧阳怪又爱面子，怎么可能坐得住，心里肯定窝了一肚子的火。只有等到谣言平息了，他自然就清醒，到时气也消了。”柴叔说：“且不管了，我们先喝酒，这点破事，没几天就会过去的，有什么好较劲的。”说罢，望了望天空：“月亮也没意思，这时候还没有出来，难不成也害羞？来来来，先喝上三杯酒再说。”

冯源心里难受，事情发展成这个样子，确实与他有很大关系，虽说祸是表弟闯的，但真正把事情扩大却因为他。要是当时他冷静下来，想起来穿上衣服再去救人，流言不可能像现在这样凶猛。当时自己犯了哪门的脑浑，看到欧阳娴一动不动躺在地上，竟然慌张得什么都忘记了，只顾着救人要紧，没有想到这个细节。人家可是个姑娘，再怎么火烧眉毛，也不能赤身光脚去救人，这无异于毁人名节。难怪欧阳才华这么生气，没有赏他两个耳光，已经算手下留情了。

这么一想，冯源内心的自责与愧疚更是源源不断地涌出来。但内疚也无益，自己再怎么解释与道歉，也不会得到欧阳才华的原谅，只能靠时间来解开这个心结了。

冯源举起酒杯，敬了二位长辈，感谢他们为自己辩解。柴叔和刘见章见他脸色不安，知道这个后生内心难受，便宽慰他别往心里去，又不是什么大事，等过些时间事情淡下去，欧阳才华便会原谅他。冯源没说话，只顾着自斟自饮，一口气连喝三杯，但怎么也压不下去心中那股内疚之情。

第四章

中秋节过后，气温一天比一天清爽，暑气渐渐消散，枫树的叶子泛起了微红，苦楝、银杏、水柳、白杨等落叶树也开始枯黄。天空出现候鸟迁徙的身影，一群群掠过，留下了空旷的啼声，代替了渐渐消失的蝉鸣。

屈指算来，冯源在兴龙观住有十来天了，他每日跟着柴叔一起看书作画，累了就搬一张八仙桌到院子里喝茶聊天，看着油桐树落叶，感悟季节的轮回。每到傍晚，天空就会传来鸟啼，成群的大雁、野鸭、白鹭、天鹅等候鸟掠过村庄，抛下一连串清脆悠扬的叫声，仿佛商议着晚上在哪里落脚。冯源喜欢看候鸟掠过天空，不知道为何，心头总会浮起一些伤感，恨不得变成一只候鸟，可以飞向远方。

夜幕临下，冯源就会下厨炒两个小菜，照旧在院子里面与柴叔小酌几杯。此时天空再无鸟声，一片空旷，只有残缺的月亮和繁星朵朵，让人感到岁月的深远。

日子倒是潇洒，但这样下去也不行，冯源不可能一直无所事事地窝在观里蹭吃蹭喝。柴叔为人热情，说多他一张嘴也吃不穷兴龙观，但冯源是个朴实的人，觉得欠人情，心里总是过意不去。何况，待在兴龙观没有收入来源，久了也心烦，冯源的父母在家里守着几亩薄田，糊口可以，赚不得钱。他是家里的老大，下面还有一个弟弟，正在读初中，成绩优秀，冯源要是挣不到钱，弟弟就会面临像他一样的命运。另外，冯源还想到了另外一层关系，假如他一直住在兴龙观，会影响柴叔和欧阳才华的交往。只要他在，欧阳才华不可能再来喝酒，他不想因为自己的存在而拆了"同花三圣"的台子。

冯源决定找个新工作。同花街是容不下他了，梁坤健放出狠话，要让他从此消失在同花街，许多好事者都在看笑话呢。何况，同花街的店铺都是小本生意，请帮手也都是叫自己的亲戚，不会聘请外人。冯源无路可去，只得去兴安淀粉厂碰碰运气，看能不能找到活儿做，如果找不到活儿，他只能离开同花镇，到县城打转。

冯源不想离开同花街，一是对这里有感情，喜欢同花街的生活环境，也想跟着柴叔多学几年画；二是咽不下这口气，他要和梁坤健暗中较劲，绝不能被梁坤健赶出同花街，免得沦为人们的笑柄。年轻人血气方刚，争强好胜，不到迫不得已是不会认输的。

淀粉厂离同花街有四五里地，在富江的下游。一到夏天，起南风的时候，同花街能闻到一股淡淡的潲水味，那是淀粉厂的渣池散发出来的怪味道。淀粉厂的老板叫李宝军，以前在畜牧局上班，改革开放后，国家出台扶持政策，鼓励人们离岗创业，全国上下掀起一片火热的"下海潮"。李宝军深受鼓舞，毅然辞掉公职，从信用社贷款开了一家淀粉厂，他跟几家粉丝厂达成长期合作关系，淀粉不愁卖，很快就做起来了。

李宝军有一儿一女，儿子李世岩，现任淀粉厂的厂长，负责车间的日常管理；女儿李素雅，在淀粉厂负责财务工作。这对兄妹在镇上颇有名头，李世岩无须再介绍，他曾获得县里颁发的“新时代创业好青年”奖章；李素雅的名头，则缘于她参加了三次高考也没有考上大学，打破了同花镇的高考纪录，被人们津津乐道。

李世岩当初追过欧阳娴，而且还派出妹妹李素雅去和欧阳娴套近乎，成为欧阳娴的闺蜜，希望与妹妹里应外合，一举把欧阳娴拿下。然而半路杀出劲敌，李世岩败下阵来。李世岩是个要面子的人，当然不会将自己败阵之事跟别人讲，而欧阳娴和梁坤健也不会乱说，三人之间也没有闹出什么风波，外界并不知情。平日里李世岩见到欧阳娴，仍会打招呼，跟往常一样眉开眼笑，说些俏皮话；碰到梁坤健时，李世岩心里虽不高兴，但也会挤出笑脸，跟他热情地打招呼，仿佛好朋友一样。这里面牵扯到另外一层关系，李世岩的舅舅潘立威也在农场上班，是农场的监区长，负责农业管理。淀粉厂所需的番薯、木薯、马铃薯、苞谷等材料大部分是由农场供应的，李世岩是个聪明人，当然不会因为一个姑娘的感情，去和副监狱长的儿子结仇。

冯源运气不错，淀粉厂的大门口贴出招工启事，对外招聘三名捞渣工。他像捡到宝一样，高兴得差点欢呼起来，满怀期待地进去面试。

中秋已过，正值番薯和马铃薯丰收的季节，也是淀粉厂的忙季。收完番薯和马铃薯，接着要收木薯了。木薯号称“淀粉之王”，是桂北农民大量种植的农作物，面积仅次于水稻。每年深秋，人们将木薯从地里扯出来，运回家把皮刮掉，切成片晒干，再装到麻袋里放起来。晒干的木薯淀粉含量比新鲜的木薯更高，容易卖价钱。农民都很精明，把木薯晒干之后，不会一次性卖掉，因为木薯干的收购价格会有波动，谁都想在最高价的时候卖出。但木薯的收购价什么时候最高，没人知道，农民都是看时机而卖的。先是冬至前卖一批，用来准备腊肉和过冬的木炭；腊月时再卖一批，用来准备过年的年货；等到来年开春时再卖一批，用来买化肥和农药。一个农民的年过得好不好，家里的肥料跟不跟得上，就看他家种的木薯多不多。淀粉厂先是利用农场的新鲜木薯生产淀粉，同时派人下乡四处收购木薯干，大量囤积起来，等寒冬过后，来年春暖花开时节，就用木薯干来生产淀粉，以此保证淀粉厂的正常运营。

生产淀粉的工艺并不复杂，将新鲜的番薯和木薯等农作物清洗干净，经过粉碎、过滤、兑浆、撇缸、坐缸等流程，便能制作出淀粉来。以前老的淀粉作坊纯靠人工操作，占地方不说，出粉效率低。八十年代后，淀粉厂改用机器作业，从打碎材料到过滤淀粉，皆由机器一条龙完成。粉碎的薯类经过筛浆，过滤出淀粉后，多余的薯渣就被水冲出去，蓄积到水池里面，稠得像泥水一样。捞渣工的工作就是到水池里面，用簸箕把薯渣捞起来，装到麻袋里，然后扛上岸边，整个人跳将到麻袋上面，用脚死踩，像踩海绵一样把水踩出来。薯渣装了二十麻袋后，装到拖拉机上，拉到同花农场里面喂猪。农场有一个大型的养猪场，需要大量的薯渣。

一般人是不愿意去当捞渣工的，整天泡在水池里面，不仅苦累，而且又脏又臭。渣池里的水并不是每天都换掉，因为薯渣多，人工少，一天捞不完，水就要一直蓄在里面，间隔多天才换掉。天气热，时间一久，渣池里面便散发出潲水般的臭味，人泡在里面，跟活在臭水沟里面的鱼儿差不多。若不是被逼上梁山，冯源也不会来面试这个工作。

面试冯源的人是李世岩，他看到冯源身强体壮，便知是能下大力的人，询问了几句，决定录用他，让冯源拿身份证出来登记。李世岩看到冯源的身份证之后，就笑了起来。他当然听说了冯源和欧阳娴的事情，也知道梁坤健扬言要把冯源赶出同花街。李世岩高兴地拍着冯源的肩膀说：“好小子，跟我干，我保证谁也不能赶你走。”

冯源没想到自己的名头这么响，就连淀粉厂的厂长都知道了。他尴尬地笑了笑，没作声。

淀粉厂包吃包住，六块钱一天，出工有钱，不出工无钱。眼下是忙季，每天都有活干，算起来月工资有一百八十块钱。在一九九三年的农村乡下，这样的工资是很高的。那时同花镇中心小学的公办老师，每月工资才一百二十块钱，代课老师工资不到一百块，还不包吃。冯源在姑妈的酒铺当伙计，因为亲戚关系，每个月能拿一百块的工钱，已算是非常好的工作了。

办完入职手续，冯源从淀粉厂返回兴龙观收拾行李。淀粉厂离兴龙观很近，走路也就半个多小时，平时与柴叔见面也容易，并没有什么依依不舍之情。冯源对柴叔说：“晚上没事做，我再回来画画，顺便带些好菜一起喝酒。”

柴叔也知道去淀粉厂当捞渣工，并不是什么好事儿，中秋过后，天色渐凉，整日泡在水里，那是苦不堪言的，便说：“若有什么困难，就和我讲。捞渣工整日泡水，容易得风湿病，不是长久之计。”冯源说：“我也只是过渡一下，等风头过去就回酒铺卖酒。柴叔，你帮我算一卦吧，看这次去淀粉厂凶吉如何。”

柴叔于是洗了手，到龙王前烧三炷香，取出三枚印有“乾隆通宝”的铜钱起卦。他将铜钱捧在手上摇动，让铜钱落到神台上。每摇落一次，柴叔就拿起笔来，用草纸记爻，从下往上记，一共摇了六次，叠加生出卦象。

此次卦象是三阳三阴，乃《易经》六十四卦之泰卦。词曰：“小往大来，吉，亨。”柴叔哈哈一笑说：“此去大吉，一切亨通。”又看了六爻各词条的详说，其中九三乃主卦上爻，为临卦，词曰：“无平不陂，无往不复。艰贞无咎。勿恤其孚，于食有福。”柴叔补充道，“卦是好卦，但此去有玩坡之险，凡事放慢，方能爬上去。勿急戒躁，福分自来。”

冯源记在心里，在龙王前烧了三炷香，在那张记爻的草纸上写下“大吉大利”，点上长明灯的火，放到火盆里烧，待烧完之后，合掌作了三个揖，便提着行李往外走。

淀粉厂已经有三名捞渣工，其中两名是哑巴，还有一名叫陈嘉南的后生仔。两名哑巴是淀粉厂的金牌老员工，从淀粉厂成立，就在渣池里面干活了。诚然，也只有哑巴才愿意做捞渣工，本地农人宁愿窝在田地里，也不愿意来挣这份辛苦钱。整日泡在池里，又脏又臭，那滋味可不好受。

捞渣工两人一个组合，李世岩安排冯源和陈嘉南做搭档。这活儿极简单，根本不用人教就能上手：一人拿着麻袋，撑开袋口，另一人用簸箕铲入水中捞薯渣，装入袋子里。装了半袋子薯渣后，就要抬上岸去踩水。半袋子薯渣在水中拖行，并不觉得沉重，但是一上岸，湿漉漉的沉得要命，必须两个人合力才能拖上岸。岸边有专门踩水用的台阶，两人跳起来，就像人工踩浆一样；或者合力将薯渣抬起来往地上摔，多摔几次，尽可能把水分挤出来。薯渣缩水严重，要搞好几次才能装满一麻袋，然后抬到拖拉机车上。

捞渣是一件既辛苦又无聊的事情，为了打发时间，自然要聊天说笑，缓解苦闷。很快，冯源就和搭档陈嘉南混熟了。陈嘉南是一个气质斯文的后生，根本不像干粗活的人，初次见面时，冯源心里还在嘀咕："这样一个后生，怎么也来当捞渣工，莫不是像我一样被逼得走投无路了？"

陈嘉南个子中等，长了一张瘦桃脸，眉毛粗长，眼睛很大，透出一股清癯的秀气。他剪着一头清爽的短发，笑起来面带阳光，并不忧郁，给人一种亲切感。时不时地，他嘴角会微微上扬，看上去有些调皮，露出一副玩世不恭的神态，仿佛一切都无所谓的样子。

冯源听陈嘉南的口音是外地人，带着白话腔，就问他是哪里人。陈嘉南说是广东顺德的。冯源心里好奇，一个广东人怎么会跑到这小地方来干这种脏苦的活儿，莫不是从劳改农场出来的？由于初次接触，还没有熟悉，不好乱问人家的隐私。冯源只是随口询问关于顺德的地方风情。陈嘉南性格开朗，也是个爱说笑话的人，滔滔不绝地讲起自己的家乡风情，由此慢慢聊开。

毕竟是年轻人，加上性格相符，没过多久，两人便热络起来。冯源于是放开了胆子问陈嘉南："你是从里面出来的？"里面，自然是指劳改农场了。陈嘉南也不忌讳，点头说："是啊。"脸上没有尴尬的神色，并不觉得当劳改犯是一件丢脸的事情。冯源好奇地问："看你斯文的样子，也不像犯大案的人，怎么会进去呢？"陈嘉南说："运气不好，被人骗去制造假化肥，被抓了。"冯源"哟"了一声："制造假化肥，好厉害，那可不是一般人干的事情。"陈嘉南嘿嘿一笑："有什么厉害的，用滑石粉加黏土，掺入部分真化肥，就能以假乱真。我不参与工厂生产，也不懂其中的奥秘，只是负责门面销售。"冯源说："负责销售，顶多罚些钱，不至于坐牢吧？"

陈嘉南细细说起事情的起因：“我有个哥哥，比我大五岁，在家里承包了十几亩鱼塘搞养殖。我们那里很多人养鳗鱼，广州人和香港人吃的鳗鱼，都是顺德养的。我哥赚了些闲钱，就想投资点别的生意，来一个钱滚钱利生利。正好他有几个朋友要合伙搞化肥厂，就让我哥入股。我哥要打理养殖场，抽不出时间，那时我刚好高中毕业，没考上大学，在家闲着无事，我哥就让我做股东，参与化肥厂的事情。那些合伙人狡猾得很，特意让我做工厂的法人，说管事的权力大一些。我以为是件好事，后来才知道，工厂出事第一个被追责的就是法人代表。我负责门面销售，不参与工厂管理，一直被合伙人蒙在鼓里，直到被查处之后，我和我哥才知道那是一个假化肥厂。我是法人代表，逃不了干系，就这样，钱没赚到还蹲了大牢，真是冤枉得很。”

冯源惋惜地说：“确实是冤枉鬼。”不过心里却十分好奇：“那你出来之后，怎么不回去跟你哥搞养殖，在这里当捞渣工，比做牛做马还辛苦。这种事情做久了，会得风湿病的。”陈嘉南嘿嘿一笑，讪讪地说：“暂时不舍得离开这里……”冯源听了，像听到什么离奇诡异的事情，心里转了一万个念头也想不通，这个偏僻落后的小镇，还有让人舍不得的地方？而且他干的是捞渣工的活，又不是什么好差事。于是追问：“舍不得什么，难道这渣池里面有黄金？”陈嘉南用沾满薯渣的手抓了抓后脑袋，脑袋顿时沾上了一片泥浆般的东西，看起来倒有些云里雾里的。他支支吾吾地说：“我只是觉得这地方好，风景好，风水好，还想多待一阵子。”

冯源知道陈嘉南心里肯定藏有秘密，他不再追问，毕竟每个人都有隐私，他们还没有熟到掏心掏肺的地步。冯源又问：“你在里面待了多久？”陈嘉南说：“本来判了一年半，但我只待了一年。”冯源问：

“用钱买通了？”陈嘉南说：“不是，我在里面立了功，减了半年刑。”冯源问：“什么功，减这么多？”陈嘉南说：“有个监区长的儿子小学放暑假，和几个小孩在柴房里玩捉迷藏，有一个小孩躲得严实，怎么也找不到，监区长的儿子就吓唬他，说再不出来他就放火烧屋了。但那小孩就是不肯出来，后来监区长的儿子真的放火。小孩子不懂事，原本只是想吓唬一下而已，但在柴房里玩火不是找死吗，结果整个把柴房都烧起来了。监区长当时急坏了，带我们去救火。我胆大，不顾一切冲进去把小孩抱出来，立了功，减了半年刑。”冯源竖起大拇指说：“看不出来你还是个英雄呢，佩服！你出来多久了？”陈嘉南说：“才两个月。”冯源说：“怪不得，头发还这么短。”

说到这里，两人已经将薯渣装了大半麻袋，一起拖到岸边，沿着一个斜坡口往上拖。拖出水面后，便用脚去踩水。将那薯渣踩得差不多了，再抬到岸上的平台，倒入另外半袋薯渣里，凑成了一袋子，用绳子捆住袋口，接着再猛踩一阵，又挤出一些水分，便抬到拖拉机的车厢上。

忙完一袋子的活，两人喝了一碗茶水，接着又拿麻袋下水池去捞渣。冯源突然心念一动，想起来淀粉厂上班前，柴叔给他算了一卦，卦象说出门遇贵人，再看看陈嘉南，难道此人与自己有缘？于是心头一热，便说：“广东是个好地方呢，电视新闻天天报道说搞改革开放，建什么特区。在这鬼地方做捞渣工，又脏又臭，把身子都泡坏了，哪天你回广东，有好的门路，也把我带上，好让我脱离苦海。”一边说一边用手拨了拨水面上的薯渣，苦笑道：“这不是苦海，而是臭海。”陈嘉南笑起来：“臭海无边，回头是岸。”冯源说：“回不了头啊，我是被人逼到这一步的，否则也不可能跑来这里受苦。”陈嘉南心里很好奇，便问：“怎么被人逼了？”

冯源为了拉近关系，于是便将自己的遭遇说了。为了让陈嘉南感兴趣，他故意说得像煞有介事：欧阳娴骑车摔晕，他一时糊涂，穿着一条裤衩抱她去求医，结果惹出了一身是非，最后被梁坤健逼出同花街。他把整个过程都细细说出来，就连欧阳才华在兴龙观臭骂他一顿的旁枝也说出来了。陈嘉南听得津津有味，听完后仰头哈哈大笑，说：“你这是走桃花运呀！”又说：“梁警官的女朋友，那可是一条靓女，你真是有福气，光着身子抱着她跑，梁警官不把你皮剥了都是好的。”冯源好奇地问：“你怎么知道她长得靓？”陈嘉南说：“今年农场收杨梅，梁警官就带他的女朋友进来摘杨梅吃，我当时也在场，特意多看了两眼。”

农场里的犯人都认识梁坤健，虽然梁坤健不带犯人出工，但负责行政这一块，与犯人接触也多。每个月底，劳改犯都要上思想教育以及法制宣传等课程，主旨是让他们洗心革面，重新做人。梁坤健负责给犯人上思想教育课，他严肃与铁面无私的形象，令许多劳改犯记忆深刻。农场虽大，但是犯人集中，事情传得快，劳改犯们基本上也知道梁坤健是副监狱长的儿子。

说起来，陈嘉南和梁坤健还是有过接触的。当初，陈嘉南因为救火救人事迹，得到了减刑，农场举行表彰大会，就由梁坤健当主持。表彰大会上，梁坤健和陈嘉南还对过话，虽然身份不同，但陈嘉南与梁坤健也算相识了。梁坤健和欧阳娴谈恋爱，为了讨女朋友欢心，农场果子熟的时候，就带她进来采摘着吃，许多劳改犯都见过欧阳娴，私下里议论纷纷，说梁坤健的女朋友简直就是天仙。

陈嘉南问：“问你一个问题，你喜欢不喜欢梁警官的女朋友？”

冯源嘿嘿一笑：“长得靓，谁不喜欢。”陈嘉南又问：“你当时抱着她是什么感觉？有没有想过让她做你女朋友？”冯源愣了一下，没料到陈嘉南会问这样的话，他不好意思地笑了笑说：“累得要死，哪有什么想法。”陈嘉南笑起来：“看你，脸都红了，当时肯定胡思乱想吧。要是我，干脆将计就计，借着这大好机会趁火打劫，就对别人说，你占了她的便宜，就是想娶她做老婆，看他们怎么说。”冯源睁大眼睛：“这不是疯了吗，讨打呀！”陈嘉南不以为意地说：“怕什么，搞个翻天覆地才好玩，说不定有人敬你是条好汉呢！”冯源翻了个白眼说：“骂我是流氓还差不多。你以为农村人的想法像你们大城市那样开放啊！”陈嘉南“哼”了一声：“我跟你讲，想要得到一个女仔，就要大胆去抠，不要管别人怎么看待，你死皮赖脸地追她，不顾一切对她好，就算别人骂你耍流氓，骂你是神经病，那有什么关系，难道你身上会少一块肉？你越是大胆，脸皮越厚，女仔就越是把你放在心上，虽然表面会骂你，心里说不定会有别的想法。再说了，你长得靓，比梁警官好看多了，只要豁出去，说不定浑水摸鱼，能从梁警官手中把她抢过来。”冯源吐了吐舌头说：“你这是站着说话不腰疼，也不想想实际情况，像我这样一穷二白的人，拿什么去打动人家？梁警官家境多好，除非欧阳娴眼睛瞎了才会看上我。”陈嘉南冷笑道：“秀才不怕衣衫破，就怕肚子没有货，一点自信心都没有，怎么做强人啊！你喜欢看书不，知道朱元璋吧，一个乞丐都能当皇帝，世界上奇迹多得是。我跟你讲，女仔都中意那些敢爱敢恨的男人，你只要敢做，打动了她的心，她才不会管你是穷是富，也愿意跟你的。”冯源打了个哈哈：“世界上有几个朱元璋？几百年能出一个都不错了，这是个孤例，不能拿来做比较的。”又说：“听起来，好像你很懂女孩一样，你追过几个女孩？

说说你的恋爱经验，给我借鉴一下。”

这话倒是把陈嘉南问住了，他颇为尴尬，嘿嘿一笑：“我也没有恋爱经验。不过，我最近一直在总结怎么追女仔，打算抠条女试一下。”冯源就笑话他：“你自己都没有试过，反过来教我，安的什么好心，是想看我出洋相吧？”陈嘉南问：“你有没有看过琼瑶的书？”冯源摇头说：“琼瑶是谁？”

倒也不能怪冯源孤陋寡闻，那时琼瑶的言情小说，只在大城市里流行，并没有流传到这个偏僻小镇。陈嘉南惋惜地说：“那真可惜，你要是看过她的小说，肯定就懂女人的心了。我看过她很多小说，知道女人心里想什么，从里面总结出很多恋爱经验。”冯源不屑地说：“《红楼梦》我倒读过，写了这么多女人，难道就懂女人了？纸上谈兵而已。”陈嘉南辩解道：“《红楼梦》讲的是古人，跟现代人是不一样的，怎么能拿来对比。”

两人就着这个话题胡扯起来，你一句我一句，虽然意见不统一，但因为各抒己见，话题不断，又笑又闹的，倒也快活起来，并不觉得泡在水池里捞渣是一件苦差事了。

不过，陈嘉南说的这些话，倒是勾起了冯源另一种想法：要是按照陈嘉南的说法，他豁出一切，跑到同花街上，去跟人们讲，说他喜欢欧阳娴，看到她摔倒昏迷，心疼还来不及，怎么会故意伤害她。于是就顺水推舟向欧阳娴表白，让所有人都知道他的爱慕之心——这将会是什么样的景象呢？冯源不敢往下想，在他看来，这无异于惊天动地的骇人举动了。他想，多半会被人骂是蠢仔，说不定会挨揍。他拿什么和人家梁坤健竞争呢，只会引来更大的笑话，骂他是“癞皮狗，不知丑”。

如此胡思乱想一通，又回想起那天的事情。他抱着欧阳娴去卫生站求医，注定成为今生最难忘的场景。每天夜里睡觉前，冯源总要回味那天的光景，让自己的感情找到归宿，希望梦到欧阳娴，还能身临其境地感受到那幸福的一刻。从富江大桥到卫生站，有两里多地，他跑得急，怕自己抱不稳，不小心将欧阳娴摔下来，造成二次伤害，那就更加麻烦，因此他紧紧地抱着她，让她的身体挨着自己的身体，尽量减少双手的负重。他一边跑一边时不时低下头来看欧阳娴，她安静地躺在他的怀中，像睡着了一样。因为奔跑辛苦，他喘息剧烈，闻到她身上散发出淡淡的少女肌肤之香，那一刻真是恍然如梦！事后，常常有人调侃他，问他光着身子抱一个姑娘奔跑是什么感觉。他每次都说只想着救人要紧，急得要命，跑得气都喘不过来，哪里有什么感觉。他当然是在撒谎，尽管当时心里十分焦急，抱着一个人跑步也十分累，但他还是有很多奇特的感觉，毕竟怀里抱的是他的梦中情人。听老人讲，旧时娶老婆，花轿抬到家门口，新郎要抱着新娘进洞房，不能让她双脚落地。在地方上，一个姑娘被一个后生抱着走，意味着洞房花烛。

冯源心想："欧阳娴成年之后，我应该是第一个抱着她走的男人，也是第一个跟她如此亲近的男人。"这么一想，心里不由得涌出一股幸福感，哪怕他因此被梁坤健逼出同花街，被迫来当捞渣工，但心里并没有藏着太多怨恨。毕竟抱着自己喜欢的姑娘走了这么远的路，就算被人骂，被人赶，那也是值了。

这也是冯源宁愿站在满天流言之下，却不愿意离开同花镇的原因之一。他知道自己回老家避一阵风头，说不定风波很快就平息了。可是就算身败名裂，他也不愿意离开同花镇，因为他觉得自己与欧阳娴的缘分不应该就此结束。之所以有这样的想法，是因为那天抱着欧阳娴去卫生站求医，他并不是故意光着身子的，确确实实是一点也没有意识到自己当时只穿着裤衩，甚至还忘了自己是光着脚走路，整个人被一股奇妙的感觉包裹起来。一直到了卫生站，经刘见章提醒，他才意识到自己犯了错误。冯源不是那种冒失的人，平时干活心细，想事周到，然而那天却鬼使神差地做出这种离奇之事，究竟是为何？冯源想不通。人们喜欢将想不通的事情都归咎到命运的安排。既然老天爷造化弄人，一定有他的道理，所以冯源内心深处留下了幻想，总觉得这件事情不会那么简单，一定还有下文。

冯源默默地期待着老天爷再次安排，让他与欧阳娴相逢。然而，命运的期待总是充满了波折，对冯源而言，他的波折不仅是那些满天飞舞的流言，还有在渣池里面的艰苦工作。

在水池里捞渣是一件极其脏苦的事情，人泡在水中，全身都沾满细细的薯渣，毛孔异常难受，皮肤很容易过敏。渣池的水虽然隔几天就放干一次，但即使排干了，池里面的薯渣也有许多粘在池子里，无法清理干净。长年累月下去，渣池当然很臭，每天泡在池里，腥臭浸入体内，用香皂洗三遍身体仍是不干净，身上总是散发一股馊味。

渣池有篮球场那么大，生产车间每天大量产出淀粉，按照排渣量，至少要配六名捞渣工才行。可是眼下招不到人，没人愿意来干这活，靠四人的手脚，那是辛苦得很。尤其是中秋节一过，天气越来越凉快，只有正午的时候干活是舒服的，早上和傍晚下水都阴冷，要预热身子才能下去，有时候夜里也要加班，水冷寒气重，全身打哆嗦。

幸好冯源和陈嘉南的身体都很强壮。冯源常年干活，没事就到江里摸长尾螺，冬天也敢冬泳；陈嘉南虽然体瘦，但在农场劳改了一年，长了许多吃苦耐劳的肌肉。两人干起活来手脚快，不偷懒，比那两个哑巴还要快。

天气一天比一天冷，霜降过后，寒气便凝重起来，再也没有办法光着身子下水了。厂里给捞渣工每人发了一套连体的胶衣，就是渔民冬天下水捕鱼用的那种防水胶衣，非常厚，到肩膀那么高，穿在身上下水捞渣，倒也勉强抵寒。可是胶衣太硬了，行动很不方便，渣池的水到他们的腰间，他们的动作不敢太大，一不小心水就溅到衣服里面，或者腰弯低一点，水也会漫进衣服里。而且穿这套笨重的连体胶衣，拖着麻袋上岸踩水，也极不顺利，这样一来，影响了捞渣的进度与效率，每天晚上都要加班加点，苦不堪言。

陈嘉南实在受不了，有一天吃了午饭，就去财务部找李素雅，对她说:“干活量这么大，又这么辛苦，要加工资才行，否则把我们逼走了，没人给你们捞渣，影响生产，损失更大。”李素雅看了陈嘉南一眼，觉得此人好生奇怪，就笑起来：“只怕你找错人了，发工资归我管，但是加工资你得去找厂长才行。”

陈嘉南于是去找李世岩，重复了一遍自己的意思。李世岩对捞渣工的工作一清二楚，也担心他们受不了这样的苦而集体辞职，给厂里的生产带来影响。李世岩向父亲汇报情况，李宝军权衡再三，同意加工资，每天给他们加一块钱。算下来，每个月多了三十块钱，一个月能拿到两百一，而且包吃包住，在小镇上已然是高工资了。

因为加工资的事情，冯源对陈嘉南有钦佩之意，他原以为每月一百八十块钱的工资，已经极好，就像去给人家干活，定了价钱，就不能乱改的，他没想到中途还可以提出加工资的要求。工资一加，给捞渣工带来了福利，两个哑巴也高兴得很，对陈嘉南也另眼相看，干起事来劲也比以前大了。但是，厂里也把门口的招工启事给撕下来了，不再对外招捞渣工。陈嘉南“哼”了一声，跟冯源说：“从南京到北京，买的不如卖的精。厂里给我们加了工资，却不给我们加人手，说到底，还是他们赚了！”

冯源无奈地摊了摊手，问道：“那可怎么办？”陈嘉南苦笑道：“还能怎么办，继续干吧，熬到过年再说。”冯源屈指算了一下，离过年差不多还有两个月，日子漫长。他望着渣池水面上漂浮的黏稠薯渣，如同一片沼泽，一旦陷下去，想脱身可不是那么容易的。他也露出一脸的苦笑，看着陈嘉南说：“那就慢慢熬吧！”

第五章

淀粉厂包吃包住，为了节约资金，吃的蔬菜大部分是厂里自种的。厂区里面有一块菜地，菜地就在渣池边上。厨房做菜的两个阿姨不仅负责厂里人的伙食，还要负责种菜。阿姨为了图省心省事，夏天种的大部分是藤类菜，如冬瓜、南瓜、丝瓜、葫芦与蛇瓜之类的，这些藤瓜很好养，种在哪里都能野蛮生长，不用操心。阿姨每隔一两天，就用水泵从渣池里面抽水，喷向菜地。池中水含有薯渣，跟着泥土发酵，营养好，瓜藤长得肥，南瓜大得像车轮，冬瓜粗得像水桶。

秋天是冬瓜收获的季节，为了早点把冬瓜吃完，以免烂掉，厂里最近每天都有一道冬瓜炖五花肉，吃得让人发腻。冯源倒好，从小山区长大，觉得冬瓜炖五花肉油水足，吃了能让人发力。但是陈嘉南每次一吃到冬瓜炖五花肉，就翻着白眼，像吃毒药一样，抱怨着说："这伙食也太差了吧，还让不让人活了。再吃下去，人都要变傻的。"冯源说："每天都有肉吃，算好的了，总比你在农场里面的伙食好吧。"陈嘉南说："几块肥肉就让你心满意足，真没出息。不行，我得向工厂反映反映。"

后来，陈嘉南又去找负责财务的李素雅，诉苦道："大小姐，工厂的伙食能不能改善一下，每天都是冬瓜炖五花肉，吃得人都快要变成冬瓜了。”李素雅扑哧一笑说：“你这人也真是的，找我有什么用呀，你想改善伙食找厂长，我只是负责发工资的。”陈嘉南说：“你好说话些，我就喜欢找你，你可以向你哥哥建议，就当是帮我一个忙。”李素雅说：“每天有肉吃，你还不满足，你想要吃山珍海味啊？”陈嘉南说：“肥肉吃多了也腻，每个星期能不能炖个鱼汤或炒个鱼片，我是顺德人，吃鱼长大的，三天不吃鱼，脑袋就要发昏的。说不定哪天昏倒在池子里，淹死了怎么办。”李素雅抿嘴笑道：“看你说的，有没有这么严重。行吧，我跟我哥讲一下，看平时能不能炖个鲫鱼汤。”陈嘉南眨了一下眼说：“谢谢你，以后我喝鱼汤吃鱼肉时，会想起你的。”李素雅“哟”了一声：“那我还是不说了，省得你想我。”陈嘉南调皮地说：“要是你不说，我每天都会惦记你，时不时来找你，只要你不嫌我烦。”李素雅说：“你这人怎么蛮不讲理呀！”陈嘉南说：“因为我很久没有吃鱼了，所以变得有些野蛮了。就像猫一样，很久没有吃鱼，肯定要发疯的。”李素雅又扑哧地笑起来：“你是属猫的吧？”陈嘉南说：“是啊。你怎么知道，难道你是属老鼠的？”李素雅撇了一下嘴：“我是属老虎的。”陈嘉南突然认真起来：“你真的是属虎的吗？”李素雅看到他表情认真起来了，歪着脑袋看着他，一副挑衅的样子，俏皮地问：“难道，你真的是属猫的？”陈嘉南就笑了起来，笑得很开心，因为李素雅歪着脑袋的样子看起来很可爱。

过了两天，厂里的饭堂果然有所改善，多了一道芥菜炖鲫鱼汤，那鱼汤熬得像牛奶一样乳白，上面还结了一层鱼胶油，鲜美得很。陈嘉南很高兴，连喝了三大碗，捂着肚子感慨道：“简直比喝神仙水还爽。”说着，左右张望，看看李素雅在不在饭堂，要当面感谢她一下。

然而，李素雅是不在饭堂吃饭的，因为她家的房子就建在淀粉厂边上，母亲在家里做饭菜，一家人都是回家吃饭的。毕竟厂里吃的大锅饭，味道相对粗糙，没有自己做的好吃与卫生。

冯源看到陈嘉南连喝了三大碗鱼汤，吃饭也是用鱼汤泡饭，就说："你也太夸张了吧，吃个鱼汤而已，有那么美味吗？"陈嘉南说："你不知道我们顺德人对鱼有多么热爱，没有鱼，生不如死啊！"

过了两天，饭堂又熬鱼汤。陈嘉南看到鱼汤两眼发光，就跟猫看到鱼肉一样，他一口气喝了三大碗。喝完后哼起了小曲，惬意得很，还说一喝到鱼汤，感觉就像谈恋爱一样美好。冯源很是疑惑，不就是喝个鱼汤吗，还搞得这么快活，是不是藏着什么秘密？于是，冯源再三追问。

这时的冯源和陈嘉南已经熟透了，两人每天形影不离，成为了无话不谈的亲密好友。在冯源的追问下，陈嘉南才终于说出藏在心底的秘密：他之所以出狱不回家，要留在同花镇当一名捞渣工，原因是他喜欢李素雅——不仅是喜欢，几乎是迷恋。那天，他去找李素雅提出加工资，后来又去找李素雅建议改善饭堂伙食，他当然知道这些事情找财务是牛头不对马嘴，要找厂长李世岩才行。但是他却故意去找李素雅，就是想和她说上几句话，让她加深对他的印象。

陈嘉南迷恋李素雅，并非无缘无故，说起来，倒像是命中注定的缘分。在陈嘉南受苦受难时，老天爷安排了李素雅突然从天而降，让他度过了最艰难的时光。如果没有李素雅的出现，或许陈嘉南在农场服刑的日子，就没有那么好过了。

陈嘉南从来没有想过，自己这辈子会有牢狱之灾。他被押送到农场干活，迎来了人生中最黑暗的时刻，无论是身体还是精神，都受到了严重打击，几近崩溃。陈嘉南出身于小康家庭，父母是国营单位的职工，他从小生活在职工大院，不曾受过苦。而比他大四岁的哥哥，初中毕业后就出来搞养殖产业，赚了钱，家境富裕，他在生活上从未发过愁。高中毕业后，陈嘉南考不上大学——这点和李素雅倒有些相似，李素雅考了三次都没有考上，他则考了两次。虽然没考上大学，但父母觉得高中毕业也算颇有文化了，正好改革开放在广东搞得热火朝天，有许多潜在的商机，父母于是想让他学做生意。家里有本钱，又有几个亲戚在香港，可以和香港的亲戚联手，看看能不能弄点名堂出来。哥哥搞养殖赚了钱，心眼大，也想着投资生意，正巧被朋友骗去投资化肥厂，哥哥分不出二心，就让陈嘉南代他入伙，成为化肥厂的法人和股东，没想到却引出这样的祸事。那时，制造假化肥售卖，相当于破坏农耕生产，是一项大罪，搞不好要判几年。陈嘉南的父母找了关系，花了不少钱，陈嘉南才改判了一年半。

陈嘉南从小到大都没有干过农活，进农场改造就像半路出家的和尚，什么都要学，稍学不好就挨骂，甚至挨打，如同奴隶，苦不堪言。尤其是刚进去那一两个月，处于磨合期，度日如年。在最难熬的时刻，他撞见了李素雅，竟然莫名地有了精神寄托。

李素雅高考三次都没有考上大学，极受打击，尤其是最后那次，只差了几分。女孩子的心毕竟是脆弱的，她一气之下，发誓从此不再考大学，于是把书本全部烧毁，终日郁郁寡欢，窝在家里不出门，跟命运赌气。这可把家人急坏了，用尽各种方式开导她，但都没有效果。李素雅的舅舅潘立威是农场的监区长，后来想了一个主意，带李素雅进农场里看犯人劳动改造，让她见识一下什么是人生的艰苦，希望引起她内心的震撼，以此解开心结。

正是八月交季的农忙时节，劳改犯在田里挥汗如雨地插晚稻。犯人干活是有产量规定的，每天要插八分田，早上四分，下午四分，插不完不能吃饭。而且插下去的秧苗要十分整齐，每一排的间距都要相等，看起来就像画上去的一样，如果秧苗插歪了，或者每一排的间距相差太大，还要拔出来重插。不服气的话，劳改头马上就举起手中的竹竿打过去，能把人打得满地打滚。

劳改头是从劳改犯里面抽出来的队长，也就是传说中的牢头，出工时随身携带一根竹竿，一是用来测量秧苗是否插整齐，二是用来打人，三是用来点人数。那时还没有监狱文明创建的说法，劳改头打犯人，是一种严厉的管教手段，不足为奇。

那天，李素雅跟着舅舅潘立威走到田间，她站在泥水泛滥的田埂上，看着被阳光暴晒却没有戴草帽的犯人，光溜溜的脑袋上冒出一层汗水，像露珠一样，在阳光下闪烁着光芒。劳改犯干活时是可以戴草帽的，但潘立威提前下通知，这天故意不让他们戴草帽，为的是给李素雅看到那种劳苦场面。

田里的劳改犯像奴隶一样不停地插秧，衣服裤子早就被汗水浸湿透，像从水里捞上来一样，汗水顺着衣服滴到了田里面，和古人那句“锄禾日当午，汗滴禾下土”一模一样。劳改头拄着竹竿，在田埂上来回巡逻，就像旧时地主家里的管家。看到潘立威带着李素雅过来了，劳改头更是卖命起来，举着棍子，斥喝犯人干活快点，声音就像恶狗吼叫。

劳改犯白天在田地里劳作，晚上困在牢房，毫无人身自由，平时极少见到女人，更不用说像李素雅这种清纯可爱的少女。一时间，李素雅引起了劳改犯们的注意。但是，他们都只是用眼角瞟上一眼，不敢放眼去看，因为劳改头的叫声就在耳边一阵一阵地响起，像恶狗咬人，谁敢在这个时候伸个懒腰，都是要挨棍子的。然而，有个劳改犯却不识趣，站了起来，看了一眼李素雅，一下子就像着魔般，直愣愣地盯着看，眼珠子一动也不动。正巧被劳改头看到了，这女孩是监区长带来的人，怎么能乱看？劳改头二话不说，冲过去举起竹竿就往那劳改犯的大腿上打去。打得极凶，发出“啪”的一声，打得那犯人站不稳，一下子跪在了田里，泥水都溅到脸上了，两条腿上也留下了红肿的竹竿印子。

劳改头兀自不放过，又拿起竹竿往那名劳改犯的背上狠狠打去，抽了两大棍子。劳改犯身上的衣服早被汗水浸湿，因为竹竿的暴打，紧紧地贴在背上，仿佛镶到了肉里面。但他不敢把衣服扯起来，也不敢叫痛，慌忙地从田里站起来，哆嗦着身子继续插秧。

为了保持整体形象，劳改犯无论春夏秋冬都要穿长裤，干活时也不例外。插秧的时候，要把裤脚整齐地折到膝盖上。那名劳改犯被打下跪时，泥水早就灌入了折起的裤筒里面，他站起来，泥水就顺着大腿哗哗地流下来。但他不敢整理，只是弯腰低头，像什么事情都没有发生，飞快地插着秧苗。他的嘴角在抽搐，显然是在承受痛楚。

边上几个劳改犯看到了这一幕，都笑出声来，但也是弯着腰笑，不敢站起来，更不敢停止手中的活。劳改头又喝道：“笑什么笑，中午还想不想吃饭，快干活！”说罢，一挥竹竿，又打在一名笑出声的劳改犯的身上，那劳改犯疼得“哇”地叫了一声，身子向前倾斜，差点就摔到水田里了。劳改头恶狠狠地说：“再叫！”随后又是一竹竿抽过去，那劳改犯脸上虽然有怨色，却也不敢再出声，伸了伸腰，低头插秧，也不知是泪水还是汗水，从脸上滴到了水里。

李素雅从未见过这种残暴的场景，看得惊心动魄。潘立威见李素雅脸上现出惊愕与心痛的表情，知道触动了少女柔弱的内心，便说：“他们受罪都是自找的，如果当初不犯法，怎么会被关进来？只要他们有心悔改，迟早有一天会走出农场，重新做人。这些犯人有些判了十几年，出去之后恐怕连老婆都讨不到，他们活着是为什么？但是他们必须活着，因为只有活着才有希望。你这么年轻，家境又这么好，只不过是考不上大学而已，又不是犯罪，发什么愁呢？把自己搞得像林黛玉一样愁眉苦脸，浪费大好青春，还不如一个劳改犯看得开。你再这样下去，舅舅就把你关到里面来，让你尝尝什么是真正的苦。”

听舅舅这么说，李素雅又看了看这些做苦役的劳改犯，眼前有了对比，心中就有了觉悟，和他们比起来，她确实是幸运太多了。

那个因为看李素雅而被打的犯人，就是陈嘉南。他永远不会忘记第一次看到李素雅的感觉。那天的阳光强烈，刺眼得很，也不知道上面搞什么鬼，出工时竟然不准戴草帽，说是接受阳光的改造。他被阳光晒得昏昏沉沉的，几乎要中暑了，每往田里插一棵秧苗，就是把体内的力气使出去，仿佛要把命都耗在田里。阳光直愣愣地照射在田野，光芒四溅，像玻璃碴的碎片。因为没有草帽，无法遮挡水中的太阳，光芒一直刺到他的眼睛里，眼睛火辣辣地疼，时不时一阵迷糊。他累得终于忍不住站起身子，抹了抹额头上的汗水，顺便伸个懒腰。就在这时，他看到了李素雅，站在离他只有三米外的田埂上。一瞬间，他还以为眼睛被阳光照花眼了。他揉了揉眼睛，田间的泥水上面荡漾着细碎的阳光，令人眼眩目晕，有些不真实，可是田埂上确实站着一位姑娘。这姑娘身穿白色碎花连衣裙，头戴一顶花布帽子，在这泥泞混浊的田野，显得十分清新秀气，就像一朵牡丹盛开在那里。因为相隔不远，他能看到她的相貌，那是一张偏瘦的鹅蛋脸，眼睛很大，因为看到劳改犯受苦的情景，她露出吃惊的表情，眼睛瞪得圆圆的，看上去特别天真无邪；她的鼻子虽然小巧，但很挺，鼻头很俏，像画上去的一样；她脸颊的颧骨到下巴那一段线条，略显丰满，但不是婴儿肥，而是下巴的弧形挺拔，把整个五官都衬托得非常匀称，使她看起来有些孩子气，带着略略的天真与烂漫。她当时没有笑，但是陈嘉南知道，她笑起来一定是很迷人的。

陈嘉南一下子就着迷了，很想看到她笑。就在那一瞬间，他挨了劳改头的一顿恶打，但正是这样一顿毒打，反倒像锤子打在钉子上一样，将女孩子的模样一下子镶入了他的脑海中，再也拔不出来。

接下来的插秧，陈嘉南的脑子里一直想着这个女孩。因为想念，让他分了心神，竟然抵挡住了阳光的暴晒，身心处于另一种境界，忘却了劳动的苦累。陈嘉南有一种感觉，这个女孩子是他命中注定的缘分，是来解救他脱离苦海的。陈嘉南知道，这女孩和监区长潘立威肯定有什么关系，否则不可能进到监区里面看劳改犯干活。他于是放下心来，只要掌握这条线索，以后一定能从潘立威的身上打听出这女孩的下落。

农场里面干活极其辛苦，又无人身自由，生活枯燥无味，犯人心里必须有个念想，有个盼头，才能化解这漫长的苦役。陈嘉南把李素雅当成了一种人生憧憬，以此激励自己，他想着出狱后一定要找机会追她。这并不是一个毫无来由的念想，他青春年少，正当情窦初开，在那样一种特殊环境下见到李素雅，心里如何不起波澜。何况他进农场不到两个月，白天干活受苦，晚上关在牢里又受老犯人欺压，心里发闷，脑子总是想家，家里的富裕生活跟农场比起来，简直天堂与地狱之分，一想到苦日子还在后头，心中更是绝望。在这种极端的生活环境下，人必须有精神寄托，才能缓解心理上的困顿与压抑。李素雅的出现，使陈嘉南紧绷的情绪突然松动了，他把对家的思念之情，全部转移到了李素雅的身上，以此缓解牢狱之苦。他于是没事就幻想李素雅，觉得田间初次相见那一幕特别美好，他反复回忆，像吸精神鸦片一样，用来抵御心头的苦闷。可是想念这种东西会上瘾的，是会产生感情的，想着想着，脑子里就多出了许多莫名的幻想，竟然连做梦也梦到她了。农场的日子越苦，李素雅就越是多次出现在陈嘉南的脑海和梦境中，不知不觉，她的身影在他的心中扎下了无可动摇的根基，就像一座生命的大山，再也无法逾越。谁也不曾想过，就连陈嘉南本人也不敢相信，一个只见了一次面的姑娘，会给他的人生带来巨大的精神向往。或许是当时的人生太艰难了，太痛苦了，才会让那一瞬间激发的情感，变得如此刻骨铭心。要是平时，在街上看到这样的姑娘，陈嘉南顶多就看两眼，不可能有这样的特殊情感。陈嘉南心里认定，李素雅一定是老天爷派来解救他的，是他命中注定的真命仙女。他为此暗暗发誓，出狱之后不管用什么样的手段，都要搞到李素雅的联系方式，想尽办法接近她。

仿佛冥冥之中有天意，后来潘立威的儿子在柴房玩火，差点酿下大祸。陈嘉南之所以奋不顾身冲进熊熊大火的柴房里救下那个孩子，并不是为了立功减刑，而是心中存私念，他想博得潘立威的好感，以后从他口中打听到关于女孩子的信息。潘立威果然很感谢他，毕竟是冒着生命危险去火房里救人，当时来现场救火的上百号劳改犯中，只有他一个人挺身而出。何况陈嘉南不是重刑犯，只有一年半的刑期，没必要冒这样的生命危险，这就显得弥足珍贵。

因为是小孩子顽皮点火，并不是劳改犯搞事，虽然烧了一间柴房，但没有闹出事故，上面只是通报批评了一下，倒也没有记处分。如果搞出了人命，后果不堪设想，那个困在柴房里面的孩子是一位教导员的儿子，要是被烧死，潘立威这个监区长当然不会好过。

潘立威给陈嘉南申请减刑。按照规定，刑期一年半的犯人原则上是不给予减刑的，但那时没有联网，司法系统也还没有完善，特殊情况可以特殊处理。减刑时要查看犯人的档案，潘立威看到陈嘉南是制造假化肥而获罪，并不是犯了什么抢盗伤人的案子，而且他还是高中学历，在众多劳改犯当中，属于高文化的人才了。后来，潘立威就调陈嘉南去养猪场做劳改头。这样一来，陈嘉南的日子就安逸了，不仅不用干活，还不被风吹日晒，每天只需要查看劳改犯喂猪的情况就行。

养猪场的劳改犯比干农业的劳改犯要舒服得多，不用出田地，只须把猪照顾好就行，只有表现好的犯人才能得到这样的美差。养猪场的犯人都十分珍惜这份工作，干活从不用人监督。冯源在养猪场当劳改头，相当于一个闲差，简直比当狱警还要轻松。

每天，兴安淀粉厂都会用拖拉机拉来薯渣，供给养猪场。养猪场的劳改犯用薯渣跟米糠、番薯藤、菜叶子等东西放到大锅里煮，熬成潲水喂猪。薯渣量大，每天都用不完，劳改犯就扛到晒谷场晒干，放到仓库里储备起来，留到冬天时喂猪。到冬天淀粉厂就停工了，没有新鲜的薯渣喂猪，就用干粉。

每次拖拉机拉薯渣进养猪场，一群劳改犯就像野猫闻到腥味一样，一窝蜂涌过去，找拖拉机司机要烟抽。农场的劳改犯是禁止抽烟的，因此买不到烟，只有靠外来者偷带一些进来。除了烟，劳改犯也会拿钱让拖拉机司机帮忙带点酒水糖果饮料。司机不会拒绝，他从中赚上一手，也能捞些小钱。但是他也定下规矩，烟和糖果可以不限量供应，但是白酒一次只能带半斤，每天不得超过三斤。酒带多了怕劳改犯喝醉了搞事，殃及自己。其他区域的劳改犯知道养猪场有个外购通道，也会偷偷托养猪场的劳改犯帮忙买一些东西，是以养猪场的劳改犯地位比一般的劳改犯要高。

拖拉机司机是淀粉厂老板李宝军的亲弟弟，叫李贵军。农场毕竟是劳改犯的关押之地，派一般的人进来，怕惹出事情来，必须委派自己的亲属当差，避免隐患之事。陈嘉南是养猪场的劳改头，负责整个养猪场的劳改犯管理与工作安排，因此和李贵军对接。李贵军每天拉来多少薯渣，陈嘉南都要安排劳改犯过秤，记好数目，到了月底就交上去对账。这些薯渣并不是白白供给农场的，也是要算钱的。陈嘉南不抽烟，酒量倒是不错，他是个活络的人，拿钱出来，让李贵军帮他带点烟酒糖果，闲时散给一帮手下享用，开饭时待狱警一走开，陈嘉南就将酒拿出来，与手下们偷偷喝上几杯。很快，他就在养猪场聚拢了人气，底下的劳改犯都对他言听计从。

过了一段时间，陈嘉南便和李贵军熟络了，李贵军见陈嘉南斯斯文文的，记账开单子时，字迹清秀端正，一看就是有文化的人，就问他犯了什么罪。陈嘉南便说起自己被人骗去投资化肥厂，制造假化肥而获罪。李贵军问他读过多少书。陈嘉南说：“考了两次大学都没有考上，如果考上大学，就不可能来这里受苦了。”李贵军说：“你跟我侄女差不多，她考了三次都没考上，最后那次就差几分了，气得心里想不开，把书本都烧了，整天窝在家里不愿出门。她舅舅就带她到农场里面看犯人干活，让她知道世界上有更苦的人，才慢慢疏通了她的心病。”

陈嘉南听了这话，就像心灵感应一样，猛地打了个激灵，惊喜地问：

“她舅舅是不是监区长潘立威？”李贵军有些好奇：“咦，你怎么知道？”

陈嘉南脑子里立即回闪出那天的情景，烈日暴晒的田间见到了李素雅，仿佛那日的阳光化成了漫天闪电，一下子击中了他的身体，使他全身紧张起来，身子都有些哆嗦了。他激动地说：“我见过潘监长带一个靓女来田里看劳动，我因为看了她一眼，还挨了打，打得两条腿差点都走不得路了。”李贵军见他神色大变，很是激动的样子，心里正好奇，听说害他挨打，以为他是记恨自己的侄女，就笑道：“看一眼就挨打，那真是苦了你。”

有了这样一条线索，陈嘉南更觉得这场缘分是上天在苦难中赐给他的惊喜，他甚至觉得自己有劳狱之灾也是一种幸福了。他于是每日故意和李贵军套近乎，很快就将李素雅的底子摸清楚了。例如她多大年龄了，现在做什么工作，等等。混得更熟了之后，他就让李贵军帮忙搞一张李素雅的相片给他。

本来，陈嘉南时不时打听李素雅的信息，李贵军已经起了疑心，再让他帮忙搞相片，李贵军更是警惕了，问他想干什么。陈嘉南倒也不撒谎，说起当初在田间一眼看到李素雅时，觉得像仙女下凡，把他的魂都勾走了，他要把她的相片贴在床头，供起来，这样才能让自己回魂。李贵军哭笑不得，知道这小子一定是看上了自己的侄女，他直言不讳地说：“你死了这条心吧，我侄女家境这么好，人又长得漂亮，怎么可能看上你这个外地的劳改犯，你不要癞蛤蟆想吃天鹅肉。”陈嘉南却认真地说：“就是因为娶不到，所以才想要一张她的相片，留个念想。”李贵军当然不会答应。后来，陈嘉南就开出条件，愿意出十块钱购买一张李素雅的相片。那时的十块钱，可不是什么小钱了。李贵军左思右想，觉得不过是一张相片而已，又做不了什么坏事，赚个十块钱也好。于是就找李素雅要了一张相片。

陈嘉南拿着李素雅的相片，仿佛跟李素雅确认关系般，心头一下子就踏实下来。相片是李素雅在富江边上照的，从相片的取景看，应该是早晨的光景，光线很足，但没有阳光普照，因此江面上没有显出鱼鳞般的波光。李素雅没有戴花草帽，而是披散着长发，身穿一件白色花边连衣长裙，安静地坐在一块青色的岩石上。富江的水很清澈，幽静得像狭长的湖泊，江岸两边倒映着柳树、樟树、枫树和翠竹，树木的影子落在水里是褐绿色的，有一种时间的重量。江的中间开阔，没有被树影遮住，倒映出天空的蓝色，两边的褐绿与中间的深蓝在微风中荡漾，就像一条刺了山水绣画的丝绸带，而李素雅就是这条丝绸带上的仙女。

这是一张全身远照，李贵军担心给陈嘉南一张近照，他会做出龌龊的行为，因此给了一张略远的相片。陈嘉南搞来一副放大镜，像研究什么一样，将照片中的人相放大，从她的发际，到她的天庭、眉毛、眼梢、眼眸、鼻子、嘴巴、下巴，一点一点地看，她的每一处容颜，都在他的眼中跳跃。甚至，他用手去抚摸，靠幻想去感受那种活生生的气息，仿佛她就在自己的眼前。

一张相片，就这样让陈嘉南确认了自己的感情。

第六章

冯源听完陈嘉南对李素雅的暗恋之情，眼睛瞪得大大的，似乎不敢相信，他说：“你一个捞渣工，想泡人家淀粉厂老板的千金，胆子真够肥的。”陈嘉南“哼”了一声：“我可不像你这把没骨头的伞，撑不开。你以为我会一辈子做捞渣工？我窝在这里，是要找交往的机会，让李素雅心里有我这个人，等到机会成熟，我就会离开淀粉厂，自己出去创业，到时候再杀过来，将她追到手。”冯源说：“你要创业也是回广东吧，不可能在这个小地方。这小地方像铜钱眼，哪里能翻得起筋斗。等你在广东创业成功，回来找李素雅时，说不定她都嫁人了。”陈嘉南打了个哈哈：“谁说小地方不能创业？你的观念也太狭窄了，时代在变，到处都有商机。我有创业的本钱，只要找到门路，就能在这小镇上翻筋斗！”

冯源见他说得这么毅然，也跟着来神了，忙说：“你在同花镇创业，到时把我也带上吧，好歹我也算是有见识的，可以给你打下手。”陈嘉南看了他一眼，欣然地说：“我看你也是有志气的人，跟我合缘，只要你愿意跟我干，到时兄弟俩一起打天下。”冯源激动地说：“大男人要言而有信，你可不能忘了这话。”陈嘉南翻了个白眼：“你这么看扁我，就算我向你保证也没用啊！”冯源忙说：“我当然相信你。我们有事同做，有渣同捞，有福同享，你怎会骗我。”

陈嘉南眨巴了一下眼，调皮地说：“既然有事同做，有福同享，我现在抠女，你也去找条靓女追一下吧，看谁先得手。就像赛马一样，有竞争才有动力，免得我一人抠女太孤单了。”冯源哭笑不得：“你有女抠，我可没有。”陈嘉南说：“谁说你没有，你不是喜欢梁警官的女朋友吗，你去追她。”冯源吐了吐舌头说：“抢别人的女朋友，我可不敢。”陈嘉南说：“怕什么，又不是让你上战场送死，就当锻炼自己。你连这点胆量都没有，以后怎么跟我创业？”冯源苦笑起来：“南哥，你不是逼我出丑吗？抠女也要看对象，梁坤健是什么身份呀，我哪有本事跟他抢。”陈嘉南冷笑道：“管他什么身份。我不是说过嘛，秀才不怕衣衫破，就怕肚子没有货。抠女就像创业一样，不试试怎么知道自己行不行。你要是连这点出息都没有，胆小难成事，说句难听的话，我可不愿带你一起创业！”

被他这么一说，冯源顿时不知道要说什么才好，心想：“为何他要苦苦逼我去追欧阳娴呢？哦……是了，他追李素雅，并不一定追得到，肯定是怕我以后笑话他，所以才逼我去追欧阳娴，如果我也追不到，两个人就打个平手，谁也不好笑话谁。”想通了这个关节，他就笑起来：“行，南哥把话都说到这份上了，我还不领悟，那也真是烂泥扶不上墙。那我们就比赛吧，看谁先追到自己喜欢的姑娘。”陈嘉南果然高兴起来，伸出沾满薯渣的手，一下子握住冯源的手，说：“这才像个有志气的人。就这么决定了，我追李素雅，你追梁警官的女朋友，看谁先得手，赌一百块钱。”冯源假装豪气干云地说：“一百块就一百块，谁怕谁呀！”陈嘉南突然想到了什么，说：“对了，你不是会画画吗，把梁警官的女朋友画出来给我看看。我只见过一次，忘了长什么样了。我看是素雅漂亮还是她漂亮。”

冯源也早就有心思要画一张欧阳娴的画像，毕竟是他的梦中情人，挂在床头也能做个美梦。听陈嘉南这么一说，正好有个台阶，假装勉为其难地说：“好吧，我试一下，看能不能画得出来。”

淀粉厂的渣池边上有一排宿舍，是给厂里员工居住的。淀粉厂的工人几乎是本地人，下班后都踩单车回家，就连那两个哑巴也都踩单车回家，宿舍基本是闲置的。冯源和陈嘉南原本可以每人占用一间宿舍，但两人谈得来，独处一间反倒觉得孤寂，就搬在了一起住，冯源住上铺，陈嘉南睡下铺，随时可以聊天说笑，关系好得仿佛一刻也不能分开。

立冬过后，天气渐冷，白天下水都难熬，夜里寒气更重，即使穿着连体胶衣，在池里泡久了也受不了。加之新鲜的木薯也到了尾季，产量开始低下，淀粉厂不再加班生产淀粉，晚上捞渣工也不用干活，日子相对清闲了一些。

晚上没事干，冯源就带陈嘉南去兴龙观，找柴叔喝茶吃酒。陈嘉南也喜欢去兴龙观玩，每次去的时候，都会买一条五六斤重的大鲩鱼，亲自下厨做给柴叔吃。陈嘉南别的菜不会炒，做鱼倒是一流的，一条鲩鱼可以炒出三个花样：鱼头加豆腐或酸菜炖汤，鱼肉切片爆炒，鱼骨则香煎入味。甚至陈嘉南还敢直接吃生的鱼片，蘸点酱油就入口了。陈嘉南说：“我们从小吃鱼长大，在顺德，不会做鱼的男人是讨不到老婆的。”

柴叔喜欢喝酒食味，对陈嘉南做的鱼赞不绝口，说还是第一次吃到这样鲜美的鱼味。陈嘉南颇为骄傲地说：“我们顺德人喜欢美食，没事就搞新鲜的吃法，民间出了很多厨师，十人就有三个厨师命，广州和香港很多大厨都是我们顺德人。”柴叔就说：“顺德真是好地方，你以后若是回去了，谁还做这样鲜美的鱼肉给我吃。这手艺，你得传给阿源，我以后还能吃几次。”陈嘉南说：“那还不简单，回头我把真经传授给他，让他脑子开窍。”冯源笑起来：“你又不是和尚，传什么真经。”

陈嘉南的酒量相当好，冯源帮姑父酿酒，也有些酒量，三人吃鱼饮酒，很是惬意。有一回，冯源喝了半醉，陈嘉南还面不改色，冯源不服气地说：“没想到你的酒量比我还大呀！我以前听说广东人不能吃辣椒，也不能喝酒，你到底是不是真的广东人。”陈嘉南冷笑道：“那是胡说，我们顺德人就喜欢喝酒，早上就开喝起来。我们那里有吃早茶的习惯，每个人都会带一瓶红米酒到早茶店，点一碗生滚粥，再上一些点心，自斟自饮。一瓶酒喝不完，就写上自己名字，寄存在早茶店的酒柜上，第二天早上再来接着喝。”冯源露出羡慕的眼神：“你们广东人真会享受，大清早喝酒吃点心，不怕喝醉吗？”陈嘉南说：“红米酒只有三十来度，喝一杯是醉不了的。我十六岁就跟着我爸学喝酒了。我爸有两道绝活，一道是火焰鱼，一道是醉鹅。醉鹅我不会做，火焰鱼倒是会，下次做给你们尝尝，不过得弄些高度酒过来，否则烧不起来。”冯源说：“高度酒容易，我让姑父留几斤就成。”

过了不久，陈嘉南果然做了一道火焰鱼。那是一条两斤来重的鲤鱼，香煎之后加入蒜片、红椒、葱段、姜丝、米酒等作料，盖上铁锅盖子红焖，然后在锅盖上均匀地洒上高度酒，用火把酒水点燃，整个锅都冒起熊熊火焰，发出“吱吱吱”的声音。锅里的鱼上下同时受热，不用翻锅，等鱼一收汁，出锅即熟，鱼在酒烧与作料中去了腥味，香气阵阵。

柴叔一尝之下，对着陈嘉南竖起大拇指："你这小子有点意思，很合我的胃口。我真担心以后你回顺德，我再也吃不到这样的美味，那不把肚子里的蛔虫给馋死了。不行，这道菜你也要传给冯源。"陈嘉南调侃说："传给他倒没有问题，只怕他脑子不灵活，做不来。"冯源不服气地说："我脑子哪里不灵活了。"陈嘉南说："那我问你一个问题，你要是能答得上来我就教你。"冯源一副挑衅的样子："问吧。看你能搞出什么名堂。"陈嘉南问："有一句话叫'孔雀东南飞'，它为什么不往西北飞？"

冯源一听，头就大了，他知道这句话出自古诗，但不知道这首古诗说的是什么内容，也从来没有听过这样的问题。想了想，只好硬着头皮瞎蒙说："大概是孔雀喜欢温暖的地方，就像你们广东，天气暖和，孔雀就喜欢往东南飞，跟候鸟一样。"陈嘉南说："错了。孔雀之所以不往西北飞，因为它不想喝西北风。"

柴叔被逗得哈哈大笑起来。陈嘉南说："柴叔，亏你还笑得出来，收的弟子这么蠢，看来你也只能喝西北风了。"柴叔说："我又不是孔雀，喝喝西北风也无妨的。"冯源翻起白眼苦笑："你这叫什么问题，分明是找碴的。"

陈嘉南也喜欢看书，他出生在顺德这样的大地方，与广州相距不远，各方面条件好，能买到金庸、琼瑶、古龙等作家的小说，他在读高中期间就将这些武侠和言情小说全部看完了。不像同花镇这种小地方，书源匮乏，当时非常流行的金庸古龙琼瑶小说，许多城市已经疯狂盗版，地摊上随处可见，但在同花镇仍是一片空白。柴叔曾在县城的文化馆工作过，有进书的资源，因此搞了不少好书。但基本是古书，除了四大名著，还有《史记》《古文观止》《隋唐演义》《聊斋志异》《长物志》之类的。陈嘉南相貌斯文，谈吐也有趣，做菜喝酒都很对柴叔的脾胃。柴叔学识渊博，天文地理都有涉猎，以相学之术观察陈嘉南的五官，觉得这小子精气神都有一股劲儿，是个毅力刚强之人。有毅力者当成大事，只是他的眉毛与眼睛挨得过近，眼睛透出光芒时眉毛下垂，容易起心结而意气用事。柴叔于是借给陈嘉南一些开阔心胸的书籍，例如《菜根谭》和《增广贤文》之类的，让他参悟里面的句子。

陈嘉南对柴叔也十分敬重，他小时候练过毛笔字，见柴叔在字画上面有很深的造诣，冯源跟着柴叔学画，也得了些真传。陈嘉南起了兴趣，就要跟柴叔学习书法。柴叔也乐意教他，并倾囊相授。

于是，冯源与陈嘉南没事就到兴龙观，先是吃鱼喝酒，然后一个作画，一个写字。当然，两人不可能天天都到兴龙观找柴叔，只是一个星期来一两次。夜里天冷，不用干活，他们待在淀粉厂的宿舍也无聊，陈嘉南就买了一套笔墨纸砚，闲时在宿舍的桌子上练字。冯源把画板搬到宿舍，陈嘉南在桌上练字时，他就倚窗绘画，倒也其乐融融。

一天夜里八点多钟，李素雅来宿舍找陈嘉南和冯源。淀粉厂买了一台新的粉碎机，从梧州运过来，晚上才到货。李素雅是财务，要过来收货并付款。晚上淀粉厂不加班，工人都回去了，需要找两名帮手将机器抬到车间里，李素雅想到了住在宿舍的冯源和陈嘉南，于是就来找两人搭把手。

李素雅知道陈嘉南喜欢她，这是她的叔叔李贵军告诉她的。

陈嘉南出狱后，并没有回家，而是在淀粉厂附近打转，希望某天能邂逅李素雅，多瞧她一眼也好。他看到淀粉厂大门贴出招聘捞渣工的启事，喜出望外，简直天助人也，不假思索就进去面试。李世岩看他的身份证和几近光溜的寸头，知道是个刑满释放的劳改犯——外地人不可能跑到这小地方来找工作的。李世岩不知道他犯了什么罪，万一是抢劫偷盗可不好，一时有些犹豫。陈嘉南坦白从宽，说出自己劳改的原因，又说起农场柴房失火，他奋不顾身救了一个小孩的命，从而获得减刑。那个放火烧柴房的人正是李世岩的小表弟，李世岩也听舅舅说过这件事情，于是不再起疑，就将陈嘉南招到厂里上班。

陈嘉南到淀粉厂当捞渣工，倒是把李贵军给愣住了，他没想到陈嘉南会来这么一招。他想，这小子莫非起了贼心，要对侄女下手？但仔细一想，倒也不害怕，这小子是外地人，又当过劳改犯，李素雅肯定不会看上他的；即使看上了，李素雅的父母也不会同意，不足为患。李贵军也不担心陈嘉南会对李素雅起歹念，做出非礼之事，一个从劳改农场出来的人，知道待在里面是什么滋味，这辈子肯定都不想再进去，不可能为了追个女孩而犯罪的。

一个多月过去了，李贵军见陈嘉南竟然通过各种小聪明，接触到了李素雅，下班还故意守在厂门口，见到李素雅时说一两句俏皮话，逗她发笑。李贵军心想，这家伙倒有些鬼点子，不能小瞧他了。于是私下里偷偷地告诉侄女，说那劳改犯对她有心思，让她提防点，不要着了他的邪门歪道。李素雅愣住了，她虽然长得漂亮，走在路上会引来许多后生仔的目光，但是由于家境好，一般人也不敢跟她搭讪。她的哥哥李世岩尚未有对象，以她的条件自然是不必着急定亲的，因此父母也没想过给她起媒，是以长这么大了，她还没有尝到过被男生追求的滋味。当她听说捞渣工陈嘉南对她有意思时，心里吃了一惊，却又涌出一些新鲜感和少女的欢喜；但是一想到陈嘉南曾经是劳改犯，又整天在渣池里浸泡，全身散发出一股馊味时，不免又有些郁闷，觉得以自己的美貌与家庭背景，怎么会惹来这样一个人追求，也太没意思了。

后来，李素雅忍不住好奇心，特意钻到生产车间的排渣口窗前，透过玻璃，偷看正在捞渣的陈嘉南。那时冯源还没有来当捞渣工，陈嘉南一个人单打独斗。他虽然瘦，但在农场当劳改犯锻炼了身体，长出不少肌肉，骨架子很扎实。他光着上身，穿一条大裤衩，将半袋子薯渣拖上池子边上的斜坡，死命地踩着，他结实的身体因为薯渣的装饰，被阳光雕琢，裸露出立体的轮廓，有点像石膏雕出来的石像，尚未抹掉身上的灰尘，增加了男性的魅力。李素雅因为怀了某种念头偷看，而且也是第一次这么仔细看一个男人的身体，不由得面红耳赤。她仔细看了看陈嘉南的相貌，觉得他还是很帅气的，并不是猥琐之人，于是芳心一时有些动荡。尽管她知道自己和他不可能有什么交集，但毕竟他是她所知的第一个追求者，多少有些好感。

李素雅平时不会来渣池边上打转，几个男人穿着大裤衩在水池里捞渣，渣池又脏又臭，她一个姑娘家自然要避嫌。要不是因为新买的机器需要人手抬，她断然是不会跑过来的。

李素雅走到宿舍区，只见其中一间宿舍的灯亮着，门口洒出一片光晕，在夜色的笼罩下，昏黄得像发旧的红地毯。不用说，肯定是冯源和陈嘉南居住的宿舍了，整排宿舍就他们两人住在里面。宿舍是单间，没有厕所，洗澡要跑到生产车间边上的公共卫生间。天气这么冷，即使他们洗澡出来，也要穿上厚衣服待在宿舍，不可能光着膀子，而且时间尚早，他们也不可能这么早上床睡觉。李素雅没有什么好避嫌的，径直走过去，站在门外张望，看他们在不在宿舍里面。

只见陈嘉南把宿舍的小桌子摆在门口处，正挥笔练字，而冯源倚在窗边架着画板作画。李素雅一下子愣住了，来的时候她还在想，宿舍没有电视机也没有收音机，两人定然无聊，不知他们晚上会做什么，说不定去同花街瞎逛了。如果他们去外边玩，那可不好办，还得四处去找人来抬机器。又想，假如他们不出去玩，留在宿舍会做什么，说不定在看书，或者在下棋……无论如何，她都想不到两人竟然一个在练书法，一个在画画，这可是文化人干的雅事。在李素雅的眼中，来淀粉厂做捞渣工，多半是大老粗，只会下力气干重活，和庄稼汉差不多，如果有文化，绝不会来吃这种脏苦活计的。然而，眼前这两人一下子打破了她固有的观念，她忍不住说："我没有看花眼吧？"

陈嘉南听到她的声音，就像听到天空猛地传来雷声般，不由得一惊，抬头看见她的身影时，却又不由得一喜，欢呼雀跃："你……你怎么来了？"语气中，竟然藏了许多不相信。

坐在窗边绘画的冯源也站起来，看着李素雅，同样感到诧异。

李素雅俏皮地笑道："怎么，我不能来这个地方吗？"陈嘉南急忙把毛笔放到架子上，走到门口迎接："这是你家的地盘，当然可以来。大小姐，快请进。"

李素雅的小名叫花雀，出生时，一只花雀在窗外吱吱地叫，喜庆得很，遂以其命名。父母向来直呼她的小名，淀粉厂的工人也都这么叫她。但是陈嘉南与众不同，故意给她取个昵称，沿用旧时的叫法，称她为大小姐。他希望通过昵称给她留下记忆，以后只要有人这么叫她，她便会想到这个名字是他取的。平时陈嘉南见到李素雅，左一声大小姐，右一声大小姐，叫得格外亲热，李素雅也觉得有趣，像电视剧里面的叫法一样，听起来顺耳。后来陈嘉南叫多了，厂里的工人也跟着开玩笑叫她大小姐，就连李世岩也跟着一起叫，倒是把她原来的花雀小名给过滤掉了。

李素雅走进宿舍，笑盈盈地看着两人："没想到你们都是深藏不露的人才啊，来这里当捞渣工，真是大材小用。"说话间，走到桌前看陈嘉南写的字。陈嘉南练的是赵孟頫的楷体，原本他想练黄庭坚的楷书，但柴叔说黄庭坚的字奇崛瘦硬，不适合他的性格，让他学赵孟頫，并借了一本赵孟頫的楷书给他。陈嘉南已经临了好几回帖，颇有模样，虽然还称不上书法，但笔画结构严整，笔法圆熟，字体还算端正。

李素雅高中毕业，那时读书仍设有珠算、毛笔等传统课程，她也练过几手，虽然不懂书法的奥妙，但好字坏字还是能看得出来的。她说："哟，写得蛮端正的，过年可以上街摆摊写对联卖了。"陈嘉南谦虚地说："我这样的丑字去写对联，只怕要喝西北风了。"李素雅又移步过去看冯源的画板，看他画的是什么。不看不打紧，一看之下大吃一惊："咦，这不是阿娴吗？"

李世岩当初追欧阳娴，派出妹妹去和欧阳娴套近乎，希望能里应外合，拿下欧阳娴。李素雅不负兄之所托，果然和欧阳娴成了闺蜜，但是却没有帮上李世岩的忙，在欧阳才华的干涉下，欧阳娴最终选择了梁坤健。

梁坤健介入之后，李素雅和欧阳娴来往就渐渐少了，倒不是因为李世岩没有得到欧阳娴的真爱，让李素雅为难，而是欧阳娴与梁坤健确认恋爱，大部分闲时被梁坤健占用了，李素雅也不好去打扰人家。

中秋节前，欧阳娴和冯源的绯闻闹得沸沸扬扬，李世岩听到风声，第一时间将这件事情告诉了妹妹，结果被李素雅臭骂了一顿。原因是李世岩说这件事情的时候，语气中颇有幸灾乐祸之意，仿佛解了心头之恨。毕竟，当初他没有追上欧阳娴，内心多少受了打击，对梁坤健也是有嫉恨的。李素雅与欧阳娴关系好，虽然已经很久没有见面，但友情还在，听说欧阳娴的事情之后，为她感到深深的难过。李素雅本想找机会去看看她，但是一想，自己与欧阳娴好久没见面，这个时候去看望她，证明自己也听到了流言蜚语，故而去同情她，反倒加深她内心的伤害，未必妥当。

李素雅并不知道与欧阳娴产生绯闻的后生，就是眼前这个画画的人。她虽然听说欧阳娴被一个穿着大裤衩的后生抱去卫生站，被后生下黑手，占了便宜，名节全盘被毁，至于那个后生叫什么名字，长得什么样，她一点也不知情。当然，她也不想知道那个后生是谁，知道得越多，就越让自己的朋友难堪，她只是在心中默然为欧阳娴祈祷，希望这件事情早点过去。李世岩倒是知道这事是冯源干的，冯源来厂里当捞渣工，李世岩本想告诉妹妹，说那个毁坏欧阳娴名声的后生来当捞渣工了。但是想了想，还是算了，一是担心又被妹妹臭骂，说他幸灾乐祸；二是冯源因为这件事情，在镇上名声搞得恶臭，沦为流氓之徒，万一妹妹同情欧阳娴的遭遇，要替天行道，不同意冯源这个“大流氓”来当捞渣工，岂不是工厂的损失？毕竟捞渣工太难招了。

李素雅看到冯源画欧阳娴的画像，深感意外，她不知内情，想不通何以一个捞渣工，竟然能画出欧阳娴的相貌。更让李素雅吃惊的是，画像中的欧阳娴颇具神韵，虽然这幅画处于半成品，线条还没有处理好，人物也没有上色，但是画像已经有速描效果，欧阳娴的脸形已经展现出来，眼神和微笑也都显山露水，整体轮廓定了型，就连头上戴的花帽子都惟妙惟肖，一眼就能看出来画中人是谁。

这幅画像，冯源用的是小写意手法，不是工笔画。起初，冯源想用工笔画将欧阳娴跃然纸上，但工笔画要求写实与逼真，就像拍照一样，必须本人坐在边上做模特，或者用她的相片来当样板，才能画得真实与传神。经验丰富的肖像画高手，他们凭着记忆，可以用默写的方式将脑子里的人物刻画出来，画得就跟本人站在面前一样。冯源没这么深厚的绘画功底，凭着记忆与印象，虽说也可以默写出欧阳娴的相貌，但用工笔画默写，很难掌握细节，画得不生动，如果用小写意手法，人物的塑造空间就大很多，可以增加自己的想象。冯源与欧阳娴亲密接触过，平时见到她，也会像其他后生一样偷偷地去看，欧阳娴的模样他还是记得很清楚的。他画了几幅手稿，从每一幅手稿里面截取片段，最终将欧阳娴的神韵复活于纸上。

李素雅知道欧阳娴的男朋友是梁坤健，不可能是眼前这人，但这人能把欧阳娴画得这么入神，一定是有原因的。于是就问："你和阿娴是什么关系？"

这话把冯源问愣住了，他没想过李素雅认得欧阳娴，一时不知道怎么回答，脸一下就红了。幸好宿舍的灯泡光线昏暗，李素雅没看出来。陈嘉南忙说："他呀，是欧阳娴的追求者，发誓要从梁警官手上抢亲。"李素雅毕竟是少女情怀，加之她的天性俏皮，平时喜欢耍些小聪明来捉弄人，听了这话，便觉得这事儿好玩，笑起来说："哇，你敢抢梁坤健的女朋友，真够志气！我倒是想看看，你是怎么抢亲的。"

陈嘉南想和李素雅多聊天，加深关系，正好眼下有这个话题，他哪肯放过，就说："你看，他是不是比梁警官更靓仔？才华是不是比梁警官更出众？"李素雅认真地打量了冯源，果然是一个帅小子，就说："这倒是真的。不过人家梁坤健的家境这么好，你拿什么跟他争？"

那时候乡下人固有的观念，择偶第一条件并不是相貌，而是家境。

梁坤健的家境与自身条件都极好，在小镇上属于富贵人家，像冯源和陈嘉南这种捞渣工，纵有才华，相貌再好，还不如一个好工作来得重要些。陈嘉南说：“时代在变，现在看人不应该只看家境，还要看他的才华和志气。老话说，莫欺少年穷，一个人要是有志气，就会有大出息。别看我们两个现在是捞渣工，但是迟早有一天，我们会比很多人都要出风头。”

李素雅听陈嘉南讲话的声音铿锵有力，不卑不亢，倒有些吃惊，不由得上下打量他。平日里这小子总是笑嘻嘻的，一副玩世不恭的样子，这会竟然讲这样的大话。

冯源是个聪明的人，立马接口说：“是啊，别看阿南在你家当捞渣工，你以为他的家境就不好？我敢打赌，他家境比梁坤健好得多，甚至比你家还要好。他的父母是双职工，他的哥哥有一个养殖产业，赚钱得很，而且他家里有不少亲戚在香港。他要是回去创业，肯定要做大生意的，他在你家当捞渣工，只不过是因为……”说到这里，陈嘉南突然急了，忙打断他的话，抢先说：“我只是想锻炼自己，让自己更加强壮，意志更加坚强。”

陈嘉南害怕冯源会把他的心事说穿，到时场面不好收拾。现在还不是表白的时候，毕竟他和李素雅并不是十分熟，平时见面只是搭讪一两句话，认识罢了，关系仍生疏得很，要是现在贸然说出他对她的暗恋之情，时机未到，说不定不仅没有效果，只怕还会打草惊蛇，所以他才急忙截断了冯源的话。他说：“我家确实是有亲戚在香港，家境也还不错，做生意也有门道，但我从小没有吃过什么苦，所以要找个苦差事，锻炼一下自己。”

李素雅不知陈嘉南说的是真是假，但听说他有亲戚在香港，不由得另眼相看。那时候，香港在小镇人的眼中是一个富裕发达遍地黄金的地方，和美国差不多。她忍不住多看了陈嘉南一眼，心想：“如果他家里的条件真有这么好，说不定……”然而，只想到这里，却又不好意思再往下想，脸色微微有些泛红。

冯源见陈嘉南截断了他的话，不由得有些惊讶，这可是个表白的好机会呢！陈嘉南朝冯源使了个眼神，冯源是个机灵人，便明白过来了。陈嘉南说：“我以后肯定会做生意的，到时也把阿源带上。阿源是个有志气的人，你可不要小看他，以后他的成就肯定超过梁坤健。说白了，梁坤健不就是一个警察吗，一个月能赚几个钱。你们乡下人在小地方待久了，没见过大蛇出洞，以为吃国家饭的了不起，要是你们去到城市，才知道什么叫天外有天，人家一个月的收入，比吃国家饭一年的工资还高。以后阿源发达起来，十个梁坤健也比不上。”

李素雅被这样的话给吓住了，毕竟陈嘉南是从大城市来的，他说话的高度不一样，乡下人可不敢说这样的大话。她笑了起来：“哟，看不出来，我家里的渣池藏龙卧虎啊！”陈嘉南也跟着笑起来：“现在是渣龙，哪天会成蛟龙的，你就等着看好戏吧。”李素雅说：“我还真要看看，你们究竟怎么发达起来。”陈嘉南说：“在没有发达之前，有件事情还需要你帮忙，助我们一臂之力。”李素雅眨了眨眼，俏皮地说：“尽管说，如果我能帮得上两位大龙的忙，那是我的三生荣幸。”说到这儿，自己忍不住抿嘴笑了起来。陈嘉南说：“你认识欧阳娴吧？”李素雅说：“认识，我和她关系很好呢！”陈嘉南笑道：“那最好不过了，你和欧阳娴说一下，就说有个叫冯源的人想要追她，让她做好准备。”

冯源一听这话，吓得脸都白了，忙说：“不行，绝对不行，饶了我吧，时机还没有到呢！”陈嘉南就翻着白眼说：“胆小鬼，刚才我还夸你有志气呢，现在却当缩头乌龟，喜欢一个女孩子都不敢跟人说，以后怎么能做大事？”冯源就反驳：“你也不是一样，要不要我帮你说？”说着，看了看站在一边的李素雅。

李素雅也不是傻瓜，她当然听出了弦外之音，心里怦怦直跳，还真怕冯源说出下不了台的话来。毕竟是姑娘家，没经历过这样的事情，不知道怎么面对，于是忙说：“光顾着和你们瞎说，忘了正事。你们跟我去搬机器，新买的机器到了。”说着，她转身走出了门，不敢再看陈嘉南第二眼。

陈嘉南朝冯源翻了个白眼，责怪冯源把话说得太快。冯源吐了吐舌头，回应了一个鬼脸。两人慌不迭走出去，跟在了李素雅的身后。

第七章

自从李素雅看到陈嘉南和冯源在宿舍里写字作画之后，又听说陈嘉南的家境好，将来要做生意发达，从此对两人便另眼相看，不再把他们当成是普通的捞渣工。那天晚上的事情拉近了三人的关系，平日里李素雅见到两人，也都笑脸相对，不像以前那样只是点头之交。

陈嘉南胆子便大了起来，要约李素雅晚上一起去同花街吃消夜，想加深关系。但李素雅不敢跟他们出去，她知道小镇的风气，人们太无聊了，见不得风吹草动，总是喜欢嚼舌头，她要是贸然跟两个后生上街吃消夜，肯定会传出谣言的。

不过，李素雅晚上没事干的时候，会跑到宿舍来找陈嘉南和冯源聊天。李素雅已经二十二岁了，在农村乡下，这是大龄姑娘，早就要订婚的。但是李素雅还没有谈过恋爱，主要是那三年高考耽误了她的青春。当然，父母也不着急给她找对象，因为女儿是不愁嫁的，一是长得漂亮，二是家境好，他们不可能随便找个人家就把女儿嫁出去，得要找一个好家庭，保证女儿未来能过上好日子。可是在同花镇这小地方，好家庭实在是太少了，父母的想法是将女儿嫁到县城去，但那得费上一番心思才行。

李素雅长这么大，还是第一次跟同龄的异性如此亲密交往。陈嘉南和冯源都是风趣的人，谈笑风生之间，总能令人感到愉悦，让她的少女情怀荡起涟漪，找到一种青春的萌动。李素雅平时的日子是很单调的，白天在厂里上班，晚上在家里无非就是看电视或看书，打毛线，极少出去玩。对她来说，时间就像白开水一样，没什么滋味。

这也缘于家庭的原因。李素雅的父母以前是县城的职工，父亲在畜牧局上班，母亲在供销社上班，李素雅和哥哥李世岩从小就在畜牧局的单位房长大。后来父亲辞职开淀粉厂，因为舅舅潘立威在农场当监区长，可以买到农场的薯类，因此将淀粉厂开在了同花镇。淀粉厂刚开始运营的时候，一家人居住在淀粉厂的仓库里面，等到赚了钱，父亲就在淀粉厂边上买了一块地皮，建了一栋三层楼的水泥房和小院。淀粉厂在郊区，周边没有居民，离得最近的也就是同花街，但街上没有和李素雅聊得来的同龄的朋友，想去串门也找不着对象，因此她的生活如同一潭止水。

在单调的生活中，如果能找到一种新的生活方式，打破静如止水的生活，对于任何人而言，都是一种幸福。李素雅和冯陈二人对接上之后，日子突然变得有趣起来，一种从未有过的新鲜与快乐让她的青春蠢蠢欲动，不再像以前那样无风无浪，令人乏味。虽然她知道陈嘉南暗恋她，并想尽办法要接近她，追求她，跟他在一起是极不妥的，万一产生了感情，最后肯定是悲伤结局。但她还是忍不住到宿舍找两人聊天，甚至心想，假如真的能谈一次恋爱，找到青春的感觉，悲伤或许也是一种幸福。毕竟一个人的感情色彩里面，除了需求快乐之外，还要有各种不同的感觉来扩张生命的滋味，有时伤感也是内心的一种渴望，就像做菜一样，除了放盐之外，酸甜苦辣也是对胃口的一种调节。

让李素雅觉得庆幸的是，跟两人待在一起，一点也不担心有人说闲话，因为淀粉厂是她家开的，她晚上待在淀粉厂，没有人会起疑心，包括她的家人。

经过几次接触，三人越聊越投缘，关系发展得快，渐渐成为无话不说的好朋友。冯源劝陈嘉南趁这大好机会，借机表白，但陈嘉南觉得机会并未成熟，他说："我现在跟她的感情还没有到热火烹油的地步，再等一段时间，会有更好的机会。抠女要放长线钓大鱼，不能心急，一着急反而把鱼儿吓跑了。"

过了些时日，冯源将欧阳娴的画像完成了。陈嘉南看见画中女子貌美得很，与李素雅不相上下，说冯源艳福不浅，当初竟能抱着别人跑两里地，也算是上辈子修来的福气了。他催促冯源写一封情书，跟画像放在一起，让李素雅帮忙送去给欧阳娴。冯源嘴上虽然假装答应，但却不敢付诸行动。陈嘉南就笑话冯源胆子小，并把这件事情和李素雅说了。

李素雅也开起了玩笑，认真地说："我真的可以替你跑腿，帮你把画像送去给阿娴，并替你说些好话。说不定阿娴会很高兴，对你产生感情，给你一个追求的机会。"冯源连连摇头说："现在还不行，欧阳娴正恨我呢，这个时候向她表白，只会加深仇恨。"李素雅好奇地问："她怎么会恨你呢？"

冯源不好意思说自己的事情。陈嘉南就说："阿源抱过欧阳娴，把人家的名声给败坏了。"李素雅这才恍然大悟，原来那个穿着裤衩抱着欧阳娴去求医的后生仔，竟然是冯源。她立即严肃地问："这事情我也听说了，没想到你是这样的人啊！竟然对阿娴下黑手，占了她的便宜，害得她身败名裂！"冯源苦笑道："你看我像这样的人吗？

我那天真是为了救她，没做过任何有愧于心的事情。说我下黑手占她便宜，都是些谣言，故意中伤我们的。”李素雅仍板着脸说：“那你老实告诉我，那天究竟发生什么事情。”

冯源于是将那天发生的事情一五一十地坦白了，包括他表弟拉线绊倒欧阳娴的真相。他讲到自己情急之下，只想着救人要紧，根本没有注意到自己只穿着一条大裤衩，事后他也恨不得将自己痛打一顿，以此弥补给欧阳娴带来的困扰与伤害。冯源还郑重其事地发誓，如有说假话，遭天打雷劈。

冯源之所以要全盘说出来，是因为他知道李素雅与欧阳娴关系好，说不定哪天她会将真相告诉欧阳娴，这样一来，欧阳娴也就明白了事情的前因后果，说不定会原谅他。李素雅见冯源说得真切，连毒誓都发了，知道他不会说假话。何况，经过多次接触，她确实能感觉出来，冯源不是那种猥琐之人。她也知道小镇的风气，有时候一件小事情，被人传出去，就会变成大事。当初她考了三次大学都没有考上，也被地方上的人们议论，说一些难听的话。地方上有句老话叫“放娃读书，不如让娃养猪”，说她考了三年的大学都没有考上，真是亏了大本，要是养猪，猪都出好几回栏了。渐渐地，就有人说她“不如猪”。这对李素雅内心的打击是很大的，从那之后，她知道了“人言可畏”的真正含义。

李素雅说：“身正不怕影子斜，我相信你是清白的。做好自己就行，不要太在意别人的说法。”冯源顿时感动不已，说：“有时间，你替我去和欧阳娴讲一下，她不知道事情的真相，谣言传得这么乱，还真以为我做了什么见不得人的事情，心里肯定受了很大伤害。”陈嘉南也说：“是哦，你要替阿源说点好话，省得他整天为这件事情内疚自责。

有时说梦话都会大喊一句‘欧阳娴，求求你放过我吧，我不是故意的’，硬是把美梦做成了噩梦。”李素雅扑哧一笑说：“这个没问题，我会替你向阿娴解释的。要不趁热打铁吧，你把画像给我，我拿去送给她，顺便告诉她你喜欢她，打算追她，给她来个惊喜或惊吓，冲散她心中的怒火。”陈嘉南拍手说：“这个主意好，一举两得。”

冯源吓得连连摆手，认真地说：“现在还不是时候，你想，她心里正受伤，恨我还来不及，怎么可能会接受这种请求，她还以为我是在故意羞辱她，说不定起到反作用，加深她内心的伤害。何况，我和她根本就不熟，这样做太冒险了，只会把关系搞得更僵。”李素雅觉得他说得蛮有道理，点头说：“说得也是，这件事情不能操之过急。”冯源说：“所以，你先替我保守秘密，等到时机成熟了再替我去说情。”李素雅说：“好吧，我替你保守秘密。不过，这秘密可不是白守的，你要替我做件事情。”冯源问：“什么事？”李素雅说：“帮我画一幅画像。”冯源笑了起来：“这个好说，只要你不嫌我把你画丑了就行。”

陈嘉南插嘴说：“你要是敢把她画丑了，以后我就不认你这个朋友了。能把一个靓女画成丑女，那得有多大天赋啊！以后办事情，肯定会把好事办成坏事的，那是扫把星投的胎。”李素雅抿嘴一笑：“说得好有道理。”冯源无奈地说：“看来这回我要把老命搭上了。”陈嘉南说：“大小姐这么漂亮，免费给你当画模，那是你的荣幸。你画一幅肯定是不够的，至少要画三四幅才行，这样有选择的余地。”说着，朝冯源挤了挤眼，像打暗号一样。冯源一下子就明白了，陈嘉南让他多画几幅，肯定是要拿走一幅的，就说：“好，那我就画三幅吧，免得以后被人找麻烦。”说着，回敬了陈嘉南一个白眼。两人相视而笑。

李素雅见两人笑得古怪，一时没明白其中的内容，就问：“你们笑什么？”陈嘉南说：“没笑什么。”李素雅“哼”了一声，用眼瞪着他说：“你以为我看不出来。你那不怀好意的笑，就像做贼一样，心里肯定有鬼。”冯源说：“你要是这样说他，那就是骂你自己了。”李素雅奇怪地问：“我怎么自己骂自己了？”冯源说：“你说他心里有鬼，他心里明明有你，你不是骂自己是鬼吗？”

陈嘉南哈哈大笑起来。李素雅脸一下子红了，骂冯源狗嘴里吐不出象牙。

接下来那些天，李素雅每天晚上都到宿舍找两人聊天，顺便给冯源当画模。以前她是很讨厌来这个地方的，因为边上是渣池，一股潲水味，但是来的次数多了，也不觉得这股味道讨厌了。家里人很是好奇，问她为何每晚不在家里看电视，跑到厂里干吗。厂里进入了闲季，晚上没人加班，黑乎乎一片，有什么好待的。李素雅说厂里清静，是个学习的好地方，她要看会计书，争取早点考到会计证。

虽说李素雅是淀粉厂的财务，但实际上她只是一名助理，真正管事的是她的母亲潘秀娟。潘秀娟是县供销社的财务，丈夫出来开淀粉厂，她就向单位申请停薪留职，协助丈夫创业。初期创业，一般都是由家庭成员和亲戚组成，从一个小作坊慢慢地扩大成工厂。李素雅虽然有高中学历，但没有学过会计，不能独当一面，只能当母亲的助理。潘秀娟倒是希望女儿能早点上手，考取会计证，到时她将厂里的财务全盘交给女儿打理，就可以回原单位上班了。潘秀娟申请的是停薪留职，只要不超过期限，是随时可以回去上班的。由于淀粉厂规模还不是很大，人手有限，财务还要兼任会计、出纳、报税，以及仓库的物料管理、产品销售的进出账等内容，李素雅想全盘接手，那还有很多东西要学。在潘秀娟的安排下，李素雅买来相关的书籍，平日里跟着母亲做事，闲时就看书学习，准备报考会计证。也正是如此，她以学习作为借口，每天跑到厂里跟陈嘉南和冯源聊天，家人并不起疑。

冯源给欧阳娴画的画像，用的是小写意手法。因为她人不在身边，凭记忆去复原是无法写实的，只能写意（即兼工带写）。给李素雅画肖像，因为人就在眼前，他就不能用写意了，要用工笔画。工笔画的特点是工整、细致、缜密，画出来的人物就像拍照一样，不仅是像，还要传神，非常考验一个人的画功。

说实话，冯源对画肖像是没有十足底气的，因为他不是科班出身，虽说有绘画天赋，也勤加练习，但没有经过长时间的训练和专业培训，技法上还不够通透，在人物传神上面略为平淡。肖像画需要很高的功底才能将人物画得生动传神，需要大量的细节雕琢，还要用心去领悟人物的神态甚至心情。

为了将李素雅的肖像画好，冯源先用速写的方式来打草稿，寻找人物的入画角度和整体结构。画肖像最难掌握人物各部位的位置和构图，一根线条处理不好，便容易造成人物左右脸颊不对称，看上去失真。冯源只能下笨功夫，用速写来找切入点。最初，他选择画李素雅的正面照，但速写了很多张都不满意，因为东方人的脸庞线条不像西方人那么立体，正面入画如果处理不好，会容易让人物扁平化。后来他用了取巧的方式，选李素雅四十五度斜侧脸，才慢慢找到感觉。角度的选取也是一幅肖像画的特征，找到好的角度入画，人物的气质也容易显山露水。

李素雅是一张鹅蛋脸，虽然偏瘦，但颧骨到下巴那一段线条，略显丰满，如果画正面照，就会显得有婴儿肥。她的五官本来精致，只要将脸庞线条画得分明，五官部分就会显得既立体又柔和，没有生硬和平庸的感觉。

冯源画得很慢，正常而言，一幅肖像画一般两三个小时就能完成，但是冯源却要画上好几天。因为陈嘉南私下交代过，让冯源故意放慢速度，越慢越好，这样一来，李素雅就要每天晚上来宿舍当画模，跟他们聊天说笑。冯源正好也想来个慢工出细活，因此也不着急出作品，先是用大量的速写寻找角度，再慢慢锁定人物的形象和神态，然后又从自己的画中找破绽，重新再临摹。

如此反复折腾，历经了大半个月，才终于画出了三幅成品：两幅侧脸肖像和一幅正面肖像。这三幅肖像画都是经过不断打磨才出来，画得很用心。正面像颇为静美，李素雅看起来温柔可人，只是没有显出特别的气质。画肖像不能面面俱到，必须有个主体，才能凸显出人物的神态。侧脸像就比较惊艳，冯源一开始就锁定了李素雅天真烂漫的气质，掌握了用笔的力气，终于将人物的气韵画得生动起来。

李素雅对三幅肖像画都十分满意，但有两幅画的是相同侧脸，看上去没有什么差别，因此她只要了一张，另外一张自然被陈嘉南拿走了。

冯源将李素雅的肖像画完成后，便迎来一九九四年的元旦。

元旦过后几天，小寒强势而上，北风也嚣张起来，一夜之间，便把落叶树上面残留的叶子全都清扫了，露出光秃秃的树杈，在半空中无助地晃动。天气愈发地冷，就算穿上棉衣棉裤，再穿上连体的厚胶衣，下水捞渣也顶不住冻。捞渣工没办法下水清理薯渣，工厂也就只好宣布放假。

放假之后，陈嘉南踏上了回乡之旅。他虽然迷恋李素雅，但是一年多没有回家，早已归心似箭。冯源把陈嘉南送到县城车站，有些依依不舍，仿佛跟恋人分别，他担心陈嘉南一去不复返。毕竟，他的家乡在广东的繁华都市，正处于改革开放的前沿阵地，比这个偏僻落后的小镇，不知道要好多少倍，就算这里有他喜欢的女孩子，但没有确定关系，一切都是未知数，说不定他回去之后会遇上更好的女孩，从此不再回来。

陈嘉南看出了冯源的担忧，朝他的胸口擂了一拳，说："你也太小看我了，我不把素雅追到手怎么会善罢甘休呢！好好保重，等我回来喝酒。别忘了我们的赌约，你也要对欧阳娴用点心思，早点迈出步子，别总是缩头缩脑的，那是乌龟才干的事情。"

冯源被陈嘉南说得哭笑不得。送走了陈嘉南，冯源也从县城坐车回了一趟老家，将几个月赚到的钱都交给了父母，然后又回到同花街，在姑妈的酒铺当帮手。

事情已经过去几个月，关于冯源和欧阳娴的谣言也已风吹云散。毕竟不是牵扯到他人利益的事情，也不是什么伤风败俗之事，只是闹出了一个笑话而已。再好听的笑话，听多了也会麻木，事情一旦过去，话题也就过时了，没人愿意再去议论。

梁坤健看到冯源回归酒铺干活，只是干瞪一眼，不再说什么硬话。谣言既已过去，一切风平浪静，梁坤健也不想惹出别的岔子。

按照计划，梁坤健打算元旦那天去欧阳家提亲，把两人的婚事订下来。但是欧阳娴却说，等过了年再说吧。梁坤健见欧阳娴一副不愿意谈婚论嫁的样子，以为她的心情尚未恢复平静，只好将订婚的事情往后延。他并不知道，欧阳娴已经打算逃避两人的感情了。

经过这次谣言的冲击，加上几个月的思想挣扎，欧阳娴对梁坤健的感觉渐渐变冷。谣言凶猛的那段时间，梁坤健除了愤愤不平地去找冯源的麻烦，要帮她讨回公道，并没有特别的表现。欧阳娴最渴望的，并不是梁坤健去找冯源的麻烦，事情已经弄成这样了，就算把真相弄清楚也不可能还她一个清白，在她最受伤的时候，她最想得到的是男朋友发自内心的关爱。然而，梁坤健竟然没有展现出男人温柔贴心的一面，其表现就跟平时一样乏善可陈。

一个女孩子的名声遭到人们恶意污蔑，羞愧难当，几乎无法出去见人，内心的打击是很大的。作为男朋友，梁坤健应该对她温情安慰，就像电视或小说里面的恋人一样，私下里说一些甜言蜜语，哄她开心，让她忘掉伤痛。例如，梁坤健可以对欧阳娴说，“那些谣言是在考验我们的爱情，不管他们怎么说，你在我心中永远是最好的，我们应该庆幸，在订婚之前接受了考验，见到了彼此的真心与真情”；或者说，“谣言就像淤泥，但你就像一朵莲花，出淤泥而不染，淤泥越黑，越显出你高贵与漂亮的气质”；或者说，“他们是嫉妒我们，才会造谣想拆散我们，我们更要大大方方地给他们看看。走吧，跟我上街去，风风雨雨我都会在你的身边”。

总之，这样柔情贴心的话随便说上几句，她一定会感动得扑到他怀里大哭一场。然而，梁坤健的表现是什么呢？对欧阳娴来说，简直是糟糕透了。梁坤健天性内向，不苟言笑，加上他的工作是面对劳改犯，平时给劳改犯上思想教育课时疾声厉色，久而久之，形成自己独特的个性与行事风格，一副铁面无私的样子，平日里不要说幽默的话了，就连聊天也都找不出新鲜有趣的话题。每次来欧阳娴家里，梁坤健就坐在客厅里喝茶，规规矩矩的，像守岗的士兵。在谣言满天飞的特殊时期，他也没有改变过这种风格，从头到尾都没有展现出特别关心的样子，除了愤怒，仿佛只有愤怒才能表达他对欧阳娴的关怀；他也没有温情的语言滋润欧阳娴受伤的心灵，有时候只是默默地看着她，用眼神来安慰她。她能读懂他的眼神，可是那眼神真的不能抵达她的心灵，抚慰受伤的灵魂，毕竟她不是小孩，需要的不只是眼神的鼓励。她是一个受伤的姑娘，渴望得到的是恋人的柔情蜜语和想尽一切办法的关爱。

诚然，梁坤健的为人品质和家境，欧阳娴是看得上的，否则当初也不可能和他谈恋爱。只是日久见性格，她在交往中慢慢地领悟到了爱情的真谛，不再像以前那样盲目。她从生活的细节中推论出来，假如自己嫁给梁坤健，这辈子都听不到自己渴望的那种柔情蜜语，也得不到那种热切的关爱与呵护，跟他的生活，大约就是一种责任制的夫妻关系。可以肯定，他是个负责任的大男人，但不存在浪漫主义。这样的结果，对欧阳娴而言无疑是一场悲剧，她怎么甘愿当一个悲剧的女主角呢？她实在是没有勇气和他度过漫长的一生，想到自己竟然要和这样一个严肃无趣的男人在一起生活时，内心深处顿时涌出一股从未有过的惆怅。所以，她痛下决定，要借着这个大好机会，想办法中断两人的恋情。

当然，她不可能一下子和梁坤健中断关系，只能拖，拖到事情变淡为止。如果她现在和梁坤健提出分手，人们会怎么想？肯定觉得是因为冯源的事情，导致两人闹翻了，说不定人们会猜疑，她是不是真的被冯源占了便宜，所以梁坤健才不要她。这种猜疑一旦被扩大，各种版本的谣言又要强加而来，她的名声会变得更加糟糕，以后她想再谈男朋友，可就困难多了，人们会抓住把柄不放的。

欧阳娴真是恨死冯源了，如果没有“这个可恨的人”半路杀出来，就算她向梁坤健提出分手，人们顶多议论几句，不会有别的说法。毕竟是私人的事情，没有什么可以指责的。就是因为冯源冒冒失失地搅了一局，事情就演变成另外一种性质，使得她骑虎难下，想跟梁坤健分手都变得困难重重了。

梁坤健并不知道欧阳娴心中所想，见到她郁郁寡欢，以为她是受到了谣言的冲击，心情低落，所以要延迟谈婚论嫁。他想，好在元旦离过年也就一个多月，并不漫长。

腊月中旬，学校放寒假了，天气愈发地冷，北风像寻仇一样在天地间咆哮，令人不敢出门。欧阳娴整日窝在家里烤火，顺便教妹妹欧阳慧打毛线，织一条绒线花边的围巾用来抵御冬寒。这天，李素雅冒着严寒，上门来找欧阳娴玩。

两人大半年没有见面，自然高兴。欧阳娴扯着她，躲在房间里聊天，说一些闺中密语。聊开之后，李素雅找了个时机，告诉欧阳娴，那个坏她名声的后生因为被梁坤健逼迫，在同花街待不下去，跑到她家的淀粉厂当捞渣工了。随后，李素雅故意说她本来要替天行道，把冯源扫地出门，不让他在厂里上班，但是冯源后来向她解释，才知道事情并不像她听说的那样。李素雅顺便将整件事情的起因经过都说出来了，并告诉欧阳娴，冯源是发过毒誓的，这个真相应该可信。另外，冯源在淀粉厂工作时勤勤恳恳，为人老实，性格也阳光开朗，并不像人们说的那样猥琐。

这是欧阳娴第一次听到事情的最真版本。然而，即使听到了真相，知道冯源也是无辜的受害者，但她对他的恨并没有减少。因为冯源表弟的恶作剧，加上冯源昏头昏脑的愚蠢行为，让她无故惹出一身绯闻，并且还留下了后遗症，害她不想和梁坤健继续恋爱，却又不能提出分手，为此苦恼不已。无论如何，她都不打算原谅冯源。

欧阳娴内心的想法，当然不可能告诉李素雅，毕竟两人还没有亲密到掏心掏肺的地步。不过，欧阳娴从李素雅的语气中听出来了，与其说李素雅是来告诉她事情真相的，不如说李素雅是来替冯源说情的，她希望欧阳娴能原谅冯源，因为他是无心之过。

这让欧阳娴暗暗称奇。冯源到底是什么来头，竟然能让这么多人帮他说情。首先是柴叔和刘见章，这两人在同花镇也算是德高望重的长辈了，能让他们同时站出来替人说好话，镇上还真没有几个；现在又是李素雅，冯源只是一名捞渣工，她竟然也肯为他出头，这是不可思议的。那么，这个叫冯源的人，到底有什么与众不同之处呢?

欧阳娴痛恨冯源的同时，却又不由得有些好奇，倒是想看看这个家伙到底长了一副什么模样。

第八章

桂北的冬天寒冷，主要是风大，能把三五岁的小孩一把掀倒。同花街在富江边上，北风顺着江面一路涌来，气势凶猛，裹挟着湿气穿过岸边的防风林，肆无忌惮地闯入街道，扑在人的身上，像针扎一样难受。

遇到寒冷之年，同花街也会下大雪，积在路面有棉被那么厚。但是这种雪十年难得一见。大多时候，冬天下冻雨的可能性大，稀稀疏疏的雨点夹着冰霰，被北风卷着跑，像放沙枪一样，能把人的脸蛋打起小疙瘩。

腊月中旬之后，天气愈加地冷，天空阴沉沉的，连续下了几天的冻雨，路面上的积水都结冰了。人们都说，只怕是个寒年。兴龙观的柴叔翻了一下皇历，却说今年是个暖春，因为小年那天就立春了。立春早就意味着回暖快。

人们不相信，看着阴沉沉的天空，觉得暖春的可能性不大。然而小年过后，气温果然奇迹般地回升了，北风也像跑累了似的，收敛起来，不知道躲到哪里休息去了。天空的阴霾也不见了，久违的阳光普照大地，带来了春日的祥和。江边落光叶子的枫叶上，成群的乌鸦栖息在上面，发出呱呱叫声，仿佛也在庆祝升温。农村人最讨厌乌鸦了，尤其是过年时候听不得它们的叫声，于是唆使孩子们拿弹弓去打，赶跑它们。小孩们也乐意这么做，纷纷跑到江边赶乌鸦。没有北风的江岸上，充满了小孩们欢快的叫声，可怜的乌鸦群被赶得四处乱飞，最后只好飞到下游沙洲上的杂树林里面去。

天气一回温，过年的氛围愈加浓烈。同花街每天都是人山人海，人们除了买酒买肉置办年货，还顺便到兴龙观祭神还愿，找柴叔求对联。罗家酒铺的米酒味道好，很多人带着酒壶，到街上置办年货时顺便打上一壶。为了赚钱，除了卖酒，罗三圈还坚持每天做豆腐，顺带油炸豆腐泡。地方上的人喜欢过年时制作豆腐酿，豆腐泡撕开后中间是空的，灌馅料进去，清蒸或油炸，就成了美味的豆腐酿，是必不可少的年味，十分畅销。

冯源每天忙得团团转，尤其是中午那段时间，忙起来时连吃午饭都顾不上，就胡乱抓几个豆腐泡塞到嘴里，权当充饥。一直忙到了大年三十下午，人们都回去做年夜饭了，他才终于清闲了。

清闲之后，冯源就想起陈嘉南，不知道他在香港过年是怎样的一种生活。陈嘉南走的时候，给冯源留下了家里的电话号码，冯源不久前打过电话给他，陈嘉南告诉冯源，他正在办理港澳通行证，准备去香港的亲戚家过年，到时会买一些香港的明信片寄给他，就当是拜年的礼物。冯源期待着明信片的到来，他对陈嘉南能去香港过年十分羡慕，也颇为沾沾自喜，为自己拥有这样一个好朋友而感到骄傲。

那时内地人去香港的手续非常复杂，没有正当理由是很难入港的，但是有亲戚在香港那边，又逢改革开放出台的新政策，倒也容易实现。陈嘉南之所以选择过年的时候去香港，除了去探望亲戚和玩耍之外，主要目的还是想在朋友面前出一出风头，拍些相片分别寄给冯源和李素雅，好教他们明白，当初的牛可不是乱吹的。尤其是李素雅，陈嘉南想借着这个机会向她表白。

大年三十之后，同花街会迎来几天的冷清期。人们都要走亲戚，一般不会出来逛街，加之街上的铺面都是租来的，店主们并不是土生土长的本街居民，也都要回家过年，街上许多店铺都会歇业，人气没有那么旺，整条街也就显得冷清起来。罗家酒铺从大年初一开始歇业，到初五开市。初一大早，冯源也回家过年和走亲戚，酒铺虽然初五开市，但生意冷淡，没有什么要忙的，他可以晚几天回来。

初十那天，冯源从老家回到同花街。他以为回来之后就能收到陈嘉南寄来的明信片，但是并没有收到。他想打电话去给陈嘉南拜年，顺便询问信是几时寄出的，怎么还没有收到。但又想，还是等几天再打电话，省得收到信之后还要打一通电话告知陈嘉南，经济上不划算。那时候电话费特别贵，长途电话一块五毛钱一分钟，冯源和陈嘉南都是能说会道之人，聊得来，拿起电话就舍不得放下，随便一聊就是十几二十分钟，一通电话就要花三四十块钱，极是吓人。冯源家境不富裕，在酒铺工作一个月才一百块钱，打电话这种高消费行为，他不能随心所欲。

元宵节过后两天，冯源终于收到陈嘉南寄来的挂号信。他迫不及待地拆开信，里面有一套香港四大天王的明信片，还有陈嘉南去香港随手拍的一些相片，以及一张镀了金边的贺卡，上面印有“金狗迎春”的图案，因为本年是狗年。陈嘉南在贺卡上写了几条新年的祝福语，其中有一条是祝冯源桃花盛开，早点拿下欧阳娴的芳心。

收到信件，冯源就到邮电局打电话给陈嘉南，告诉他信已经收到了，贺卡和明信片他十分喜欢。又说陈嘉南的照片跟四大天王一样帅，放在当中毫不逊色。两人喜气洋洋地说一些新年的祝福语，随后，陈嘉南说了他去香港的一些见闻，又说起从香港回来时，他顺便在深圳待了两天，深圳正在大力发展工业，到处招商引资，四处在建厂房，将来肯定会发生惊天动地的变化。

冯源在电视新闻上也看到过这些报道，他激动地说："广东发展这么好，我觉得你还是不要回来了，我去广东投靠你。"

陈嘉南说："大地方有大地方的好处，小地方有小地方的妙处。一条鲨鱼在大海里很渺小，但是游到了江里就是大王了。我喜欢去小地方当大王。"

冯源嘲笑道："鲨鱼是冷血动物，哪里像你这么多情，放着大地方不待，非要跑到这穷地方来受苦。"

说实话，冯源还真是不想让陈嘉南回同花镇。同花镇太小了，根本没有什么发展的机遇。去大地方多好，哪怕是随便找个工作，也比在同花镇做生意强。有句老话叫"小洞爬不出大蛇"，小地方只能做小本买卖，做不了大生意的。冯源心里十分清楚，想在同花镇发达，那是做梦。冯源渴望去大地方改变命运，他没出过远门，也不知道广东那边的情况，不敢独自一个南下打拼。他唯一的希望就是陈嘉南，如果陈嘉南待在广东，他就能去投靠他了。但是，陈嘉南却有着一副玩世不恭的心态，只想着回同花镇把李素雅追到手，对人生事业毫不上心。

陈嘉南说："对了，给你寄信的时候，我也给素雅寄了明信片和相片，顺便附了一封表白的情书。本来想打电话向她表白的（淀粉厂装有电话，可以直接找到李素雅），但是电话中有些话不好意思说出口，还是写情书能表达感情。你既然收到了我的信，她估计也收到了。”

冯源说：“恭喜你啊，终于迈出了这一步。”又问：“你什么时候回来，是不是在家里等着李素雅给你回信？”他心想，要是李素雅回信拒绝了他最好，说不定他一时气恼就不回来了，他就可以去广东投靠他了。

陈嘉南说：“寄信太慢了，等她回信都不知道是什么时候，我在信后面跟她讲了，让她不要回信，等我回同花镇再面谈，也正好让她有一段时间的思想缓冲。我过几天去广州玩，到我姑妈家里住几天，然后直接从广州坐车回同花镇。”

冯源说：“你比神仙还爽啊，大城市里到处玩，不像我们这些山民，去过最远的地方也就是县城。”

陈嘉南说：“我也是沾了亲戚的光。我哥说我在农场受苦了，怕我心里有阴影，特意让我去各地的亲戚家里走一走，当是散散心。”随后又说：“你也不要着急，以后赚了钱，想去哪个城市玩都可以。”

冯源苦笑道：“我去哪里赚钱啊？”

陈嘉南说：“放心吧，只要你跟着我混，以后肯定能赚大钱的。”

冯源说：“我就指望你改变命运了，你可要好好罩着我，别把我给甩了。”

陈嘉南调侃道：“那也要看你表现。我让你去追欧阳娴，你迟迟不肯出手，这点勇气都没有，让我怀疑你是不是干大事的人。”

冯源说：“我跟欧阳娴的关系你又不是不知道，要是我现在出手，肯定是失败的。做大事的人怎么可能行事鲁莽，必须有把握才行。”

陈嘉南说：“你倒会狡辩。算了，不和你吹了，你那里电话费贵，省下些废话吧。这段时间你也不用打电话给我，我去广州玩一阵子，等我心情玩舒畅了就回同花镇。”

冯源说：“祝你玩得快乐，我等你回来。”

挂了电话，冯源去柜台结账时，发现两人不知不觉聊了近半个钟头，电话费要五十多块钱，相当于他半个月的工资了，不由得好一阵心疼。但是一想，以后陈嘉南要带他赚钱的，花这点钱跟他联系，促进兄弟情感，倒也值得。于是，心情顿时开朗起来，只盼望着陈嘉南早点回来，看他能搞出点什么名堂，好让自己也沾点光。

正月很快就过完了。这年是早春，龙抬头的时候已经是新历的三月中旬，天气暖洋洋的，晒得桃花和梅花竞相开放，但它们并不是早春的主角，主角是田里的油菜，被阳光撩拨得撒起野来，大片大片的金黄色，映得天空的彩云都黯然失色。

天气一暖，淀粉厂就开工了，用木薯干浸泡后生产淀粉。

李素雅来同花街找冯源，问他还要不要去淀粉厂当捞渣工。捞渣工的工资虽然比在姑妈的酒铺当帮手要高出一倍多，但那工作确实辛苦，冯源不想把自己泡得又脏又臭，就说姑妈的店里需要帮手，一时走不开。李素雅也知道当初要不是被逼无奈，冯源是不可能去当捞渣工的，她来找冯源，表面是在问捞渣工的事情，主要还是向冯源打听关于陈嘉南的消息。

元宵节过后，李素雅收到了陈嘉南寄来的贺卡和在香港拍的相片，还有一封表白的情书。对小镇人而言，在那个年代能去香港，是一件十分了不起的事情，冲这一点，李素雅就能感觉出来，陈嘉南的家境果然不一般。陈嘉南在信中大谈自己的新年愿望与未来的憧憬，他立志要干一番大事业，不辜负此生。信中，他向李素雅表白，说她是他生命中的灵魂，没有她，他活得毫无意义，他所有的一切努力都是为了她，希望她能接受他的爱，并跟他一起迎接美好的未来。

经过一段时间的交往，李素雅也渐渐喜欢上了陈嘉南，觉得跟他在一起很快乐，有一种难以言说的奇妙感觉，而且经常梦到他，有一回还梦到嫁给他了，醒来的时候，她有一种十分幸福的感觉，就像花烛之夜的新娘。那段时间，她害怕陈嘉南会突然表白，搞得她不知道怎么去面对这份感情；但是陈嘉南没有表白就回广东了，又让她有一种患得患失感，觉得陈嘉南没有向她表白就离开，是一种遗憾。淀粉厂刚放假那几天，少了陈嘉南和冯源的做伴，突然一下子回到单调乏味的生活，李素雅还有些不习惯，感觉生活变了一个样。她期待陈嘉南早点回来，但一想他回来之后，肯定不会到淀粉厂当捞渣工了，不能像以前那样可以随时见面，她也不能光明正大跑去找他玩，心里又有些难过。他来淀粉厂当捞渣工就是为了接近她，现在两人已经成了朋友，他不可能再来做这样的苦差事。不过，他为了接近她而吃了半年的苦，甘愿在渣池里面受罪，这足以证明了他的真心。想到这一点，李素雅还是很感动的。

读完陈嘉南的表白信，李素雅内心充满了欣喜，同时也充满了苦恼。尽管她知道终有一天陈嘉南会向他表白，当这一天来临的时候，她仍不知道该如何面对这份感情。假如陈嘉南不是外地人，一切都好说，可是他偏偏是外地人，而且还当过劳改犯，父母怎么舍得让她跟一个劳改犯跑去广东?

李素雅在惊喜与苦恼中徘徊了几天，一直找不到平衡点，加重了心头的患得患失。她清楚得很，自己已经喜欢上陈嘉南了。她从来没有这样子想过一个人，那种思念的味道让她明白了自己意志的脆弱，当初和陈嘉南交往时，她就在不断地告诫自己，一定不能对他动感情，跟他在一起交往，只是因为生活太无聊了，找点新鲜感而已。然而，她还是深陷下去了。她怎么也想不通，为什么就管不住自己的感情呢，真是太奇怪了。等陈嘉南回来之后，她该怎么回复他，是拒绝他吗？李素雅舍不得，初恋对一个少女是弥足珍贵的，这是她第一次对异性心动，并产生了难以割舍的情感，尽管她知道家人一定会反对她与他来往，但她还是不舍得放弃；接受他吗？肯定不行，她还没有这么大的勇气，也还没有深爱到要背叛家人的地步。她只能跟他说，让他先干一番事业出来，给她的家人看看，这样才有说服力。如果陈嘉南真的能在同花镇搞出一番事业，或许她的父母会另眼相看，允许他们在一起，这也表明了他对她的爱是经得起考验的。

李素雅等着陈嘉南回来，把自己内心的想法告诉他。然而，很快半个月就过去了，还没见陈嘉南回来，李素雅心里更是挂念。没事的时候，她就拿出陈嘉南的表白情书和相片看，越看越心动，恨不得早点见到陈嘉南，可是偏偏就没有他的音信。陈嘉南走的时候，留下了家里的电话号码给李素雅，但是李素雅一个姑娘家，怎么好意思主动打电话过去。她也没有回信给陈嘉南，因为陈嘉南在信上说不必回信，寄信太慢，说不定信在路上，他就已经回到了同花镇，有什么想对他说的话，等他回来再说。可是，等了这么久，陈嘉南还没有任何音信，她心中空荡荡的实在是没有着落。后来，她想到冯源和他是好朋友，于是就借着淀粉厂开工的机会来询问冯源，看陈嘉南有什么新的动向。

冯源见李素雅惦念陈嘉南的样子，就知道李素雅对陈嘉南上心了。他为陈嘉南感到高兴，但同时也有些失望，要是她真的和陈嘉南产生感情，陈嘉南为了爱情，肯定不愿意回广东发展，会赖在这个小镇上死缠烂打。在同花镇这小地方，能搞出什么名堂呢?

冯源对李素雅说：“我前不久打电话给阿南，他说要去广州亲戚家里住几天，到时直接从广州坐车回来。看样子，他应该很快就要回来了。”随后又说：“他对我说，他去广州除了走亲戚，主要还是去给你买礼物，估计现在他正在广州挑礼物呢！你看，他对你多上心，他回来了你可要好好对他，不要让他到你家里当捞渣工了。如果你一定要让他当捞渣工，他肯定会乖乖听话的，谁叫他那么喜欢你呢！”

李素雅听冯源这么说，心里略安，但脸色也微微赤热起来。她猜得出来，冯源肯定知道陈嘉南给她写信表白的事情，她来打听陈嘉南的消息，不就相当于把自己的牵挂之情透露出去吗?为了掩饰自己的困窘，她随即转了话题：“对了，我年前去找阿娴，向她说清楚你和她之间的误会，还替你说了不少好话。但是没什么用，她说你用愚蠢的行为败坏了她的名声，即使你是无心的，但此事因你和你表弟而起，所以她不打算原谅你。照这种情况来看，你想追她，比登天还难。”

尽管这是意料之中的事情，但冯源心里还是颇为难过，胸口涌出一股失落之情。他说：“我是有自知之明的人，心里也没有抱任何希望。其实我要追欧阳娴这件事情，纯粹是阿南引起来的。阿南想追你，但又担心追不到，被我笑话，于是就怂恿我去追欧阳娴，说要来个比赛，看谁先得手。你想，以我的条件，怎么能争得过梁坤健?这点自知之明我还是有的。再说了，我害得她名声扫地，她怎么可能会跟我交往。”

李素雅笑起来：“别拿阿南当挡箭牌，你以为我不知道，你肯定是喜欢阿娴的，只是怕追不上丢脸，所以把罪过都推到阿南身上。你这叫拿朋友垫背，不厚道。从你画阿娴的画像中我就看出来，她是你的心上人，否则不可能画这么好的。我又不是没脑子，可没那么好骗。”

冯源没想到李素雅的心思这么缜密，竟被她猜中了。为了掩饰自己的尴尬，他嘿嘿一笑："画像也是阿南让我画的，他说要看看欧阳娴长得什么样子，我只是照做而已。不信你去问阿南。"李素雅说："我才懒得问，又不是我的事情。"末了，又突然想起什么似的："对了，阿娴还有句话让我转告你，既然你对她没有意思，那就算了。"冯源忙问："什么话？"李素雅朝他翻了白眼："看吧，你还说心里没有阿娴，一提起她，你就像馋嘴猫闻到鱼腥味一样。要是你承认你喜欢阿娴，我再把这句话转达给你。如果你不承认，转达了也没有意思。"

冯源没有想到李素雅竟然这样刁钻，用这种方式来对付他。他讪讪一笑："都说近朱者赤，近墨者黑，好的你不学，你偏偏把阿南耍人那一套给学会了。"李素雅抿嘴笑道："对于那些口是心非的人，不耍一下怎么能行？你到底要不要听阿娴的话，如果不想听就算了，就当我没说。"说罢，装作一副要走的样子。

冯源没办法了，只好说："好啦，我承认，我确实是蛮喜欢欧阳娴的。"李素雅灿烂地笑起来，嘲笑道："你看你，一个大男人，有什么好害羞的，还要人逼迫了才肯说，自讨苦吃。不过，既然你喜欢阿娴，我觉得这句话还是不要告诉你最好，以免让你为难。"冯源急了，说："大小姐，不要再吊我胃口了，你是想要吊死我吗，快说吧。"李素雅认真地看着冯源："你真的要听？到时让你为难起来，可不要怪我哦。"她越是这么说，冯源越是想听，他保证地说："怪你干吗，快说吧。"李素雅说："好吧，那我说了。阿娴说，如果你想让她原谅也可以，不过你要做一件事情，就是出洋相。你知道什么叫出洋相吧？"

冯源一时愣住了。他当然知道什么是"出洋相"，这是地方上的乡俗，自古流传下来的。旧时的农村，都是靠乡约治理的，如有中伤他人，需要赔礼道歉的，就要出洋相；抓到小偷之后，必须让小偷出洋相，让整个地方的人都知晓。出洋相的做法是，当事人要在初一或十五那天，提着公鸡和酒到兴龙观的门口，敲响铜锣。初一和十五那天，附近的乡民都会去兴龙观进香，人气比较旺，铜锣一响，人们就知道有好事看，都会围观。当事人当着众人的面，把事情讲清楚，例如说因为某件事情中伤他人，需要道歉的，把事情缘由说出来，然后发个毒誓，今后不再犯这样的事，接着把公鸡杀了，将血滴到酒里，仰头喝下去；如果有小偷被抓，犯的事情并不严重，只是偷鸡摸狗之类的，地方上的人一般是不会送官的，要让小偷到兴龙观门口出洋相，也是当着众人的面把自己的罪过讲出来，发毒誓不再犯，然后杀鸡喝血；还有一些是已婚男女之间瓜田李下之事，被抓现行的，也要送到兴龙观出洋相。总之，就是一些见不得人的事情，要宣告世人，称之为出洋相。出了洋相的人，相当于打上了烙印，这辈子就难以再抬头做人。地方上的人如果逼急了，喜欢说一句话“你这不是要逼我出洋相吗”，或者会说，“你要是不把事情说清楚，我要你出洋相”。

出洋相意味着丑事外扬，丢人现眼，身败名裂。虽说这是旧时的乡约，但是现在仍在沿用，前年同花镇就发生过一次出洋相事件，有人建房子，因为房梁不够，夜里去偷砍了别人几棵树，结果被人发现，逼得出了洋相，传为笑话。

冯源没想到欧阳娴竟然也要他出洋相。李素雅说：“她让你准备一只公鸡和一碗酒，十五到兴龙观的门口发毒誓，证明她是清白无辜的。你把杀鸡血喝下去，再下一个诅咒，以后谁还敢编造阿娴的坏话，谁就要遭天打雷劈。这样一来，人们自然相信你的话，就不敢乱嚼舌头了，阿娴的名声洗得一清二白，肯定会原谅你。”

冯源苦笑起来。他要是这么干，必然会沦为人们的笑柄，以后身份低人一等，说话都没有底气。虽说他没有做错什么事情，不偷也不抢的，问心无愧，但出洋相毕竟不是什么好事，终归是丢人现眼的，落在谁身上都不好受。

李素雅盯着冯源，表情严肃地问：“你要不要出洋相？要是愿意，我就去告诉欧阳娴，要是不愿意那就算了，省得我再跑一趟。”冯源难为情地说：“这种出丑的事情，我要考虑一下。”李素雅冷笑道：“一个大男人，还怕出丑，你以为你还有脸可丢吗？上次的事情，你的脸早就丢光了。就你这婆婆妈妈的样子，以后怎么跟阿南做大事。你既然喜欢欧阳娴，那就干脆点，一不做二不休，做给她看，证明你可以为了她愿意做一切事情。你要是做了，她不仅原谅你，说不定还打动她的心，对你另眼相看；你要是犹豫了，说明你并不是真心喜欢她嘛！”

这一番话，倒是把冯源的性子给激起了，他不想被眼前这个姑娘家看扁，于是有些赌气地说：“她的名声是我败坏的，如果这样做真的能还她一个清白，那我就当是还债吧。”李素雅眨巴一下眼问：“也就是说，你愿意喽？”冯源无奈地说：“你去和欧阳娴讲，我会按照她的意思去做的，从此之后各不相欠。”李素雅笑起来：“什么各不相欠，你以后不打算和她做朋友啊？行了，我现在就去跑一趟。对了，今天是初六还是初七？离十五没几天了，你准备一下吧。一定要记得，要等人多的时候再杀鸡，人越多越好，否则不算数的。”冯源撇嘴说：“知道了。我到时拿兴龙观打醮用的铜锣敲一阵，把人吸引过来，这总行吧？”李素雅抿嘴一笑：“亏你还能想起来敲铜锣，这样最好。”

冯源之所以愿意这么干是有原因的，一是欧阳娴的名声确实是被他败坏的，每次想起来，心里总是内疚不安，如果出洋相能帮她把名声夺回来，那就当是补偿她；二是他以后肯定要离开同花镇的，就算闹出了洋相，没什么大不了，反正他不是本镇人，不至于一辈子抬不起头来；三是他真心希望欧阳娴能原谅他，也就是说，他在乎欧阳娴的感受。诚如李素雅说的，他要让欧阳娴知道，他可以为了她做出一切事情，说不定真能感动她。

农历二月十四那天，冯源果然买了一只公鸡，准备第二天上午去兴龙观杀鸡发毒誓，替欧阳娴洗清不白之冤。傍晚时分，他的表弟罗祥兴从学校回来，带了封信给他，信封上面写着“冯源收”，除此之外别无他字，也不知道是谁写的。

罗祥兴说：“我们班主任让我带回来给你的。”冯源很是好奇：“你们班主任叫什么名字？”罗祥兴说：“张进功。”冯源说：“我不认识他，他怎么给我写信呢？哦，肯定是你在学校又闯了祸，他写信给我告状。”罗祥兴顿时紧张起来，但眼珠子转了转，想到最近并没有闯下什么祸事，于是才放心下来：“我没闯祸。再说了，就算我闯祸，班主任也不会给你写信，只会写给我爸妈。”冯源觉得有道理，于是不再问，打开信封，将里面的信抽出来看。

信纸上只写着一行字：“李素雅要你的，别犯傻！”字迹娟秀，笔画柔韧，透出一股干净利落，一看就是姑娘家的字。除了这句话，再没有别的语言。冯源愣了一下，立马就明白了——这封信是欧阳娴写给他的！顿时，他就像一颗点燃导火线的炸药，瞬间爆开，整个人为此激动不已。他也由此明白了，那天李素雅跟他说“出洋相”的事情，其实是她瞎编出来骗他的，并不是欧阳娴的本意。好呀，没想到这姑娘竟然也这么顽皮，弄了这么一个恶作剧耍他，害得他差点就出洋相了！

出洋相的说法，确实是李素雅杜撰出来骗冯源的，想拿他寻开心。那天，她像煞有介事地把冯源骗住之后，就跑到欧阳娴家里，把事情说了出来。笑得欧阳娴捂住了肚子。李素雅说："我终于给你报了一箭之仇，你就等着看他出洋相吧。"欧阳娴说："他不会真去兴龙观杀鸡喝酒发毒誓吧？"李素雅语气坚定地说："肯定会，他说这是他欠你的，只要能洗清你的冤情，他什么事都愿意做。而且，他要让你知道，他可以为了你做一切。我猜想，这傻小子是喜欢上你了。"欧阳娴啐道："别乱开玩笑，我恨他都来不及，别拿他来耍我。"李素雅说："我要你做什么，真是不识好人心，我也是为你好，要帮你把名声给挣回来，你不领情算了。不过，那傻小子肯定会去兴龙观出洋相的，我敢打包票，你到时等着看好戏吧！"

欧阳娴见李素雅说得认真，倒是有些怕了，风波好不容易平息，她可不想再惹出岔子来。要是冯源真的去兴龙观出洋相，那也相当于帮她出洋相了，毕竟她和他的谣言是绑在一起的，脱不了干系。到时又要挑起人们的兴趣，指不定又闹出什么古怪事情来。

欧阳娴拉住李素雅的手说："你去和他讲一下，说你是骗他的，让他别这么干。"李素雅甩开欧阳娴的手，撇嘴说："我好不容易想出这个点子骗他上当，我等着看好戏呢！才不去跟他讲，要去你自己去。"欧阳娴说："我怎么去跟他说，你这不是两头耍人嘛！"李素雅俏皮一笑："生活这么乏味，耍人也是一种乐趣嘛！不跟你说了，我要回去了。总之，我只想看好戏。"说着，眨了眨眼，露出一副得意的样子，临走前还说了一句，“这后生挺老实的，竟然为了还你的清白，连这种蠢事都愿意去做，可见一片痴情啊！”欧阳娴哭笑不得：“要不是你怂恿，他会这么干？拜托以后你不要打我的名号去耍人，会连累我的。”李素雅笑起来：“连累你有什么关系，只要不连累我就行。”

欧阳娴确实怕冯源去做傻事，到时候又要掀起另外的风波。出洋相毕竟不是什么光彩的事情，很多事情只会越描越黑，成为别人口中的笑柄。她左思右想，后来就用传信的方式，写一张纸条塞到信封里，通过罗祥兴班主任的手，转到了冯源手上。

冯源是聪明人，一下子就想通了整件事情。他根本没有想过李素雅竟然会骗他，这样一个天真可爱的姑娘，骗起人来面不改色，真是厉害啊！不过他一点也不生气，反而感谢她，因为欧阳娴写信给他了，这就表明了欧阳娴知道他愿意为她做任何事情，这说不定能改变欧阳娴的看法，因此原谅他。

冯源拿着信，双手微微有些颤抖，仿佛收到梦中情人的情书一样。虽然只有寥寥数字，但毕竟是欧阳娴的亲笔信，对冯源而言，意义重大，每个字都像一个炸药，能让他的内心掀起惊涛骇浪。

罗祥兴见表哥一直拿着那封信看，脸上表情又是激动又是紧张，好像发生了什么大事一样。他很是好奇，偷偷从后面踮起脚跟，看信上面写了什么。只见上面只有一句话：“李素雅耍你的，别犯傻！”就这么一句话，何以表哥看得表情古怪，呆若木鸡呢？

罗祥兴好奇地问：“李素雅是谁？”冯源见表弟偷看了信，才回过神来，他笑嘻嘻地捏了一把罗祥兴的脸说：“一个骗子。”

冯源回自己的房间，将那封信塞在枕头底下，仰面躺到床上。他靠着枕头，看着天花板，忍不住笑出声音来，笑声像花朵一样在房间里面绽放。笑了几声，随后他又站起来，打开床头柜，里面放了一大沓他画得比较满意的作品。他找出欧阳娴的画像，将画像捧到眼前，细细地看着。房间的光线黑暗，他的眼睛正闪现出光芒，像藏了一团火，觉得画像中的欧阳娴是如此亲切。

第九章

三月底，陈嘉南回来了。让冯源出乎意料，他竟然租了一辆小货车，带了一大批衣服回来，准备在同花街上叫卖。

陈嘉南去广州的姑妈家玩。姑妈是做皮鞋生意的，开了两个门面店，姑父和表哥来回往温州跑，将温州的皮鞋运回来卖，生意很不错。陈嘉南打算在姑妈家里住上几天，逛逛广州城，买些礼物和衣服就回同花镇。然而有一天，他去广州最大的服装批发市场挑选衣服，看到市场上那些琳琅满目的潮流服装，突然萌生了一个念想，打算带一批衣服贩到同花镇，赚些零用钱。而且，他可以借着卖衣服的幌子，和李素雅见面。

陈嘉南心思缜密，他准备返回同花镇时，一直在想一个问题，怎么和李素雅见面，加深两人的感情。他不可能再去淀粉厂当捞渣工，也不可能约李素雅到外面去见面。同花镇的人们思想保守，只要发现两人走在一起，肯定会传出谣言，一旦传入李素雅的父母耳中，那两人的恋情就玩完了，李宝军夫妇肯定不会同意他与素雅交往，会毫不犹豫封杀这段感情。李素雅虽然对他有好感，但感情毕竟还在发展期，未到难舍难分之时，只要父母一插手，李素雅就会中断来往，那么前面的一切努力都白费了。所以，陈嘉南回到同花镇要做的事情，就是想办法加深和李素雅的感情，直到她深爱着自己，有勇气和父母对抗，这样他才能有机会从中周旋，慢慢改变李宝军夫妇的观念。

如果挑一批衣服贩到同花街卖，那他就可以和李素雅大大方方地见面了，李素雅利用买衣服的机会，没事就跑来找他玩，说一些悄悄话。如果人多，甚至可以用暗中交换书信的方式来交流。这样一来，两人就能保持紧密联系，打下牢固的感情基础。

说干就干，陈嘉南每天去逛服装市场，认真地挑选衣服，用笔记本记好相关款式、数量及价格，然后拿到姑妈的皮鞋店里先囤起来。花了十来天，终于精挑细选出一大批时尚的男女青年衣服，还顺带一些小孩和中年人的服装，用来丰富门面。他租了一辆小货车，拉往同花镇。这些衣服都是当下大城市的潮流服装，内地县城根本没有卖，陈嘉南有信心卖个好价钱。

回到同花街的陈嘉南暂无落脚处，想去兴龙观投奔柴叔，但冯源哪里肯让他去兴龙观，拖着他到自己的房间里一起住下，加深兄弟之间的感情。反正姑妈一家三口居住，屋子并不拥挤，冯源住的是单间厢房，有十几平方米，搭一张临时床就能让陈嘉南住进来。

陈嘉南是个人情练达的人，给冯源的姑父和姑妈，还有表弟都送了一套新衣服。一家人穿着来自广东的潮流服装，都眉开眼笑。平日里陈嘉南并不吃闲饭，也帮忙打下手，烧火煮甑酿酒，或打酒磨豆腐之类的，手脚勤快，搞得罗三圈都不好意思，说：“你是客人，怎么能让你来做事。”

陈嘉南也送给冯源一件牛仔裤加格子衬衫，冯源原本相貌就英俊，穿上潮衣，就像好马配好鞍，透着少年人的意气风发，完全像一个城里人，没有一点乡下人的土味。陈嘉南啧啧叹道：“就凭你这副样子，欧阳娴看到了肯定会心动的。你趁热打铁，我送一条裙子给你，你将欧阳娴的那幅画像，连同裙子一起送去给她，说不定会转变她的观念，对你产生好感。”冯源说：“她才不会心动，年前素雅替我去解释说情，欧阳娴说永远不会原谅我的。我送东西给她，她肯定不会收，说不定还会怪我多事。”陈嘉南“哼”了一声：“收不收是她的事，送不送那就是你的事了。既然她恨你，你正好有借口送裙子给她，说是赔礼道歉，希望她能原谅，这可是大好机会。”

冯源觉得陈嘉南说得在理，可他仍不敢迈出那一步，觉得机会不成熟，平白无故地送裙子给人家，说不定自讨没趣，搞得自己下不了台。他说：“还是再等等吧，过段时间让素雅去打听一下，看她还生不生我的气。”陈嘉南冷笑道：“再等下去煮熟的鸭子都凉了，说不定哪天她就跟梁警官订婚，到时你后悔也来不及。”冯源撇嘴说：“那就表示我跟她没有缘分。”陈嘉南哈哈一笑，嘲讽道：“你和她不是没有缘分，而是你没有出息。”

冯源见陈嘉南一副恨铁不成钢的样子，怕被他调侃，就赶紧转了话题：“对了，你要小心点素雅，她可不是好惹的，你未必能镇压住她。前不久，我差点被她害出洋相了。”陈嘉南果然被吸引，忙问：“她怎么让你出洋相了？”

冯源于是将李素雅骗他出洋相的事情说了。他说得像煞有介事，说到自己买了公鸡，又准备好酒，还去兴龙观把铜锣借出来了，准备豁出去替欧阳娴把名声挣回来。幸好欧阳娴写了纸条，托人转手带给他，才让他免于出洋相之灾。

陈嘉南听完之后，开心地大笑起来：“没想到素雅这么好玩，看来我是找对人了。我就喜欢这样调皮的姑娘，以后一起生活有乐趣。”随后说，“不跟你扯了，我要去淀粉厂。”冯源说：“你直接去淀粉厂找素雅，不怕她家人起疑心？”陈嘉南说：“我才不会那么傻，我去找李世岩，让他传消息给素雅。”随后又说，“回来时，我买一条鱼，晚上一起去找柴叔喝酒。”

陈嘉南带上一条牛仔喇叭裤，还有一件牛仔外套，找罗三圈借了单车，前往淀粉厂。陈嘉南没有去找李素雅，而是去生产车间的办公室找李世岩，将衣服和裤子送给他，并假惺惺地说感谢李世岩的关照，当初将他招到淀粉厂工作。

李世岩看到陈嘉南时，差点没有认出来。陈嘉南不再是捞渣工那副形象，当捞渣工的时候，为了方便洗澡洗头，他一直剪短发，现在头发已经变长，剪了碎发，梳得整齐，还打了发胶，显得更加英俊。他穿着一件黑色的紧身 **T** 恤，衣领非常高，几乎把整个脖子都包裹起来；外穿一件宽松的格子衬衫，衬衫不扣，却将两边的衣摆打了个结，连在一起，看起来既休闲又透着青春活力；裤子是一条紧身牛仔裤，脚下一双长筒皮靴，油光发亮，裤脚扎入皮靴筒里，双腿显得修长；他的脖子戴着一条筷子粗的黄金项链，左手手腕戴着铂金的石英手表，中指还套着一个银色的狮子头指环；右手手腕则戴了黑曜石串，全身上下散发出一股香水味，这完全是大城市人的打扮了，像电视里面的那些明星一样。

李世岩有点受宠若惊，不敢相信以前的捞渣工竟会如此客气。他又好奇地问：“你是广东人，家境应该不错吧，当初怎么要来淀粉厂当捞渣工？”陈嘉南像煞有介事地说：“我家里有一个鳗鱼养殖场，能赚些钱。高中毕业后，家里让我去做生意，我年轻不懂事，被人骗去开假化肥厂，稀里糊涂地就被判了一年半。后来的事情你也知道了，我立功减刑提前出来。我从小没有吃过苦，虽然在农场吃了一点苦，但是立功之后，被调到养猪场做事，没有再受苦。从农场出来，为了锻炼自己的毅力，我决定再吃半年的苦。有句老话叫‘吃得苦中苦，方为人上人’，没有吃过苦的人怎么能做成大事。说起来，我到你的淀粉厂当捞渣工，还得感谢你的叔叔李贵军，我在养猪场和他认识，是他介绍我进来的，否则我也不知道有这样的活。”

李世岩对陈嘉南的话深信不疑，他压根不会想到陈嘉南来淀粉厂是为了接近自己妹妹的，在他的眼中，妹妹和这个劳改犯八辈子也打不到一竿。而且，陈嘉南特意提到了他的叔叔李贵军，使得整件事情都是那样逼真。

陈嘉南见过李世岩，就直接回同花街找冯源，一起去柴叔那里吃鱼喝酒。李世岩负责车间的生产管理，办公室在车间里面，李素雅的办公室则在隔壁的成品仓库里面，她平时除了协助母亲做财务工作，还要负责仓库的物料管理和账务明细。仓库有一个材料仓和一个成品仓，里面的货物进出账全部由李素雅完成。平日里李素雅一人待在仓库，陈嘉南可以找借口跑去跟她说话，那时他是淀粉厂的员工，偶然跑去仓库也不足为奇。这次为了避嫌，他行事小心，并没有去找李素雅，怕不小心被她的父母撞见起疑心。

李素雅不知道陈嘉南回同花街了，也不知道他来过淀粉厂。晚上洗了澡，李世岩穿上陈嘉南送的衣服，特意向李素雅炫耀：“这套衣服怎么样？”李素雅有些好奇，哥哥这些天都没有去县城，哪来的新衣服？而且这套衣服款式新潮，显然不是同花街有得卖的。她问：“哪里买的，挺合身的，款式不错，比你以前穿的要好看多了。”李世岩说：

"别人送的。"随后一副神秘的样子："你猜是谁送的？"李素雅说："那还用问，肯定是彩云妹妹送的。"

过年的时候，农场宣传科调来一位年轻女干事，名叫钟彩云。钟彩云颇有才气，喜欢写小说，大学期间还担任过文学社的社长。毕业后钟彩云回到家乡，分配在乡派出所，负责行政工作，因为写得一手好材料，后来调到农场负责宣传工作。监区长潘立威见她五官秀气，长得水灵灵的，就介绍给自己的外甥李世岩，毕竟外甥年纪不小，是该找对象了。农场关押男犯，女警并不多见，只有办公室有寥寥几个负责行政工作。钟彩云正值妙龄，脸上的青春痘痕还没有消散，不过她相貌端庄，几颗青春痘痕镶在脸颊上，并不会让人觉得有瑕疵，她穿上警服之后，给人一股英姿飒爽的感觉，脸上的痘痕也显出某种庄严，仿佛那是锻炼时留下的摩擦痕迹。李世岩与钟彩云接触几次后，双方还算满意，于是谈起了恋爱。

李世岩说："不是彩云送的。你再猜猜。"李素雅说："那我就猜不到了，谁会平白无故送你这么好的衣服。"李世岩得意地说："你脑子想破也猜不到，是以前厂里的捞渣工送的。那个叫陈嘉南的广东仔，你还记得吧？"李素雅像听到了什么爆炸式新闻一样，心头顿时激动起来："啊，陈嘉南回来啦！"她那双活泼的眼睛绽放出迷人的光芒，长长的睫毛都掩盖不住她的兴奋。但是，她怕哥哥起疑心，赶紧压住内心的高兴，露出一副好奇与不相信的样子："哪个捞渣工有这么大方？看这衣服和裤子的款式质量，得值个百八十块吧。"

李世岩不知道妹妹在诓他，笑道："就是那个见到你就叫大小姐的广东仔，以前是从农场出来的。"李素雅支棱着脑袋假装思索一番，才恍然大悟般说："哦……我想起来了，就是那个想加工资又想喝鱼汤，跑来找我的广东仔。他怎么会送你衣服，这也太奇怪了吧，难道他发达了？”李世岩说：“我也不知道，说是感谢我以前关照他。真是好笑，我跟他从来没有交往过，哪里关照过他。他来找我的时候，我差点认不出来，他穿得就像电视里面的明星，说衣服全是在香港买的。我猜他肯定是吹牛的，他怎么可能去得了香港。不过他送的衣服确实质量好，听说他家里还有养殖场，家境很不错。可是我想不通，他家境这么好，干吗要跑到我们家里来当捞渣工，现在又跑到同花镇来卖衣服，有些不合理，感觉他像骗子。你想，广东那地方，比我们这里不知道要好多少倍！”

李素雅倒有些奇怪：“什么，他来同花镇卖衣服？”李世岩见妹妹一副急切的样子，还透着兴奋的劲儿，他并不知道妹妹心底所想，就说：“是啊！他说从广东拉了一大批衣服过来，租借了兽医站的门面，从明天开始摆卖。我这两件衣服，就是他那批衣服里面挑出来的，质量还不错。他送衣服给我，可能是向我推销他的衣服。不管怎么样，我明天去兽医站看看，他到底卖什么样的衣服，有适合的再买几件。对了，明天你也跟着去吧，他说有不少女装。”

李素雅是个聪明人，一下子就明白了。她起初还很担心，陈嘉南回来之后，两人怎么见面，他会不会直接上门来找她？要是被家里人看到了，肯定会起疑心，追问起来可不好收拾。没想到陈嘉南这么聪明，竟然巧妙地利用李世岩来传消息，做得不动声色。

李素雅心里就像大风吹过的湖面，荡起了阵阵涟漪，但她脸上却是一副毫不热心的样子，淡淡地说：“他能带什么衣服来卖，怕是没有什么好货，不想去。”李世岩受了人家的好处，当然要说好话，说：“质量很好呢，你看我穿的，县城未必能买得到这么好的衣服。”李素雅用勉强的口气说:“你明天先去打探一下有没有女装，如果真的有，我再去。”李世岩说：“好。”

陈嘉南找过李世岩之后，第二天果然开始对外销售衣服。同花街的铺面早就出租完，陈嘉南想卖衣服，只能等赶圩日，到同花街的广场处占位置摆地摊卖。但四月份是南方的雨季，摆摊卖衣服十分困难，要是被雨淋湿了，那就亏本了。陈嘉南让冯源帮忙找一下，看哪家店铺的生意清闲，给他借租一两个月，租金高一点也没关系。

冯源跟街上的人都很熟，他脑子转一圈，心里就有底了，带陈嘉南去街头的兽医站。兽医叫张进德，干兽医的工作主要是下乡，人们不可能将生病的猪牛羊赶到街上求治，张进德的兽医站平时没有什么人来。为了赚钱，张进德批发了一些饲料摆出来卖，但农村人喂猪都是自己种的猪草，不舍得掏钱买饲料给猪吃，饲料卖得也清淡。兽医站门面冷清，张进德于是同意腾出门面租借给陈嘉南用一两个月，赚点零用钱。

陈嘉南和冯源到江边砍了竹竿，用铁丝绑在木桩上，做了几个临时的晾衣架，将衣服分类摆挂在上面，左边是男装，中间是女装，右边是中老年人的风衣和中山装，还有少数的儿童装。陈嘉南让张进德腾出一间房子，里面摆一块镜子，当成试衣间。张进德的家庭在乡下，他一个人独居兽医站，空房子多得是，就把光线最好的大厢房给了陈嘉南。转眼之间，兽医站就变成了服装店。陈嘉南用红纸写了“香港衣服，引领潮流”八个大字（其实他的衣服是广州进的货，但做生意的人总是要搞出噱头来）贴在门口，衣服除了男式喇叭裤、牛仔裤、长风衣、牛仔外套、格子衬衫、黑白条纹服，还有姑娘家穿的直裙、斜裙、节裙，以及踩脚裤、花衬衫和丝绸围巾等。

陈嘉南知道小镇的风气保守，因此没有进短裙，全都是半身式长裙和过膝连衣裙。那时候的乡下姑娘大多还是穿复古式的花布裙，款式单调，造型以端庄为主，简洁中透着贤惠，朴实中透着庄重，但缺少活泼，没有动感的线条，也没有蕾丝刺绣和花边图案这种潮流的元素。陈嘉南带来的裙子款式新颖，颜色鲜艳，不像粗布那样朴实低调，也不像碎花布那样简洁单调，他卖的裙子腰间大多有着褶裥，给人带来视觉上的立体感和层次感；衣领有精美刺绣，袖子有丝绸花纹，裙摆有各式各样的几何形图案，或者是瀑布般的花边，波浪式的饰条，还有一些金丝般的镶边，能在阳光下闪闪发亮。除了裙子，也有不少女式衬衫，衣领上有花纹蕾丝，穿上之后能让女孩子一下子摆脱平庸和土气，显得特别洋气。

小镇上的后生们平时都是穿以蓝、灰、绿三种颜色为主的衣服，姑娘家穿的大多是朴实的花布衣服，颜色不会太鲜艳，早就让人产生了审美疲劳。陈嘉南从广州运回来的潮流衣服，冲击了他们的眼球，那时候喇叭裤和条纹服在大城市早已落伍，但在这偏僻小镇上还没有来得及流行，仍让小镇的后生仔吃惊得很。尤其是女性的花裙子和绣着蕾丝花边的衬衫，整个县城不曾见过，必须去梧州和桂林这样的大城市才有得买。

一时间，镇上的年轻人们趋之若鹜，四处传开，纷纷涌到兽医站来挑衣服。陈嘉南也会做生意，他拿了几张自己去香港游玩时拍的照片，贴在墙上，证明自己的衣服确实是去香港进的货。这样的衣服在县城都难得一见，人们对此深信不疑，能在小镇上买到香港的衣服，那无疑是天大的事情。买到衣服的人为了提高自己的身份，纷纷对外宣传，说香港衣服的款式和质量就是好。

农场狱警和办公室文员，平时都是穿制服的，穿制服代表着吃国家饭，那是一种骄傲的资本，哪怕不上班，他们也很少穿休闲服。这些警察们也坐不住了，纷纷前来购买。一些在政府单位的老干部也跟风一样，前来购买风衣和中山装。家境好的人家，也带小孩来买童装。

一开始，李世岩以为陈嘉南的衣服品种并不丰富，但他去逛过之后，就像发现了宝藏一样，为了讨女朋友欢心，立即带上钟彩云一起去挑衣服。回来之后兴奋地对妹妹说："没想到，那家伙的衣服还真是从香港进的货，他都贴出了照片呢！衣服款式也好，很像香港电影明星穿的。他有很多裙子卖，你可以去看看，价格也不是很贵。"

李素雅早就按捺不住心思了，备受煎熬，恨不得早点见到陈嘉南。可是她必须装出一副事不关己毫不热心的样子，听了哥哥的话，她假装是被哥哥怂恿了，才跑去看衣服，终于跟陈嘉南见面了。然而，因为店里挑衣服的人多，为了避嫌，久别重逢的初次见面，两人内心充满了激动，却不能显出很亲密的样子，只是默默地对视。两人心有灵犀，从对方那炽热的眼神中，都能读懂各自的心思，即使不说话，内心也充满了欢喜。

陈嘉南早就准备好了礼物，两条裙子，一件牛仔外套，以及从香港带回来的化妆品和香水，送给了李素雅。李素雅来挑衣服，也已经猜到店里肯定有很多人看衣服，她不可能和他在店里公然聊天说笑的。她毕竟有着少女的羞涩，一些心里话也不好说出口，于是就提前写了一封信，将自己想说的话都写出来，趁着别人不注意，偷偷地把信塞给了陈嘉南。

晚上，关了店门之后，陈嘉南打开信看。李素雅落落大方，在信上承认自己是喜欢他的，但是光凭感情，两人在一起的可能性很小，因为他是外地人，又曾经在农场待过，她的父母肯定不会同意。如果他真的能在同花镇干出一番事业，说不定会改变父母的观念，她父亲喜欢那种有拼搏精神和实干奋进的年轻人，她希望他尽快干出动静来，让父母另眼相看，两人才有可能在一起。不过，李素雅并没有被恋爱冲昏头脑，她也提出自己的担忧，想在同花镇这小地方干一番事业，是非常难的，因为这里资源有限，能做的事情少，很难发达起来。在信的最后，李素雅提出来，两人可以保持来往关系，但不能在公开场合上让人看出来，要是传到她的父母耳中，情况肯定不妙。

在陈嘉南的意料之中，他能猜到李素雅会这么回复他。他很高兴，李素雅明确表明对他有好感，愿意跟他交往，这是一大突破，只要他下狠功夫，将李素雅的感情彻底征服之后，让她产生爱情的勇气，敢于冲破家庭的枷锁，哪怕他在同花镇没有搞出大名堂，两人的感情也还是存在转机的。他可以带李素雅的父母到顺德考察，到他家里看看家境，再看看广东的发展，说不定能打动李素雅父母的心。

陈嘉南写了一封回信，仍是以甜言蜜语为主，为了能和她在一起，证明他的爱是经得起考验的，他会想尽办法干一番事业。又说自己家里有做生意的本钱，也有香港的亲戚，而且广东改革开放，推动社会产生很多创业机会，说不定能引进一些项目到同花镇。只要做成一件大事，就可以征服她父母的观念，两人便可以永远在一起。总之，无论付出多大代价，他这辈子一定要娶她为妻，因为她是他的灵魂，没有她，他的生命将会失去色彩。

第二天一大早，李素雅穿上陈嘉南送给她的衣服，喷了香港带回来的香水，脸上涂了兰蔻牌的润肤乳，嘴唇抹了淡淡的唇膏，打扮得十分水嫩。她穿的是一件粉嫩色的连衣裙，领子四周有心形的披肩，披肩像一条丝绸宽带围着领子走，朝外的边缘有着蝴蝶翅膀的蕾丝花纹，披肩到了锁骨处时，就由一个粉白相间的蝴蝶结连起来，看起来十分娇柔可爱。连衣裙收腰，裙摆很大，因为裙子是纯棉的，裙摆垂下时就自然收缩，折出一条条的纹理，看上去就像一朵含苞待放的牵牛花，风吹来时，这朵牵牛花就随风摇曳，十分有线条。

因为四月初的天气仍有些清凉，李素雅披上了一件紧身的牛仔外套搭配。陈嘉南看到李素雅时，激动得差点叫出声来了，李素雅长得本就好看，即使平时穿朴素的花布裙子，也掩不住她楚楚动人的气质，现在有了这一身潮流的打扮，愈发显得清新与活泼，还透出平日里难得一见的洋气，美得让人眼前发亮。

这天不是赶圩日，四月初是春耕时节，农民们都忙碌起来，平时不会来逛街，街上行人稀少。李素雅来得比较早，店里就只有陈嘉南在整理衣服。借着这个机会，两人终于可以说上话来了。

陈嘉南啧啧地说："你穿这身衣服，简直就像香港电影里的女明星，不知多少人把你当成梦中情人，我感觉压力很大，恨不得每天都守在你身边，怕你被人抢走了。"李素雅听了，心里很受用，却故意板着脸说："你们广东人，说话都是这么油嘴滑舌的吗？"陈嘉南假装受委屈地说："我只是实话实说。不信你去问问镜子，镜子肯定说你是世界上最漂亮的女孩。"李素雅抿嘴一笑说："那你去帮我把魔镜找出来。"

陈嘉南于是拿了一块圆镜出来，站在李素雅的面前。他将镜子端起来，照着她脸："魔镜来了，问吧。"李素雅觉得好玩，就问："魔镜啊魔镜，谁是这个世界上最漂亮的女人？"陈嘉南尖声尖气地说："世界上最漂亮的女人就是李素雅。"李素雅又问："魔镜啊魔镜，谁是世界上最不要脸的男人？”陈嘉南又尖声尖气地说：“世界上最不要脸的男人叫陈嘉南。”李素雅问：“为什么？”陈嘉南说：“因为他想吃天鹅肉。”李素雅扑哧一声笑了出来：“这个魔镜倒是很诚实嘛！”正要再说一些俏皮的话，这时有人赶早跑来店里挑衣服，打断了两人的谈情说爱。那是一个本街的后生，李素雅为了避嫌，不得已将心里一肚子的话咽了下去。她假装挑衣服，跟陈嘉南假装在讨价还价，却是用眼神柔情蜜意地交流。

不一会，陆续有本街的后生和姑娘们来挑衣服，两人再也没有机会调情说笑。陈嘉南于是将昨晚写好的信，塞给了李素雅，让她回去看完后，有什么想说的话写信给他。

接下来的日子，陈嘉南和李素雅就这么约会，李素雅隔三岔五来一趟服装店，借着买衣服的幌子和陈嘉南聊天。如果店里有人来了，就交换信件，用传信的方式互相倾诉内心的感情，将一段地下恋情捂得严严实实的，即便有人在边上，也看不出来两人在热恋。

冯源很想帮陈嘉南卖衣服，但是他抽不出时间。春耕时节到了，酒铺也迎来了忙季。农村人早出晚归，干的都是苦力活，身体消耗大，饭菜需要增加营养。但是肉类太贵，农村人不舍得买肉吃，喜欢用豆制品代替。这段时间，制作豆类产品是头等大事，冯源每天凌晨四五点钟起床磨豆腐，跟姑父姑妈一起烧油锅炸豆腐泡，以及制作豆干和豆皮，还有发酵辣椒霉豆腐。豆类产品在这个季节十分畅销，冯源还要将豆制产品送到乡下的各大肉铺，让肉铺的人帮忙代销，从中抽提成。因此，他根本没时间去服装店打转，只是在吃饭的时候，能和陈嘉南聊上几句。

陈嘉南一个人卖衣服也忙得过来，就算遇到赶圩日，许多人来店里逛，陈嘉南也能从容面对。因为他的衣服都是明码标价，贴着“货真价实，诚信可靠，请勿砍价”的字样，要是有人来砍价，他只顾着摇头说：“这是香港的衣服，按照香港的规定，都是明码标价，不能讨价还价的。”人们都没有去过香港，哪里知道他说的是真是假，只好按照他的规矩来办事。这样一来，陈嘉南就很轻松了，人们挑了衣服，就按照上面的标价付款。地方上的人也不敢欺负他，没人敢趁着人多杂乱偷衣服，边上是劳改农场，要是被抓到，扭到同花街管理处，那就不得了，谁也不愿意为一件衣服铤而走险。

欧阳娴也听说有个广东人运了一批香港衣服到同花街卖，把小镇搅得潮流起来，她于是找了个闲时，跑来兽医站挑衣服。经过一番挑选，欧阳娴看中了一条连衣裙和一条半身裙，另外还有一件带着花边袖子的女式衬衫，用来配半身裙的。

陈嘉南一眼就认出了欧阳娴，他想逗弄她，那条半身裙子和女式衬衫，他以正常价售卖，但是最好看的蓝素折腰连衣裙子，裙摆下面带有刺绣的花纹图案，他却报了个高价，说要三百块钱。这可把欧阳娴吓了一大跳，这相当于她两个多月的工资了，一条裙子怎么可能要这么贵呢？她问陈嘉南：“你是不是搞错了，上面明明写的是三十块钱，怎么说三百块。你不是明码标价吗？”陈嘉南却像煞有介事地说：“不好意思，这条裙子昨晚被人预订了，那人说要送给自己心爱的姑娘，让我帮他收起来。我忘记收了。如果你想要，我只能以高价卖给你。”欧阳娴很生气，说：“你是故意坐地抬价吧，要是别人预订了，早就付钱拿走了，怎么可能还挂在这里。”陈嘉南笑嘻嘻地说：“你不相信就算了，总之，以后你肯定会相信的。”欧阳娴看到陈嘉南一脸玩世不恭的笑意，还带着调侃语气，心里怀疑，这人莫不是看她长得漂亮，想调戏来着？于是不再搭话，心里闷闷不乐地将那条半身裙和花衬衫付了钱。

走的时候，欧阳娴仍对那条蓝素花边折腰裙子恋恋不舍。

陈嘉南之所以将欧阳娴看中的蓝素折腰连衣裙报了高价，是因为他突然想到了一个恶作剧。前两天，李素雅来服装店玩，聊起了她差点把冯源骗去出洋相的事情，笑得十分得意。于是陈嘉南就想着，怎么搞个恶作剧，再次捉弄冯源，好让李素雅寻开心。欧阳娴来买衣服的时候，陈嘉南于是想到了一个点子：假冒冯源的名义，将这条蓝素裙子和冯源早已画好的画像，让李素雅送去给欧阳娴，如果欧阳娴不收，李素雅就将东西丢下，让欧阳娴自己去退回，到时看冯源怎么面对欧阳娴。

第二天，李素雅来服装店玩耍，陈嘉南就将这个恶作剧跟她讲了。李素雅高兴得拍起手掌，但她提升了这个恶作剧的爆发点，调皮地说："我把裙子和画像送给阿娴，先不告诉她是谁送的，故意保密，等她哪天忍不住穿上裙子之后，我再把真相说出来，这样的话，她想退回裙子也不行了，因为被她穿过了，到时她肯定急得跳起来。而冯源也不知道怎么去面对这件事情，两人一起被耍，这样才好玩。"陈嘉南大笑起来，竖起大拇指说："这个办法好，还是你想得深远，比我聪明多了，我真担心以后被你欺负啊！"李素雅"哼"了一声："怎么，你不想被我欺负啊？"陈嘉南忙说："想，当然想，被你欺负一辈子，那才是最幸福的事情。"

陈嘉南找了个时间，偷出冯源给欧阳娴画的画像，放到那条蓝素连衣裙里面，用一个纸袋子包装好。李素雅高兴地去学校找欧阳娴，把东西送给了她。

欧阳娴一看那裙子，顿时惊呆了——这不是那天她挑选的裙子么？卖衣服的人喊了一个高价，说有人预订此裙子，要送给自己心爱的姑娘，怎么会送到她手上了？再一看夹在裙子里的那幅画像，画的竟然是自己，相貌与神色都十分灵动，就像本人照镜子般。顿时，她便觉得这里面隐藏了一个巨大的秘密，简直像一个阴谋。欧阳娴紧张得一把扯住李素雅，问画像和裙子是谁送的。

李素雅见欧阳娴这么着急，越是觉得好玩，故作神秘地说："是一个喜欢你的人送的，以后还要向你表白，要追求你，你可要做好心理准备，不要到时被吓住了。"欧阳娴立即怀疑是李世岩送的，毕竟李世岩曾经追过她，说不定现在仍未死心。李素雅说："送裙子的人也就是画画像的人，我哥才没有这样的才华。再说了，我哥现在谈了女朋友，正热恋中呢！"

欧阳娴更是迷茫了，那会是谁送的呢？难道是那个卖衣服的后生仔。欧阳娴想起那天到兽医站买衣服的情景，陈嘉南说出那样不着边际的话，心里不由得疑虑重重。可是，她觉得这种可能性太小了，她和陈嘉南才初次见面，从画像看，这人显然是与她相识已久，否则不可能画得这么生动。难道是自己学校的男老师？这也不可能，学校的男老师没有一个能达到这样画功的。

欧阳娴想了许久，也猜不到一丝蛛丝马迹。然而，这倒不是最重要的，重要的是众所周知，她是梁坤健的女朋友，没想到此人还敢给她送礼物，并且偷偷地给她画像，显然是用情深刻，倒让她欣喜不已。

欧阳娴绝对想不到，这幅画像出自冯源之手。冯源画画只是个人爱好，并没有四处张扬，地方上也没几个人知道。即使偶尔有人看到冯源跑到野外去写生，也不会去关注，因为农民对画画这种东西并不感兴趣。冯源是欧阳娴心中的一个污点，欧阳才华和柴叔、刘见章知道冯源会画画，但是他们不可能跟欧阳娴说冯源的事情。即便是柴叔和刘见章到欧阳家里喝酒，也顶多安慰欧阳娴，说冯源是个正人君子，不会做出猥琐之事，让她不要受谣言中伤。至于冯源有画画的天赋，这纯属私人爱好，他们当然不会聊到这方面的话题。

不过，也正是柴叔和刘见章，还有李素雅都来替冯源说过好话，欧阳娴因此对此人倒是好奇，她想看看究竟是一个怎样的人。年前的时候，欧阳娴去同花街办年货，特意去罗家酒铺门口暗中偷看，瞧瞧这家伙到底长成什么样子，自己与他捆绑在同一处谣言，竟然连他长得是胖是瘦都不知道，实在是冤枉得紧。因为办年货，街上人山人海，欧阳娴夹在人群中也不显眼。欧阳娴并不认识冯源，即使在街上曾经碰过面，也没有印象。她夹在人潮中，看到冯源在酒铺门口给人沽酒。此人五官立体，神色毅然，是一个清爽俊朗的后生，出乎她的意料。她内心一直以为冯源是一个猥琐之人，为了占她的便宜，故意穿一条大裤衩送她去求医，否则正常人哪里会做出这种事情。然而没想到，抹黑她名声的人却是这样一个英俊的后生，心里倒是松了一口气，对冯源的恨一下子少了很多。

后来，李素雅搞恶作剧，借欧阳娴之名骗冯源去出洋相。要是以往，欧阳娴肯定任由冯源去出洋相的，就当是出一口心中的怨气。冯源出洋相是为了帮她洗白名声，说不定真的能奏效，毕竟出洋相是冯源的事情，再牵扯到她，也不会令她很难堪，人们只会把舆论对准冯源，从而将一切黑点都推到了他的身上。但她还是有些于心不忍，觉得冯源也是无辜的，反正事情已经过去了，没必要让他以后抬不起头来做人。最后，她写了纸条转给冯源，没有让他出丑。说起来，她内心深处已经不再恨冯源。

欧阳娴当然不可能联想到李素雅送来的裙子和画像跟冯源有关。李素雅死守着秘密，无论如何，就是不肯告诉欧阳娴。欧阳娴瞎猜一顿后，毫无头绪，也只得作罢。她想，这事情反正迟早要知道的。

事后，陈嘉南和李素雅把送裙子画像的事情告诉了冯源。果然，冯源惊吓得脸色一阵红一阵白，大呼冤枉，说："你们这是要害人哪！"看到他那心惊胆战的样子，陈嘉南和李素雅对视一眼，像看到了什么好玩的事情一样，一起发出了愉快的笑声。

第十章

没到一个月，陈嘉南那批“香港衣服”便已售罄。陈嘉南算了一笔进出账，刨去成本，这批衣服竟然赚了一千六百多块钱。那时的一千六百多块钱在小镇上还是很值钱的，相当于一名公办老师一年的工资了。

冯源看到贩卖衣服利润可观，以为陈嘉南还会再去进一批货，做衣服买卖，照这样下来一年可以赚好几千。但陈嘉南却不去进衣服，他说：“我从广州带衣服回来卖，并不只是为了赚几个零花钱，主要是借卖衣服的幌子和素雅见面。现在我和素雅的感情发展顺利，我要想办法尽快在镇上干一番事业，让她的父母刮目相看。贩卖衣服只能赚点小钱，成不了大器，一年就算赚几千块钱，也不过是一个衣服贩子，素雅的父母肯定瞧不起。我必须找个项目做，打开创业之路。”

说到创业，冯源也备受鼓舞，他一直期待放开手脚，和陈嘉南大干一场。他说：“我也赞成创业，这样我就可以跟你一起赚钱了。你想，我一个月一百块钱，一年才一千二，还没有你搞一次衣服多，差距太大了。”陈嘉南见冯源满脸欢欣，一副跃跃欲试的样子，就笑起来：“不要急，钱总会赚到的。我现在创业不光只是想着赚钱，还要把感情的事情一起办了。我要想出一门好生意，不只是我跟你合伙，还要把素雅拉进来，这样我就有机会和她加深感情。我和她现在不能光明正大地恋爱，同花镇这小地方到处是人，嘴巴还特别闲，就连偷偷摸摸约会也不行，你说怎么能加深感情？所以，我必须想一个办法，和她绑在一条船上，把感情基础打牢固，让她对我产生依赖感，产生爱情的勇气，直到非我不嫁。如果她家人不同意，我就拐跑她，一起私奔到广东，到时生米煮成熟饭，看她家人还同不同意。"

冯源哭笑不得："你到底是要创业呢还是抠女？"陈嘉南诡异一笑，眨巴双眼说："两者一起做，双管齐下。"冯源翻起白眼："你想占尽所有便宜，天下哪有这样的好事。再说了，素雅是淀粉厂的财务，你想拉她入伙一起创业，根本不可能。"陈嘉南"哼"了一声："凡事不要说得那么绝对，世上无难事，只怕有心人。要多动脑筋想想，总会有办法的。"又说："你以为我像你，老是不想事，连抠女的胆子都没有，我担心你做不成大事。"冯源急了，说："创业是创业，不要老是和抠女绑在一起，我看你心术不正，一点创业精神都没有，只想着抠女，做事都不专心。"陈嘉南笑了笑说："创业和抠女都一样，必须有激情和冒险精神，两者在一起，更加能激发一个人的潜力。"冯源叹气道："你总是那么多歪理邪说，我倒要看看你能想出什么法子，能把创业和抠女一起融合。"

因为贩卖"香港衣服"，陈嘉南在同花镇一时出了名，许多人见到他都叫他香港仔。陈嘉南也喜欢这个绰号，感觉很大气，不管谁叫，他都答应。衣服卖完后，陈嘉南仍住在同花街，整日和冯源进进出出，一副游手好闲的样子。街上的人们大多与他相熟了，问他怎么不去香港再进些衣服过来卖，他假装像煞有介事地说："香港不是想去就去的，申请资料都要大半年，买来的衣服还要经过海关审查，看是不是假货和走私品，手续很麻烦的。我现在已经提交资料了，要等上面的通知。"人们没有去过香港，不知道具体要办什么手续，都信以为真。那些买他衣服的人更觉占了便宜，说去一趟香港这么难，能买到香港的衣服，更是稀罕。

接下来的时间里，陈嘉南和冯源整日研究着要做什么生意，既能创业，又能泡妞的。想了许多天，也没有摸到头绪。冯源却有些沉不住气，他觉得贩卖衣服不错，想怂恿陈嘉南一起去广东搞点衣服过来卖，至少一年可以稳稳当当地赚几千块钱，丰厚得很。但是陈嘉南和李素雅的感情已经铺开，他想趁热打铁，早点虏获她的芳心，因此不愿意再去广东折腾。陈嘉南说："贩卖衣服没什么前途，我又不是没钱创业，非要去挣那几千块钱。我现在创业不缺钱，只要找到好的项目，家人一定支持我，几万块钱随时拿得出来。"冯源一时愣住，要知道，那时候万元户在农村乡下还是令人羡慕的事情，他家里能给他几万块钱创业，家境真不是一般的好。

一天上午，陈嘉南坐在酒铺门口，苦苦冥想创业的事情。冯源的表弟罗祥兴不知道从哪里买了一袋零食话梅，含在嘴里"吧嗒吧嗒"地吸着，一副酸爽的样子。见陈嘉南坐在门口发呆，罗祥兴就给了他一颗吃。陈嘉南含在嘴里，觉得味道好极，一看那袋话梅，是零食包装，一个小胶袋里面装四颗话梅，胶袋上面什么字都没有印，显然是小作坊生产的。陈嘉南心念一动，就问罗祥兴在哪里买的话梅。罗祥兴指着边上一个小店，陈嘉南像着魔一样，跑到小店买了两包。那话梅并不贵，才两毛钱一包。陈嘉南问店主，话梅是哪里生产的。小店老板说不知道，县城供销社进的货。

陈嘉南拿着两小包话梅，跑到后院，掏了一颗出来，塞到冯源的嘴里，让他尝尝味道。冯源在院子里面切豆腐，将切好的豆腐一块一块地放到装了水的桶里。农村的豆腐都是水豆腐，要泡在水里摆到门口卖，每隔一两个小时换一次水，保持豆腐的新鲜。陈嘉南问他味道怎样，冯源吸着嘴巴说："味道不错，很提神。"陈嘉南高兴地说："我想到了一个好点子，我们开一家话梅厂，专门制作话梅，这样我就有借口把素雅拉进来。素雅的舅舅是农场的监区长，通过他的关系，我们可以购买农场的梅子，要多少有多少。素雅的母亲以前在供销社上班，有供销社渠道，生产出来的话梅不愁卖。我们负责出钱出力生产话梅，她家负责进料和销售的渠道，一起联手，以股份制合作。他们不用出钱也不要出力，只要出关系就能拿到股份，这么好的条件，他们肯定会答应的。"

冯源听说要开话梅厂，也觉得是蛮好的创业点子，于是兴奋起来，激动地说："正好，现在是梅子的生长季节，搞话梅厂还来得及。"

事不宜迟，陈嘉南和冯源立即去找李世岩商谈，说他们打算开一家话梅厂，专门生产话梅零食，他们出钱出人工制作话梅，李家只要出关系负责进料和销售就行，到时按股份制分红。李世岩一听，觉得这事情有意思，他家不需要出一分钱，就可以占话梅厂的三分之一股份，真是天上掉馅饼啊！李世岩于是和父亲李宝军说这件事。

李宝军当初敢毅然地辞掉公职出来创业，也是有想法的人，尤其是改革开放的春风在国内掀起巨大的浪花，他意识到国家即将迎来前所未有的变化，自己必须把握住时代的机遇，多投资几项事业，多找几条门道，才不至于被时代淘汰。他的淀粉厂是传统企业，并不是什么新型产业，现在国家的生活物资仍比较匮乏，开淀粉厂可以一时赚钱，但没有更好的持续发展势头，以后就很难说了。听说几个年轻人要开话梅厂，李家只须出关系，负责购买梅子和销售话梅，不用投一分钱就能占有股份，何不试一下？若是能开成功，以后搞个厂子做副食品生意也行。于是便同意了此事。

为了锻炼儿子的创业与管理能力，李宝军让李世岩加入其中，和两个年轻人一起洽谈合作事宜，互相学经验，增长见识和拓宽思路。李宝军只是当参谋，负责疏通关系，不参与话梅厂的创建与相关的管理事务，让三个年轻人自己去搞事。不过，李宝军有开厂经验，他提出了建议，因为开话梅厂需要去工商局注册和审核，手续麻烦，时间上来不及，何况他听说陈嘉南总投资也只有两万块钱，注册资金达不到要求，想开正规的话梅厂是不可能的，只能开一个私人作坊，先试试水，等有了经验和摸到了门道，确定开话梅厂可行，到时再去注册公司和申请贷款等。

陈嘉南和冯源赞同李宝军的意见，开话梅坊压力要小很多，底气要足一些。于是三方签了合作协议，项目就此敲定。李世岩去找舅舅潘立威，说要购买农场的梅子制作话梅，到时留一部分给他。农场本来就要搞创收，所有的农副产品对外销售，用来拉动农场的内部经济，不管谁来买都一样。潘立威一口答应，将会优先把梅子卖给外甥。

接下来，就要确认在哪里搞话梅坊。话梅是传统产业，并不是什么秘方产品，就像制作腌菜一样，许多农村人都会制作，夏天外出干活时，含一颗话梅在嘴里，生津止渴，能防止中暑。做话梅最大的条件就是要有很大的空地去腌制和晾晒梅子。

陈嘉南让家里打了两万块钱给他。家里听说他要开话梅坊创业，也没有多问，很快就把钱打过来了。陈嘉南拿了钱，花五千块钱买了一辆小嘉陵（嘉陵牌小摩托），载着冯源在同花街附近打转，四处寻找制作话梅的场地。冯源从来没有开过摩托车，一时新鲜，就让陈嘉南教他怎么骑。陈嘉南将摩托车交给冯源，告诉他如何发动，如何掌握油门和离合。冯源聪明过人，很快就上手了，每次外出找场地时，就由冯源当司机，陈嘉南则戴着一副墨镜，坐在后排斜着身子吹风，优哉游哉，好不清爽。

陈嘉南提出一个要求，话梅坊的场地必须靠近同花街，一是到农场拉梅子比较近，二是他和李素雅好约会。经别人介绍，同花中心小学隔壁的渡水村，有一处生产队的公房，前后有两排，每排有六间，加起来有十二间房。这些公房以前是生产队用来存放粮食和给下乡的知青居住的，自改革开放，知青返城，农村分田到户，公房就一直空在那里。房子的前面还有一片很大的晒谷场，有十几亩地，是以前生产队晒粮食用的，只是时间久了，晒谷场没人保养，许多地方被风雨侵蚀，坑坑洼洼的，长出了杂草，不能再晒东西。不过晒梅子倒是可以的，因为梅子要装在竹匾里晾晒，只要有地盘就行。

冯源和陈嘉南去渡水村去看公房。渡水村离同花街不远，只隔六七里地，过了富江大桥，往下游走几里地便到了。该村临水而居，以前有一个渡江的埠头，故名渡水村。村里曾出过一位举人，埠头上如今还有举人当年栽的几棵榕树，榕树的气根如同胡须般落到地面上，又长成树根，繁衍生长，密密麻麻地连成一片，遮天蔽日，一向招惹鸟雀。人们喜欢把牛拴在榕树底下，说这是举人老爷种的树，要有点牛气才行。

到了渡水村，随便一打听，两人便找到了生产队公房。果然是一处适合搞话梅坊的好地方，有现成的房子和巨大的晒谷场，晒多少话梅都没有问题。陈嘉南和冯源很是激动，于是进村去找村委主任，商议租房之事。

村委主任叫刘智标，长得人高马大，走起路来两边生风，人们都说他是牛魔王投的胎。没当主任之前，人们都笑话刘智标名字取得邪门，“治标不治本”。当上主任后，刘智标为村里做了一些实事，大家渐渐心服口服，再也没人敢笑话他的名字。

刘智标听说两人要租用生产队的公房搞话梅坊，颇为惊喜，自改革开放后，生产队公房一直空在那里，没人打理，早就有落败的景象，他以为那两排公房会一直空在那里，直到被风雨侵蚀自然塌陷为止，没想到竟然被人看上了。

陈嘉南也看出来了，这些房子如果他不租，也不会有别人来租，因此开出了低价，一间房子一年租金五十块钱，十二间房子一共六百块钱，并且包含了整片晒谷场。刘智标找来村里几个能说得上话的人商量一番，他说房子与其常年荒在那里，不如租出去，有钱总比没钱好。若是有人打理，也不至于加快落败。众人同意他的说法，于是答应了陈嘉南的出租条件。

签下租房合同，一次性付了年款，冯源开摩托车，载着陈嘉南从渡水村出去，准备到淀粉厂告诉李世岩，话梅坊的房子已经租好。摩托车刚开出村口的防风林，冯源好像猛然想起什么，“啊”的一声，来了一个急刹车，把坐在车后座的陈嘉南吓了一大跳，以为出了什么事情，急忙问：“怎么了？”冯源有些激动，问：“我们的话梅坊真是开在渡水村？”陈嘉南摸着脑壳说：“对啊，有什么问题吗？”冯源说：“我突然想起来了，欧阳娴就是渡水村的人。”陈嘉南“哟”

了一声，哈哈大笑起来：“你小子今年要走桃花运了，连老天爷都在帮你。”冯源脸色却有些不安地说：“我担心会让欧阳娴难堪，毕竟我去年抱她去卫生站，闹得那么凶，现在好不容易风平浪静，渡水村里的人看到我，只怕又要旧事重提，取笑我和她。”

陈嘉南从车后座跳下来，走到冯源面前，用一种奇怪的眼神看着他。冯源被看得不好意思了，问道：“怎么，我脸上长虫了吗？”陈嘉南嘲笑道：“你也太把你自己当回事了，事情都过去大半年了，你又不是什么大人物，谁还会惦记你们那点破事。你以为人们闲得没事干，整天就想着你们的事情？你也不想想，他们凭什么惦记着你，你又没有给他们好处。我告诉你，这种事情就像吃甘蔗，当时吃的时候甜，大家觉得新鲜，有嚼劲，甘蔗吃完了，谁还会再去嚼一遍甘蔗渣？”

冯源听了这话，觉得有理，心里稍安。陈嘉南不屑地说：“任何一个笑话，讲多了也就不好笑了。你就放心吧，没有人会拿你们开玩笑的，谁会那么无聊，翻别人的旧账，那样也太不识趣了。你心里不要有阴影，尽管大胆起来，话梅坊都开到欧阳娴家门口了，你再不好好把握机会，那真是烂泥扶不上墙。”冯源高兴起来，他故意拍陈嘉南的马屁，说：“南哥，到时候你帮我想想主意，看有没有机会接近欧阳娴。我在这方面没有经验，你在这方面可是高手，我要拜你为师才行。”陈嘉南果然得意起来，说：“机会是创造出来的，有我和素雅帮你周旋，肯定没有问题。何况，我们已经为你埋下了伏笔，帮你把画像和裙子都送给欧阳娴了，只要找个合适的机会，把这件事情捅破，这就是一个好开头。”

冯源想到陈嘉南为自己送出裙子和画像的事情，心里一阵窃喜，觉得陈嘉南果真是有远见的人，竟然提前帮他布好局了。他激动地说：

“要是我真能追到欧阳娴，南哥，你就是我的救命恩人。”陈嘉南嘴角一翘，脸上浮现出他惯有的那种玩世不恭的笑容，说：“既然我是你的恩人，晚上好好跟我喝几杯。”冯源说：“不就是几杯酒嘛，晚上保证陪你喝好。搞条鱼，我们晚上一起去找柴叔喝几杯。”陈嘉南说：“你倒是挺识趣。走吧，趁时间还早，去淀粉厂把租房子的事情告诉李世岩，我顺便去看看素雅。”说罢，他跨上摩托车，将双手放在冯源的肩膀上。

冯源发动摩托车，兴奋地加大油门向前冲。因为话梅坊的房子已经搞定，离同花街近，又是在欧阳娴的村子里面，两人心情都十分高兴，一路上欢呼而去，惊得路边树上的鸟雀扑翅而飞。

话梅坊的房子有了着落，接下来最重要的事情，就是要找一位会做话梅的师傅。冯源和陈嘉南毕竟没有做过话梅，必须找一个可靠的师傅来指导，否则话梅坊就搞不起来。

经人介绍，冯源和陈嘉南请到了一位老师傅来当总工。那老师傅以前也是开话梅坊的，只是人老志气也老，没劲折腾，空有一身手艺无处可施。老师傅被陈嘉南和冯源请出山，一时高兴，说要把自己的绝密手艺传授给两位年轻人。

找到老师傅之后，冯源通过刘智标的关系，从渡水村招来五名妇女当工人，每月以一百二十块钱的工资聘请她们来生产话梅。话梅坊在渡水村边上，招本村的妇女当工人，不必提供她们吃住，省心又省事。原计划，陈嘉南打算请十名女工的，但冯源觉得初次创业，最好不要一下子投入太大，先从小批量做起，如果收益可以，再慢慢扩大规模。陈嘉南觉得有道理，毕竟他总资金只有两万块钱，买摩托车就去了五千，还是省着点用才好。

在老师傅的指导下，陈嘉南和冯源带着五名女工，开始对房子进行清扫和改良。制作话梅最大的条件就是要阳光晒，如果天气不好，一连几天阴雨，会把梅子闷坏的。未雨先绸缪，陈嘉南和冯源按照老师傅的指点，带着几个工人将三间房子改建成烤房。烤房和烤烟炉差不多，在里面加几根烟囱管子，用煤炭烧火，管子透出热气来，就成了简陋的烤房。

烤房改造好，陈嘉南和冯源带上老师傅，一起去购买制作话梅的大缸、竹匾、架子、箩筐、粗盐和白糖等东西，并在井里安装了抽水泵——那水井是以前知青留下来的，常年有水，制造话梅需要大量用水，正好因地制宜。

一切就绪，冯源和陈嘉南就到农场里面买梅子。农场的果园大，梅子种了好几个品种，有青竹梅、白梅、红梅和大肉梅，皆可以用来做话梅。新历的四月中旬到五月中旬收摘青竹梅，收完青竹梅，接着收白梅、红梅、大肉梅，一直到七月底梅子才全部收完。农场之所以种不同梅子的品种，分不同的季节摘收，一是要让劳改犯多干活，免得他们清闲下来；二是出于市场销售考虑，如果梅子只有一个品种，一个月就收完了，梅子集中销售，价格卖不上去，也会给一些话梅作坊和零食加工作坊造成短期集中制作的困难。种几个品种的梅子，生长周期不一样，有三个月的延伸期，无论是对于话梅坊还是农场，都是利好的。

冯源和陈嘉南到农场买梅子的时候，买的是青竹梅。青竹梅是青梅的一种，味道比较酸，还带有一点点的涩，用来制作话梅却是上等的好材料，浸了盐糖之后，酸甜可口，含在嘴里，酸劲长久，比红梅和白梅还要好。

话梅的工艺也不复杂，只是需要掌握制作的技巧。尽管冯源和陈嘉南都没有做过话梅，但是请来了一位经验丰富的老师傅，又招了五名手脚勤快的工人来干活，倒也不担心生产的问题。

青竹梅买回来之后，在老师傅的指导下正式开工。制作话梅不是什么大工程，将青竹梅倒入大缸中，用清水洗干净，把果蒂去掉，晾干后用粗盐揉搓，再放到大缸里用盐水浸泡；入盐味后取出晒干，用清水漂洗，接着晒干，又用白糖和香料腌泡；腌入香甜味之后再捞出来暴晒，干后就成了话梅。其工艺不复杂，但是要反反复复地折腾，很花时间。老师傅说，想要话梅肉厚干脆，酸甜可口，这些工艺都得掌握好，粗活细做，不能大意。

开工那几天，渡水村不少村民过来凑热闹。因为租用村里的大队公房，加上作坊里的工人是村里的妇女，因此话梅坊没有秘密可言，村民们都知道是卖衣服的香港仔和罗家酒铺的伙计，还有淀粉厂的厂长三方合资的。人们都喜欢谈论新鲜的事情，说现在的年轻人有想法，懂得赚钱的门道，看来以后是做大事的；也有人说话梅只是小孩零食，不是家家户户必备物品，即使会做，也不一定赚钱，搞不好会亏本。人们如此议论一番，渐渐散开，后来再也没人过来围观。在人们眼中，制作话梅就跟腌制酸豆角差不多，都是洗搓浸泡腌晒，没有什么好看的，谁也不肯把时间浪费在无聊的事情上，还不如到邻居家里抽烟吹牛。

在陈嘉南的预料之中，村民们看到冯源，并没有旧事重提。倒不是人们忘记了这件事情，而是话题早已过时，加上冯源和欧阳娴的流言蜚语，当初是同花街的后生们故意传播的，主要目的还是打击梁坤健，渡水村的人们只是听众，并不是始作俑者。何况欧阳娴是本村人，又是老师，受人尊敬，其父是校长，声望高，若再旧事重提，传到欧阳才华的耳中，也就显得不识趣了。是以人们看到冯源，并没有拿他开玩笑，这让冯源感到安心，心里的阴影才渐渐散去。

话梅坊开工时，已经是五月中旬。初夏的阳光日渐饱满，但也是阴雨的频发期。幸好话梅坊事先准备了烤房，即使变天了也没关系，将梅子放到烤房里面烘烤，虽然效果比阳光暴晒的要差些，但是能保证梅子的质量，不会因为雨季而变味或长霉潮。

话梅坊有老师傅指导工作，又有工人做事，还有冯源在边上监工，陈嘉南便当起了闲差，不再管事。本来，他开话梅坊的主要目的并不是赚钱，而是要和李素雅加深感情，实实在在地将她追到手。梅子正式投入生产之后，陈嘉南便跑去找李世岩，像煞有介事地说："既然话梅厂是三方股份制，我们要账目清晰，才能更好地合作下去。我和阿源都是大男人，要忙于工作，心思也不细，不懂得账务管理。你妹妹是做财务的，看她能不能抽空出来帮忙记账，免得以后成为糊涂账，影响我们的合作关系。"李世岩一听，觉得十分有理，他也不想当糊涂股东，就去找李素雅，问她愿不愿意抽空去话梅坊监工，顺便记一下账目。李世岩怕妹妹不同意，用讨好的语气说："你也不必天天去，隔三岔五去一次就行。"

李素雅待在淀粉厂，虽然做财务助理和仓库的账务工作，但事情并不多，可以随时走开的。她也知道，陈嘉南大费周章搞个话梅坊，把李世岩拉入伙，其实也是为了和她见面，保持恋爱关系。她听冯源说起，陈嘉南从家里要来两万块钱折腾话梅坊，在那个时代，两万块钱是一笔很大的数目了，陈嘉南的做法颇有掷千金博美人一笑的豪情，李素雅如何不感动。她也由此确认，陈嘉南的家境很好，她跟他谈恋爱也就有了底气，不再担忧他的家境配不上自己。

李素雅当然想到话梅坊跟陈嘉南约会。然而，当李世岩问起时，她却假装犹豫了一下，装出不愿意的样子，其实，她心里高兴得很。

李世岩当然不可能猜到陈嘉南开话梅坊的用意，在他看来，陈嘉南和妹妹是绝不可能的，因为陈嘉南是外地人，又当过劳改犯，妹妹怎么可能会看上他。再说了，陈嘉南和李素雅平时也没有什么特别的交集，而李世岩谈到陈嘉南时，李素雅也是一副毫不热心的样子，没有透出一丝蛛丝马迹，所以家人并不起疑心。不过，这事情李贵军倒是一清二楚，陈嘉南是个聪明人，早就买通了李贵军，特意请李贵军吃饭喝酒，并且送了两套衣服给他。李贵军和陈嘉南接触多了，也觉得陈嘉南为人不错，知道他的家境好，并佩服他对爱情的执着。他不想破坏陈嘉南的好事，当然，他也不会从中撮合。李贵军心想，人各有命，随他们去吧。李贵军不说，李素雅的家人也就蒙在了鼓里。

有了正当的理由，李素雅便可以光明正大地隔三岔五跑到话梅坊监工，并记一些琐碎的账目。陈嘉南醉翁之意不在酒，根本没心思管话梅坊的事情，全盘交给了冯源负责，他只顾着和李素雅在房间里说悄悄话，或者跑去外面玩。当然，话梅坊本来也没有什么事情可管，那位老师傅是认真严谨的人，由他指挥一帮工人干活，甚至连冯源都不用管事。

新历的五月，还只是农历的四月，天气并不是很热，到外面游玩也不怕被日头晒伤。乡下小地方，全是乡野风景，并没有什么好玩的地方，陈嘉南骑着小嘉陵，走小路偷偷带着李素雅去县城玩耍，或去一些陌生的山中景点游逛。这也是他买摩托车的原因，可以带李素雅到很远的地方，在那些没人相识的地方，两人可以手牵手，相依相偎，不用担心被熟人看到。

接触越多，两人的感情愈发炽热起来。尽管李素雅很害怕父母不同意，但她已经深陷下去，无法自拔。好在陈嘉南是个会哄女孩子开心的人，说了许多壮志凌云的甜言蜜语，又说自己哪天创业成功了，在同花镇买地皮建房，可以长久定居，她的父母不可能不同意。

李素雅那颗悬着的心，在情感的缓冲下，渐渐舒缓下来，只顾着享受青春恋爱，不再去想别的事情，一颗芳心牢牢地系在了陈嘉南的身上。

第十一章

制作话梅只是前期工作比较烦琐，到了晾晒工序就很清闲了。话梅最重要的是一个晒字，需要漫长的过程，所谓“十蒸九晒，数月一梅”就是这么个道理。为了赶产能，梅子白天拿出去晒，晚上放到烤房里烘烤，加快晾干的进度，争取早点产出话梅。

话梅坊规模小，第一批梅子投入生产之后，将所有竹匾都占用了，不能接着投产第二批。没有竹匾滤水晾晒梅子，而且存放梅子的烤房有限，人手也只有那么多，只能等第一批梅子全部晒干，装入箩筐里封存起来，才能接着生产第二批。老师傅每天看天行事，如果是晴天，他就指挥五个手脚勤快的妇女，到烤房里将话梅一匾一匾地搬出来，摆到晒谷场上晒。每隔一个小时，老师傅又指挥妇女们将竹匾里的梅子筛上一筛，梅子在竹匾里面滚动，翻身晒太阳，让其受热均匀。如果是阴天，梅子则一直放在烘房里，不需要挪动，女工们便可以回家忙农活了。

有这么能干的老师傅和勤快的女工，梅子进入晾晒期后，冯源也不用再插手干活，整个人清闲起来。他没事就在渡水村边上走动，熟悉一下四周的环境。

桂北地区，每个村子的北边都会有一片树林，称为防风林。因为桂北的冬季北风极大，如果没有树林挡风，村子就会遭罪，肆虐的北风连瓦片都能掀起。旧时，还有很多贫苦的人家居住在茅草房，更加经不起风吹雨打，因此自古约定成俗，每个村子的防风林是不准砍伐的，就连里面的藤蔓灌木也受保护，长势特别好。

话梅坊在渡水村的防风林边上，这片林子占地几十亩，像一条巍峨的城墙横跨在村庄的北边。林中树木品种繁多，有枫树、樟树、苦楝、油桐、银杏、垂柳、白杨等品种，每个季节，树林都展现出自然的魔法。阳春三月，先是油桐树发怒，花满枝冠，远看像白云，近看像雪花，枫树和杨柳、银杏等树则嫩叶满枝，雪白与嫩绿之间的对抗，有一种乍冬乍春的惊艳；夏季，树木苍绿茂盛，因为树木品种多，绿也不是单一的绿，碧绿、浅绿、嫩绿、墨绿，还有泛着黄色的淡绿，颜色深浅不一样，绿色也就有了不同的生机，就连洒在上面的阳光，也呈现出不同的层次感；到了深秋，枫树变红了，银杏镀了金，油桐叶和杨树也泛起枯黄，夹在翠竹与老樟树中，别有一番色彩交融与时光凋零之景；入冬后，枫杨、银杏、油桐等露出光秃秃的枝丫，在风中摇摆不定，夹在仍是翠绿的松树和老樟树中，又让人有一种半枯半绿的油画格调。

因为树林的衬托，生产队公房那些旧旧的砖头和灰灰的瓦背，也染上了令人清爽的色调，看上去并不落寞。生产队公房在树林的东边，渡水村的村民居住在树林的西南边，两地相隔约有一里地，被一溜树木挡住。树林里面平时很少有人走动，农民们田地多，农事也多，每天忙进忙出，累得很，不存在饭后到树林里散步看风景的事情；也不会有人把牛赶到树林里放养，因为林子里树木茂盛，大树底下无好草，牛是吃不到什么东西的。树林里平时人烟稀少，静悄悄的，倒是成为了鸟儿和知了的天堂，只有放暑假时，村里顽皮的孩子们来掏鸟蛋捉知了，才有一些人声。

然而，有个少女却例外，每天都会跑到林中一棵老樟树底下荡秋千。刚开始制作话梅，因为忙于活计，冯源倒没有留意到林中少女，只是有时在树林边上走动，隐约看到一个袅袅倩影在林中晃动，心里颇为诧异，觉得这么大一个姑娘家，每天在树林里面无所事事地荡秋千，实在是件怪事。要知道，在农村乡下，这个时节正是忙季，哪有这样闲情逸致的。然而，当冯源第一次真真切切看到荡秋千的少女时，不禁吓了一大跳，还以为看花眼了，觉得世间怎会有这样的事情，这少女不是欧阳娴吗？他狠狠地揉了一把眼睛，再次认真打量时，才发现少女虽然和欧阳娴长得像，但比欧阳娴年轻一些，而且身材要比欧阳娴丰满一些。一打听，才知道是欧阳娴的妹妹欧阳慧。

话梅坊请来的五个工人都是渡水村的妇女，冯源不费功夫，很快就打听出关于欧阳慧的一切。欧阳慧小时候上树摘桑葚，不小心摔下来，撞到了脑壳，昏迷了三天才醒过来。当时县城的医疗落后，救醒后以为没事了，没想到身子可以成长，但是智力却一直停留在八九岁左右。过了两三年，欧阳才华才发现这个问题，带女儿去桂林的大医院检查。医生说因为大脑受伤，脑神经损坏，导致智力成长受阻，智商停留在受伤的阶段。因为病情的延误，加上医疗水平有限，目前暂时无法医治。

欧阳才华之所以和刘见章关系好，是因为每个月初，欧阳才华都要请刘见章到家里给欧阳慧做针灸，并开草药给她吃，巩固病情的同时，也希望长年累月坚持针灸灌药，会发生奇迹。既然大医院无法医治，欧阳才华只好死马当活马医，把希望寄托在刘见章身上，盼他能找到好的偏方，妙手回春。

这么多年来，刘见章尽其所能为欧阳慧治病，虽说没有治愈，但也有效控制了欧阳慧病情恶化的可能，防止后遗症的发生。脑损伤的病人因脑部受外力撞击，气血外溢，脑脉瘀凝，时间一长，会导致脑部神经紊乱，元神涣散，严重时甚至气血逆乱，出现神志昏聩，引发癫痫等后遗症。刘见章用针灸治疗，辅以草药，舒缓了欧阳慧的病情，让她得以健康成长，虽然智力仍停留在八九岁左右，但身体却与常人无异，个子和姐姐欧阳娴一般高，相貌也和欧阳娴一样漂亮。因为欧阳慧的心性仍停留在孩子期，从不操心生活上的琐事，也没有太多的烦恼，看起来比姐姐更显青春活泼，神色间透着少女的天真无邪。可惜她智力低下，尽管长得漂亮，但村里的姑娘们当然不愿意被一个低能儿盖过风头，因此平时不屑谈起欧阳慧。后生们也不愿意谈论欧阳慧，要谈论，也只是谈论欧阳慧犯下的一些傻事，当成笑柄罢了。但是这种笑话只在本村内流传，没有流到外面去，因为欧阳慧的活动范围就在村子里打转，一年四季难得外出一次，除了渡水村的人，外面的人都不认识她。父母偶尔会带她去同花街逛街，见到她的人皆以为是欧阳娴。地方上的人说起欧阳才华家时，都说他家里有个俏姑娘，其实不然，若以相貌来论，欧阳才华家里有两个俏女儿才对。

欧阳慧每天都要到树林里面荡秋千，倒不是因为无聊，而是刘见章要求她这样做的。荡秋千能锻炼身体的平衡性，可以治好晕车晕船等毛病，对肌肉的生长和骨骼活络也有好处，也能缓解人的紧张心理和恐惧情绪。很多人荡秋千，会像晕车一样想吐，那是前庭神经功能障碍所致。欧阳慧是脑颅损伤，智力不能发育，需要醒脑开窍，激活麻痹不全的神经功能，同时对受损神经进行充分的供血运动。荡秋千可以调节脑部供血，刺激神经，是一件有益身心之事。刚开始，欧阳慧荡秋千有头晕头痛的感觉，也有紧张害怕的情绪，但是时间久了，慢慢调理好，人的精神状态有所提升。加上这么多年来，刘见章一直坚持每月给她针灸治疗和开中药，有时还给她的脑部做穴位按摩，疏通脑筋。欧阳慧能长成一名亭亭玉立、身心健康的姑娘，智力虽然没有上升，但也没有萎缩，不得不说，刘见章有很大的功劳。

欧阳慧身体长大后，力气也跟着变大，尽管思维如同小孩，稚气未脱，但毕竟积累了这么多年的生活经验，生活可以完全自理，不需要人照顾。她能做家务，洗衣做饭炒菜并不比妇女们差；缝补衣服，织毛线也心灵手巧；可以读书讲故事，能做五六年级的数学题，而且练习珠算时，也能打“九九归一”。她还喜欢画画，照着绘本临摹，画得像模像样，虽然没有画出自己的风格，但从模仿的角度来看，证明她还是有理解能力的，并不是一个不会动脑的傻妞。由于她是小孩子心智，虽然长得亭亭玉立，行动自如，但思维和说话方式仍像个小女孩一样率真烂漫，反倒让人觉得亲切。

欧阳慧胆子比较小，话梅坊开起来后，她一直躲在树林里面偷偷观望，不敢过来玩。欧阳才华知道女儿长得漂亮，却因智力低下而不能保护自己，怕她被人欺骗与欺负，万一有失身行为，这辈子就毁了，因此从小教育她，只能在屋前屋后的地方玩耍，不能跑到别的地方去。树林就在欧阳才华家的屋后，相当于后院，只要不跑出村子的地盘，人身安全就会得到保障。欧阳才华并不担心有人敢公然跑到树林里对欧阳慧做出下三烂的事情，因为隔江对岸就是劳改农场，有很强的震慑力，地方上的人都知道犯法意味着什么，谁要是对一个姑娘家下手，至少要抓到农场关个几年才得出来，一辈子休想翻身。

欧阳慧平时一个人在家里，闷得慌，大部分时间都会跑到树林玩。树林开阔，可以自娱自乐，空气也清新凉爽，比窝在家里要好得多。欧阳才华特意养了一条黄狗，让它整天跟着女儿，像个保镖一样，以防不测。渡水村共有三个姓氏，加起来有三百多户人家，属于一个大村落。由于当时生活娱乐方式少，人一旦清闲了就会很无聊，不少性情轻浮的后生会在村里晃悠，有时会跑到林子里调戏欧阳慧。不过这些轻浮的后生也只是动动嘴皮子，却也不敢对欧阳慧动手脚，那是属于耍流氓了，万一被抓去出洋相，这辈子就毁了。

后生们喜欢在语言上占便宜，逗欧阳慧出洋相，他们唆使她喊某人做姐夫，说喊了就给她买冰棍；或者像煞有介事地问一些关于欧阳娴的私事，例如洗澡换衣服之类的；又或者故意扯根藤条过来，要跟她玩跳绳子游戏。总之，都是些不怀好意的。他们还喜欢让欧阳慧猜谜语，谜底都是很龌龊的，他们故意不把谜底告诉欧阳慧，让欧阳慧回去问自己的父母。这些事情传到了欧阳才华耳中，他气得肺都要炸开了，有一次他不顾校长的身份，跑到几个轻浮后生的家里，狠狠地训斥了他们一顿。但这些人并不完全买欧阳才华的账，刚开始会收敛一下，时间一久，见到欧阳慧时仍忍不住要挑逗和调戏几句，尽管欧阳慧学聪明了，不跟他们说话，但这些轻浮后生却也自娱自乐地拿她说事，故意编一些假话蒙骗她，使她沉不住气，又闹出笑话来。这一点，倒是让欧阳才华很头痛。

欧阳慧除了在家里或树林里玩，其他地方基本不去，因为父亲叮嘱过她，外面坏人多，万不可四处乱跑，要是被人抓走了再也找不回来了。她没有什么玩伴，毕竟已经长大成人，八九岁的小女孩是不愿意跟她在一起玩的，小女孩喜欢玩跳绳、撒花、跳蜻蜓等游戏，欧阳慧仗着个子高力气大，占尽了便宜，对小女孩而言，这可不是一件好事。当然，欧阳才华也不让女儿跟小孩们玩跳绳和跳蜻蜓等游戏，她的身材高挑丰满，玩这些游戏，尤其是跳绳时，胸脯晃动，总会引来一些后生仔不怀好意的目光；村里和欧阳慧一般大的姑娘们，则又嫌她笨，说话幼稚，跟不上脑路，也不愿意带她玩。加上平日里小孩们都去上学，姑娘们也都出去干农活，树林里面静悄悄的，欧阳慧孤寂得很，陪在她左右的，只有那条黄狗而已。有时欧阳娴怕她无聊，会带她去学校，但是学校上课之后，她一个人在校园里晃悠，也极其无聊，她宁愿待在屋后这片树林里面荡秋千，也不想待在学校。

冯源心里对欧阳娴怀有内疚之情，加上陈嘉南给他多次洗脑，让他找机会追欧阳娴，因此冯源心里对欧阳娴又怀了某种不同的感情。当他知道欧阳慧是欧阳娴的妹妹时，心里就有了亲近感，打算找机会和她接触。

一天早上，冯源和工人们搬出竹匾晒梅子，欧阳慧荡完了一圈秋千，无聊得紧，就站在树林边上，好奇地张望，看这些人做事。冯源抓了一把晒皱的梅子，走过去递给她："吃吧，很好吃的。"欧阳慧瞪着双眼看他，像小孩一样摇头说："我爸爸说，不能吃别人的东西。"冯源笑道："我有很多这样的东西，吃几个没关系。"说着，他拿了一个梅子，放在嘴里吃起来，"放心，不脏的。"

古人说望梅止渴，看到别人吃梅子，自己是很容易泛起口水的。欧阳慧果然咽了咽口水，但她仍坚决地摇头，嘟着嘴巴说："不能吃。我不认识你。"冯源微笑说："我叫冯源，你可以叫我冯大哥，我不是坏人，你不要害怕。"又说："你什么时候想吃梅子就跟我说。你看我晒了这么多，你想吃多少我都给你，不要钱的。”欧阳慧又睁大眼睛，露出天真的神色，似乎不相信。冯源又问她：“你一个人在树林玩好孤独，我可以跟你一起玩吗？”

欧阳慧想了想，似乎想起了父亲的话来，她向后退了两步，摇头坚决地说：“不可以！”说着，看了身边的黄狗一眼。黄狗似乎通人性，一下子瞪着冯源，按着前爪子，“汪汪”地吼叫起来，似乎是警告。冯源倒也不怕狗，他家里也养过狗，知道怎么对付这些畜生，只要丢几次骨头给它啃，就会乖乖摇尾巴的。

欧阳慧见冯源不怕狗，仍是微笑地盯着她看，她当然不知道冯源心里想什么，只觉得冯源眼神怪怪的，像阳光一样，有一种烫烫的感觉。冯源这时候的心情是十分欢喜的，因为欧阳慧确实长得像欧阳娴，容易让人产生联想。自从上次“抱走事件”发生之后，大半年过去了，冯源再也没有见过欧阳娴，这时见到了她的妹妹，如此相似，看上去几乎是同一个人，让他有一种亲切感。

欧阳慧被冯源看得不好意思了，虽然对方的脸色毫无恶意，但她心里倒有些害怕起来，于是招呼一声，和狗一起钻进了树林里面。冯源看到她走路的姿势和背影都很像欧阳娴，不由得有些恍惚。以前，冯源看到欧阳娴，从不敢正眼看，只是偷偷地看着她的背影。欧阳慧的背影与欧阳娴一模一样，让他找到一种熟悉的感觉，他想：“我得找机会，好好接近欧阳慧才行。和欧阳慧搞好关系，说不定欧阳娴也会对我改变态度。”

初夏正值农忙之季，农民们早出晚归，忙着田地里的活儿，小孩们要去上学，放学后也要煮饭喂鸡，不能四处乱跑。平日里话梅坊和边上的树林总是静悄悄的，没什么人光顾。冯源喜欢这种清静，他没事就跑到树林里面找欧阳慧玩，不用刻意去避嫌。

欧阳慧一个人在树林里面玩耍，除了荡秋千，有时会编花环和织草绳之类的，或者坐在草地上玩独自掷石头的游戏。冯源清闲之后，看到欧阳慧一个人在树林里面，孤零零的让人心疼，就故意和欧阳慧接近，要和她做朋友。

刚开始，欧阳慧不敢和冯源说话，因为欧阳才华教导过，凡是后生来找她玩，她都要远离。但是欧阳慧独自一人闷在树林里，实在无聊得紧，要是有人一而再再而三找她说话，她也是会忍不住回话的。一来二去，接触多了，欧阳慧看到冯源神色可亲，说话和气，不像坏人，也就渐渐地消除了防备之心，冯源给她吃梅子，她也敢吃了。很快，两人就成了好朋友，在一起玩游戏。

冯源心灵手巧，会用芦苇叶编鸟儿、蚱蜢、蝴蝶等玩物，也会削竹蜻蜓，用报纸糊纸风筝，还能用树叶放在嘴唇边，吹着山里的情歌。欧阳慧还没有见过这么心灵手巧的人，在她心中，冯源简直像魔术师一样，能使一片普通的树叶发出鸟一样的叫声，好像他嘴边的那片树叶，就是鸟儿变成的。有时，冯源看到欧阳慧梳着两条蓬松的辫子，垂在双肩上，他就会编一个花环，戴在她的头上。戴上花环的欧阳慧简直就像公主戴上皇冠一样漂亮，又透着农家小姑娘那种浑然的天真与可爱，让冯源看得怦然心动，仿佛看到欧阳娴戴上花环的样子。因为心里透出另外一种情感，他于是愈发对欧阳慧好，觉得对她好就是对欧阳娴好，有一种精神上的寄托，让他感到无比满足。

孤单许久的欧阳慧找到了贴心玩伴，高兴得很，一扫平日的寂寞与无趣。冯源交代欧阳慧，千万不要把他和她在一起玩耍的事情告诉她的家人。冯源想起当初欧阳才华到兴龙观喝酒赏月的往事，欧阳才华那愤怒的样子至今让他隐隐不安。欧阳慧也怕父亲骂她跟陌生人玩，因此答应，说绝不会告诉家人的。

欧阳慧每天都要荡秋千，一荡就是一两个小时，这是她的必修功课之一。她荡秋千时，冯源无聊，就在一边绘画。欧阳慧荡秋千的样子格外好看，那是在一棵老樟树下，樟树虽然高大茂盛，但是叶子细小，枝干少，有的地方会漏下阳光。阳光并不是大片大片地漏，而是一丝一缕地漏。欧阳慧的身子就穿梭在这些漏光之中，忽明忽暗，笑脸时而明媚，时而青涩，时而隐蔽，时而盛放，带着少女的欢呼声，像在时光中荡漾一样，让人感到无比美好。冯源有时候会看得惊呆，觉得置身于梦中，他想，这不就是传说中的仙女飘飘吗？

过了几天，冯源便画了一幅少女荡秋千图。他先用速写的手法，拿铅笔将欧阳慧荡秋千的样子给勾勒出来，然后画上树木来衬托人物。他画的是一幅远景，在葱郁的树林丛中，一个扎着马尾，穿着长摆裙的少女正被秋千抛起来，脸上笑意盈盈，极是可爱。

画好底稿之后，冯源回到住处，将画稿平面摊在桌上，用墨笔重新勾出线条。这幅画相当于草稿，用橡皮擦涂涂擦擦的，有些磨损失色，构图与纸张的比例也不对称，只能当底稿。冯源拿了一张熟宣纸，覆盖在底稿上，熟宣纸透明，可以清楚地看到底稿的墨线。他按照底稿的模样，依样画葫芦，将线条图案勾勒出来，然后进行墨染、罩色、提白、染色、润色等工艺。因为画的是人物与树林融合的图景，染色是十分讲究的，需要对色彩进行理解，才能染出层次感来。尤其是渲染人物的颜色时，需要下很大的功夫，例如欧阳慧扎着马尾荡秋千，马尾被抛起来，如果只是将头发涂一层黑，墨色单调，没有活气，那是十分死板的。必须不断地给头发染色，从淡到浓，一层一层叠加上去，染了十几层之后，层次感就丰富起来，头发也显得饱满，有了逼真的蓬松感，从画中看去，也能让人感受到一股荡漾中的灵动和生机。

整幅图画渲染好了色调之后，冯源很是满意，将画拿去给欧阳慧看。欧阳慧看了画像，露出惊喜与崇拜的表情，一双明亮的眼睛睁得大大的，几乎不敢相信。欧阳才华很疼爱欧阳慧，买了许多儿童连环画给她看，还有一些儿童绘本，让她模仿上面的绘画进行白描，既可以打发时间，又能锻炼与提升她的智力。欧阳慧照着绘本，能画出仿真的图画来，有绘画的兴趣与底子。她看到冯源画得这么好，简直像照相机拍出来一样，甚至比照相机拍出来的还要生动与有质感。她兴奋地说："哇，你看我荡秋千就能画出来，真是太厉害啦！"又说："你把画给我，我拿回去贴在我的床头。"

欧阳娴和欧阳慧同住一间厢房，欧阳娴当初收到了冯源给她画的画像，尽管她不知道画像出自谁的手，但画得确实好，她很喜欢，于是就贴在自己的床头，没事时就细细看。欧阳慧也一直想要一张属于自己的画像，像姐姐一样贴在自己的床头，睡前看上几眼。她看见冯源画得这么好，童言无忌，于是张口索要。

冯源也很喜欢这张画，本想自己保存的，但既然欧阳慧喜欢，他就把画送给了她，反正底稿还在，大不了再多勾勒一张。不过，他让欧阳慧千万不要把画像拿给家人看，以免引起误会。欧阳慧虽然智力低下，但毕竟也有八九岁的脑子，不是傻子，满口答应了。

回去之后，欧阳慧把少女秋千图用图钉扎在床头的墙壁上。这天晚上，姐妹俩洗了澡要睡觉，欧阳娴看到妹妹正盯着床头的一幅画像看，脸上透着烂漫的笑容。农村的厢房很大，姐妹俩各住在一边，中间隔了一米多，欧阳娴看不到妹妹在看什么。她心里好奇，于是走过去看，不由得大吃一惊：一是吃惊这幅画竟然画得这么灵动，将欧阳慧荡秋千的活泼与灵动都捕捉进去了，造色也十分有层次感；二是吃惊这幅画与自己床头的那幅画有些神似，像是出自同一人之手。

欧阳娴惊疑不定，将自己床头的那张画像摘下来，拿到妹妹的床前，跟上面的画对比了一下。虽然自己的那张画像用的是小写意手法，妹妹的秋千画用的是工笔画手法，两者有所区别，但是从线条和笔迹来看，确认无疑，这两幅画出自同一人之手。欧阳娴又惊又喜，心里莫名地怦怦直跳："这会是谁呢，怎么会和妹妹也相识，难道是村里人？"

农村乡下，同村的异姓之间是可以通婚的。渡水村有不少异姓后生暗恋欧阳娴，也曾给她写过情书，只是没有得到她的青睐。欧阳娴第一时间怀疑是村里人的手笔，但是随后一想，绝不是村里人，她从小生活在村里，知道村里人的底细，这样的画功可不是初学者所成，必然是有师父指点，打通天赋，加上本人的勤奋练习，才能达到这样的功底。村里如有人学画，她定然知晓。难道真的是学校的老师？但也不太可能，因为学校男老师会作画的也极少，而且也不可能通过李素雅转手东西给她。李素雅是淀粉厂老板的女儿，可不是一般人能叫得动的。

欧阳娴突然想起一件事情，不久前，李素雅来村里找她玩，说她的哥哥在话梅坊有股份，她会经常来话梅坊监工做账，顺便来找她玩。欧阳娴见到李素雅，立马扯住她，让她务必掀开谜底，到底是谁送给她裙子和画像的。可是李素雅却一副神秘的样子，只顾着咯咯发笑，让她不要着急，说这个人远在天边，近在眼前，过不久谜底就会掀开的。

这些天，欧阳娴一直在想“远在天边，近在眼前”这句话，想得毫无头绪。现在妹妹收到了这幅画像，显然那个暗恋她的人已经找上门来了，她竟然还不知道，心里如何不着急。突然，她心念一转，猛地吃惊起来：“难道是那个卖衣服的香港仔？”

欧阳娴也已听说话梅坊是李素雅的哥哥李世岩，还有卖衣服的香港仔陈嘉南，以及曾经令她难堪的冯源三人合伙投资的。因为有冯源在，欧阳娴为了避嫌，从来不到话梅坊周边打转。欧阳娴想到陈嘉南当初卖裙子时跟她说的话，过不久便收到了裙子和画像，现在妹妹也收到了画像，这么说来，最大的嫌疑人就是陈嘉南了，因为他就住在话梅坊，可以和妹妹接触，为妹妹画像也是轻而易举的事情。

欧阳娴努力回忆陈嘉南的相貌，隐约记得那是一个颇为俊朗的后生，穿得也很时髦，虽说脸上有着玩世不恭的神色，但不是那种猥琐之辈。她于是略为心安，一颗芳心颇有些荡漾。

欧阳娴问妹妹，是谁给她的画。她满怀期待地等着妹妹的答案，可是欧阳慧却不肯说，说是秘密。欧阳娴愈是心痒，就逼迫她：“你不告诉我，我就和爸爸说，你跟不认识的人玩耍。”欧阳慧急得“哇”的一声哭了起来，泪水像断线的珠子，止都止不住。欧阳娴见妹妹哭了，倒也心软起来，忙说：“你不要哭了，我不说就是。”心里却打了主意：“你不说，难道我自己不会去查吗？”

第二天上午，欧阳娴只有一节课。下课之后，她丢下课本，就偷偷地溜回家，到树林里面查找线索。

这时已是新历的六月上旬，阳光渐渐地热起来。树林枝繁叶茂，挡住了阳光的侵略，仍带着幽幽的清凉。知了的叫声在林子里回旋，密密麻麻的，间或夹着鸟叫，清脆响亮，风吹来时树叶发出沙沙响声，与知了的叫声连成一片，在寂静的林中听起来有如涛声，让人身心感到轻飘飘的。

树林里面飘荡着一股清香，那是栀子花开散发出来的气息。林子深处长有山栀子，这个时节正是花开之季，把整片树林都染上了香气，引得蝴蝶和蜜蜂纷纷涌来，仿佛到树林里面赶集一样。冯源的老家没有栀子花，他在树林里面闻到这股芬芳时，觉得格外舒服。但他没有去查看是什么花散发出来的香味，因为这些天，他的心思全部落在了欧阳慧的身上，他将欧阳慧幻想成欧阳娴，跟她在一起玩耍十分开心，根本没有心思去想别的事情。

此刻，冯源和欧阳慧正盘腿坐在草地上，他教欧阳慧编草帽，告诉她怎么穿叶，怎么绞盘，怎么接头，如何在草帽顶部编出花朵的形状。他们坐的那片草地边上，放着一块画板，画板上面钉着一张白纸，但什么都没有画。冯源准备等欧阳慧荡秋千时，再来一幅速写，看能不能突破自己原先的那一幅画。

欧阳娴看到妹妹和冯源在一起时，顿时吃了一惊，再看边上放着的画板，更是呆住了："难道……送我裙子和画像的人，竟然是他？"

欧阳娴因为和冯源闹过绯闻，心怀芥蒂，当然不可能将画像的事情往他身上想。刚开始，欧阳娴还担心冯源在村里的生产队公房开话梅坊，人们又会旧事重提，令她难堪，因此对冯源心生怨意，觉得此人真是自己命中的克星，事情才过去没多久，他又冒出来了。幸好，村里人并没兴趣提起过去的事情，这让欧阳娴稍稍宽心。现在，她看到冯源和妹妹正在一起织草帽，两人关系亲密，边上放着画板，一切都真相大白了。想到自己挂在床头的画像，还有自己喜欢的那条蓝素折腰花边裙子，竟然都出自他的手，心中不免生出一股闷气来——他不仅派人送裙子和画像过来，还像捉迷藏一样将她蒙在鼓里，难道是要耍她吗？何况，她和他的事情才刚平静，假如他做出冲动的事情，说一些乱七八糟的话，势必又会搅起人们的兴趣，引起新的谣言，说不定又要闹出许多是非，到时令她更加难堪。

想到这些，欧阳娴如何沉得住气？她蓦地从树林里面闪身出来，冷冷地笑道："哈，原来是你搞的鬼！"

欧阳娴冷不防杀出来，冯源像做贼心虚一样，吓了一跳。欧阳慧也慌了起来，她没想到姐姐会从天而降。

两人慌不迭地从草地里爬起来，看着满脸冷笑的欧阳娴，都像犯了错误的小学生一样，有些不知所措。欧阳娴盯着冯源，眼神中透出寒气，冷冷地说："你害我还嫌不够吗，还要跟我妹妹一起玩，安了什么心思？"冯源脸红了起来，忙说："你别误会，我能有什么心思。我看你妹妹太孤单了，一个人孤零零地在树林里面，就想陪她玩，让她开心一下。"

平时村里的后生和欧阳慧接触，欧阳娴看到了就会站出来训斥，怕妹妹被他们占了便宜，在欧阳慧眼中，姐姐训人是习以为常了。这时，她看到姐姐凶巴巴地瞪着冯源，就解释着说："姐姐，冯大哥没有欺负我，他跟我玩得很开心。你看，我们在一起玩编草帽，草帽好看吗？"说着，举起手中已经编得颇有轮廓的芦苇团，递给欧阳娴看。欧阳娴却冲妹妹说："你不要说话，姐姐问他话，你乖乖站在边上不要出声。"欧阳慧瘪了瘪嘴，眼泪都快出来了，她一向是听姐姐话的，不敢出声，只是无辜地看了冯源一眼，仿佛叫他不要难过。

欧阳娴转头盯着冯源，冷笑道："李素雅给我送来画像和裙子，都是你搞的鬼吧？”

东西是陈嘉南和李素雅搞恶作剧送的，并不是冯源的本意，但二人是一番好意，想促成他和欧阳娴的关系，事到临头，如果他还临阵逃避，显然不是君子所为。冯源只好硬着头皮说：“是啊，你喜欢吗？”

那条裙子欧阳娴确实喜欢，当初她要买，陈嘉南却故意报了三百块高价，令她又气恼又失望。没想到却被人送上门来，穿在身上很洋气。可是，因为不知道是谁送的，她心里一直存有顾忌，偶尔才穿一次。她“哼”了一声：“才不喜欢呢，丑得要死，蓝得老土，下面还纹了那么多花边，难看得很，洗起来又麻烦，我回去用剪刀剪烂它。”

欧阳慧知道姐姐有一条新的蓝素折腰花边裙，也见姐姐穿过，很漂亮，她毕竟小女孩心智，也想穿这条裙子，但是姐姐说这是别人送的，不能给她穿。欧阳娴不知道是谁送的裙子，万一是她不喜欢的人，如果她把裙子给妹妹穿，以后送裙子之人拿此事说话，搞出话题来，到时不好解辩。要是自己买的裙子，欧阳娴肯定会给妹妹穿的。姐妹俩身材相仿，衣服可以共穿。不过，欧阳慧穿姐姐的裙子时，还要穿一条差不多到膝盖的短裤，因为她要荡秋千，秋千会把裙子撩起来，她多穿一条短裤，即便裙子被风撩起来也不要紧。欧阳娴做的裙子大多是长裙摆的，垂到小腿的位置，多穿一条短裤在里面也看不出来，并没有显得不伦不类。

欧阳慧语气急促地说：“那条蓝色裙子好漂亮，不能剪。姐姐不要，给我穿。”欧阳娴翻了个白眼，指着冯源说：“他送的能有什么好东西，剪烂当擦脚布才好。”欧阳慧瞪大眼睛问冯源：“你怎么送我姐姐裙子，不送给我？”冯源哭笑不得地说：“因为那时候我还不认识你呀！”欧阳慧问：“你什么时候认识我姐姐的，我怎么不知道？”冯源讪讪地笑了笑：“去年就认识了。”说到这里，脑子一转，就来个借坡下驴，对欧阳娴说：“我去年脑子犯浑，做了蠢事，害你受尽委屈。但我也不是故意的，我对天发誓，绝对没有做出对不起你的事情。我送条裙子给你也没有别的意思，只是想让你原谅我。”

欧阳娴见他这么说，心里倒是舒坦了一些，但仍是板起脸，严肃地说：“要我原谅你可以。第一，你不要打我的歪主意，我已经有男朋友，不要来破坏我们的感情。再说了，你让我出了这么大的丑，闹得尽人皆知，再对我动歪心思，传出去了我以后还能不能做人？第二，你在这里开话梅坊，我妹妹整天在树林里玩，如果你有悔改之心，就帮我照看阿慧，不要让她被人欺负。你也不能欺负她，要是被我知道你就完蛋了，你知道我男朋友是谁，他会有办法收拾你的。”

冯源听了这话，顿时心头黯然，有一股挫伤感，她这么说分明是拒绝他的追求，不给他机会。尽管他没有勇气追求她，但她毕竟是他的梦中情人，此时当面被拒，心中尚存的一丝幻想全被打灭，心里不免难过。但他转念一想，如果她能原谅自己，两人就能做朋友，如此一来关系也算拉近了一步，比之被她记恨在心，要好到不知哪里去。于是心情又舒服了一些，便说：“你放心，只要我在，我会照看好阿慧，不让她被人欺负。”心里又想：“既然你男朋友这么厉害了，谁还敢来欺负她。不过我帮你照看妹妹，和你的关系又近了一步，倒也不错。”

欧阳娴之所以让冯源照看妹妹，也是怕村里的轻浮后生钻到树林里调戏她。毕竟妹妹长得漂亮，身材也好，总会有一些怀着邪念的小人来搞鬼，哪怕是占点嘴上便宜，他们也觉得过瘾，当成笑话传来传去。

尤其是村里有个别后生仔，因为追不到欧阳娴，就把幻想之情转移到妹妹身上，没事就来调戏欧阳慧。尽管这种事情不常发生，但偶然也会有，是以欧阳娴才提出了这样一个要求。何况，妹妹在树林里面独自玩耍，确实孤单，要是冯源愿意跟她玩，让妹妹获得开心，未尝不是一件好事。

说实话，尽管冯源惹出了让欧阳娴难堪的事情，但她对冯源的人品还是放心的。其中的关键，是柴叔和刘见章起的作用。刘见章每个月初都要上门给妹妹做针灸，他一来，欧阳才华就会备好酒菜，叫上柴叔一起喝酒。有一次，刘见章特意劝欧阳娴，勿把流言蜚语放在心上，并替冯源说了些好话，说他是个光明正大的人，不会做出那种龌龊之事。柴叔也从中插嘴，夸冯源人品正，不是猥琐之人，让她尽管放心，不要理会流言。后来，李素雅也来替冯源说好话。欧阳娴虽然不知道冯源是何来路，但这三人是不会轻易替人说话的，因此觉得冯源也许并不像她想象的那样龌龊。过年时，欧阳娴特意跑去同花街，想看看此人到底是何方神圣，见他是一个面目俊朗的后生，没有猥琐之相，于是对他不再存有偏见。

此时两人终于有机会面对面交谈了，欧阳娴理直气壮，颇有居高临下的气势，用冰冷的语气训斥冯源，其实她是在暗中察言观色，看看冯源的反应。只见冯源忐忑不安，神色间透着诚惶诚恐，言谈举止间透着淳朴与憨厚，一看就是本性质朴的人。于是，她才许下了这样一个条件，希望他平时能照看妹妹。

欧阳娴对冯源说：“另外，以后不要跟人讲起你给我送画像和裙子的事情，裙子我给阿慧穿，免得被别人误会。”冯源点头说：“放心，我不会说的，就当作是你我之间的秘密。”欧阳娴冷笑道：“鬼的秘密，这件事情你是请人做的，哪有什么秘密可言。”

正说到这里，只听得传来一个声音：“哇，你们已经接上头啦，看来不用我传话了。”

冯源和欧阳姐妹循声一看，只见李素雅和陈嘉南正往树林里面走来。两人刚从江边散步回来，想到树林里面清凉一下，听到树林里传来声音，就走过来看，刚好看到了这一幕。

李素雅看着欧阳娴，幽幽地笑：“你想不想知道是谁送你画像和裙子的。”欧阳娴假装板着脸说：“我和你关系这么好，你竟然捉弄我，看我以后还理不理你。”李素雅眨了眨眼：“不理就不理，谁稀罕呀！”陈嘉南插嘴说：“素雅也是为你好，你不要不识好人心！”欧阳娴看着陈嘉南，恨恨地说：“我说呢，素雅这么好的人，怎么会来捉弄我，肯定是你教坏她，合伙骗我来着。”

陈嘉南正想借这个机会，把事情说破，帮冯源一把。他嘻嘻笑道：“欧阳大小姐，我知道你是梁警官的女朋友，但又能怎么样呢？像你这么漂亮又优秀的姑娘家，多几个人追求，才能显出你的魅力来，也让你有更多的选择余地。我觉得阿源比梁警官帅多了，也有趣得多，以后呢，他也会比梁警官有出息。梁警官整天板着脸，像块石头一样，闷声闷气的又发不了闷财，有什么意思，你跟着他毫无乐趣可言。你看阿源，活灵活现的，琴棋书画无所不通，对你又一往情深，你考虑一下吧。”

冯源不敢理直气壮地面对欧阳娴，一是心头怀有内疚之情，二是在他心中，一直觉得欧阳娴是天仙般的人物，自己不过是一个山野小子，当然配不上这样的好姑娘，因此见到她心里就矮了一截，说话没有底气，手足无措。但陈嘉南却不一样，对他而言，欧阳娴不过是一个旁人，他才不用顾虑那么多，可以肆无忌惮地说些俏皮话。

梁坤健整日板着一张严肃的脸，没有什么乐趣可言，确实是欧阳娴心中的一块大石头，压得她喘不过气来，心里早就动摇了，而冯源在相貌与兴趣上，都比梁坤健要好，这是显而易见的。只是欧阳娴心高气傲，即使心里明白，却也不会当面认同陈嘉南这番话，她当然不能表现出自己对冯源感兴趣，也不能表现出自己对男朋友不满。她冷笑道："你们广东人管得可真宽，我和你又不熟，我的事情凭什么你来操心，你管好你自己就行了，别来拿我开涮。"陈嘉南嬉笑道："哟，脾气还是挺大的，看来有点难度。"说到这儿，拍着冯源的肩膀说："你的梦中情人可不像梦中那样温柔，以后你有苦头吃了，不会被吓倒吧？"

欧阳娴不想和陈嘉南胡扯在一起，她假装抬手看了看手表，说："不跟你们说了，我要回学校上课了。"其实她说的是假话，上午她已经没有课，要到下午才有。她转头看向李素雅，"中午你要不要到我家里来吃饭？"李素雅摇头说："不用了，我在话梅厂吃，阿南说要做顺德火焰鱼给我尝尝。要不，你中午也一起来吃饭？"欧阳娴冷笑道："我可没有那个口福，看到某人都饱了，哪里还能吃得下饭。"陈嘉南笑道："你是看到我就饱了呢，还是看到阿源就饱？"欧阳娴"哼"了一声："都饱。"陈嘉南笑道："我们广东人都说'有情饮水饱'，说有感情的人，喝水都觉得饱。你看到我们就饱，连水都不用喝，看来感情还是很深的。"

李素雅扑哧地笑出声来。欧阳娴知道自己说不过陈嘉南，恨恨地说："那是你们广东人的说法，跟我没有关系。"说罢，转身就走，走的时候还不忘交代妹妹："别只顾着玩，到点了记得回家做饭。"

欧阳慧见姐姐脸色一直冷冷的，有些惶恐地应道：“知道了。”

望着欧阳娴远去的背影，陈嘉南拍着冯源的肩膀说：“别灰心，我看出来了，她只是假装高冷而已，你看她的眼神四处躲闪，不敢看我们，说明了她心虚呢！”李素雅说：“我了解阿娴，她其实是个很好的人。”

陈嘉南看了看欧阳慧（他也知道欧阳慧脑子受过伤的事情），对冯源说：“你帮她看好妹妹，多一层关系，顺藤摸瓜，说不定能摸到姐姐的手。”李素雅也觉得这是条好路子，她以前经常找欧阳娴玩，和欧阳慧也是熟的，于是对欧阳慧说：“阿慧，我们和你姐姐都是好朋友，冯大哥很喜欢你的姐姐，但你姐姐不喜欢他，以后你在姐姐面前多说些冯大哥的好话，让姐姐和冯大哥做朋友。”欧阳慧好奇地问：“冯大哥人很好，我姐姐为什么不喜欢他？”李素雅笑道：“这个就要问你姐姐了，我们也搞不清楚。你可以帮冯大哥说点好话吗？”欧阳慧天真地说：“当然可以。我回去要告诉姐姐，让她不要凶冯大哥，冯大哥人很好呢！”

陈嘉南哈哈一笑，搂着冯源的肩膀说：“有个中间人给你引路，你不要担心了，机会多得是。走吧，跟我回去做午饭，这里就交给素雅，让素雅陪阿慧说说话，对你有好处的。”冯源苦笑说：“别弄巧成拙了，你看欧阳娴今天生气的样子，显然有些反感。要不等一段时间再说，太急了不好。”陈嘉南冷笑道：“等个鬼啊，事情都说破了，这时你还要躲开，像不像男人。要借这个机会主动出击，趁热打铁，说不定另有收获。不就是抠个女仔嘛，看你怕得跟见鬼一样，真没志气！”

被陈嘉南这么一说，冯源倒有些不好意思了。今天确实已经将事情说开，欧阳娴也知道了他的用情之处，对他来说是一个突破，接下来事情往哪方面发展，谁也不知道，只能听天由命了。于是他不再说什么，把手搭在陈嘉南的肩膀上，一起往话梅坊走去，将欧阳慧和李素雅丢在了树林里面。

第十二章

六月中旬，桂北的天气还不是十分炎热，因为夏至尚未到来，要过了小暑，阳光才会炽热如火。芒种到夏至这段时节，天气是十分糟糕的，变幻莫测，像个犯了脾气的老太婆，一会晴天一会阴天，甚至一连几天大雨。因为天气的困扰，晒梅子倒是有些折腾，进展很不顺利。

每到雨天，话梅坊就清闲下来，梅子只能放在烤房里烘着。烤房是临时改造的，房间大，上面没有天花板和阁楼，空荡荡的直通瓦背，瓦缝透气，密封效果不好，靠中间一条管道烧火散热，有点像北方冬天的取暖房，热量不大，最高温度也就三十来摄氏度，算不上真正的烤房，只是勉强吊住温度，不让梅子受潮变质，想要快速烘干是不可能的。

第一批话梅进入晾晒烘烤期，冯源总结了一下话梅的制作过程和生产方式，发现与自己最初的构想相差甚远，他以为开一个话梅厂，就像淀粉厂一样，只要有材料，每天都可以投入生产，源源不断地生产出话梅来。然而现在看来，他们所谓的“话梅厂”，不仅有时间上的限制——例如说加工时间过长，短时间内不能出成品；也有产量上的限制——因为人工和治具的问题，不能大批量生产；而且还要看天吃饭——下雨天或阴天，梅子只能放在烤房里面烘烤，干得很慢。冯源以此作为依据，算了一笔账，照这样的生产进度下去，再过两个月，梅子就过季了，最多也就生产三四批话梅，不会有很大的产量，赚大钱是不可能的，刨去成本，能不能赚到小钱还是个问题。

话梅坊虽说三方合伙，实际上只有陈嘉南一人出资，李家负责人脉资源，冯源负责生产管理，都未投钱。如果话梅坊不赚钱，冯源心里过意不去，觉得让朋友吃了大亏。于是，他将自己的真实想法告诉陈嘉南，说开话梅坊可不是长久之计。

陈嘉南倒不在意话梅坊的未来发展如何，他和李素雅陷入了热恋，爱情得到突破，两人难舍难分，对他而言，开话梅坊本就是用于恋爱的，至于赚不赚钱并不重要了。陈嘉南对冯源说："你不要担心，话梅坊只要不亏本，我们就是赚了，追到妹子比什么都重要。即使话梅坊开不下去，我也会另寻出路的，你只要跟着我混，以后肯定会有赚钱的机会。"随后又说："既然你也看到话梅坊不赚钱，那就不要只顾着看话梅坊，赶紧行动起来，像我一样，把重心用在抠女上面，借着这大好时机去找欧阳娴下手。你和她妹妹混得这么熟了，可以顺藤摸瓜去找她，这里又是欧阳娴居住的村子，想见她也容易，多好的机会，老天爷都关照你，你还怕什么，错过了可别后悔。"

冯源看到了话梅坊的局限性，知道自己再努力也没有用，因为格局和规模摆在那里，无论如何也提升不来的。于是他索性听从陈嘉南的话，对话梅坊不再那么上心，决定趁着这大好时机，对欧阳娴下狠手，看能不能虏获她的芳心。

冯源之所以有勇气要对欧阳娴下手，是因为他从欧阳慧的口中，打听到欧阳娴与梁坤健的感情已经出现了裂痕，并不像外界想象的那样牢固。

有一次，一家人吃罢晚饭看电视，欧阳才华特意提到梁坤健，希望欧阳娴早日和梁坤健订婚，不要再拖拖拉拉的，搞得梁坤健很为难。从去年中秋节开始，梁坤健就打算向欧阳娴求婚了，因为谣言的困扰，不得已延期到元旦，又从元旦延期到春节，后来五一节都过了，欧阳娴还没有答应订婚的事情，并且有意疏远梁坤健。欧阳才华也沉不住气了，就拿这件事情出来谈论。欧阳娴听了父亲的话，冷冷地说："我不想嫁给梁坤健，你以后不要再提起此事。"父亲很生气，与欧阳娴争论了几句，闹得很不欢，欧阳娴索性躲回了房间里面。

欧阳慧与姐姐睡在一间厢房，那天晚上，她看到姐姐一副闷闷不乐的样子，就问姐姐为什么不想嫁给梁坤健。欧阳娴心中有苦，找不到倾诉的人，妹妹既然问起，她就把自己内心的想法说了出来。说梁坤健太古板，太严肃，跟他在一起不开心，怎么能过一辈子呢！欧阳慧虽然不是特别理解姐姐的感情，但至少她知道，姐姐不喜欢梁坤健，不想跟他过一辈子。欧阳娴让妹妹不要把这话告诉别人，欧阳慧答应了。但她毕竟是小女孩心智，和冯源玩得来，感情要好，没有防范之心，冯源有意无意打探欧阳娴的事情，故意问起欧阳娴和梁坤健为什么没有订婚，欧阳慧一不小心就说漏了嘴。

冯源欣喜若狂，既然欧阳娴不喜欢梁坤健，那么表明自己还是有机会的。而且，自己是第一个知道内幕的，就算别的后生想追欧阳娴，但知道她有男朋友，不敢轻举妄动。加上自己曾经与欧阳娴有过"亲密接触"，闹出天大的绯闻，多少有些"先入为主"的优势。于是，冯源心里就有了计划，决定以欧阳慧为中间人，以此接近欧阳娴。

冯源加倍讨好欧阳慧，将她当成亲妹妹一样看待，哄她高兴，让她对自己产生依赖感。天晴的时候，他们就在树林里面玩耍，下雨了，冯源就带欧阳慧到话梅坊的房子里，教她入门工笔画，从花朵、杯子、桌子等东西开始画起，有时还拿一些书讲故事给她听，又教她玩跳棋、五子棋和象棋，或者一起用报纸糊纸风筝，等天气放晴，起风时他们就可以放飞玩耍。

欧阳慧性情单纯，不知道冯源另有所图，自从成年之后，她还是第一次与同龄的异性天天待在一起。冯源对她极好，像哥哥一样关心她、体贴她、爱护她，陪她玩各种有趣的游戏，让她产生了强大的依赖感，她每天都要来找冯源玩，仿佛一天不见面，就像魂儿丢了一样。

陈嘉南也帮冯源出力，有时会问欧阳慧，“你喜欢冯大哥吗？”欧阳慧说：“当然喜欢。”陈嘉南就说：“你想天天和你的冯大哥在一起吗？”欧阳慧说：“想。”陈嘉南说：“那你回去跟你姐姐说，冯大哥喜欢她，想跟她做好朋友，以后你就可以天天和冯大哥在一起了。记住，要悄悄跟你姐姐说，不要告诉你爸妈。”

欧阳慧确实想和冯源天天在一起，于是晚上睡觉前，就将这些话告诉了姐姐。欧阳娴知道冯源想借用妹妹的关系，跟她套近乎，通过妹妹传话给她。她跟妹妹说：“以后他们再跟你说这样的话，你就说姐姐听了很生气，让他们不要再乱说了。”欧阳慧好奇地问：“你为什么要生气？”欧阳娴说：“不为什么，就是姐姐心情不好。”欧阳慧说：“可是你现在心情很好啊！”欧阳娴哭笑不得，说：“因为你是我妹妹，我看到你心情就好，看到他们心情就不好。”欧阳慧更加好奇了：“为什么，冯大哥他们又不是坏人。”欧阳娴就说：“有时候好人也让人心烦的，知道吗？”欧阳慧无辜地摇摇头：“不知道。

姐姐，你为什么不喜欢冯大哥呢？”欧阳娴就说：“因为他是个傻瓜。”欧阳慧更加惊奇了：“他一点也不傻啊，什么都会做，会糊风筝，会编草帽，会用叶子吹山歌。他还教会了我下五子棋、跳棋和象棋，教会了我画画。姐姐，你都不会这些，你怎么能说他是傻瓜呢，那你不是大傻瓜？”

欧阳娴没想到妹妹说话比以前有进步了，还能说出这样有理的反驳话来，出乎她的意料。虽然妹妹说话时，仍带着稚嫩的语气，但思考与应变能力却比以前要灵敏许多。她想起刘见章曾经说过的话，要让妹妹多跟同龄人玩耍，这有助于启发她的思考，对脑部智力会有所提升，因为她融入一个群体之后，自然而然就会跟上同龄人的思维，相当于一种潜移默化的学习，进而提升智力。就像小孩子天天跟着大人玩耍，行为方式、说话语气都会模仿大人，思想也会变得早熟。如果妹妹跟着小孩玩耍，她的智力可能只会停留在小孩阶段，不可能有太大突破。所以，跟同龄人在一起玩是至关重要的。

为了让妹妹融入同龄人的圈子，欧阳娴有时也会带妹妹一起去串门，跟村里的姐妹们玩，但妹妹无法融入进去，因为她总是插不上话，或者说一些稚嫩的话引来嘲笑，伤她的自尊心。村里的同龄姑娘都不愿意带欧阳慧玩，嫌她太笨了，只会嘲笑她，没有耐心跟她待在一起。长期以来，除了跟家人在一起，欧阳慧很少跟同龄人玩，这就导致了她的智力一直无法发展。没想到现在跟冯源混在一起，妹妹的智力似乎有所提升，说话比以前更灵变了，这让欧阳娴暗暗称奇。

为了让冯源对妹妹更好，从而起引导性作用，激发和开动妹妹的脑力，于是欧阳娴就对妹妹说：“你跟冯大哥说，只要他好好对待你，陪你玩，让你开心了，我以后就会跟他做朋友。”欧阳慧听了这话，很是高兴，忙说："放心，我明天一定会告诉他的。冯大哥听了肯定很高兴，他一直想跟你做朋友呢！"

第二天，欧阳慧去找冯源玩，果然将这句话说了。冯源十分激动，仿佛在黑暗中看到了一缕曙光。当天晚上，他将这件事情告诉陈嘉南，让他分析一下，是不是欧阳娴对他有好感了。陈嘉南也兴奋起来，打包票说："当然是了，难道她会直接说她喜欢你？女孩子都是很含蓄的，她这句话就是表明了只要你努力，她就会接受你。你的机会来了，赶紧趁热打铁。"

冯源高兴得差点失眠了，他想，必须拿出更多的心思，更好地对待欧阳慧，让欧阳娴感觉到他对妹妹真心的关爱，从而也让欧阳娴知道，他是个值得信赖的好男人。

接下来那几天，冯源想尽办法，拿出好玩的事情哄欧阳慧开心，让她晚上回去告诉欧阳娴，他们一起玩了什么游戏，一起说了什么笑话。欧阳慧照办了，每天晚上睡前，都要跟姐姐说她和冯源当天在一起玩耍的事情。欧阳娴见妹妹说到冯源时，脸上透出少女的活泼与天真，比以前更加灵动了，说话滔滔不绝，表达能力也比以前强了许多。她心里暗自高兴，也颇为欣慰，冯源还真是起了作用，竟然能把妹妹变了个样。

有一天，冯源想起小时候经常玩的捉迷藏游戏，于是就和欧阳慧在树林里面捉迷藏。他让欧阳慧躲起来，他去找她。这片树林大，又茂盛，可以随处跑动，捉迷藏是很有意思的。欧阳慧十分乐意，让冯源闭上眼睛，从一数到二十，她就躲藏起来。

欧阳慧躲到一片灌木丛中，结果被一只马蜂蜇伤了手背，一下子肿了起来，钻心似的疼，她像个小孩一样哇哇大哭起来。

冯源跑过去，赶紧将她从灌木丛中拉出来，看到她红肿的手背，也心疼得很。乡下人被马蜂蜇伤是常见之事，早就有了偏方，用腌酸菜的水来涂抹效果最好。冯源找话梅坊里面的女工，让她回去取了半碗酸水过来，给欧阳慧涂抹后按摩，将红肿慢慢地按下去。

两人不再玩捉迷藏的游戏，而是玩起“找地雷”的探险游戏。冯源带着欧阳慧，在树林里的灌木草丛中仔细寻找，终于在一个爬满藤刺的草丛中，发现一个拳头大的马蜂窝。冯源放火烧烟，驱散了马蜂，将马蜂窝摘下来。他烧了一小堆火，将那蜂窝倒扣在火堆上熏烤，皮烤焦之后，里面的蜂蛹也焖熟了。冯源和欧阳慧坐在秋千架的草地上，剥开蜂窝，将蜂蛹取出来吃。被烤熟的蜂蛹外焦里嫩，虽然是原味，没有酱油佐餐，但是吃起来却有一股奶香味。欧阳慧很喜欢吃，像吃零食一样。

晚上睡觉前，欧阳慧照例将这件事情和欧阳娴说了。欧阳娴从来没有吃过那玩意，感觉那东西像蛆一样，想想都有些恶心，她说：“你怎么能吃这些东西呢！”欧阳慧说：“很好吃呢，冯大哥说下次再去找几个马蜂窝来烤着吃。”

第二天傍晚，欧阳娴去树林里面找到正在和妹妹一起玩耍的冯源，对他说：“喂，你可不能让我妹妹吃虫子。”冯源如同丈二和尚摸不着头脑，无辜地说：“什么虫子，我们又不是鸟，不吃虫子。”欧阳娴说：“就是蜂蛹呀，那不是虫子是什么。”冯源扑哧一笑：“那可是好东西呢，我们从小吃到大。我在一本书上看到，说蜂蛹的蛋白质很高，女孩子要多吃，对皮肤好。下次我专门去搞几个，用油炸了让你尝尝，保证你吃了还想吃。”欧阳娴皱着眉头，嫌弃地说：“我才不要呢！”

后来，冯源还真的去搞了几个马蜂窝，将里面的蜂蛹取出来，用油炸了之后，撒上盐末，拿到树林里面。他让欧阳慧去请欧阳娴出来，一起尝尝野味。但是欧阳娴眼睛瞪得大大的，怎么也不肯吃。

冯源和欧阳慧拿着牙签，戳在虫子上，你吃一条我吃一条，倒是吃得津津有味，不一会儿就把小碗里的蜂蛹给干掉了。末了，欧阳慧还抹着嘴巴说："太好吃了，冯大哥，你下次再多弄点。"

冯源得意地对欧阳娴说："看到没有，好吃得很！"欧阳娴冷笑一声："我才不稀罕呢！"冯源故意说："下次我捉条蛇，把蛇皮剥了，用火烧烤，那味道也好吃得很，比蜂蛹还好吃。"欧阳娴瞪大眼睛，叫起来："你可不能喂我妹妹吃蛇肉啊！"又心有余悸地说："你也不要去捉蛇，万一被蛇咬了，要闹出人命的。我们村里以前就有人被蛇咬死了。"冯源调皮地问："你怎么突然这么关心我了，怕我被蛇咬死。你这么恨我，我被蛇咬了你应该很高兴才对。"欧阳娴脸一下子就红了："别自作多情了，我只是怕你被蛇咬死了，没人陪我妹妹玩耍。"说罢，转身走了。

冯源看着她的背影，心里很高兴，冲着她的背影说："那我答应你，不去捉蛇啦！你说什么我都会听你的。"欧阳娴回过头来，朝他瞪了一眼，但脸色有点红扑扑的。冯源看出来了，欧阳娴其实并不像他想象的那样高冷，只不过是装出来的。

从这之后，欧阳娴经常会打着找妹妹回家吃饭的借口，没事来树林里面，找冯源说上几句话。慢慢地，两人关系便拉近了，冯源也敢说一些俏皮话来挑逗她，让她露出灿烂的笑容。

晴一天，雨一天，日子不紧不慢地过去了，很快就到了六月下旬。

月底，陈嘉南打电话回家问候父母，给家人报平安。他的哥哥陈嘉志接到电话之后，让他回家一趟，说有要事相商。陈嘉南正好也想回家探亲，顺便去广州买些物品，用来讨好李素雅。

第二天，陈嘉南让冯源开摩托车，一大早送他到县城车站，他坐直达广州的班车，再从广州转车回顺德。同花镇离顺德只有四百多公里，那时还没有高速公路，加上中途要转几趟车，陈嘉南花十几个小时才能到家。

晚上八点多钟，陈嘉南提着行李风尘仆仆地走进家门，只见哥哥陈嘉志和广州姑妈家的表哥唐世荣坐在院子里喝工夫茶，边上摆着点心水果，一盏电风扇正在摇头转动，吹得桌上的热水茶香四处弥漫。

见到弟弟回来，陈嘉志不容分说，便扯他过来一起喝茶，跟他说起正事。原来，表哥唐世荣想和陈嘉志合伙开一家打火机工厂，创业之初需要帮手，陈嘉志想让弟弟回来一起创业。

这些年来，唐世荣一直跟随父亲到温州搞皮鞋批发，运到广州销售。他家在广州开有两家皮鞋店，生意很不错，陈嘉南每次去广州玩，就住在唐世荣家里。

温州是中国鞋都，世界有名，八十年代中旬，正规的皮鞋厂便有几千家，更不说那些民间作坊，随处可见。全国各地的鞋贩都涌到温州定制皮鞋，运到各大城市贩卖。唐世荣与父亲在八十年代中期便开始做皮鞋生意，到了九十年代初，家境富裕起来。父亲打算在广州多开几家连锁店铺，打造属于唐家的品牌鞋店。但是唐世荣却觉得皮鞋生意固然好做，但技术是别人的，自己只是从中赚一些差价罢了，时代在进步，以后发展空间会越来越小。而且贩卖皮鞋常年奔波，异常辛苦，不能一劳永逸。唐世荣初中毕业就跟着父亲常年奔波广州与温州之间，见过大世面，脑袋里有一本生意经。广东正处于改革开放的前沿阵地，唐世荣看到深圳、东莞、珠海、佛山、顺德等地方四处建厂房，看样子顺德的发展不比温州差，他于是心里蠢蠢欲动，想回家乡干一番事业，省得东奔西跑。后来，唐世荣看中了温州的打火机产业，决定回家乡投资一个打火机厂。

温州除了鞋业闻名世界，八十年代中期崛起的打火机产业，也一度成为温州的新产业名片，短短几年时间，便涌现出几百家正规的打火机厂，其中不包括家庭式民间作坊，一跃成为全球知名的打火机生产基地。唐世荣常年在温州打转，意识到这个产业的发展前景，目前很多打火机厂的产品都是做出口贸易，还没有重视国内市场，国内许多地方的人们仍用火柴点火，包括烟民，因为买不到充气火机只能依靠火柴点烟。打火机是消耗品，全国这么多家庭和人口，这里面潜藏着巨大的市场。于是，唐世荣决定将打火机产业引进顺德生产。

唐世荣放弃了熟悉的皮鞋行业，钻到打火机行业里面打工学艺，并四处搜索资源，供自己所用。他知道那些高端的金属打火机零件多，工艺复杂，国内尚未有消费能力，都是出口国外，自己无外贸能力，很难占得市场。他从最简单的普通滑轮打火机和电子打火机开始做起，这种普通的打火机国内大城市已经开始流行，但是内地的县级地区，很多地方还是一货难求，有着惊人的利润空间。

唐世荣在打火机行业摸爬滚打一年多，他是个勤劳聪明的人，又会搞人际关系，很快就掌握了打火机的全部技术，以及供自己所用的人脉资源。他准备将工艺引进回顺德，然而回到顺德才发现，打火机产业早就被顺德引进，顺德的桂洲镇已经发展成广东的打火机产业基地，注册的工厂及家庭作坊，大大小小加起来有几十家。对唐世荣而言，虽然他没有占尽先机，但这也是好事，至少打火机厂在顺德形成了产业链，可以生存，不是什么冷门产业。

唐世荣从家庭作坊开始创业，请了三十多个员工过来，购买打火机的散件回来组装，生产出成品，卖给一些贸易商或国内的批发商人。由于他有人脉资源，自己又懂门道，打火机的来料和订单方面都不用愁，很快就走上了正轨。做了一年多之后，他看到打火机厂的发展前景壮阔，于是打算扩大生产规模，从家庭作坊升级成企业，打造属于自己的品牌。但是开工厂要投资大量的钱，也需要帮手，他就跑去找表弟陈嘉志商量。陈嘉志听了表哥的想法，很激动，决定跟表哥一起干。

陈嘉志这些年搞养殖产业，赚了不少钱，虽然被诓去开化肥厂亏了一些钱，但并没有伤到元气，最大的伤害就是害弟弟蹲了大牢，因此他一直心怀内疚，也时常被一些养鱼的同行嘲笑，说他不是当老板的料，让他死心塌地养鱼，不要再去搞工厂。养殖产业虽然不错，但毕竟是个苦力活，跟干农活差不多，累得很。他偏不信邪，一直想投资实业，从一名养鱼佬变成企业家。唐世荣开打火机作坊时，陈嘉志没事就跑去看，觉得这是一个好产业，当唐世荣提出要扩大规模成立工厂时，陈嘉志一拍即合，决定掏出家底，又以养殖场的名义去贷款，一起经营打火机厂。

听完哥哥的计划，虽然这是个好事，但陈嘉南却不怎么激动。他此时的心思全部用在李素雅身上，只想抱得美人归，对老家的创业并不感兴趣。他说：“我现在才刚开始搞话梅坊，抽不出时间搞打火机厂。等八月份，话梅坊完工了再说。”

陈嘉南和唐世荣也知道，话梅是季节性产业，梅子落地，到了八月份就要关门的。他们现在搞打火机厂，从注册公司到申请贷款，再去租厂房，得搞好几个月才能下来。打火机厂属于易燃易爆的危险产业，还要向消防部门申报消防安全审核，经审核通过后，拿到《易燃易爆化学物品消防安全许可证》才能去购买机器设备和安排生产线，照这样推算，要到国庆节左右才能正式开工，而陈嘉南的话梅坊还有两个月就要收工了，到时回来帮忙还来得及。

聊完开打火机厂的事情，陈嘉南在家里待了几天，然后跑到广州的姑妈家里住上几天，购买了满满两大行李箱的东西，才从广州坐车返回同花镇。

第十三章

每个月初，刘见章都要上门给欧阳慧做针灸。欧阳才华会摆一桌家宴，招待刘见章和柴叔，这是“同花三圣”每个月都不落下的酒宴。

七月二号这天，正好是礼拜六，欧阳才华事先约了刘见章，傍晚给欧阳慧做针灸，并邀请柴叔过来喝酒。这次家宴与往日不同，欧阳才华打算把冯源也请到家里一同喝酒，顺便把欧阳娴“赶”出去，让梁坤健带她回家吃饭。

欧阳才华最头痛的是两个女儿的终身大事。

且说大女儿欧阳娴，梁坤健一直想订婚，催了多次，但都被她婉言拒绝了，梁坤健已然着急，甚至不高兴地放了话，说最迟今年的中秋节订婚。两人谈了一年多了，闹得尽人皆知，再不订婚，确实也说不过去。两人刚开始相处时，欧阳才华以为女儿的婚事是铁板钉钉的，没想到时间越久，女儿竟然对梁坤健越冷淡，并且开始有意疏远。欧阳才华也曾问过女儿，怎么不肯和梁坤健订婚。欧阳娴说梁坤健为人过于严肃，两人没有共同语言，找不到生活的乐趣。欧阳才华觉得女儿提的这个问题有些过分了。欧阳才华也是严肃惯的人，平时话不多，并不觉得严肃有什么不妥，反倒觉得严肃的男人更有担当与责任感。

他好说歹劝，但欧阳娴却坚持自己的想法，并不盲从父亲。她知道没订婚之前，一切都可以转变，最多提出分手，闹些笑话与难堪出来。一旦订了婚，想要毁婚，那就不好办了。农村乡下，毁婚无异于毁掉一个姑娘的名节。

欧阳才华没办法，就让妻子杨碧春也去劝劝。杨碧春是同花水电站的职工，水电站位于富江大桥上游，拦截江水发电，属于国家单位。当初，欧阳娴和梁坤健谈恋爱，是水电站一名职工牵的线，那职工的丈夫是农场的狱警。通过介绍，欧阳娴和梁坤健互相认识，杨碧春对梁坤健很满意，也认定此人是最佳女婿之选。但没想到时间久了，女儿竟然不愿意订婚。杨碧春是过来人，又是从艰苦时期走出来的，知道女人最终的幸福，逃不过衣食住行，好的家境与稳定的收入，是生活的基础保障。杨碧春以女人的立场，说了许多人生观点，苦心相劝，但欧阳娴却听不进去。

二女儿欧阳慧的终身大事，更令欧阳才华头痛。尽管欧阳慧的智力停留在八九岁，但是岁月不饶人，实际年龄已满二十岁了，长得亭亭玉立，体力与常人无异，不可能一辈子待在家里。凭着欧阳慧的长相与身材，嫁出去肯定没问题，毕竟农村乡下，娶不起老婆的光棍汉还是有很多的。可是嫁给谁呢？好的家庭与有志气的年轻人，当然不愿意娶脑力有缺陷的姑娘当老婆，害怕影响传宗接代。摆在欧阳慧面前的只有一种可能，嫁入农民家庭，而且还是嫁给那些家境状况不太好的农家子弟，因为只有娶不起老婆的贫家仔，才会迫不得已娶一个智商低下的姑娘，结束自己的光棍命运。这样的婚姻，注定不会有太多的感情，欧阳慧嫁过去是否幸福，也还是个悬念。

欧阳才华和杨碧春、欧阳娴都是吃国家饭的，家里不需要务农，除了种些青菜，几乎没有什么农活可干，欧阳慧从小到大都没有接触插秧割稻打谷之类的活儿，顶多也就是到菜地里给青菜浇浇水拔拔草。若是嫁给农民，肯定要下田种地，她必须重新吃苦，搞不好会被婆婆虐待，在农村乡下，干不好农活的姑娘被公公婆婆嫌弃，那是很正常的事情。像欧阳慧这样娇生惯养，脑子又简单的人，如何受得了这样的气与这样的苦？这无疑是欧阳才华最大的心病，他为此苦恼不已。然而前不久，他突然听欧阳娴说，冯源正在和妹妹玩耍，两人很相处得来，欧阳才华心里于是冒出了一个大胆又古怪的念头，他想，二女儿和冯源会不会有可能在一起？他知道冯源是隔壁百山镇的人，那是一个穷山恶水之地，说不定难讨老婆，愿意娶二女儿为妻。

欧阳娴之所以把冯源和妹妹在一起玩的事情告诉父亲，是想提前打个预防针。欧阳娴知道，父亲最担心妹妹和后生一起玩耍，怕被欺负占便宜，村里不少后生因为接近欧阳慧，曾被欧阳才华训斥，搞得灰头土脸的。冯源和欧阳慧玩耍，父亲日后知晓此事，会不会也去训冯源一顿，令他难堪？于是，她事先透露口风，让父亲知道这件事情，看看父亲是什么反应。如果父亲反对，她则去当中间人，从此不让妹妹跟冯源玩，以免引来误会。然而没想到，欧阳才华听说此事后，只是说了一句知道了，并没有发表意见，看样子是默认冯源可以和妹妹交往。这让欧阳娴有些诧异，她知道因为闹绯闻之事，父亲对冯源怀了很大的意见，也不知父亲何时改变了对冯源的看法。

欧阳才华确实生过冯源的气，他觉得这家伙无端地抹黑女儿的清白，实在可恨。柴叔和刘见章不愿意欧阳才华误会冯源，也不想让欧阳才华生闷气，两人替冯源说了不少好话，希望能解开他的心结。柴叔和刘见章是欧阳才华最好的朋友，两人都言冯源好，想来这后生人品也不坏，心中渐渐不再气恨。当他听说冯源和二女儿在一起玩耍，竟然突发奇想，希望能生出一段姻缘来。当然，他也知道这是异想天开的想法，冯源未必看得上有智力缺陷的女儿。但凡事不试不知道，听天由命，随他们去吧。所以，他非但没有禁止冯源和欧阳慧交往，反倒盼望冯源能和二女儿产生感情。

一个多月下来，冯源和欧阳慧成为了形影不离的玩伴。欧阳慧每天都是高高兴兴地出门玩耍，回来时脸上神色活泼，话也多了起来，语气也成熟了许多，和以往相比简直换了个人似的。欧阳才华心想，这样下去，说不定能带动欧阳慧的情绪，脑门开窍，提升她的智力。刘见章曾跟欧阳才华说过，得了脑伤的人是需要“开窍”的，就像有人脑子受损，失去记忆，想不起以前的事情，然而某天突然受到了刺激，脑路一下子开窍，记起了所有的事情，这就是奇迹。欧阳才华心怀希望，欧阳慧天天这样开心玩耍，说不定哪天也会发生奇迹，脑路突然开窍，变回正常人。尤其让欧阳才华感到欣慰的是，从两人在一起玩耍的事情上，至少表明了一点，冯源并不讨厌欧阳慧，而且还很喜欢欧阳慧，就像对待自己的妹妹一样，那么他“异想天开”的事情，多少会存在一些可能性。

欧阳才华当然没有想到，冯源对欧阳慧好是为了接近欧阳娴。欧阳才华还以为，冯源这么做是要弥补曾经犯下的过错，当初他害得欧阳娴名声受损，心里存有内疚之情，因此想通过对欧阳慧好，来补偿这一切。但不管冯源的动机如何，只要他愿意和欧阳慧玩，欧阳才华便由衷地感到高兴。

欧阳娴也为妹妹找到玩伴而感到欣慰。她和父亲是老师，母亲是水电站的职工，而弟弟去了县城读初中，只有放寒暑假，家人才有时间陪欧阳慧玩，平日里欧阳慧一个人在家，孤苦伶仃的，大部分时间就在树林里荡秋千，遇到天寒雨水时节，只能整日窝在家里发呆，很是可怜。冯源和妹妹成为好朋友，妹妹从此摆脱了孤单，跟正常人一样有了自己的人际交往，生活变得丰富起来。在这件事情上，欧阳娴还是挺感激冯源的，他确实很用心跟妹妹来往，从来不笑话妹妹简单的头脑和幼稚的想法，甚至觉得妹妹的稚嫩想法是一种天真无邪。他还教会了妹妹许多东西，也会耐心地回答妹妹一些古怪的问题，这让欧阳娴愈发觉得这个后生是个值得交往的人。

对于冯源，欧阳娴还是怀了一些少女私心的，冯源相貌俊朗，看着顺眼，而且能画画和写书法，喜欢看书，多少有点文艺气息。在农村乡下，有文艺气息的后生实在少得可怜，难得遇到一个。尤其是冯源说话还很幽默，是个有意思的人，跟他在一起令人开心，比起古板严肃的梁坤健，确实要好得太多了。欧阳娴想借着妹妹这条线，和冯源保持联系，慢慢走近他，了解他。从冯源送裙子和画像的事情来看，欧阳娴知道冯源是喜欢她的，她想到自己曾经被他光着上身抱过，一起绑在谣言的船上，虽然有些难为情，但也觉得有某种天意的存在，因此对冯源也就怀了一些不同的情感。欧阳娴心里已经不喜欢梁坤健了，她一直想着有个什么由头，来甩掉梁坤健，她甚至觉得冯源是个不错的引子。

没有人知道欧阳娴的想法，就连欧阳才华也没有意识到女儿有移情别恋的念头。平日里，欧阳娴表现出若无其事的样子，把心事深深地藏在心里，有时候假装到树林里找妹妹玩，其实是想与冯源打个照面，不咸不淡地说上几句话。但冯源很细心，他发现欧阳娴与自己说话时，不再像以前那样一副高冷傲娇的样子，而是有了少女的温婉与柔和，他知道欧阳娴对自己产生好感了，心中暗自窃喜，但他假装不知情，平时见欧阳娴过来，总是想办法说些好玩好笑的事情，逗姐妹俩开心。

欧阳娴和妹妹同住在一间厢房，夜里睡觉前，姐妹俩都要聊一会天，妹妹总会不由自主地说到冯源，说起跟冯源在一起玩耍的事情。这样一来，无论是在心理上还是感情上，冯源进一步地获得了欧阳娴的认可，走入了她的内心。这也是冯源战略有方，他目标很明确，要通过妹妹来接近姐姐，因此想尽一切办法对欧阳慧好。欧阳慧本来就是小孩心性，认定冯源是她这辈子见过最好的朋友，交往越久，对他的依赖性就越强，总之，一天不跟冯源玩耍，她便像少了影子一样。她不仅只是白天跟冯源玩，晚上也要找他一起去捉萤火虫，哪怕是坐在一起数星星或看月亮，也是快乐的。她左一声冯大哥，右一声冯大哥，叫得格外亲热，连睡着时说梦话都叫着冯大哥。欧阳娴在夜里就听过几次，她想，要是哪一天冯源离开了妹妹，妹妹该有多伤心呀！

冯源和欧阳慧天天在一起玩耍，引起了村里人的议论，说冯源曾经光着身子抱欧阳娴，做出龌龊的事情，现在又来招惹欧阳慧，难道是对欧阳娴贼心不死，得不到欧阳娴，就想得到她的妹妹？

这些议论在村里悄悄流传，传到了欧阳才华和欧阳娴的耳中。父女俩也算是经过大风大浪的人，有经验，并不理会。欧阳才华越是听说二女儿跟冯源玩得好，心里就越高兴。于是在七月二号这天，他宴请刘见章和柴叔，决定把冯源也请到家里来吃饭。

冯源接到欧阳才华的邀请，顿时愣住，以为自己听错了。他想起去年国庆节时，欧阳才华到兴龙观喝酒赏月，狠狠地将他臭骂一顿，让他心有余悸，这时欧阳才华怎么可能主动请他去喝酒呢？

欧阳才华并没有亲自出面邀请冯源，毕竟只是一顿家常便饭而已，没有什么特殊事情，他让女儿传话给冯源。欧阳慧按照父亲的吩咐，说了一起吃饭的人还有柴叔和刘医生。冯源听说柴叔和刘见章也来，倒也放心了，他想，欧阳才华肯定是顺着柴叔和刘见章的面子，叫他去吃饭陪酒，或许是欧阳才华当初训了他一顿，心里过意不去，算是赔礼吧。不管如何，足以证明了欧阳才华接纳了他，不再排斥，这样一来，他以后可以光明正大地和欧阳娴聊天说话了，他心里十分高兴。

陈嘉南回顺德探亲，摩托车给了冯源用。下午四点多钟，冯源便开着摩托车去同花街买东西，毕竟是第一次去欧阳才华家，礼数还是要尽的。他买了一些水果干货，顺便去兴龙观接上柴叔，一同前往欧阳家。

这天是个难得一见的好天气，阳光明媚，晴空万里。到了傍晚，晚霞铺天盖地，把苍穹都拉低了许多，仿佛站在房顶或树梢上，触手就能摸到天空。天地万物被霞光浸泡得松散了许多，不再像烈日底下热得紧绷的样子，一切看起来都悠闲自得。农村乡下的房顶瓦片全涂上了霞光，像一片片鱼鳞，站在高处往下看，一座座的瓦房就像一条条红鲤鱼，出没丛林之间。

刘见章来得比较早，和欧阳才华在客厅里喝茶。喝的是酸梅茶，这是夏天待客的最高礼遇。酸梅是大肉梅制成的，端午之后，农村人将自家种的尚未成熟的大肉梅摘回来，洗干净晒软，放到罐中腌制，一个月后变得酸甜可口。有客人来了，拿出半碗酸梅，加些红糖，放到壶里煮酸梅水，用来泡绿茶，天热时饮上一杯，清暑解渴，生津去火。地方上有言："夏酸梅，冬油茶，即是上等好人家。"而油茶，是桂北地区冬天喝的一种热茶，千锤百炼，味道很美。

冯源拎着水果干货，和柴叔一同走进欧阳家。他看到欧阳慧坐在天井边上择菜洗菜，却没有见到欧阳娴，这让冯源心里有点小小的失落。他没有想到，欧阳娴已经被她的父亲故意“赶”出家门，到梁坤健家里吃饭去了。

说实话，欧阳娴是一百个不愿意去梁坤健家里吃饭，但是父亲却自作主张，让梁坤健下午四点钟开摩托车过来把她接走。欧阳才华请冯源吃饭，他怕冯源来得早，让梁坤健撞到了，产生误会。在梁坤健的心中，冯源如同仇人般存在，要不是去年闹出谣言，他和欧阳娴的婚事只怕早就定下来了，不会拖这么久。所以，欧阳才华特意让梁坤健早点过来把欧阳娴接走，且也交代梁坤健，晚上九点钟后再把欧阳娴送回来，那时饭局已经结束，送过来时也不会撞上冯源。同时，欧阳才华也希望梁坤健和女儿多一点相处的时间，加深感情，以此扭转女儿的心思。

冯源来欧阳家吃饭，主要心思还是想见欧阳娴，当着欧阳才华的面，落落大方地跟欧阳娴说话，这样可以放出信号，自己和欧阳娴已经是朋友，万一哪天他真是要追欧阳娴，传到了欧阳才华的耳中，也不至于让欧阳才华觉得突兀。然而，欧阳娴的外出，却让他的心思落空了。

欧阳慧见到冯源来了，高兴得很，如同小孩子看到玩伴般，站起来说：“冯大哥，你来啦！”柴叔和冯源一起进来的，看到欧阳慧那兴奋的样子，脸上露出纯真欢乐的笑容，那是很少见到的，不由得说：“哟，阿慧好像变了一个样，才多久不见，你和冯源就玩得这么好了？”

欧阳才华上前迎接二人，开玩笑道：“柴老怪，你不是上知天文下知地理吗，也能算卦扶乩，怎么没有料到阿慧跟冯源玩得来呢？”

柴叔笑道：“我再怎么算卦，总不能算到你老兄的头上吧。从实招来，安了什么心，把你讨厌的人招上门来喝酒，可不是你的作风。”欧阳才华怕柴叔乱说，便解释道：“冯源就在我家屋后的生产队公房晒梅子，他和阿慧玩得好，我请他吃个饭，那有什么稀奇的。”柴叔哈哈一笑：“他们在一起玩耍我不稀奇，稀奇的是你肯让冯源上门来吃饭，倒是让我另眼相看。”欧阳才华哼了一声：“不要哪壶不开提哪壶，晚上要罚你一壶酒。”

冯源上前见过欧阳才华，问了好。这是他们第二次正式见面，冯源仍有些拘谨，脸色透着忐忑不安。欧阳才华说：“柴老怪和刘医生经常说起你的好处，想来以前是我错怪了你，今晚敬你三杯酒，算是赔罪。”冯源忙说：“哪里哪里，是我做得不对，应该是我敬你三杯酒。”柴叔见冯源语气有些惶恐，就说：“阿源，别讲那么多客套话，你就安心地坐下来喝盅茶。欧阳怪虽然脾气怪，却不是小气的人，你不必担心他还生你的气。”欧阳才华说：“你这个和事佬做得不错。阿源，坐吧，喝碗酸梅茶尝尝味道，这酸梅汤是阿慧煮的，茶也是她泡的，看看她的手艺怎么样。”

冯源坐下来，端起一碗酸梅茶喝了一口，酸甜的梅汁中透着清爽的绿茶香，让人满嘴生津，不由得说：“真好喝。”欧阳才华见他说得实在，欣慰地笑起来：“晚上再让你尝尝阿慧的烧菜手艺，别看她不懂事，做饭烧菜还是一流的。”柴叔是个聪明的人，听出欧阳才华心中所想，就接嘴说：“阿慧做菜手艺确实好，阿源做菜的手艺也好，他跟那个广东仔学了几手，火焰鱼做得不错。要不今晚就让阿源和阿慧联手做菜，张罗给我们吃算了。自从阿源和广东仔搞话梅坊，我有好长时间没有吃过火焰鱼了，都快忘了那滋味。”欧阳才华说：“那怎么行，阿源是客人，怎么能让他下厨。”柴叔说：“客人又怎么样，只要他愿意就行。对吧，阿源？”冯源忙点头说：“只要不嫌我做得难吃，我很乐意做给你们尝尝。”柴叔笑起来：“没见过你哪次做菜难吃，难道换了锅灶就做不好了？还是因为在校长家里，你心里没底气。”冯源一时不知道怎么接话。边上的刘见章见了，就笑起来：“你们别拿阿源说笑了。对了，今晚有没有行酒令？既然想着吃鱼，要不来一段‘鱼令’？”

“同花三圣”平日雅聚，不光只是互相对饮，也会搞些行酒令出来。农村人的行酒令，都是以猜拳为主，三圣当然不做乡野之局，赤胳膊鼓嗓门吆喝着“一定中啊，兄弟好哈，三匹马呀”成何体统。他们既然敢称三圣，自然有不同之处。欧阳才华有意效仿古人之趣，拟了一个行酒令，就是背诵《声律启蒙》。《声律启蒙》上下两卷加起来一共有三十篇，例如“一东”“二冬”“三江”“四支”“五微”“六鱼”，等等，如果今晚要对“鱼令”，那么就从“六鱼”开始背起，一人说一句，轮流接话，谁要是接不上或者说错了，就要罚酒一杯。例如欧阳才华是主人，他要起头，先来一句“无对有，实对虚，作赋对观书”。轮到柴叔背下一句“绿窗对朱户，宝马对香车”。接着是刘见章背“伯乐马，浩然驴，弋雁对求鱼”。然后又轮到欧阳才华背“分金齐鲍叔，奉璧蔺相如”。再到柴叔背“掷地金声孙绰赋，回文锦字窦滔书”。又轮到刘见章背“未遇殷宗，胥靡困傅岩之筑；既逢周后，太公舍渭水之渔”。——这便是“同花三圣”玩的酒令。

三人都将《声律启蒙》背得滚瓜烂熟，但毕竟是酒后行令，而且有三十篇数目，容易背混，总会有背错或搞混的。有时他们背得顺溜，一连几段都没有出错，更是兴起，说好谁要是出错，从罚酒一杯增至三杯。于是，在三杯罚酒之下，兴趣更高，都不愿认输出错。他们用筷子敲着碗边，摇头晃脑，就像古代老先生教学生念诗一样，声调还拉得长长的，特别有趣。

欧阳才华说："今晚多了一位小老弟，也不知道他能不能接得上我们的酒令。"冯源也听柴叔说起过"同花三圣"的行酒令，虽然他没见过那场面，但能想象得到他们比拼《声律启蒙》的乐趣，颇为神往。冯源也读过《声律启蒙》，但让他随时背诵一段，当然搞不定，于是忙摇头说："不行，要是跟你们背《声律启蒙》，估计前面两段下来，我就要罚醉了。"柴叔就说："那你得下功夫，没事就拿书背诵，早点背顺溜，以后才好到校长家里混酒喝。说不定，以后'同花三圣'要改为四圣了。"

欧阳慧一个人在天井洗菜择菜，见冯源来了，却坐在厅里聊天说笑，冷落了她。她想让他来帮忙洗菜，两人在一起说话，也不至于无聊，于是说："冯大哥，你过来帮我择菜。"

平日里，家里的洗衣、做饭、烧菜、刷碗等家务，都是由欧阳慧完成。虽然她智商不高，但长年累月下来，经验增长，做家务是一流的。欧阳才华之所以要将家务包揽给欧阳慧，一是要锻炼她的生活能力，积累经验；二是要她学会过日子，以后她还要嫁人，基本的生活家务还是要做的；三是培养她的动手能力，希望能通过生活的细节，提升脑部智力。

来者是客，按照道理，欧阳才华当然不会让这个初次上门的客人帮忙洗菜的。但是冯源却很乐意去帮忙，因为他觉得跟三位长辈坐在一起聊天，还是有些拘谨，就说："好。我来啦！"欧阳慧于是满脸欢笑。欧阳才华见女儿这么高兴，也不再说什么，就由冯源去了。

冯源和欧阳慧坐在天井边上择菜。有萝香、豆角、蕹菜、水芹菜、青椒，还有一把柴苏。择完菜，两人将菜倒入盆中清洗，一起有说有笑的，欧阳慧还像小孩一样，故意将盆里的水打出来，让水花溅到冯源的脸上。冯源则一副大惊小怪的样子，惹得欧阳慧咯咯笑，看上去甚是亲密。欧阳才华眼见为实，更加觉得冯源和欧阳慧存在天作之合。

洗完菜，天色尚早，刘见章便让欧阳慧搬了椅子坐到天井上，借着夕阳染红的光线，给欧阳慧针灸。欧阳慧对针灸早就轻车熟路，端庄坐正，背靠椅背，全身放松，微微地抬起头。她让冯源坐在她的身边，让他不要离开自己。冯源于是搬了个椅子，学着欧阳慧的样子，端正而坐，引得欧阳慧笑起来。刘见章打趣说："看你坐姿标准，我也给你扎几针。"冯源也开玩笑说："正好，我最近心思不定，喜欢胡思乱想，你给我扎几针，晚上睡得香一些。"

刘见章用银针刺入欧阳慧头部的百会、人中、风池、神庭、印堂，配穴为手上的合谷、曲池、内关，以及脚上的三阴交和足三里。欧阳慧身体已经长大成人，刘见章只是在她的头部和手脚穴位下功夫，不再往她的身体内行针。

刘见章手法娴熟，一针到位，很快便把穴位扎好。欧阳慧安静地坐在天井中间，晚霞从天井漏下来，染在白色的银针上面，散发出细小的银光。欧阳慧头部微微抬起来，一直保持着端庄的姿势，如同打坐入定的僧尼。因为要扎针，她不像平时那样扎着马尾，而是把头发松散下来。她的头发乌黑茂密，披在肩膀上，将两边的脸颊盖去了不少，小脸蛋显得更加清秀立体；她的头部微微向上抬，下巴翘起，角度迷人，看上去温柔却又带着俏皮。冯源看得心动，心想，这样的景象，真是可以帮她画一幅画了。

冯源以前也见过刘见章给病人针灸，并不感兴趣，但此刻这些针扎在了欧阳慧的身上，他不知为何，起了关心之情，就问：“针扎下去要多久才可以拔？”刘见章说：“留针半个小时，可以让经气周流全身。”冯源又问：“每一针的深度都一样吗？”刘见章说：“不一样，看穴来，每一个穴位的扎针深度、剂量，以及留针时间都是不一样的。”冯源很感兴趣：“针灸要学多久才会扎针？”刘见章说：“看天赋了，就像画画一样，有天赋很快上手，没有天赋，勤学苦练也未必通达。怎么，你想学？”冯源笑了笑说：“只是觉得好奇。”刘见章说：“你要是想学，那还真是要下些苦功夫。”说罢，他把冯源扯到一边，小声地说：“交给你一个任务，趁着扎针，你陪阿慧多说话，最好能说一些鬼故事吓唬她，刺激她的神经，提升神经细胞的活动量与兴奋点，让处于抑制状态的脑细胞重新苏醒。”

交代完毕，刘见章就走回厅里和欧阳才华一起喝茶。冯源把椅子搬起来，坐在欧阳慧对面，看着她说：“我跟你讲个故事吧。”

欧阳慧平时针灸，一坐半小时不能动，她是孩子天性，如何能坐得住，这时听冯源说要给她讲故事，便高兴起来。要不是两边手上的合谷穴插着银针，她便要拍掌了。

冯源说：“以前，有一个农夫到县城赶圩，回来时天色已黑，几乎看不见路。走到半路，他看到一个卖包子的担夫。农夫没有吃晚饭，肚子很饿，就问还有没有包子卖。担夫说还剩三个包子，如果农夫要，白送给他。农夫很高兴，就把那三个包子要了过来。担夫跟农夫说，天气冷，包子变硬，肉馅也冷了，你回家蒸热后再吃，免得吃坏了肚子。农夫得了免费的包子，一时兴奋，就忘了劳累，拎着三个包子赶回家，放到锅里蒸。蒸热之后，打开锅盖一看。”说到这里时，冯源故意停顿了语气，换用一种神秘的、阴森森的语气接着说：“那三个包子竟然变成了三个骷髅头，白森森的，长着獠牙，像吸血鬼一样，很可怕。那农夫吓呆了，还没有反应过来，突然一个骷髅头就张开嘴巴，从锅里飞了出来，一口咬在了农夫的脖子上……”说着，他张开嘴巴，做出一副咬人的样子。

欧阳慧胆小，“啊”地惊叫一声，全身发抖说：“不要说啦！吓死我了！”一时情急，抬起手来就要打冯源，怪他不应该说鬼故事给她听。

欧阳慧手上扎着针，冯源怕她乱动，把针位移了，于是忙抓着她的手，求饶说：“我错了，不该给你讲鬼故事，我不知道你不爱听鬼故事呢！这样吧，我再给你说个笑话吧！”欧阳慧撇嘴说：“不许再说鬼故事吓我了。”冯源说：“好，一定不讲鬼故事，说个好玩的笑话给你听。”

欧阳才华见女儿突然惊叫起来，又见冯源抓着她的手，耐心地哄着，不知道说了什么笑话给女儿听，又将她哄得咯咯欢笑起来。欧阳才华看得很心动，觉得格外温馨。他想，从来没有一个后生对阿慧这么好，这样有耐心地宠着她，要是阿慧能嫁给他，虽说这小子家境不太好，但他是真心对待阿慧的，有感情基础，不会让她受苦，还真是阿慧的福气。于是，欧阳才华心里立马起了念想：“这小子不错，以后要经常叫他到家里来吃饭，促进他和阿慧的感情才行。”

半小时后，针灸完毕，刘见章将银针取出来收好，顺便从包里掏出三包中草药，交给欧阳慧，让她拿去厨房醒药，饭后一小时服用。每次做完针灸，刘见章都会备三服中药给欧阳慧，辅助治疗。针灸的穴位每次都有变换，草药也是略有不同，这次是一个“活脑凝神药方”，有水蛭、淫羊藿、天麻、丹参、杜仲、熟地黄等。

冯源这段时间天天和欧阳慧玩耍，对她的身体也极是关心。他知道刘见章熟读医书，懂得许多偏方，能治各种疑难杂症，就问起关于欧阳慧的病情，以后恢复的可能性到底有多大。刘见章说：“阿慧这种脑伤病很难说，长期针灸吃中药调理，可以缓解与巩固病情，确保她没有后遗症，至于能不能发生奇迹，就看她的造化了。”又说：“你这么关心阿慧，要是有时间，可以帮她找一个药引子，说不定能让偏方见效快。”冯源就问：“什么药引子？”刘见章问他：“你有没有听说过黑炭鱼？”

冯源老家在山区，山泉鱼塘倒有，并没有江河，对鱼类不熟。虽然他到同花镇待了几年，挨着江边居住，经常能吃到鱼，但黑炭鱼已经是濒临绝种的鱼类，他并不曾听说。刘见章说：“黑炭鱼顾名思义，黑漆漆的像木炭一样。这种鱼的生命力极强，它们喜欢跳上岸来，装成死鱼，一装就是一两个小时。岸边的蚂蚁以为是死鱼，纷纷出洞来咬。鱼儿等全身遍布蚂蚁之后，突然跃起来，跳回水里。蚂蚁落水之后，纷纷浮起，鱼儿就将蚂蚁一一吃掉。黑炭鱼吃蚂蚁长大，是一种极宝贵的活药材，尤其是有些黑炭鱼，吃了有毒的蚂蚁，像红蚂蚁之类的，黑乎乎的身上泛起暗红色的鱼纹，像燃烧的火炭，这样的鱼更加宝贵，像千年人参一样可遇不可求。可惜，黑炭鱼虽然生命力顽强，却笨得要命，跳到岸上装死一两个小时，有些被人捡走，有些被野鸭等鸟儿叼走，因此愈来愈稀少，现在已经很难找了。如果能找到几只黑炭鱼做药引，跟药一起煲，说不定能让药材发生奇迹。”

冯源第一次听说这样奇特的鱼，又是新鲜又是好奇，心想：“哪天去江边找找看，说不定运气好，捡到一两条。”

欧阳慧到厨房洗干净药罐子，将中草药放进去加水，提前醒药。随后，她又跑到客厅来找冯源玩，但是母亲却叫唤她，让她到厨房准备炒菜。

杨碧春已经在厨房的菜台上将鸡鸭鱼肉给切好，排骨汤也煲上了，平时都是欧阳慧炒菜的，因此让女儿到厨房干活儿。欧阳慧小孩心性，只想着时时刻刻和冯源在一起，就让冯源到厨房帮忙打下手，他烧火，她炒菜。杨碧春颇有些不好意思，说：“怎么能让客人烧火做饭，天气这么热，闷在厨房满头大汗的。”冯源也不想跟三个长辈在一起喝茶聊天，总觉得拘束。他想在欧阳家表现一下，留下好印象，就说：“没关系的，我平时也喜欢炒菜。我来学习一下，看阿慧炒菜手艺。”欧阳才华也觉得不妥，就叫他留在客厅喝茶。刘见章却说：“阿源，你去厨房给阿慧打帮手，就当是自己家一样。”又说：“你要记着，‘烧火的才是大厨，掌勺的不过是个油盐匠’，晚上的饭菜好不好吃，就看你的火候了。平时柴老怪炒菜，都是我烧的火，所以饭菜才这么香。”柴叔哈哈一笑：“你倒是很会往你脸上贴金嘛！”

冯源朝三位长辈笑了笑，就和欧阳慧一起钻进厨房。

刘见章并不知道欧阳才华的心思，他只是希望冯源能和欧阳慧在一起做事或玩耍。他说：“欧阳兄，你要让阿慧跟阿源这样的同龄人多待在一起玩，说不定能脑子开窍。阿慧现在的心智还停留在小孩阶段，跟同龄人在一起玩耍，无论是说话方式还是思考方式，都会跟着慢慢转变，人也会变得成熟，智力自然上升。以前我来给阿慧做针灸，阿慧少言寡语，现在阿源一来，你看她活泼得像只兔子，从恢复病情来说，这可是好事。”欧阳才华叹了一口气说：“我何尝不想让阿慧跟同龄人玩，可她找不到玩伴啊！村里的同龄姑娘不喜欢跟她玩，嫌她笨，后生们又调皮得紧，喜欢占口头便宜，我也不放心啊！现在冯源来了，倒是能跟她玩在一起，确实是件好事。我今天请冯源过来喝酒，也是真心要感谢他，要是以后他能一直跟阿慧玩耍，我想那真是老天爷开眼了。”

柴叔开玩笑道：“欧阳兄，要不我帮你做个媒，把阿源介绍给你当女婿，一劳永逸吧！”这原本是一句开话笑的话，想试探欧阳才华来着，没想到欧阳才华却接口说：“你要是肯做媒，那真是太好了，只怕阿慧没有这样的福气，毕竟她的智力是有缺陷的。”这话一说出来，就等于将自己的心事与想法暴露出来了。三人都是老友了，柴叔和刘见章对欧阳才华是相当了解的，如果不是有确切的想法，欧阳才华是不会轻易说出这样的话来。

柴叔哈哈一笑：“看来你真是动了这样的念头，怪不得今天把阿源这小子叫到家里来，是要试探他能不能做你的女婿吧？”欧阳才华严肃地说：“你们也是看着阿慧长大的，已经满二十岁了，她的终身大事你说我能不操心吗？”

刘见章给欧阳慧从小治病，也治出感情了，将她当成半个女儿看待，也希望她能过上正常人的日子，就说：“阿源确实是个可靠的人，要是他愿意娶阿慧，这真是好事。欧阳兄，你要是真有这样的想法，我也愿意从中撮合。”柴叔沉思了一下，说：“这确实是好事，但我们不知道阿源心中想的是什么，虽说他和阿慧玩得来，但时间还不够长，也许只是朋友之间的交情，须等他们加深接触，有了真正的情感再做打算。要是现在就提出来，万一阿源没有那个意思，说不定弄巧成拙，以后不敢再和阿慧玩，阿慧岂不是少了个同伴？”

欧阳才华和刘见章觉得柴叔说得有道理，于是三人商议，先让冯源和欧阳慧继续交往，看看他们的感情发展，如果二人感情真的要好，那么就由柴叔和刘见章从中撮合，成全这一桩好事。

第十四章

欧阳娴并不知道冯源到自己家里吃饭了。父亲就像突袭一样，一下子把梁坤健叫过来，将她接到梁家吃饭。说实话，她心里是十分抗拒的，到梁家吃饭，对欧阳娴是一种煎熬。但是为了给父亲面子，她又不得不跟着梁坤健走。

欧阳娴和梁坤健交往了一年多，在梁家也吃过数次饭，每次感觉都不太好。梁坤健家里住的是农场分配的单位房，住在三楼。房子很大，有一百二十多平方米，三房两厅。梁坤健曾经跟欧阳娴说过，要是欧阳娴和他结婚，他还可以多分一套房，也是农场的单位房，同在一栋楼里，婚后不必跟父母住在一起，但可以和父母一起吃饭，欧阳娴不用下厨。刚开始，欧阳娴对这一点倒是蛮有兴趣的，但是后来细想，即使分到房，和一个沉闷的人住在一起，也不见得有多么好过。

梁坤健遗传了父亲梁锐的性格，父子俩都是严肃的人，家里气氛不活泼，近于沉闷。梁坤健的母亲在镇政府上班，负责人事工作，倒也平易近人，但也不喜欢说话。他们家吃饭作息很有规律，像军营纪律般，六点二十分准时吃饭，饭后收拾完毕，刚好七点钟，一家三口坐在一起看新闻联播，看完新闻联播，接着看央视刚刚推出不久的“焦点访谈”栏目。一家人似乎都很关心国家大事，一边看一边聊些时政要闻和国家改革的事情。但这些事情，显然不是欧阳娴感兴趣的，她每次都是硬着头皮，坐在沙发上盯着电视机，不发一言。空气中塞满了沉默的气息，令她浑身不自在，感觉自己与这个家庭格格不入。

这次，欧阳娴在梁坤健家里吃完饭后，不想再坐到沙发上看电视了，想早点回去，于是找了借口，说要去街上买些东西。梁坤健按照欧阳才华的交代，要留欧阳娴到九点钟才回去的，但看到欧阳娴一副坐不住的样子，只好陪她下楼，到同花街去逛。

七点多钟，夏日的夜幕才刚刚弥漫，天色仍亮得很，还得过半小时天色才能黑透。望着深邃幽蓝的天空，梁坤健不知道带欧阳娴去哪里玩，就在同花街信步游逛。欧阳娴随便买了些东西，眼见天色暗下来了，便让梁坤健送她回去。梁坤健留她不住，只好回农场宿舍，将摩托车开出来。他在摩托车尾架上绑了一袋桃子，是傍晚时他带欧阳娴去农场果园摘的，准备晚上送她回家顺便带去。

到了欧阳家，梁坤健拎着桃子送欧阳娴进去，一看欧阳才华正和柴叔等人吃饭喝酒，然而没想到冯源竟然也在席上，梁坤健不由得愣住了。

农村人吃饭比较晚，加上做的菜多，一群人吃吃喝喝的，一般到八点多钟才结束。欧阳才华已经交代梁坤健，让他务必留欧阳娴到九点钟之后再回来，到时这边也散席了，不会和冯源撞上面。却不曾想过，两人没到八点钟就回来了。

冯源喝得有五六分酒意了，正在兴头上，看到梁坤健进来，借着酒劲，他不再像以前那样有做贼心虚的感觉。他看到欧阳娴回来了，心里十分高兴，两眼放着光，终于见到了自己想见的人。当着这么多人的面，他当然不好向她打招呼，只是朝她看了一眼。正巧，欧阳娴也看了他一眼，两人的眼神默然交流，像意会到了什么。

梁坤健看着冯源，心里正诧异，他看到冯源看了欧阳娴一眼，他转过头，看到欧阳娴也正好在看冯源。不知道为何，欧阳娴脸上竟然微笑起来。梁坤健内心的火气一下子就上来了，他实在想不通，何以冯源会在欧阳家吃饭喝酒，而欧阳娴见到他竟然报以微笑。要知道，此人可是害得她身败名裂的罪魁祸首啊！

因为梁坤健突然出现，整个酒席的气氛一下子变了，像骤然间遭遇冷空气一样。冯源是个懂事的人，他站起来，朝梁坤健笑了笑，说："梁警官来了，我正好借机会敬你一杯酒，向你赔罪。上次的事情，别人造谣，纯属误会，实在不好意思，你千万别放在心上。"

梁坤健皱起眉头，不作声。今天他带欧阳娴回家吃饭，本来就有些不欢，心中窝着气，这时见冯源竟然在欧阳家里喝酒，心里更加有气。这明明是他的"仇人"，欧阳娴的名声也是他败坏的，害得他不能和她订婚，欧阳家要统一战线才对，何以要招他上门喝酒?

冯源拿起桌上一个行令的酒杯，倒了一杯酒，走过去递给梁坤健，然后他拿起自己杯子，说了声"先干为敬"，仰头就喝了。梁坤健拿着那杯酒，冷眼看着，却不领情。毕竟，冯源光着身子抱欧阳娴去卫生站，这是众所周知的事实，虽然事情早已过去，但梁坤健一直咽不下这口气，要不是因为此事发生，说不定他早就和欧阳娴订婚了，不至于拖这么久。

梁坤健将杯子放下来，冷冷地说："我不会喝酒。"

这句话一出口，现场的氛围就更加尴尬了。欧阳才华也听出了梁坤健的语气夹着不爽，他心里责怪梁坤健不懂事："既然我叫冯源来吃饭，肯定是事出有因，你也不能当着这么多人的面给我摆脸色吧，气量真是太小了。”他干咳一声说，“阿健，坐下来喝杯茶吧。”说着，叫欧阳娴去倒杯茶过来。

欧阳娴也感觉气氛不对，她倒了一杯茶递给梁坤健，像看到什么好玩的事情，饶有兴趣地站在边上围观，一副事不关己的样子。她想，怪不得父亲非要将她赶去梁家吃饭，是怕她和冯源同在一桌吃饭，不好意思吧，现在凑巧撞上了，这样倒好，可以杀杀梁坤健的心思，让他最好死了中秋节提亲这个心思。因为梁坤健放下话来，今年中秋节必须订婚。

欧阳娴哪壶不开提哪壶，故意问冯源：“冯大哥，我家的饭菜味道怎么样。上次听你们讲做什么顺德火焰鱼，下次来我家展示一下，让我也尝尝。”

欧阳娴找冯源说话，更是让现场的氛围一下子怪异起来。柴叔和刘见章也不知道要唱哪出戏，只得看着欧阳才华。欧阳才华知道女儿不满梁坤健的严肃寡言，一直不想订婚，这会儿说出这样的话，显然是有用意的，故意惹恼梁坤健。冯源也知道欧阳娴已经不喜欢梁坤健，见她在这时候故意找他搭话，真是给他长脸，不由得心花怒放，高兴地说：“没问题，只要你想吃火焰鱼，随时都可以。”

梁坤健见欧阳娴竟然亲昵地叫冯源为大哥，听她说话的语气，两人好像熟稔得很，简直是想不通。他突然意识到什么，自从冯源光着上身抱欧阳娴去卫生站之后，欧阳娴就一直疏远了他，订婚的事情一推再推，现在越来越冷淡了，难道与此有关？他的背上突然就冒出了冷汗，醋意顿时翻山倒海般涌上来。

在场的人，谁都能看得出来梁坤健脸色难堪，眉间藏了怒气。但这是欧阳才华家里的家事，柴叔和刘见章当然不会插嘴，而且他们和梁坤健并不熟，虽然在欧阳家里一同吃过几回饭，但梁坤健不是健谈之人，话很少，酒量也不怎么好，喝酒半推半就的，不是爽快之人。所以，两人与梁坤健并没有什么交情，看他神色不对，也没有要出来打圆场。何况，他们也不知道如何打这个圆场，索性静观其变。

欧阳才华看到梁坤健闷着脸，像霜打的茄子般，知道他心中所想，但他一时也不好解释其中的内情，就说："阿娴，今天你跟阿健回去吃饭，怎么这么早就回来了，不在阿健家多坐一会。"

欧阳才华说这句话，其实是想提醒梁坤健，欧阳娴今天是跟他回去吃饭的，让他注意点，不要摆出脸色来。但梁坤健却想到了欧阳娴在他家吃饭，一副心不在焉的样子，而且饭后就要走，莫不是急着要回来见冯源？越想心里越有气，便越觉得事情蹊跷，要不是他忍耐性好，说不定当场就要发作了。

欧阳娴听父亲问话，语气幽幽地说："坐在他家里，没人陪我说话呀，还是想着早点回家，家里多热闹。"梁坤健冷笑道："怪不得你只吃了小半碗饭，就急着要回家。我以为是我家里的饭菜不合你胃口，看来是嫌我家里不热闹。"欧阳才华笑道："她一个姑娘家，又不干活，吃不了多少的，你别见怪。"梁坤健冷冷地说："我哪里敢见怪呢！"

欧阳娴看梁坤健冷冷地摆脸色，把氛围搞坏了，毕竟还有长辈在，显然不合场面的，就对他说："你早点回去吧，路上开车慢点。"

梁坤健更是心中怒火难抑，这分明是下驱客令。他看了一眼冯源，眼神像红缨枪一样，恨不得将冯源身上扎几个透明的窟窿出来。冯源刚才敬了他一杯酒，没想到人家不喝，这就很不给面子了，既是这样，冯源也没有什么好说的，把头扭到一边去。他知道梁坤健看他，但他连眼皮都不眨一下，颇有藐视的意思。梁坤健更是气极，将手中提着的那袋桃子往地上一扔，恨恨地转身走了。

欧阳才华身为校长，又是长辈，当然不可能当着两位老友之面，放下身段去送梁坤健出门，说些好话来安慰他，他只好对女儿说："阿娴，你去送一下阿健。"可是没想到，欧阳娴要的就是这个效果，她不想和梁坤健绑在一起了，想借着这次机会挫伤梁坤健的心。她说："有什么好送的，来了这么多次，又不会迷路。"

梁坤健刚走到天井，听了这话，心里哪里能承受得了，全身都像冒火一样，高大的身板都颤抖起来。他快步走出大门，发动摩托车，故意拧了几下油门，摩托车像一头受伤的野兽咆哮着，向黑夜蹿去，空气中飘来一股烧焦的汽油味。

梁坤健一走，整个家庭的气氛登时舒缓下来。欧阳才华问女儿："你俩是不是闹别扭了？"欧阳娴眨了眨无辜的眼睛："没有啊！"欧阳才华知道女儿已经对梁坤健失去了兴趣，这时候当着朋友的面，又当着冯源的面，也不好说什么重话，只是暗自叹了一口气。

冯源早就从欧阳慧口中听说欧阳娴和梁坤健感情不和，现在眼见为实，证明自己的机会很大，又见她刚才故意与自己搭话，将梁坤健气走，心中更是喜悦，觉得自己要时来运转了。

为了打破这个怪异的氛围，柴叔举起酒杯说："年轻人闹点情绪算得了什么，贾宝玉和林黛玉这样一对玉人，还不是经常闹。来来，我们再喝三杯酒。"

于是，众人举起杯，喝了三杯酒。酒入肠后，欧阳才华见地上放着一袋桃子，是梁坤健刚才带来的，便说："阿娴，去洗些桃子来给我们解酒。”

欧阳娴拎着桃子，到天井打水清洗，又去厨房拿盘子装桃子。欧阳慧正在厨房煲药，她饭后一小时要喝中药，那中药须要用上好的松枝慢慢熬，不能怠慢。母亲则在灶头上烧水，准备待会醒酒的茶水。母女俩刚才都没有在客厅，并不知道发生了什么事情，见欧阳娴进来，母亲颇为诧异，说：“你怎么这么早就回来了。”欧阳娴说：“早点回，还是在自己家里待着舒服。”说着，拿着两个盘子出去了。

欧阳娴将洗好的桃子端到桌上。因为时间还早，她也没事可干，就坐在客厅的一边，打开电视看。

四个酒友吃腻了酒菜，有新鲜的桃子端上来，都伸手拿来吃。刚才因梁坤健进来，场面气氛尴尬，大家喝酒的兴致也不高了，仿佛被梁坤健败了酒兴。往常这个时候，正是酒兴高潮，没有哪天像今天这样倏然中断的。柴叔有意要化解尴尬局面，咬了一口桃子，对冯源说：“阿源，你讲个笑话给我们听听，助助酒兴。”

冯源见欧阳娴坐在客厅上看电视，也想在这个时候出出风头，逗乐大家，于是就说：“那我讲一个旧时的笑话吧。”柴叔说：“要讲得好笑，不好笑要罚你酒。”冯源说：“行。你们听好了。话说一天下大雪，一间破庙里面有四人躲雪，一秀才，一官兵，一地主，还有一个樵夫。眼见大雪迟迟不停，四人无聊，秀才有意卖弄文采，遂提议各吟诗一句，凑成一首诗，聊以打发时间。官兵与地主附庸风雅，都拍手叫好，唯独樵夫大字不识一个，不愿参与。秀才便奚落樵夫，说樵夫若能押韵一句，每人赏他一两银子。樵夫一听有钱，勉为其难答应了。先由秀才起头，摇头晃脑地吟了一句‘大雪纷飞落地’，官兵想念皇恩浩荡，接了一句‘化为皇家瑞气’，那地主见樵夫身单衣薄，冻得瑟瑟发抖，于是傲然地伸出三根手指说‘再下三尺何妨’。樵夫一听，火气不打一处来，脱口便骂‘放你妈的狗屁’。他本来是骂人的，结果‘狗屁’正好押韵，而且字数也刚好对得上，不得已，秀才、官兵、地主三人各掏一两银子给了樵夫。樵夫没想到自己大骂一声，能挣来三两银子，顿时欢笑起来，说：‘原来狗屁这么值钱，早知道我就多放几个了。’”

“同花三圣”最喜欢听这些古人笑话，顿时欢笑起来，都说这个笑话讲得好。于是一起举杯同饮，以助“狗屁”之兴。杯中酒饮之后，刚刚落下去的酒兴又开始浮出水面。

欧阳娴坐在一边看电视，也听到了这个笑话，忍不住微笑起来，向冯源投去了赞许的一眼。想起刚才她和梁坤健进来时，整个场面气氛尴尬，与现在的欢声笑语真是格格不入。欧阳娴当然更喜欢这样的融洽场面，而不是那种沉闷的氛围。她愈发觉得，跟有趣的人在一起生活才过得有意思。于是，心中那个要抛弃梁坤健的想法，愈发强烈起来。

第十五章

过了些天，陈嘉南从广州返回同花镇。这次他带了不少好东西回来，除了给李素雅的裙子、香水、防晒霜和润肤乳，还带了十几本琼瑶的小说，特意送给李素雅看的。琼瑶的小说故事都是以爱情为主，男女主角可以为了爱情付出一切，冲破世俗的枷锁。他想用这样的小说给李素雅洗脑，希望今后无论发生什么事情，她都能为爱情坚持到底。

话梅坊没有电视机，平时没办法看新闻，陈嘉南特意买了一个很大的收音机回来。收音机带有两个大喇叭，除了收听广播之外，还可以播放磁带，陈嘉南买了很多香港明星的磁带，Beyond、张学友、刘德华、张国荣、谭咏麟、草蜢等。同花镇地处偏远，离县城也还有几十里地，信息比较封闭，当时人们听磁带，大多还是喜欢听革命歌曲，或者电视剧《新白娘子传奇》和《雪山飞狐》的主题曲等流行歌，香港的歌星也就张学友和刘德华进来，就连 Beyond 的歌曲在小镇都还没有流行，陈嘉南带回来的这些磁带，是相对新潮的。

冯源知道陈嘉南这次回顺德探亲，要去广州买东西，因此也托他帮忙带一条连衣裙回来。陈嘉南当时问他："你要送给欧阳娴？"冯源说：“不是，要送给欧阳慧。”陈嘉南就笑话他：“干吗不送给欧阳娴？”冯源说：“送给欧阳娴，怕她不收。上次你不是帮我送一条裙子吗，好心没好报，反被她臭骂了一顿。这次我偏不送给她，送给她妹妹。反正姐妹俩身材一样，衣服都是共穿的，送给欧阳慧，也相当于给欧阳娴穿了。”陈嘉南露出赞许的眼神，拍着冯源的肩膀说：“哟，你这条衰仔脑子开窍了，还会用一石二鸟之计。”冯源嘿嘿一笑：“跟南哥混了这么久，脑子还不开窍，怎么有脸见人。”

陈嘉南拿了一条连衣裙给冯源，说保证能哄欧阳姐妹开心。冯源打开一看，是一条长款连衣裙，淡蓝和雾白镶嵌的条纹布料，袖子处有粉色刺绣花泡，像一朵盛开的红花，用来装饰白嫩的胳膊；衣领有经编蕾丝，用来衬托少女性感锁骨的；腰间有粉色瘦腰带，腰带是蝴蝶翅膀的飞边花纹，还有一个漂亮的蝴蝶结扣；裙摆是粉白色镶边碎花，轻盈飘逸，走路时能摇曳生姿，仿佛有落花在脚下飞扬。冯源由衷地说：“你挑衣服的眼光，真是绝了！我就不会给女孩子挑衣服，以后你要教我这招。”陈嘉南甚是得意，说：“这叫审美，也是需要天赋的。就像你画画一样，如果没有审美的眼光，怎么能画出好看的画呢！”

冯源转手将裙子送给了欧阳慧，故意对她说：“你穿了肯定好看，下次也让你姐姐穿一下，我来评比一下，看你俩谁穿得更好看。”欧阳慧是小孩天性，听冯源这么一说，便高兴起来：“我要和姐姐比一比。”

欧阳慧天真烂漫，第一次收到别人送的礼品，还是她喜欢的裙子，高兴得很，一回到家就叽里呱啦地说开了，并穿出来给家人看，闹得全家人也都为之兴奋。欧阳才华虽然表情严肃，一副不动声色的样子，但心底却是极高兴的。在农村乡下，一个后生给姑娘家送裙子，相当于送定情礼物了。他暗自窃喜，冯源都给女儿送裙子了，这事情恐怕有七成的把握。

欧阳娴见妹妹收了一条漂亮的裙子，心里竟然莫名地暗暗吃醋，颇有些愤愤不平与失落。上次因为赌气，她把冯源送的那条素蓝折腰裙子给了妹妹穿，虽然自己偶然也会穿一两次，但是名头上却属于妹妹了。没想到这次冯源送了一条新款式的裙子给妹妹，好不洋气，让她有一种受冷落的感觉。不过，妹妹说，希望她也能穿一下，到时让冯源看看，谁穿得更好看。欧阳娴一听，便知道冯源心中打的主意，心里冷笑道："这家伙，一条裙子就想讨好我和妹妹，算盘打得倒也精呢！"

虽是这么想，但欧阳娴还是忍不住按照冯源的意思，将这条裙子与妹妹交换着穿。姐妹俩漂亮，身材都好，穿出了不同的气质。欧阳娴喜欢长发披肩，穿上这件裙子，面容恬静，有着少女的温柔与婉约，看上去风情万种；欧阳慧喜欢扎马尾，或是梳两条蓬松的辫子垂肩，笑脸烂漫，有着小姑娘的活泼和秀丽，看上去天真无邪。无论是姐妹俩谁穿，都能各显丰姿，让冯源心动不已。

进入七月后，天气一天比一天炎热，迎来了真正的酷暑。早晨，太阳才从山里探出头来，大地就像被火烤一样，闷得教人喘不过气来。到了中午更加热，阳光像火苗一样，烤得大地直冒青烟，就连蜻蜓和蝴蝶一类的飞虫，也都钻到树林里面，贴着树荫飞翔，害怕炽热的阳光晒伤了它们的翅膀。

农场果园的大肉梅在阳光的暴晒下，开始泛黄，到了最后的采摘季节。话梅坊第一次买了五百斤青竹梅，制作成功后，第二次买了六百斤红梅，也很顺利地制作完成，最后一批大肉梅，冯源加大量采购，买了七百斤。以话梅坊的生产工具，制作七百斤湿梅刚刚好，再多一百斤，水缸和竹匾恐怕就装不下了。

欧阳慧因为得了冯源赠送的裙子，心里欢喜，制作大肉梅那几天，冯源要洗泡梅子，还要往梅子上搓盐，没时间陪欧阳慧玩。欧阳慧于是来打下手，和冯源在一个水缸里洗梅子和搓盐。梅子搓盐是很难受的，因为要用双手不停地将粗盐与梅子揉搓，手上的皮肤很容易搓伤，浸盐水之后又疼又痒，像剥了皮一样。尤其是欧阳慧，虽然经常做家务，但毕竟没有干过什么重活，手指上的皮肤细嫩，搓伤了更是难受。但是她一点也不觉得苦累，倒像是在玩游戏，一直帮冯源把活忙完。

忙完前期工序，余下只是晒梅子的工艺了，由老师傅带着五个工人干活，冯源又清闲下来，每天和欧阳慧一起玩耍。因为天气热，虽说树林里面树荫浓郁，早上和傍晚可以钻到林子里玩耍，但是到了中午，烈日正炎，树林也闷热得厉害，只能躲到屋里吹风扇，才能化解开浓浓的暑气。

七月中旬，学校放暑假了，学生们都回家赶农忙。欧阳娴的家里除了一块菜地，没有别的庄稼，并不存在农忙时节。对欧阳娴而言，放暑假其实就是休闲的日子，没什么事情可做。往年，一到放寒暑假，欧阳娴就会在家里陪妹妹玩，但这个暑假却不一样，欧阳慧习惯了跟冯源玩，成天跑到冯源身边，几乎不回家和姐姐玩，这让欧阳娴颇有些吃醋，心想，冯源倒是厉害，把妹妹的心思都系在他身上了。

这天上午，冯源和欧阳慧在屋子里玩跳棋，陈嘉南则在一边听Beyond的歌，一边听还一边摇头晃脑地学唱。他唱歌很有天赋，并不走调，还很投入，一副深情款款的样子，尤其唱到《情人》这首歌时，几乎像要唱落泪一样，声音都有些沙哑起来。

不一会，李素雅踩单车来话梅坊监工。她并不是天天来话梅坊，怕家人起疑，只是隔三岔五来，一般都只是待大半天，吃了午饭后就回淀粉厂。李素雅接管了话梅坊的事务，李世岩倒也落个清闲，毕竟他平时要负责车间的生产管理，要一直待在车间，无法走开，下班后又要忙着谈恋爱，也懒得往话梅坊跑。正好，李素雅也不想哥哥来插手话梅坊的事情，怕他发现她和陈嘉南的恋情，因此故意跟哥哥说，话梅坊的事务全盘归她接管，以后要分红给她，用来买衣服。李世岩巴不得妹妹这么说，好有借口从此不再过问话梅坊。

话梅坊还算争气，前面的两批话梅都已经做好，并由李宝军通过关系，卖给了县供销社，算是有成果出来。供销社没有话梅厂，但是有零食包装厂，像话梅、番薯干、果仁、蜜饯等零食小吃，都是从外面收购，然后由包装厂统一包装，铺货给各处卖点。话梅坊生产的两批梅干，酸甜可口，质量达标，虽然产量较少，但毕竟刚起步，从小批量开始做起，倒也无可厚非。李宝军的淀粉厂当初也是从小规模做起来的，由小慢慢做大，他能理解话梅坊的产量问题，觉得这些年轻人做事还是蛮靠谱的，至少把话梅成功做出来了。李素雅隔三岔五到话梅坊里监工做账，李宝军也看过账本，账面上一清二楚，还夸女儿账做得好，对女儿隔三岔五跑去话梅坊做账的事情，并没有起疑心。

天气炎热，李素雅来话梅坊玩，陈嘉南也不敢叫她冒着太阳出去约会，只是待在屋子里面聊天说笑，听听流行歌罢了。李素雅看到冯源和欧阳慧坐在桌子边上玩跳棋，就让陈嘉南加入，四个人刚好可以对战。

欧阳慧智力低下，棋术一般，四人对战，她和冯源是对手，尽管冯源有意让她，但她每次都是最后一名。她是小孩心性，一撇嘴巴，露出一副不高兴的样子。冯源就跟她说：“你姐姐跳棋下得好，叫她过来给你报仇。”欧阳慧听从其言，于是跑回家搬救兵。李嘉南看着冯源，嘿嘿一笑说：“你条衰仔，脑子越来越长进了。”冯源假装看了李素雅一眼，说：“还不是向你学习的。”

天气炎热，欧阳娴闷在家里也无聊，本想到话梅坊玩耍，但她又找不到借口。毕竟是女孩子，还是比较矜持的，不可能太过主动地往话梅坊跑，容易落下话柄，惹来陈嘉南调侃。这时妹妹回来叫她，她就毫不犹豫地来了。

欧阳娴也常来话梅坊玩跳棋，她的棋术很高，论单挑，冯源和李素雅未必能赢得了她。但是，如果是四人混战，情况就不一样了，不仅讲战术，还要讲棋盘的形势。她是欧阳慧搬来的救兵，因此直接补上了妹妹的局，和冯源对战，陈嘉南则与李素雅对战。欧阳慧站在姐姐的身边观战，叨念着让姐姐给她报仇，拿个第一名。

四人下棋，只是图个乐趣，打发时间。冯源想让欧阳娴赢，因此故意放水，给欧阳娴一连架了几个跳桥，让她实现三连跳。李素雅一眼看穿了，就说：“哎呀，这可不行，有些人故意放水，这哪叫下棋，分明是讨人欢心。”欧阳娴也看出来冯源在放水，朝他翻了个白眼说：“好好下，谁要你放水了，我的棋艺就那么臭吗？”陈嘉南说：“为了防止某人放水，我有个建议，立下一个赌约，输的人要喝水。我们四个人玩，第一名不用喝水，第二名喝一杯，第三名喝两杯，最后一名就喝三杯。”说着，指了指茶桌边上的一个口盅，接着说：“看谁还敢放水。”

那时喝水都是用口盅的，一盅水相当于一大碗，输的要喝三大盅，那可是有得受的。欧阳娴自恃棋艺高超，冷笑道：“来吧，谁怕谁呢！”陈嘉南笑嘻嘻地看着冯源说：“阿源，好好表现，想放水也可以，反正你水量大，喝个几盅没问题的。”冯源说：“那我们得重新换对手，我跟你对战，素雅和阿娴对战，这样才好玩。否则你我都不好意思赢她俩，那不是自讨苦吃吗？”陈嘉南觉得也是，就说：“那就交换吧。”欧阳娴却摇头说：“不行，你以为我们女孩是好欺负的？尽管拿出你们的真本事来，素雅，让他们瞧瞧我们的厉害。”李素雅兴奋地说：“好啊！”冯源苦笑起来，看着欧阳娴说：“何苦要搬石头砸自己的脚呢！”欧阳娴“哼”了一声：“谁搬石头砸脚还不知道呢！”

欧阳慧见他们要赌水，高兴得在边上拍手叫好。可是一想到只有第一赢家不用喝水，其余都要喝水，姐姐和冯源未必能争到第一，到时也要喝水，又有些担心起来。

冯源脑子转得快，又出了一个妙招，他想：“我要和欧阳娴联手合作才行，互相搭桥跳跃，把第一、第二名都抢过来，顶多有一个人喝一盅水，不至于落到最后喝三盅，还算能占些便宜。”于是，他向欧阳娴使了眼神。欧阳娴聪明，一下子就意会到，两人于是互相搭桥，合作共跳。

玩跳棋是每个人走一步棋，轮流跳，刚开始时是看不出来门道的，跳到一半时，陈嘉南见两人进棋速度比他和李素雅要快，才看出两人在搞花样，他们不是对战，而是合作同进。他“哟”了一声说：“你们好坏呀！”

但已然来不及了。这一盘是欧阳娴第一名，不用喝水，冯源第二，喝了一盅水，陈嘉南当然只能放水，让李素雅第三名，喝两盅水，他自己则喝三大盅水。李素雅一个女孩子，水量有限，灌了两盅下去后，舌头都吐出来了。陈嘉南喝得更是直打冷战，假装两眼翻白。幸好天热，多喝水倒也无妨。欧阳慧在一边观战，看到姐姐赢了不用喝水，而冯源只要喝一盅水，不由得拍手笑起来。

陈嘉南喝下三盅水，打了个饱嗝，肚子咕噜噜地响，他抹着嘴巴说："这样喝下去要闹出人命的，重新定一下规矩，最后一名喝一盅水，其余的三人不用喝。"冯源说："行啊！"陈嘉南说："为了防止你们出老千，我们要交换对手才行。"欧阳娴对自己的棋术颇为自负，心想再怎么玩，也不可能落到最后一名，就说："好，我要和你对战，我可不想伤害素雅。"李素雅"哼"了一声："你以为我是好欺负的吗？"

四人调整了位置，陈嘉南和欧阳娴对手，冯源和李素雅对手。玩跳棋，多人混战，棋艺要好，但是棋盘的形势也要好，因为大家的棋子跳到中间时，就是公共场地了，可以借助他人的棋子跳动，局势变化快。欧阳慧站在一边观战，冯源怕她无聊，就让她和自己站在一起，他指挥棋路，让她落棋，倒是配合得很好。

如此玩了几局，欧阳娴虽然棋艺好，却也输了一局。这四人当中，陈嘉南棋艺最差，喝水最多，肚子撑得难受，一边打嗝一边摸着肚子说："可以养鱼了，再输下去中午不用吃饭了，真是'有情饮水饱'！"

说到吃饭，冯源一看时间，已经十一点多钟，到做午饭的时间了。他说："今天难得大家这么高兴，阿慧，你和姐姐中午一起留在话梅坊吃饭吧，我做火焰鱼给你们吃。"欧阳慧拍手说："好啊好啊！"欧阳娴却说："不用了，我家就在边上，走两步就到了。"冯源说："上次在你家吃饭，你说要尝尝我做的火焰鱼，现在好不容易有机会，你又不赏脸。"李素雅也说："我中午也在这里吃饭，你不用害羞的。"欧阳娴冷笑说："什么害羞不害羞的。要不你们到我家里吃饭吧，我让阿慧回去准备一下。”陈嘉南说：“这也好，省得我们做饭炒菜还要洗碗。不过，我们还有一位老师傅，也要跟我们一起去的。”

话梅坊那五个女工因为是本村人，都是自己回家吃饭，但这老师傅是外村人，因此要在话梅坊吃饭。去别人家吃饭，带不相关的人去，在农村乡下是不合常情的。冯源对欧阳娴说：“我们这么一大帮人，无缘无故跑去你家里吃饭，多不好。”陈嘉南借题发挥，开起玩笑说：“有什么不好，万一哪天你和阿娴在一起，成了自家人，也就没什么好见外的。”欧阳娴眉毛一扬，娇叱道：“你胡说什么！”

陈嘉南没想到欧阳娴脾气这么大，就笑嘻嘻地说：“开开玩笑而已。”欧阳娴说：“水可以乱喝，话可不能乱说。”说着，看了看桌子上放的那个水盅。陈嘉南意会到，苦笑道：“你的意思是让我罚一杯水喽？”欧阳娴说：“当然，把你嘴巴洗干净，免得乱说话。”陈嘉南翻了个白眼，看着冯源说：“兄弟啊，你替我喝了这杯水，我可是为你好。”冯源摇头说：“我帮不了你，免得别人以为我和你同流合污。”陈嘉南无奈地喝了一大盅水，捂着肚子哇哇叫：“不行了，肚子要被撑破了。”逗得大家都笑起来，欧阳娴这才饶过他。

冯源说：“还是在我们这里吃饭最好。你们在这里下棋，我去街上买些肉菜，再来几瓶冰冻的啤酒，就当是聚餐。我到时做火焰鱼给你们尝尝，怎么样？”陈嘉南说：“老话说‘男人的心，女人的胃’，一个男人愿意拿出最好的手艺给女人做饭，那可是有情有义的。可惜，有些人就是不懂风情。”欧阳娴板着脸说：“老是拿我开玩笑，气都气饱了，我才不愿跟你们吃饭！”李素雅说：“广东人都喜欢开玩笑，你别理他就行。”一边说一边拉住她的手，央求道：“好姐姐，赏个脸，中午一起吃饭，少了你，吃饭少了许多乐趣。”陈嘉南也学李素雅的口吻说：“好姐姐，赏赏脸吧，你的脸很值钱的，比我们几个人的脸加起来都值钱。”欧阳慧也说：“姐姐，要不我们就在话梅厂吃饭吧！”

冯源突然哈哈一笑，说：“说到赏脸吃饭，我倒是想起了一个典故，蛮好笑的。”陈嘉南说：“什么典故，说来听听。”冯源说：“从前，有三个和尚住在一个庙里。”欧阳慧插嘴说：“三个和尚挑水喝的故事，我姐姐跟我讲过。”冯源说：“不是，是三个和尚争饭吃的故事。”欧阳慧说：“争饭吃，那我没有听过。”冯源说：“我现在讲给你听。那三个和尚老大最懒，吃得又多，却又很少下山化缘。这天，老二和老三下山化缘，他们走了一天，才化了几两大米回来。回到山里，天已经黑透，三个和尚饿得两眼发昏，好不容易把米饭做好，端到桌上，准备分着吃。那几两大米，三人分着吃，一个人最多一小碗，连肚子都填不饱。正准备分饭时，突然一阵风吹过来，把神台上的蜡烛给吹灭了，整个庙堂一片漆黑，伸手不见五指。这时，三个和尚谁也不敢乱动，也不愿意去点蜡烛。那神台离饭桌还有几米远，他们都怕去点蜡烛时，其他人会偷吃米饭。但是没有蜡烛，黑漆漆的也不好分饭。于是老二和老三一致决定，让老大去点蜡烛，说他没有下山化缘，去点蜡烛也是应该的。但是老大不愿意去。老二想了一招，说：‘你去点蜡烛，我和老三拍手鼓掌，这样就不能偷吃米饭了。’老大心想，这个主意倒不错，两人拍着手掌，就腾不出手来偷吃米饭了。于是，老二和老三拍起手来，老大听着掌声，摸黑去神台前点蜡烛。当老大把蜡烛点亮，回头一看，不由得大吃一惊，只见老二和老三正在啪啪地往自己脸上打耳光。阿慧，你猜这是为何？”说着，他看着阿慧，让她回答。

欧阳慧支着脑袋想了想，说：“哎呀，他们怎么会打自己耳光呢，真是奇怪得很。”冯源说：“因为他们只有两只手，要是真的拍手鼓掌就没办法偷吃米饭了，所以他们用一只手打耳光，另外一只手就可以腾出来抓饭吃。打耳光的声音听起来就像拍手掌一样，等老大把蜡烛点亮，老二和老三已经把米饭偷吃完了，半边脸也打肿了。”

众人听了都笑起来。冯源接着说：“老大气得浑身发抖，说老二和老三欺负他，要去找观音菩萨告状。老二和老三吓得扑通地跪在观音菩萨面前，痛哭流泪，说感谢老大赏脸吃饭，要不是老大赏脸，他们的脸也不会被打肿。——于是，世上就有了赏脸吃饭的说法。”

李素雅听完了，咯咯娇笑起来，说：“我算是听懂了，我们叫阿娴赏脸吃饭，如果她不赏脸，那是要打耳光的意思吧？”冯源嘿嘿一笑：“我可没有那么说，你要是这么认为，那也是可以的。”李素雅最喜欢玩这种把戏了，她高兴地说：“哎呀，阿娴，我看你还是赏脸吃饭吧，否则动起手来可不大好看。”欧阳娴也被逗得扑哧一笑，说：“我才不赏脸呢！”李素雅说：“你的脸蛋这么漂亮，我是不忍心去打的，不过摸一下总该可以吧。”说着，转头对冯源说：“要不这样，如果阿娴不赏脸吃饭，你就去摸一下她的脸蛋。”

欧阳娴脸一下子就红了，没想到李素雅会想出这种馊主意。她啐道：“你怎么能教人耍坏！”陈嘉南也觉得好玩，他火上浇油，笑嘻嘻地转头对欧阳慧说：“阿慧，冯大哥想去摸一下你姐姐的脸，你说好不好？他摸一下你姐姐的脸，你姐姐就留下来跟我们一起吃饭了。”欧阳慧是小孩心智，哪里知道其中的打情骂俏，只是觉得好玩，她也想不通，何以冯源去摸一下姐姐的脸，姐姐就肯留下来吃饭了。她拍手说：“好啊！好啊！冯大哥，你快去摸我姐姐的脸。”

欧阳娴板着脸说：“你们好无聊，不跟你们玩了。”说着，转身要走。

但李素雅是个调皮的人，好不容易扯出这样一个点子，哪里肯放过，她突然扑过去，从后面一把抱住欧阳娴，对冯源说：“快点过来摸她的脸，再不摸她就要走了。”欧阳娴哭笑不得，叫道：“别耍我，快放开我！”李素雅嘻嘻笑道：“你要是答应中午留下来吃饭，我就放手。不答应，那我只好让阿源来摸你脸，谁叫你不赏脸吃饭。”欧阳慧也觉得好玩，也跑过去一把抱住欧阳娴说：“冯大哥，快来摸我姐姐的脸，摸了她就留下来吃饭了。”

陈嘉南哈哈大笑，推了冯源一把，笑道：“傻瓜，大好机会，快去摸吧，又不收钱，怕什么呢！”欧阳娴脸一下子红到了耳朵边，朝冯源叫道：“你要是敢过来，看我以后还理不理你！”李素雅笑道：“不理就不理，稀罕吗！脸都摸了，她要是不搭理你，我们就说出去，看她还有脸见人不。”欧阳娴气得又羞又嗔，但她知道李素雅是俏皮之人，就喜欢这样的玩闹，也拿她没有办法。

冯源一时不知道怎么办才好，仍是愣在那里。李素雅用一副恨铁不成钢的口气，朝冯源叫道，“你这笨蛋，这么漂亮的脸蛋白白给你摸，你还愣在那里干吗，难道还要去洗手吗？”冯源也想逼迫欧阳娴留下来吃午饭，于是走过去，故意扬了扬手说：“你要是不赏脸，那我就不客气了。”

就在这时，突然一个人闯了进来，黑着个脸，狠狠地瞪着冯源。

来者是梁坤健，现场气氛顿时一下子僵住了。

那天晚上，梁坤健气呼呼地跑回家，事后细想了一番，觉得自己的表现太急躁了，没有体会到欧阳才华的用意，引出了误会。那天欧阳才华让他带欧阳娴回家吃饭，并让他留欧阳娴到九点钟后再回来，已经表明了立场，是让欧阳娴跟他的，而冯源何以在欧阳家吃饭，虽然有些怪异，但至少不是冲着自己来的。这么一想，他就觉得自己行事鲁莽，犯下了错误，于是打算这天过来赔罪，希望欧阳才华和欧阳娴能原谅他。

梁坤健带了水果和肉类，准备中午在欧阳家里吃午饭。晌午时分，他骑着摩托车到了渡水村，欧阳娴没在家，欧阳才华正在家里填写教育局的教师考评资料，没时间招待他，就让他在边上坐一会。梁坤健坐不住，猜想欧阳娴去屋后的树林里面陪妹妹荡秋千了，于是就去树林里面找她。没想到林子里面的秋千架上空荡荡的，一个人影都没有。梁坤健心想，这么热的天，姐妹俩能去哪里呢？正在树林里面徘徊，隐约听到生产队的公房里面传来女孩子说话的声音。

梁坤健并不知道，那两排生产队公房已经成了话梅坊，他也不知道这话梅坊是冯源和陈嘉南开的。梁坤健循声而来，那几个女工正在老师傅的带领下翻晒话梅，女工是本村人，知道梁坤健是欧阳娴的男朋友，就指着一间屋子说："梁警官，阿娴在里面玩耍。"

梁坤健走近那间屋子时，正好撞上了打情骂俏的这一幕，看到李素雅和欧阳慧正抱住欧阳娴，让冯源去摸她的脸。要知道，梁坤健和欧阳娴谈了这么久的恋爱，连手都没有牵过几次，更何况摸她的脸蛋，这怎么得了呀！一下子打翻了醋坛子，浑身冒火冲了进去，死死地盯着众人，眼神尽是怒气，就跟警察盯着杀人犯一样。

这些人都认识梁坤健，就连李素雅也认识他。当初梁坤健在同花街放电影，那么高调地跟欧阳娴谈恋爱，谁不认识他？冯源和欧阳娴被梁坤健那冒着怒火与杀气的眼神给震慑住了，一时不敢出气。不过，陈嘉南倒也不怕他，他性子有些玩世不恭，发生这种事情反倒让他觉得更加好玩，可以借机杀杀梁坤健的锐气，挑拨他和欧阳娴的感情，趁机帮冯源一把。他故意笑嘻嘻地说：“梁警官，你来了，要不要过来喝杯茶？”

梁坤健看了陈嘉南一眼，觉得此人很面熟，一时倒想不起来在哪里见过面。以前陈嘉南在农场里面劳改，剃光头，晒得黑不溜秋的，现在留了长发，衣着也时尚，英俊潇洒，他一时哪里想得起来。

梁坤健平时本来不爱说话，这时更是心中有苦说不出，也不知道如何面对此情此景，只得黑着个脸，“哼”了一声，扭头走了。

走出房间，迎面而来的阳光十分刺眼，像闪电一样，让人有些眩晕。然而，再炽热的阳光也没有心中那愤怒来得难受，梁坤健觉得自己浑身冒火，就像一个燃烧的火球。

第十六章

每到放寒暑假，学校的老师都要手写一份个人教学总结，由校长实事求是附一份评语，纳入学校的期末总结里面，送到教育局给领导审阅，相当于期末考核。

梁坤健来找欧阳娴这天，欧阳才华正给每位老师写评语，因此没有时间招待他。梁坤健自行去树林寻找欧阳娴，没想到却撞见了冯源一帮人打情骂俏。梁坤健怒不可遏，回到欧阳家，恨恨地对欧阳才华说："你女儿太不知自重了。"说罢，拧了摩托车的油门，连午饭都不吃，气呼呼地走了。

欧阳才华摸不着脑袋，何以梁坤健会冒出这样一句话来。他感觉事情严重，待欧阳娴回来后，就问她究竟发生了什么事情。欧阳娴不好说，也懒得说。欧阳才华非要把事情弄清楚，于是亲自去农场找梁坤健了解情况，才知道冯源和欧阳娴一帮人打情骂俏的事情。欧阳才华不曾想到，冯源和欧阳娴也玩得这么亲近了，但是他想，可能是因为妹妹的缘故，所以姐姐也跟着一起玩闹。一帮年轻人在一起打打闹闹地开些玩笑，那也是很正常的事情，反倒更能让欧阳慧融入成年人的世界，加深欧阳慧和冯源的来往情感，这是欧阳才华所期待的，因此他并不觉得事情有多么严重。他没有想过欧阳娴和冯源会不会发生感情，在他看来，欧阳娴这么优秀，绝不可能看上冯源这个山野穷小子，欧阳慧和冯源才是天生的一对。

欧阳才华十分希望梁坤健当他的女婿，毕竟梁坤健的家境和前程摆在那里，女儿要是嫁给他，这辈子都不必发愁。欧阳才华于是跟梁坤健交了心，说起为什么要让冯源来家里吃饭，是想让他当自己的二女婿。欧阳才华又说，冯源和阿慧玩得亲近，天天黏在一起，冯源还特意送了裙子给阿慧作为定情礼物，两人感情十分要好，大概是因为妹妹的缘故，于是姐姐也跟着去凑热闹。年轻人在一起玩耍，总会有打闹嬉笑的时候，并没有别的意思。

梁坤健虽然对他们打情骂俏的事情耿耿于怀，但欧阳才华做出这样合情合理的解释，也让他稍稍平复了心情。梁坤健并不是傻瓜，也感觉到自己和欧阳娴的交往渐行渐远，订婚的可能性越来越小。但是他确实喜欢欧阳娴，不到最后时刻，当然不愿意放弃。他希望欧阳才华能帮他加深感情，从而早点订婚。

欧阳才华也知道梁坤健的苦心，决定找机会再次撮合梁坤健和女儿的感情，不能让这样好的女婿被甩掉。他想到了一个办法，于是让女儿帮他将学校老师的考核资料送到县教育局。

欧阳才华将考核表装到档案袋里，另外还附带一封信，让欧阳娴带给小姨。信上内容很简单，就是让小姨务必留下欧阳娴和梁坤健吃午饭，给欧阳娴做思想工作，让她不要疏远梁坤健，以终身大事为重，早日把婚事给定下来。

欧阳娴和小姨关系亲密。当初，欧阳娴在县城读中学时，因为山高路远，一两个月才回家一趟，周末的时候，经常跑去小姨家里玩，与小姨感情要好，也比较听小姨的话。欧阳才华希望小姨能出面，说服女儿，至少稳住女儿和梁坤健的感情。

从同花镇到县城，需要坐班车，小姨家在县城的郊区，中途还要转车，要折腾一整天。于是，欧阳才华自作主张，让欧阳娴必须去找梁坤健，叫梁坤健骑摩托车带她去县城办事，这样就不必来回转车。

欧阳娴一点也不想去找梁坤健。那天，梁坤健撞见了她和冯源等人打闹嬉笑，惹得他怒火冲天，闷头闷脑地跑掉了。欧阳娴虽然心怀内疚之情，但并不后悔，反而觉得这是个好机会，要借此冷落他，再将其甩掉。这段时间，欧阳娴和冯源等人接触，一起玩耍，大家都活泼得很，无论是随口聊天还是下棋娱乐，都其乐融融的，比严肃寡言的梁坤健要好玩得多。这让她的心思越来越明朗，心想，嫁给梁坤健这样一个人，闷闷地过一辈子，活着有什么意思呢，还真不如找一个像冯源这样的人，虽然家境穷一些，但为人风趣，知识面也广，至少生活不会感到枯燥。何况，冯源在相貌上，确实要比梁坤健俊朗与英气，让她更有感觉。

欧阳娴决定阳奉阴违，她不打算去找梁坤健，想自己坐班车去县城。但是从县城转车到小姨家，时间太久了，来回要一整天，夏日的阳光炽热如火，奔波起来可真是受苦，人都要晒黑的。何况，父亲指定要她去找梁坤健，不让她坐班车，她当然明白父亲的用意。她左思右想，想到了冯源，陈嘉南也有摩托车，冯源没事也骑着摩托车到处转悠，何不请他带自己去呢？

欧阳娴于是找到冯源，悄悄跟他说，让他开摩托车带她去县城一趟。她郑重其事叮嘱他，此事不能跟任何人讲，包括陈嘉南，否则以后就不理他了。对冯源而言，这是世界上最美好的差事，别说守口如瓶了，哪怕让他把嘴巴缝上都行。

冯源找了个借口，说要回老家一趟，路途遥远，要借用陈嘉南的摩托车。陈嘉南把车钥匙丢给他，还给他五十块钱，让他记得给摩托车加油。冯源也事先跟欧阳慧说好，他明天一大早回家，要到晚上才回来，让她跟陈嘉南玩耍。欧阳慧愉快地答应了。陈嘉南和欧阳慧也玩得来，欧阳慧稚气未脱，说话天真单纯，特别可爱，陈嘉南还曾开玩笑说要把欧阳慧认作干妹妹。

欧阳娴跟父亲说，她已经和梁坤健约好，为了不被太阳晒，她明天一大早就去农场找他，然后出发县城。欧阳才华信以为真，特意交代欧阳娴，先去教育局送资料，然后再到小姨家里送信，不要乱了顺序。欧阳娴满口答应，心底却觉得好笑。

第二天一大早，欧阳娴骑单车到同花街，把单车寄存到卫生站，然后溜到偏僻处，由冯源开摩托过来将她接走，这样便可避人耳目。

这天是个阴天，云层很厚，透不出阳光。南风徐徐吹来，带着一丝雨腥味，看样子迟早会有雨，只是摸不透雨什么时候落下来。摩托车沿着公路疾驰，带来阵阵凉风，在炎炎夏日中，这样清爽的日子并不多见，让人觉得舒适极了。

通向县城的公路是沙石铺成的，两边树木葱郁，路边铺满了鬼针草、藿香蓟、小蓬草等野草。这些野草是农民最大的敌人，因为它们的生长力顽强。然而，尽管惹人讨厌，但这个时节正值野草开花之季，它们也努力展现出自己美好的一面，给大地添了不同的色彩。藿香蓟生得矮小，花也是小的，只有苍蝇那么大，但长得茂密，密密麻麻举过头顶，一眼入目，紫蓝色的花朵斑斓纷呈，像地毯一样沿着路边铺开，散发出淡淡的藿香味；相比之下，鬼针草开的花要逊色一些，花丛没有那么茂盛，不过鬼针草的花却比藿香蓟要显眼，花瓣是白色的，花蕊嫩黄色，有一只蜜蜂那么大，每株鬼针草都长出几十朵花，凑在一起看起来也十分醒眼，有点像秋季的野菊；与藿香蓟和鬼针草相比，小蓬草的势力最大，长得细长，比人还要高，花朵和蒲公英差不多，风一吹就四处飘走，落地生根，有极大的入侵性。农村的田间地头，路边水沟，墙角院落，它们的身影几乎无处不在，如果田地里不种庄稼，小蓬草葱葱郁郁的身影能把整片田野覆盖。这个季节，正值小蓬草花开，毛茸茸的碎花如同落了一层雪，笼罩在草的顶部，散发出一种忧伤的美。

摩托车就在野草花香中穿行。以前冯源和欧阳娴并不觉得这些杂草有什么稀奇的，不知是不是此刻心情的原因，这些随处可见的杂草野花，竟然也有了不同的色彩，变得十分亲切。路上，间或掠过一片片田野，田里的稻子还未到收割时节，放眼望去一片金灿灿，像阳光铺在大地上，稻香中夹混着野花气息，让人闻到了丰收的味道。

由于出发早，加之是农忙时节，公路上没有什么人迹，半天也看不到一个人影，仿佛整条公路都是为两人铺开的。冯源故意放松了油门，悠悠地骑着摩托车，载着欧阳娴缓速前行。一路上景色迷人，公路两边偶然闪现出村庄，在树林与庄稼中若隐若现，看起来一派乡野的味道，让人的内心充满了宁静与悠然。

到县城才八点多钟，两人到一家桂林米粉店吃了早餐，然后由欧阳娴指路，往城郊开去，先给小姨家送信。

欧阳娴并不知道父亲在信中写了什么，但她能猜想到信中的内容与自己有关。父亲写信，按道理应该是写给姨父，不可能给小姨，这是其一；其二，如果有什么事情，让她传个口信也就罢了，何必神秘地写信呢？其三，为什么非要她先去教育局送资料，最后再送信给小姨呢？——欧阳娴是个聪明人，她识破了父亲的心计，因此先去小姨家，把信交给小姨。

小姨家在县城东郊，离城区有七八里地，开了一间卖化肥农药的店铺，家境还不错。同花镇没有设初中，小学毕业的学生想上初中，必须到县城来寄读。欧阳娴在县里读初中时，因为路途较远，每周放假，一般都会到小姨家玩，跟小姨很是亲热。

为了避免误会，欧阳娴让冯源在小姨家不远处的一个拐角等候。欧阳娴把信送给小姨之后，装出一副像煞有介事的样子，说还要去教育局送文件，就不逗留了，然后转身溜走。等小姨看完信中的内容，想留住欧阳娴时，却哪里还能看到她的身影。

冯源骑摩托车带欧阳娴，将资料送到县教育局。随后，两人就去县城游逛。这天不是县城的圩日，又是农忙时节，县城的街道也十分冷清，街上许多店铺都没有开门。两人也没有什么东西要买的，在街上瞎逛也累，冯源就提议去游公园。

公园在县城的北边，挨着富江，围着一座青山。此山旧时叫秤砣山，看上去形似秤砣，山下有个二帝庙，香火旺盛。民国后，二帝庙被征为学堂，为了衬托学堂的风水，秤砣山更名为笔架山。现在，学堂只剩下一个遗址，残墙边上的几棵老樟树还是跟从前一样葱郁茂盛，被石头花坛围起来，挂了古树保护的牌子。

两人从老樟树底下穿过，沿着山道往上走去。山不高，只有两百多米海拔，并不陡峭，爬起来相当容易。因为是石头山，石多土少，山上植物主要以灌木为主，间或夹着松树和刺杉，不是特别茂盛。爬到山顶，可以极目远眺，一眼望去，整个县城尽收眼底。

来逛公园的人极少，早上锻炼的老人都回家了，年轻人忙工作，不可能大白天跑来逛公园。因为阴天，县城放暑假的小孩怕下雨，也不来公园玩。整座山只有两人在顶上，仿佛这座山单单为他俩开放。山顶地势平坦，犹如一个天台，用水泥栏杆围着，居中一个亭子。两人靠在南边的栏杆，朝远处眺望。

南边是县城的中心城区，那时的房子大多是五六层的水泥楼，多属单位公房。县城工人没田地可种，平时都是要买菜吃的。为了节约用钱，工人会利用楼顶，用花盆种菜。菜的品种主要以藤条类为主，如葫芦、南瓜、冬瓜、丝瓜、节瓜等，藤瓜天性野蛮，容易生长，不用怎么打理，随便丢些树杈在地上，连架子都不用搭，它们就可以四处蔓延。藤瓜种在楼顶上可以遮阴，住在最顶层的人也就清凉一些。站在山顶望去，每一栋单元楼都顶着一片绿色，因为距离的原因，这些房子看上去倒像是一个个盆景。

目光越过水泥楼房，能看到一条巷子，是旧时的县城老巷，有两里地长，跟同花街差不多，全是瓦房连成，远远看去，老巷就像一条蟒蛇一样出没在楼宇之间；把目光再往天边看，远山及树林，还有一些零散的村落，被云层压住，看上去像水墨画一样。

天空的云层很厚，正酝酿着下雨。站在高处，凛冽的南风迎面而来，令人感到清爽凉快，把爬山时的体热给压了下去。冯源和欧阳娴并排而站，眺望远方。凉风将欧阳娴的秀发吹起来，像一匹黑绸子一样随风飘扬，冯源忍不住转头看。因为披肩的长发被吹起，俊俏的脸蛋全都呈现出来了。凉风也解情，吹得欧阳娴的裙子也鼓足了劲，向后面掠去，勒紧了她的身子，使她看起来像穿了紧身服一样，身材凹凸有致地显露出来。冯源还是第一次看到这样曲线流畅的女性，感到了某种青春的悸动。但是，他怕欧阳娴见怪，因此只是看了一眼，就把头转过来，目光看着远方。但他满脑子想的，却是欧阳娴刚才那动人的身姿。他觉得幸福极了。

因为有风吹动，天空的云朵不安分起来，不停地涌动，像在密谋着什么。云层与云层之间的缝隙，有时会不经意间泄漏出阳光。这边漏一束，那边漏一束，站在高处看得一清二楚，抹得大地一片苍茫。有那么一会，一束巨大的白光投在了钟楼上面，将钟楼涂得一片金黄，钟表的玻璃罩散发出幽幽的光芒，看上去像时光流转。

钟楼是县城最高的大楼，有十五层，楼下是中国银行和工商银行，楼上是工商局等单位。顶楼有一个巨大的时钟，每隔两小时报一次时间，传出“咚咚咚”的声音，像旧时的和尚撞出来的钟声，悠扬婉转，方圆十里皆可闻。

两人在山顶并排站着，俯瞰县城，因为景色怡人，一时被吸引住，都没有说话。过了好一会，冯源才问欧阳娴：“你在县城哪个学校读的中学？”欧阳娴指着西南面的地方：“一中。”冯源欣喜地说：“我也是一中的学生呢！”欧阳娴也有些意外，问：“你是哪一届的？”冯源报上了自己的年级。欧阳娴说：“你比我大一届。”冯源惋惜地说：“可惜了，要是和你同一届就好了，说不定早就认识了。”随后又说，“不过，只要有缘人，迟早还是会见面的。”欧阳娴“哼”了一声，故作冷脸说：“谁跟你有缘了！”

因为提到读书，两人于是聊起了在学校的一些往事。冯源说起自己初中毕业时，考出了好成绩，但因为家里穷，没钱供他读书，只好辍学在家，成为了人生的一大憾事。欧阳娴比较幸运，家境好，读书也聪明，初中毕业，她考上了中师（中等师范学校），去了桂林读书。

原本，毕业后她可以到县城的小学教书的，但是父亲却走通关系，将她调回镇上教书。那时候政策宽松，父女俩同在一所学校，或者父子俩同在一个机关单位上班，只要不是直接上下级关系是允许的。例如梁坤健和父亲同在农场工作，虽然父亲是副监狱长，但并不是梁坤健的直接领导，中间还隔了几个级别，不属于违规行为。

当初，欧阳才华把女儿从县城调回同花中心小学教书，也是有原因的，虽说镇上的小学待遇方面不如县城，但是欧阳娴回家教书，却也有好处：一是一家人可以在一起生活，欧阳娴能照顾妹妹，毕竟妹妹需要玩伴，有个姐姐陪在身边是好事；二是容易转正，欧阳才华可以辅导女儿学习，考取教师资格证，只要学校一有名额，他就可以优先分配给女儿，比在县城当代课老师要好得多。那个年代，中师毕业的学生都没有教师资格证，需要参加国家统一考试才能获得。在欧阳才华的辅导下，欧阳娴一边教书一边学习，最终通过努力，考到了教师资格证，从代课老师转成了公办教师。如果没有父亲这层关系，她不可能这么快就成为公办老师。

两人聊着读书时代的一些事情，在山顶上待了大半个小时。山风疾猛，虽然清爽，但吹久了人也不舒服，冯源于是提议去公园的湖边划船。公园有一个清水湖，以前是一片养鱼的池塘，后来挖成了人工湖，种上杨柳和水杉。此时杨柳依依，水杉葱葱，景色还算别致。湖边有一处专门出租木船的档口，供游客湖中泛舟。

两人下了山，到湖边租了一只木船，各执一桨，轻轻地划动，到湖中领略水色。冯源打算借着湖中泛舟的机会，向欧阳娴表白。木船划出不远处后，他便说：“我的老家在山区，只有山泉，没有江河，小时候从来没有坐过船。没想到有一天，我会跟着一个姑娘一起划船，而且还是梦中情人，真是太幸福了。”欧阳娴看了他一眼，温柔地笑了笑，说：“我们小时候经常坐船，那时候富江还没有架起大桥，想到江对岸，必须坐渡船。埠头就在我们村子边上，船夫也是我们村里的人，大家叫他水爷。因为撑船的人必须有些身份，才能压得住船，不至于被水鬼推翻船，爷是最大的辈分。小时候没什么好玩的事情，我们喜欢到江边蹭水爷的船，水爷见我们一帮孩子老是到江边玩耍，怕我们出事，于是经常讲一些水鬼的故事吓唬我们。”冯源很感兴趣地说：“我最喜欢听鬼故事了，你讲一个给我听。”

欧阳娴犹豫了一下，过了一会才说：“印象最深的是一个关于宝藏的故事，也不知道是真是假。旧时，一户财主嫁女，嫁妆非常多，浩浩荡荡几马车，跟着新娘子一起到了江边。江上只有一艘渡船，船还比较小，为了安全起见，先把新娘渡过江，随后再过来渡嫁妆。然而，新娘过江时忘记在埠头埋铜钱和烧纸了，地方上有风俗，只要是有喜事要渡江的，必须在埠头埋下铜钱，烧些纸钱，这样才会受江神保佑，否则会被水鬼缠上的。新娘子忘了风俗，船到江中间时突然翻滚，新娘子不会游水，丢掉了性命。后来，财主心灰意懒，将几马车的嫁妆都埋到了江边。水爷跟我们讲，嫁妆有许多金银珠宝，谁要是能在江边找到这个宝藏，这辈子天天坐在家里吃肉，不用干活。我们小时候信以为真，没事就拿着锄头到江边到处乱挖。”冯源笑起来：“那你们有没有挖到宝藏？”

欧阳娴沉默了一下，脸色竟然有些难过，仿佛想起了什么难过的事情。她说：“宝藏肯定没有。不过，我们在埠头边上乱挖，还是有些收获的，经常挖到一些铜钱。因为江岸潮湿，这些铜钱腐蚀厉害，连字都看不到了，也不知道是哪个朝代的。把铜钱洗干净，可以卖给收破烂的人，换些冰棍糖果吃。水爷叫我们不要动那些东西，说那是埋给江神的，拿了江神的东西，会走背运。我们当时只想着吃冰棍，哪去理会那么多。有一次，阿慧竟然挖到了一支银钗，我记得很清楚，银钗有半根筷子长，上面镂刻着花纹，很漂亮的。我们不知道是什么东西，就去问水爷。水爷说是银钗，是用银子做的，很值钱，可以换一百根冰棍。水爷叫阿慧埋回去，说没人无缘无故将这东西埋到江边，恐怕是有女人遇难，收尸的时候从身上取下来，埋在江边陪葬的，是个不吉祥的东西，要是拿走了会走霉运。阿慧听说可以换一百根冰棍，哪里还会把银钗埋回去，直接带回家了。收破烂的十天半个月才来一次，阿慧就将银钗放在床头，等着收破烂的人进村。然而有一天，阿慧去树上摘桑葚，从树上摔下来，昏迷了三天，我们都以为她活不过来了。后来我想起那支银钗，心里莫名地害怕起来，就从阿慧的床头摸出来，拿到江边丢到水里去。过了不久后，阿慧就醒来了。我也不知道是不是跟银钗有关系，现在想起来还有些莫名的害怕。”

冯源听到这里，心里也暗暗发寒。他本来要借着湖中荡漾的美好时刻，向欧阳娴表白感情的，让两人的感情跟着湖水一起荡漾，融化在天地之间。没想到竟然无端地扯出了欧阳慧的故事，在这种心境下，无论如何都不会有心思再表白了。冯源低声说：“阿慧真是可怜。”欧阳娴看着他，诚恳地说：“所以我特别感激你，阿慧以前很孤单，平时没人陪她玩，自从遇到你，她现在换了个人似的，每天都很开心，说话也比以前成熟了许多。”冯源说：“应该是我要感谢她，如果不是阿慧，我怎么可能有机会跟你在这里划船。”说到这里，他还想借着机会，把心里的话说出来。但是看到欧阳娴的脸色黯然，仍沉溺在儿时的忧伤中，这时候突然表白，显然有些不合时宜。

为了让欧阳娴开心起来，冯源脑子转了转，突然说：“我还欠阿慧一条狗命呢！”欧阳娴听了这话，好奇起来：“欠狗命？”说着，忍不住笑了起来，“你怎么欠她一条狗命？”冯源说：“你忘了吗，你们家养了一条黄狗，以前整天跟在阿慧身边。”欧阳娴说：“当然记得，一个月前突然不见了，肯定是被偷狗贼抓去吃掉了。”说到这里，猛地想到什么似的，惊叫起来：“难道是你偷去吃了？”

冯源赶紧摇头说：“怎么可能，我不至于残忍到这个地步。不过，虽然狗不是我偷的，却因我而死。我天天和阿慧在一起玩，阿慧不跟狗玩了，狗也变得寂寞起来，自己跑去玩，结果出事了。说到底，狗是被我害死的。所以，我欠阿慧一条狗命。”欧阳娴抿嘴笑道：“说得也是，那你怎么打算偿还这条狗命呢？”冯源说：“给你家做牛做马吧。”欧阳娴说：“我家又不种田，才不要你做牛做马呢！不过做狗倒是可以，拴在门口可以看家。”说到这里，忍不住又嫣然笑起来。

这时，大钟楼传来了悦耳的钟声，到了中午十二点钟。冯源说：“我们去吃饭吧，我带你去一个特色饭馆。”

两人将木船靠岸，走出公园。摩托车寄存在公园门口，冯源掏出钥匙发动摩托车，载着欧阳娴到县城的老巷，那里有一家煲仔饭馆。这是一家老牌子的饭馆，据说当年日本入侵广州，广州一户人家逃难至此，为生存而开了一家煲仔饭馆，流传至今。或许只是传说，但里面的煲仔饭味道确实不错。

欧阳娴没有来过这家餐馆，不知道要点什么。冯源帮她点了一个腊味煲仔饭，他自己则点了一个烧鹅煲仔饭。冯源特意交代饭店的老板：“烧鹅饭不要鹅身，只要鹅腿，而且要左腿。”老板对冯源笑了笑，说：“你这小靓仔，倒是很会吃嘛！”

欧阳娴很是奇怪，就问冯源：“为什么吃烧鹅要吃左腿，有什么讲究吗？”冯源说：“有讲究，左腿会好吃一点。”欧阳娴愈加好奇：“左腿和右腿不是一样的吗？”冯源说：“鹅睡觉的时候，单脚站立，一般都是左脚站，右脚缩到羽毛里。所以，左腿的肉比较有韧性，右腿肉比较松软，味道没有左腿的好。”欧阳娴不由得叹道：“哇，还有这种说法，真是长见识了。你怎么知道的？”冯源嘿嘿一笑说：“我以前也不知道，是阿南告诉我的。他们顺德人经常吃烧鹅，吃出经验来了。”说到陈嘉南，欧阳娴心里倒是疑惑，就问：“对了，你和阿南是怎么认识的。他一个广东人，怎么会来同花镇这种地方，而且跟你关系这么好，究竟是怎么回事？”

欧阳娴虽然和冯源、陈嘉南玩得相当熟稔，但从来没有打听过关于两人的事情，现在找到机会，就忍不住问了起来。

煲仔饭的时间比较长，冯源叫服务员拿了一瓶冰冻啤酒过来，帮欧阳娴要了一瓶冰豆奶，两人喝着冷饮。冯源说：“说起阿南，那还得感谢你，要不是你，我和他也不会认识。”欧阳娴困惑起来：“怎么跟我扯上关系了？”冯源笑起来说：“我和你的关系，恐怕这辈子都扯不清。”欧阳娴“哼”了一声：“快说正事吧！”

冯源于是将自己抱她去求医，闹得满天流言，后来被梁坤健逼出同花街，不得已去了淀粉厂当捞渣工，因此认识了陈嘉南。冯源故意说了一通在淀粉厂当捞渣工的苦差事，比如说那渣池怎么臭呀，皮肤怎么过敏呀，白天干活晒得要命，晚上还要泡水，有时下雨也要出工，天气冷的时候穿胶衣干活也冻得打哆嗦。听得欧阳娴有些内疚，觉得冯源吃了这么多苦，还真是不容易。她问陈嘉南怎么也在渣池做这种苦工。冯源于是将陈嘉南的事情说了：因为被人诓去制造假化肥而获刑，押送到同花农场劳改，后来遇上李素雅，成为了人生的精神寄托，从此念念不忘，发誓要将她追到手。出狱后他没有回家，为了接近素雅，跑到淀粉厂当捞渣工，包括现在他拿出两万块钱开话梅坊，也是为了和素雅恋爱。冯源顺便说起了陈嘉南的家庭，是有钱人家，条件并不比李素雅家差。

欧阳娴听完陈嘉南为李素雅所做的一切，简直不敢相信。她对陈嘉南的印象一直不是特别好，觉得此人油腔滑调，总是拿人开玩笑，有些玩世不恭，没想到却是一个如此痴情的人，为了爱情，不仅愿意吃苦，就连大城市的生活都放弃了，跑到这小镇来折腾。她一下子就颠覆了对陈嘉南的看法。

因为说起以前的旧事，冯源不由得感叹道："现在回想起来，这一切就像做梦。我没想到能和你走这么近，我觉得老天爷对我实在太好了，你不知道，我是有多么希望能和你在一起。以前看到你，我只能偷偷瞄上几眼，感觉你像个仙女，我就是个凡夫俗子，以为这辈子不可能和你接近的。没想到，竟然会有这样一天。"欧阳娴听了这话，心里很受用，却故意冷笑道："你跟阿南待久了，别的没有学会，倒是学会油腔滑调了。正好，我问你，你去年是不是故意光着身子抱我去求医的？"

这是他们认识以来，第一次谈到去年发生的事情。冯源郑重其事地说："我敢对天发誓，也敢去兴龙观对龙王发誓，我绝不是故意的。那天我真的是在江里摸石螺，我表弟在大桥上用胶丝线搞恶作剧，把你绊倒摔晕了，他吓得半死，跑下来跟我说出人命了。我当时也吓坏了，出人命那可不是闹着玩的。我从江里游上岸，情急之下连衣服鞋子都忘了穿，急匆匆地跑到大桥上看情况。我没想到摔晕的是你，你当时脸色苍白，不知死活，我更是吓坏了。你是我的梦中情人，我怎么忍心看到你受伤。当时心乱如麻，脑子一片空白，只想着救你，抱起你就往卫生站跑，根本没有意识到自己只穿着大裤衩。后来我也内疚得要命，当初怎么会做出这种愚蠢的事情。”

欧阳娴看他说得真切，知道他说的不是假话，仍故意说：“我也不知道你说的是真是假。总之，这件事情可把我害苦了。”冯源说：“我知道你受了很多委屈，我一直想补偿你，但又不知道拿什么补偿。不过，我会一辈子对你好的。”欧阳娴故意不接他的话，冷笑道：“谁稀罕，我才不要你对我好呢！”

这时，煲仔饭端上来了。打开锅盖子，香气扑人，让人食欲大开。欧阳娴连声说：“真香啊！”她看到里面的腊味多，一个姑娘家吃不了这么多肉，就夹了一些给冯源，而冯源也有意要让她尝尝鹅左腿，夹了几块最瘦的鹅腿肉给她。

两人不再说话，默然地吃着饭。因为面对面坐着，两人不时抬起头来，互相看对方一眼，用眼神交流。两人的眼神不再像以前那样躲躲闪闪了，而是很自然地就融合在一起，达成心灵上的意会。

第十七章

吃罢午饭，冯源还不想就此回去，机会太难得了，他想跟欧阳娴多接触，加深感情，并找时机向她表白。吃饭的时候，他就已经想出了点子，下午要带欧阳娴去十里画廊玩。

十里画廊在县城西边另外一个镇上，离县城有四十多里地。欧阳娴早就听说了这个自然景区，一直想去看看。但由于交通不便，她只能深以为憾。冯源从县城回百山镇时，要经过十里画廊，他读初中时是踩单车来学校的，回去路上若是时间充裕，他会在十里画廊打个转，看看风景，对此地是十分熟悉的。

现在有摩托车，去十里画廊玩耍倒也方便。所谓的十里画廊，并不是古时遗迹或旅游开发出来的景点，其实是一片自然风光。在群山峻岭之间，突然冒出一片绵长的湖泊，湖的一边靠山，另外一边挨着田野，田野跟着漫长的湖泊一直涌入村落，村落靠山而建，临水而居，宛如世外桃源。湖中常年倒映着青山的影子，有时因为阳光的不同，水里的影子也变幻莫测，仿佛水底下藏着另外一片世界。湖边的山都奇峻挺拔，峰丛层叠，形态各异，很少有山脉相连的，每座山几乎都是平地拔起，如同剑戟指天，又像玉笋竖起，与周边的村落及田园风光相互映衬，形成绚丽多姿的天然画卷。这样的自然风光延绵十余里地，风景如画，因此地方上的人称其为十里画廊。

冯源开摩托车，载着欧阳娴一路向西，快到十里画廊时，远远地便看到了峻峭挺拔的群山，还有点缀其间的湖泊田野。那摩托车徐徐向前，风景在眼前转动，让欧阳娴感到一种美的眩晕。

车子沿着湖泊边上的草地行驶，如同一支箭，一下子插入了湖泊最开阔的地带，那是赏景最好的去处。湖边有一座山神庙，庙不大，只有五六十平方米，里面供着山神。山神庙门口朝着湖泊的方向，对面是皇冠山，山的形状像一顶皇冠，倒映水中，水色一天，很有气势。神庙的背后有一片柳树林，树林过去就是田野，田野并不是一整片，因为山形地势的原因，有些低一些，有些高一些，错落有致，像梯田般多出一种天然层次感，摆脱了平地稻田的庸俗之气。

冯源将摩托车停在庙门口的屋檐下，上了锁，到庙里面拜了三拜。敬过山神后，便与欧阳娴一起沿着湖边散步。

时值阴天，没有阳光的湖面显得有些岑寂，但是有风，波纹阵阵，把青山倒影吹成了水上碧波，在天地间涌动。天空云朵厚厚的，把水色压得凝重。停风的时候，云层和天空的倒影也就停留水中，水实在是太清澈了，云层就像在水里漂浮，让人恨不得往水里踩上一脚，看是不是踏在云端上。近处的湖面有一片莲藕，荷叶挨挨挤挤，荷花正旺，在湖中探出芳华，芳香混合在湖水的气息与稻花的清香里，让人心旷神怡。大约是快要下雨了，一片片的红蜻蜓低低地从稻田处飞到荷边，再从荷边飞往稻田，看起来像一股有颜色的风，从大地上掠过。真有清风吹来，荷叶摩擦发出沙沙声，像蜻蜓掠过的风声，让人感到虚幻。

虽然稻田已经一片金黄色，但还没到收割的时候。农谚有“大暑种薯，处暑长薯”的说法，时值大暑节气，这些天，人们都会趁着雨天在地里种番薯，不会跑到稻田这边的田野来。加之天色阴沉，看似要落雨，这片广阔的田野与湖泊一片寂寥，看不到人影。就连放牛娃都没有，小孩们喜欢到树林里面放牛，把牛一扔，就可以聚在一起玩游戏。在田野放牛，一不注意牛就会偷吃水稻，那是一件头痛的事情。因为缺少人影的点缀，田野愈发空旷，只有蛙声和风吹稻谷荷叶摇曳时的波浪声，还有湖边柳树上阵阵蝉鸣，以及山间鸟声远远传来，在天地间遥相呼应。不时飞过几只白鹭或野鸭，在湖中落下影子，不一会便消失在水草深处。

两人沿着湖边漫步而行，湿地上长满了毛草龙、莎草、白茅、小蓬草、菊芋，还有青葙。青葙形似狗尾巴草，有颜色，顶部是紫红色的，下面是粉白色的，一丛一丛地竖起来，看上去就像一支支点亮的蜡烛，在风中摇曳。除了野草，湖边还长着垂柳、柽柳和光荚含羞草，垂柳身影依依，柽柳姿态婆娑，然而最引人注意的却是光荚含羞草，正值它们开花的季节，白色的花朵长满枝头，看去像雪花一样惹人注目。

欧阳娴被眼前的美景所吸引，大自然的造化，真是让人赞叹。她兴奋地说：“太美了，我竟然不知道县城还有这么漂亮的地方。”冯源说：“我以前来了许多次，虽然觉得这地方美，但好像缺少了些什么，今天终于明白了，缺少佳人。美景佳人，那才真是绝配。”欧阳娴“哼”了一声：“少说点油嘴的话，破坏了我看风景的心情。”冯源咧开嘴，做出一副傻笑的样子，不再说话。

两人并排而行，沿着湖边往山的那边走去。

偌大的田野，就两人并肩而行，仿佛天地间就是为他们而开阔。一边是金黄色的稻田，一边是湖光山色，间或夹着柳树荷花，青葙白莉，两人就沿着湖泊与田野的中间道路默然前行，谁也没有说话，仿佛沉醉在美景之中。

走了一里多地，眼见天上的云朵越来越厚，风似乎也大起来，带着浓浓的水腥味。那不是湖水散发出来的腥味，而是雨水的腥味，两者的味道是不一样的，雨水的腥味因为从天而降，没有接地气，闻起来轻飘一些。冯源看了看天色，只见乌云正在天上涌动，看样子迟早要下一场大雨的。冯源当然不怕雨，反而期待雨的到来，将他和欧阳娴困在此地，就可以多说话了。他不敢再往前走，怕下雨跑不快，找不到躲雨的地方，淋成落汤鸡可不好看。于是，两人就在湖边驻足观望，看着湖泊像白龙一样蜿蜒而去，一直深入群山腹地，那些青翠的山峰在云雾中愈加挺拔俊秀，与湖水交融，越看越像仙境。

冯源说："真想到这地方来画一幅画。这么漂亮的地方，简直是仙境，你就是仙女。我回去之后一定要给你画一幅画，不过，我要好好看一下你，记下你此刻的模样，回去之后默写出来。"说罢，他后退了几步，盯着欧阳娴看。

欧阳娴置身于风景之中，一袭白裙随风摇曳，如凌波而来的荷花仙女，让冯源看得心动不已，恨不得一把抱住她。欧阳娴被冯源看得有些害羞起来，她转过身说："不要画我，你画风景就好了。"她的声音很温柔，像吹过湖面的微风，带着湿软的气息。冯源说："没有你，再好的风景也是空的。"一边说，一边走过去，与欧阳娴并排站立。他心里怦怦直跳，涌出一股冲动，很想牵她的手，却又不敢。

欧阳娴指着湖里的荷花说："你画荷花就好了。"又说："我想起《儒林外史》开篇写的王冕，他给邻居秦老放牛，后来自学画荷花，结果就画出名来了。你也画荷花，说不定哪天也会出名。"冯源说："我这个只能当作爱好，想要画出名是不可能的。你看柴叔画得这么好，也没有出名。”欧阳娴说：“柴叔是与世无争的人，要是他真想搞点名堂出来，可以去县文化馆争取的，他以前在文化馆待过。” 末了又问：“你跟柴叔学画画多久了？”冯源说：“也没多久，两年多吧。”欧阳娴说：“两年就画这么好，还是很有天赋的。”

冯源嘻嘻一笑：“天赋说不上，天意倒是有一点。”欧阳娴一怔：“天意？”冯源说：“我刚来同花镇的时候，看到一个姑娘好漂亮，一下子就心动了，就想着偷偷给她画一幅画，挂到自己床头，这样就可以解相思之苦。于是我特意拜柴叔为师，才终于有了今天的画功。这不是天意是什么？你想，我没有跟你交往，就能默写出你的画像，肯定是有原因的。我在私下里不知道偷看了你多少回了，一颗心早就在你身上了。”欧阳娴也不知道他说的是真是假，心里感到甜丝丝的，她假装“哼”了一声，不再作声。

这时，天边突然传来了一声闷雷，只见不远处的山色一片灰蒙蒙的，像罩了一层纱布。不一会，山的轮廓便被纱布完全给盖住了，只剩下了一片白茫茫。冯源说：“我们到山神庙里躲一下雨，等雨停了，说不定景色更好。”

于是，两人快步往山神庙走去。刚走几步，欧阳娴突然惊叫一声，像撞了鬼一样，一下子跳到了冯源的身边，扯着他的手臂，都快要扑到他怀里了。她尖叫道：“蛇，啊！有蛇！”

冯源一看，只见一条牛尾巴粗的水蛇从湖边的水草里游出来，越过路面，往田野隐遁而去。这是一片湿地，蛇虫极多，老话说“蛇过道，雨来到”“大蛇出洞，雷声隆隆”，这都是有道理的，夏天落雨前，蛇就会出来觅食。女孩子天生怕蛇，欧阳娴当然也不例外，突然见到一条蛇蹿出来，离她不到一米远，吓得花容失色，情急之下哪里还想那么多，紧紧地抓着冯源的手臂，寻找安全感。蛇也怕人，那条水蛇来得快也走得快，很快就钻到草丛中不见了踪影。冯源搂着欧阳娴的肩膀，用男子汉那种有气势的声调安慰道："没事了，有我在，蛇哪敢过来。你看，蛇不见了。"

欧阳娴寻着蛇出现的地方看了看，果然不见了踪影。但她心中仍有余悸，左右望了望，想确认边上还有没有蛇。这时，她才发现自己死死地抓着冯源的胳膊，而冯源正用一只手搂着她的肩膀，像保护恋人一样。她不由得脸一热，便在这时，传来了哗哗的雨声，只见雨已经越过了群山，落到了湖泊里，发出了水响声。

冯源怕欧阳娴被雨水淋湿身体，那就尴尬了，于是他顾不得那么多，拉着她的手向前跑。欧阳娴也担心被雨淋，又担心跑得太快了会摔倒，于是也紧紧地抓着冯源的手。

这场大雨老天爷酝酿了一整天，现在终于落下来了。雨水从山的那边越过来，也还需要一些时间，幸好两人离那山神庙也不远，跑了几分钟就到庙前。两人钻到庙门口的檐廊下，刚舒了一口气，那雨就哗啦啦地打在山神庙的瓦片上，发出欢快的声音。

两人逃过一场雨的追击，有一种患难与共的感觉，手竟然还牵在一起。过了一会，欧阳娴才回过神来，假装若无其事地将手从冯源的手掌中抽出来，去掠了掠额前的头发。她想起刚才两人竟然手牵手跑过来，真是不可思议。不过她毕竟是谈过恋爱的，和梁坤健也牵过手，并且在众目睽睽下也和梁坤健一起看电影，恋爱的心态倒是练出来了，不至于因为被冯源牵着手而感到不好意思。

山神庙的门口有一条长长的飞檐，伸出门口有一丈深，看上去像一条檐廊。地方上人们特意这么建造的，一是比较好看，看起来有气势；二是神庙在田野处，平时干活遇到风雨时，可以供人们遮风挡雨；三是夏天的南风大，要是没有这么长的檐廊，急风暴雨吹到了庙里面，那是对山神的不敬。

冯源和欧阳娴没有钻到庙堂里面，就待在飞檐下躲雨。冯源将摩托车推到墙边，支撑起摩托车的双叉脚架，这样他和欧阳娴就可以坐在摩托车上面，一起欣赏雨中的风景了。

大雨像密谋似的，越下越大。下的是西南雨，山神庙的门口朝向正南，风虽然有些急，但飞檐实在是太深了，在飞檐下躲雨能感觉到一阵清凉，却没有感到有湿气飘来。雨声中隐隐传来雷声，雨水很近，但雷声却像远在天外，透过雨水传过来，并不响亮。

两人并肩坐在摩托车上，背后是一堵发黄的墙，将两人淡淡的影子印在上面，像一幅失色的旧画。两人透过雨帘，看着眼前的湖泊和雨水连成了一片，已经望不到远处的群山。近处的荷叶被雨水打得摇头晃脑，上面的水珠滚来滚去，仿佛天上落下来的不是雨，而是珍珠。

摩托车比较小，两个人横着坐，要挨在一起。冯源想到刚才自己是牵着欧阳娴的手跑过来的，不由得欢喜。他转过头来看了看欧阳娴，欧阳娴却不敢看他，脸色有娇羞之意，愈发楚楚动人。他再也忍不住了，突然胆大起来，一把握住欧阳娴的手。欧阳娴挣扎了一下，冯源握得更紧，像要将两只手焊在一起。她没有再挣脱，就由他牵着了。

两人就这么手牵手并肩而坐，静静地看着雨幕。雨一直下，并没有停下来的意思，天与地仿佛合在了一起，潮湿的空气中浸透了荷花与稻花的清香，让人感觉到一阵宁静的喜悦。

第十八章

过了两天，欧阳娴去农场找梁坤健。

梁坤健正等着欧阳娴上门来找他。几天前，欧阳才华来农场找梁坤健，说他会派欧阳娴送文件去县教育局，顺便到小姨家里做客，到时请他开摩托车载她去县城，借此加深感情。看到欧阳娴，梁坤健还以为她为此事而来，没想到，欧阳娴却是来跟他谈分手的。

欧阳娴很坦然，落落大方地说："我和你交往了一年多，彼此也都十分了解。你什么都好，有责任有担当，以后肯定是顾家的男人。但就是太严肃了，也不爱说话，和你在一起总感觉到沉闷。我以前跟你说过几次了，希望你能为我改变一下，但你从未放在心上，一如既往的严肃。我爸也是一个严肃的人，从小到大看惯了他古板的脸，长大后我就想，将来找对象不能找我爸这样的，生活太没乐趣了。没想到命中注定还是让我遇上了你。刚开始，我对你是怀有期待的，但是交往了这么长时间，我越来越觉得我们不合适。所以，请你原谅我。"

梁坤健是个不善于表达情感的人，尽管他十分喜欢欧阳娴，不舍得中断这段感情。但是由于他性格过于阳刚，有一种坚强不屈的军人信念，不可能像一些后生那样，因为分手而露出满脸忧伤的样子，死皮赖脸不同意，这不是他的风格。梁坤健看着欧阳娴，他的眼睛溢出了深深的痛苦，原本犀利的眼神也变得黯然失色，但他的脸色却一直板着，仍是一副严肃的样子，并没有表现出自己的脆弱与无助。欧阳娴不敢看他，她知道他心里是难过的，只是因为自尊心强烈，他不愿表达出来。她感觉对不起他，但她必须硬下心肠来，把事情了结，不能再拖下去了。

过了好一会，梁坤健才用带着嘶哑的声音说："我很喜欢你，很想跟你结婚。我的性格天生就是这样子，我也想变成一个风趣的人，但是我做不到。我以前跟你说过，如果你跟我结婚，我虽然不能让你每天都笑，但保证不会让你受苦受气。我会用生命去保护你。"欧阳娴摇头说："可是，每天看到你板着一张严肃的脸，我就觉得是受苦受气。你也知道，很多事情是强求不来的，就像我让你改变性格，你无论如何也做不到。既然不适合，我想我们还是分手吧！"

其实，梁坤健早就察觉出来欧阳娴不喜欢他了，他又不是傻瓜，欧阳娴对订婚的事情一拖再拖，然后慢慢地冷落他，疏远他，态度上开始变得不冷不热的，他预感到迟早有一天欧阳娴会提出分手的。他当然不想跟她分手，还想努力挽回局面。何况，欧阳才华一直想让他做女婿，暗中帮他，因此他心中仍存着一丝幻想，抱着侥幸之情，希望日久生情，能扭转欧阳娴的心思。但感情这东西，有时候非但不能日久情深，反而越变越冷淡。这一天终究还是到来了，面对这样的结果，梁坤健虽然伤心，却并不感到意外。他受过严格的训练，做事干净利落，很有理性，不是那种情绪上来就会冲动的人。虽然此刻他心如刀割，就像个负了重伤的战士一样，但他还是克制自己，强忍着痛楚说："既然你不开心，那就分手吧！"

欧阳娴知道梁坤健是个光明磊落的人，又有很强的自尊心，既然答应了分手，是不可能再来纠缠她的，也不会说出什么难听的话，这倒是他的优点。她知道梁坤健很爱她，她主动提出分手，必然会伤了他的心，心里多少有些内疚。当梁坤健毫无条件地答应分手之后，欧阳娴一下子鼻头就哽塞起来，竟然落下了眼泪。梁坤健看到她泪流满面，心里一下子就软了，也不好怪她，只是叹了一口气。

欧阳娴抹了抹眼泪，没有再说话，默然转身走了。从农场出来后，她像卸下了沉重的包袱，做了一个深呼吸，舒缓了一口气，突然感到前所未有的轻松。

当天晚上，欧阳娴向父母讲述了她和梁坤健分手的事情。并且再三强调，她和他之间不可能有任何的回旋余地，让两人不要再插手这件事情，免得关系搞得更加难堪。

尽管欧阳才华和妻子杨碧春知道女儿不喜欢梁坤健，但他们心里仍抱着侥幸的想法，想着两人相处时间再长一点，随着女儿年龄的增长，说不定日久生情，有可能会走在一起。然而没想到女儿最终还是结束了这场恋爱。欧阳才华和杨碧春都感到格外惋惜，做父母的，总是想为自己的儿女好，放眼望去，整个同花镇，可能再也找不到像梁坤健这样的女婿人选了，他本人优秀，家境也好，前途一片光明。可是有什么办法呢，女儿不喜欢他这种类型的，时代在变化，儿女婚姻不再是父母之命和媒妁之言，做父母的也只能尊重女儿的选择。

杨碧春害怕女儿名声受损，也不想让人说闲话，于是晚上到村里串门时，就跟妇女们拉家常，放出风声，说女儿不喜欢梁坤健的性格，执意要跟他分手，真是太可惜了。很快，这件事情就传开了，先是村里的人们纷纷议论，慢慢地就传到了同花街去。

欧阳娴是后生们暗恋的对象，本来就受人关注，梁坤健当初追欧阳娴时闹出了许多风头，引来众怒，后生们都盼望着因为冯源的事情，打击到两人的感情，现在终于如他们所愿，欧阳娴和梁坤健总算分手了。事情传得很快，就连农场的狱警都知道了。

一些后生高兴起来，又有机会追求欧阳娴了。欧阳娴在中心小学教书，地址是公开的，后生们可以写情书寄给她，再附上自己的相片，看能不能搞出一点缘分。欧阳娴没有和梁坤健交往时，就经常收到情书，这是镇上的后生共同追求欧阳娴的一种方式。尽管欧阳娴从未给他们回过信，但只要欧阳娴没有谈男朋友，他们就可以心存幻想。何况，那年月没有什么事情可做，写封情书，搞张相片，到镇上买张邮票，往邮筒里一塞就有一种精神寄托，何乐而不为呢！

李世岩也听到了欧阳娴和梁坤健分手的事情，他不无惋惜，要是年前欧阳娴和梁坤健分手，他肯定可以乘虚而入，重新去追求欧阳娴。毕竟，当初他是追过欧阳娴的，有一定的优势。可是一切不能重来，他与钟彩云恋爱大半年，有了感情，并确认中秋节要订婚，不可能与欧阳娴再续前缘。听到欧阳娴与梁坤健分手的消息，李世岩觉得还是蛮可惜的，暗自叹息自己命运不好，与欧阳娴始终没有缘分。

陈嘉南也听说了这件事情，高兴地扯住冯源说："你这小子，运气来了，老天爷都罩着你，你要把握好机会啊！"冯源却表现得很平静，他一副漠不关心的样子："我早就看出来了，阿娴会和梁坤健分手的。不过，我现在还不能去追她。"

陈嘉南并不知道冯源带欧阳娴去县城玩耍的事情，因为冯源答应过欧阳娴，此事谁也不说的，陈嘉南也就不知道冯源与欧阳娴的感情已经有了很大的突破。他苦心劝冯源："你要趁虚而入，借这个机会赶紧表现自己，用阿慧当跳板接近她，就像玩跳棋一样，不要错失良机。”冯源说：“越是这个时候，越不能表现自己。她不可能跟梁警官一分手就跟别的后生恋爱，这样显得她太薄情寡义了，传出去人家会议论她的。所以，这个时候要先稳住气，不能去招惹她，继续和她做朋友再说。等这阵风声过去之后，再进行猛烈进攻。”陈嘉南觉得也有道理，夸赞道：“想不到你这小子，思路还是很清晰的嘛！”冯源拍马屁说：“还不是跟南哥学的，有南哥罩着我，我还怕抠不到女吗？”陈嘉南笑嘻嘻地说：“越来越有志气了，总算没有丢我这个师父的脸。”

冯源知道陈嘉南心思缜密，怕他猜到那天他带欧阳娴去县城游玩的事情，于是趁机找了个借口说：“我打算这几天再给阿娴画一幅像，表达一下感情。只要我将她画得生动起来，她就知道我心里装有她，很多话就不用说出口了。”陈嘉南点头说：“这个想法可以。”

欧阳娴和梁坤健分手后，一直窝在家里看书。那些天，她没有到话梅坊玩，似乎有意要避开冯源等人。冯源对此也不在意，他每天仍和欧阳慧一块玩耍，到了晚上八九点钟，欧阳慧回家后，他就窝在房间作画。

冯源要画一幅欧阳娴在十里画廊的人物风景图。起初，他打算用工笔画手法来完成作品，但是工笔画太写实了，画人物肖像可以，景色和人物两者结合，只用工笔画会显得呆板，很难画出感觉。后来，他决定用小写意和工笔画融合创作，把这幅画推向一个高潮。

冯源脑子里面早就构思好图像，背景是十里画廊的山水景色，一位少女悠然地走在湖畔。十里画廊的景色是冯源十分熟悉的，而欧阳娴的形象，也早就在他心中树立起来了。他首先画了欧阳娴的形象。因为走在湖畔，只能呈现侧脸，他用工笔画的手法强调了轮廓的线条，画出了欧阳娴充满青春朝气的脸庞，再用小写意去赋予人物的神态，不让人物扁平化。工笔画塑形，以线条取胜，好的线条就像弓的弦，有弹性，有力度，能把人物画出张力，张力就是生命力，那是一种活生生的气息；而小写意造神，以注重对象的神态取胜，虽然其笔法比工笔画粗放，但是在景物与人物双重意境时，却能放得更开，更容易让人物在神态上有获得感。用小写意造神加上工笔画的塑形，两者相结合，画出来的人物形神俱备，看起来十分灵动。

人物画好之后，接着画实景。景色的格调上，冯源也用了许多心思，因为人是写实的，景物就要虚化一些，以景来衬托人物，才能显出欧阳娴的美感。那天正好是雨后的气色，有雾气萦绕，天空渐而明朗，透着一丝幽蓝，天边却有些灰暗，形成了差异化，使得山水草色，柳影花姿，荷风碧浪，都在雨后呈现出娇柔的风情，再配上这样一个风姿绰约的少女，整幅画都让人感到赏心悦目。

几天后，画就完成了。冯源在画的下面写了一句话：所谓伊人，在水一方。他将画卷好，到镇上的布店里买了一匹花布，将画卷在花布里面，用绳子绑好，包装得就像一件礼物，让欧阳慧送去给姐姐。

欧阳娴打开布包里的画卷，摊在书桌上看。冯源将感情全部融入了画中，爱情的力量让他灵感大发，在景色的布局和人物的出场，有着十分精巧的构图与动人的颜色。他全神贯注地把线条和颜色叠涂在画纸上，能把人物和景物精准地酝酿出来，而且用色也很到位，山与水、草与柳、荷与雾，人物与天空的颜色，都有丰富的层次感，色调分明，造色高雅，让人感觉到一种活泼的气氛。而且，冯源特意用景色虚化的作用力，把人物完全推出来，但人物与景物却又是圆融的，仿佛一个仙女的出场必然伴随着仙境，两者与生俱来，让人一看，有一种良辰美景的感觉。

欧阳娴看得十分心动，对冯源的感情一下子加深了。她能从一幅画中看到他的感情，并确认这才是自己想要找的对象。她将画小心地收藏好，准备找个时间，去书画装潢店裱装起来，永远保存。假如自己真的有一天嫁给她，就像嫁妆一样，连同画一起嫁过去。

想到这里，欧阳娴脸色微微发红，一颗少女的心也跳得厉害，让她喘息都有些莫名地急促起来。她觉得很奇怪，与梁坤健谈了这么久的恋爱，她从来没有想过有朝一日要嫁给他，然而和冯源才交往不久，竟然冒出这样的念头，真是奇怪得很。

欧阳娴在一张白纸上写了“记得约定”四个字，折成了纸鹤，让欧阳慧送去给冯源。

冯源收到纸鹤，有点摸不着头脑，如果是两只纸鹤，他或许会猜“比翼双飞”，但只有一只纸鹤，究竟代表什么呢？猜了一个晚上也没猜出来是什么意思，后来，他将纸鹤拆开，看到那四个字时，才恍然大悟。

那天，冯源带欧阳娴去十里画廊玩，在山神庙的飞檐下躲雨，冯源大胆地牵了欧阳娴的手，并深情地向她表白。欧阳娴也跟冯源说出自己的想法，她是要和梁坤健分手的，但必须到明年，她才会接受别人的追求。她要避嫌，不想被人说闲话，和梁坤健一分手就跟别的后生在一起，显得她太无情了。她对冯源确实有好感，和冯源在一起也十分惬意，找到了青春的荡漾，这种感觉比跟梁坤健在一起要美妙得多。但是，毕竟还年轻，她绝不会轻易就答应跟谁来往，她也想考验一下冯源，看看他的表现，因此让他明年才能追她。何况，欧阳娴也希望冯源能做出一番事业，否则两人就算在一起，家人也是反对的，因为冯源没有正经工作，老家在山窝里面，家境好不到哪里去，父母无论如何也不会舍得将女儿嫁去吃苦。

冯源十分高兴，只要她肯接受他的爱，就算再等一年半载也无所谓。另外，做一番事业也一直是冯源的人生奋斗目标，他相信只要跟着陈嘉南，总会有好的出路，不至于混得让人看不上。所以，他相信自己终会把欧阳娴追到手，只是时间的问题罢了。

冯源看到纸鹤上那几个字之后，那天一起在飞檐下躲雨的情景历历在目，幸福感像雨水般涌上了心头，整个人都湿软起来。他将纸鹤重新折好，用绳子挂在床头，自己又折了一只一模一样的纸鹤，让其比翼双飞。晚上没事的时候，冯源就拨动纸鹤，让它们跟梦境一起飞翔。

欧阳娴向梁坤健提出分手，正是农忙时节，倒也是个大好时机。毕竟干农活比什么都重要，人们起早摸黑到田地里面刨食，每天累得要命，再也没有心思与精力去扯别人的是非，等农忙结束后，这件事情也就过去了。如果在闲暇之时，人们无所事事，扎堆聚在一起聊天，就会增加事情的传播热度，许多谣言就是这么传出来的。

过了十来天，欧阳娴和梁坤健分手的事情就冷却下来了。欧阳娴又跟妹妹一起到话梅坊来玩，不用再刻意避嫌了。

这天，李素雅也来话梅坊，她这次不只是过来玩耍，还要和陈嘉南、冯源一起商量话梅坊的事情。农场的梅子已经全部过季，没有新鲜材料可用，再过几天，最后一批话梅也晒干了，话梅坊将进入休业期，要到明年的四五月份才能开张，他们将面临何去何从的问题。

这个问题，冯源也早有忧虑，他已经从账面上算出来，开话梅坊赚不到钱，生产周期也是季节性的，并不是长久的活儿。但是大家在一起玩耍，有爱情的追求，享受着青春的美好，倒也其乐融融。可是，这样的好日子并不能长久，话梅坊迟早有一天会休业，他们该怎么办？不可能一直就这么待在话梅坊里坐吃山空吧。陈嘉南倒也无所谓，他家底厚，可是冯源的家庭是贫困山区的，不能这么放空下去。未雨绸缪，冯源早就上了心思，跟陈嘉南说过这件事情，话梅坊休业后，他们该怎么办？陈嘉南却拍着胸口说："放心了，只要你跟着我，我保准你有出路。"冯源见他一副胸有成竹的样子，就问他有什么出路。陈嘉南却故意卖关子，神秘兮兮地不肯说，吊足了冯源的胃口。

这天正好李素雅过来，聊到了话梅坊未来的出路以及他们的去向，冯源便说："话梅坊一休业，那就大事不好喽，你们怎么接着恋爱？"李素雅也颇为忧伤，她和陈嘉南陷入热恋中，难舍难分，虽然她知道家人不会同意两人在一起，但感情这种事情一向容易让人无法自拔，她只希望话梅坊能一直开下去，她好有借口过来约会。然而，话梅坊终归要面临休业了。

陈嘉南开玩笑说："天大地大，哪里不能谈恋爱。到时我让素雅跟我私奔到广东去，我带她去香港玩耍，比小镇要好得多。"李素雅朝他翻了个白眼："我才不跟你去广东呢！"陈嘉南说："我买了这么多琼瑶的小说给你看，白看了，一点私奔的勇气都没有。你看书上的那些女主角，哪个不愿意私奔，那才是真正的爱情，以后想起来才会觉得这辈子没有白活。"李素雅说："小说是乱编的，我才不上你的当，让我爸妈难堪。"陈嘉南又怂恿说："香港很好玩的，难道你不想跟我去看看？何况，顺德也是个好地方呢！我还带你去广州玩，保证你去了之后，再也不想回同花镇这小地方了。”

李素雅虽然对香港、广州、顺德这些大地方很向往，但她毕竟不是穷苦人家的孩子，不容易被人诱导。她的父亲说起来也是个地方企业家，她从小受家人疼爱，不会冲动到要跟人私奔。她说：“你要好好努力，做一番事业给我爸妈看，光明正大和我在一起，这样去广州也好，去顺德也好，我都依你。我可不想鬼鬼祟祟地跟你去这些地方玩，到时候没脸回家，还把家里人的脸都丢光了。”冯源插嘴说：“就是，男人还是要以事业为主，现在话梅坊没办法让我们出人头地，我们还是要再想想别的办法，搞另一番事业才行。”

正说之间，欧阳姐妹走了进来。

陈嘉南见到欧阳娴来，就对冯源说：“你的伊人来了。”那几天，冯源给欧阳娴画画，每天画到深夜，陈嘉南当然是一清二楚的，因为两人就住在同一间房子。冯源画完画后，陈嘉南还给他出了主意，让他在画的下面题一句诗，以表心意。后来，冯源就题了一句“所谓伊人，在水一方”。

欧阳娴故意板着脸对陈嘉南说：“我现在可没有心情说玩笑话，不要扯我身上的事情。”陈嘉南嘻嘻一笑：“不扯就不扯，我自己的事情都管不过来，哪有心思理你们。”欧阳娴看了冯源一眼，把话题一转：“刚才我进来时，好像听到你们谈什么事业。”她是一心希望冯源能搞出点事业，这样她与他的感情就有着落了。

冯源也明白欧阳娴的心意，他看着她说：“梅子已经落季，最后一批梅子晒完之后，话梅坊就要休业了，到时候我和阿南肯定要想别的出路，做其他的事情。我刚才还在担心，话梅坊休业后，素雅和阿南没有了谈恋爱的场地，那可怎么办。”陈嘉南翻了个白眼：“不要老是扯到我的身上，你和阿娴还不是一样，话梅坊休业，你总不能待在这里吧，总要去做事吧，到时你们也要分开。”冯源叹了一口气：“所以这是我们头痛的事情。”

欧阳娴也知道话梅坊的生产格局，一旦休业，至少要到明年才能重新开工，这么长一段时间，冯源和陈嘉南肯定要去忙别的事情，说不定要离开这个地方。说实话，她确实不舍得与这两人分开，和他们在一起玩耍，她感到由衷的快乐，也感觉到青春焕发出的活力。她问：“那你们有什么打算？”

欧阳慧也听出了缘由，她嘟着嘴巴说：“我要天天和冯大哥在一起玩，冯大哥不能离开我们啊！”冯源苦笑说：“我也不想走，可是梅子已经摘完了，没有话梅做了。”说着，看着陈嘉南：“你快想想办法吧，这里就你见过大世面，你要是想不出办法，我以后就不叫你师父了。”陈嘉南笑道：“你这忘恩负义的家伙，翅膀还没硬就想背叛师门了。”随后收起笑脸，认真地说：“事情是有得做的，只是不能像现在这样聚在一起玩。我哥哥和表哥现在顺德搞厂房，注册了一家打火机厂，正需要人手。我和阿源直接去跟我哥干就行。但是呢，打火机厂在顺德，和你们拉开距离，一年也见不了几次面，也就没意思了。所以，我在犹豫，要不要回顺德做事业。如果不回顺德，待在同花镇，那要怎样才能搞出名堂。”

要是以前，冯源二话不说就要赞成去顺德搞事业的，但现在情况不一样了，他也舍不得和欧阳姐妹分开，尤其是他和欧阳娴已经有了眷恋之意，他可不想在这个柔情蜜意的时候跟她分别。他说：“我有个想法，还是去广州买衣服，贩卖到同花街来。上次你不是贩卖过一批衣服吗？这样潮流的衣服同花镇从来没见过，根本不愁卖不掉，而且利润大，一次能赚一两千块钱。如果两人合伙，多进些货源，还能拉到县城卖，赚钱更多。一年贩卖几次，能赚个上万块钱，这不是很好嘛！”

那时候，上万块钱在同花镇这小地方还是一笔大数目。欧阳娴说：“钱这么好赚，那就贩卖衣服吧，这倒是条好路子。”冯源说：“我们租了这里的公房，有一年的租期，把衣服买回来，就拿这里当仓库，住在这里，赶圩时就拿去同花街卖，甚至到县城租个铺面卖也行。这样的话，你仍可以和素雅经常在一起，我也能和阿娴、阿慧在一起玩，两全其美的事情，还有什么好说的。”陈嘉南说：“你的想法是蛮好的，可是贩卖衣服毕竟是小打小闹，赚些小钱可以，想赚大钱做大事业还是差了些。素雅和我的事情，以后总归要让她的家人知道，如果我只是个衣服贩子，她家人肯定不会同意。我的想法，还是想搞个大的项目，开厂之类的。我哥搞打火机厂，倒是个好项目，可惜只能在顺德搞，要是能拉到这里来，那就有意思了。”冯源说：“先一步一步来，没有别的项目之前，贩卖衣服至少是现成的事业。你有经验，我和你一起也算有个帮手，先赚点钱再说，接下来再看看其他的项目。”

陈嘉南也想不出别的法子，眼下确实只有贩卖衣服才可以长待在同花镇，跟女朋友保持来往。他摊了摊手说：“那就这么定下来吧，走一步算一步，先贩卖衣服赚些小钱，正好我姑父是做温州皮鞋的，到时也从他那里拿些皮鞋来卖。”

李素雅和欧阳姐妹听了这个计划，颇为欣慰。陈嘉南和冯源在同花街卖衣服，仍可以住在话梅坊，而她们可以打着买衣服的借口过来玩，大家还是其乐融融地在一起，比什么都快乐。何况，这些姑娘对衣服也感兴趣，到时候还可以帮他们参考，进哪些衣服好卖。冯源心里也开始暗中策划自己的人生未来，等他熟悉了衣服进货的渠道，就算陈嘉南以后不搞衣服了，他自己也可以单干，成立一家属于自己的服装店。只要能赚到钱，他就有底气和欧阳娴交往了，就算被欧阳才华知道，肯定也不会反对。

一件心事解决之后，这群青年男女都开心起来。欧阳娴主动提出来，说中午要留在话梅坊吃饭，尝尝冯源做的火焰鱼。冯源高兴得很，赶紧骑着摩托车，去镇上买新鲜的活鱼，顺便买些肉菜，准备中午来一个盛宴，好好庆祝一番。

第十九章

八月中旬，最后一批话梅顺利收尾，运到供销社卖掉，话梅坊正式进入休业期。

话梅坊一共生产三批次话梅，加起来有一千六百斤湿梅，晒干之后，因为梅子泡浸了盐糖等成分，缩水并不是特别严重，共制出九百多斤话梅。当时供销社收购话梅以每斤三块八毛的价格，九百斤话梅三千四百多块钱，刨去原材料、人工成本、吃饭和烧煤等一切杂费，大约能赚九百来块钱。然而，再除去房租六百元费，就只有三百块钱的收入，三个股东分，平均每个股东才得一百块钱。

三个多月时间，生产上千斤的梅子，最后只有这么一点赚头，说起来是很低的利润了。当然，如果是私人生产，用的是自家的地盘和家庭劳动力，三个多月能赚九百块钱，在当时也是高利润了。陈嘉南和冯源不会制作话梅，要外请师傅和工人，加上房子也是租来的，再除去杂七杂八的费用，只不过是蝇头小利了。不过，对陈嘉南和冯源而言，话梅坊赚不赚钱已经不重要了，只要不亏本就行，两人在感情方面皆有重大突破，虏获了自己喜爱的姑娘的芳心，这才是开话梅坊最核心的部分。

话梅坊休业后，李素雅将整体账目拿给父亲审核。李宝军没想到，每个股东才分一百来块钱。一千六百多斤湿梅子，农场以低价销售给他们，哪怕转手卖掉，估计也可以赚这么多钱，何必花几个月时间去折腾这些加工的粗活。但是账目摆在那里，又是李素雅做的账务，每一笔都很细，而且话梅卖给供销社是李宝军走的关系，钱也是先由李宝军收着的，一清二楚，做不得假账。李宝军于是不得不考量，话梅坊还有没有必要搞下去。这点蝇头小利真是太少了，女儿隔三岔五跑去做账也累得很，不如放弃算了。

李宝军让李世岩找个时间，把陈嘉南和冯源叫过来商谈一番，看他们对话梅坊有没有什么新的想法和思路，如果明年还是这样的生产模式，利润太低了，李家就不插手了。李世岩于是叫李素雅带话给冯源和陈嘉南，让他们有时间来淀粉厂商量事情。

这天上午，陈嘉南骑摩托车，载着冯源去淀粉厂找李世岩。李世岩问他们，话梅坊利润这么低，明年是否还要继续开办下去，或者有没有新的想法与思路。陈嘉南心中并没有别的打算，他的心思本来就不在话梅坊，就说："明年看情况再定。说实话，搞了几个月，才赚个百把块钱，也出乎我们的意料。要是明年有别的想法，到时候我们再来找你聊。"李世岩说："明年仍像今年这样的生产模式，我就不参与了，利润太低，没必要折腾。"陈嘉南说："到时候再说吧。"

聊完正事，陈嘉南开摩托车和冯源到淀粉厂的后门。后门就是排渣蓄水的地方，两人毕竟在淀粉厂上过班，在渣池里面吃过苦，他们好不容易来一次淀粉厂，当然要和曾经的渣友们见个面，虽然那两个哑巴不会说话，但还是很重感情的。还有开拖拉机的司机李贵军，那是李素雅的亲叔叔，陈嘉南当然要去和他见个面，顺便给他带两条烟，好堵住他的嘴。

李贵军和陈嘉南关系不错，他们在农场时就建立了交情，加上在淀粉厂当捞渣工，也是每天要见面的，早就熟透了。话梅坊生产需求的湿梅，是李贵军开拖拉机到农场里拉出来的；话梅要拉到县城供销社卖掉，也是李贵军开拖拉机跑腿的。前几天，李贵军到话梅坊拉最后一批话梅时，他们还见了一次面。

渣池里面仍是四名捞渣工，新招了两名当地的农民，陈嘉南和冯源并不认识。那两名哑巴看到陈嘉南和冯源，很是高兴，跑上岸来呜呜哇哇地说些什么，跟他们握手。握着哑巴沾满薯渣的手，陈嘉南和冯源倍感亲切。陈嘉南从口中袋里掏出一包红塔山，发给他们抽。虽然陈嘉南不抽烟，但是口袋不时会备一包烟。

渣池的空地上，停着一辆拖拉机，拖拉机的四个轮胎上面都盖了稻草，怕轮胎被太阳晒坏了。李贵军坐在渣池边上的一间宿舍里，吹着风扇，喝着用话梅泡的绿茶，等着薯渣装满车，他就拉到农场去。看到两人来了，他于是挥着手，招呼着进屋里一起喝茶。

两人走进李贵军的茶房，坐下来。宿舍矮，跟乡下的平房一样，空间狭窄，虽然吹着风扇，但空气仍很闷，且闷热中散发着粉渣的臭味，十分呛鼻，令人浑身难受。

陈嘉南从随身携带的皮包里拿出两条红塔山，递给李贵军。李贵军会意一笑，倒是毫不客气地收下了。他知道话梅坊已经休业，问两人接下来有什么打算。陈嘉南说准备到广东去贩卖衣服回来卖。李贵军说："卖衣服好，容易赚钱，这是人人都要穿的东西，而且季节不一样，衣服也要穿得不一样。不像搞话梅坊，只是零食产品，赚不来钱的。"陈嘉南说："你倒是有眼光，知道话梅坊不赚钱。"李贵军笑道："你那小心思我还不知道，不是就是想把我的侄女圈进去吗？”

陈嘉南苦心追求李素雅，李家只有李贵军知道，但是李贵军从未透露口风给自己的哥哥，只因陈嘉南给了他不少好处，封住了他的嘴。李贵军当然能猜得出来，陈嘉南搞话梅坊并不是为了赚钱，而是接近李素雅。不过，李贵军也不知道两人的感情进行到哪一步了，就随口问上一句：“你和素雅发展得怎么样了？虽然她爸妈不知道这回事，但我是知道的。我可是她的亲叔叔，得替她把好关，不能让你这小子给拐骗了。”陈嘉南开玩笑说：“你放心吧，估计你会多一个广东亲戚的。”李贵军冷笑一声，调侃说：“我才不愿意跟你们广东人做亲戚，一个个精明得很。再说了，就凭你现在这点实力，想靠贩卖衣服赚钱娶素雅，只怕还很难，我哥又不是没有见过世面，他未必会认你这个女婿。”

这倒说出了陈嘉南的心事，他想了想，忍不住问李贵军：“你说，我和素雅的事情，如果被她爸妈知道，她爸妈会同意吗？”李贵军果断摇头说：“肯定不同意，我太了解我哥了，广东离同花镇这么远，他才不愿意把女儿嫁过去。而且，你以前还在农场待过，是个有案底的人，他对你有成见。你想，我哥家里不缺钱，素雅又长得漂亮，凭什么嫁给你？如果你真的能在同花镇干一番事业，立足扎根，那也许有可能。如果你只是搞搞话梅，贩卖些衣服，这都是没有多大出息的事情，我哥肯定不会拿正眼看你。”

陈嘉南也知道以自己现在的能力，想得到李素雅的父母认可，那是十分困难的，正如李贵军说的，除非他能在同花镇上干一番事业，立足于此地。但是，想在同花镇干一番令人刮目相看的事业，那是何其困难。这一点，陈嘉南心中还是有数的，并不会盲目自信。陈嘉南心里也明白，自己追李素雅其实是很冒险的行为，就算他和李素雅感情要好，但是想要突破她父母这一关，还是存在很大的问题。有时候他也会想，假如李素雅的父母打死也不同意女儿嫁给他，那他该怎么办？这样一想，心里就会产生一种惶惑不安，不免有些气馁。

不过，陈嘉南毕竟年轻气盛，他不肯认输，就开玩笑说："我和素雅感情难舍难分，如果她爸妈不同意，我就把她带到广东，等生米煮成熟饭再回来，到时她的爸妈不同意也没办法了。何况，我可是真心爱素雅的，又不是欺骗感情，我相信她爸妈迟早有一天会明白的。"李贵军不由得笑起来："喔哟，你这小子还没有改造好，还想走歪门邪道，这可要不得！"陈嘉南笑道："没办法，只有这样才能和你做亲戚。"

三人聊了几句玩笑话，眼见快到中午了，陈嘉南和冯源辞别李贵军，去同花街买了一条鱼，到兴龙观找柴叔吃饭喝酒了。

陈嘉南走后，李贵军心里却有些隐隐不安，刚才陈嘉南说的一句话让他犯难了。陈嘉南说"如果她爸妈不同意，我就带她到广东，等生米煮成熟饭再回来"——或许，这只是陈嘉南随口说的玩笑话，但说者无心听者有意，李贵军毕竟是李素雅的亲叔叔，万一侄女真的被陈嘉南诱骗到广东，地方上必然会闹得沸沸扬扬，流出各种难听的话，对李家名声有所损害。李宝军是个极要面子的人，到时肯定气急败坏，说不定要和女儿断绝关系，这可不是好事呢！

于是，为了以防万一，李贵军权衡再三，决定把这件事情偷偷告诉哥哥。尽管他对陈嘉南的为人是比较认可的，也拿了人家不少的好处，但事情发展到这个地步，关系到李家的名声和侄女的人身安全，他不得不慎重对待。

新历八月下旬，迎来了处暑节气，一连下了两天的雨。这个时节的雨是很宝贵的，农谚说“处暑的雨，粒粒皆是米”，因为晚稻刚插下去，天天受阳光烤晒，就等着处暑雨来降温。

大雨过后，天气清凉起来，阳光不再像火光那样撩人。雨后的大地有水汽蒸发，天地间抹上了淡淡的雾气，雾气中包裹着天空的云腥味和大地的泥香味，混合着草木清香，初秋的气息就是从这些迷雾中逐渐弥漫开来的。

这样清凉的天气，正是去野外游玩的好时节。陈嘉南和冯源计划九月初去广东贩卖衣服，两人要离开同花镇一段时间，少则半个月，多则一个月，恋人不能相见，不免心中牵挂。八月中旬的时候，陈嘉南和李素雅约好，等哪天阴凉一些，他们一帮人一起去富江下游的鹅卵石沙滩上搞野炊，顺便游山玩水，拍一些照片。然而，一个礼拜过去了，已经到了八月底，却没有见到李素雅的身影。陈嘉南等得有些心急了，甚至心中浮现出一些不祥之感。

这天早上，陈嘉南走出话梅坊，站在防风林边上张望，想看看有没有李素雅的身影。他做了打算，如果今天再等不到李素雅，他就跑去淀粉厂找她。

树林里长满了牡荆和白饭树等灌木，秋风渐凉，正是它们开花展颜的季节。牡荆的花香味颇为浓郁，白饭树的花香有些像紫薇幽香，郁香与清香混在一起，被秋风拉得时近时远，让人感受到新季节来临的新味道。但是这股香味却没能掩盖住陈嘉南内心的焦虑与不安。他心想，今天怎么找个借口去淀粉厂呢？

就在这时，李世岩来了。他开着一辆摩托车，顺着防风林的泥路往话梅坊驶来。因为前两天下过雨，这条泥路有不少积水，坑坑洼洼的，如同一条半干涸的河道。李世岩开得很慢，看上去就像走路一样。

冯源在房间里听广播新闻，听到外面传来摩托车的声音，他走到窗口往外看，看到是李世岩，于是也走出来。

李世岩把摩托车开到陈嘉南面前，也不熄火。陈嘉南朝他打了个招呼，但是李世岩却没有回应，冷着一张脸，没有以往那种友好的表情，摆出一副严肃的样子。

李世岩盯着陈嘉南，郑重其事地说："以后话梅坊的事情我就不再掺和了，你不要再来找我。另外，我爸妈已经知道你和素雅交往的事情，现在全家人都在反对，要她和你断绝关系，永远不再来往，你以后再也见不到她了。"

这个消息对陈嘉南而言，无异于晴天霹雳，他就像一只正追逐猎物的野狼，正沉浸在狩猎的快感中，陡然间便掉入了猎人的陷阱，再也无法脱身，绝望一瞬间就遍布全身。他没有想过这么快就东窗事发了，心里还没有一点准备，不知道要怎么办才好，只是愣头愣脑地看着李世岩，仿佛梦魇一样浑浑噩噩的，根本不相信李世岩能说出这样的话来。

李世岩冷笑一声，朝陈嘉南瞥去鄙夷的眼神，他一点也不理解，自己的妹妹怎么会看上这个当过劳改犯的外地人。他拧着摩托车油门，掉过车头，头也不回地走了。陈嘉南闻到一股浓浓的尾烟，像内心烧焦的味道，使他浑身不安。李世岩那一句话就像咒语，把他的灵魂收走了，让他手足无措，就这么愣着，一时间无法回过神来。

冯源也听到了李世岩的话，面对突如其来的变故，他也深感惊诧与无能为力。他知道这个消息对陈嘉南肯定是致命的，陈嘉南用情太深了，一旦被伤害，很容易就造成内伤，失去应变的能力。看到陈嘉南呆若木鸡的样子，他想上前安慰几句，却一时找不到安慰的话语。

过了许久，陈嘉南才回过神来。他明白自己的处境之后，十分不甘心，觉得老天爷不会这样残忍地将他和李素雅分开。他决定去淀粉厂找李宝军，希望能扭转局面。

陈嘉南骑摩托车去淀粉厂。李宝军倒也没有为难他，和他见了一面。陈嘉南真诚地说："阿叔，请你给我一些时间，让我证明自己的能力，可以让素雅过上幸福的日子。"李宝军却一点也不通情达理，自顾着摇头说："我不会给你时间的，我从来没有想过让女儿嫁给一个广东人。如果我有两个女儿，或许我可以考虑，但我就这么一个女儿，我怎么舍得让她到外地去。嫁鸡随鸡嫁狗随狗，她跟你去了广东，这辈子就见不了几次面，那我岂不是白养一个女儿了？总之，这事情没得商量。"陈嘉南问："要是我以后在同花镇做生意，赚了钱，有了事业，打算长期在此定居，不回广东，你会将素雅嫁给我吗？"李宝军冷笑道："年轻人，你有想法是好的，但是要务实一点，不要吹牛皮。素雅今年二十三岁了，已经到了谈婚论嫁的年纪，等你在同花镇做出一番事业，也不知道是猴年马月，我不可能拿女儿的青春当赌注。何况，我跟你一点也不熟，对你也没有什么好感，我凭什么要做这样的傻事？"陈嘉南说："因为素雅中意我呀！现在是文明时代，都讲究自由恋爱，追求自己的幸福，不能再像以前封建社会那样包办婚姻。你是开明的人，难道不知道自由恋爱对一个年轻人来说有多么重要吗？我跟素雅两情相悦，你就没有一点同情心？"李宝军打了个哈哈："我同情你，谁来同情我呢？如果我女儿嫁给你，谁能保证她是幸福的？万一她在广东受了苦，谁知道呢？再说了，你和素雅的感情只是表面上的，素雅太单纯了，没有谈过恋爱，被你的花言巧语给欺骗了。等过段时间，她自然会清醒。”陈嘉南强忍怒火说：“我要证明给你看，我不是用花言巧语欺骗她的。你难道不懂什么叫爱情吗？我用了全部感情去对待素雅，把自己的真心毫无保留交出去，才打动了素雅的心。你明明知道素雅是喜欢我的，也知道我是真心实意的，你为什么就不给我一个机会？”

李宝军盯着陈嘉南，过了好一会，等陈嘉南的情绪冷静了，他才摇头说：“我不懂你们所谓的爱情，反正我对你没有一点感情，这就是我的立场。我从来没有想过要把女儿嫁给一个外地人，所以，我不会给你机会的，你趁早死了这条心。”陈嘉南恨恨地说：“你思想这么保守，怎么当企业家！做生意的人要思想开明才对。”李宝军冷笑道：“我的家庭观念保守，并不代表我创业的观念保守。做生意的人，要懂得风险评估，这才是最重要的。你对我来说，就是一个风险，而且是一个不能管控的风险。总之，我的立场很明确，不管什么自由恋爱，也不管什么两情相悦，反正我是不可能将女儿嫁给你，因为我不喜欢你，也不看好你，对你也没有一点好感。你不要再来纠缠没有意义的事情，只会增加烦恼。我劝你还是早点回广东，广东是改革开放的前沿阵地，现在正在大力发展经济，你回去或许能做出一番事业。如果为了素雅待在这个小地方，把时间白白地浪费掉，那可不值得。”

李宝军之所以不给陈嘉南一点回旋的空间，是有原因的：一是陈嘉南是广东人，他怎么也不舍得将女儿嫁到外地去。嫁鸡随鸡嫁狗随狗，虽说陈嘉南有意向要在同花镇做事业，但谁知道他是不是来真的，万一只是花言巧语，婚后转身一走，女儿也要跟着去顺德，一辈子见不了几次面，岂不是白养了？二是陈嘉南当过劳改犯，有人生污点，假如将女儿嫁给他，传出去人家说李宝军的女儿嫁给了一个劳改犯，这像什么话？李宝军是同花镇第一个民营企业家，有名有望的，怎么可能将女儿嫁给一个劳改犯呢？三是他看不出陈嘉南有什么能力，说白了就是看扁他，话梅坊就是他弄出来的，搞了几个月，结果每个股东才赚一百来块钱，以他的能力，想在同花镇谋生都困难，更不要说做一番事业了，简直是异想天开。

所以，李宝军毫不客气，说起话来不留一点余地。他甚至觉得这个油嘴滑舌的广东仔不怀好意，在他家里当捞渣工，像贼一样盯上女儿，为了骗取女儿的感情又故意搞话梅坊，这么有手段，居心叵测，让他感到害怕，还是要远离为妙。

李宝军用斩钉截铁的语气说："你和素雅的事情，绝不可能的。我今天放下话来，就算我女儿嫁不出去，也不会嫁给你的，你死了这条心吧！以后你不要再来找我，今天我愿意见你，就是要把话说明白，把我的立场告诉你，往后不会再见你了。你也不要想着来找素雅，我是不可能让她和你见面的。"

陈嘉南见李宝军说得如此绝情，一副打死也不同意的样子，他知道自己再说什么也无法打动他的铁石心肠，只好放弃念想，像斗败的公鸡，垂头丧气地走出了淀粉厂。

已是中午，阳光最炽热的时刻，尽管处暑节气已经来临，起了一些秋风，但秋风就像生了病一样软弱无力，无法给人带来快感。阳光像鞭子一样无情地抽打下来，陈嘉南有一种遍体鳞伤的感觉。他已经完完全全明白了李宝军的态度，打死也不会将女儿嫁给他，现在素雅被家人看紧，他想同她说话的机会都没有了，如何保持感情交流？他十分了解素雅的性格，知道她平时虽然天真俏皮，但不是那种性情倔强之人，骨子里没有叛逆的精神，如果父母不断地给她洗脑，或许真的有一天她会听从父母之言，将他忘掉。

陈嘉南看着天空，天空骄阳似火，他感觉所有的热量都扣在了他的头上，让他有一种中暑的感觉。回到话梅坊，陈嘉南就像发瘟的公鸡，话也不讲一句，一头栽倒在床上，以前那种玩世不恭乐呵呵的神态一去不返，就像换了个人似的。

冯源和欧阳姐妹正在房间里面下跳棋。三人玩跳棋也比较有意思，各占地盘，不用与对手竞争，看谁先跳完谁就赢。下棋的时候，欧阳娴和妹妹已经从冯源嘴里听说了陈嘉南的事情，也知道他去淀粉厂找李宝军求情，希望能争取到一线生机，现在看到陈嘉南病蔫蔫地回来，事情肯定不妙。

欧阳娴毕竟和梁坤健谈过恋爱，多少懂得感情上的处理，她对躺在床上的陈嘉南说："平时见你一副嬉皮笑脸的样子，没想到在爱情上跌个跟斗就摔成这样，看来，你还算是个有情义的人。这样吧，看在你这么用情的分上，我破个例，给你当个中间人好不好。你有什么想对素雅说的话，写成信，我假装去找她玩，帮你把信带给她。就算见不了面，你的心思也是可以让她看到的。"

陈嘉南听了，灰暗的眼睛一下子冒出光来，像病入膏肓的人突然吃了仙丹一样，霍地从床上爬起，跑到欧阳娴身边，一把抓着她的手说："我怎么没有想到让你传信呢！阿娴，你真是我的救命恩人啊！"欧阳娴甩开他的手，啐道："你们广东人都喜欢讲大话吗？传个信也成了救命恩人，我可不敢当。"陈嘉南苦笑起来："素雅在我心中，比我的命还重要，你怎么就不是我的救命恩人了？"欧阳娴抿嘴笑道："这种肉麻的话，你还是写到你的信里去吧，跟我说有什么用，我又不是素雅。”

冯源见陈嘉南打起精神来了，就说：“阿南，凡事都要讲究心态，像打仗一样，虽然暂时吃了败仗，但只要人还在，把士气鼓起来，就有战胜的可能。有阿娴给你做中间人，帮你牵线，至少还是有机会反转的。你不要一副垂头丧气的样子，让人看得难过。”陈嘉南叹了一口气：“你不知道，素雅爸爸说出来的话有多伤人。他说打死也不会让素雅嫁给我的，让我死了这条心，把话都说绝了。我没想到他是这么绝情古板的人，脑子一点也不开窍。”冯源说：“凡事都不能说绝，有句话叫物极必反，素雅爸爸把话说得这么满，事情就会有漏洞，证明你还有很大的希望。”欧阳娴也说：“就是，当初我爸妈一直以为我会和梁警官订婚，把话说得死死的，说我除了嫁给他，没有别的选择，最后还不是没有订成。说不定，素雅现在也在反抗她的爸妈呢！”

陈嘉南听了两人的话，心里稍安。他搓了搓手，一副急不可待的样子：“我得赶紧写信去，你明天就帮我去送信。”欧阳娴笑起来：“我看你是脑袋被冲昏了吧，我明天肯定不能帮你去送信，至少也要过十天半个月的。你想，现在你和素雅的事情正处于风口浪尖，她家人肯定防范得紧，我平时从不主动上门去找素雅玩的，这个时候去，她家人肯定起疑心，会坐在一边监视，到时就算有信也拿不出手。所以，要等风头过了，最好是你不在同花镇了，她家人以为你死心了，就会放松警惕，我再找个适当的借口去找她，这样才天衣无缝。”冯源由衷叹道：“哇，你想事情真是周到，看不出来你心思这样缜密，太厉害了。”说罢，转头看着陈嘉南，“你看，有阿娴这么聪明的人给你当中间人，你还怕什么。你尽管好好写信，只要素雅坚持她自己的想法，你和她就有机会破镜重圆。”

陈嘉南也从绝望中看到了希望，脸上终于露出了一丝笑容。但这笑容再也没有一点玩世不恭的味道，带着淡淡的苦涩，仿佛一瞬间人就变得成熟了。

从下午到晚上，陈嘉南一直在写信。他先是打草稿，然后不断修改，直到满意之后，才正正规规地抄到了信纸上。这封信写得深情款款，整整铺满了十页纸，他在信上如同宣誓般，告诉李素雅，他对她的爱恋永不放弃，海枯石烂至死不渝，并且他一定要在同花镇干一番轰轰烈烈的事业，让她的家人接受他，只是干事业需要时间，所以她必须要有信心与耐心等待他，等着他凯旋，骑着白马上门向她求婚。另外，他千叮咛万嘱咐，让素雅一定要相信爱情，坚守内心，只有经得起考验的爱情，才是真正的人生，等到白头偕老的时候，两人一起回忆曾经坚守的岁月，那才是真正的幸福。如果盲从父母的话，随便找个人嫁了，那活着还有什么意思，那不是为自己而活，而是为父母而活，每个人都应该有自己的人生追求，现在是文明社会，崇尚自由恋爱，不能像以前那样走封建路线，靠包办婚姻来过日子，被父母牵着鼻子走，那是让社会倒退。另外，陈嘉南还在信中特意提到了两人恋爱时的美好回忆，希望能激发她的情感，让她起反抗的心思。信的最后，陈嘉南再三交代，无论家人怎么说，他希望她能坚守爱情，坚持自己的想法，不要辜负自己的人生，总有一天两人会破镜重圆的。

写完信，用信封装好。他知道这封信想要送到李素雅手上，还需要一段时间，如果自己能早点离开同花镇，李素雅的父母就会放下防范之心，那么欧阳娴就可以早点去找李素雅玩。因此，把信封装好之后，陈嘉南就和冯源连夜商量，打算后天就去广东，先到顺德待几天，带冯源四处逛逛，再转车去广州批发衣服，运到内地来卖。

冯源十分激动，终于要去广东了，这可是他人生的一大梦想！他早就想跟着陈嘉南去贩卖衣服赚钱了，只有赚到钱，他才有底气跟欧阳娴恋爱，否则，自己一个山野穷小子，怎么能配得上这么好的姑娘呢！两人当场商议好，明天去县城买车票，然后回来收拾东西，后天一大早就坐车去广州，再从广州转车到顺德。

聊完去广东的行程，已是半夜，两人开始睡觉。但冯源因为激动，怎么也睡不着，而陈嘉南因为李素雅的事情，也无法入睡，两人就着窗外的一轮弯月，吹牛聊天，说着未来的事情。快天亮的时候，才迷迷糊糊地打了个盹。然而天一亮，他们就起来了，精神抖擞，一点也不像失眠的样子。

洗漱完毕，冯源主动开摩托车，载着陈嘉南一起去县城。

到了县城车站，两人购买了第二天早上去广州的车票，并在县城的桂林米粉摊吃了早餐，随后返回同花镇。两人开始收拾东西，将收音机和磁带等玩意寄存到欧阳娴家里，冯源知道欧阳姐妹也喜欢听音乐，因此让欧阳娴将录音机和磁带放到她们住的厢房里，闲时可以听来陶冶心情。尤其是欧阳慧，无聊时听听音乐，也能打发时间。其他的东西就没有什么要收拾的了，生产队公房的租期是一年时间，现在才几个月，制作话梅的工具就放在里面，不用找地方存放。何况也不是什么值钱的东西，不必担心有人来偷。

两人将衣服装到行李袋，接下来最要紧的事情就是租个拖拉机，明天一大早载他们到县城去。从县城到广州的班车早上八点钟发车，一天只有一班，如果搭班车去县城，肯定是赶不上时间的，因为从县城到同花镇的班车九点钟才到。那时候乡下连摩托车都少得可怜，更不可能有出租车，乡下人娶亲一般都是叫拖拉机拉嫁妆和拉人，连新娘子都要坐在拖拉机的车厢里。

同花街有一户人家专门买来拖拉机跑运输，帮人拉砖头、石子、瓦片之类的。冯源也认识此人，跟他预定明天一早六点钟，让他开拖拉机到话梅坊接两人去县城。拖拉机的时速也有三四十码，从同花镇出发，两个小时到县城车站是没问题的。

租完拖拉机，已经是傍晚时分。冯源去酒铺里面跟姑妈说一声，说他明天去广东贩卖衣服的事情，姑妈也为此感到高兴，叮嘱了一些注意安全的话。随后，冯源和陈嘉南一起去兴龙观，烧香祈福，并找柴叔吃鱼喝酒。

喝完酒，回到话梅坊已经是八点多钟。陈嘉南让冯源将摩托车寄存到欧阳家里，等他们贩卖衣服回来后再过来取摩托车。

冯源于是将摩托车开进欧阳娴的家门。欧阳才华听说冯源要去广东贩衣服，心里颇为失落。欧阳才华已经从女儿口中得知话梅坊休业的事情，本来他心中有个想法，等九月份开学之后，找机会把冯源招到学校当代课老师，专门教美术，然后他亲自培养，辅导冯源考一个教师资格证，从而转正。欧阳才华看得出来，冯源是个聪明人，又有绘画的一技之长，只要加以培养，又有他暗中帮忙出力，一定能从代课老师转正为公办老师。这样一来，冯源肯定会对他感恩戴德，而且在培养冯源的这段时间里，又能培养冯源和欧阳慧的感情，一举两得，到时冯源必然会成为他的二女婿。

欧阳才华想找个时间和冯源细聊一下，打动他的心。没想到，冯源急匆匆地第二天就要去广东贩卖衣服了，让欧阳才华心中的计划落了空。不过，听说冯源只是去广东个把月，时间倒也不长，欧阳才华心想，等他从广东回来再说，反正学校招代课老师的事情，只要他打个报告就可以实现的，倒也不是什么难事。

第二天早上六点钟，拖拉机准时到来。天色刚放亮，天地间笼罩着一层朦胧的秋雾，雾气中裹着牡荆花香，在叽叽喳喳的鸟叫声中，让人感觉到一阵宁静。

没想到，欧阳娴姐妹竟然一大早起床，来话梅坊为两人送行。欧阳慧是小女孩心性，冯源说等他从广东回来时，会给她带一件漂亮的裙子，还有戴在头上的装饰品，要将她打扮得像公主一样漂亮。她很是期待，因此对即将到来的离别并不感到伤感，反而充满了欢乐。

冯源看到这对漂亮的姐妹，心情一下子温馨起来。冯源和欧阳娴这段时间天天在一起，两人情投意合，早已有了深厚的感情，只是没有光明正大地表达出来而已。冯源看着欧阳娴，眼神中透出的是难舍难分之情，而欧阳娴的眼中也流露出情侣般的眷恋。两人默然地用眼神交流，欧阳娴当然不可能说出什么依依不舍或伤感的话，只说了一路平安之类的。

因为要赶时间，告别的时间很短，只是简单地说了几句，拖拉机便发动了。冯源和陈嘉南将行李丢到拖拉机的车厢上，两人坐在车厢边沿，用手抓着车棚的铁架子。司机挂上挡位，拖拉机便沿着话梅坊和树林中间的泥路缓缓而行，往同花街的方向驶去。

冯源和陈嘉南坐在车厢上挥手，朝欧阳姐妹告别。欧阳慧双手放在嘴巴前，做成一个喇叭状，朝着拖拉机大声地说着什么。但拖拉机的声音太吵，听不清楚。

拖拉机开出话梅坊的泥路，司机加了油，换了挡，机头发出更大的咆哮声，车子加快速度向前冲刺。很快拐了个弯，欧阳姐妹俩就被抛在了树林的后面，只能看到雾气依旧萦绕在天地间。

拖拉机越过富江大桥，从同花街中间穿过，向南一路狂奔而去。不久便看到了淀粉厂，在淡淡的雾中，淀粉厂看起来有些缥缈。陈嘉南一直盯着淀粉厂看，车子震得他全身发抖，但他的眼睛却一动也不动。

因为清早，公路上没有车辆也没有行人，司机肆无忌惮，把拖拉机速度开到了最快，像一头疯牛一样愤怒地横冲直撞，淀粉厂很快就消失在眼前。公路坑坑洼洼的，拖拉机的避震效果差，两人坐在车厢上，被震得几乎坐不住，与车厢一起起伏。风景在两人眼前起伏不定，他们的思绪也跟着起伏不定，感觉有点像做梦。

第二十章

陈嘉南和冯源去了广东之后，李宝军果然放松了警惕，以为陈嘉南在自己那一番冷酷无情的言语打击下，死了心，不再回来了。他松了一口气，只要陈嘉南离开同花镇，时间一长，女儿肯定会将他遗忘。

九月上旬，欧阳娴带上陈嘉南的信，去找李素雅玩。李世岩当初追欧阳娴，邀请她到家里玩过几次，李世岩的父母也希望欧阳娴能当李世岩的女朋友，因此对她极好。李素雅和欧阳娴玩得来，那时有事没事开她的玩笑，叫她嫂子。没想到欧阳娴后来选择了梁坤健，李世岩的父母觉得可惜，那一阵子欧阳娴也不好意思再到李家玩，关系就渐渐变淡了。

李宝军见欧阳娴上门来找女儿玩，心里高兴。李素雅这段时间一直被监视在家，心里闷得慌，满脸忧伤的样子，这样下去只怕会得抑郁症。当初，李素雅考了三次大学都没考上，也是这样一副忧伤抑郁的样子。欧阳娴来了，正好可以陪她聊聊天，开导她的情绪。

李素雅因为父母强烈地反对她和陈嘉南交往，心里十分受伤，父亲又像防贼一样整日防着她，出个门也要跟着她，让她失去了人身自由，内心深处更是反感。她虽然俏皮，却不是倔强之人，倒也没做出叛逆之事，但语言和神情上十分反抗，用打冷战的方式对抗父母，整日闷着个脸，不理会父母的感情。父母又联合亲戚们一起苦口婆心地劝她，希望她能明白做父母的用心良苦。可是她并不领情，每天跟家人怄气，不愿意见亲戚，搞得李宝军很是头痛。

李宝军没有想到欧阳娴是来送信的，他说：“你帮我劝劝素雅，让她看开点，整天愁眉苦脸的，万一得了心病可不好。”

欧阳娴到李素雅的房间聊天，假装好意劝导李素雅，不要因为一个男人，搞得像林黛玉一样，整天愁眉苦脸的，人都变憔悴了。聊了一会，欧阳娴把陈嘉南的信偷偷塞到了窗桌上。窗桌上有一摞书，全是琼瑶的小说，有《庭院深深》《心有千千结》《一帘幽梦》《梦的衣裳》等十余本。这些书是陈嘉南特意从顺德带过来给李素雅看的，陈嘉南知道终有一天，他和李素雅的恋爱肯定会遭到家人的反对，琼瑶小说主题总是爱情至上，最能给少女们洗脑，他希望李素雅看完这些书，能鼓起勇气，为爱情而反抗父母，这样一来，他才有可能和她在一起。

也确实如此，李素雅虽然性子活泼俏皮，但自小就没有叛逆之心，平时比较听父母亲的话，是父母眼中的乖乖女，然而父母反对她和陈嘉南来往，她竟然起了反抗的情绪，虽然没有像琼瑶小说书中的某些女主角，可以为了爱情跟父母激烈对抗，做出不可理喻的行为，但她敢公然和父母叫板，不听从父母之意，已经超出她以往的性格。显然，她多少受了这些爱情小说的影响。

欧阳娴把那封信塞到书堆里面，顺便拿起一本书看。她像遇到什么惊喜的事情一样，突然站起来，将那些书都拿起来看封面，叫道：“哇，你竟然有这么多的琼瑶小说，怎么不告诉我呢？我以前在桂林读书时看过几本，拿起来就放不下，要一口气读完才过瘾。琼瑶的书很难买的，县城都没有卖，你从哪里搞来的？”

那个年月，女生喜欢看爱情小说，男生喜欢看武侠小说，是一种潮流，也是最容易入迷的事情。尤其是同花镇这种偏僻之乡，本来对外的消息就封闭，电视台也收不到几个，平时没有什么娱乐活动，要是能有琼瑶的小说看，那简直就是一大喜事。这十几本琼瑶小说，李素雅特意放在离床头最近的窗桌上，无聊时就翻开看，虽然多次重读，但读起来仍是津津有味。这些天来，父母将她软禁在家，不许她和陈嘉南见面，她就靠琼瑶的小说打发时间，并且从书中那些爱情故事里获得了对抗世俗的勇气。

李素雅说：“你也喜欢琼瑶的小说啊，你拿两本回去看，看完了再来找我。不是我不舍得把书全部借给你看，我自己也要拿这些书打发时间呢！你看完了来找我，正好可以和我聊聊天，否则我天天闷在家里，就像坐牢一样，都快愁死了。”欧阳娴愉快地说：“那就这么说定了。”

两人聊了一个多小时，欧阳娴拿了两本琼瑶的书，离开李家。李素雅将欧阳娴送出家门口，故意把声音放大，让欧阳娴没事来找她玩，陪她解解闷，否则她要在家里憋死了。李宝军看到女儿脸上那股郁郁寡欢的神情消散了许多，心里颇为欣慰，也希望欧阳娴能经常上门来找女儿聊天。

欧阳娴走后，李素雅把房间门关上，从那摞书里面将陈嘉南写给她的信抽出来看。

陈嘉南回到广东后，打算在顺德住几天，带冯源四处转转，然后去广州的服装批发市场挑选衣服，运到同花镇贩卖。然而，在哥哥陈嘉志的劝导下，陈嘉南改变了计划，没有和冯源去贩卖衣服，而是跟着哥哥和表哥唐世荣一起创业，投入了打火机厂前期的筹备工作中。

陈嘉志和唐世荣从七月份就开始筹备打火机厂的创建，他们租赁了一个空厂房，一边进行装修一边到工商局申请注册公司。公司名字取为“世嘉打火机厂”，用“嘉志”和“世荣”两人名字中的一个字。“世嘉打火机厂”通过工商审核后，还要到消防部门备案，因为打火机厂属于易燃易爆企业，具有一定的危险性，并不像电子厂和塑胶厂那么容易申请营业资质。打火机厂从申请注册开始，条件就卡得很严，一直到八月底，打火机厂才通过工商和消防两大部门的审批，拿到了营业执照，并向银行申请贷款。即便拿到营业执照，还要等工厂全部完成后，消防部门要过来进行最后的稽核，审批《易燃易爆化学物品消防安全许可证》才能正式开工。

看到弟弟回来了，陈嘉志很高兴，他以为弟弟是回来一起创业的。毕竟，陈嘉志还有一个养殖场在经营，并不能全部身心投入打火机厂的创业，他一直想让弟弟回来，帮他接手打火机厂的相关事宜，他好继续经营养殖场。养殖场不能丢下，这也是一个赚钱的产业，另外打火机厂有一部分贷款是用养殖场名义贷的，要是他把心思全部转到打火机厂，养殖场就会被削弱，到时贷款还不上，那就麻烦了。然而没想到，弟弟只是回来探亲，竟然打算去广州挑衣服贩卖到内地，并不想跟他一起搞打火机厂。陈嘉志十分生气，觉得弟弟自从去了同花镇之后，怎么就变了人样，没有野心，也没有格局。人往高处走，水往低处流，大城市不待，工厂老板不做，非要跑到鸟不拉屎的小地方去卖衣服，莫不是吃错药了！

陈嘉志狠狠地骂了弟弟一顿。打火机厂的前期工作如火如荼地进行中，正是需要人手来帮忙的时候，他怎么就不体恤一下哥哥的苦心呢？打火机厂租赁的是现成的厂房，格局不能直接套用，必须要重新规划才能通过消防审核，不说生产线和机器设备的安装置放，就连电路也都要重新布局。打火机厂有近十个生产车间，并且有两个车间还是危险防控车间，按照消防要求，必须要有隔离与应急的规划，才能通过消防部门的资质认定，这两个车间的消防设施配置，必须要专人跟进，去消防部门学习相关知识，例如压力容器、易燃易爆物品的生产、管理、运输、仓储的相关规定，考到消防证才行。

陈嘉志和唐世荣联手搞打火机厂，用的是“家族企业”管理模式，这也是很多创业者的最初管理模式，不会把工厂的高层管理职务让给外来人担任。毕竟打火机不是高科技企业，属于传统的手工组装生产，管理人员不需要技术和专业，只要会记数算账就行，比做养殖行业还容易。搞养殖如果没有一点知识，会把鱼养死的，然而打火机厂只要有订单进来，按照工艺进行生产，就不会存在问题。

唐世荣也忙得团团转，他的打火机作坊还在运营中，要用作坊积累下来的基础扩大成打火机厂，所以他不敢怠慢，既要顾及作坊的工作，又要参与新工厂的布局，他也希望有个助手来帮他跑腿，处理一些相关事宜，因此一直催陈嘉志找到陈嘉南，让他早点回来当帮手。但是陈嘉南在同花镇，没有任何联系方式，根本没办法联系上。唐世荣的打火机作坊订单越来越多，按照当前的规模和员工配置，已经无法消化，必须要早点成立工厂，多招员工进来才能将订单吃下去。终于，陈嘉南回来了，还带了一个帮手过来，正好可以协助他们一起投入打火机厂的前期工作，替他们分忧解愁。可是没想到，陈嘉南却说要回来贩卖衣服，这成什么样子了！

唐世荣冷笑道："我连皮鞋贩子都不做了，你还要做衣服贩子，这不是走下坡路吗？"陈嘉志也狠狠地批评弟弟："当衣服贩子，一年赚个万把块钱有什么用，搞企业一年赚个几十万才像个样子。打火机市场大，赶上好时机，一年搞个几百万也是有的。有了钱，你想做什么都可以。"

冯源站在一边，听了这话顿时惊呆了，他觉得一年赚一万块钱已经通天了，没想到人家都是一年要赚几十万上百万的，简直不敢想象！陈嘉南也被赚大钱的憧憬给激醒了，假如一年真能赚个几十万，有了钱开着小车去找李素雅求婚，多少会让她的家人刮目相看，比贩卖衣服显然有出息多了。于是，他不再想去贩卖衣服，答应和哥哥一起搞打火机厂。

陈嘉南将冯源介绍给哥哥和表哥，说冯源是他在同花镇最好的兄弟，承蒙他多次照顾，同吃同住在一起，就差同穿一条内裤了。陈嘉南和唐世荣正好需要人手帮忙做事，也将冯源当成自己人看，让他加入工厂的前期筹备团队中。

计划有变，冯源写信给欧阳娴，告诉她真实情况，他没有贩卖衣服，而是跟着陈嘉南留在顺德搞打火机厂的前期工作。他在信中写到了如何布置打火机厂的事情，并谈到了未来的想法，说他和陈嘉南私下里做了打算，等两人掌握了打火机厂的工艺后，赚到本钱，就杀回同花镇开一个小型打火机厂。因为打火机的市场大，全国各地都有需求，在内地开厂也是吃得开的。

这是冯源第一次写信给欧阳娴，前面两页纸将自己工作的事情交代完毕后，话题一转，后面的几页纸，开始向欧阳娴表白感情，说起他对她的爱恋与不舍。曾经，冯源在十里画廊的时候，就向欧阳娴表白过了，但那次是比较羞涩的表白，而且欧阳娴并未正式答应。这次用写信的方式再次表白，一句一字的，更有强调性。冯源说起他到顺德之后，愈发怀念以前跟她在一起的日子，恨不得早点回去天天跟她在一起，一辈子也不分开。但是，他必须要做出点事情来，才能回去见她，因为他不想让她以后跟着受苦。他一切的努力，就是为了能和她在一起，让她获得幸福，也让自己获得幸福；没有她，他的生命就像一幅没有涂颜色的画，平淡无奇；有了她，他的生命才有了绽放的色彩，充满了光明。

欧阳娴看完冯源的信，虽然对冯源留在顺德工作的事情感到失落，不知何时才能见他一面，但是冯源写的甜言蜜语，一字一句地刻在了她的脑子里，滋润了她的少女心事。她最近正在读琼瑶的小说，正渴望一场轰轰烈烈的爱情，冯源信上的甜蜜表白，多多少少填补了这个空白，让她感到心神荡漾。

冯源还在信封里面装了两封信，一封是他写给欧阳慧的，另外一封是陈嘉南让欧阳娴帮忙转交给李素雅的。

冯源知道欧阳慧是小孩子心性，如果姐姐收到信，她没有收到，肯定会不开心的。另外，冯源写信给欧阳慧，希望她能回信，这样就能锻炼她的脑子，提升她的智力。冯源在写给欧阳娴的信中，也强调了这点。欧阳娴觉得很有道理，对冯源考虑事情的周到与细心，很是赞赏。

欧阳娴将冯源的信交给了欧阳慧。欧阳慧有生以来，第一次收到信件，高兴不已，马上拆开来看。冯源写给欧阳慧的信，语言就不一样了，就像大哥哥和小妹妹说话的语气，他说到自己在顺德的一些见闻，以及新的生活方式，又说大城市虽然好，但是还是没有在同花镇好玩，他很想念两人在一起玩耍的日子，尤其是在树林里面捉迷藏，去捅马蜂窝，快乐得就像童话生活一样。秋天到了，是放风筝的好季节，不知道上次他教她糊纸风筝的方法，她是否还记得。如果她记得的话，就做一个纸风筝，飞得高高的，飞到天上去，说不定他在顺德能看到。

欧阳慧把信拿给了父亲看，也拿给姐姐看，高兴地说要给冯源写回信。父亲和姐姐当然是鼓励她写回信的，也希望她能长期保持和冯源通信，激发脑力。

不过，对于冯源留在顺德工作的事情，欧阳才华倒是感到十分的失落，他心头那一番精心的构思因此而落空了。如果冯源只是去广东贩卖衣服，最终是要回到同花镇的，他就找个时间，和他推心置腹聊一番，让他来学校当代课老师，并辅导他考取教师资格证。这样的话，冯源和欧阳慧的感情培养才有可能成功。然而，计划永远没有变化快，冯源突然留在了广东工作，他要是在广东混得好，怎么可能还会回到同花镇这小地方，也就是说，冯源和欧阳慧的事情基本上是不可能了。

欧阳才华好不容易将二女儿的终身大事寄托在冯源身上，没想到天不遂人愿，他心里自然有些难过。但是，他还是鼓励欧阳慧写信给冯源，希望借着写信的机遇，能让女儿的脑子开窍。欧阳才华还督促欧阳娴指导妹妹写信，说妹妹的事情就是你的事情，你要好好教妹妹怎么把信写好，不要让冯源看了笑话。

欧阳才华并不知道，大女儿已经和冯源相恋了。倒不是欧阳才华粗心，主要是欧阳娴当时和梁坤健还在谈恋爱，一直到八月初才跟梁坤健分手，欧阳才华没想过女儿会在此期间移情别恋。何况，当初冯源因为抱欧阳娴去卫生站，闹出难堪的谣言，害得她名声扫地，他还以为女儿心中的阴影尚未散去，是不可能对冯源有兴趣的。并且，在欧阳才华眼中，大女儿根本不可能看上冯源，欧阳娴优秀，长得又漂亮，眼光很高，冯源只是一个山区出来的穷小子，没有什么正式的工作，也没有出众的才能，她怎么可能看得上呢？加之冯源和欧阳娴平时也没有显示出亲密的样子，反倒冯源和欧阳慧处处都透着亲密的神色，有着形影不离的感情，无论怎么看，冯源和欧阳慧才是天生的一对。就连村里传出来的一些流言绯闻，也是将冯源和欧阳慧绑在一起，甚至有人开玩笑问欧阳才华，阿慧要是嫁给了冯源，阿娴会不会有意见。虽然这样的玩笑有些揶揄的意思，但显然人们也认为，冯源和欧阳慧将来可能会走在一起。

可是，转眼之间一切都落空了，欧阳才华内心的失落比谁都大。大女儿刚和梁坤健分手，二女儿也和冯源分别，这都是什么事情呢！两个女儿都到了出嫁的年龄，却都走了背运，没有一个是顺的。

女儿的事情让欧阳才华十分操心，不过他本人却迎来了一件喜事。九月份开学，欧阳才华去县教育局开新学期的工作会议，教育局局长和欧阳才华关系好，偷偷告诉欧阳才华一个好消息，元旦之后，教育局一位办公室副主任要退休，空了位置出来，局长想将欧阳才华调到教育局来上班。

欧阳才华在同花镇当了近十年的小学校长，在教学管理和工作方针上，表现十分出色，多次被县教育局评为优秀教师。他又是有才华的人，在省报和市报的副刊上发表了大量的文学作品，在县城都是难得一见的人才，以他的能力，调到县里工作是没有问题的，只是县教育局当时机构小，职务有限，一直找不到合适的位置。现在有一位办公室副主任即将到龄退休，局长决定将这个位置让给欧阳才华，因此私下问他是否愿意到县里来工作。欧阳才华考虑一番，同意了工作上的调动。教育局局长让欧阳才华先保密，等他将报告打上去，走人事流程，确认没问题了再对外公布。

其实，欧阳才华并不想离开同花镇，他在小镇活得潇洒自如，职务上不受人管制，工作也轻松，隔三岔五就去找柴叔和刘见章饮酒寻欢，也是人生一大乐趣。若是去了县城任职，“同花三圣”这个名号恐怕就要落寞了。县城离同花镇远，一个月能回来两次都不错了，而且在教育局上班，那是正经的单位上班模式，没有寒暑假，将会压缩他的创作时间。虽然在县城工作的工资高，退休待遇也好，但他并不在乎这点，他更喜欢享受现在这种安逸的生活。

但是，欧阳才华最终还是答应局长，愿意调到县城工作。他这么做，可以说完全是为了两个女儿。首先是大女儿，如果欧阳娴和梁坤健订婚，他就不必操这个闲心了，可是与梁坤健分手之后，欧阳娴想要在同花镇再找一个优秀的对象，实在是太难了。同花镇毕竟是个小地方，优秀的后生比较少，自己的女儿这么优秀，长得又漂亮，不可能随便嫁给普通的农家子弟。加之此前冯源和欧阳娴闹出过谣言，传得沸沸扬扬的，名声已经遭受抹黑，与梁坤健谈了一年多却又分手，在镇上找对象，人家会不会考量这些问题？要是欧阳才华调入县城工作，那这些问题就不会存在了，他会利用关系，想办法将女儿调到县城的小学教书，然后再帮女儿在县城物色对象，从此之后，女儿就是“城里人”了；至于二女儿，欧阳才华到了县城之后，可以利用职务上的关系，去县城的残联打听，看有没有适合欧阳慧的对象。身上有一点残疾是不要紧的，只要有正式工作，或者家境好的，欧阳慧嫁过去之后不受苦不受累就行。他相信以阿慧漂亮的身材与相貌，也能做各种家务，并且乖巧听话，嫁出去是没问题的，县城这么大，一定会有适合的人选。

正是出于对两个女儿未来的人生考虑，欧阳才华才愿意放弃现有的安逸时光，同意调往县城。当然，这件事情还只是在征询个人意愿阶段，没有开始走程序，一切都是未知数，因此他并没有告诉任何人。

欧阳娴并不知道父亲心中的这些想法，她不知道父亲原先是要撮合妹妹跟冯源的，也不知道父亲要调去县城工作的长远计划。父亲是个严肃沉默的人，思路严谨，做事缜密，一般不会轻易地说出内心的想法，尤其是没有把握的事情，他一向不会跟人提起。

欧阳娴按照父亲的要求，指导妹妹写信，尽量让妹妹写得通顺一些，读起来没有病句，也没有错别字。当然，欧阳娴也会写信给冯源，到时一起寄过去。不过，她写信给冯源，却不能让父亲知道，因为她才跟梁坤健分手，要是被父亲知道了她和冯源相恋，会怎么看待她？说不定认为她是个薄情寡义之人，令她难堪。毕竟，父亲对她甩掉梁坤健一事是耿耿于怀的，这个时候绝不能有把柄落在父亲手上，引来父亲的误解。另外，冯源现在还是一个穷小子，又跑到顺德打工了，按照当下的情形看，父亲肯定是不会同意她和冯源交往的，得要让冯源做出点事情来。

一对父女各怀心事，都在默默地规划着自己的人生。

在姐姐的指导下，欧阳慧的回信很快就写好了。为了提升女儿的脑力，虽然欧阳慧不再进学校读书，但是欧阳才华平时会给欧阳慧布置一些作业，做小学的数学题，还有写字、背课文和描绘本，以此锻炼她的学习能力。欧阳慧的字体写得端正，比许多大人写得都要好看，一笔一画都透着少女的清秀。因为有姐姐的指导，欧阳慧的信写得也通顺，只是语气仍带着孩子般的天真。

欧阳慧在信上说，她很想念和冯大哥在一起玩耍的日子，没有他在身边，感觉时间过得好慢，有时烧饭，她因为太想念他而把饭烧煳了。然后，她又写到她在荡秋千的时候，因为他不在身边，感觉空荡荡的，好像被秋千抛弃一样（这自然是欧阳娴叫她这么写的）。她还写道，自己记得糊纸风筝的方法，到时候她会做一个很大的纸风筝，上面写一个“冯大哥你好”，放到天上去，要让风筝飞得像白云一样高，到时他才能看到。

这一封回信写了满满的四页纸，欧阳才华看完后，十分满意。他让欧阳慧将这封信的内容再次抄到一个新的笔记本里面，让她以后经常给冯源写信，每写完一封，就抄录到笔记本中，到时候可以成为一本厚厚的日记了。

欧阳娴抽了个空闲，去找李素雅借书看，顺便将陈嘉南的信拿给她看。陈嘉南这封信，除了说一番甜言蜜语，还说起自己在顺德创业，与哥哥一起搞打火机厂的事情，他说打火机厂现在还在进行前期的厂房布局，没有安装电话，等装了电话之后，把号码寄给她，两人可以打电话聊天。随后，他又说到打火机的事业，说打火机现在的市场需求量很大，前景良好，工厂一年赚个几十万不成问题。赚到钱，他会在同花镇开一家打火机分厂，因为打火机全国通用，到处都有需求，不愁卖不掉，这样，他就能在同花镇做一番事业了，肯定能打动她的父母。另外，陈嘉南还在信中提到，让李素雅不要与她的父亲斗勇，这样既影响与父母感情，也影响她的心情，不如与父母斗智，直接和父母约法三章，约定相关的事情，这样更容易争取到胜利。

李素雅看完信后，很高兴。她回了一封信给陈嘉南，偷偷去镇上的邮电局，将信寄了出去。因为陈嘉南回广东了，李宝军放松了警惕，对李素雅不再严加看管。只是他没有想到，李素雅会和陈嘉南用写信的方式保持联系。李素雅在信上注明，让陈嘉南回信时仍是寄给欧阳娴，不能直接寄到淀粉厂，要是被家人知道了那可大事不好。

信寄出去之后，李素雅特意和父亲谈了一番话，约法三章：一、为了使整个家庭的气氛和谐，她不和父母对着干，但是父母也不能逼迫她，要给她一些私人的时间和空间，否则她会活得很压抑，到时搞得两败俱伤；二、关于陈嘉南的事情，父母不了解他，不能就此下结论，最少给他一两年的时间证明能力，如果他真的没有作为，一两年之后，她也会把他忘了，如果苦苦相逼，只会适得其反，她说不定哪天受不了，就跑到顺德去找他了；三、以后不要再企图说服她忘记陈嘉南，或者叫一些亲戚过来劝导她，甚至不要在她面前提到陈嘉南的事情，这样只会增加她内心的不满情绪。

李宝军也知道如果跟女儿对着干，确实容易弄得两败俱伤，毕竟女儿也需要一个缓冲期，才能慢慢平复心情。于是，他假装答应约法三章，心里却在想，如何把这可恶的广东仔从女儿心中赶出去。他知道女儿对陈嘉南念念不忘，也担心女儿会做出不可理喻的事情，跑去顺德找陈嘉南。为了让女儿早日忘掉这个广东仔，他想，或许只有让别的后生介入，跟女儿交往，女儿才会渐渐移情别恋。他一直都觉得女儿因为没有谈过恋爱，受了陈嘉南花言巧语的蛊惑，所以才会昏头昏脑。要是有别的感情介入，她也许很快就会疏远陈嘉南的。

于是，李宝军决定给女儿介绍一个男朋友。

九月下旬，迎来了中秋节，李世岩和钟彩云举办订婚酒宴，亲戚们都来庆贺。舅舅潘立威是媒人，自然要来喝喜酒的。亲戚们都知道李素雅和陈嘉南谈恋爱的事情，潘立威也受李宝军之托，曾去劝导李素雅。不过，说实话潘立威对陈嘉南本人倒没有太大意见，虽说他当过劳改犯，但他看得出来，这小子骨子里是个正义之人，他敢冒着生命危险去大火中救人，这种精神可不是谁都有的。只因他是广东人，外甥女嫁过去确实有些远，如果陈嘉南是本地人，说不定他还会反过来劝李宝军。

李宝军把潘立威拉到一边，说他想给女儿介绍一个男朋友，以此冲淡女儿对陈嘉南的感情。他问潘立威，农场里面有没有上进的青年，家境又比较好的，介绍给李素雅。潘立威想了一圈，想到了一个人，副监狱长的儿子梁坤健前不久和女朋友分手了，现在处于单身，论家庭条件，论未来前程，要数他最好。

潘立威也知道梁坤健的为人与性情，这是一个严肃且沉默的人，除了在工作上发言，平时很少和同事们聊天说笑，不太合群。但正是这样，却又显出他与众不同的品质，这是一个非常可靠的人，做事认真负责，又有上进心，未来的前途一片大好，如果他能和李素雅成为一对，李素雅将来的日子不必发愁。

李宝军听说要介绍副监狱长的儿子给女儿当对象，很是心动，因为淀粉厂的原材料大部分由农场供应，县城还有一个正规的国营淀粉厂，农场有很大一部分的淀粉材料都要送到县城，自己的淀粉厂一直想扩大规模，但由于原材料供应的限定，因此一直不能如愿。如果能与副监狱长当亲家，这件事情自然就好解决了；另外农场与淀粉厂很近，女儿嫁过去，随时都能见到，加上梁家的家境好，而梁坤健本人也优秀，李素雅嫁给他，这辈子靠得住。

于是，李宝军当场决定，由潘立威去当媒人，请梁坤健上门做客。

第二十一章

自从跟欧阳娴分手，梁坤健一直沉浸在痛苦之中。他深爱着欧阳娴，虽然不知道怎么表达自己的爱意，但并不代表他内心没有爱。他是个严肃的人，表面上看不出悲伤之情，其实内心是很煎熬的。刚分手的那半个月，他甚至连睡觉都睡不好，有时半夜了还没睡意，有时是半夜醒来就睡不着了，生物钟像乱套了一样。

梁坤健也知道恋爱失败，问题不在于对方，而是出在自己身上。欧阳娴已经多次向梁坤健提出，说他太严肃了，性格过于内向，性情也过于沉闷，跟他在一起没有乐趣可言，希望他能改变一下。甚至欧阳娴还引用了一句从书上看到的话“人可以无知，但不能无趣”，语气颇为严峻。梁坤健也知道自己身上的缺点，可这是性格使然，他遗传了家族基因，是很难改掉的。有些人天性内向，有些人天生活泼，有些人老实巴交，有些人油嘴滑舌，这都是体内基因决定的。老实巴交的人想油嘴滑舌，也是需要天赋的，就像结巴的人想流利地说话一样，十分困难。

梁坤健一向奉行父亲“少说话，多做事”的原则，在工作上，他兢兢业业，敬岗履职，一丝不苟；汇报工作时也能抓住要领，拿出重点，条理清楚；给犯人上课，他也能清晰地传达思想内容，把教育案例讲得绘声绘色。然而，一旦到了与女孩子谈恋爱，他就没话可说了。毕竟，这种事情不像汇报工作，有材料，有要领，有数据；亦不像给犯人上思想课，有提纲，有内容，有案例。与女孩恋爱，所谈的话题当然是无所事事的，随心所欲的，只要能逗女孩子开心就行，至于说什么内容，全凭自己的口才，没有什么明文规定。

梁坤健深知自己的不足之处，但他无法改变自己内向的性格，也就无法挽回心爱的姑娘，这注定成为他人生中的一个悲剧。

这天，潘立威找梁坤健聊天，说要将他的外甥女介绍给他，也就是淀粉厂老板的女儿。潘立威特意带来了一张李素雅的相片给梁坤健看。梁坤健看了相片之后，一下子就认出来了，这不是那天在话梅坊抱住欧阳娴，让冯源摸脸的那个姑娘吗？梁坤健对那天发生的事情记忆犹新，如鱼刺一直扎在心头，尽管现在和欧阳娴分手了，她的事情不再关乎自己，但这件事情他仍无法释怀。

梁坤健对欧阳娴念念不忘，并没有打算开启新的恋情。如果介绍一般的姑娘给他，他或许不感兴趣，但李素雅也是一个容易让后生动心的姑娘。梁坤健于是起了别的念想，既然自己与欧阳娴绝不可能了，与其这样自我煎熬，不如试试和别的姑娘交往，看能不能冲淡心中的痛苦。然而，他却又犹豫起来，自己这样一个内向的性格，能得到漂亮姑娘的青睐吗？万一再搞出一桩失恋事件，深受打击，恐怕自己以后连谈恋爱的勇气都没有了。

因为是农场的同事，不能有所隐瞒，潘立威把事情说透了。他告诉梁坤健，关于李素雅和陈嘉南谈恋爱的事情，还说到陈嘉南以前在农场当过犯人，因为救火救人立了功，减了半年刑。梁坤健终于想起来了，那天在话梅坊见到一个很面熟的人，就是想不起来是谁，原来是曾经的劳改犯。

潘立威讲出了事情的重点，李素雅的父母不可能将女儿嫁给一个外地人，而且还当过劳改犯。可是李素雅对这个劳改犯念念不忘，为了让她早点忘掉他，父母打算给女儿介绍一个男朋友，早点结婚，把事情办妥了，以免夜长梦多。也就是说，梁坤健现在介入是一个好时机，因为李宝军夫妇恨不得早点将女儿嫁出去，只要一有苗头，两人就可以立马订婚，订了婚，接下来的事情就好办了。

潘立威看着梁坤健，诚恳地说："不知道你愿不愿意和素雅交往，至于成不成，我也不好说。她的父母倒是很希望你能见上一面，有时候缘分这东西是很难讲的。"梁坤健坦然地说："只怕她不喜欢我这种类型的。我是个内向的人，工作上没问题，但是谈恋爱我没有把握。因为我不会跟人聊天，聊一两句可以，聊多了就找不到话题，只能沉默。尤其是面对女孩子，我真不知道怎么才能讨她们欢心。"

潘立威也知道梁坤健是个闷葫芦，敲一下响一下，不敲就不发声，就跟他的父亲梁锐一样，内向，沉稳，不爱讲话，一丝不苟。如果让梁坤健去汇报工作，上台讲思想报告，他可以说得很好，因为有参照的材料，可是平时与人交流，他却变得十分拘谨，缺少一种没话找话的应变能力，如同"巧妇难为无米之炊"。这也让潘立威为难起来，李素雅是个俏皮的人，喜欢跟活泼的人在一起玩，加之她心里装了别人，以梁坤健沉默的性格，想打破她心中的壁垒，取代她心中的人，只怕很难，必须要付出很大努力才行。

潘立威想了想，说："我也知道你性格内向。不过我倒有个主意，讲故事你总该会吧？素雅平时喜欢看书，也爱用收音机听电台的故事会，你找几个有意思的故事讲给她听，她肯定喜欢。讲完之后，你就像给犯人上案例课一样，总结一下这个故事的内容，随便说几句话，不就相当于聊天了？”

这倒也是个不错的法子，梁坤健沉思了一下，说：“讲故事倒没问题，可是我去哪里找故事呢？一般书上的故事她肯定看过了，想讲一些她没有看过的故事，她感兴趣的故事，只怕很难找。讲一两个可以，要是长时间跟她交往，要不断讲故事，那肯定是很难办到。”

潘立威也深感为难，但他的脑子活络，转了几圈，突然想到了一个办法，眼睛一亮：“我们可以向农场的犯人征集有趣的故事，这么多犯人，总能捞到一些新鲜的故事吧。”

农场内部办了一份《农场之窗》的报纸，是给农场犯人看的，犯人长年累月关押在农场里面，消息闭塞，想要了解社会新闻，了解时代进步，只能从内部报纸上获取。《农场之窗》主要登一些国家要闻，时政消息，副刊上也会发一些小散文、心灵鸡汤。这份报纸归农场的办公室宣传科管，李世岩的未婚妻钟彩云就负责报纸的编排，到时让她征集一些有趣的、有意义的故事，上交给梁坤健，梁坤健就从这些故事中挑出好玩的讲给素雅听。农场里面关押了上万名犯人，来自全国各地，这么多的人，肯定能搜罗到一些好听的故事。

梁坤健听了潘立威的想法，觉得有点意思，他也想尝试一下，看能不能突破自己，让自己变得外向一些，于是答应了和李素雅交往。

潘立威当即去找钟彩云，让她在报纸上增加一个“故事会”的栏目，面向全农场犯人征集故事。各种各样的故事都可以，只要吸引人就行。凡是报纸留用的故事，就给该犯人奖励，这样不仅可以帮梁坤健收集到故事，还可以调动犯人的积极性，增加报纸的趣味性。潘立威特意交代钟彩云，不要将此事告诉李素雅，因为这些故事是有利用性的，不能泄露给素雅听。钟彩云很是好奇，问明了情况之后，抿嘴笑起来，说舅舅这一招真是用心良苦。

钟彩云也十分想帮梁坤健，希望能促成此事。梁坤健是办公室领导，如果他真能和李素雅在一起，岂不是就成了自己的妹夫？以后自己在农场工作，也算有人罩着，职务进步也快一些。钟彩云于是当即拟了一份征集故事的启事，传给各相关部门，并张贴到犯人宿舍。

国庆节很快就到了。这天一早，李宝军对李素雅说："农场副监狱长的儿子要来家里吃饭，到时你要泡茶待客，一起陪同聊天，千万不能怠慢人家。"李素雅好奇地问："哪个副监狱长的儿子，叫什么名字？"李宝军说："梁坤健。"李素雅说："哦，就是那个被阿娴甩掉的闷葫芦。"李宝军狠狠地瞪了女儿一眼："你怎么能这样说话，梁警官是很优秀的人才，欧阳娴未必配得上他。"

李素雅撇了撇嘴，有点不解地问："无亲无故的，他怎么突然跑来我们家蹭饭吃？"李宝军说："他是监狱长的儿子，未来农场的领导，我想请他吃个饭，巴结一下也是正常的。另外，我也想让你和他认识一下，以后多多来往。世界上优秀的后生多的是，比你心里那个广东仔要好得多，你只是没有接触到而已。"李素雅立马明白是怎么回事，冷笑道："我就知道你们不怀好意。不是约法三章吗？我感情上的事情不用你管。"李宝军说："约法三章里面没有提到介绍对象这一项。再说了，给你介绍一个新朋友，让你生活变得精彩些，这也不过分吧？"李素雅翻起白眼说："一个闷葫芦，能让我的生活变精彩？我看是要变沉闷还差不多。你们做事也不靠谱，给我介绍对象不说看八字合不合，至少也要看看性格合不合嘛！”

李宝军倒是担心女儿会要出什么花样来，到时不好收场，就说：“不管怎么样，人家上门来了，要是你不满意，下次再给你介绍新的人选。你这么大个人了，做事要有分寸，不要得罪人家，我们淀粉厂的原材料可是农场供应的。”李素雅“哼”了一声，颇为不屑地说：“知道了。他一个闷葫芦，他不讲话，我也不讲话，大眼瞪小眼，各怀心思，有什么好得罪的。”李宝军说：“到时见面，他不讲话你可以主动一点，不要冷落了人家。”李素雅呛道：“我怕太主动了，说话没分寸，又得罪他，还是当哑巴好一点。”

李宝军叹了一口气，实在是拿女儿没办法。

上午十一点多钟，潘立威和梁坤健来到了李家。李素雅按照父亲的吩咐，泡茶待客，又端了瓜子点心上来，表现得倒是挺热情。潘立威叫李素雅坐到一边来，说：“素雅，给你介绍一下，这是我们农场的梁坤健梁警官，我们农场的警察之星。”他并没有介绍梁坤健其他的身份内容，他知道李宝军肯定跟女儿说起过梁坤健的相关家世。随后，潘立威又将素雅介绍给梁坤健，“这位是李老板（李宝军是同花镇第一家私营企业的老板，地方上的人说到他，都称为李老板）的宝贝千金李素雅，我们现在都叫她大小姐。”李素雅接口就说：“舅舅，你知道大小姐这个叫法，是谁先叫起来的吗？”

潘立威很是好奇，就连李宝军也十分不解。以前，他们一贯叫李素雅的小名花雀，要是在场合上，就叫她素雅。但不知为何，全厂的人见到她都突然改口叫她大小姐了。大小姐这个称呼确实容易上口，也显得亲昵，还颇显身份，后来潘立威和李宝军有事没事也叫她大小姐。不过，这个叫法的来源，两人确实不知情。

潘立威问："是谁先叫起来的？恐怕是你自己为了抬高身份，让人这么叫吧？"李素雅带着挑衅的语气说："是那个广东仔先叫起来的，说我就是他心中的大小姐。后来，你们也就这么跟着叫喽！"

李宝军听罢，脸色倏地一变，板着脸说："你真当自己是大小姐了，说话这么没分寸。"李素雅倒也不怕父亲，她笑盈盈地盯着梁坤健："怕什么，梁警官又不是外人，我和他也不是第一次见面。对吧，梁警官。"梁坤健见素雅问他，不知道要说什么好，只顾着点头，"嗯"了一声，算是答应。潘立威说："原来你和梁警官认识啊，什么时候见的面？"李素雅有意挑逗梁坤健，想出他的洋相，她说："梁警官，你说说我们是什么时候见的面。你是客人，总要给你发言的机会，免得说我们虐待你。"

梁坤健没想到李素雅是这么古怪刁钻的人，她脸上那副俏皮的表情，像极了那天她抱着欧阳娴，让冯源过来摸欧阳娴的脸的那副好玩的样子。想起那天的事，恍若昨日，他讷讷地说："我们是在话梅坊见的面。"

李宝军一听话梅坊，脸色又倏地变了，看了看梁坤健那苦笑的表情，他能猜到肯定不是什么好事，于是赶紧换话题："梁警官，来喝杯茶。"梁坤健也不想谈话梅坊的事情，拿起茶杯喝了一口。茶的味道甜甜的，略带梅子的酸味，却不是地方上的酸梅茶，只是有一些接近而已。李宝军喝了茶，也夸赞道："今天茶泡得不错。"李素雅笑盈盈地说："当然，这是用我们自己生产的话梅做的，我那里还有好多，如果梁警官不嫌弃，我到时送一些给你尝尝。虽然话梅酸了一些，总比没有吃的好，对吧。"

梁坤健听了这话，总觉得怪怪的，好像在讽刺他。李宝军见女儿又一次提到话梅，心里窝着气。李素雅和陈嘉南就是在话梅坊加深感情的，同意开话梅坊是李宝军这辈子做得最后悔的一件事情。然而，当着客人的面，他又不好发作，只好换话题说："梁警官，你是哪个学校毕业的？"梁坤健说："广西警院。"李宝军赞叹道："那是广西最好的警校，分数要求还是挺高的。"李素雅又插嘴说："爸，你们能不能不要谈学校，我考了三次高考都没有考上大学，在我面前谈这些，那不是要伤我的心吗？"

李宝军被女儿气得真是肺都要炸开了，但他又拿女儿没办法，只能把火压在心里。梁坤健也看得出来，李素雅是故意捣乱的，显然对今天这场见面表示抗议。他本来就不擅长这种交际，只是沉默着，不插嘴。潘立威见气氛一直活跃不起来，就说："梁警官留在这里和素雅聊聊，两个年轻人话题肯定多一些。哥，我去你的淀粉厂看看，听说你前不久又进了两台新机器，出粉率高。"

李宝军也不知道如何调节当下的气氛，索性让他们两个年轻人在一起算了。他想，女儿虽然性子俏皮，倒也不至于不识大体，故意得罪梁坤健吧，没有他夹在中间，说不定女儿还不会怄气。于是就带潘立威去边上的淀粉厂转转。

两人走出客厅，往淀粉厂走去。路上，潘立威对李宝军说："从素雅的态度来看，我看这事情悬。"李宝军说："梁警官我倒是蛮看中的，比那个油嘴滑舌的广东仔要好多了。如果梁警官看中素雅，要不我们来个硬的，直接让素雅和梁警官订婚，不管素雅同不同意，先把婚事订了传出去再说，好让那个广东仔死心，最后再慢慢从中撮合。"潘立威说："恐怕不行吧，说不定把素雅逼急了，跑路去广东怎么办？"李宝军说："她的性子我还是很了解的，不至于叛逆到这个份上，也就发点小脾气，跟我们闹一闹。”潘立威说：“要是她一直闹下去，这婚事最后失效了，那岂不是成了闹剧。先看看他们交往再说吧，这事情急不得。”李宝军也觉得有理，只得叹了一口气。

李宝军带潘立威去淀粉厂打转，客厅就只剩下了李素雅和梁坤健。李世岩和钟彩云正在厨房帮母亲做午饭，准备招待客人，他们知道今天家里的主角是谁，因此谁都不会到客厅捣乱。

李素雅当然知道家里人的安排，她心里早就打定主意，要让梁坤健知难而退，放弃想跟她交往的念头。她用一种挑衅的眼神看着梁坤健，脸上浮着似笑非笑的表情，揶揄道：“梁警官，我们算是第一次正式接触，不过你的为人性格，我可是一清二楚的。我和阿娴是无话不谈的好朋友，她说了你许多好处，但也说了你许多不足之处。她说你是个沉默寡言的人，可以一整天不讲一句话，像庙堂里的菩萨。我很好奇，你真的有那么神吗？”

梁坤健并不傻，当然知道她在调侃他，但他不知道如何回复，索性不作声，拿着杯子假装喝茶，用眼睛的余光瞥着李素雅，静观其变，看她能说出什么样的话来。

李素雅见他不吭声，又故意窘他：“你不会打算拿对付阿娴的那一招来对付我吧。人家说经一事，长一智，你难道还想在同一个地方再摔个跟斗？要是这样的话，那就没意思了。”梁坤健突然说：“要不，我给你讲个故事吧。”李素雅倒是起兴趣了，说：“也好，反正无聊。不过，你要讲得好听一些，不要讲那些没意思的，什么张三李四偷鸡摸狗的，我可不爱听。”

梁坤健看着李素雅，脸上竟然露出一丝难得的笑容，他说：“我敢打包票，你肯定是没有听过的。”说着，将手中的茶杯放下来，把背挺直了，才缓缓地讲起故事来。“以前有个村子，有一户人家，只有一个女儿。女儿刚满十八岁，长得很漂亮，大概像你一样漂亮，总之是人见人爱的。”

李素雅听到这里，“咦”了一声：“你也会耍油嘴啊，不像欧阳娴说的那样，是个木头呆子。”梁坤健一副老实的样子说：“我只是实话实说而已。”

原来，决定与李素雅交往后，梁坤健总结了上次恋爱失败的原因，除了自己的性格之外，还有重要一点，就是不会说话，不懂女孩子的心思。为了避免再次失误，这回他特意请来了一位老师指导他的恋爱工作，教他怎么说话，如何才能讨女孩子的欢心。这位导师就是李世岩的未婚妻钟彩云。

钟彩云是李素雅未来的嫂子，经常出入李家，和李素雅关系亲密，对李素雅是十分了解的，如果有她来指导如何追李素雅，胜算率就会大一些。钟彩云也知道梁坤健征集故事，是用于讨好李素雅，因此十分上心。最初征集到的故事都只是一个毛坯，毕竟犯人讲故事没有什么章法与修辞的，只是把事情写清楚而已。钟彩云将故事征集之后，先遴选一遍，她知道哪些故事会让李素雅感兴趣，就用文字加工出来，在加工的时候，她顺便加入了一些追女孩子的语言，例如“大概跟你一样漂亮，总之是人见人爱”这些话，就是钟彩云加上去的，要是梁坤健本人，决计是想不出这样的话来。

梁坤健拿到钟彩云加工出来的故事，就像考试背书那样，背得滚瓜烂熟。背熟之后，钟彩云还要梁坤健把她当成李素雅，将故事讲给她听，看看效果如何。这就相当于演小品，演员自我练习完毕，要经过彩排，看梁坤健的实际舞台表现。在彩排中，钟彩云不断地纠正梁坤健讲故事的语气，还有哪个地方应设置悬念，哪个地方应该进行互动，用什么样的语气调侃李素雅。总之，这已经不是讲故事那么简单了，而是一次经过精心策划的演出。

经过多次彩排之后，梁坤健掌握了要领，提升了表达能力，说话语气也十分自如。这时面对真正的李素雅，故事才讲个开头，效果立马就出来了，顿时让李素雅刮目相看，她几乎不敢相信，梁坤健能说出这样的话来。

梁坤健接着讲故事："因为女儿长得漂亮，又是独生女，这户人家当然不舍得把女儿嫁出去，想招个上门女婿，并且要求上门女婿家境要好，人也要有才华。地方上有一个穷小子，特别喜欢这位姑娘，就像我当初喜欢欧阳娴一样，愿意为她做任何事情。"李素雅好奇地问："你真的愿意为欧阳娴做任何事情吗？"梁坤健说："是啊。不过她不愿意让我做而已。"李素雅说："你看起来冷冰冰的，没想到倒是蛮痴情的。"梁坤健说："痴情有什么用，痴情自古空余恨。我还是接着讲故事吧，不讲这些伤心事。话说那个穷小子想上门给人家当女婿，但家里太穷了，达不到要求，肯定过不了关。但是，他又深爱着那个姑娘，后来就想出了一个办法。你猜他用了什么办法？"

中间这个停顿，也是钟彩云在加工故事的时候，故意埋下的伏笔。她知道李素雅听到这里，肯定会很好奇。果然，李素雅说："我怎么能猜得到，该不会是偷偷和姑娘接触，跟她发生感情后，骗她远走高飞吧？"梁坤健听了这话，就笑起来。他之所以笑，是因为钟彩云简直就是神机妙算，竟然能猜到李素雅会这么说。

李素雅见梁坤健笑得古怪，就问：“有什么好笑的？”梁坤健说：“骗人感情，想带人远走高飞，那是广东人才干的事情。”李素雅一听，脸就红了，她说：“好啊，原来你是在讽刺我！”梁坤健说：“讽刺倒不敢，把你惹生气了，我心里也不安。我还是接着讲故事吧。那个穷小子为了获取姑娘的芳心，想出了一个绝招，去田里摸了几条黄鳝，把黄鳝杀了之后，血取出来。到了半夜，他将黄鳝血偷偷地涂到了这户人家的大门上。农村人的房门都是木板做的，长年风吹日晒，门板发黑，涂黄鳝血在上面，根本看不出来。”李素雅听到这里，很是好奇，插嘴问道：“他涂黄鳝血干吗？”梁坤健说：“你猜一下，就当是猜谜语。”

这一招也是钟彩云教他的，她跟梁坤健说，必须要利用讲故事的机会，和李素雅形成互动，这样才能加深接触，产生感情。不能只讲故事，故事只是个引子，形成互动才是关键。所以，钟彩云在写故事的时候，就像写剧本一样，将这些因素都考虑进去了。梁坤健也不至于傻到只会照本背书，有了故事本子，就像有了工作材料一样，这点临场发挥的水平还是有的。

李素雅摇头说：“我实在猜不出来，你快告诉我。”梁坤健喝了一口茶，说：“茶喝完了，先给我续茶。今天我是你家的贵客，你也知道我上门来是干什么的，总不能虐待我吧。”这分明有点挑逗的意思了。李素雅睁大眼睛说：“什么虐待啊！你会不会用词，我敢虐待你吗？不就是加点水嘛！”

梁坤健看到李素雅那大惊小怪的表情，觉得有趣极了，他真是第一次尝到，原来和女孩子聊天竟然这么有意思，要是当初早点遇到钟彩云这位名师就好了，让她帮忙写好故事，事先演练，用来对付欧阳娴，早就将欧阳娴一举拿下了。可惜，世上许多事情都是经历失败之后才会引起重视的，才会让人产生改变自身的渴望。梁坤健十分有信心，通过钟彩云对他不断的彩排、训练以及引导，持续和李素雅交往，增加实战经验，他必然会掌握如何与女孩子交际的要领，提升自己的交际水平与应酬能力，到时不用钟彩云教他，他也能从容地应对女孩子，不再像以前那样如同木头人，只知道用沉默来对付女孩子。

李素雅不知道梁坤健身后有高手指点，她几乎怀疑，自己眼前这个人到底是不是梁坤健。因为她听过欧阳娴说起梁坤健的为人，就是个闷葫芦，可以一坐半天不讲话，像尊佛像一样，从来不会主动讲话哄女孩子开心。可是眼前这个人，哪里像欧阳娴说的那样，莫非，这尊佛像是有大神附体了？

李素雅帮梁坤健把茶水加满，撇着嘴说："这下满意了吧，有本事你把这杯也一口气喝完了，我再给你续满，省得说我虐待你。"梁坤健端起茶杯，抿了一口茶说："茶太烫了，到时把嘴巴烫伤，在你家吃不下饭，你爸妈还以为我嫌弃饭菜不好。"李素雅惊奇地看着梁坤健："你嘴巴这么伶俐，我都说不过你了，真是小看你了。"梁坤健说："闲话少说，功夫多练，还是接着讲故事吧。"

李素雅将热水壶放下来，坐回原来的位置，看着梁坤健，期待他揭开谜底。梁坤健说："地方上有一种吸血蝙蝠，鼻子很厉害，几里外就能闻到血腥味。它们对黄鳝血尤其敏感，闻到黄鳝血之后就会飞过来，趴在门板上，不停地啄门板，夜里听起来就像不断地有人敲门。然而，当这户人家开门时，却什么都看不到，因为蝙蝠是很灵敏的，一听到有动静立马就飞走，速度极快。加上蝙蝠是黑色的，在黑夜里哪里能看得清楚。这户人家的主人以为是有人故意搞鬼，偏不信邪，就守在门后面，一听到敲门声马上就开门，但还是什么都没有看到。当然，就算看到有蝙蝠从门口飞过，他根本也想不到是蝙蝠搞的鬼，夏天有蝙蝠飞来飞去原本就是一件正常的事情。这样一来，把这户人家给吓坏了，你想，深更半夜的，突然有人敲门，但打开后什么都没有看到，那得有多么吓人，任何人第一时间都会联想到半夜鬼敲门的说法。”

李素雅好奇极了：“还有这种事情，不会是民间传说吧？”梁坤健说：“当然是真的，不信你拿点黄鳝血试一下。”李素雅说：“我还真想试一下，我去哪里搞黄鳝血？”说到这里，她看了梁坤健一眼，“你帮我去搞点黄鳝血，让我试一下。”梁坤健说：“我上哪里去弄黄鳝。”李素雅撇嘴说：“我才不管呢，谁叫你跟我讲这个故事。总之，下次你要是还想来我家，没有黄鳝血就不要来了。”说着，不给梁坤健反对的机会，撇着嘴说：“接着讲故事吧。”

梁坤健说：“第二天，那个穷小子故意从这户人家的门口经过，他像煞有介事地对主人说，我看到你家的门楣上有一股煞气，家里不久会出事。主人折腾了一晚上，也没有弄明白是怎么回事，还真以为有鬼敲门，家里要招来灾难了，听那穷小子这么一说，心里更是害怕，就扯住他，问怎么办才好。穷小子说，我别的本事没有，但捉妖驱邪最在行。我在你家住三天，可以帮你化解。主人是巴不得有人来帮忙，于是请穷小子进来好吃好喝地招待，又让女儿给他端茶倒水，殷勤得很。这穷小子故意在门口念咒语，吹了雄黄酒，把那黄鳝遗留的血迹给擦掉。果然，一连三天，家里风平浪静。但是，穷小子走后，家里又发生半夜鬼敲门的事情。穷小子就跟主人说，你上辈子害死了别人，别人阴魂不散缠上你了，这事情很难解决，我尽力吧。后来，穷小子又住到他家里去。这样来来回回几次，就和那户人家的姑娘产生了感情，也就成为了上门女婿。”

李素雅笑起来：“这人还真有一套。”梁坤健说：“是啊，比我厉害多了，我就是不会耍花样，所以才落到今天这个下场。”李素雅好奇地说：“我有一件事情想不明白。”梁坤健问：“什么事情？”李素雅说：“阿娴说你是个闷葫芦，不爱讲话，所以才跟你分手。可是我发现你也不是闷葫芦啊，说话蛮有意思的，故事也讲得很吸引人，并不像阿娴说的是个木头人。”梁坤健说：“说实话，我以前和阿娴在一起确实话不多，不知道要说什么，也许是跟她没有缘分。现在和你在一起，莫名其妙地我就想讲话，想和你聊天，想让你开心，说不定我跟你有缘分，上辈子就是情人了。”李素雅“哇”了一声：“你还真是厉害，这样的话都能讲出来，口才好得很呢！看来，阿娴是看走眼了。”

梁坤健被李素雅这么一夸，脸竟然红了。就在这时，钟彩云从后院走到客厅，对两人说：“吃午饭了。”说罢，对李素雅说，“大小姐，你去淀粉厂叫一下舅舅和爸爸，让他们回来吃饭，我带梁警官去饭厅。”

李素雅应声而去。待她走之后，钟彩云急忙问梁坤健，故事讲得如何。梁坤健一张严肃的脸，露出久违的笑容，竖起拇指夸赞道：“你简直是神机妙算，基本上按你预演的进行，非常顺利。”钟彩云抿嘴笑道：“看来我这个导师当得还可以。以后就按这个套路出牌，我有把握让你拿下素雅。”梁坤健说：“拿下倒不敢说，我只是觉得跟她聊天很有意思。”钟彩云说：“有意思就行。你觉得有意思了，她也就对你有意思了。”

两人边说边往后厅走去。后厅是饭厅，一张大桌子上摆满了鸡鸭鱼肉等菜肴，还放了两瓶低度的桂林三花酒。梁坤健说：“我不大会喝酒，待会你帮我挡一下，别让他们灌我酒。”钟彩云说：“正好，他们也不太会喝酒。放心，灌不醉你的。”

李素雅将李宝军和潘立威叫回来吃饭，李宝军是主人，坐首位，梁坤健和潘立威坐在李宝军左右陪席。李素雅跟着钟彩云去拿碗筷，准备酒杯和茶水；李世岩则携助母亲潘秀娟端菜，从厨房端上来刚出锅的青菜和滚鲜汤。

这顿饭吃得还算轻松，四个男人才喝了一瓶低度三花酒，恰到好处。席间所聊的也都是些随口话题，没有什么正经事。梁坤健很有礼貌地夸赞饭菜做得美味，说吃了下次还想来。李宝军夫妇当然是非常欢迎的，也希望他能常来。随后，梁坤健问起了淀粉厂的一些相关事宜，搭上几句话，并不算太沉默。

吃罢午饭，喝了一会茶，梁坤健和潘立威一起回农场。潘秀娟让女儿送梁坤健到门口，显得有礼节。李素雅故意气父母，不想去送客，但是在母亲的拉扯下，她拗不过，只好跟着母亲一起走到门口。

梁坤健骑上摩托车，刚把钥匙拧上，李素雅突然想起什么，对他说：“不要忘了，下次来的时候，带上黄鳝血。”梁坤健点头说：“知道了。”

李宝军听到这句话，心里窃喜，女儿竟然主动地提出来，想让梁坤健下次再过来玩，这说明了事情还是有一线生机的。然而，站在李素雅身边的潘秀娟却脸色倏地一变，她联想到了女人们之间流传的一个秘密。

在妇女们心中，黄鳝血可不是什么好东西。有些姑娘婚前谈男朋友，把持不住，后来和别的男人结婚，为了掩饰自己的不洁之身，就用黄鳝血藏在棉花团里，新婚之夜涂到床单上，以此蒙混过关。黄鳝血比较黏稠，腥味也大，即使是有经验的男人，也无法辨别真假。这样一个隐秘的法子，只在女人中流传，如果女人堆里谈到黄鳝血，是一件很有意味的事情。要是在街上看到有姑娘买黄鳝，那毋庸置疑，必然是藏了心计的。然而，自己的女儿竟然叫梁坤健带黄鳝血过来，潘秀娟立马就想歪了："难道女儿已经失身给那个广东仔了？"脸色立即吓得苍白，但是转念又想，"即使是这样，女儿也不该让梁坤健带黄鳝血啊！两人才刚刚接触，不至于要用到这东西吧。"

潘秀娟立即将女儿扯到一边，严肃地问："你让梁警官带黄鳝血干吗？"李素雅天真单纯，哪里知道黄鳝血还有另外一种用途，她看到母亲那严肃的表情，很是奇怪，说："这是秘密，不能告诉你。"潘秀娟见女儿一副神秘的样子，心里更是怀疑，她懊丧地说："天啊，没想到你竟然做出了那种不要脸的事情，丑死人了！"李素雅又是迷惑又是好奇，忙问："我做了什么不要脸的事情？"

潘秀娟见女儿一副单纯的样子，一点也不像是做了丑事的人，就问："那你先告诉我，你要黄鳝血有什么用？"李素雅嘟了一下嘴，很不情愿地说："我要用黄鳝血涂上哥哥的窗户上，吸引蝙蝠半夜敲窗，把他吓个半死。"听女儿这么说，潘秀娟才松了一口气。李素雅追问道："你说，我做了什么丑事？"潘秀娟一下子没有想到措辞，只好支支吾吾地说："也没有什么丑事，就是今天吃饭的时候，你没有主动给梁警官盛饭，招待人家不周。"李素雅睁大眼睛看着母亲，撇嘴说："他自己长手长脚的，干吗要我打饭，我不给他脸色看都是好的了。"潘秀娟说："梁警官人很不错的，我觉得他比那广东仔要好多了。"

随后，潘秀娟借机展开话题，想说服女儿接受梁坤健。但是李素雅没有听母亲唠叨，跑到楼上闺房，关上门，偷偷地给陈嘉南写信。她要告诉陈嘉南今天发生的事情，并且告诉他，关于黄鳝血的用处。

第二十二章

过了两天，一个午后，梁坤健上门来找李素雅，给她带来了黄鳝血，用一个装药的小瓶子装着。他对李素雅说：“为了这点黄鳝血，我特意一大早开摩托车去县城买黄鳝，还请人把血弄出来，足足杀了几斤黄鳝。今晚你来我家吃黄鳝肉吧，就当给我一个补偿。”

李素雅眨巴着眼说：“我不喜欢吃黄鳝肉，你自己慢慢吃吧。不过，你要感谢黄鳝，否则哪有借口来我家里。”梁坤健说：“感谢黄鳝有什么用，不如感谢你来得实在些，是你给了我这个机会。”随后又问：“你打算把黄鳝血涂在哪里？”李素雅说：“不告诉你。你明天打听一下，哪里出现闹鬼事件，就知道我涂在哪里了。”梁坤健说：“我可没工夫打听。不过，你只要不涂在自己脸上就行，万一被蝙蝠啄出斑点来，嫁不出去可别怨我。”李素雅调皮一笑：“这话可是你说的，来，我给你脸上涂一点，试试效果。”梁坤健说：“大白天的，没有蝙蝠，要半夜蝙蝠才多。你要真想涂到我脸上看效果，那得让我住在你的房间才行。”李素雅一听这话，脸就红了，啐道：“没想到你一副正经的样子，却说出这样不正经的话来，羞不羞脸？”梁坤健说：“你们姑娘家不是讨厌正经的男人吗，我以前很正经，就不招人待见。

我现在不正经了，说不定你们还喜欢些。”李素雅顿时说不上话来了。

梁坤健看到她那样子，忍不住笑起来，颇为得意地说：“你还想不想听故事，我给你讲个新的故事。”李素雅眼睛一亮，说：“有故事早说嘛，比听你讲废话要好多了。”梁坤健说：“那你得把茶泡好，不要虐待我。”李素雅撇嘴说：“又跟我来这套。”

虽是这么说，但李素雅还是把茶泡上，把瓜子点心端上来。梁坤健喝了一杯茶，让李素雅续上水，才像煞有介事地说：“某村有一个好吃懒做的光棍汉，喜欢偷鸡吃。村里人虽然知道是他偷的，但是没有证据，一直拿他没有办法。有一天，一位教书先生的鸡也被偷了，教书先生知道是光棍汉干的，就上门找他理论。光棍汉理直气壮地说，你一个教书先生怎么能平白无故冤枉别人。教书先生说，我才不会冤枉人，偷鸡贼以后会被蛇咬的。那光棍汉就笑起来，等我被蛇咬了以后再说吧。这位教书先生于是抓了一条菜花蛇，菜花蛇是没有毒的，但生性凶猛。教书先生跑到光棍汉的后院。这光棍汉是个懒人，平时不怎么种菜，就撒一大堆南瓜子在后院，倒是长了不少南瓜。教书先生特意挑了一个大南瓜，用尖刀将南瓜尾部剜了一个小洞出来，将蛇塞到南瓜里面，然后用泥巴封起来。南瓜长在地里，上面沾些泥巴也看不出来。教书先生用竹签在南瓜上面扎了几个细细的小孔，给蛇透气，以免捂死。第二天，光棍汉将那个大南瓜摘回去，用刀子切开，准备煮来吃。蛇是有很强的报复性的，在南瓜里闷了一整天，早就窝了一肚子的气，南瓜切开后，蛇猛地弹跳起来，一口就咬住了光棍汉的脖子。那光棍汉本来就怕蛇，如何想到南瓜里面会蹦出蛇来咬他，一下子吓得双腿发软，瘫在地上，口吐白沫，差点就晕过去了。那蛇咬了人之后，一下子就溜走了，再也不见踪影。光棍汉还以为做了梦，从此之后，再也不敢偷吃别人的鸡，就连吃南瓜也有了阴影。”

李素雅笑道：“这个耍人的法子倒不错。蛇真有这么厉害吗？”梁坤健说：“蛇是很耐受的，有人抓了毒蛇泡酒，在坛子里泡了两三年，以为蛇死了，打开要喝蛇酒，结果蛇没有死，一下子跃出来把人咬死了。”李素雅说：“我最怕蛇了，以后摘南瓜吃，得要注意一下，看南瓜有没有针眼，说不定也有人把蛇放在里面养。”梁坤健说：“你又没有得罪人，没人捉蛇害你的。”李素雅眨巴着眼问：“那万一哪天我得罪了你，你会不会抓条蛇放到南瓜里害我？我家院子倒是种了不少南瓜。”梁坤健愣了一下，随后说：“我是警察，怎么可能做出这种事情？”

李素雅支棱着脑袋，想了想说：“这个季节还有蛇吧？”梁坤健说：“有。”李素雅说：“你给我弄一条蛇过来，我也搞到南瓜里面。”梁坤健说：“难不成也有人偷你家的鸡？”李素雅说：“偷鸡的倒没有，不过有人得罪了我，我想报复一下。”梁坤健说：“谁敢得罪你，你告诉我，我给你出气。”李素雅说：“我偏不告诉你了。总之，你帮我捉条蛇就行，不管有没有毒都可以。”梁坤健说：“我最怕蛇了，看到蛇都要绕道而行，哪里敢抓蛇。”李素雅说：“你一个大男人怎么也怕蛇，还是个警察呢！”梁坤健说：“谁规定大男人就不怕蛇了。再说了，警察也不是用来捕蛇的，是用来抓坏人的。”李素雅撇嘴说：“连蛇都不敢抓，还敢抓坏人？跟你在一起没意思。你还有没有别的故事，有的话就说吧，趁我现在还有兴趣听。”梁坤健说：“故事倒有，但是不能再给你讲了。”李素雅问：“为什么，嫌我烦了？”梁坤健说：“细水长流，我隔几天再来给你讲故事，让你惦记我。一下子讲太多了，你会不珍惜的。这叫欲擒故纵。”李素雅“哇”了一声，说：“你居然还想吊我胃口！算了，不讲就不讲吧，今天的故事讲完了，你可以走了。”梁坤健说：“行，那我走了。”

梁坤健说走就走，还真是雷厉风行。李素雅看着他骑摩托车从大门口驶出去，消失在围墙后面，不由得愣住，觉得这个男人还是有些意思的。

过了几天，梁坤健又来找李素雅。他这次是晚上八点钟过来的，之所以选择这个点，因为他白天要上班，不太合适；如果周末放假过来，李家肯定要留他吃饭，他不好意思蹭饭吃，吃饭会把时间拉长，他担心自己黔驴技穷，毕竟他演练的范围只是在讲故事，故事讲完了，他也就恢复了本来的面目，找不到话题可说。为了让李素雅对他保持新鲜感，保持神秘感，他不能在李家逗留太久，给素雅讲完故事就走，干净利落，还能留下悬念。

晚上去找李素雅，就像到邻居家串门聊天，也不是什么难为情的事情。李宝军和潘秀娟、李世岩正在一楼的客厅看电视，李素雅则在二楼的闺房里面看书，梁坤健这个时间段上门来，让李家的人颇感意外。李宝军忙请他进来坐，并叫潘秀娟去泡茶。梁坤健开门见山，说找李素雅聊一会天，聊完就走，让他们不必张罗。李宝军会意一笑，就叫李世岩带梁坤健到二楼客厅稍坐，让李素雅出来待客。

李素雅对梁坤健这个点过来，也深感诧异。然而，当她听说梁坤健是专程来给她讲故事的，讲完就走，她抿嘴笑了起来：“你当我是小孩子啊，要听睡前故事。”梁坤健说：“我就是要让你养成睡前听故事的习惯，以后每天晚上睡觉前都会想起我，说不定做梦也会梦到我，这样的话，就会对我产生感情。”李素雅“哼”了一声：“给我讲几个故事，就想让我对你动情，我的感情有那么泛滥吗？”梁坤健愣了一下，想了一会才说：“不泛滥，你是个执着的人，但我也是个执着的人。两个执着的人待在一起，很多事情就不好说了。”李素雅翻了个白眼说：“难得你这么有心，而我也喜欢听故事，你等会，我先去泡杯茶，免得又说我虐待你。”说着，她像煞有介事地要去泡茶，但是走了几步后，却又折回来，“对了，上次你给我的黄鳝血，根本没有用，哪里能吸引蝙蝠，连野猫都吸引不来。我一直等到了半夜，也没有动静，眼睛都等瞎了。”梁坤健讷讷地说：“故事有时略微夸张，不一定是真的。再说了，只有吸血蝙蝠才吃黄鳝血，普通蝙蝠是不会吃的。我们地方上说不定没有吸血蝙蝠。”李素雅撇嘴说：“反正我试过了，没有效果，就是个假故事。”随后，她又假装天真地说，“不过，南瓜里面装蛇的故事，应该是真的吧。”梁坤健说：“我不知道，我也是听来的。”李素雅突然神秘地说：“你跟我来，我让你知道是真是假。”

梁坤健见李素雅一副神秘兮兮的样子，不知道她要干什么，只好跟着她走。

两人下了楼，穿过客厅和后厅，走到厨房里面。李素雅从厨房桌子底下搬出一个汤盆大的南瓜，放在切菜的桌子上。她说：“前两天，我特意让淀粉厂一个工人帮我抓了一条蛇，塞到南瓜里面，也不知道它闷死了没有。你说蛇在酒坛里面闷三年都不死，我想闷两天，应该没有问题。”一边说，一边从案板上拿出一把菜刀，交到梁坤健手里，“来，你将南瓜劈开，我看蛇是不是真的会跳出来咬人。”

梁坤健惊呆了，他无论如何也没有想到，李素雅竟然真的让人抓了一条蛇塞到南瓜里面，而且还让他把南瓜劈开，要证实蛇会不会跳出来咬人。梁坤健抓着刀，急得一下子不知道要说什么好，因为这件事情根本不在预演范围之内。李素雅催促道："还愣着干吗，反正是一条菜花蛇，没有毒的，就算咬了也没事。"梁坤健虽然是警察，可以扑上去跟歹徒拼搏，但毕竟不是什么东西都敢碰的，他从小到大都没有碰过蛇这玩意，让他剖开南瓜把蛇放出来，他还真是有些胆怯。

梁坤健望着李素雅，讷讷地说："我又没有得罪你，也没有偷你家的鸡，你干吗要报复我？"李素雅俏皮地说："我就喜欢捉弄人，谁叫你要和我交往的，想跟我交往就要接受各种考验。不要扫我的兴，快点动手吧，一个大男人还缩手缩脚的，以后怎么保护女孩子。"

梁坤健早就听钟彩云说起，李素雅是个精灵古怪的人，喜欢搞一些怪事出来，起初他不以为意，心想一个姑娘家能玩出什么花样。没想到她这么快就用故事里的鬼点子来捉弄他，让他下不了台。

李素雅推着梁坤健，让他站到南瓜前，她说："你就举起刀子，用力一砍，把南瓜劈开，说不定连蛇一起劈成两半，这样的话它就咬不到你了。"说到这里，她往后退几步，又说："我还是躲开一点，听说蛇被劈断了也能跳起来咬人，万一咬到我就惨了。"

梁坤健拿着菜刀站在南瓜前，一时不知道怎么办。他想象南瓜劈开后，蛇就像暗箭一样射出来咬人，顿时觉得全身寒毛耸立。但如果不劈开南瓜，李素雅肯定不会放过他的，以她的性子，肯定会一直为难他，让他下不了台。他想，不如豁出去算了，让她高兴一下也好。

于是，梁坤健决定把南瓜劈开，一刀劈下去之后，他就立即向后跳开，蛇又不是装在南瓜里的暗器，即使要攻击人也要找准时机的，不可能有这么神速。

梁坤健向后跨了一个马步，举起菜刀，做好一刀砍下去就向后逃跑的准备。李素雅见到他那紧张的样子，忍不住抿嘴笑起来：“快砍吧，我等着看好戏呢！”

梁坤健硬起头皮，猛地一刀砍下去。李素雅突然一声尖叫，还跺起脚来。梁坤健本来就紧张，听到李素雅尖叫，吓得猛地向后倒退，扭头就跑，一口气冲到了厨房门口才站住脚跟。南瓜被劈成两半了，因为不平整，两段南瓜身子在案板上抖动着，却哪里看到蛇的影子。

李素雅捂着肚子，咯咯地笑起来，笑得花枝招展，说不出话来。梁坤健才知道自己被她捉弄了，回想刚才自己惊慌失措的洋相，不由得有些困窘。

笑了一会，李素雅才娇声喘气说：“亏你这么一个大男人，竟然被一个空南瓜吓个半死，传出去要被人笑掉大牙的。”梁坤健颇为尴尬，手里拿着菜刀，一时不知道要怎么办才好。其实，一个大男人怕蛇并不是丢人的事情，人对蛇的恐惧，不是胆大胆小的问题，而是与生俱来的本能。中国老话有“一朝被蛇咬，十年怕井绳”之说，也就是这个道理。梁坤健真以为南瓜里面装有蛇，担心南瓜劈开后蛇会突然跳出来咬人，他心里存有阴影，加之李素雅刚才有意跺脚尖叫，增加了紧张的气氛，把他吓得惊慌失措，才闹出了洋相。不过，也正是这样才能让李素雅开怀大笑，满足了她心中的想法，如果梁坤健一点反应都没有，那就不好玩了。

李宝军和潘秀娟、李世岩正在客厅看电视，突然听到厨房传来李素雅的尖叫声，还以为发生了什么事情，都跑到厨房探个究竟。然而，却发现什么事都没有发生。潘秀娟就问李素雅刚才鬼叫什么，一个姑娘家也不知道矜持些。李素雅像煞有介事地说：“梁警官说他肚子饿，想吃南瓜，我就带他到厨房炒南瓜，结果有一只偷油婆（蟑螂）爬到我的脚上，把我吓了一大跳。”

李宝军和潘秀娟面面相觑。因为钟彩云尚未过门，晚上不在李家，没有人知道南瓜里面藏着秘密。潘秀娟疑惑地问：“梁警官，你还没有吃晚饭吗？那也不能做南瓜吃啊，我们家里还有别的菜，煎鸡蛋也是可以的。”

梁坤健有苦说不出，只得“嗯嗯”地打个马虎眼。李素雅眨了眨眼说：“算了，你跟我到楼上去吃些点心茶水吧，南瓜有什么好吃的。”说着，又抿嘴偷笑起来，转身走了。梁坤健也不想待在厨房尴尬，就把菜刀放下，跟在李素雅身后，上二楼的客厅喝茶，给李素雅讲故事。

李宝军和潘秀娟、李世岩三人被晾在厨房，他们当然不相信李素雅刚才说的话，梁坤健不可能大晚上跑到家里来讨南瓜吃，可是案板上确实有切开的南瓜，这又做何解释呢？

李世岩说：“明天让彩云问问梁警官，看素雅搞的什么鬼。”潘秀娟说：“你们说，梁警官会不会打动素雅的心，我越看他们越般配，要是能在一起就好了。素雅也不是很讨厌梁警官，估计有戏吧。”李宝军说：“有可能，我们要主动请梁警官经常来家里玩，加深他和素雅的感情。”李世岩对妹妹的性子还是很了解的，他说：“很难说，我看素雅只是想应付我们而已，你没看到她刚才那副表情，一看就是捉弄梁警官的。说不定她故意为难梁警官，让他知难而退。”潘秀娟有些不相信：“素雅没有这么多小心思吧？”李世岩冷笑道：“她呀，你还不了解吗？她的小心思比母鸡的蛋肠还多，你们就等着看吧！”

正如李世岩猜想的那样，李素雅对梁坤健并不感兴趣，只是想找些法子来捉弄他，寻开心罢了。她将捉弄梁坤健的事情写信告诉了陈嘉南，并调侃陈嘉南，说要是你不早点回来，说不定有一天我会被梁坤健的故事打动的。

梁坤健虽然被捉弄了一通，引来嘲讽，并没有生气，他知道自己要补习的功课还很多，除了讲故事之外，如何应对突如其来的变故，化解尴尬的场面，也是他要加强的一方面。他虚心向钟彩云请教，求几个锦囊妙计在手，免得下次被素雅捉弄时被搞得手足无措。

李素雅以为“南瓜事件”之后，梁坤健会知难而退，但是梁坤健若无其事，每隔几天，晚上八点钟他仍会准时来李家，到二楼的客厅给李素雅讲故事。讲完之后，他顺着话题跟李素雅聊几句，聊完就走。他的行为就像一位补习老师，准时上门讲课，讲完课就走，从不拖泥带水。李素雅平时确实无聊，除了看书看电视，也没有别的事情做，而梁坤健讲的故事千奇百怪，很有趣味，比收音机故事会讲的还要精彩，也不知道他是从哪里收罗来的，竟然没有重样的，让李素雅饶有兴趣。

来往多次之后，梁坤健和李素雅越来越熟稔，他不再有拘束感，而且他的故事也讲得越来越好，和李素雅交流的时间也多了起来。

十月底的一个周末，欧阳娴带着陈嘉南寄来的信，上门找李素雅玩，顺便向她借琼瑶的小说看。李素雅欢快地拉着欧阳娴，第一时间便说起家人安排她跟梁坤健交往的事情，并跟她说每隔几天，梁坤健都会上门来给她讲故事。

欧阳娴十分惊奇，尤其是梁坤健能侃侃而谈地讲故事，并且说出许多挑逗性的话来，令她感到万分的不可思议。她和梁坤健谈了一年多的恋爱，知道他是个什么样的人，老话说“江山易改，本性难移”，他怎么可能在短短时间内，发生这么大的变化呢？

欧阳娴不相信地说：“你不会是跟我开玩笑的吧。你确定跟你交往的人是梁坤健？”李素雅眨巴着眼说：“我眼睛长得这么好看，又不瞎，他是不是梁坤健，难道我不知道吗？”欧阳娴说：“他怎么会想出讲故事的方式来跟你交往的，当初他怎么没有想到用这招来对付我？”李素雅说：“他说是从《一千零一夜》里面得到的灵感。有个残暴的国王，因为王后行为不端，伤了国王的心，为了报复女人，国王每天娶一个少女，第二天早晨就杀掉。后来宰相的女儿为了拯救无辜的女子，自愿嫁给国王，用讲述故事的方法吸引国王，每次讲到故事的精彩处，天刚好亮了，国王为了听故事的结局，不忍心杀害，允她下一夜继续讲。宰相女儿一直讲了一千零一夜，国王终于被感动，与她白头偕老。阿健说，虽然我不是宰相的女儿，而他也不是残暴的国王，但他愿意当一位侍者，把我当成国王的女儿，要给我讲一千零一个故事，也让我被感动，从而爱上他，跟他白头到老。”

欧阳娴睁大眼睛看着李素雅：“这是他的原话吗？”李素雅见欧阳娴一副惊呆的样子，就笑道：“是啊，他说得更肉麻，我都不好意思说出来。”欧阳娴惊叹道：“我的天啊，真是不敢相信。士别三日，当刮目相看，果然是有道理的。才隔了几天啊，他就改变成这样，吃了什么灵丹妙药了吗？要知道，世界上最难改的就是本性，他天性就是沉默寡言的人，怎么可能一下子就换了个人样呢？”李素雅抿嘴笑道：“可能是受了失恋的打击，被你无情地抛弃之后，他认识到自己的不足之处，为了防止再次犯错，于是努力改变自己。”欧阳娴说：“这倒有可能，阿健确实是个上进的人。哎呀，要是以前他有这样的表现，我肯定也会被吸引的，绝不可能跟他分手，看来我跟他还是没有缘分。”李素雅笑道：“现在回头还来得及，我看得出来，他还深爱着你。”

欧阳娴说："现在不可能回头了，他在我心中的形象也就那样子，改变不了，何况我心里装了别人。"随后调侃道，"再说了，我也不敢跟你抢啊，你现在是人家心中的公主，他要给你讲一千零一个故事呢！说实话，如果他真要给你讲一千零一个故事，每隔几天讲一个，那得有五六年时间吧，要是阿南不及时回同花镇，或者没有做出什么成绩，被你爸妈一直挡在门外，你和阿健真有可能发生故事。"

李素雅支棱着脑袋，悠悠地叹了一口气："有这个可能。我已经写信给阿南，给了他一个警告，如果他一两年内做不出成绩来，不回到同花镇，我真有可能会和阿健在一起。他隔三岔五来给我讲故事，挑逗我一下，我每天闲得慌，他正好投我所好，日久生情，还真是说不准。"欧阳娴说："所以呀，阿南处境危险。不过我很好奇，阿健哪来这么多小故事。"李素雅说："我也好奇，特意问过他，你猜他怎么说。"欧阳娴摇头说："他现在说话方式跟以前完全不一样了，我猜不到。"李素雅说："他说，等哪天我接受了他的爱，他就会把其中的秘密告诉我，而且还会悄悄在我耳边说。他说，这是一个幸福的秘密，里面藏着他对我的爱。"欧阳娴"哇"了一声："他竟然能说出这种话来？好不害羞啊！"李素雅脸色微微有些发红，说："这算什么，他还有许多肉麻的话，把我说得都不好意思面对。"

欧阳娴沉思了一下，说："我觉得这件事情不简单，一个人要改变自己的性格，是一件很难的事情，尤其是涉及口才方面。你想，阿健天性就是那种内向沉闷的人，他真的不擅长交际，三棍子打不出一句话的，现在突然脑子像开窍一样，能侃侃而谈，这绝不是一两个月就能改变的。我想，背后肯定有高人指点他，而且是专门用来对付你的。"

听欧阳娴这么一说，李素雅才恍然大悟般：“那我知道是谁干的了。我舅舅在农场，是他做的媒，我未来的嫂子也在农场，而且是阿健的下属，肯定是两人指点的。”欧阳娴说：“这就对了，否则他不可能有这么大的改变。”随后又说，“但是，就算有人帮他出谋划策，但毕竟还是他本人要来面对你，边上并没有人帮忙指点，他能临场发挥这么好，能说出这么多挑逗性的话来，变化真的是很大。”李素雅点头认同。欧阳娴又笑起来：“说不定，他跟你还真有缘分，遇到了他喜欢的人，发自内心地说话了。”李素雅嘻嘻一笑：“你这么说我也没办法，只能说明我的魅力比你大。”

欧阳娴和李素雅断然想不到，梁坤健每次来见李素雅，要讲的故事，要说的对话，都是经过精心彩排与演练的，钟彩云就像导演一样，不断地纠正他，训练他，除了让他记住台词，还特别教导他如何促进临场应变能力，怎么样从一句话中延伸更多的话题。而梁坤健为了讨李素雅的欢心，为了让自己的口才有所突破，也下了苦功夫，没事就自言自语练嘴皮子，找同事们聊天说笑（搞得同事们都吃惊不已，说梁坤健受了失恋的打击，性情大变了），所以他才能在短时间内打破本身的性格障碍，达到这种惊人的效果。如果不是这样刻苦练习，梁坤健只是拿一个故事来对付李素雅，就像汇报工作总结一样，根本不可能随时冒出有趣的语言来活跃气氛。

李素雅转述了梁坤健说的一些好玩故事给欧阳娴听，并且她还说起如何用一个空南瓜捉弄梁坤健的事情，逗得欧阳娴花枝招展，笑得快要喘不过气来了。她说：“不得了，我也要隔三岔五来你家里，听你讲故事才行。”李素雅说：“你要听我讲故事，得要泡好茶，端上点心伺候我才行。”随后她又说起梁坤健讲故事时，没事就支使李素雅给他续茶，要是她续茶慢了，梁坤健就会说她虐待他。有一次梁坤健喝了茶，还深情款款地说：“你泡的茶真好喝，是不是放了迷魂药。我要是有两天没有喝到你泡的茶，睡觉都不安稳，好像魂都丢掉一样。素雅，只有你才能让我回魂，我这辈子不能没有你啊！”

欧阳娴睁大双眼，仍是露出一副难以置信的样子，感叹道：“真不敢相信，他能说出这样的甜言蜜语。这种话，要是他以前跟我讲几句，我的心早就融化了，说不定现在已经是他的人了。”李素雅笑道：“现在融化还来得及，我可以帮你再续前缘。”欧阳娴说：“我跟他缘分已尽，你跟他的缘分才刚刚起来，你自己好好把握吧。”说到这里，换了一副颇为认真的语气说，“不过，你真是要小心点，这样下去，说不定你的心会被他融化的。”

李素雅突然有些忧虑，语气低沉地说：“这也是我担心的事情，可是我又不能拒绝阿健来找我，因为我家淀粉厂的原材料大部分是农场供应的，我不能得罪他。再说他也是个有意思的人，我也不忍心让他难堪。我的家人和亲戚全都站在阿健这一边，没有一个人看好阿南，我再怎么反抗也是没用的，除非阿南真的能在同花镇做出一番事情，才有可能解开这个谜题。但是，阿南想要做出一番事业，肯定也没那么容易，如果他过两三年才做出成绩，但那是他在顺德的成绩，未必会得到我爸妈的认可，到时候说不定我真的会被梁坤健打动，最终辜负了阿南。”说到这里，她眼中透出一股迷茫的神色，握着欧阳娴的手，轻声央请道，“阿娴，你帮我分析一下，你觉得我跟阿南还能不能在一起，不知道为什么，我心里现在没有一点底气了。”

欧阳娴也知道李素雅面临的困境，她说：“照你这样分析，我还真觉得你跟阿健的可能性会大一点。感情这东西会随着时间而改变的，就算你现在很喜欢阿南，但是两三年不见面，再深的感情也会变淡。阿健隔三岔五来给你讲故事，日久生情，你不心动是不可能的。何况还有你爸妈的因素在里面。”李素雅脸色难过起来，说：“我也是这么想的，所以我必须要写信告诉阿南，也许这样会刺激到他，让他早点回到同花镇创业。”欧阳娴点头说：“你必须要把真实情况跟阿南挑明，否则的话，以后会打成一个解不开的结。”李素雅说：“我知道，所以我才跟你讲嘛！”随后又说：“对了，冯源也给你写信了吧。你和他的情况，跟我和阿南差不多，冯源要是不搞点事业出来，你家人肯定也不同意你们来往，他如果不早点回来，你也不可能一直空等下去。”

听李素雅这么说，欧阳娴的眉头也蹙紧了一下，勾起了她心底的惆怅。她和冯源的感情发展确实让她心里没底，前几天，她的父亲欧阳才华接到了工作调动通知，十二月初要去县教育局任职办公室副主任。父亲跟她讲，他去了县城之后，会给她张罗一个对象，让她过上“城里人”的生活。

教育局的办公室副主任元旦后退休，欧阳才华要提前一个月去交接工作，工作调动通知书在十月中旬便下达了。欧阳才华拿到任职书，才跟女儿讲起自己去县城任职的事情。欧阳才华还将自己内心的想法告诉欧阳娴，他要借用县教育局的平台，找机会将她调到县里工作，并希望她以后能在县城安家。按照父亲的规划，会在一年内完成欧阳娴的工作调动，等她调到县城之后，介绍对象的事情自然也就水到渠成了。也就是说，一年之后人生将会发生很大的变化，那么她还愿意等冯源吗?

因此，欧阳娴的心事并不比李素雅轻，虽然她喜欢冯源，可是感情这东西会随着时间与环境而发生变化的。欧阳娴和李素雅心里都十分明白，假如冯源和陈嘉南在顺德工作，即便将来事业有成，面临的也可能是缘分已尽。欧阳娴做了一个乐观的打算，即使他们能力强大，最快也是两三年内做出成绩，再杀回同花镇时，那也未必一切如初。因为她们今年已经二十三岁了，明年将迈入本命年，在农村乡下，二十四岁未订婚的女孩都是老姑娘了。李素雅和欧阳娴毕竟是小地方姑娘，有着传统的结婚观念，她们知道真实的生活比爱情更可靠，轰轰烈烈的爱情只能在小说和电视里面流传，在农村是不可能存在的，当她们的年龄增长，青春渐褪，爱情还能坚守下去吗?

所以，两个女孩子虽然有了心上人，也幻想与渴望美好的爱情，但是她们并不知道爱情的出路在哪里，眼前的处境增加了她们的迷茫，内心也充满了惶惑不安。没有人知道未来会发生什么事情，她们只能听从上天的旨意，走一步算一步。

第二十三章

时间过得很快，转眼间便到了一九九五年的元旦。这年是个早年，元旦那天正好是腊月初一，月底便是春节。

世嘉打火机厂从国庆节正式开业，顺利地运营起来。唐世荣任公司总经理，陈嘉志任副总经理，陈嘉南当厂长，冯源托了陈嘉南的关系，最早挂的是厂长助理。他做事勤劳可靠，脑子灵活，工作十分出色，一个月后被提升为生产部主管。

进入腊月，世嘉打火机厂的订单仍像雪花一样飘来，员工们每天加班加点赶货，怎么也忙不过来。唐世荣签发了过年通知，工厂放三天年假，大年三十到年初二休息，年初三便开工赶货。冯源原计划是要回家过年的，但工厂订单太多了，他必须跟着生产走，只能留在顺德过年。

腊八节过后，冯源给欧阳娴写信，说十分想念她，恨不得马上回家跟她见面，但是由于工厂订单多，身为生产部主管，他不能请假回家，只能等年后淡季时，再抽空回去与她相聚。为了让欧阳娴不责怪他，寄信的时候，他顺便给欧阳娴和欧阳慧各寄了一件女式风衣。给欧阳娴寄的是一件长款风衣，咖啡色，大衣领，带有束腰，衣摆垂到膝盖处，显得修身；给欧阳慧寄的是一件短款风衣，橘红色，高领子，衣领有花纹刺绣，因为她要荡秋千，短款风衣的衣摆处有松紧带，可以勒紧腰部，荡秋千时风不能透进去。冯源心想，姐妹俩收到衣服之后，肯定会很高兴，至少心理上没有那么失落。

陈嘉南本来也计划过年时，偷偷杀回同花镇，跟李素雅见面。但是工厂订单多，实在抽不出时间，他只好写信给李素雅，并寄了些礼物给她，请她原谅。其实，冯源和陈嘉南给女友的信中多次留下工厂的电话号码，她们可以打电话过来聊天的，但是两个女生从来不打电话，感觉还是写信聊得欢一些，想说什么就写什么。何况当时的长途电话费贵，随便聊几句就要花掉十几块钱，甚至几十块，够她们买一条漂亮的裙子了，远不如写信划算。

李素雅和欧阳娴的来信中，提到过一个问题，令冯源和陈嘉南心神不安。且说李素雅，现在梁坤健隔三岔五来讲故事，万一真的产生感情，陈嘉南好不容易打下来的恋爱基础，将会被渐渐削弱，时间一久，很有可能功亏一篑。陈嘉南让李素雅直接拒绝梁坤健，不要他上门讲故事，可是李素雅在信中说，无法拒绝，因为淀粉厂的材料大部分由农场供应，她不能得罪梁坤健；而欧阳娴给冯源的信中也说明了情况，父亲已经调到县教育局上班，准备利用身边的资源，给她在县城物色对象，她过完年就二十四岁了，对于介绍对象的事情，她拖不了多久的，即使到时候她向父亲坦白两人的感情，父亲未必会同意，因为冯源远在顺德，她不可能跟他去顺德工作，这种异地相恋注定不会长久。

感情的事情让两位年轻人饱受困扰，心里承受了很多无形的压力，他们也明白当下情况，顺德和同花镇的距离相隔太远，鞭长莫及，很多事情也就变得无能为力了。除非他们能回到同花镇，但是他们回去之后能干什么?

正当陈嘉南和冯源为感情而发愁，深陷困惑的时候，仿佛冥冥之中有天意，顺德迎来了一项政策变化，突然改变了两人的爱情命运。

由于国家经济发展迅速，国内外对打火机的需求一直呈暴涨趋势，给了打火机厂商们赚钱的机会。但并不是每个厂家都能把握住机会的，十二月中旬的时候，顺德的打火机行业发生了一件大事，有一个打火机厂为了赶货，每天加班到深夜，员工疲惫工作，因生产意识麻痹而引发火灾，继而引起爆炸，现场死伤几十号人，属于重大事故。当时整个顺德的打火机厂都因此停工近半个月，由消防部门重新稽查合格后才能再次开工。正因如此，导致许多订单交期延误，打火机厂过年的年假也被取消。

打火机厂属于危险企业，使用的丁烷气体是易燃易爆之物，稍有不慎就会出事。自从二十世纪九十年代初，打火机产业引进顺德后，几年时间内，持有营业执照的正规打火机厂就有几十家，还有很多隐蔽在社区中的家庭式作坊，没有在工商局登记上报。小工厂和家庭作坊只顾着赚钱，没什么安全意识，这些年来发生了几场火灾和爆炸事件，但没有闹出人命，虽然财产有所损失，并未引起重视。然而，一九九四年的十二月中旬，某家打火机厂因员工操作失误，引发重大火灾，数以万计的打火机瞬间爆炸起火，死伤惨重，惊动了国务院。

出了严重的安全事故，不仅相关领导被撤职，对顺德的改革开放名声也有影响。为加强打火机厂防火防爆的安全工作，顺德市消防部门于是速度起草《打火机厂防火安全规定》。该《安全规定》于一九九五年元月二十五日正式颁布施行。

一九九五年的春节是元月三十一日，《安全规定》颁布时，离过年不到一周了。世嘉打火机厂生意好，还在紧张赶货中，准备年前再出一个货柜。然而，突然接到政府通知，所有的打火机厂和家庭式作坊必须停工待产，全面整顿，由消防部门重新审核后，达到《安全规定》的要求才能复工复产。

世嘉打火机厂才成立几个月，在家庭式作坊的基础上扩大生产，用的仍是“家族式企业”管理模式，并不具备大厂的规范管理和消防要求。该《安全规定》专门针对打火机产业出台的消防政策，要求特别严格，按照规定上的条例，打火机厂想达到合格的消防水平，必须要大力整改，把厂房重新规划，将带有丁烷气体的车间设立独立厂区，还要安装消防栓、烟雾报警器，并且规划消防通道、逃生门、隔火墙等，还要配备专业知识的消防员每天巡查危险岗位。按照目前的规模，世嘉打火机厂想通过这种严格的消防审核，那是不可能的，只有搬迁到新的厂房重新规划，才有可能达到要求。因为当前租用的厂房并不是专门为打火机厂而建立，是一栋三层楼的整体式厂房，想改造成符合《安全规定》上的打火机厂，将带有丁烷气体的车间设立独立厂区，根本不可能实现。所以，《安全规定》一出来，世嘉打火机厂就面临着搬迁的问题。可是，顺德市哪有专门为打火机厂设定的厂房呢？即便有，搬迁也要花很大的一笔钱，因为顺德厂房租金贵，而且还要重新装修布局，再到消防审核，估计要搞大半年。一个才刚起步的工厂如果半年不开工，又要投入这么一大笔钱，肯定是耗不起的。

这可把唐世荣和陈嘉志给急坏了，他们借着拜年的由头，去同行处了解情况，看看同行是怎么操作的。同行们都唉声叹气，说就算是花钱改造厂房，也未必能通得过消防部门的检查，消防部门把规定条款卡得这么严格，就是想逼走打火机厂商，不要留在本地。所以，当前只有一条路可走，就是趁早搬到外地去，到那些消防要求不严格的地方开厂，早点恢复生产，才能获得生机。如果不搬迁，迟早会被政策拖死，谁知道政府以后还会不会出台更严格的规定。

为了生存下去，唐世荣和陈嘉志商议，只能将工厂外迁。可是迁去哪里呢？深圳、东莞、中山、珠海、佛山这些邻近的城市，肯定是不行的，因为它们的消防要求比顺德更严格，只能往偏僻的地方迁，例如肇庆或惠州这种尚未大力开发的地方。但是，唐世荣和陈嘉志对这些地方都不熟，必须要去实地考察，找当地政府部门商谈合作，才知道能否实现搬迁。世嘉打火机厂才成立几个月，只有两百号人，规模上还属于小工厂，去这些地方考察，让当地政府帮忙盖厂房，人家未必愿意。就算当地政府愿意盖，但是从审批到拨款，再到投标建设，需要漫长的过程，不说一年时间，大半年肯定是要的，哪里耗得起？然而，如果自己租地皮盖厂房，又要花一大笔钱，世嘉打火机厂的资金毕竟没有这么雄厚，哪里能吃得消。

一九九五年的元月底，因为《安全规定》的施行，让世嘉打火机厂陷入了困境，急得唐世荣和陈嘉志团团转，像热锅上的蚂蚁，连过年都顾不上了，开车去肇庆和惠州等地考察。临近过年，很多地方的政府部门都松懈起来，只有一些值班人员留守办公室，相关的领导都下乡去做慰问工作了，或者出席年会活动之类的，现在去商谈开厂合作之事，显然是不合时宜的，当地政府的招商办人员都是一口话，等到年后再说。唐世荣和陈嘉南在肇庆及惠州四周转了一个大圈，搞到了大年三十才回来，毫无所获。

陈嘉南和冯源脑子灵活，从中看到了机会，两人商议一番，决定说服陈嘉志和唐世荣，将打火机厂搬迁到同花镇去。陈嘉南分析了搬到同花镇的可行方案。第一，他们在渡水村租下了大队的公房做话梅坊，租金便宜得要命，一年才六百块钱，有两排现成的房子可以利用，而房子前面是一大片晒谷场，有十几亩地，可以用来盖新的厂房；第二，同花镇位于桂、粤、湘三省交界处，距离顺德不到四百公里，肇庆的怀集县过去就是广西贺县（今贺州），同花镇就在贺县边上，从顺德开车过去顶多七八个钟头；第三，陈嘉南和冯源对同花镇是很熟的，在那里开厂不必担心被当地人搞鬼，加之同花镇有大量的年轻人想找工作，招工也不存在问题，而且当地的工资低，成本也能降下来。

唐世荣和陈嘉志在惠州肇庆打了个糊涂圈，一点眉目都没有，正被打火机厂搬迁的事情搞得心烦意乱，焦虑不已，如果打火机厂找不到好的去处，将会面临倒闭。在这生死存亡的时刻，听了陈嘉南的话，唐世荣和陈嘉志很是心动，于是采购了一批烟酒茶叶，装到了桑塔纳的后备厢，大年初四这天，由唐世荣和陈嘉志轮流开车，载着陈嘉南和冯源从顺德出发，往同花镇的方向开去。

从顺德到同花镇，虽然不足四百公里，但那时还没有高速公路，走的是国道、省道和县道，路线复杂。因为过年，许多县道人流量大，集市都在公路两边摆开，车子开得不快。那时候根本不存在什么导航之类的工具，出行只能依靠地图和路标，或者沿途问路人。唐世荣和陈嘉志轮流开车，兜兜转转的，走了不少冤枉路，当天晚上八点多钟，才抵达贺县。四人在贺县住了一晚上，大年初五一早起床，吃罢早餐便出发，九点多钟抵达了同花镇。

初五这天正好是立春，立春意味着春季到来。春节前半个月，同花镇的天气很糟糕，北风像逃难似的，一阵又一阵地掠过，发出呜呜的声音。间或还下了些冻雨，万物萧瑟，一点年味都没有。就连春节这天，天气也不得安生，天空阴沉沉的，霾云被凛冽的北风吹得满天打滚，富江边上的树木和竹丛不安分地摇晃着，传来了凄厉的呼啸声，让人听得惊心动魄。许多人都说，大年这么冷，只怕今年收成不好。于是有人就去兴龙观拜神，祈求今年风调雨顺。柴叔说，说打春（立春）还没到，冷一点也正常，打了春，天气就会暖的。

果然，初五立春，北风突然停歇了，天空笼罩着朦朦胧胧的雾气，有了回暖的迹象。太阳探出头来，一副刚睡醒的样子，看上去一点也不刺眼，倒像一个红灯笼，蛮喜庆的。

虽然太阳赏脸，但温度仍很低，只有八九摄氏度。没有北风的扰乱，这个时候的村庄异常安静，充满了祥和之气，空气中飘浮着放炮的火药味，弥漫出过年的喜悦。渡水村的生产队公房在村子的偏处，平时少有人走动，何况是过年这冷冷的天气，人们都窝在家里烤火取暖，不愿意到外面受寒。一般到了十点多钟或十一点，气温上升了一些，村里才会有人走动，去串门聊天或去走亲戚拜年。

桑塔纳停在话梅坊门口的空地上，四人从车上下来。周边静悄悄的，荡漾着一股宁静的气息。陈嘉南和唐世荣打量这片地方，第一感觉很不错，颇有眼缘。这是村子的边沿地带，一片郁郁葱葱的树林将村子隔开了，打火机厂毕竟是危险企业，不可能开在离居民太近的地方。树林的景色好，长得有气势，证明了风水也好，广东人做生意都讲究风水，喜欢研究格局，他们过来的时候，还看到了富江，渡水村就在富江边上，水主财，这点很重要。

四人沿着生产队公房走动。冯源打头，向陈嘉志和唐世荣介绍这片地方：前面一排房子是以前大队的粮仓，后面一排房子是当年下乡的知青住的；房子前面一大片铺过水泥的地方，像一个巨大的操场，是以前大队的晒谷场。那时候大队收割的苞谷、花生、大豆、稻谷、木薯等粮食，全部统一拉到这里来晒，实行颗粒归公，晒完后就装到粮仓。因为是晒谷场，这块地方很平坦，可以直接在上面建房子。

四人沿着公房和晒谷场走了一圈，估算了一下，公房和晒谷场加起来至少有二十多亩地，如果再往边上拓宽，可以达到三十亩地，建一个打火机厂房绰绰有余。陈嘉南告诉哥哥，他租下这片地方开话梅坊，一年才六百块钱租金。这个价格低得让陈嘉志和唐世荣觉得不可思议。

陈嘉志和唐世荣对这片地方还是很满意的，地方够大，又不需要开发，直接就可以在晒谷场上建厂房。而且已经有现成的两排房子，后面一排知青房可以用来当工厂宿舍，前面一排仓库房可以当工厂的办公室和仓库。打火机厂搬迁过来，有不少外地员工，当然要安排宿舍和饭堂，这两排房子将就起来，能省下不少钱。

由于打火机厂必须要外迁，陈嘉志和唐世荣早就提前做好了外迁的方案，只要一找到合适的地方，他们就立马实施，就用最简单、最省钱的方式，建一系列铁皮厂房：几条铁柱子打在地上，焊上铁架大梁，盖上铁皮顶，就连墙壁都是用铁皮包裹起来的。这种粗犷的大棚式厂房建起来快，而且相当牢固，就连装修都省去了。打火机厂急于搬迁，又因资金有限，只能因陋就简，建铁皮厂房既省钱又省事省时，而且每个车间都可以独立，中间留下几米宽的过道，可以满足消防安全要求。

陈嘉志和唐世荣看完这片地方，互相交换意见，觉得打火机厂可以搬迁到这里。这里确实离顺德不远，就一天的车程，虽说增加了运输成本，但是这里的地皮租金低，人工成本也能降一点，完全可以节省回来。另外，打火机产品并不是什么新鲜的蔬菜水果，不会烂货，而且交货期也不会特别着急，即便多出几天的车程，也不会有所影响。最重要的是，如果把打火机厂搬迁到这里来，不需要投资多少钱，只是建一系列铁皮厂房，就能让打火机厂迅速走向正轨，抢占市场的先机。陈嘉志和唐世荣嗅到了商机，现在顺德所有的打火机厂都在停工整顿，过完年之后，大量订单无处生产，谁能先把工厂第一时间启动生产，谁就能抓住机遇，把客户资源引进来。

冯源从口袋里掏出钥匙，将生产队公房紧锁的木门全部打开，让陈嘉志和唐世荣进去参观。第一排房子是仓库，一共有六间，每间仓库的大小不一样，大的有两百多平方米，小的有五六十平方米，用实体墙隔开，用来存放各种不同的粮食。仓库盖得比较高，足有七八米，里面放着陈嘉南和冯源制作话梅的工具。工具因为浸透了梅子，此时仍能散发出一股话梅的酸香味。后面一排是给知青住的，房子要低矮一些，只有五六米高，但里面空间也很大，每间房子有五六十平方米，一间便可以住十几个知青。

陈嘉南和冯源当初搞话梅坊，就住在知青房，挨近树林最边上的一间。这间房子还有他们留下的简陋桌子，以及长凳和木床，还有粘上了蜘蛛网的落地风扇；墙上贴着香港四大天王的明信片，还有张曼玉、周慧敏、林青霞、王祖贤等女星写真，以及《射雕英雄传》《天龙八部》《神雕侠侣》等香港电视剧的海报，花花绿绿的，虽然有一点失色，但看上去仍能将简陋的屋子衬托得格外清新。冯源找来一块抹布，抹了抹桌子和长凳。这地方树多灰尘少，窗也是关紧的，倒也不脏。四人围着桌子坐，商议打火机厂搬迁事宜。

陈嘉志和唐世荣交换了意见，同意将打火机厂搬迁到这里来。不过要确认两点：一是这地方是否可以盖厂房；二是当地政府是否愿意接纳打火机厂。

冯源在同花镇待了几年，又是本县人，十分明白地方的人情世故和经济形式。他说："在这里开工厂百分之百没有问题，现在农民靠种田地养猪，来钱太慢，谁都想出去找份赚钱的工作。打火机厂搬到这里来，就是给地方的人们送钱上门，也给政府纳税，提高财政收入，他们欢迎都来不及呢！"唐世荣说："这片地方很大，适合建厂，你们之前搞话梅厂，一年六百块钱租金，这个价钱如果也能给到打火机厂，那真是物有所值，可以一口气跟他们签二十年的合同。如果不行，签十年也可以。"冯源说："我们可以跟村委主任刘智标商谈，只要他将地皮租金仍是按照六百块钱一年租给我们，我们优先渡水村的人进来工作，为他们创造福利。这样一来，他们当然愿意干。"唐世荣问："一个村委主任，能做得了主吗？要经过村委会开会讨论吧。"冯源笑起来："你们大城市什么都讲程序，小地方不一样，农村一般都是村委主任说了算。我们当初租这地方做话梅坊，就是刘主任一句话的事情。"唐世荣说："你们做话梅坊，那是小打小闹，人们肯定不会为难你。最怕农村人眼光浅，以为我们开工厂有钱，哄抬物价，只想着要租金，不肯低价租给我们。"陈嘉南说："这个好解决，我们工厂搬到这里来之后，要招聘一位本地厂长，到时把这个职务给刘主任，他肯定拼了命给我们做事。"

广东的工厂迁到外地之后，或者外地人在广东开厂，都要请一名本地厂长，协助一些对外事务。说白了，就是找一位本地有势力的人罩着。本地厂长平时不做什么事情，也就挂个名号而已，一个月给一点工资，相当于把他养起来，要是工厂出一些事情，例如地方上有人来为难，或者劳动纠纷，还有政府层面的人际关系，都是由本地厂长出面。这叫花小钱办大事。

冯源说：“如果让刘主任当本地厂长，低价租这片地方肯定是没有问题。我们跟刘主任打过交道，他也是个有见识的人。到时打火机厂开起来，肯定要在工厂里面开一间小卖部，方便员工们买东西，这间小卖部也可以交由刘主任的家人来经营，一个月也能赚些钱。把这些好处都给到他，他绝对为我们出力。”唐世荣说：“那我们就按照这些条件一起去找刘主任商讨，跟他把这件事情敲定下来。”冯源说：“农村人家里没有什么会客厅的，现在是过年时节，怕他家里来客人，我们这么多人去谈事，许多话不能当面讲，不如我去把他叫到这里来谈事。”唐世荣点头说：“这样最好，你带一份礼品过去。”

唐世荣和陈嘉志都是人情练达之人，他们知道中国人最讲究礼节，又逢过新年，肯定不能空手而来，因此事先买了一堆的烟酒茶叶和地方特产礼包，放在后备厢，专门用来见客送礼。唐世荣打开车子后备厢，拿了两条五叶神和两盒茶叶，外加两瓶洋酒。当时的广东人都喜欢喝洋酒，尤其是商务圈，基本上以喝洋酒为主，极少喝白酒。陈嘉南有亲戚在香港，直接让亲戚帮忙从香港带一些普通的洋酒过来，这些洋酒倒也不贵，但口感好，包装也上档次，全部是英文，送礼也拿得出手。

冯源拎着礼品，穿越树林，往渡水村的居民区走去。

冬天的防风林，因为被北风和冻雨蹂躏了多天，那些落光叶子的枫树、银杏、苦楝和油桐，树干上像覆盖着霜气，看上去愈发枯瘦；常年翠绿的松树、天竺桂、樟树，叶子则被寒气渗透，颜色愈发地凝重。苍绿与枯槁交替，看上去让人有一种时光停留的重量，仿佛时间在这片地方停留很长的时间，导致这里的树木生长的姿态不一样。

走入树林中，举目向前，只见一棵老樟树下面，隐约有人影在空中晃动。冯源一下子看出来了，是欧阳慧，她正在那棵熟悉的老樟树底下荡秋千。

这天，欧阳慧吃罢早餐，闲着没事干，就跑来树林里荡千秋。要是以前，这样的冷天气她是不会出来荡秋千的，空气冷，荡秋千招风，能把脸蛋划破，耳朵也会生冻疮。今天立春，北风停了，微微有些阳光，尽管气温仍低下，不宜外出，但她特别想到树林里面荡秋千，不知道为什么，仿佛有什么心灵感应一样。她于是戴了一顶针织毛线帽，穿上绒毛线密织的手套，往树林里走去。刚荡了几下秋千，她便看到不远处有人走过来。隔得有些远，但人影却很熟悉。她像意识到什么一样，突然一下子激动起来，秋千还在上空荡漾的时候，她就悬空跳下来，像仙女从天而降，借着落地的惯性，猛地向前冲出去。

果然是冯源。欧阳慧简直就像做梦一样，大老远就叫道："冯大哥，真是你呀！"声音虽然透着少女的稚气，却掩不住兴奋与喜悦，音色中焕发出一股激荡之情。她像一头欢快的小鹿，飞奔而来，不假思索，一下子便扑到了冯源的怀中。

农村乡下，男女之间几乎不会用拥抱这种方式来表达感情，要是被他人看到了，肯定会传出流言蜚语，说些不正经的话。然而，欧阳慧毕竟是小女孩心智，天真单纯，一时激动起来，就像孩子见到久违的母亲般，哪里还想那么多，情不自禁就扑上去，一把拥抱住冯源，双手紧紧地搂着他宽厚的背脊。

冯源第一次被女孩子如此热烈拥抱，脸一下子就红了起来，耳朵也热热的，心跳也陡然加快了许多，不停地撞击着胸口。幸好天冷，穿着厚厚的衣服，倒也不觉得有什么异样。

冯源双手都拎着礼盒，颇为不便，但他还是拥抱了欧阳慧。他的脸颊蹭在她的帽子上，感到一股带着芳香的暖意。过了一会，他说：“快让我看看你。”

欧阳慧于是松开手，后退了一步。大约是她突然清醒过来了，也意识到自己拥抱冯源有些过于激动，虽然她的智商只有八九岁，但身材相貌却已经是二十出头的姑娘了，有了青春期少女的生理反应。她突然有些不好意思，脸一下子娇羞起来，红红的，像涂了胭脂水粉般，愈发的可爱动人。

欧阳慧穿的是冯源年前给她寄的那件短款风衣，大小正合适，因为衣摆有紧身的松紧带，她将带子系紧了，不让风透进去，显得腰很细；衣领是高领，拉上拉链之后竖起来，衣领上的花纹刺绣就像花瓣蔓延，沿着她的脖子盛开，衬托出她娇美的脸蛋；她头发梳的是两条略为蓬松的辫子，垂在双肩处，戴着一顶堆堆针织的包头帽，紧紧地裹住头部，帽檐垂到眉间，将她的脸蛋拢得分外精致，又有几缕头发没有编到辫子里面，从腮边落下，看起来十分的青春迷人。尤其是她娇羞的时候，带着少女的柔情与怯意，欣喜与激动，更显得楚楚动人，真让人恨不得再次拥抱她。

冯源脸上仍有些发热，心跳也一直抖得厉害，竟无法平静下来。他看出欧阳慧也在害羞，就假装笑起来说：“几个月不见，你好像变瘦了，过年没有肉吃吗？”欧阳慧不敢拿正眼看冯源，低着头，手里扯着风衣露出来的松紧带，轻声说：“以前过年吃肉，我是要长胖的，今年不知道为什么，吃了肉老不长胖。”冯源说：“是不是想事情想多了。”欧阳慧这才略略抬起头来，看了冯源一眼，说：“可能是。老是想着给你写信，老是想见你，费脑子。我爸爸说，用脑子的人容易瘦。”

冯源不禁感动，因为他每月都要收到好几封欧阳慧的信，都是长信，而且越写越好，可见是用了心思的。冯源说：“我现在要去找刘主任，跟他谈事情。等谈完事情，我就和阿南去你家里拜年。你回去跟你姐姐，还有你爸妈说一下，好吗？”

听说他要来家里拜年，欧阳慧内心又掀起一阵激动，打消了脸上的害羞之情。她欢乐地踮起脚尖说：“好啊！你可不许骗我，要说到做到。”冯源亲切地说：“我怎么舍得骗你呢！来，拉个钩。”一边说一边将右手的东西换到左手上，伸出了小指。

欧阳慧脱下右手的手套，露出白嫩的手指，像以前那样和冯源拉了钩，说：“我现在就回去跟姐姐和爸爸说，你要早点来我家噢！”说罢，像小鹿一样蹦蹦跳跳地跑了起来。跑出几米远，又回过头看了一眼冯源，看到他正朝她笑，她仿佛确认了这不是梦，才又转身飞快地向前跑。

直到欧阳慧的背影消失在树林深处，冯源脸上那股烫烫的感觉才渐渐褪下。他提着礼品，往另外一条小道走去。树林里有许多小径通向渡水村，因为渡水村有三个姓氏，每个姓氏居住的区域不一样，欧阳姓住在村子的西北边，刘姓则住在东北边，还有一个孔姓住在南边。

冯源哼着小曲，心里美滋滋地往刘智标家走去。这一路，他走得轻飘飘的，就像神仙一样快活，怀里仿佛还残留着欧阳慧的体温，让他感到无比温馨。他由此想到了欧阳娴，如果打火机厂真的能开在渡水村，他和欧阳娴的爱情肯定能成功的。两人已经有了感情，而他在打火机厂担任高层管理，工资高，也将改变穷小子的命运，再也不用担心经济上配不上欧阳娴。他想象着自己与欧阳娴相恋，终有一天也会像刚才拥抱欧阳慧那样，热烈地相拥。对冯源而言，再也没有比这更幸福的事情了。

欧阳慧回到家里，高兴地跟欧阳娴说冯大哥回来了，他现在去找刘主任谈事情，谈完事情就到家里拜年。欧阳娴根本不相信事情是真的，因为年前收到了冯源的信，说他过年不回来。虽然她同时收到了他寄来的衣服，但心里仍掩不住失落的情绪，愈发觉得两人天各一方，就算心存情感，也有书信来往，可是久不相见，随着时间的流逝，感情上还是有些黯淡的。

冯源从顺德返回同花镇，属于临时起意，写信是来不及的，欧阳娴家没有电话，也不可能电话告知，因此他只能给她一个惊喜。欧阳娴哪里能料到这种意外之事，她见妹妹喜出望外的样子，不像是假的，决定亲自去看看，冯源是不是真的回来了。

姐妹俩穿过防风林，往生产队公房走去，大老远地，欧阳娴看到话梅坊门口停了一辆黑色的桑塔纳轿车。走近时，听到房间里面传来说话的声音，欧阳娴听出来了，有一个声音是陈嘉南的，她才确信是真的。

欧阳慧想到话梅坊的房间里看看，但是被欧阳娴扯住了，说人家正在谈事情，不要去打扰，先回去烤火，等他们来给我们拜年。欧阳慧却依依不舍，哪里耐得住心思，只想去找冯源玩。欧阳娴说：“等一下冯大哥来我们家里拜年，我们要回去准备茶水招待他。走吧，你跟我回去打油茶，让他尝尝我们的手艺，不要等冯大哥上门了，连喝的茶水都没有。”欧阳慧觉得姐姐说得有道理，于是才满心欢喜地跟着姐姐回家打油茶。

油茶是地方上一种待客的茶水，当地生长的高山绿茶用清水泡开后，滤出茶叶，在铁锅里用热油炒熟，加入生姜和蒜头，用木槌不停地在锅中捶打与翻炒，将茶叶和生姜蒜头捣成粉末，一同炒出味道，再加入泉水大火猛煮，使其味道圆融。煮熟的油茶过滤出来，倒入碗中，依个人口味加入盐末和葱花、香菜，放花生和炒米，香味四溢，喝起来能暖身祛寒，是冬天里上等的饮品。

欧阳娴扯着妹妹回到家，开始泡茶叶、剥蒜头、洗老姜。她们要事先打一锅上等的好油茶装到保温壶里，等冯源和陈嘉南上门拜年，就可以随时拿出来招待，并且留他们吃午饭，到时用油茶煲鸡，直接吃火锅。

刘智标这天没有去走亲戚，窝在家里烤火看电视，冯源拎着礼品上门来，倒是让他吃了一惊。冯源说明了来意，刘智标二话不说，拿起公文包，就跟冯源一起到话梅坊来商谈正事。

唐世荣和陈嘉志见到刘智标，递上名片，说了几句客套话，便开门见山说明了来意。刘智标听说要在生产队公房处建厂，当然是很高兴的，从公文包里拿出一个本子，像开会一样认真地记要点。唐世荣提出了几个事项，一是因为投资工厂需要很多钱，希望刘智标将这块地皮按六百元一年的租金收。他说，有些地方为了招商引资，地皮都是免费给的，但这是村里的地皮，免费肯定不现实，就按照原来的六百元一年，签二十年的合同；二是打火机厂会优先录用渡水村的人来当工人，尽量让村里的年轻人都能分到工作，给村民带来实实在在的收入；三是请刘智标担任本地厂长，每个月给两百块钱的工资，不需要在厂里做事，假如有特殊情况，例如有人来闹事，就请刘智标摆平；

四是工厂开在这里，到时至少有两百名员工，内部会设一个小卖部，生意肯定很好，小卖部也由刘智标家人经营。

这么多好处一股脑都给到了刘智标，刘智标眼睛都要直了，对他而言，简直是天降横财啊！他当场拍板说没有问题，他完全可以做主按六百元一年的租金，签二十年的合同。刘智标之所以有这样的底气，因为他十分清楚，生产队公房是村里人的公地，村里有三个姓氏，三百多户人家，这些房子根本不好分配，扔在这里毫无用处，要是房子没有人打理，迟早要倒塌的，就像公房前的那一大片晒谷场，虽然是水泥铺的，但长年没人打理保养，被风雨侵蚀，坑坑洼洼的，长出了杂草。如果这片地方能租出去，虽说租金低了一些，但有六百块钱一年总比没有的好，多少能增加村里的财政收入。最重要的是，工厂建在这里，优先录用村里人，能给他们带来就业的机会，年轻人不用再当农民，这可是实实在在的收入，村里人谁会不同意呢?

刘智标拍着胸口说："放心吧，只要你们愿意租，在这里开工厂优先录用我们村里的人，六百元一年的租金，签二十年没有问题。"陈嘉志和唐世荣见刘智标语气这么坚定，且一副胸有成竹的样子，就放心下来了。唐世荣说："在这里开工厂，当然要上报给政府知道，我们也想了解一下当地政府的相关政策。只有通过政府的批准，我们才好规划开厂的事情，否则白跑一趟。大过年的，也不知道镇长书记是否上班，你能否帮我们跑一趟镇政府，把这件事汇报上去。"刘智标为了显示自己的本事，又拍着胸口说："这都是小事情，我和一个副镇长是初中同学，关系好得很。我下午就带你们去找他，我正好也顺便给他拜年。"唐世荣高兴地说："这样最好，我们集中精力办大事，这两天就把事情定下来，如果能拿到政府的批文，和你们签下租地合同，我们就可以放心地回去准备资金，元宵节后就可以开工建厂房了。”

聊完正事，已是中午时分。刘智标热情地邀请他们到家里吃饭，反正是过年，肉菜和酒都是现成的，倒也不用准备。陈嘉志和唐世荣也不客气，到他家里吃饭，拉近关系也好。冯源和陈嘉南要先去欧阳才华家里拜年，才能到刘主任家里吃饭。冯源跟唐世荣和陈嘉志说：“你们先到刘主任家里喝茶，我和阿南要去村里一户人家拜年，随后就过来。”刘智标问：“给谁拜年？”冯源说：“欧阳校长。”刘智标特意交代：“无论如何，你们都不能在他家吃饭，一定要来我家。”冯源说：“好。”

冯源和陈嘉南拿了烟酒茶叶，一同去欧阳才华家。

欧阳娴和妹妹在家里已经打了一锅上等的油茶，装到了保温壶里，只等着冯源和陈嘉南上门来，倒入碗中给他们喝。很不巧，冯源和陈嘉南还没有上门，欧阳娴家里有两个亲戚倒是上门来拜年。

农村乡下，人们过年走亲戚都是随机性的，那时候没有什么电话，不可能事先约好哪天上门，何况都是踩单车，如果过年遇到天气冷，北风紧，出不了门，拖到元宵节后拜年也是有的。初五这天立春，天色好，有些人就趁这个时候走亲戚。

欧阳才华也已经听说冯源和陈嘉南要来家里拜年，欧阳慧一回来，就像只花喜鹊一样，叽叽喳喳地说开来，说要打油茶来招待冯源。欧阳才华见二女儿这么高兴，心里也有几分欢喜。自从冯源去了广东之后，欧阳慧恢复了以前的单调生活，很少有这样开心的表现。他想，这世界大约只有冯源出现，才能让二女儿这么兴奋。

冯源和陈嘉南还没有上门来，家里来了亲戚，当然要拿出事先准备好的油茶和瓜子、糖果招待客人。欧阳才华和两个亲戚坐在火盆边上烤火聊天，欧阳娴端上打好的油茶待客，接着又忙着去打新的油茶。打油茶的铁锅小，每煮一锅出来，过滤几次后，装到保温瓶里也就大半壶，中午还要吃油茶鸡，至少要打个五锅才够用。

冯源和陈嘉南上门的时候，第二锅新油茶刚出来，正好可以热腾腾地喝上。欧阳慧格外殷勤，忙不迭地招待冯源和陈嘉南，请他们到火盆边上烤火喝茶，又抓瓜子糖果塞到两人的手中，还要去帮他们削苹果。欧阳娴虽然矜持，但脸上也是一副春风满面的样子，笑盈盈地看着冯源，并不说话，仿佛想说的话都写在了脸上。

欧阳娴穿的也是冯源过年时给她寄的长款咖啡色风衣，里面配了一件长领米色毛衣，脖子围着一条浅灰色的丝绸巾，一头秀发垂落在肩膀处，看起来十分洋气。因为天气冷，要穿秋裤，她外面穿的是一条浅绿斑纹的阔腿裤，脚下是一双平底鞋，上下身材匀称，修长的风衣中间有束腰，腰带紧扣，身材曲线感一下子就出来了，看起来亭亭玉立，别有一番风情。

看到欧阳娴婀娜的身姿，冯源激动得两眼发光，毕竟是自己的梦中情人，心中惦念了许久。但他没有来得及和欧阳娴说话，就被欧阳慧扯住，叽叽喳喳地说起来。那两名亲戚见欧阳慧欢乐不已，像一只刚下了蛋的母鸡那样，咯咯哒地叫个不停，心里有些诧异，不由得多看了冯源两眼。亲戚们都知道欧阳慧脑子智力低下，平时很少这样兴奋的。

虽然二女儿没有一点姑娘家的矜持，像个不懂事的小孩缠着冯源，但欧阳才华却不见怪，反倒觉得这是件好事。他跟两个亲戚介绍，说冯源和陈嘉南以前在边上的生产队公房开话梅坊，是欧阳慧的好朋友。随后，欧阳才华又问起冯源和陈嘉南，在广东的工作怎么样。冯源说在打火机厂上班，工作不错，现在打算把打火机厂搬到同花镇的生产队公房处，今天回来主要和刘主任谈租地皮的事情，如果一切顺利，两个月内能完成搬迁。欧阳才华听说他们要把打火机厂搬回来，一张严肃的脸上也露出了鲜有的笑容。这意味着不久后，冯源又可以和欧阳慧在一起玩了。

因为有亲戚在，也不好多聊，加上他们上门来拜年，主要目的还是找欧阳娴：冯源找欧阳娴是要解决相思之苦；陈嘉南找欧阳娴是要通过她把李素雅约出来见面。两位年轻人心里都怀着秘密，因此和欧阳才华聊天有些不上心。

聊了半个多小时，冯源和陈嘉南起身告辞，说去刘主任家里吃饭。欧阳才华当然要留他们吃饭，欧阳慧更是一个劲要让冯源留下来，说要做油茶鸡给他吃，如果他不尝尝她的手艺，她会很伤心的。但是冯源如实相告，说刘智标特意交代了，必须要他去他家里吃饭，因为陈嘉南的哥哥和表哥还在那边。又说，他们这两天都在同花镇办事，要是抽得出时间再过来吃饭。

欧阳才华知道两人有公事在身，也不挽留，就让欧阳姐妹送客。这正是冯源和陈嘉南想要的效果，他们并不急着去刘主任家，而是和欧阳姐妹一起走到后面的树林里聊天。

欧阳慧对冯源中午不在她家吃饭的事情深感失落，说她和姐姐特意打好的油茶，准备中午给他做油茶鸡吃的。冯源看了欧阳娴一眼，很是感动，眼神中透着浓浓爱意。欧阳娴却故意朝他俏皮地翻了个白眼，跟着和陈嘉南走到一边聊天了，没有理他。

冯源见欧阳慧一副失落的样子，就说：“刚才我喝了两大碗油茶，真的很好喝。你放心，我这次来办事情，是想把打火机厂搬到这里来，到时候你也可以到厂里工作，我们可以天天在一起，你什么时候想做油茶鸡给我吃都行。”欧阳慧听了，激动得跳了起来：“你说的是真的吗？我真的可以进去工作？”冯源说：“当然是真的，我什么时候骗过你。”

陈嘉南和欧阳娴走到一边去，他让欧阳娴下午帮忙去找李素雅，带她来话梅坊与他见面。正好过年，李素雅的家里人不知道陈嘉南突然杀回来了，没有防范之心，她是可以自由行动的。欧阳娴说没有问题，午饭后就去找李素雅。

陈嘉南想着下午就能和李素雅见面，十分激动。他知道冯源也好久不见欧阳娴，肯定有许多悄悄话要讲，于是故意去支开欧阳慧，让欧阳娴和冯源单独聊几句。他对欧阳慧说：“阿慧，你过来教我荡秋千，我还不会荡呢！”欧阳慧哪里愿意离开冯源，嘟着嘴巴说：“我才不要呢，我要和冯源说话，你自己荡吧！”陈嘉南就说：“阿慧，你姐姐和冯大哥有事要说，一件很重要的事情。你快点过来教我荡秋千，否则的话，以后我和冯大哥都不去你家了。”欧阳慧信以为真，很不情愿地去秋千架那里，教陈嘉南荡秋千。

欧阳慧走开后，冯源胆子大起来，与欧阳娴面对面站着，他双手拉着她的手说：“好想抱你一下。”欧阳娴甩开他的手，嗔怪道：“才去广东几天，就学坏了。”冯源假装可怜地说：“哪里才几天啊，度日如年，感觉像过了一辈子那么漫长。唉，要怪就怪你，长得太漂亮了，害我天天想你，把脑子都想坏了。”欧阳娴“哼”了一声：“脑子坏了，还记得回来？你不是说过年不回来的吗？”冯源说：“想给你一个惊喜嘛！看到我高兴不？”欧阳娴说：“一点也不高兴。”冯源笑嘻嘻地说：“要不给我拥抱一下，把我激动的心情传一点给你，让你也激动一下。”欧阳娴后退了一步，啐道：“你再这样，我就罚你去抱树。”一边说，一边指了指边上一棵苦楝树。

冯源看了看那棵树，笑道：“你要是罚我抱树，我就在树上画上你的头像，这样子抱起来跟抱着你差不多。”欧阳娴抿嘴笑道：“那你画吧。”冯源说：“只怕我画了之后，整个同花镇的后生们都跑过来，排队要抱树，把树都抱死了。这棵树肯定没有想到，自己会死得那么惨，竟然是被人抱死的。”欧阳娴忍不住咯咯地笑出声来，笑容清纯可人，让人感到一股春暖花开的柔情。

冯源上前又拉着她的手说：“如果这次真的能把打火机厂搬到这里来，我们的感情也就有着落了，你也不用担心你爸会在县城给你物色对象，到时候我们可以光明正大恋爱了。”欧阳娴假装不在意地说：“等事情落定再说，现在还没看到影子呢！”冯源说：“我和阿南在广东好焦虑，你和素雅的信中都提到了，如果一两年内我们不回来，很多事情都会有变故。搞得我们那段时间天天借酒消愁，我当时心里打定了主意，不管如何，一年之后我一定会回来。只要赚了点本钱，我就自己去做衣服贩卖生意，不管有没有阿南，我都要把这条路子走通，这样至少可以和你在一起。还好，老天对我们还不错，给了这样的好机会。”随后又说，“我在广东太想你了，一有时间就画你的画像，画各种各样的样子，现在有十几张了，到时可以出本画册了。”

欧阳娴很是感动，问：“你把画像带回来没有？我要看看把我画成什么样子，要是把我画丑了，肯定是想我想得还不够深。”冯源笑嘻嘻道：“画得不好，那肯定是因为想歪了。”欧阳娴脸一红，扬起拳头，假装生气地说：“你要是敢想歪，我就把你脑袋给打歪。”冯源把脸凑过去说：“来吧，以后让你嫁给歪脖子男人。”欧阳娴扑哧一笑，说：“谁嫁给你。”冯源抓着她握着拳头的手说：“这次回来仓促，还没有来得及收拾画册，等下次回来时再给你看。”说着，让欧阳娴站着别动，“让我好好看看你，看我画得像不像。”

欧阳娴被冯源那股热切的眼神看得不自在，害羞地扭头转身走了，一边走一边说：“你们得去吃饭了。”随后朝秋千架那边叫道，“阿慧，我们要回去做饭啦！”

欧阳慧从秋千架那边小跑过来，走的时候，还不忘和冯源说上几句话，叫他有时间一定要找她玩。冯源“嗯嗯”地答应着，心里感到满满的幸福。

第二十四章

冯源和陈嘉南等人在刘智标家里吃午饭，刘智标极力想灌这帮广东人的酒，拉近些关系，但下午要去找副镇长谈事，在唐世荣的要求下，酒留到了晚上再喝。饭后，一帮人围坐在炭火盆边上，喝着油茶，随便聊天。眼见时钟已经过了两点半，于是一群人动身，去给副镇长拜年，顺便商谈正事。

唐世荣开车，刘智标坐在副驾驶指路，冯源和陈嘉志坐在后排座位。陈嘉南没有跟着去，他要在话梅坊等李素雅来找他，陈嘉志知道弟弟有个喜欢的女孩子在同花镇，也不见怪，由他去了。

副镇长叫赵勇亮，是同花镇本土人，和刘智标是初中的同学，两人关系十分要好，时常在一起喝酒。赵勇亮见刘智标带了三个陌生人提着大包小包来拜年，以为是求他办事走后门的，起初对他们并不热情。后来经刘智标一介绍，又递上了名片，他们竟是要来同花镇投资开工厂的广东商人，赵勇亮顿时改变了态度，赶紧叫内人泡上好茶，端上点心干果。茶还没有泡好，唐世荣便开门见山，说起要在渡水村的生产队公房处投资建厂，希望能得到本地政府的大力支持。

赵勇亮当然知道有人到同花镇投资建厂意味着什么，不仅给政府带来税收，还将带动一批人就业。他高兴地说："你们愿意来我们这小镇投资建厂，是我们的福气，我们肯定会无条件支持的。"唐世荣说："我想了解一下你们当地政府有什么相关的扶持政策，或者什么条件限制。"赵勇亮说："老实说，我们同花镇是个小地方，外地人来这里投资建厂，算是第一例，相关的地方政策没有，条件限制也没有，全部政策都是按照国家统一标准实施。我明天把书记和镇长，还有工商所的所长一起约来开会，把这件事情做重点汇报。你们有什么要求，具体有什么要落实的，先给我们讲一下，我拿纸笔记下来，明天开会时和书记镇长商谈，商谈完了就给你准确答复。"唐世荣说："倒也没什么具体的要求，我随便说几条个人的想法。一是在镇上投资建厂，看看政府扶持方面是否有好的政策；二是税收方面，有没有像广东一些地方'三来一补'的优惠条件；三是如果来这里投资建厂，必须确保用电正常。农村乡下的电路不稳定，经常停电，我们开工厂的不能停电，会造成巨大损失的。"赵勇亮说："我们的税收政策用的是国家标准，什么'三来一补'的政策，听都没有听说过。同花镇毕竟是小地方，没有外来工厂投资，缺少各方面的经验，所以也没有相关的扶持政策。另外，用电方面你们不用担心，富江上面不是有水电站嘛，到时直接从电站给你们拉线过来，无论打雷还是下雨，确保二十四小时有电。"

唐世荣倒也不在乎什么政府扶持和税收优惠政策，他急着要搬迁工厂，只要当地政府按照国家标准的税收执行，不要额外征收就好。他也料想这小地方肯定不会有相关的优惠政策，他故意提到这方面的条件，无非是放出场面话，好让赵勇亮明白，既然没有什么优惠政策，那别的条件也不要想往上面加了。

公务聊开之后，赵勇亮就打电话到书记和镇长家里。那时候的乡下人当然不可能用得起手机，镇上连传呼机的信号都还没有，为了方便联络，当时的书记、镇长等相关领导家中，都装有电话。赵勇亮在电话中向镇长和书记做出汇报，说广东商人要来同花镇投资建厂的事情，希望明天上午开个专题会议，把这件事情落实下来。

通完电话，赵勇亮说："我们书记和镇长也十分重视你们的投资，本来是初八才正式上班的，领导要求明天就全员上班，一大早就召开专题会议。明天等我们内部开会讨论完毕后，到时候再邀请你们过来商谈相关的细节。"唐世荣见当地政府领导这么重视，也就放下心来。他说："那明天我们等你的消息。"赵勇亮问："你们住在哪里？"唐世荣说："今天一大早从贺县赶过来的，还没有找住处。"赵勇亮说："镇上只有一间小旅馆，偶尔会有一些探望犯人的亲戚住进去，平日里没有什么生意。为了照顾旅馆的生意，我们将旅馆列为镇政府的招待所，一些领导来调研或扎根，就住在里面。你们是贵宾，住在这小地方恐怕不习惯，但是镇上也只有这个旅馆可住。不过，环境还算干净的。我写个条子，这两天就委屈你们住在里面吧，省得你们跑到县城去找地方住。"

陈嘉志听了这话，眼睛就红了，当然不是被赵勇亮的话感动，而是他想起来，弟弟曾经就关在农场里面劳改，他原想找时间过来探望一下的，但弟弟写信回来，让他不要过来，说看到家人反而会让他更加想家。后来，弟弟又说在农场里立功减刑，很快就要出狱，叫家人不必大老远跑过来。所以，陈嘉志一直没有来同花镇探望过弟弟。然而没想到，弟弟却因为一个姑娘，对同花镇产生了感情，更巧的是，他们没想到有朝一日要把厂搬迁到这里来。这样一想，似乎多多少少存在着某种天意。

聊完公事之后，又喝了一会茶。眼见下午四点多钟，天色微暗，赵勇亮写了个条子，让刘智标送客人到旅馆先入住休息，顺便就在楼下订一间包房，晚上要好好招待这些从广东来的客人。唐世荣和陈嘉志也不客气，他们知道要与当地政府官员打成一片才行，越亲热越容易办事。

同花旅馆在同花街的政府区域，一栋四层楼的水泥房子，楼上的房间加起来不到十个。旅馆的一楼做成了餐厅，二楼做成了吃饭的包间，三楼和四楼才是住宿。同花旅馆是靠政府和农场的支持才能开下去的，农村人到同花镇赶圩，顶多就吃一碗米粉，哪里舍得下饭店。地方政府单位和农场的一些接待工作，还有节日聚餐，就在旅馆的饭店进行。

刘智标按照赵勇亮的吩咐，叫旅馆老板安排了四个上好的房间给他们住宿。等客人进房休息后，刘智标又交代旅馆老板，准备一间大包房，搞一箱高度三花酒，弄点山鸡、麂子等野味过来，晚上要好好接待这些客人，莫怠慢了这些来投资的财神爷。

当天晚上，果然喝了一场大酒。赵勇亮亲自主持酒局，他不知道这批广东来的客人酒量如何，虽然他自忖酒量不错，刘智标也是个好酒之人，但两个人只怕搞不过对方。那时都讲究喝酒谈生意，又是过新年，喝酒助兴是少不了的。赵勇亮于是叫上了工商所的所长廖文成。廖文成听说有广东商人来投资建厂，高兴不已，自从同花镇成立工商所以来，只经手过一个大案子，就是李宝军的淀粉厂。除此之外，就是管理一下同花街的商铺小店，但这些商铺小店拿了营业执照之后，也没有什么好管理的，工商所平时如同虚设，一个所长加一个专干，每天无所事事。书记和镇长经常开他们的玩笑，说你们这个部门，连自己的工资都挣不回来，再搞不出名堂，撤销算了。虽然是玩笑话，但形势却很严峻。那时候的地方小镇，许多单位机构都没有设立，例如乡镇企业局、商务局之类的，工商所的人员无事可做，因此也暂时兼任了招商引资、内外贸易、商务流通等相关事务。但在小镇上，这些事务几乎不存在。廖文成愁苦不已，一个工商所的所长，平时在一些会议上，感觉还没有一个村委主任有底气。

没想到新年伊始，就有广东商人要来投资，这可是好兆头，廖文成就像渔夫看到大鱼游过来一样，眼睛立马亮了起来。他拍着胸口对赵勇亮说，晚上一定会超常表现，把客人喝出高潮来。

五点半钟，陈嘉志开车去话梅坊接弟弟过来吃饭，顺便想看看弟弟的女朋友长什么样子，何以让弟弟如此牵肠挂肚。但是没有看到。天气比较冷，下午四点半钟的时候天色就开始变暗了，李素雅和陈嘉南见了面，聊了一个多小时后就赶回去，因为家里下午有亲戚来拜年，她不能在外面待太久。

陈嘉志接上弟弟，一起去同花旅馆吃饭。晚上总共七人吃饭，喝的是五十二度的三花酒，一共喝了四瓶，每个人都有了醉意。赵勇亮还想再开一瓶，但唐世荣说不能再喝了，明天还要谈正事，喝醉了明天打不起精神。赵勇亮觉得有理，于是挥手罢战。

第二天一早，冯源和陈嘉南相约起床，洗漱完毕，带上礼品去给姑妈和柴叔拜年。“罗家酒铺”因为要磨豆腐卖，罗三圈夫妇天没亮就起床了，两人一大早过去，正好拜个早年。罗三圈夫妇见到两人，喜出望外，招呼他们喝新鲜的豆腐花和蒸热的年糕。吃罢早餐，冯源给表弟罗祥兴打了压岁钱，和陈嘉南一同去兴龙观给柴叔拜年。

过年这段时间，柴叔每天都要开早门，地方上很多人喜欢给龙王供早茶，也有一些来许愿或祈福的，都是赶早不赶晚。柴叔见到二人，十分欢心，听说他们吃过早餐了，就泡了一壶老茶，端了些供神的点心，一起闲话细说。冯源和陈嘉南因为有事在身，不便久留，只喝了两盏茶，便告别柴叔返回了旅馆。

陈嘉志和唐世荣已经起床，在楼下吃过了早餐，正在房间里商量关于打火机厂搬迁到同花镇的相关事宜。唐世荣和陈嘉志商量的结果是，打火机厂只搬迁一部分到这边来，留一部分在顺德，将顺德设为打火机厂的总部。顺德毕竟是广东打火机生产基地，全国知名，许多打火机商人都会跑到顺德寻求合作，总部设在顺德，接订单也容易些。

打火机厂一共有注塑、焊接、面阀、充气、试火、普通打火机组装、电子打火机组装以及成品包装八个车间，外加半成品仓和成品仓库，加起来共有十个部门。打火机生产的流程是，注塑车间生产出打火机壳和打火机架子、机壳接口等配件，运到焊接车间，使用超声波塑料焊接机，将打火机壳和打火机接口焊接起来；焊接好的打火机壳拉到面阀车间，由人工组装配面阀配件；有了面阀，打火机壳就可以充气了，充气完毕拿到试火车间，调试火苗的大小；调好火，交由组装车间进行人工组装。组装车间又分为普通车间和电子车间，普通车间生产滑轮打火机，电子车间生产电子打火机。打火机组装出成品，检验合格后送到包装部，按客户要求贴上标签和装入盒子，再装到箱子里面等待出货。

顺德市整顿的是易燃易爆的车间，唐世荣和陈嘉志商量，原工厂保留注塑、焊接和面阀三大车间，其余的充气、试火、组装、包装几个车间搬到同花镇，在同花镇设立分厂，到时派陈嘉南和冯源到同花镇管理，唐世荣和陈嘉志仍留在顺德负责总部的业务及生产。毕竟，陈嘉志还有养殖业在管理，因为养殖场背负了一系列的银行贷款，他不可能跑到同花镇去的；而唐世荣也要留在顺德负责业务订单和打理客户关系，如果整个厂房搬到同花镇，只留一个业务部在顺德，这是不现实的。

陈嘉南和冯源从兴龙观回来，唐世荣与陈嘉志已经将工厂搬迁的方案确认下来。唐世荣将方案告诉两人，问两人有什么意见。陈嘉南和冯源当然没有意见，他们只希望早点回到同花镇奋斗，哪怕只搬一个部门过来，他们也愿意留守在这里。

搬迁方案确认后，四人在房间里面商量相关的搬迁细节。十点半钟，刘智标会来旅馆找他们，请他们到镇政府里面商谈投资建厂的会议。

上午九点钟，在副镇长赵勇亮的主持下，以“广东商人到同花镇投资建厂”为主题，召开专题会议。出席本次会议的有镇委书记、镇长、副镇长、办公室主任，还有工商所的所长廖文成及渡水村村委主任刘智标等相关人员。赵勇亮做了详细汇报，刘智标做出补充说明，便与领导们讨论一番。领导们觉得此事可行，于是赵勇亮就叫刘智标去请唐世荣等人来商讨相关细节。

双方在政府的会议室见面，互相介绍和递上名片之后，书记开门见山地说：“欢迎你们来同花镇投资建厂，在这偏僻的地方能引来你们这些企业家，是我们同花镇的荣幸。相关的情况赵副镇长已经做出详细汇报，因为同花镇没有外来商人投资建厂的先例，所以没有形成相关的规定文件和优惠政策，但是同花镇的税收政策一定是以国家标准为主的，绝不会有第二个地方标准给投资商增加压力。你们来这里投资建厂，给我们带来税收，给当地百姓增加就业机会，是我们的客户，也是我们的客人，我们一定会格外珍惜，绝不会要什么花样，这个请你们务必放心。另外，关于投资建厂的电力问题，我们政府可以保证，二十四小时有电，不会断电。如果因为断电而影响了企业的生产，我们政府可以担这个责任，给予相关赔偿！”

书记最后一句话说得铿锵有力，在赵勇亮的带头下，现场顿时响起一阵激烈的掌声，氛围顿时变得热切与融洽起来。

唐世荣和陈嘉志来同花镇考察，无非是考量几点：一是有便宜的厂地，二是有大量的工人，三是足够的电力，四是税收按照国家标准实行，不要搞地方特色来额外附加。只要确认这四点没有问题，那么投资建厂的事情也就可以落实了。

不过，书记倒是提出了一个问题：“我有些好奇，你们怎么会想到这么偏远的地方来投资建厂的？”唐世荣没有说出因为打火机厂是危险企业，受顺德市消防限定的原因，而是说了一通冠冕堂皇的话。他说：“打火机厂的市场很大，内地很多地方都还没有打火机卖，包括同花镇的小卖部，我今天一早特意去调查了，也都还没有打火机卖，你们可以想象得到，未来的市场有多大。我们来内地投资建厂，是要打好布局。毛主席都说了，到农村去，农村广阔天地大有作为。未来打火机的市场肯定来自内地，因为内地人口多，消费群体大。所以，我们要像下棋一样，设立分厂在同花镇，从而进入内地市场。之所以选择同花镇，这也是一种缘分，我们公司的生产部主管冯源先生是本县人，他曾在同花镇工作几年，多次推荐同花镇是个好地方，因此我们特意借着过年清闲时间，过来考察一番。”

书记听了，一副恍然大悟的样子：“原来有本地人在贵公司上班，看来这真是缘分呀！”一边说一边看着冯源，“感谢你为本地做出贡献，要是地方上有几个像你这样的优秀人才，多带一些广东的企业家来投资建厂，我们同花镇真是要开花了。”

书记说完话，轮到镇长发言，他问：“打火机厂是不是污染企业？”唐世荣说：“一点也不污染，全是手工制作，没有任何排污的。”随后又补充道，“打火机用到的液化气体，就像煤气一样，倒是个危险的东西。不过你们放心，煤气是危险东西，很多人都在用，只要操作规范，有专人巡查监督，就不会发生安全问题。我们开工厂的，当然是以顺利为主，也会主动做好安全防范工作，要是惹出了事故，我们也是吃不了兜着走。”

书记和镇长听他这么说，倒也不以为意，煤气罐他们也在用，并不觉得有什么危险的。接下来，他们又聊了一些相关的细节，后来书记和镇长询问打火机厂打算投资多少钱，能给地方带来多少就业机会，工资大约有多高，等等。聊完之后，打火机厂要搬迁到同花镇的事情，也就落实了。

第二十五章

立春之后，天气一天比一天暖和。然而寒潮并没有结束，天气只是暂时回温。但对于经历了一个多月严寒的人们而言，这样的回温足以让人欣喜，人们可以趁着大好天气，把过年没有走完的亲戚一并走完，等到春暖花开时，就可以一心去耕田种地，不必惦念人情往来。

初九晚上八点钟，梁坤健跟往常一样，来给李素雅讲故事。他大年初三已经来李家拜过年，也在李家吃了新年饭，初九上门，不用再走什么礼节，他跟李宝军等人打过招呼后，便直接上了二楼的客厅。李素雅照旧泡上了茶，端上点心瓜子。梁坤健先喝完第一泡茶，让李素雅续茶之后，才开始讲故事。

梁坤健问李素雅："你知道什么叫回门吧？"李素雅说："就是女儿嫁出去之后，第二天要带新郎回娘家。"梁坤健问："你知道回门那天，谁的身份最大？"李素雅说："那还用问，当然是新郎官。"梁坤健说："对。同花镇上有一个风俗，女儿回门那天，为了迎接尊贵的女婿，要在家里摆长席，就是六张八仙桌拼摆在一起，做成一条长席，女婿坐在首席的第一位，家族德高望重的老人坐在席中相陪，显得很隆重。不过呢，女婿看上去面子是很足了，但是想在这个位置上坐好，能安心地吃顿饭，可不容易。除非这个女婿足够聪明，否则会出洋相的。”说到这里，他假装停顿了一下，端起茶杯喝茶。

李素雅听说要出洋相，勾起了心中的兴趣，她最喜欢使人出洋相了，忙问：“难道还有什么秘密吗？”梁坤健说：“当然有秘密，为了考验女婿是否聪明，是否灵变，乡亲们会端上一碗‘女婿饭’。”李素雅好奇地说：“什么是‘女婿饭’？”梁坤健说：“等菜全部上齐之后，开始吃饭了，有人会专门弄一碗‘女婿饭’上来。这碗饭看起来跟平时的米饭没有什么区别，但却暗藏玄机，只是上面那一层是干净的白米饭，底下却是用粗盐、辣椒油、肥肉渣、姜汁之类的东西搅拌在一起，难以下咽。你没有听说过吗，世界上最难吃的就是‘女婿饭’。”李素雅笑起来：“我还是第一次听说这种事情。女婿要把这碗饭全部吃完吗？”梁坤健笑起来：“这种饭谁能吃下去呢？就是拿去喂狗，连狗都要嫌弃的。”李素雅抿嘴笑道：“给女婿吃这个饭，那岂不是连猪狗都不如。”随后问，“那该怎么办？”梁坤健说：“这就要考验女婿的应变能力了。这碗饭端上来之后，席上所有的人都会劝女婿趁热吃饭。要知道，席上坐的都是族里的长辈，他们劝女婿吃饭，女婿敢不吃吗？要是你，你该怎么办？”李素雅支棱着脑袋想了想，说：“我不知道。”梁坤健说：“你这么聪明的人都想不到对付的法子，可怜我们这些未来要做女婿的，只怕会更加糟糕。”

李素雅怕他又说出什么调情的话来，就说：“快讲故事，他们究竟是怎么办的。”梁坤健说：“有些女婿随便扒一口，就把小舅子或小姨子叫过来，说这碗饭凉了，帮我装一碗热饭。然后偷偷拿出一个红包，将米饭一起塞给小舅子。小舅子拿了红包，自然明白怎么一回事，就去正经地打一碗热米饭过来，不会搞鬼。当然，有时人们会故意把小舅子、小姨子之类的小辈支开，不让女婿使唤。有些女婿酒量好，就会来一句酒都还没有开喝，怎么能吃饭。于是，拿着酒壶站起来，给在座的长辈们一一敬酒，然后趁机把米饭偷偷跟别人交换；不会喝酒的女婿，故意献殷勤，站起来给每个长辈夹菜，从中找机会换掉。总之，谁能巧妙地将这碗‘女婿饭’不动声色地换掉，谁就获得称赞。”

李素雅不屑地说：“原来可以这样操作，我以为有多难办呢！”梁坤健说：“那要看娘家的人心肠好不好，有些长者想给女婿一个下马威，让他知道娘家的人不是那么好惹的，因此死死地盯着女婿，不让他去换米饭。总之，这一关是很难过的，几乎要斗智斗勇。”李素雅说：“要是被人盯死了，那折腾起来还有点意思。”正说着，眼见梁坤健端起茶杯喝茶，一副卖关子的样子。两人接触了这么久，她已经掌握了梁坤健的习惯与动机，每次故事讲到一半时，总要停下来，闲扯一会，说一些肉麻的话来挑逗她。李素雅不想给他挑逗的机会，就说，“你接着讲故事，讲完了我也给你讲一个故事。”

梁坤健放下茶杯，颇为欣喜地说：“难得呀，你也愿意给我讲故事了。”李素雅说：“这叫礼尚往来。不过，我讲完故事，你肯定会很伤心的。”梁坤健说：“难不成，又想出什么法子来玩弄我？要给我吃‘女婿饭’吗？只要你愿意嫁给我，让我吃十碗‘女婿饭’也是愿意的。”李素雅冷笑道：“想得倒美，信不信我待会拿一瓢冷水来给你喝。快把故事一口气讲完吧，不要打岔了。”

梁坤健见李素雅说话的语气和表情，失去了往日的耐性，隐隐觉得有什么事情要发生。于是，他也没心思挑逗她，接着讲故事：“有一天，同花镇一户人家的女儿嫁给了湖南贩（同花镇位于桂、湘、粤三省交界处，离湖南的江华县、江永县较近，常有湖南人上门来收购苞谷、花生、大米之类的农作物，或是贩卖牛羊，人们统称为湖南贩），回门那天，这位湖南女婿当然不知道同花镇有这样的风俗，而新婚的妻子也忘记告诉他了。那天，按照规矩，菜上齐之后，照旧有人端了一碗‘女婿饭’到他面前。席上所有的长辈都客气地劝他吃饭，说他大老远从湖南赶过来，先吃一碗饭填饱肚子，再接着喝酒。湖南贩不知是计，正好他一大早赶路，确实也饿了，于是就端起那碗饭，用筷子扒着吃。吃了两口后发现不对劲，又咸又辣又酸又苦，而且有水煮的白肥肉掺在里面，简直难以下咽。吃‘女婿饭’是回门那天的重头戏，吃喜酒的人都过来围观，看女婿聪不聪明。大家看到湖南女婿吃得满脸痛苦的样子，都会心地笑起来，边上还有人劝他快点吃，说吃完好喝酒。也有人说，这是女婿饭，必须要吃完的，吃不完就是对岳父岳母的不敬。可怜的湖南女婿，真以为这是地方上的习俗，必须要把这样一碗难吃的米饭吃完才能过关。于是，他只好硬着头皮吃。那饭实在是太难吃了，他吃得眼泪和鼻涕直流，就像吃毒药一样。看到女婿痛苦不堪的样子，站在一边围观的丈母娘实在是看不下去了，就走过去，将女婿手中余下的半碗饭拿过来，对他说，这碗饭冷了，我去重新给你打一碗新的米饭。女婿吓得扑通跪下来，一把抱住丈母娘的大腿，哭叫道——娘亲啊，我好不容易吃了半碗，你再给我换一碗新的，不是要我的命吗？”

李素雅听到这里，忍不住哈哈笑了起来：“可怜的湖南女婿，估计半条命都没有了吧。”随后又怀疑地问，“同花镇真有这样的风俗习惯吗？我怎么没有听说。”梁坤健说：“当然有，你以后结婚就知道了，肯定会有人搞鬼的。”李素雅说：“那我得提醒阿南，让他小心点，不过阿南酒量不错，应该可以应付过来。”

梁坤健听她这么说，一张严肃的脸色颇有些黯淡，他装作不高兴的样子说：“你怎么没有想过我呢，我的酒量可不好。我给你讲了这么久的故事，你怎么还老是惦记着广东仔。”李素雅叹了一口气，脸上有歉意之色，语气也有些内疚：“说实话，要是没有阿南，你给我讲这么久的故事，对我又这么好，我一定愿意嫁给你。可是，有些缘分是讲究先来后到的，一个人的心有时候只能容得下一个人。”梁坤健说：“没关系，我愿意等下去。你和广东仔的事情，你家人不同意，时间长了你就会忘掉他，到时我就捡便宜了。”李素雅翻了个白眼说：“捡什么便宜，我很便宜吗？”梁坤健说：“不便宜，金贵得很，你是我心中的公主。”李素雅叹了一口气：“不过，你想捡便宜也捡不到了。阿南要回来了，我已经和他见过面了。”

梁坤健脸色一变，有些不甘心地说：“回来有什么用，你爸妈是不同意你嫁给他的，到时闹腾起来，只会让你更加痛苦。”李素雅看着梁坤健，她知道眼前这个男人因为给她讲故事，渐渐对她产生了感情。她心里愧疚得很，拿起热水壶给他续了茶，说：“对了，我说要给你讲一个故事的，希望你听了之后，真的不要伤心。”

于是，李素雅将自己与陈嘉南的恋情说出来了。她说到自己因为高考三次，都没有考上大学，内心十分受伤，无地自容，那段时间整天不愿出门。后来舅舅就带她去农场里面，看犯人劳改，以此刺激她的心情，让她明白世界上什么才是真正的苦难。就是那一次，陈嘉南看到了她，深深地爱上了她，将她当成了精神寄托。后来，出狱之后，为了与她相识，他跑到淀粉厂当了半年的捞渣工，终于与她成为了朋友。为了加深这段感情，陈嘉南放弃了大城市的生活，甘愿跑到同花镇来，搞起了话梅坊。恋情被家人发现之后，父亲很生气，反对两人来往。但是，陈嘉南并没有放弃这段爱情，一直努力证明自己的能力，为了与她破镜重圆，他现在准备将打火机工厂从顺德搬迁到同花镇来，要在同花镇干一番事业，以此打破她父母的观念。

讲完这一切，李素雅看着梁坤健，用一种无奈的语气说：“阿健，我知道你对我好，可是，阿南为了我付出了这么多，想尽一切办法要跟我在一起，你说，这样的爱我能辜负吗？”

梁坤健心里颇为震撼，他是第一次在现实生活中听到这样的爱情故事，他没想到，真的有人愿意为自己喜欢的人而不顾一切。梁坤健不是浪漫的人，在他固有的家庭观念中，恋爱就是两人相处一段时间，没问题了就结婚生子，那些所谓的轰轰烈烈的爱情，只是电视或小说里为了吸引观众才会出现的。听完陈嘉南的故事，他才知道真正的爱情确实是需要付出心血的，并不只是两个人在一起那么简单。他知道自己与陈嘉南相比，确实是没办法抗衡，陈嘉南为了李素雅，做了这么多的事情，而自己只不过是隔三岔五来给她讲故事，哄她开心而已，相比之下，实在是微不足道的。

梁坤健沉默了片刻，才说：“陈嘉南为了和你在一起，做了这么多努力，也让我深受感动，他确实是值得你好好珍惜的，如果他这么努力，你们还不能在一起，那老天真的是太无情了。我会祝福你们的。”

听到他这么说，李素雅十分感动，握着梁坤健的手，由衷地说：“说真心话，你是一个很好的选择，只是我心里有阿南了，我只能把你当成哥哥一样看待。谢谢你能明白我的感情。”末了，她又嗫嚅着说，“我能不能求你一件事情。”梁坤健诚恳地说：“你说，我能办到就给你办。”她说：“我爸妈很希望我能和你在一起，可是你现在也知道，这种可能性不大了。你能不能跟我爸妈讲一下，说你不忍心拆散我和阿南的爱情，这样的话，你我都有一个台阶下，说不定对阿南也有好处。否则的话，我爸妈肯定不会善罢甘休的，到时只会把事情搞得更加尴尬。”

梁坤健明白了，他说：“你放心，我会找机会跟你爸妈讲的。”李素雅感动得一改往日的俏皮，竟然流下了眼泪，她紧紧地握着梁坤健的手：“我就知道你是个好人，虽然你表面一副严肃的样子，心肠好着呢，愿意帮人。”梁坤健竟然笑了起来，虽然笑容难掩落寞之色，他说：“上次阿娴和我分手时也是这么说的，说我是个好人。你们难道都喜欢欺负好人吗？”李素雅被逗得破涕为笑：“是啊！女孩子总是喜欢欺负老实人，所以你不能太严肃了。不过，你现在好像变得也不老实了，会说俏皮话了。”梁坤健说：“还不是被你逼的，如果我不说俏皮话，你会愿意听我讲故事吗？”李素雅说：“对了，你还没有告诉我，你怎么会有这么多故事。”梁坤健想了想，说：“下次再告诉你吧，今天太晚了，我要回去了。”说罢，将桌子上那一杯已经变凉的茶，仰头一口气喝掉，然后站起身，默默地往楼梯间走去。

李素雅送梁坤健到楼下。梁坤健开着摩托车驶出院子，消失在苍茫的夜色里。她怔怔地站在那里，听到摩托车的声音渐行渐远，最后只剩下了寂静的夜空。夜里气温低，吹来一阵风，又吹来一阵风，让人感觉到一股霜气。李素雅心想：“天气这样冷，开摩托车回去肯定被风吹得不好受。”这么一想，心里莫名地对梁坤健有些心疼。

李宝军和潘秀娟正在客厅看电视，见女儿送走梁坤健之后，站在门口一动也不动，一副依依不舍的样子。两人心中窃喜，看来梁坤健的功夫没有白费，让女儿心动了。

过了半个月，梁坤健再次到李家来做客。

往常，梁坤健每隔几天就要来找李素雅，这次却间隔了半个月才上门，李宝军夫妇为此担忧，心中泛起一种不祥的预感，女儿和梁坤健的事情恐怕是不可能了。他们也听到了陈嘉南要在同花镇开打火机厂的消息，这不是空穴来风，打火机厂已经开始在渡水村建厂房，看样子不像以前搞话梅坊那样小打小闹。李宝军特意去问过工商所的廖文成，从他口中证实了这个消息。

李宝军夫妇没想到，在他们眼中毫不起眼的广东仔，竟然会有这么大的能耐，能在同花镇搞工厂。这对夫妇心中忧虑起来，梁坤健肯定是听到了风声，所以才不上门找李素雅的。

李宝军听到陈嘉南回同花镇投资建厂的消息，第一时间就是禁止女儿出门，不让她去见陈嘉南。李素雅这次倒也乖巧听话，就窝在家里看书，没有一声怨言。因为她知道，父母是禁止不了她和陈嘉南来往的，在父母还没有听到风声之前，她已经和陈嘉南偷偷见过几次面了。陈嘉南早就料到，李宝军一听到他回来的风声，肯定会将素雅软禁在家，不让她出门。他让素雅先不要急着和父母反抗，听从父母的话，在家里待上一段时间，给父母思想缓冲的时间，等他把工厂全部都搞好了，她再过来约会。工厂搞好之后，真正运营起来了，李宝军眼见为实，就会相信他是一个干实事和重感情的人，不像原先那样，认为他只是一个油嘴滑舌无所事事的人。只要李宝军的观念改变，那么他和素雅的事情必然会水到渠成。因此，他让素雅再忍耐一段时间，没必要与家人发生冲突，以免破坏与父母的感情。

这些天，李素雅倒是很听父母的话，大门不出二门不迈，闭口不谈陈嘉南的事情，仿佛什么都不知道一样。她的乖巧听话，反倒让父母感到担忧，因为他们从女儿的表情中看到一股稳操胜券的神情。李宝军和潘秀娟私下里商量多次，也没有想出什么办法来面对这个新的局面。

梁坤健是下午三点多钟到李家的。午后的阳光鲜艳，涂在李家贴着红色瓷砖的小洋楼上，透着红彤彤的光泽，看起来十分喜庆。院子种着几棵桂花树和罗汉松，经过冬天的洗礼，被阳光一照，看上去愈发地翠绿。

梁坤健找李宝军夫妇聊天，特意帮陈嘉南说好话。他跟李宝军和潘秀娟讲了关于陈嘉南追李素雅的故事，让李宝军和潘秀娟明白，他们眼中讨厌的广东仔，并不是个油头滑脑之辈，而是一个重感情的人，他为了追求李素雅，愿意付出自己的一切，这样的精神可不是谁都有的。另外，梁坤健站在狱警的角度上去分析陈嘉南的为人。他说："我当了这么多年的狱警，见过各种各样的犯人。其实很多犯人品质是非常好的，并不是关在农场就一定是坏人，这是对他们的偏见与误解。他们当中许多人，心地比普通人要善良，感情比普通人更厚重，他们只是一时犯错，所以被关押进来。我跟陈嘉南没有交往过，不知道他的性情，但是从两件事情上可以看出来，他是个值得信任的人。一个是在劳改期间，他冒着生命危险冲到大火里面救人。换成别人，未必敢这么做。虽说救火可以减刑，但他并不是重刑犯，只是一个轻刑犯，对他来说冒着生命危险救人，换半年的减刑，实在是没有太大的意义。当时为了宣扬他的事迹，我特意去采访他，问为什么要这么做。他说没有为什么，只是出于本能。所以，从这一点足以证明了他为人可靠，骨子里藏着正义感。另外一件事情，就是他愿意为素雅付出一切，要是换成另外一个人，肯定不能做到像他这样。比如我，就不会为了一份感情，付出这样的努力。从这里可以看出，他是真心对素雅好，你说素雅嫁给这样的人会受苦吗？”

李宝军和潘秀娟第一次听到关于陈嘉南和女儿的爱情故事，他们确实一开始就对陈嘉南存有很大的偏见与误解。一个劳改犯，一个广东仔，油嘴滑舌骗自己的女儿感情，他们根本不相信，这个劳改犯会存有什么好心。但是听梁坤健这么一说，他们似乎也意识到自己太过武断了。

梁坤健说：“你们没有亲眼所见，不认同陈嘉南的为人，那也是很正常的，谁都想为自己的女儿好。不过，你们可以再次考验他，给他一个机会，不要全盘否决他。他现在已经在同花镇建厂房了，至于他能做出多大能耐，谁也不知道，我只是觉得他付出一片真心，要是被你们误解了，也不好。”

梁坤健说完这些话，起身就要走了。他说：“感谢你们把这么优秀的女儿介绍给我，只是我没有这个福气。但是，我从她身上获得了许多难以想象的东西，将会改变我的一生。我特别感谢她，我要上去跟她告个别。”

梁坤健上了二楼的客厅，和李素雅见面。因为天气还冷，淀粉厂尚未开工，一家人都很清闲。这天，李素雅窝在房间里看书。她的房间里面有一箱新书，是陈嘉南从顺德带过来给她的。陈嘉南心思缜密，想事周到，他知道自己回到同花镇后，李素雅肯定会被家人软禁，到时窝在家里不免无聊，因此带了一批新书过来，在前面几次偷偷约会中，就给到了李素雅。李素雅这些天足不出户，整日捧着书看，衣来伸手饭来张口，真如大小姐般的生活，日子过得十分悠闲。

两人仍像以前讲故事那样，坐在沙发上。李素雅要去给梁坤健泡茶端点心，梁坤健说不用了，说几句话就走。但是李素雅还是执意给他倒了一杯茶。

梁坤健喝了一口茶，缓缓地说：“我刚才已经跟你爸妈说了你和陈嘉南的故事，他们听进去了，至于会不会改变想法，我就不知道了。”李素雅十分感激地说：“既然他们听进去了，肯定会有所改变。这件事情真是感谢你。”梁坤健说：“举手之劳，不值得称谢。对了，你不是想知道我的故事是从哪里来的吗？是你舅舅想出来的点子，让彩云在农场的报纸上征集故事，农场有上万名犯人，能收集到各种各样的故事。彩云文笔好，将这些故事收集之后，找出好玩的，进行文字加工，然后让我讲给你听。”

李素雅高兴地说：“我就知道是舅舅和嫂子搞的鬼。我听说你是个闷葫芦，三棍子打不出一句话的人，怎么突然变了个人似的。”梁坤健说：“我能变成另外一个人，还真是感谢彩云，是她一手把我培养出来的。”李素雅笑起来：“你是她的领导，应该是你栽培她才对。”梁坤健正色说：“你不知道这其中的辛苦。我确实不擅长交际，哪怕有个故事给我，我未必能讲得好。彩云把故事写得很生动，包括在哪个段落里面插入对话，如何挑起你的好奇心，怎么使眼色，都备注得一清二楚，就像剧本一样。等我把故事背熟之后，她还让我事先演练，把故事讲给她听，就像排练小品一样，她不断纠正我说话的方式，还有讲故事的声调，并且教我应该怎么挑逗你，如何根据你的表情来调整对话，如何提升临场对话的经验，如何在尴尬的时候没话找话说。这几乎就像上实习课一样，手把手教我。我给你讲的每一个故事，都是这么排练出来的，费了彩云好多的心血。我平时没事时，也会躲到一个没人的地方，拿一本书大声朗读，或是自言自语，或是找同事吹牛聊天，锻炼说话的能力。你想，几个月下来，天天这么自我训练，就算是木头人也开窍了，何况我要比木头人强一些吧。”

李素雅“哇”了一声，眼睛瞪得大大的，她根本没有想到，梁坤健为了给她讲故事，竟然付出这么多的努力。她说：“你还真是用心良苦。”梁坤健说：“没有苦心，怎么会有收获。所以我特别感谢你，要不是因为你，我也不可能有改变自我的机会。虽然我没有得到你的感情，但是我通过接近你，改变了自己，这比什么都重要。我这次来和你聊天，就没有事先演练，但聊得也挺好的，不再像以前那样闷头闷脑地不知道要说什么。”李素雅高兴地说：“你这么说，我就放心了，对你也没有内疚之情了。毕竟，我们都得到了我们想要的。”

梁坤健露出难得一见的笑脸，说：“是啊，我们都得到了自己想要的，这确实是一次愉快的交往。只可惜，以后我们像这样见面交流的机会就很少了。”李素雅说：“谈不成恋爱，难道就不能来往？我可是把你当成哥哥一样看待的，你可以随时来找我，仍可以给我讲故事啊！”梁坤健说：“我也把你当妹妹一样看待，不过，我申请了停薪留职，过些日子要去深圳，不在农场待了。”

“你说什么？”李素雅像听到了什么惊讶的事情一样，“你要去深圳？”梁坤健说：“是啊！我也想去外地闯一下，见见世面。待在同花镇这样的小地方，每天都过着千篇一律的生活，人的格局总是打不开，活得不大气。我以前就活得很小气，总是自以为是，这跟我生活的环境有关系。我从小受父母关爱，后来考上警校，分配工作也在我爸的权力范围下，一直过得顺风顺水，没有经历过世事。如果不是因为和阿娴分手，我也不会意识到自身的缺点，还有人生的不足之处。自从经历失恋，加上和你接触，渐渐地改变了我的性格和想法，又听到陈嘉南为你所做的一切，我才明白一个人之所以活得精彩，其实就是在于奋斗和追求自己想要的东西，那么我这辈子追求的是什么呢？如果待在农场，我能想象得到我未来的生活，就跟我爸一样，那绝对是一成不变的模式。人是可以改变的，命运也一样可以改变，所以趁着年轻，我想尝试一下新的生活。”李素雅由衷地说：“你真的不是一般的人，非常上进，我越来越佩服你了。对了，你去深圳做什么？”

梁坤健说：“过年的时候，我和警校的几个同学在县城聚会。有一个同学毕业时分配在县公安局，工作还是不错的，但是去年的八月份，他看到深圳的报纸登出招聘启事，面向全国招考巡警，他于是请假跑去深圳面试，后来面试上了，就停薪留职，去深圳当一名没有编制的巡警。他跟我们讲了许多大城市的生活，说年后深圳还会面向全国招考巡警，如果有意愿，可以带我们去面试，尝试一下新的生活。他说待在小县城一辈子，也不如到大城市生活一年来得有意思，因为大城市的生活完全不是我们所能理解的，只要到大城市待过，人就会改变从前的观点，认识到新的自我。我当时听了很心动，但是想着正在与你交往，说不定会与你结缘，因此把这个念头压下去了。后来，你跟我讲了你和陈嘉南的故事，我就重新启动了心中的念想，决定停薪留职，去深圳闯一闯。先去深圳报考巡警，如果考不上，再去找别的工作。”李素雅说：“你这么优秀，肯定能考得上的。对了，你爸妈同意吗？你可是家里的独生子呢！”梁坤健说：“本来是不同意的，但是被我说服了。现在深圳正在大力发展经济，全国各地的人民都涌到深圳工作，现有的巡警无法满足治安条件，只有确保社会安稳，才能发展国家经济，现在深圳急需警察来维护治安。我爸是个爱国军人，他听了我这么讲，就同意我去深圳了，他说好男人志在四方，国家需要我，要我好好报效祖国。”李素雅肃然起敬：“你爸爸和你，都让人感到尊敬。”梁坤健自我解嘲道：“主要还有一点，反正是停薪留职嘛，有两年时间，搞不好了再回来。”李素雅抿嘴笑道：“你这么有能力，这么上进，怎么会搞不好呢！”梁坤健说：“也不好说呢，外面的世界未必像我们想象的那样好，但是尝试一下，总是没有错的。”李素雅说：“说得对，去尝试一下才是重点。”

梁坤健站起来说：“我要回去了。这段时间我要把工作交接出去，好安心地去深圳见世面。以后若是有机会，再到你家里来玩。”李素雅说：“你一定要来，尤其是从深圳回来之后，要来跟我讲讲大城市的生活，我也要开阔眼界和心境。”梁坤健笑起来：“你以后嫁给了广东仔，还愁没有去广东的机会吗。不用我讲，你自己也能去开开眼界的。如果你到了广东，我们说不定还可以在广东相聚。”李素雅说：“说得也是。”

李素雅将梁坤健送到楼下，看着他骑着摩托车，开出院子，消失在围墙身后。她没有像往常一样转身回房，而是走出院子，站在大门外面一直看着梁坤健，看着他骑着摩托车，渐行渐远，终于消失在道路的尽头，她心里顿时涌出一股说不出来的失落。

第二十六章

正月十八这天，世嘉打火机厂在同花镇渡水村正式动工建厂。

年味尚未散去，人们都清闲得很，纷纷跑过来围观，议论着这件新鲜的事情。许多年轻男女凑上前打听，关于打火机厂的工作情况和招工条件，以及薪水多少。当他们得知打火机厂的工资可达到四五百块钱一个月时，这些青年男女都惊呆了，又听说打火机厂将优先录用渡水村的居民，一个个兴奋得就像闻到了鱼腥味的野猫，发出了一连串惊叹声。

建筑队运来铁柱钢梁，还有大量的水泥、碎石、沙子、砖头等材料，轰轰烈烈地干了起来。之所以这么快就能开工建厂，和县委的支持有很大关系。同花镇书记和镇长将广东企业家要来投资建厂的事情汇报到县招商局，招商局局长将此事汇报给县委。在二十世纪九十年代中期，广东企业家到内地小县城投资建厂，属于经济上的一件大事，整个县城都是难得一见的案例。县委领导也格外重视，特别交代，必须要做好服务工作，协助建厂的相关事宜。由于打火机厂急于开工，希望一个半月能将铁皮厂房建好，半个月将电路布置和生产线安装完毕，即能投入生产。县委领导于是特批，安排县建筑工程队来协助建厂，并将现有的钢梁、铁柱、铁皮等材料，优先售给世嘉打火机厂使用。当然，县委领导这么重视也是有原因的，他们希望服务好这个外来企业，能带动产业化，今后会有更多的商人到县城来投资建厂。

厂房建设的进度和质量由陈嘉南和冯源来把关，而维护现场工作、避免闲等杂人进场地影响施工，则由刘智标监督。另外镇派出所还派了两名民警没事就过来巡逻，以示警戒，因为材料都是钢梁铁柱，怕有人夜里来偷窃。虽然同花镇有劳改农场震慑，镇里的风气比较好，小偷小摸少，但是仍会有一些偷鸡摸狗的案子。

建筑队有丰富的工地施工经验，本次建的是简易型铁皮厂房，对他们来说简直是易如反掌，比起那些桥梁施工和高楼打桩容易得多。建筑队的队长看了工厂的规划草图，拍着胸口说："这么简单的事情，我们争取一个月内完成，节约半个月时间给你们工厂安排工作。"

队长之所以有这样的信心，因为铁皮厂房实在是太简陋了，用混凝土将铁柱埋到地下去，冲天竖起，然后用吊车把钢梁吊上去，焊在铁柱子上，再焊上钢筋铁条，将房顶连成网状，用铁皮块把房顶和四周封起来，就成了铁皮厂房，其造型和结构就跟种菜的大棚一样。

打火机厂一共要建八个车间，还有两排宿舍，车间分别为充气、试火、普通打火机组装、电子打火机组装、包装车间和半成品仓、成品仓，还有一个饭堂和员工娱乐休息的大车间。这八个车间分两排，每排四个，一个"非"字形布局，中间是过道，两边是车间，过道宽四米，用来防火隔热和逃生，每个车间都是独立厂房，设有六个逃生门和消防通道，十分安全。

为了保证空气流通，铁皮车间建高八米，上面装有排风扇和透气窗。打火机厂最危险的是打火机体内的丁烷气，要是有丁烷气体泄漏，而现场空气又不流通，造成丁烷气体聚集，遇明火会发生爆炸。空间越大，空气流通越快，就算有丁烷气体不小心泄出，只要保持通风透气，也不会一瞬间形成火灾。

一个月后，果然八个铁皮车间便全部建好了，包括地下也铺好了水泥。为防止闲杂人等进工厂扰乱工作，必须要在厂房区域修建围墙。修砖头围墙需要花时间，成本也高，最后采用最简单的方式进行，沿着厂房区域打铁桩，用两米高的铁丝网将整个工厂包围起来，只留一个大门进出。大门口搭了铁皮保安室，二十四小时有保安站岗和巡逻，并配上狼狗守夜，一有风吹草动，狗就会叫起来。

厂房建好之后，建筑队在公房后面加建两排铁皮宿舍，一排用来当男宿舍，另一排用来做厕所和洗澡房；原先那两排生产队的公房、知青房就用来做女生宿舍，另外一排仓库房则用来当办公区域和来料仓库，还有陈嘉南和冯源的宿舍。

厂房和宿舍都没有装修，只是简单地埋了电线，在顶部装了吊扇，再将顺德运过来的产线装好，配上相关的消防措施和设备，就可以开业了。开业之前，消防部门过来稽核，虽然厂房简陋，但内部宽敞通透，有多个逃生门及消防通道，生产线和工作台都摆放得井然有序，而且都配备了灭火器和桶装的消防泡沫液等消防设备，每个车间也都贴出消防宣传的图画与逃生说明，可以说在消防方面，管理布控是非常正规的。

工厂开业的日子是新历的三月二十八日，农历二月二十八，逢双八，是个好兆头。开业那天，除了镇长和书记，还有一位副县长也来剪彩，并且派出电视台记者来报道，登上了县电视台的新闻频道。

开业之后，工厂的生产管理和订单安排都顺风顺水。主要得益于唐世荣的精心策划和未雨绸缪，自从确认要将打火机厂的部分车间搬迁到同花镇，唐世荣和陈嘉志在顺德就开始行动起来，他们派人将充气、试火等危险车间全部拆除，将生产线都运到同花镇，放在生产队的公房里面。随后，唐世荣到消防部门申请复工，复工的理由是公司只生产塑料配件，保留注塑、焊接、面阀三个车间，其余带有丁烷气体的车间全都迁走，不存在危险隐患。

经消防部门审核，确认世嘉打火机厂的危险车间皆已撤离，于是审批通过了复工文件。唐世荣拿到文件，立即将所有人员调到前面三个部门，大量生产注塑件，进行焊接和面阀组装，做成空壳的半成品。等同花镇那边的工厂弄好，这些半成品发过去，往里面充气，调火完毕，就可以组装出成品了。

同花镇的打火机厂也叫世嘉打火机厂。尚未开业之前，顺德总部就发来大量的半成品屯在进料仓库，开工之后，材料源源不断地发放下去，经过充气、试火和组装等工艺，就有成品出来，很快走向正轨。由于新出台的《安全规定》限制，顺德市所有的打火机厂都停工待产，整个行业一片瘫痪，订单都无法交货。年后，这些打火机厂的老板们都在辛苦奔波，四处寻找建厂投资的地方，忙得团团转。唐世荣眼光独到，提前布局，只用了两个月时间就恢复了生产，开始交货，而许多同行尚未找到搬迁的地方。这样一来，世嘉打火机厂就占尽了先机，许多订单都流到唐世荣的手上。订单一多，工厂的规模也就跟着扩大。

打火机厂还在筹建时，冯源就已经做好了招工的计划，按照唐世荣扩大生产的要求，招聘两百名新员工。男工要求十六岁到三十岁，女工要求十六岁到四十五岁，手脚勤快和做事踏实者优先录用。冯源将招工计划和要求给到了刘智标，让他负责招工和把关。当初来投资建厂，说好要优先录用渡水村的人当工人，至于录用谁，则由刘智标来决定，免得引起纠纷。诚然，录用渡水村的人也有好处，因为不必供他们住宿和吃饭，工厂管理的压力与成本也就小一些。

刘智标被命为打火机厂的本地厂长，又给他招工的权力，一时春风得意，消息传出后，村里许多人都想进工厂赚钱，纷纷拥上门找刘智标，有送礼的，有请吃饭喝酒的，不在话下。也有外村的一些亲戚关系，想来蹭机会的。那段时间，刘智标家里的大门都快要被挤垮了。

生产打火机主要依靠人工，除了前面两个车间用到注塑机和超声波焊接机，后面的工序基本上没有什么机器设备。由于前三道工序都在顺德总部生产，因此同花镇打火机分厂的生产工艺全是手工作业，生产管理十分轻松，只须把人招进来培训上岗就行，不存在机器坏了无法开工的问题。顺德总部运来的打火机空壳，首先拿到充气车间进行充气。充气的工作台面上有固定好的注气阀，工人左手拿着打火机空壳，将装有面阀配件的出气孔塞进注气阀，出气孔只有圆珠笔的笔芯嘴那么大，内有压缩密闭装置的伸缩功能，戳进去是充气，翘起来是出气。看着气体流入火机中，快要满的时候，工人右手拿尖嘴钳，夹住面阀的调节圈，不断地拧紧，不让气跑出来。

充好气的打火机下一步是试火。试火车间的台面是铁皮做的，焊有一块铁片，铁皮有 V 形的卡槽，前面点一盏煤油灯。工人右手拿尖嘴钳，左手拿住充满气的打火机，将出气口卡到 V 槽里，用力一拉，气就从出气口喷出来，遇上煤油灯就点亮起来。打火机喷出的火苗标准是在四厘米左右，如果喷出来的火苗过长，就用尖嘴钳飞快夹紧调节圈，让火苗变短；如果喷出来的火苗太短，就用尖嘴钳飞快地放松调节圈，让火苗变大。

试完火的打火机壳称之为半成品，送到半成品仓库，由配料员配上相关的配件，以一千个为标准，用托盘装好。装配车间的工人到半成品仓库领料，拿到自己的工作台面上进行组装。电子打火机的配件有十几样，组装难度比较高；普通打火机的配件要少一些，只有七八样配件。组装的工艺都是固定的，只要按照步骤走就行。例如电子打火机，先在半成品机壳上面安装打火的塑料架，然后放垫片，再装电子点火器、调火圈、翘板、点火嘴的弹簧、防风罩等；普通打火机工艺就简单些，装上塑料架和调火圈，放入弹簧，用尖嘴钳夹住火石塞入弹簧处，再安装滑轮，扣上防风铁罩就行。

组装好的打火机送去品管部抽检，有问题返工，没问题就送到成品仓库登记入库。包装部的人将成品领出来，按照客户的要求贴上标签，包装入盒，就可以出货了。

同花镇打火机厂由陈嘉南和冯源全权负责，两人的职务都升了，陈嘉南升为副总经理兼职厂长，冯源从原来的生产主管升职为生产部经理，负责车间管理、生产安排和订单跟进等事项。打火机厂全是人工作业，工艺操作简单，没有什么技术难度，因此管理起来十分轻松，只要把人管好就行。虽然新手进厂时做事比较慢，但只要时间一久，熟能生巧，都会做得很快的。

冯源做事也心细，未雨绸缪，他要求刘智标将录用的两百名工人的名单和相关信息提前半个月给到他，他事先就将他们的岗位提前分配好。男工主要安排在充气、试火和包装车间，女工主要安排在装配车间。开业前一周，所有的员工都到工厂里面进行产前培训和试工，让他们掌握好各自的工作。打火机的工艺十分简单，只要实习半天时间，就能掌握要领，慢慢熟能生巧。这样一来，开业那天，剪彩的领导们就能顺着车间的顺序，参观打火机厂的生产工艺，也能看到员工们热火朝天地干活，一片干实业的场景。

打火机厂的工资以计件为主，多劳多得，不做事就没有钱拿。厂里有严格规定，上班时间不能聊天说话，或者四处走动串岗，也不得无故出厂或旷工，违者罚款处理；打火机厂是危险企业，不管什么时候，都不得在厂区内抽烟，违反者一律开除。农村乡下，找一份工厂的工作何其困难，尤其打火机厂的工资非常高，手脚快的老员工，如果加班多，工资可以拿到五百块钱一个月（因有老员工从顺德迁过来，工资方面还是按照顺德标准执行，否则老员工也不愿跑到内地小镇工作。加之打火机当时利润高，员工的工资自然不会太低），手脚慢的新员工每月也能拿到两三百块钱。在二十世纪九十年代中期，公办教师月工资才一百五十块钱的内地，打火机厂这样的工资简直是吓死人，惊动了整个同花镇，地方上的男女青年都想进这个工厂上班。在打火机厂里上班的工人都倍感幸福，谁也不想丢掉这样的好机会，所以大家都乖乖地做事，就连烟鬼们也把烟给戒掉了。

同花镇打火机厂的前期筹备工作做得详细充分，开业之后，很快就进入了正常运营状态，无论是订单安排还是车间管理，还有饭堂和宿舍的后勤保障，以及保安的日常巡逻防盗，内部消防人员每天的防火稽查，一切都按部就班。加之订单多，顺德发过来的货源跟得上，员工每天都有班加，有班加就意味着工资高，工人们都埋头苦干，每天计算着自己的所得工资，心里都美滋滋的。

欧阳慧也进入打火机厂工作，被冯源安排在半成品仓库当发料员。半成品仓库有两名发料员，一名负责电子打火机的物料，另外一名负责普通打火机的物料。电子打火机组装的速度慢，发料的次数较少，工作相对轻松，欧阳慧被安排在该岗位。

欧阳慧虽然只有八九岁的智商，但应付发料这个简单的事情，绰绰有余了。这毕竟不是什么费脑力的活儿，一千个半成品加上相关配件，发给来领料的工人，工人在领料单上面登记签字。每天下班的时候，发料员将领料的单据交给仓库统计员，统计员第二天记总账，每个月底进行盘点，以防员工偷打火机。员工领料的数据都有登记，组装出来的成品入库也有登记，生产报废的物料和补料也都有单据签名，领料和产出的数量肯定是一致的，如果一个员工领的料多，产出少，那么肯定有问题。装配车间的组长给员工开会时经常强调：在打火机厂上班，工资高，福利好；手脚不干净，送进劳改农场改造，吃不饱，受欺负，这两条路，你们自己选择。这样一强调，也就没人敢乱动心思了。

发料员的工资固定，每月三百块钱。这个工资在打火机厂属于中等水平，但是对于一个智力只有八九岁的姑娘而言，是十分幸运的。就连欧阳娴也自叹不如，妹妹的工资竟然比自己高出一倍，太不可思议了。

有一次，欧阳娴开玩笑说，要不她也应聘到打火机厂上班算了，当老师工资低，还不如你们厂里一个保安。陈嘉南就说：“你快来，给你一个好职务，当经理助理，每个月给你六百块钱。”欧阳娴张大眼睛问：“真的假的？”陈嘉南说：“当然是真的。反正到时从阿源的工资里扣就行，他工资这么高，分一半给你也是应该的。你们迟早是一家人。”欧阳娴撇了一下嘴说：“没有一句正经话。”

陈嘉南和冯源同在一间办公室，办公室是由生产队公房的一间仓库改造而成，有一百多平方米，宽敞明亮，放了办公桌、沙发、茶几，还有用电烧水的电炉，并装有电话机和传真。那时没有电脑，订单和出货排期以传真方式进行，加以电话沟通确认。隔壁间也是仓库改造而成的办公室，坐的是财务和会计等办公人员，因没有电脑，所有报税对账等文件都是表格填写，因此该办公室放了许多档案柜，用来保存资料。

工厂的员工们每天加班加点赶货，忙得热火朝天，但高层领导陈嘉南和冯源却是比较清闲的。同花镇的打火机厂就像来料加工，顺德总部运来加工好的打火机壳，直接投入生产，没有什么多余的操作环节，只要按着客户的排期生产交货就行。加之生产打火机没有任何的技术难题，全是人工作业，也不需要操心，陈嘉南和冯源只须把订单排期处理好，出货跟得上，便没有别的事情可做。报税、对账、核算工资，以及仓库收发物料和产品盘点等事项，都有相关人员在处理，陈嘉南和冯源只是每月做最终审核。

因为清闲，陈嘉南和冯源没事做的时候，就在办公室一个练书法，一个画画，或者下几盘象棋。等到下班的时候，两人想喝酒了，就去买一条活鱼，一起到兴龙观找柴叔吃火焰鱼，日子过得潇洒。李素雅和欧阳娴晚上没事时，也跑到打火机厂玩，跟陈嘉南和冯源聊天说笑，好不快活。

自从上次梁坤健跟李宝军夫妇说了陈嘉南和李素雅的恋爱故事，又替陈嘉南说了好话，李宝军夫妇思想上多少有些松动。打火机厂正式开业后，李素雅就去找父母摊牌，理直气壮地说："人家为了我，连工厂都搬过来了，你们还想怎么样？他为了我什么事都肯做，这样的人去哪里找？不管你们同不同意，总之我要跟他交往的。"

果然，不管家人反不反对，李素雅一有空就往打火机厂跑，跟陈嘉南在一起玩。李宝军和潘秀娟没有明确同意两人交往，但也没有加以阻挡，这件事情似乎就这么顺理成章了。很快，地方上的人们都知道了打火机厂的副总和淀粉厂老板女儿在谈恋爱，人们都说李宝军是个精明鬼，什么好事都逃不过他的手掌心。

冯源和欧阳娴的恋情倒没有这么快公开。其实公不公开已经不重要了，两人情投意合，根本不在乎外人的看法。欧阳娴经常跑到打火机厂来玩，有人猜测，冯源和欧阳娴是不是在交往。以前冯源和欧阳娴是闹过谣言的，但今时不比往日，冯源现在是打火机厂的生产部经理，管着厂里两百多号员工，而且人们听刘智标说，是冯源将打火机厂引进到渡水村的，让他们有了赚钱的工作，他是渡水村的恩人呢，谁也不敢再小觑他，即便有人看到他跟欧阳娴单独在一起，也没人敢说风言风语或是开他的玩笑，反倒觉得他和欧阳娴还真是天生一对。

打火机厂开业之后，过了些天，顺德总部打电话给陈嘉南，让他在厂门口挂两块牌子，以示警戒。陈嘉南于是搞来两块木板，挥笔写上“闲人免进”和“严禁烟火”的标语。他将两块木牌拿去给保安，叫保安涂上桐油后，挂到大门的左右两边。

晚上，欧阳娴到办公室找冯源玩，开玩笑说：“大门口写着闲人免进，我不是你们厂的工人，只怕以后不能进来找你们玩了。”冯源说：“此闲非彼娴，你是娴淑之人，虽说也是个‘娴人’，但女闲者不拦。”李素雅也在场，就笑道：“你倒是很会为她解辩嘛，什么话到你嘴里，都是一套一套的。”冯源说：“没办法，自家人就要有自家的说法。”李素雅说：“哟，都成了自家人了，还没喝过你们的喜酒呢！”欧阳娴嗔道：“谁跟你是自家人，我是闲人。”陈嘉南笑起来说：“冯源就喜欢闲人。有一次他跟我说，阿娴一看就是个贤妻良母。我说你怎么知道。他说，很明显嘛，因为她的名字带着娴字。我说，要是这样的话，那我岂不成了吃素的。”

众人都笑起来。冯源说：“在同花镇待久了，你别的本事没学会，造谣能力倒是提高了。”随后又说，“说起那两块牌子，我倒是想起了我们村里的一个笑话。我们那地方山多树也多，有一年，林业局在村口立了一块铁牌子，上面写着‘山里严禁火种，违者抓去坐牢’。我们村里的小孩调皮，把火字两点去掉，成了‘山里严禁人种，违者抓去坐牢’。有一天，一位媒婆带姑娘到我们村里相亲，那姑娘走到村口看到‘山里严禁人种’这句话，十分不解，就问是什么意思。媒婆大字不识一个，也不知道是什么意思，就问边上一个赶牛的汉子。那汉子因为计划生育罚款，心里正窝火，说计划生育管得太严了，禁止山里人结婚播种，违者就要抓去坐牢。那姑娘一听，脸一阵红一阵白的，吓得扭头就走。媒婆怎么都拉不住，那姑娘一个劲地说，我可不想被抓去坐牢呢！”

众人笑成了一团。陈嘉南说：“早知道我也把‘严禁烟火’改成‘严禁火种’了，说不定哪天也有人把火字两点去掉。”欧阳娴说：“你们打火机厂最自相矛盾了，每天生产打火机，却写着严禁烟火，不过是掩耳盗铃。”陈嘉南说：“还不是跟你们女孩子学的。”欧阳娴说：“又关我们什么事？”陈嘉南说：“你们明明喜欢一个人，却总是说讨厌，不是一样的道理吗？”李素雅扑哧一声笑出声来，劝欧阳娴：“他们歪理特别多，你还是不要和他们争论最好，免得搞坏心情。”欧阳娴撇了一下嘴说：“我才懒得跟他们争论。对了，过几天是清明节，你要不要回老家祭祖？回去的话，帮我带个东西过来。”

这句话问的是陈嘉南。陈嘉南说：“打火机厂才开业，我哪里抽得出时间回家。你要带什么东西，我打电话叫我哥帮忙买，让司机带过来也是一样的。”欧阳娴说：“那就算了，省得麻烦别人。”陈嘉南说：“哟，好像麻烦我是天经地义的。快说吧，反正也是我安排，麻烦别人也不关你的事。”欧阳娴犹豫了一下，说：“我看电视广告，有一款防晒霜很好，涂了就晒不黑的。我们这小地方肯定没有卖，你们顺德会有，就想让你带一瓶。”陈嘉南哈哈一笑，说：“我还以为什么大事呢，这点小事，那不是一句话的问题。我也顺便给素雅带一瓶，马上就要到夏天了，你们要保养好皮肤，白白嫩嫩的，也是我们的福气。”欧阳娴嗔道：“老是说些不正经的话，也不怕咬伤了舌头。”陈嘉南说：“男人太正经了也不好，以前梁警官太正经了，你就不喜欢。”李素雅说：“后来梁警官改变性格，没有以前那么严肃正经了，确实挺招人喜欢的。也不知道他去了深圳，现在怎么样了。”

欧阳娴却不想谈梁坤健，说：“回头我把那款防晒霜的牌子写给你，你看要多少钱。太贵了就不要买了，我可承担不起。”陈嘉南笑道：“到时候我不仅给你买防晒霜，还有香水和润肤乳、唇膏等东西。钱不用你出。”欧阳娴说：“别调戏我，钱肯定要给你的。不过你千万不要买贵了，否则我给不起钱，我工资可不像你们这么高。”陈嘉南说：“又不是用我的钱，我从阿源的工资里面扣就行。他工资这么高，给未来的新娘子买点护肤品，那是天经地义，还要你主动提出来，简直太不像话。你看我就很懂事，几时亏待过素雅，谁不希望自己未来的新娘子长得漂漂亮亮，香喷喷的，自己看得流口水，别人看得流眼泪。”欧阳娴抿嘴笑道：“越说越不像话了。”

冯源倒有些惶恐起来，他说：“阿南不说，还真是我的失误，我怎么没有想到这些。”陈嘉南说：“你毕竟不是出生在大城市，哪里知道要给女人买这些。我跟你讲，往后要给女人买的东西可多着呢，回头我把清单列出来，保证你每个月只能拿到一半工资。”欧阳娴说：“不要听他瞎说，我们农村姑娘可没有那么娇生惯养，又不是什么千金大小姐。”说着，意味深长地看了一眼李素雅，因为李素雅的昵称是大小姐。李素雅立即反驳道：“你还没嫁给阿源呢，就这么心疼他的钱了，倒是很顾家嘛！”陈嘉南说：“所以阿源才说她是贤妻良母。”

欧阳娴知道陈嘉南和李素雅都是喜欢说笑的人，两人联手，她肯定说不过他。于是索性闭嘴，假装板着个脸，不再搭理。冯源有意给她解围，就说：“说到护肤品，我又想起了地方上一个笑话。”李素雅笑道：“你哪来那么多笑话，以后阿娴跟着你，肯定容易变老。”陈嘉南说：“人家说笑一笑，十年少，怎么会变老呢，变年轻差不多。”李素雅说：“女人笑多了容易起皱纹，皱纹一多，不就变老了。”陈嘉南说：“所以女人才要买护肤品，这样既可以放心笑，又不担心变老。这样不会自相矛盾吧？”说着，看着欧阳娴。欧阳娴忍不住扑哧一笑，把头转向冯源，说：“快讲你的笑话吧。”

冯源说：“我们山里有个老太婆，也像我一样没见过世面。有一天看电视，看到护肤品的广告，涂抹之后人就变年轻了。她很是好奇，问那是个什么东西。有人就骗她，说那是糨糊，涂在脸上能把肉糊住，不长皱纹，人就变年轻了。她信以为真，晚上回家就拿出一瓶糨糊，涂在了脸上，然后倒头睡觉。第二天早晨，儿子去房间里叫母亲起床，见到母亲脸色苍白，僵硬成一团，以为过世了，于是急忙去报丧，叫来村里的族亲们商量后事。一群人在母亲的房间里面正商量着如何操办事情，母亲醒了，从床上坐起来。你们可以想象那个场面，一个蓬头老太婆，煞白的脸色，像僵尸一样坐在床边，那不把人吓个半死啊！那帮人以为诈尸了，一个个惊慌失措地跑出去，把桌子掀翻了，把椅子撞倒了，把门板也挤坏了，还有人从窗户跳出去，差点把腿都摔断了。”

众人听了，觉得故事荒诞，想想那场面，都忍不住捧着肚子笑了起来。李素雅笑道：“穷山恶水出怪事，你那地方怪人怪事还真不少，往后阿娴嫁过去，恐怕要受不少惊吓。”欧阳娴啐道：“我才不嫁过去呢！”嘴上虽是这么说，心里却涌出了顾虑，李素雅的话勾起了她心中的不安。

自从冯源回到同花镇，欧阳娴与他来往频繁，关系愈发亲密，一颗芳心早已系在了他的身上，谈婚论嫁是必然要面对的事情。然而唯一美中不足的是，冯源家境太差，老家在山区里面，只有三间旧瓦房，条件十分简陋，若是欧阳娴嫁给他，将来要住到哪里去呢？她在同花镇教书，不可能跑到山高水远的百山镇居住，两地相隔差不多百里地，根本不可能实现的；她总不能仍住在娘家吧，且不说这是不符合规矩的，她家的房子也少，自己与妹妹同住一间，腾不出多余的房间。虽说冯源现在有出息了，在打火机厂当生产部经理，工资也高，可是他在同花镇毕竟没有自己的住处，婚后他们怎么办呢？这是让欧阳娴头痛的问题。

原本，欧阳娴想透露一些口风，让父母知道她和冯源在恋爱，心中好有个准备。但是一想到冯源的家境与处境，却又犹豫起来，她担心父母会反对。她心里十分清楚，父母对她寄予厚望，肯定无法接受她嫁给一个穷乡僻壤的山里人。他们一直希望女儿嫁个好人家，当初一心要将欧阳娴嫁给梁坤健，也正是出于对女儿未来生活的考虑。

欧阳娴心想，哪天找个机会，把心中的顾虑说给冯源听，看他有什么好的办法。只有把这个问题解决了，她才好跟父母说起两人相恋的事情，否则父母问起，要是她嫁给冯源，将来住哪里？以后生儿育女怎么办？这是一个非常现实的问题，她还真是回答不上来，总不能说跟冯源住在打火机厂宿舍吧，现在冯源和陈嘉南同住一间宿舍，厂里因为有不少外地员工，宿舍紧张，未必能腾出单独的房间给他居住。

第二十七章

清明节，打火机厂放假一天，让工人们回家扫墓祭祖。

广东人对祭祖一事向来隆重，如同拜财神爷一样，不得有一丝怠慢。就连海外的侨胞，也都要在清明节前赶回老家，和父老乡亲一起筹备祭品，叩拜祖先，并借机与家族亲属聚餐，交流情感。在祭祖上，广东人用的祭品也是相当丰富，除了鸡鸭鱼鹅和甜品点心之外，还必须要有一只烤乳猪，以示隆重。

同花镇打火机厂刚开张，还未走上正轨，陈嘉南必须坐镇，因此不能回去祭祖。但是，陈嘉南这天也举行了祭拜仪式，买了线香、蜡烛、纸钱和元宝等物品，又让工厂的厨师帮杀鸡煮鸭，备下水果和点心，摆到打火机厂的大门口。陈嘉南站在祭品前，点香烧纸祭天，并放了几串鞭炮，祈祷打火机厂诸事顺利。

清明到谷雨，是这里的雨季，能看到阳光的日子并不多。清明节这天的天气还算不错，太阳一早就冒出头来，阳光不是很刺眼，边上有一个光圈，看上去像煎煳了的鸡蛋。那是日晕。老话说，日晕三更雨，月晕午时风，意味着晚上会落雨。

冯源借走了陈嘉南的小嘉陵摩托，一大早赶回百山镇祭祖。他在家里吃罢午饭后，便赶回打火机厂。陈嘉南早上跟他说，晚上一起到兴龙观找柴叔喝酒，让他早点回来。

回到工厂，已是午后三点多钟，冯源跟陈嘉南一起在办公室喝茶聊天。喝了一会茶，冯源便说：“我们去林子转转，前些天我看到油桐树上长满了花苞，估计现在开花了，有些看头。”陈嘉南笑话他：“看什么桐花，你是想见你的娴人了吧。”冯源也不掩饰，说：“今天礼拜三，她要上课，不知道下课没有。要是下课了，叫她一起到林子里面赏花也好。”陈嘉南说：“你约她去赏花，扯上我当什么灯泡。”冯源一把扯住他说：“我就喜欢扯你当灯泡，广东的灯泡亮一些。”不由分说，拉着他往外走。

两人漫步出厂，往防风林走去。进入树林深处，看到一抹耀眼夺目的白色，像白云一样笼罩在树冠上，那是油桐树花开了。

清明时节，正是油桐树花开的季节。油桐花对农民有提示作用，桐树一开花，就意味着没有倒春寒，人们可以浸谷种催春芽，等油桐花落下时，便可撒到田里育秧，准备田事。油桐树一般是春分时节酝酿花苞，清明绽开，到了谷雨便全面怒放，风一吹落花如雨，像雪一样铺满树下，煞是惊艳，因此油桐花也称之为“四月雪”（农历四月，新历为五月，也有地方称其为“五月雪”）。

几棵油桐树长得葱茏高大，茂盛的枝条长满了花苞与嫩叶。花苞有大人的拇指大小，一簇一簇的，长得密密麻麻，像蜂窝一样聚在枝头，边上是一片片的小嫩叶护着花朵，更能衬托出花朵的娇艳之色。有些花苞已经绽放，有些还在含羞待放，看上去已是满树春雪，犹如白云栖息在树冠上，气势逼人。但是，桐花的香气并不浓烈，只有一抹淡淡的清香，幸好树林里还有别的花香衬托着它的骄傲，这个季节正值百花盛开，柚子树、香樟、四季青、爬地龙、野刺梨、红娘子、樟树、黄皮果、苦楝、女贞……走进林子里面，每一寸空气都蓄满了花香，让人神清气爽。

陈嘉南呼吸着袭人的清香，感叹道："真舒服，这地方风水好，花开富贵，是个宝地。"冯源说："同花镇虽然偏了一些，风水还是很正的，要不然也不会把你吸引到这里来，给我们带来福气。"陈嘉南嘻嘻笑道："你这高帽子，戴得我头晕，好像我是真命天子一样。"冯源调侃道："你就是素雅的真命天子呀！"随后问，"现在素雅的父母没有反对你们来往，你打算什么时候去李家讨八字，把关系正式确认下来。"

农村人谈婚论嫁中，有一道讨八字的程序。自由恋爱的男女情投意合，因为没有媒婆的介入，男方必须要亲自上门讨要女方的八字，如果女方家长同意两人的婚事，就将女儿的年庚给到男方，让男方去找风水先生合八字，确认订婚和结婚的日子。八字相符，那是最好了，如果八字不合，双方一定要成亲的话，女方就要改八字。改八字就是风水先生根据男方八字配对的要求，将女方出生的日子或时辰进行修改，到兴龙观祭天拜神，将旧八字烧掉，再把新的八字贴在神台下面，昭告天地神灵。

讨八字就是拿结婚通行证，是至关重要的一个环节，讨不到八字，就没办法订婚。陈嘉南也知道这个风俗，他说："我打算五一节去讨八字。"冯源说："五一讨八字，如果顺利的话，中秋就可以订婚，过年时结婚，今年内能把大事办齐。"陈嘉南问："我就是这么想的。那你呢，打算什么时候去欧阳家讨八字？你和阿娴感情稳定，也该趁热打铁了。"冯源说："我跟你想的一样，五一节上门讨八字，如果欧阳叔同意我和阿娴交往，把八字给我，那我就在中秋订婚；如果他不给我八字，要考验我，我到中秋节再去讨一回八字。如果顺利，过年时我也攒了一些钱，办婚礼应该不成问题。”陈嘉南高兴地说：“看来我们的计划一样，同步进行，这叫双喜临门。要是你钱不够用，到时我借你一点。”冯源感动地说：“太好了，到时我可以举办一个风光的婚礼，总不能让阿娴委屈了。”陈嘉南沉默了一下，说：“你想过没有，如果我们结婚，到时住到哪里去？虽然我在这里有工厂，但毕竟没有自己的房子。”

冯源也很为难，他现在和陈嘉南住同一间宿舍，是用公房的一间小仓库改造出来的，有五十平方米，生活上倒没有什么问题，但是结婚之后，他们该怎么办？冯源说：“我也在为这件事苦恼。前两天，阿娴私下里也跟我讲过这个问题，我现在还不知道怎么回复她。我想，如果你和素雅结婚，到时可以住到她家去，把宿舍腾给我。但住在宿舍终归让阿娴脸上无光，你也知道，农村人很在意房子的，肯定会有人说风凉话。何况以后还要生小孩，住在宿舍也多有不便。”

陈嘉南说：“素雅家里房间多，我住到她家里肯定没问题。可是，这不相当于做上门女婿了，以后还要生小孩，得要有自己的房子才行。所以我想在同花街附近买一块地皮，建一栋属于自己的小楼。要是没有什么政策变化，打火机厂肯定要在同花镇一直开下去，十年内应该不会搬迁，至于十年之后发展如何，谁也不知道。反正我是要娶素雅的，就算以后回广东发展也不怕，每年总要回来探亲，在同花镇有房子也不亏。这里的地皮便宜，花个几万块钱可以把房子搞好。”冯源羡慕地说：“对我来说，几万块钱是巨款，我也想在同花镇搞自己的房子，可惜钱包羞涩。不过你想到没有，要是你过年时结婚，就算买地皮建房子，也要搞个一两年，到时也来不及。”陈嘉南觉得也是，他思索了一番说：“要不这样，等我和素雅订婚之后，我就在火机厂宿舍后面建一栋铁皮房，专门给我做婚房。这里的地皮是现成的，盖间铁皮房也花不了几个钱，先安顿下来再说。宿舍到时就给你当婚房，虽说简陋点，但你可以说服阿娴，先将就着住下来，等你赚了钱也在镇上买块地皮建房子，跟我一起做邻居。就算以后回广东发展了，你肯定也跟我一起的，把素雅和阿娴一起带去广东，好歹也有伴。这样一来，以后我们也算是世家了，说不定还能当亲家。”冯源笑了起来，擂了他一拳说：“这样最好，亲家，晚上我俩多喝几杯。”又说，“当初七仙女和董永住破窑洞，也不觉得苦，好歹我还有间像样的宿舍，阿娴知书达理，应该能理解。先过渡一下，等攒了钱就买地皮建房子。”

正说话间，只见一少女从远处走来，是欧阳慧。见到两人，她像孩子见到同伴般，欢快地小跑过来，说：“果然是你们。我在那边荡秋千，听到有讲话的声音，就猜想是你们。”陈嘉南说：“阿慧，你姐回家没有？”欧阳慧说：“回来了。”陈嘉南说：“你去把你姐叫出来，说冯大哥找她有急事，叫她到林子里面的油桐树下见面。”欧阳慧很是听话，快乐地说：“好，我现在就去叫姐姐。”

看到欧阳慧消失在林子深处，陈嘉南说：“这里风景这么好，花香四溢，鸟声悠扬，很适合约会，莫辜负了良辰美景。”冯源说：“那你也把素雅叫过来，一起在这约会聊天。”陈嘉南说：“不用叫，她等一下肯定会来的。”冯源说：“你怎么知道？”陈嘉南嘴角轻轻一扬，露出往日那种玩世不恭的笑容：“这叫心有灵犀。如果感应不到对方的存在，那还谈个鬼的恋爱。”冯源笑道：“你怎么变得像柴叔一样，有点神灵鬼气了。”陈嘉南说：“经常跟柴叔喝酒，不沾点神气也不行。哪像你，跟了我这么久，也不见你脑子开窍，真是丢师父的脸。”冯源说：“我怎么不开窍了，现在恋爱不是谈得很好嘛！”陈嘉南嘻嘻笑道：“我问你，有没有抱过阿娴？有没有亲过她？”冯源脸一下子红了，他说：“有也不告诉你。”陈嘉南哈哈一笑：“一看就没有。可惜了，阿娴这么漂亮，你还没尝到她嘴唇的滋味，亏死了。”一边说一边伸手，将一串低垂下来的油桐花折下来，放到鼻子边上轻轻地嗅了嗅，“有句古诗叫什么来着，花开堪折直须折，莫待无花空折枝。别说我教坏你，这事情早办早好，能加深感情。光是看没有用的，要有行动才行。”冯源嘿嘿一笑，兀自嘴硬地说：“拈花惹草，谁不会，还用得着你教吗？”

不一会儿，欧阳娴来了。欧阳慧没有跟过来，今天清明节，扫墓祭祖之后，要将祭品拿出来，整个家族的人在一起聚餐，地方上称其为“吃清明饭”。欧阳娴知道今天族里聚餐，有许多事情要忙，由于父亲去了县城工作，母亲在水电站上班，都没有放假（清明节当时不属于法定节假日），她必须要代表家长去忙聚餐的活儿。她下午只有一节课，上完就回家准备聚餐的事情。聚餐人多，加起来上百号人，在祠堂里面举行，就像摆酒一样，琐事繁杂，姑娘们都要忙着洗菜煮饭，从家里将桌子和凳子搬到祠堂，也要将洗干净的碗筷和盛菜的盘子装到箩筐里挑过去，还要准备酒杯和茶水等东西。欧阳娴正在祠堂忙碌，欧阳慧跑进来叫她去树林，说冯源找她有急事。欧阳娴于是就叫妹妹留下来帮忙做事，她跑到树林里面见冯源。

见到冯源和陈嘉南在花枝璀璨的油桐树下聊天，一副无所事事的样子，就说：“叫我出来干吗，我正在忙呢，晚上族里聚餐，好多事情要做。”陈嘉南说：“我和阿源晚上正好没地方喝酒吃饭，想去你家蹭饭吃，你们族里聚餐，方便不？”欧阳娴信以为真，说：“有什么不方便，只是添两副碗筷而已。不过，到时人多，招待不周了可别怪我。”陈嘉南笑嘻嘻道：“哪敢怪你，感谢你都来不及。在我老家，家族祭祖聚餐，一般是不会带与家族无关的人一起吃饭的，祭祖相当于认祖宗嘛！你带我们去吃饭，到时候人家问起我们是你什么人，看你怎么回答。你只能说一个是我朋友，另外一个是我对象，这样人家才不会见怪。”欧阳娴说：“同花镇小地方，可没有你们广东那么多规矩，吃个饭而已，不会见怪的。再说了，你们现在是打火机厂的领导，多少人挤破脑袋想进打火机厂上班，巴结你们还来不及，谁会去问这么多。到时，肯定很多人给你们敬酒，你们喝醉了别怪我。”陈嘉南说：“哟，这么一说，我们还不敢去了。不过，你可以带阿源一个人去，反正迟早是要认祖宗见长辈的，借着这个机会挺好，顺便把你们的事情宣布出去。”欧阳娴说：“你脑子进糨糊了，今天是清明节，可不是什么别的节日。”冯源忍不住说：“他是跟你开玩笑的，我们今晚要去兴龙观找柴叔喝酒，不去你家。”欧阳娴没好气地说：“把我叫出来，就是拿我开玩笑，你们好无聊，怎么不把素雅叫过来开玩笑。”

陈嘉南东张西望，突然说：“素雅不就来了嘛。”冯源和欧阳娴扭头一看，果然，只见素雅穿着一件格子花衬衫和一条牛仔裤，打扮得清新靓丽，正踩着碎步，款款走了过来。

淀粉厂今天也放假，李素雅上午随父亲一起回乡祭祖，下午没事做，待在家里无聊，就想来找陈嘉南聊天。她骑单车到打火机厂大门，保安知道她是陈嘉南的女朋友，用讨好的语气跟她讲，陈总和冯经理去了树林里面散步，不在办公室。她把单车放在门口，便转身朝树林里面钻了进来，果然听到有说话的声音。她循声而去，一看欧阳娴也在，就说：“我好像听到你们在讲我坏话了。”一边说一边叹道，“这林子真舒服，花香好浓，比淀粉厂那地方不知道好多少倍。我家那附近，总是一股薯渣的馊味，闻久了让人难受。”说着，走到三人身边，抬头看了看油桐树，两眼放光，新奇地问，“这是什么花，开得跟雪一样，没想到林子深处藏了这么好的景色。”

欧阳娴说：“这是油桐树的花，你以前没见过吗？”李素雅说：“就算偶尔见过一两棵，当时也不留意是什么树。这里有好几棵，一下子全部开花，美到让人忧伤啊！”欧阳娴笑道：“琼瑶小说看多了，说话都矫情起来。”又说，“我想起来了，你也是外来户，不是本镇人，所以没有听过同花镇的传说。”李素雅说：“还有传说，说来听听，好让我开开眼界。”

欧阳娴说：“同花镇最早叫桐花镇，桐树的桐。旧时，这片地方长了许多野生的油桐树，每年清明节后，桐树开花，像落雪一样，整个镇子就像被白云笼罩，壮观得很。当年镇上有一家很大的榨油坊，垄断了所有的油桐果，用来压榨桐油，是地方上最有钱的财主。这财主的儿子是个恶霸，看到一家姑娘长得漂亮，就抢来当小妾。这位被抢的姑娘原本和一个后生相爱，两人已经订了婚。但那后生家境一般，没有势力，如何斗得过恶霸。后来，后生就对恶霸说，你要是不把姑娘还给我，会遭报应的，镇上的油桐树将会死绝，你家榨油坊将会倒闭，直到家破人亡。那恶霸哪里相信，就说，等报应那天来了再说。后来，镇上的油桐树突然莫名其妙地全部枯死了，没有人砍，也没有长虫子，就像发了瘟疫一样，而且死的只有油桐树，别的树木一点事都没有。油桐树一死，榨油坊也就没有东西可用了，只能倒闭。那恶霸真以为是遭到了老天爷的报应，心里害怕，就将霸占的姑娘给放出来了，后生和姑娘终于在一起了。”

李素雅笑了起来：“这是个神话故事吧，全镇的油桐树怎么可能一下子全都死掉。”陈嘉南说：“说不定是后生搞的鬼。”欧阳娴说：“确实是后生搞的鬼，他每天晚上背上粗盐，去找油桐树，把盐埋到树根下面，导致树根脱水，最后树全部渴死了，表面上是看不出来的。桐花镇没有了桐花，后来木字旁去掉，就成了同花镇。这片树林里面这几棵老的油桐树，是村里人种的，不是野生的，所以保存下来了。我爸特意写过这个故事，他说，这几棵古老的油桐树既是幸存者，也是那段爱情最后的见证者。”李素雅拍手说：“哇，你爸的文笔挺好的，叫他改写爱情小说吧，说不定能成为第二个琼瑶。”陈嘉南笑道：“欧阳校长一副严肃古板的样子，你觉得他能写出琼瑶般的小说吗？”

这话逗得连欧阳娴都忍不住笑了起来。李素雅说：“同花镇倒是个痴情镇，怪不得老是引来一些痴男怨女。”说着，看了看陈嘉南和冯源，兀自抿嘴笑起来。冯源说：“古人说，栽下梧桐树，引得凤凰来。桐树天生就是招蜂引蝶的，镇上的人哪会不痴情。”陈嘉南说：“古人还说了，自古痴情空余恨，此恨绵绵无绝期，痴情是好事，但我们也要小心点。”李素雅笑起来：“哪里拼凑来的诗句，倒是挺顺口的。”冯源颇有些惋惜地说：“不过，那后生为了爱情，毁了这么多油桐树，还真是有些残忍了。”李素雅说：“这样的爱情才可贵，才会流传下来。要是有人抢走了你家娴人，要你把几千棵油桐树砍死，你肯定也会这么干。”陈嘉南说：“别说砍树，估计砍人的心都有。想当年，吴三桂就是为了一个女人，才引清兵入关，把汉人江山拱手送人，害死了多少天下百姓。所以，爱一个人陷入太深，有时是很害人的。你们两个姑娘家，可要乖乖听话，早点嫁给我们，不要逼我们做出什么傻事。”

李素雅说：“你们不做点傻事，我们怎么知道你们心里到底有没有我们。”陈嘉南说：“看吧，这就叫作红颜祸水。”

欧阳娴笑道：“好了，不跟你们聊了，我要回去做事。今天家族聚餐，杂事很多，我可不清闲。”陈嘉南说：“阿源，你把阿娴送回家吧。”欧阳娴撇了一下嘴：“才不要他送，就这几步路，难道还会迷路。”陈嘉南说：“不会迷路，会迷人。你傻啊，我是把阿源支走，好跟素雅单独聊天，说些肉麻的话，阿源在身边，耳朵岂不受罪。”

欧阳娴扑哧一笑，转身走了。冯源就跟上去，两人并肩而行，也低声说一些悄悄话，聊起了关于以后结婚住房的事情。林子里面除了荡漾着鸟语花香，还荡漾着恋人焕发出来的甜蜜气息，潮湿的空气中，愈加沁人心脾。

晚上，陈嘉南带上祭天拜神的鸡鸭鱼肉和水果点心，载着冯源一起去兴龙观找柴叔喝酒。柴叔见到两人，十分高兴，他年幼丧亲，被人收养到兴龙观，根本不知道自己是哪里人，就连本家姓氏也不知道，还是直接跟老庙祝姓的。既无来处，也就不知去何处祭祖，每年清明节，只好在兴龙观点几炷香，聊表心意。随后，他一个人孤零零地喝酒。然而今年的清明节，陈嘉南和冯源来陪他喝酒，柴叔的心情自然格外舒畅。

夜幕降临之后，天色潮湿起来，天空开始蓄起了云朵，看不到星星与月亮，看样子会有雨。兴龙观后院也有两棵很大的油桐树，此时正花开璀璨。柴叔兴起，就在油桐花下摆了酒桌，喝酒赏花。他说：“可惜清明节才初六，没有什么月亮，要是月圆之夜，老天爷赏脸，把月亮放出来，刚好中旬又是桐花开得最旺的时候，在桐花树底下喝酒看月赏花，那才叫过瘾。以往的月圆之夜，如果天气好，我都会叫上欧阳怪和刘医生一起来看月赏花，今年恐怕很难聚在一起了。欧阳怪也真是个怪脾气，平时一副慕古思贤的样子，要当竹林七贤，要活得洒脱自在，偏偏不懂享福，一把年纪了非要调到县城去当差，受那些无妄之苦，整天忙得晕头转向，一个月也不见回来一次，'同花三圣'的牌子恐怕迟早要摘去的。"

冯源就说："等到十五那天，如果抽得出空，我和阿南到时来陪柴叔一起喝酒赏月。"柴叔说："十五的月亮十六圆，我看了皇历，十六那天正好是礼拜六，你们如果有空就过来喝酒。说不定欧阳怪会赶回来，到时候人多热闹，喝起酒来好玩些。"冯源正想跟欧阳才华多接触，就说："那就这么说定了。"柴叔说："要是逢上下雨天，就不必过来了，月亮没看到，还淋了一身湿，可不是什么好事。清明时节最多雨，古诗都说，清明时节雨纷纷，最后还是要找杏花村的。杏花村没有，桐花庵倒是有一个，这红米酒不错。来，干一杯，把这乾坤定了。"

陈嘉南从顺德带来了几箱红米酒，来找柴叔喝酒时，每次捎上两瓶。三人喝两斤低度的米酒，平均一人六两多，恰到好处。

三人仰头饮尽杯中酒，吃了些菜。冯源想到五一节要去欧阳家讨八字，心里没底，毕竟家境过于穷困，只怕欧阳才华会有所顾虑。他说："柴叔，待会喝完酒，趁着酒兴，你给我算一卦。上次的卦象好灵，说我出门遇贵人，果然认识了阿南，翻了个大身。这次再来一卦，看看我今年运气如何，有没有走桃花运。"陈嘉南听出来了，笑道："也给我算上一卦，我也要看看桃花运。"柴叔说："清明节期间不出卦，阴气太重，卦象不净。等谷雨后再给你爻卦。"又说，"其实算卦也只是图个自我安慰，世上许多事情是意料不到的。如果爻一卦能解决问题，那人生活得也太容易了。”冯源觉得有理，说：“也是，世事难料。”柴叔说：“就像我这辈子，父母是谁，我无从晓得，等百年后入土，也没有后人祭拜我，不过是匆匆过客，就算我爻再多的好卦，能改变命运吗？所以，凡事命中皆有定数，不如喝酒痛快些。”说罢，又举起杯子，喝起酒来。

陈嘉南见柴叔情绪有些低落，想必是为自己的身世感到凄凉，于是有意要引他开心，就说：“说到世事难料，倒让我想起一个笑话。”柴叔说：“讲来听听，看值不值三杯酒。”陈嘉南说：“旧时，我们地方有个衰仔去香港跑码头，赚了些钱。大年三十这天，衰仔高高兴兴地坐船从香港回来，结果在船上赌钱，全部输光了。回到家中，老婆找衰仔要钱，衰仔撒谎说没有赚到钱。老婆很生气，说你出去干了一年的活，一分钱都没赚到，还有脸回来。于是将他赶出门，不让他进屋。衰仔无家可归，也没有地方可去，想到地方上有个尼姑庵，住着一个中年尼姑，过年时人们都会送供品去庵中孝敬，想去找尼姑讨点东西吃，填饱肚子再说。衰仔跑到尼姑庵去，只见尼姑正架着一把梯子，在大门口独自贴对联。为了讨好尼姑，衰仔帮她扶梯子。那尼姑穿的是僧袍，一阵风吹来，僧袍鼓足了风，撑得很大。衰仔在底下抬头一看，发现了一个秘密，这个尼姑竟然是个男人。原来，这男人自小长得像姑娘，说话也像，索性就冒充尼姑来占山头，做些好吃懒做的事情。尼姑发现自己的秘密被识破，就给衰仔一大笔钱，算是封口费。衰仔拿着钱，高高兴兴回家去。路过集市前，有人正在写对联卖，看到衰仔满面春风的样子，就叫他来买一副对联。衰仔看了看对联，并不满意，就叫卖对联的帮他写一副应景之作。卖对联的问他写什么内容，衰仔说，上联是‘昨天一头雾水’，下联是‘今日满面春风’，横批‘世事难料’。”

柴叔听了，哈哈大笑起来，举起杯子说：“果然是世事难料，幸好这里不是尼姑庵，否则的话我也要拿出一大笔钱来封你们的口。来来来，先喝三杯封口酒再说。”

三人说说笑笑，很快就喝完了两瓶红米酒。柴叔见桌上还有许多菜肴，酒也不尽兴，又拿了地方的米酒出来接着喝，到了十点多钟，三人都有醉意了，才尽兴而散。

第二十八章

欧阳才华调到县教育局工作，比之在同花中心小学当校长，简直天壤之别。小学校长不用上课，事务也少，又有寒暑假，几近闲职，不需要操什么心。在教育局当办公室副主任，却是个忙差，不仅要做本职的政务工作，还要写公文材料。局长也正是看中欧阳才华的写作能力，才将他调过来上班，将公文材料方面的事务全部移交给他，搞得欧阳才华叫苦不迭。

欧阳才华虽然有性格，但在单位上班，制度分明，也只能任劳任怨。他心里非常清楚，自己到县城上班的目的是给女儿铺路，他要通过平台关系，想办法将女儿调到县里来教书。所以，他表现必须要好，才能得到领导的嘉奖，将来自己提出请求，领导才会卖他人情。

辛苦了近半年，欧阳才华终于为女儿找到了第一个改变人生的机遇，他要送女儿去市里进修。

每年，市里都会举办“中小学骨干教师高级研修班”，以培训优秀教师为宗旨，让每个县城报几个名额上来。受过进修的教师，相当于镀了金，日后调动工作也有优势。由于经费问题，研修班每年只举办两届，上半年一届，下半年一届，人数有限定，因此名额十分宝贵，没有关系是很难拿到的。这年的上半年研修班，日期定在四月二十号到五月二十号，为期一个月。欧阳才华利用职务关系，为女儿争取到了一个名额，等欧阳娴进修回来，他便想办法为女儿调动工作，早点将女儿弄到县城来教书。

四月十五日，是农历的三月十六，正好礼拜六。欧阳才华回家一趟，将研修班的录取通知书给到女儿，让她做好进修的准备。因为要去市里待一个月，衣服、毛巾和牙刷、香皂等生活用品是必须带上的。同时，欧阳才华还交代女儿，让她认真做好课程记录，总结学习要点，结业时写一份研修心得，由他修改后提交给教育局领导审阅，让领导们也知道她是个优秀的教师，为以后调动工作埋下伏笔。

要是以前，欧阳娴对这种进修的机会是十分期盼的，现在正与冯源热恋，两情依依，她对进修之事已然失去了兴趣。前不久，冯源跟她说出心中的计划，五一节到她家里吃饭，并向欧阳才华讨八字，如果欧阳才华把八字交出来，那么两人中秋订婚，过年结婚，到时委屈她暂时居住在工厂宿舍，等一两年后攒了钱，他就在同花镇买地皮建房子。欧阳娴同意这个计划，通过这么长时间的交往，两人已经建立了深厚的情感，难舍难分，结婚当然是接下来的人生主题。她相信父母不会太为难他们，一来欧阳娴今年是本命年，在农村乡下确实到了出嫁的年龄，父母也想女儿早点结婚；二来冯源现在表现优秀，是打火机厂的经理，管着两百多号人，每个月的固定工资有一千块钱，还不算年终的奖金。这个工资在顺德市并不出奇，但是放到内地乡下，那绝对是奇高的，因为欧阳娴每月工资才一百五，她的父亲调到县城工作，也就三百多块钱一个月。虽说冯源出生在穷山沟，但英雄不问出处，冯源用能力证明他是个有志气的人，而父亲一向喜欢这种上进的青年。

欧阳才华并不知道女儿心中所想，他好不容易争取到这样一个难得的机会，女儿竟然不愿意去，这让他感到十分惊讶，甚至不敢相信，他以为女儿拿到通知书后，会为此高兴，要感谢父亲的用心良苦。要知道，该研修项目是市政府的财政拨款，获得进修资格的教师，可以在市里免费吃住，而且还报销来回路费，相当于到城里待一个月，并且中途有免费到市区景点采风游玩的机会，多少教师挤破脑袋想要去，然而女儿却无动于衷，这真是太反常了。欧阳才华怫然不悦地说："这种高级研修班可不是天天有的，一辈子或许就这么一两次机会，我可是动用了关系才拿到手。你去进修，多了一个高级教师的资格，以后调到县里当老师也容易。"欧阳娴却说："我不想去县里当老师，就想在家里教书。"

面对女儿无端地反常和执迷不悟，欧阳才华一时费解，自己心中一向优秀上进的女儿，怎么如此不思进取了，莫不是有什么事情？由于欧阳才华在县城工作，对女儿和冯源相恋之事并不知情。打火机厂大部分工人都是渡水村的人，经常看到欧阳娴往厂里跑，跟冯源在一起玩耍，他们看出来了，欧阳娴和冯源正在交往。但两人是否在恋爱，谁也不知情，因为当事人并没有公开恋情，也没有看到他们有什么暧昧的举动，有可能只是朋友来往而已，毕竟当初冯源开话梅坊的时候，欧阳娴和妹妹就经常跑到话梅坊来玩，并不是什么稀奇的事情。大家都忙于加班干活，不像以前那么清闲了。乡下谚语说"闲起杂嘴，饥起盗心"，人们每天都有事情干，赚钱要紧，哪有时间说别人的闲话。何况冯源是厂里的经理，人们都尊敬他，谁也不敢乱嚼舌头。欧阳才华和妻子都没有听到相关的闲言碎语，当然也就不知情。

欧阳才华有点恨铁不成钢，他去县城工作，忙得上蹿下跳，就是为了女儿的前途着想，没想到女儿竟然毫不领情，辜负了他的一片苦心，实在是令人恼火。他板起了脸，冷冷地说："在家里当老师也好，可是前途不大，你去县里工作，工资高，找对象也容易，到时就在县城安家，这辈子的命运也就改变了。"

欧阳娴见父亲脸色严峻，知道父亲心中恼火。她正好也想借此机会把事情说开，让父亲心里有所准备，为冯源五一节上门讨八字埋下伏笔。她脸带羞涩地说："我不用去县城找对象了，我已经有对象了。"欧阳才华一惊，脑子转了一圈，心想这镇上哪有后生可以让女儿看上的。他说："你莫要开玩笑。"欧阳娴说："我没有开玩笑，我现在和冯源在交往，他打算五一节到家里讨八字，你可要做好准备，不要让他到时难堪了。"

欧阳才华一下子愣住了，他几乎不敢想象，也不能相信，欧阳娴竟会和冯源交往。在他看来，欧阳娴和冯源是绝不可能的，因为冯源曾让欧阳娴名声受损，带给她一段难堪的日子，心里因此蒙上了阴影，怎么可能会跟他来往？再说了，冯源是穷山沟出来的人，当初就是一个酒铺的伙计，要什么没什么，虽然后来搞话梅坊，但也没赚到钱，这样一个穷小子，女儿怎么会看上他？而且，欧阳才华心中早已有一个先入为主的念想，就是冯源这穷小子只能配得起自己的二女儿，他一直想撮合冯源和欧阳慧，并且也初见成效，当初冯源和欧阳慧天天黏在一起，都引来村里人的议论了，他理所当然地认定，冯源跟欧阳慧才是天生的一对，而根本不会想到冯源和欧阳娴有可能产生感情。后来冯源去了顺德工作，等冯源回来时，他却调到了县里，他本来还想找机会再撮合冯源和欧阳慧，努力完成当初的心愿，但他在县城忙得晕头转向，一个月才回一两次家，哪有时间与精神做这件事情。

世事难料，没想到自己引以为傲的大女儿竟然也瞧上了冯源，看她那副娇羞的神情，而且刚才那句“不要让他到时难堪”的话，欧阳才华便明白了，女儿是愿意嫁给冯源的，并且希望五一那天，他能把八字交出去。欧阳才华对冯源也没什么意见了，毕竟冯源现在也算颇有出息，是打火机厂的经理，拿着高工资，村里人都对他毕恭毕敬，想巴结他，希望有机会进入打火机厂工作。尤其是冯源重情义，将欧阳慧招到厂里上班，安排了一个清闲的差事，工资还很高，这让欧阳才华心里十分感动。他一直担忧二女儿的未来，没想到她也能像正常人一样有工作，并且在冯源的关照与爱护下，没人敢歧视她，厂里的工人对她都亲热起来，甚至讨好她，一起上下班，让她融入了大环境，渐渐褪去了稚气，说话的语气也成熟了许多，智力似乎也有所上升，这让欧阳才华感到无比欣慰。

以冯源现在的成就，欧阳娴跟她交往，也不算丢身份。但是，欧阳才华却不高兴，在他心中，一直觉得冯源应该是自己的二女婿才对。当然，他也知道这个幻想不可能实现了，冯源不再是以前那个落拓的穷小子，正意气风发，想让他娶智力低下的欧阳慧，只怕是一厢情愿罢了。欧阳才华心想，既然大女儿有心委身于冯源，也只能由她去，要是冯源娶了欧阳娴，以后对欧阳慧也好。毕竟，冯源是真心对二女儿好的，说不定将来能一直照料她。

这么一想，欧阳才华也不再说什么，只是说：“你和冯源的事情，等你进修回来再说。去市里进修的事情已经报上去了，改不了，你不去也得去。再说了，就当是去市里开开眼界，在这小地方待久了也不好。”

欧阳娴见父亲对她和冯源交往的事情并没有提出异议，听他的口气，像是默许的意思，心里暗自高兴。虽然她不想与冯源分开，但她也不想让父亲为难，只好勉为其难地同意去市里进修了。

晚上，欧阳才华没有去兴龙观找柴叔喝酒，他也知道往年的这个时节，“同花三圣”是要聚在一起饮酒赏桐花的。他平时太忙了，好不容易回来一趟，晚上要跟家人一起吃晚饭，享受天伦之乐。他是踩自行车回来的，从县城回来要踩半天时间，第二天又要踩车返回县城，匆匆回一趟家，跟家人一起吃饭当然比去跟朋友喝酒更重要。反正还有半个月就到五一节了，五一节是礼拜一，加上礼拜六和礼拜天，有三天的假期，刘见章要来给欧阳慧做针灸，到时再一起把酒言欢。

清明节那天，冯源和陈嘉南跟柴叔约好，十六月圆之夜到兴龙观喝酒看月赏花。虽说这天晚上的夜空阴暗，云层蔽月，连星星都看不到，但两人还是履行约定，带了三瓶红米酒去兴龙观尽兴。刘见章也来喝酒，唯独欧阳才华没有来。欧阳才华回来的时候，经过卫生站，还跟刘见章聊了几句，说起五一节给欧阳慧针灸之事。刘见章也跟他说了晚上要去兴龙观喝酒，没想到他竟然不来。柴叔颇为不爽，说这人去了县城当官，架子倒也大了起来，恐怕要找花轿抬他才肯来。

这天晚上，欧阳娴饭后到打火机厂找冯源，想告诉他关于自己要去市里进修的事情，然而冯源和陈嘉南去了兴龙观喝酒，也不知何时回来，她只好回家，准备第二天晚上再去找冯源。

第二天晚上八点多钟，欧阳娴又到工厂找冯源。冯源独自一人在办公室看报表，统计产能和安排出货交期。陈嘉南开摩托车去同花街找李素雅约会了，这也是陈嘉南的战略之一，两人落落大方地牵着手逛街，闹得整条同花街的人都知道，继而传得整个镇上的人都知道，这样一来，李宝军想拆散他们两人，那也要考虑舆论的问题了。

冯源见欧阳娴来了，满脸欢笑地说：“你来得正好。”欧阳娴问：“怎么正好？”冯源说：“今晚有月亮。昨晚去兴龙观找柴叔喝酒赏月看花，结果月亮到了半夜都没露脸，搞得酒都喝不尽兴。柴叔说，月色下看油桐花，那是十分美妙的事情。今晚正好有月亮，我带你去看看月色桐花，到底有多美妙。”欧阳娴撇了一下嘴，假装不太情愿地说：“我还以为是什么大事呢！树林里黑漆漆的，空气又潮湿，这月亮也不亮，哪里能看到花。”冯源说：“树林里花香正浓，跟你去散步，也好过待在这里。说不定，月色下的桐花还真有些美妙。”

说着，也不管她是否同意，牵着她的手就往外走。往常，冯源牵欧阳娴的手，欧阳娴有时会甩开，那时的姑娘比较矜持，在没有得到父母同意的情况下和后生交往，勾肩拉手可不是什么正经事。但欧阳娴昨晚和父亲说了她跟冯源交往之事，父亲没有反对，默认两人交往。于是，冯源牵她的手，她也不再甩掉。

两人牵手走到林子里面，夜里的树林空气潮湿，笼罩着一层淡淡的雾气，雾气渗透花香，增加了香的凝聚力，就跟喷洒天然的香水一样，真是沁人心脾。尤其是这些花香并不是单一味道，而是有十几个品种混合，香气凝重，让人飘然眩晕。当中最浓烈的就是柚子花的芬香，气味绵长，几百米外都能闻得到，走到近处时，张嘴呼吸，舌尖似乎都能舔到甜丝丝的花蜜。难能可贵的是这种浓香并不是咄咄逼人的异香，而是十分的清新迷人，如同一个活泼可爱的少女，让人感到亲切；女贞花带着独特的异香，它的花开得细碎，藏在叶子中，香味并不狂躁，默默地持守自己的品格，像一个倔强的姑娘，从不解释自己；樟树的花香带着樟树特有的香味，比较厚重，辨识度强，像性格稳重的女子，不张扬，夹在柚子和女贞的花香中，稍稍有些逊色；其他的油桐、野刺梨、黄皮、四季青等花香，香味没有那么浓烈，但是它们的气息也混进了这三种浓香里面，增加了香味的层次感，让人嗅觉丰富，身心格外舒畅。

冯源和欧阳娴走向树林深处，一路花香袭人，令人感到神清气爽，两只手紧紧地握在一起，美好的夜晚也被他俩紧紧地握在了手中，心底的情感通过手中的温度传输，互相交融，抵达了灵魂深处，夜色愈发地变得迷人。

树林里面有些黑暗，但月亮在空中，幽暗的月色透过树杈的缝隙，稀稀疏疏落下来，看起来像淡淡的霜气，可以看得清眼前的事物。两人在那几棵油桐树下停了下来，油桐树尚未长出繁茂的叶子，只有树杈和花朵，以及细碎的嫩叶，月光穿过宽松的树杈洒下来，四周一片清幽，白色的花朵看似月光凝结，如同梦境。已是四月中旬，此时的油桐树更是花团锦簇，满树迸裂，让人看得惊艳。一些花朵落了下来，铺在树下，被月光渲染得颜色若隐若现，有一种繁花落地成霜的诗意。

良辰美景，又有佳人在身边，冯源倍感幸福，不由叹说："月光下赏花，果然是有些意境的，有一种朦胧之美，可惜这种美感我画不出来，因为感觉多过视觉，太难捕捉其中的妙处了。"欧阳娴也觉得在这寂静且幽暗的林中赏花看月，确实有些与众不同的情调，偌大的树林只有他们两人，在夜色的包裹下，更能感受到对方的存在与心灵的贴近，有一种如梦如幻的美好。

欧阳娴说："跟你说两件事情。"冯源站在她的面前，看着她，尽管夜色幽暗，但他眼神中焕发出来的柔情与爱意，却很明亮。他问道：

“都是好事吗？”欧阳娴说：“一件好事，一件坏事。”冯源说：“那我先听坏事，再听好事，悲中生喜，总比乐极生悲好。”欧阳娴盈盈一笑，说：“过几天，我要去市里进修，为期一个月。”冯源“啊”了一声，抗议道：“这怎么行，一个月不能见面，那我岂不是要上吊了。我现在一天见不到你，都感觉像丢了魂魄一样。那句‘一日不见，如隔三秋’，还真是这样的。”欧阳娴撒娇说：“我怕你天天见我，都看厌了。”冯源说：“怎么可能看厌，看一辈子都不会厌的。没有你在身边，实在是太煎熬了。不行，你给我买一条绳子。”欧阳娴说：“买绳子干吗，难不成你还真的因为见不到我而去上吊？”冯源说：“上吊可不划算，我怎么舍得这么漂亮的老婆。要是我想你想得发疯了，就叫人把我捆起来，免得到时候控制不住自己，做出傻事来。”欧阳娴笑起来，随后板着脸说：“谁是你老婆，你跟阿南学说话，越来越不正经了。”冯源说：“迟早都要这么叫的，先预习一下，也让你适应一下。”欧阳娴也有些忧伤地说：“其实，我也不想去进修的，可是名额已经提交上去，我爸私自给我做的主，事先没有征求我的意见，我也没办法。”冯源说：“你爸怎么不自作主张，把你许配给我呢？说真的，我是一点也不愿意让你去市里进修，一个月不见面，那真是要人命的。”欧阳娴说：“实在不行，你到时多陪陪阿慧，她和我长得像，看到她不就相当于看到我了。”冯源说：“那不一样，她是我妹妹，你是我老婆，感情不一样的。”欧阳娴嗔道：“以后不许说老婆这个字眼，怪怪的，好像我很老一样。”冯源嘻嘻一笑说：“那以后就叫你娘子吧。”欧阳娴扑哧一笑，抿嘴说：“不行，只能叫我阿娴。”冯源说：“好吧，阿娴妹妹，那么另外一件好事呢？”

欧阳娴撒娇道：“你不正经，另外一件就不说了。”冯源双手抓着她的双手，用央求的语气说："快说，好妹妹，不要吊我胃口了。一个月不见面，已经让我痛苦不堪了，再吊我胃口，可真是要逼我上吊了。"欧阳娴说："昨天我跟我爸说了，我正在和你交往，五一节你要到家里讨八字，让他不要为难你。我爸没有说话，不知道是什么意思。"冯源精神一振，欣喜地说："你爸这么严肃的人，他不说话肯定是默认了。"说着，高兴得一把搂住了欧阳娴，仿佛害怕她跑掉一样。"看来五一节我去你家讨八字，他不会为难我了。"欧阳娴撇了一下嘴，嘲笑道："你傻啊，五一节我还在外地进修，要到五月下旬才回来。我不在场，你能讨到八字吗？"冯源说："哎呀，真是的，关键时候怎么能让你去外地学习，打乱了我的计划，我还想早点讨八字，跟你快点订婚，今年要抱你进洞房呢！"欧阳娴推了冯源一把，嗔道："越说越不正经了。"

冯源刚才因为一阵激动，情不自禁地搂住欧阳娴，此刻欧阳娴推了他一把，他才回过神来，于是借机搂得就更紧了，让她的身子贴在了自己的胸前。欧阳娴羞得厉害，挣扎着说："快放开我。"冯源笑嘻嘻地说："我才不放呢。你知道我最后悔的一件事情是什么？"欧阳娴问："什么？"冯源说："那年我抱你去求医，没有偷偷亲一下你，真的是太傻了。你是我的梦中情人，有那么好的机会，我竟然没有在你脸上留下印记，真是太老实了。"

欧阳娴娇嗔道："要是你当时那样做了，就是耍流氓。那时我根本不认识你呢！"冯源调皮地眨了眨眼说："你的意思是，现在我这样做就不是耍流氓了。"说着，将她搂得紧紧的，把自己的脸凑了过去。

两人谈了这么久恋爱，还是第一次如此拥抱，而且脸贴得这么近，对方的呼吸都打在了脸上。月色幽暗，桐花灿烂，更让人感到意乱情迷，加上花香撩人，潮湿的空气中浸透着蠢蠢欲动的气息，一种不安分的情绪弥漫开来，两人的喘气声厚重起来。

冯源说："我可不想以后再后悔了。"说着，朝她脸上亲了过去。欧阳娴羞得急忙把头扭开，但被抱得紧紧的，哪里能躲得开。冯源"吧嗒"一声，亲在了她的脸颊上。欧阳娴的脸一下子红到了耳朵根，好像冯源的嘴就像烙铁，将她整张脸都烫红了，心脏也被刺激得像敲急鼓一样，咚咚地响个不停，身子微微颤抖起来。她羞涩地说："快放开我，让人看到了我以后还怎么出去见人。"冯源愈发激动说："黑乎乎的，谁会跑到这里来。"欧阳娴说："万一来人呢？"冯源说："万一是谁，我又不认识他。"

欧阳娴扑哧一笑，正想说什么，突然间就说出不来了，嘴巴被紧紧地堵住了，她感到莫名的窒息，有一种突然袭来的眩晕感。她挣扎了一下，但舌尖就像触电一样，一下子全身都被电麻了，酥软了，再也没有力气挣扎，两只本来要抗拒的手，也不由自主地搂住了冯源。

寂静的树林中，时不时传来夜鸟的啼叫，清脆而悠扬。偶然有桐花落下来，像月光的剪影，仿佛要把此刻的时光一寸一寸剪下来，留在夜空中。空气还是那样的潮湿，花香还是那样的撩人，两人的身子紧紧地搂在一起，在婆娑的树影下，看上去就像一棵刚从地上长出来的树。

第二十九章

欧阳娴去市里进修之后，刚开始，冯源还真是不习惯。幸好，冯源写了办公室的电话号码给她，她晚上下课后可以打电话过来聊几句。由于电话费贵，通话时间不会太长，只能勉强解相思之苦。

因为想念欧阳娴，冯源没事就去半成品仓库看看欧阳慧。欧阳慧跟欧阳娴长得确实像，如同孪生姐妹。看到妹妹，由此想到姐姐，果然可以缓解部分相思之苦。

自从欧阳慧进入工厂当发料员之后，冯源和她在一起的时间就少了许多。由于工厂制度的规定，冯源身为经理，不可能上班时间跑去车间跟员工聊天说笑，那样会把规章制度破坏的。他只是路过半成品仓库时，跟欧阳慧打声招呼，随口聊上几句。工厂订单多，员工每天晚上都要加班到九点，下班之后欧阳慧也没时间去找冯源玩，她要回家洗澡洗衣服，上床睡觉，因为第二天她要早起，到树林里面荡秋千。上班之后，她就几乎没有时间去荡秋千了。

虽然每天都要上十几个小时的班，不能像以前那样随心所欲地玩耍，但是欧阳慧并不厌倦这份工作，相反，她十分喜欢这样的生活方式，对她而言，这是新的人生起点。以前，她渴望自己像个正常人那样有工作，有自己的朋友，不受人歧视与欺负。她知道自己智力低下，不是个正常人，但她并不是傻瓜，有自己的理解能力，只是她惯用小孩子的思维和眼光看待这个世界，因此显得比较幼稚。小孩子对未来都有所幻想，更何况她长大了，对正常人的生活是充满憧憬的。终于，她能像正常人一样进工厂上班，对她来说是梦寐以求的，她很珍惜这份来之不易的幸福，并不会因为上班时间长，没有人身自由，不能像以前那样无忧无虑地玩耍而感到厌烦。她热爱新生活，每天都高高兴兴上班，快快乐乐下班。尤其是她的工资竟然比姐姐还要高一倍，差不多跟父亲一样高了，让她感到无比骄傲。

冯源每天都会到各车间巡逻，查看生产情况，检查重点管控的消防岗位，路过半成品仓库时，就顺便看看欧阳慧。欧阳慧看到冯源时，总会露出一脸的欢笑，但她并不像以前那样，欢呼着跟冯源说话，因为仓库管理员跟她讲过，上班时间禁止大声说话，违者要罚款的。而且，她也知道冯源是工厂的经理，上班时间要保持威严，不能像以前那样跟他玩耍嬉笑。欧阳慧做事认真负责，每天都兢兢业业地待在岗位上，从不偷懒，而且很细心，也没有出过一次错。半成品仓库另外一个发料员是刘智标的女儿，冯源特意交代她，要好好关照欧阳慧，允许她上班的时间跟欧阳慧聊天，只要不大声说话喧哗就行，反正半成品仓库多数时间就她们两人守着发料窗，就算说话也不影响工作，并不像生产车间那样人口密集。刘智标的女儿以前是看不上欧阳慧的，但现在不一样了，她把欧阳慧当成自己的闺蜜，不仅跟她聊天，还教她许多做人做事的道理。

组装车间基本上是本村的女工，都要来半成品仓库领料，以前这些人大多嫌弃欧阳慧，觉得她智商低下，说话幼稚，都不愿意跟她玩耍，而且那时候她们要干农活，也没时间搭理欧阳慧。现在不一样了，谁都知道欧阳慧是陈嘉南和冯源的好朋友，关系亲密，这两人是厂里的一把手和二把手，谁敢去得罪欧阳慧呢，万一传到陈嘉南和冯源耳中，那岂不是砸了饭碗。所以，没人再敢歧视或笑话欧阳慧，大家来领料时，也都跟她聊几句，上下班的时候，也相约一同到工厂或回村，一路上说说笑笑的，透着亲热劲儿。欧阳慧真正融入了同龄人的队伍中，环境因素的影响，她说话和做事也就变得成熟起来，渐渐地褪去了稚气，也懂得思考一些问题，智力提升了不少。

冯源跟欧阳慧的关系本来就亲密，和欧阳娴热恋之后，他更是把欧阳慧当成亲妹妹看待。毕竟，姐妹俩长得像，怎么看都觉得亲切，有一种油然而生的亲情在里面。他特别感谢欧阳慧，如果不是她在中间当桥梁，他怎么可能有顺藤摸瓜的机会。他是靠着与欧阳慧打下来的关系，一点点地接近欧阳娴，终于虏获了她的少女芳心，可以说，欧阳慧功不可没。

欧阳娴进修回来之后，冯源就要去欧阳家讨八字了。冯源底气还不是很足，因为欧阳才华为人严肃沉默，性格乖僻，很难摸透他的心思，不是那么好打交道的人。他担心到时候欧阳才华会犹豫，不把八字交出来，打乱他过年结婚的计划。为了讨欧阳才华的欢心，冯源决定搞点动静出来，让欧阳才华加深对他的好感。

想要讨欧阳才华的欢心，最好的方法就是对欧阳慧好。冯源正在和欧阳娴谈恋爱，不可能通过对欧阳娴好来讨取欧阳才华的欢心，他对欧阳娴好是理所当然的。他只能通过欧阳慧，欧阳慧始终是欧阳才华心中的一个惦念，这一点冯源心里十分清楚。

冯源想起来了，当初欧阳慧针灸时，刘见章跟他讲过，如果能搞到黑炭鱼做药引，说不定能让草药发挥更大的药效，提升欧阳慧的智力。现在冯源有钱了，他于是在姑父的酒铺门口贴出一张告示：高价收购黑炭鱼，一百块钱一斤。

告示一经贴出，顿时轰动了整个同花街。那时的鲩鱼才三块钱一斤，鲇鱼五块钱一斤，即使是野生鳖也就二十块钱一斤，一百块一斤收购黑炭鱼，可谓黄金价。冯源要的就是这个效果，事情越轰动，越容易传到欧阳才华的耳中。

当然，也有人议论，即使是一千块钱一斤也未必能收购得到黑炭鱼。此鱼具有活血化瘀的功效，以前就有许多人求购当药引，惹得人们竞相捕捉，加上黑炭鱼特别笨拙，总是喜欢待在同一个地方，并且跳到岸边装死吸引蚂蚁，被人和鸟兽轻易叼走，搞得绝迹了，现在江里有没有黑炭鱼还不知道。

不过，这样的高价却引来了一个捕鱼高手的注意。此人叫马丰衣，是地方上最厉害的捕鱼高手，靠着祖传下来的捕鱼秘诀，吃的是江里的饭。

马丰衣擅长搞“发癫鱼”。他摘来野八角，晒干，碾碎，加入红糖和五十二度的三花酒，放到锅里跟稻谷、苞谷一起煮。煮入味之后，将稻谷和苞谷撒到江里。被野八角和红糖熬煮的稻谷、苞谷入水之后，香气不散，带着甜味，特别吸引草鱼和鲤鱼吃。野八角有毒，加上酒精上脑，鱼吃了之后，过不久就会头昏脑涨，浮到水面上打转，称之为“发癫鱼”。马丰衣撑着竹筏到江里，轻轻松松就将鱼捞上来。

马丰衣有时也会上山摘麻风果，捣碎之后，与石灰、茶籽麸（茶籽麸是野山茶籽榨油后剩下的果渣，含有茶皂素。茶皂素是一种溶血性毒素，能使鱼的红细胞溶化，产生幻觉），搅拌在一起，做成麻风散。江里有很多岩石层，白天，黄骨鱼和桂花鱼都藏匿在岩洞里休息，晚上才出来活动。马丰衣先将胶丝渔网放下去，他用油纸包住麻风散，潜水到岩石层边上，逆水而上，将麻风散在水中散播开。麻风散顺着水流渗入岩石层，里面的鱼全部熏得头昏脑涨，纷纷外逃，被事先布下的胶丝网挂住。

除了捕鱼，马丰衣也会毒虾，直接买来速灭杀丁（一种农药），搅拌到泥沙里面，往水藻多的地方一撒，虾就纷纷靠岸，任人捕捞，一点反抗力都没有。虾捕捞之后放到干净的水域，很快就又活过来，不会死去，对人体也不会造成伤害。

马丰衣在江里打了大半辈子的鱼，是个经验丰富的老手，看了冯源贴出来的告示，便起了心思。虽然他也有近十年没有见过黑炭鱼了，怀疑此鱼已经灭绝，但有人出如此高价，他就抱着试一试的心态，看看江里到底还有没有黑炭鱼。

马丰衣抓来几窝蚂蚁，撒到江里的洄水湾看动静。黑炭鱼喜欢在洄水里打转，不去急水或浅水的地方。蚂蚁在水面上挣扎，有些白鲦和鳊鱼之类的来吃蚂蚁，但一看就知道不是黑炭鱼。小鱼吃蚂蚁都是轻轻冒一个泡，而黑炭鱼是直接在水面上游来游去，一口气将蚂蚁吃掉。

马丰衣连续在几个洄水湾处扔了蚂蚁，终于看到了奇迹，有一条黑炭鱼冒出头来，浮在水面上欢快地吃蚂蚁。可是，看到黑炭鱼并不意味着能捉到，黑炭鱼只吃浮在水面上的活蚂蚁，想将蚂蚁入钩垂钓是不可能的。黑炭鱼在岸上笨拙，但是入水之后却十分强悍，它的生命力极强，在水里动作快，有一点动静就迅速沉到水底的水藻深处，很难用撒网捕捉。以前有人为了捉黑炭鱼，还用炸药去炸，但是即使炸死了黑炭鱼，也很难捞到，因为它黑乎乎的，沉到水藻里面就很难看到了。马丰衣想了想，决定用蚂蚁做药引，看能不能放翻黑炭鱼。

野八角的毒性大，是鱼类的克星。马丰衣用野八角和红糖、三花酒熬汤，将蚂蚁浸泡。但是，死蚂蚁在江里不会动，并不能吸引黑炭鱼吃。马丰衣为此下苦功夫，将毒蚂蚁和活蚂蚁用细线捆在一起，这样活蚂蚁在水中挣扎时，发出点点滴滴的小波纹，才能吸引黑炭鱼吃，顺便也就将毒蚂蚁吃下去了。

马丰衣重新摘了蚂蚁窝，撒到洄水湾。黑炭鱼之所以容易被人们捕捉，因为这种鱼有憨性，喜欢待在一个洄水湾，不会四处跑。果然，浮在水面上的蚂蚁将黑炭鱼吸引出来了，它浮着头，张开嘴巴，在水面上游来游去吃蚂蚁。马丰衣将有毒的蚂蚁撒下去，过了半个多小时，只见一条鱼儿像喝醉酒一样，不停地在水面上打圈，正是那条黑炭鱼。马丰衣撑着竹排，很快就将它捞到桶里。

接下来，马丰衣又在江里的各大洄水湾撒蚂蚁，但再也没有见到黑炭鱼。他将那条黑炭鱼送到冯源手中，得意地说："你运气真好，这可能是江里最后一条黑炭鱼了。"

这条黑炭鱼有三斤多重，是一条老鱼。冯源兑现诺言，按一百块钱的价格收购，毫不犹豫把钱掏出来。马丰衣拿了三百多块钱，高兴地向人吹嘘，说江里最后一条黑炭鱼是他拿下的，卖了三百多块钱，谁卖的鱼有他的贵呢！

冯源让欧阳慧将黑炭鱼拿回家先养起来，他去找刘见章。刘见章也听说冯源高价收购黑炭鱼的事情，很是高兴，赶紧配了一服中药，让冯源带去给欧阳慧，跟鱼一起煲汤。那鱼有三斤多重，煲了一大锅浓浓的中药鱼汤，欧阳慧足足喝了一整天。

事后，冯源问她感觉怎么样，欧阳慧说喝了鱼汤，人很舒服，晚上睡觉很香。当然，黑炭鱼并非神仙药，不可能有神奇之效，只是有辅助疗效。冯源并不在意黑炭鱼的药效如何，他只是想通过这件事情制造出新闻，博得欧阳才华的好感。

四月底，欧阳才华从县城回来了，听说冯源花了三百多块钱购买一条黑炭鱼给欧阳慧做药引，果然十分感动。一条鱼几乎相当于他一个月的工资了，从这里可以看出，冯源对欧阳慧是真心的好。

五一节这天，欧阳才华约刘见章傍晚来给欧阳慧做针灸，并叫了柴叔过来喝酒。柴叔假装很生气，说欧阳才华误了明月与花期，害他心情郁闷，得要用八抬大轿来接他，他才给这个面子。欧阳才华便传话给柴叔，说要是他不来，回头给写一篇丑化他的文章，贴到兴龙观门口，昭告天下。柴叔于是假装抗拒不了，背了一个麻袋过来。那麻袋里面装的是核桃，给欧阳慧补脑用的。

欧阳才华让欧阳慧传话给冯源，晚上过来一起吃饭。这天工厂也放假，冯源本来想回家一趟，看望父母，但是接到欧阳才华的邀请，就立马放弃了回家的念头，去同花街上买了些礼品，欣然前往。

冯源能猜到，他重金购买的那条黑炭鱼起了效果，欧阳才华为了以示感谢，所以才要请他吃饭，否则的话，欧阳才华肯定要避嫌的，因为他已经知道了冯源和欧阳娴谈恋爱的事情，也知道冯源即将要上门讨八字的想法，这种情况下，农村人一般不会主动邀请女儿的对象上门吃饭，免得男方借机说事，让女方失去主动权。

冯源心里颇为遗憾，要是欧阳娴没有去市里进修就好了，他可以趁着这大好时机，找欧阳才华讨要八字。柴叔和刘见章也在场，定然会帮他说好话，能促成好事。然而，欧阳娴不在家，他不可能讨要八字的，因为父母要当场询问女儿的意见，这是程序之一。所以，他只能耐心地等着欧阳娴进修回来，再把讨八字的事情给办了。

按照计划，陈嘉南五一节这天也要去李家讨八字。李素雅提前和父母说了，李宝军和潘秀娟没有反对，同意让陈嘉南到家里来吃晚饭。陈嘉南以为事情成了，高高兴兴地买了一大堆礼品，下午五点之后，便开着摩托车去了。

李家倒也盛情，让李素雅泡上好茶，端上点心，又让李世岩陪着说话，莫怠慢了客人。钟彩云已经嫁到李家，她早就听说了陈嘉南的名字，很是好奇，想看看这个痴心汉长得到底是一副什么模样，竟然能打败梁坤健。要知道，当初为了让梁坤健虏获李素雅的芳心，钟彩云可是付出了不少心血，帮梁坤健收集故事，又将故事精心加工，陪他预演彩排，硬是将他严肃沉默的性子给扭转过来，让他学会了主动搭讪女孩和讨女孩欢心。然而，梁坤健最终没有逾越过陈嘉南这座无形的大山，搞得黯然失神，远走他乡。

看到陈嘉南，钟彩云心里释然了，这广东仔确实要比梁坤健英俊潇洒，而且谈吐有趣，举手投足间透出广东大城市居民那种聪明果敢的风范，没有农村人那种小家子气，一看就是个爽快和重情义的人，怪不得素雅对他那么倾心。

潘秀娟亲自下厨，拿出压箱底的手艺，带着儿媳妇做了一桌丰盛的晚餐招待陈嘉南。席间还算愉快，李宝军平时不怎么喝酒，但主动陪了几杯，李世岩酒量也浅，却拿出了舍命陪君子的勇气，三个男人勉强喝掉了陈嘉南带来的一瓶洋酒。饭后，李宝军叫李素雅备茶水点心，端到二楼客厅，他要和陈嘉南单独聊聊。

上了楼，两人坐定，李宝军开门见山地问：“你在打火机厂持有多少股份？”陈嘉南倒是很老实，说：“百分之五。”李宝军有些诧异：“打火机厂不是你家的吗，怎么占这么少股份？”陈嘉南说：“打火机厂原先是我表哥的产业，后来要扩大规模，要我哥入股。表哥占百分之六十五的股份，我哥占百分之三十五的股份，我哥从中转了百分之五的股份给我。”李宝军说：“如果打火机厂赚钱，百分之五的股份也了不得。”陈嘉南说：“是的。现在国内打火机市场才刚刚起来，需求量大，近十年是一个黄金期。”李宝军说：“这么说来，开打火机厂还是一条好路子。”

陈嘉南听出了弦外之意，怕李宝军为难他，便说：“路子是好路子，但也不是随便就能开的，如果不是我表哥本来就从事打火机行业，这工厂也开不起来。主要是资源的问题，一是要有客户资源，二是要有配件资源。没有资源，有钱也办不了事。”李宝军笑了笑说：“现在什么都讲资源，这个门道我懂。”随后又说，“听说你为了追素雅，付出许多努力，也愿意为素雅做任何事情。”陈嘉南底气十足地说：“我第一眼看到素雅就喜欢上她了，知道这辈子不能没有她。我对她绝对是真心实意的，我可以对天发誓，希望你允许我和她交往。”李宝军哈哈一笑说：“发誓就没必要了。要是我不允许你跟她交往，你们会天天在一起？”

陈嘉南激动起来，恨不得一把握住李宝军的手。他有些紧张地自我摩擦了一下手掌，兴奋地说：“我今天上门来，是想讨素雅的八字，希望你能成全我们。我想中秋节和素雅订婚，元旦左右在同花镇把婚事办了，到了过年，接你们全家到顺德玩，看看广东的风情，顺便在顺德再举行一次婚礼。”李宝军说：“这些都好说，只要你答应我一个条件，一切都如你所愿。”陈嘉南忙问：“什么条件？”李宝军说：“把你名下的打火机厂股份转给我。”

陈嘉南一下子愣住了，他当然知道把股份转出去意味着什么。他说：“这个恐怕有点难。”李宝军冷笑道：“刚才你不是说愿意为素雅付出一切吗？还说要发什么誓，难不成是空头白话。”陈嘉南忙说：“我当然愿意。可是这百分之五的股份是我哥转给我的，我没有投一分钱，说起来还是我哥的股份，只是挂在我身上，让我在厂里有股东的表决权，不让表哥一个人说了算。我要转让股份，肯定要经过我哥的同意。”李宝军说：“那是你和你哥商量的事情，不必和我讲。你名下的股份转给我之后，我就立马将素雅嫁给你，事情就这么简单。”陈嘉南犹豫了一下，但还是把心里话说出来了：“宝叔，说句难听的话，这个要求提得不合情理，就好像要把素雅卖给我一样，只是一笔交易而已。你应该首先考虑我的人品，我的家世，还有我的能力，至于我持有的工厂股份，这是我的家产，如果用来交换素雅，好像不大合适吧！”

李宝军喝了一口茶，看着陈嘉南，语重心长地说：“我要将女儿嫁给你，未来她过得如何，我也不知道，你毕竟是广东人，说不定哪天就回去了，山高水远的，我总要保障女儿未来的生活。我要你的股份，相当于将你部分财产抵押在我这里，要是你对我女儿不好，我还有反转的余地。”陈嘉南说：“但是你想过没有，素雅嫁给其他人，你也不能保障她未来如何。”李宝军说：“有些人可以保证的。例如说要是素雅嫁给梁坤健，我心里就有底。他是本地人，他的工作与未来的前程，我能看得到。但你是广东人，我对你毫不了解，就跟一个陌生人差不多，让我把女儿嫁给你，你总要有点东西抵押在我这里吧。”陈嘉南说：“光有抵押也没有用，主要是看我对素雅好不好，爱不爱她。我对她的爱，你肯定是看得到的，我付出的真心，就是她未来生活的样子，绝不可能让她受半点委屈的，你不能把婚姻感情当成买卖。”李宝军说：“这不是买卖，我也爱素雅，正是因为考虑她的未来，所以才提出这样一个不近情理的要求。我有自己处理事情的方式，你不要想说服我，你应该想着怎么说服你的家人。总之，我就只有这么一个要求，把股份转让给我，你就和素雅结婚。你要是不拿出点诚意来，就算你们再相爱，我也不会同意的。你回去和家人商量一下，不用急着回复我。”

陈嘉南见他说得这么坚决，知道自己再说下去，只会把关系搞僵，索性先回去想想对策，听听家人的意见再说。反正自己与素雅已经相爱无隙，难舍难分，镇上的人也都知道他们的恋情，自己占的优势多，如果这一关实在没办法打破，大不了到时来个生米煮成熟饭。他于是打起精神说：“我先回去跟家人商量一下。我是愿意付出一切的，但转股份的事情，不是我说了就算，需要一点时间去沟通。”李宝军说：“我等你的消息，接下来这段时间，我会让素雅少去找你。”随后抬起手腕，看了手表，“好了，时间不早了，你早点回去和家人沟通。”

陈嘉南见他下逐客令，也就不好再待下去，径直下楼。李素雅正在楼下客厅坐立不安，满怀期待地等着陈嘉南下来宣布喜讯，没想到陈嘉南脸色却有些怏怏不乐。她感觉气氛不对，正要送陈嘉南出门，问问是什么情况，却被李宝军叫到楼上，说有事跟她商量。她没办法，只得上楼去了。

回到工厂，陈嘉南打电话回家，跟哥哥说起这件事情。陈嘉志勃然大怒：“你找的是哪家的姑娘，竟然提出这种无理的条件。开玩笑，打火机厂现在业绩蒸蒸日上，利润又好，以后会越做越大，百分之五的股份每年可以分上十万。为了娶一个姑娘，把股份转给人家，这种交易根本不可能。你直接告诉他，要嫁就嫁，不嫁就算了，世界上这么多姑娘，难道还缺他一家？你跟他讲，想要彩礼钱，我们可以多给，股份的事情谈都没得谈。”

挂断电话之后，陈嘉南心头乱了起来。哥哥的意思已经非常明确，李宝军想要股份，那是一点商量的余地都没有的。但是李宝军也已经把话放出来了，只有拿到股份才将素雅嫁给他。这样一来，他就陷在沼泽里，不知道往哪里走才是出路。

就在陈嘉南发愁的时候，冯源回来了。他今晚在欧阳家里喝酒，十分尽兴，虽然欧阳娴不在家，失去了讨八字的大好机会，但是他从欧阳才华的态度中看得出来，欧阳才华是接纳他的。席间，欧阳才华特意敬了他酒，郑重其事地感谢他如此关心欧阳慧，给她安排工作，又给她高价买黑炭鱼，这份情义他是无以回报，只能敬酒三杯。这番话给足了冯源底气，他觉得欧阳娴回来之后，去讨要八字，欧阳才华定然不会为难他。

看到陈嘉南坐在办公室的沙发上，斜斜地躺着，一副无精打采的样子。冯源知道他今天去李家讨八字，看他那副神情，显然是没有顺心，就问：“李宝军为难你了？”

陈嘉南点了点头，将李宝军的意思说了。冯源也愤怒得跳起来，大声说：“这李宝军也太过分了，竟然要你转股份，简直是无理至极。他也是开工厂的，难道不知道股份是怎么一回事吗！”陈嘉南说：“我怀疑他是故意为难我，不想让我娶素雅。”冯源摇了摇头说：“这种可能性不大，他肯定知道你和素雅的感情是不可分割的，这段时间也让你和素雅天天在一起约会，说明了他是认可你的，不可能在这个时候要拆散你们。现在他执意要你转让股份，我看是财迷心窍，想利用女儿的关系占打火机厂的便宜。”陈嘉南觉得有理，叹气说：“你说现在怎么办呢？”冯源说：“你家人肯定不同意转让股份的，就连我这个外人都不同意。你先问问素雅是怎么回事，和她一起做李宝军的思想工作，可能会有效果。”陈嘉南说：“也只能这样了。”

然而，一连几天李素雅都没有来打火机厂找陈嘉南。陈嘉南坐不住了，找了个午后，去淀粉厂找李宝军。他跟李宝军说：“我哥怎么也不同意把股份转让出去，觉得这个要求太无理了。股份是我哥转给我的，他不同意我也没有办法，就算我私自同意把股份转给你，那也行不通，因为转让股份要经过另外两位股东的一致同意，走公司章程才行。你提别的要求吧，彩礼钱之类的。”李宝军摇头说：“我只要股份，彩礼钱以后再谈，如果你连工厂的股份都愿意转让，足以证明你是真心对我女儿好。如果这件事情办不到，那证明你对我女儿并不是全心全意。你回去再想办法，看怎么把股份转给我。你不要想着来说服我，我会坚守自己的原则，不见股份不嫁女。”

陈嘉南见李宝军说得这么坚决，一时也没办法。他从李宝军的办公室出来，就去淀粉厂的仓库找李素雅，约她出去走走。

两人牵着手，沿着淀粉厂后门的小路，一直走到了江边的竹丛深处。那里有一片鹅卵石，被前几天初夏的雨水洗得发亮，在阳光下闪烁着光芒。陈嘉南捡些石头打水漂，一口气打了十几个水漂，心情才舒缓了一些。

陈嘉南问李素雅这些天怎么没有来找他。李素雅说："我爸不让我去找你，说给你几天时间考虑。"

陈嘉南说出了自己的难处，李素雅也觉得父亲提的要求过于苛刻，但是父亲这么做也是为她好，她也不好找父亲发难。陈嘉南对李素雅说："事情卡在这里，暂时没办法前进了，我们一起想办法，看怎么解决。总之，你要相信我对你的爱。"李素雅说："我当然相信你，我也会想办法说服我爸，让他把这个要求收回去。"陈嘉南突然嘻嘻一笑："问你一个问题，假如你爸非要我的股份，而我家里不同意，我和你的婚事一直卡在中间，你会不会跟我私奔。"李素雅"哼"了一声："我才不跟你私奔呢！我相信你的能力，会把这件事情处理好的，我可不想名不正言不顺地就跟你在一起，显得太廉价了。毕竟我是大小姐嘛！"陈嘉南嘴角一翘，露出玩世不恭的样子："电视里的大小姐一般都是跟人私奔的。总之，这件事情如果到过年还没有解决，我要把你带到顺德去，就这么决定了。"

李素雅翻起白眼说："你以为我有那么好骗吗？我是不会跟你去广东的。"陈嘉南说："我现在就试试，看能不能带你私奔。"说着，一把抱住了她，要往她的脸蛋上亲去。李素雅尖叫起来："你要死啊，大白天的，丑死人了！"陈嘉南笑道："我就是要人看见，传到你爸耳中，看他能拿我怎么样！"说着，把嘴巴噘成喇叭花的形状，不管三七二十一，往李素雅的脸上凑去。

李素雅一把掐住陈嘉南的脖子，狠狠地将他推开。她像一头挣脱狼爪的小鹿，往鹅卵石滩边上一块草地上跑去。草地很宽阔，是发洪水冲积而成的，长满了像人一样高的灌木和芦苇。两人就在草地上互相追逐，玩起了捉迷藏的游戏。

第三十章

五月二十号上午，上半年度的“中小学骨干教师高级研修班”正式结业，欧阳娴被挑选为本届培训班的优秀学员代表，上台发言，总结自己的学习心得。颁发结业证书，照了大合影，便到了中午。学员们到饭堂吃了最后一顿学习午餐，互相道别，各自收拾行李回家了。

欧阳娴跟同县的几名老师一起去市车站坐车。到了车站，买好车票，距离发车时间还有四十多分钟。从市区到县城要坐三个多小时的班车，傍晚才能抵达。欧阳娴在车站的小卖部打电话给冯源，让他五点钟左右到县城车站接她。两人已经一个月没见面，互相牵挂不已，没有比小别重逢更让人期待的了。挂了电话，欧阳娴接着给父亲打电话，说下午抵达县城后，冯源开摩托车过来接她，顺便绕道去教育局，将她的结业心得上交，就直接回家了。但是，父亲让她先不要直接回家，留在县城住一晚，说有重要的事和她商量。欧阳娴问是什么事，父亲没有讲，总之要她今晚必须住在县城，当面才能讲得清楚。

欧阳娴没办法，只好又打电话给冯源，让他今天不必到车站接她，明天早上等她的电话，再到县城来接她。冯源问她为什么要留宿县城，就算半夜他也可以接她回家的。他说又要隔一个晚上才能见到她，心中多一分煎熬，那是对他的折磨。欧阳娴也不知道父亲找她究竟何事，她只得安慰冯源，说明天上午来接她更好，因为明天是礼拜天，她不用上课，冯源也可以不上班，两人一起去逛县城，总比逛同花街好。冯源觉得有道理，于是放下了心中的挂念，耐心等待着明天的县城之约。

回到县城，已经是夕阳西下时分，天边有灰云，黯淡的晚霞将县城旧旧的车站抹得一片沧桑。欧阳娴与同行的老师们分别，她搭了一辆专门拉客的人力三轮车，直接坐到父亲的单位住楼，拎着行李上去。

欧阳才华调到县城工作，分了一套临时住房，有五十平方米，一房一厅。他住在卧室，客厅也安了一张木床，方便家人或亲戚来县城办事，需要留宿时有地方睡觉。这天是礼拜六，欧阳才华不用上班，但他还是跑到办公室待着，办公室周末比较清静，无人打扰，是写作的好去处。到了傍晚时分，他才回到宿舍，泡了一壶茶，捧着一本书看。见女儿进来了，就给她倒了一杯茶。

欧阳娴放下行李，从包里掏出几页信纸，上面写的是她的进修心得，递给父亲看，并告诉父亲，她的这份心得已经在结业的时候上台念过了。随后，她端起父亲给她倒的茶，吹了吹浮在上面的茶叶，款款地喝了起来。

欧阳才华看完欧阳娴写的结业心得，说：“写得蛮不错，练个一两年，说不定能进单位写公文。”欧阳娴说：“你在电话中说找我有要事商量，就是这个事？”

欧阳才华将那几页信纸放到茶几上，用书本压住，看了女儿一眼，用他惯有的低沉声音说：“我来跟你商量阿慧的事情。”欧阳娴问：“阿慧怎么了？”欧阳才华说：“阿慧二十二岁了，已经到出嫁的年龄。可是，谁会娶她呢？”

欧阳娴也知道妹妹长大了，她未来的人生确实是家人的一个心病。欧阳娴也没有办法帮妹妹改变命运，她认识的后生有限，不可能给妹妹介绍对象，这种事情只能交给媒婆。然而，父亲一直没有找媒婆张罗妹妹的婚事，主要是父亲不想将妹妹嫁给农村人。妹妹从小没有做过插秧割稻打谷的农活，嫁给农村人肯定是吃不消的。但是不嫁给农村人，还能嫁到哪里去？以妹妹的条件，想嫁给吃国家饭的工人，那是不可能的。因此，这件事情就这么一直耽搁着。

欧阳娴说：“阿慧现在有工作了，工资也高，一个月顶我两个月，长得又这么漂亮，虽然智力有些低，但乖巧懂事，又会做家务，应该是不愁找对象的。要不叫阿源帮忙留意一下，打火机厂的员工有没有合适的，介绍给阿慧。”欧阳才华说：“打火机厂的工人大多是我们村里的，能有什么好对象？我以前倒是看中一个人，想撮合他跟你妹妹在一起，没想到失败了。”欧阳娴好奇地问：“是谁啊？”欧阳才华说：“冯源。”

欧阳娴一下子愣住了，见父亲不像开玩笑的样子，她便讪讪地笑起来，说：“爸，你以前真有这样的想法？我怎么没听你讲过。”欧阳才华说：“我以前对冯源怀有很大的意见，在你柴叔和刘叔的劝解下，虽然对他消了气，但心中仍存有芥蒂。后来他到村里的公房搞话梅坊，跟阿慧在一起玩耍，我当时之所以没有反对，就是在想冯源跟阿慧有没有可能。经过一段时间的观察，见冯源和阿慧玩得越来越亲密，每天都在一起，我越是高兴。你柴叔和刘叔都说过冯源的好话，想来他的人品是不错的，配得起阿慧，只要他真心对阿慧好，我肯定会无条件将阿慧嫁给他。从那个时候开始，我便想着撮合两人。”

欧阳娴想起来了，那时她还颇为好奇，父亲原本是对冯源存有偏见的，怎么会同意让妹妹跟他玩耍，原来父亲那时是暗藏心思啊！她说：“幸好你当时没有把事情说穿，否则肯定会闹得很尴尬的”欧阳才华问：“怎么尴尬？”欧阳娴说：“冯源和阿慧在一起玩耍，并不是想跟阿慧交往，他的目的是利用阿慧的关系来接近我，阿慧只是他的桥梁。冯源一直想追我，来开话梅坊之前，他就偷偷为我画了一幅画，跟裙子一起送给我。我当时不知道是他送的，后来看到他给阿慧画的画像，才揭开了谜底。”

这倒是出乎了欧阳才华的意料，他“哦”了一声，有些不敢相信，说：“原来这家伙早就对你暗藏贼心了，那时候你还在跟阿健交往吧，他怎么敢对你示爱呢！”欧阳娴说：“那时我确实还在跟阿健交往，冯源突然闯进来，也是我意想不到的，不过我对阿健已经失去感觉，正想着怎么甩开他。冯源和阿健是截然不同的两种人，阿健严肃寡言，跟他在一起闷得慌，冯源恰恰相反，不仅风趣开朗，还那么有才华，能画出我的画像。另外，他长得也比阿健好看，不像阿健总是板着脸，让人没办法开心。”欧阳才华说：“也就是说，从那个时候开始，你就对冯源动心了？”欧阳娴说：“刚开始只有一点动心，时间久了就慢慢喜欢上他了。他真是一个很有意思的人，跟他在一起很开心，而且他的人品也好，总是愿意为别人着想，不会斤斤计较。”

欧阳才华叹了一口气，用一种自我责怪的语气说：“我好傻，竟然看不出来你对他一直有好感。”欧阳娴抿嘴笑道：“爸，你怎么看得出来，那时我和阿健还没有分手，跟冯源是偷偷来往的。和阿健分手后，冯源就去了顺德，我们靠书信来往，你也不知道。我也不可能把这些事情告诉你，怕你反对，因为冯源当时毕竟还没有出息。后来冯源从顺德回来了，你却调到了县城工作，就算我们天天在一起，你也看不见。”欧阳才华说：“看来这一切都是天意。现在冯源对你的感情，已经到了非你不娶的地步了吧？”

欧阳娴脸有些红，羞涩地点了点头，她不敢看父亲，低头说：“他想今年内就跟我完婚。”欧阳才华问：“你也是非他不嫁吗？”欧阳娴以为父亲是确认两人感情来着，于是抬起头来，看着父亲，眼中透出一股期盼的神色，说话的语气变得娇柔起来：“虽然他家境一般，但我觉得嫁给他应该会很幸福。他心地好，性格好，为人有趣又上进，而且读了很多书，见识也比一般人高。”欧阳才华说：“我也这么认为，冯源是难得一见的好青年，将来前途广阔，你嫁给他肯定会很幸福。”欧阳娴激动起来，满脸欢笑地问：“这么说，爸，你是答应我们的婚事吗？”

欧阳才华沉默了一下，突然摇摇头说：“我不答应，我想让你把冯源让给阿慧，我想让他娶阿慧。”欧阳娴睁大眼睛，一副不可思议的表情：“怎么可能呢！结婚这种事情又不是衣服，能让吗？这可是终身大事啊！”欧阳才华说：“自从上次你跟我讲你和冯源交往之后，我整整想了一个月，觉得这件事情存在很大的可能性。你想，冯源对你感情很深，你突然离开他，他会怎么样？他见不到你，只能去看妹妹，阿慧跟你长得像，要是穿同样的衣服，看起来几乎就是一个人，容易让人产生幻觉。正好她在打火机厂上班，天天能跟冯源见面，冯源越是想你，就越会去接近阿慧，慢慢地就会把感情转移到她身上。另外，冯源对阿慧极好，前不久他为了给阿慧找药引，不惜三百多块钱买了一条黑炭鱼，从这里可以看出，他对阿慧是有感情的。如果你离开他，我再从中撮合，用移花接木的方式将他们的感情进行对接，那么，你妹妹这辈子肯定就幸福了。阿慧嫁给冯源，你肯定放心，你也说过他为人好，喜欢替人着想，他对阿慧肯定就像对你一样好。你这么优秀，无论到哪里都能找到好的男人，放弃冯源对你来说，只是损失一段感情，不会毁掉一辈子。以阿慧的条件，能找到好男人的机会不多，或许这辈子就只有这么一次。你说，你要不要成全她？”

欧阳娴听了，就像被人迎头打了一棒，脑子一下子蒙了。她愣了一会，才猛然想起什么似的，气急败坏地说：“他不可能爱上阿慧的，阿慧只是他的桥梁，他最终目标是接近我，他对阿慧好只是想讨好你，加深你对他的印象，因为他就要上门讨八字了，我知道这是他耍的小聪明，我太了解他了。你不能这样子逼我离开他，万一我离开他，他不接受阿慧，那我什么都没得到，这不是害我吗？爸，你也不想想，阿慧智力低下，不是正常人，冯源现在这么优秀，不是以前的那个山区穷小子了，他会娶她吗？阿慧能代替我在他心中的位置吗？你这招移花接木，根本就是一个幻想，不会成功的，只会搞得两败俱伤。我不同意你这么做，我不想失去冯源！”

欧阳才华语气坚决地说：“我知道这个想法很天真，但不试试怎么知道行不行得通。你妹妹虽然智力低下，可是洗衣做饭样样在行，又乖巧懂事，生活能力并不比别人差。冯源和阿慧肯定是有感情的，尤其是妹妹和你长得像，容易让他产生依赖感，他的感情无处安放，就会寄托在阿慧身上。如果他真的那么爱你，他一定会把感情转移到你妹妹身上的，这只是一个时间的过程。”欧阳娴摇头道：“不可能的，冯源不是小孩子，他不会傻到这个地步，他肯定知道是你搞的鬼，到时只会反抗，只会叛逆，不会让你得逞的，到时候只会把我和他的感情破坏，又让阿慧受到伤害。”欧阳才华怒道：“如果这样就能破坏你们的感情，那证明你们爱得还不够坚定！”

欧阳娴见父亲发怒了，吓了一跳，发热的头脑也冷静下来。欧阳才华舒缓了一口气，压低声音说：“要不这样吧，就当是一个考验。你再忍一年，离开他一年，如果他真的对你妹妹没有感情，到时你再回来跟他续前缘。如果你们连一年时间的考验都经不起，那也就没必要再继续了，因为将来的人生道路还很漫长，远远不止一年时间的考验。所以，你就当作你们爱情的最后一次考验。当然，如果他和你妹妹真的有可能了，那你只能忍痛割爱了。”

欧阳娴拼命地摇头，蓄在眼睛里的泪水再也装不住了，被摇得滚落下来。她说：“不行，我去市里进修一个月都感觉度日如年，你让我离开他一年，那怎么可能！”欧阳才华厉声说：“只要不见，就会慢慢习惯的，熬过前面三个月就好了。”

欧阳娴见父亲陡然提高声音，而且脸色严峻，仿佛责怪她不懂事。这副表情是很少见到的，她不由得害怕起来，想了想，突然说：“可是，爸，你想过没有，我是要回家教书的，他随时都能来找我，我每天都要面对他，怎么可能狠下心肠来伤害他，我怎么能离开他呢？”欧阳才华说：“所以，我想了一个办法，你不用回去教书了，直接去深圳，离得远远的，让他再也找不到你。”欧阳娴睁大眼睛，几乎不敢相信自己的耳朵：“去深圳，那里我一个人都不认识啊！”欧阳才华说：“阿健在深圳当警察，我找他爸要了联系方式，跟他通过电话了，他会帮你找一个好的工厂上班，你可以随时去找他。你是他以前的女朋友，这点忙他还是乐意帮的。”

欧阳娴惊呆了，这简直就是逼她离家出走，吓得她一时说不出话来。事发突然，她根本来不及接受与应对这样的事实。她隐约觉得父亲在实施一个阴谋，并且这个阴谋在她去进修期间就已经策划好，只等着她回来推进，其实不管她答不答应，她必须要按照父亲的意愿去走。果然，欧阳才华说：“我已经帮你办好停薪留职的申请，另外，去深圳的证件我也问过阿健，需要身份证、未婚证、务工证、健康证、暂住证和边防证。身份证在你身上，未婚证和务工证我利用关系帮你办好了，暂住证和边防证，阿健到时会帮你搞定，健康证进厂的时候由厂里统一去体检。所以，你不需要操任何心，只要买一张车票，就可以随时去深圳。”

欧阳娴简直不敢相信眼前的人是自己的父亲。以前当小学校长，事务少，她没见过父亲施展过什么行事魄力，没想到父亲竟然隐藏了这么强硬的手腕，办事干脆利落，雷厉风行，几乎不给人留余地，这哪里像教育家，分明是战略家。她带着怨恨说：“搞得我像逃难似的，连给我思考的时间都没有。”欧阳才华说：“我是怕你回家之后，见到冯源，心一软，就不舍得走了，所以中途才把你拦下来。时间仓促，我只能铤而走险。”

欧阳娴突然想到了什么，流着眼泪，痛苦地问：“如果我不去深圳呢，是不是连回去教书的资格都没有了？”欧阳才华说：“有可能。”欧阳娴怒道：“那你就是一心要逼我出走嘛！没有经过我的同意就把一切都办好了，哪里是征求我的意见，分明就是把我当棋子一样摆布，根本不把我当女儿看待！”欧阳才华说：“我还是给你留了一条后路的，你不去深圳也可以，就算不在学校教书了，可以去冯源的打火机厂工作，他们打火机厂的员工工资都比你高几倍，而且你和他也能天天在一起。”

听父亲这么说，欧阳娴心里稍稍熄了一些火气。欧阳才华说：“不过，我希望你去深圳，去那边看看世面也好，毕竟是大城市，说不定会有新的人生机会。再说了，有阿健在那边关照你，我也放心。”欧阳娴突然想起什么似的，抹了一把眼泪，冷笑道：“你该不会还想撮合我跟阿健吧？我好不容易才甩掉他，可不想再尝第二次苦。”欧阳才华语重心长地说：“阿娴，你不要想那么多，就当这是一次命运的安排吧！你年纪也不小了，也该懂事了，你应该能体会到我的苦心。你和阿慧都是我的女儿，手心手背都是肉，你说我会不疼你吗？我现在只能优先考虑阿慧，因为阿慧这辈子只有这一次改变命运的机会，错过了冯源，她真的只能随便找个人嫁了，将来过的肯定是苦日子。你这么优秀，人生还有大把的机会。你和阿慧从小一起长大，她是你的亲妹妹，你难道就不愿意牺牲自己一年的时间，给她一次机会吗？你就当是考验，如果一年之后，你忘不了他，他也忘不了你，那你就再回来。你用一年的时间给妹妹一个翻身的机会，也给自己一次去大城市尝试新生活的机会，这不过分吧？”

欧阳才华说得至理至情，欧阳娴哪有理由反驳，尽管她心中有一万个不愿意，一万个舍不得，可她也不得不站在父亲的角度考虑问题。是的，妹妹跟她情同手足，她对妹妹的怜爱比谁都深，说不定她离开冯源，冯源还真有可能会跟妹妹在一起。妹妹长得像她，而冯源和妹妹也一直走得亲近，在孤寂无望的情况下，在感情无法寄托的现实中，或许冯源真的因为见不到她而把感情转移到妹妹身上。父亲也说了，这是妹妹这辈子唯一可能改变命运的机会，她能不给妹妹这个机会吗？

欧阳才华见女儿不说话了，知道她心头软下来，他于是趁热打铁说：“我也没有办法，如果没有阿慧夹在当中，你和冯源的婚事我绝不会反对。可是，阿慧这辈子的出路都不知道在哪里，现在终于看到一点光明了，我只能狠下心来拆散你和冯源。就当是赌一把，总之，期限是一年，或许经过这一年的考验，你会变得更加成熟和优秀。你就当这一年去深圳进修，外面的世界或许比我们想象的更精彩，这辈子也难得有这样的机会。”欧阳娴想笑，却又笑不出来，眼泪一直默默地流着。她已经没有别的选择了，只好抹着眼泪说：“那我去深圳吧！”

欧阳才华见女儿被说服了，心里总算舒了一口气。自从欧阳娴去市里进修之后，他就开始着手布局这件事情，虽然他也没有把握让冯源爱上欧阳慧，但这件事情存在一定的概率，毕竟冯源和欧阳慧交往这么久，是有感情基础的，否则冯源也不会这么关心欧阳慧，到时他再请柴叔和刘见章出面撮合，说不定真有可能。假如冯源和欧阳慧真的成了一对，欧阳娴在深圳他也放心，有梁坤健照顾她，不必担心她会出意外。而且在异乡，梁坤健和欧阳娴也有可能旧情复燃。梁坤健还是很喜欢欧阳娴的，接到欧阳才华的电话时，他激动得说话都有些语无伦次了，并极力保证，欧阳娴到了深圳将会得到他最好的关照，他会把她当成妹妹一样加以爱护。

欧阳娴说：“我要回家一趟，跟妈妈和妹妹道别吧，还要收拾一些衣服。”欧阳才华怕她一回去，见到冯源又舍不得走了，到时一切心血都将白费。他说：“不用了，反正只是去一年，又不是上战场。我现在就去给你买车票，明天一早去深圳。衣服到了深圳你再添一些，那边的衣服肯定是最潮流的。”

欧阳娴脑子还在发晕状态，她高高兴兴回来，想着明天就能见到冯源，一起到县城约会，然而没想到却遭遇父亲的当头冷棒，打得她措手不及，根本没办法集中注意力去想其他问题，只觉得心烦意乱，精神也有些涣散，什么都不愿意去想，整个人有些浑浑噩噩的。她捂着脑袋，烦躁地说：“你去买票吧，让我一个人静静。”

父亲走后，欧阳娴捂住嘴巴哭了起来，眼泪止不住地往下流淌，把捂住嘴巴的手背都打湿了。无论如何，她都不能接受这种残酷的现实，对她来说，这无异于将人生最美好的梦想给摧毁了，只留下了冰冷的绝望。可是，她又必须要接受这个无情的条件，为了妹妹，她别无选择。后来，哭声怎么也捂不住了，她将自己关到洗手间，索性放声大哭起来。她听到自己的哭声在狭窄的洗手间里回荡，轰隆隆的，像雷声一样碾压脆弱的心脏，她听到了自己心脏破碎的声音。

第三十一章

冯源并不知道突然间会发生这么大的变故。这天，他本来找陈嘉南借了摩托车，傍晚要去车站接欧阳娴，顺便绕道去教育局，请欧阳才华下餐馆吃饭，看有没有机会开口，跟欧阳才华商量讨八字的事情。然而没想到，欧阳娴临时有变，说要在县城待一晚上，让他明天上午等她的电话后，再到县城跟她约会。

冯源盼着时间早点过去。傍晚时分，他看到西边的群山灰云层叠，把夕阳捂得紧紧的，晚霞黯淡，看起来要变天。他对着天边虔诚地祈祷，但愿明天不要下雨，好让他带欧阳娴四处去玩。他已经想好了，明天上午接到欧阳娴电话后，就立马动身去县城找她，带她去公园的山上看风景，到湖里划船，然后吃煲仔饭，再一起去十里画廊看风光，重温以前的浪漫往事。

心中藏着美好的念想，然而晚上入睡时，却没有做到美梦。不知道是不是心灵感应，冯源做了一个不祥的梦。他梦到带欧阳娴去十里画廊的湖泊划船，欧阳娴上了船，他在岸边解开绳索，正准备登船，突然刮来一阵大风，木船就被吹到了湖中间，他想跳到湖里游泳去追船，但脚却被绑木船的绳索给绊住了，怎么也动弹不得，只能眼睁睁地看着欧阳娴在船上，被风吹得渐行渐远。他大声叫，却没有声音，木船像一只飞到天际的鸟儿，最后只剩下一个黑点，消失在湖面上，再也看不到了。

冯源猛然惊醒，额头上竟然惊出了许多冷汗。他用手抹了抹额头，看了一眼床头的闹钟，才凌晨五点多钟。他舒了一口气，并没有在意，毕竟只是一场梦，想着再睡个回笼觉。然而却怎么也睡不着，他隐隐感觉有些不好的兆头，但是一想，能有什么变故呢？顶多就是过些日子去讨八字，欧阳才华为难他罢了。他和欧阳娴情感深厚，欧阳才华不可能阻挡得了两人相爱的。何况，他五一节还去欧阳家里喝酒，欧阳才华对他十分友好，很认可他的为人，不至于让他特别难堪吧。

这么一想，冯源心里稍稍平静下来。梦是反的，或许是自己太想见到欧阳娴了，日有所思夜有所梦，自然会做一些古怪的梦。他想，大不了今天去逛公园时，不去湖里划船了，以免翻船出事。

由于醒来得早，冯源六点钟便起床了。洗漱完毕，一时无事可做，便去边上的树林里面散步。

渡水村临水而居，离富江只有一里多地，初夏的早晨，江里雾气弥漫，倒灌村庄，整个村子被雾气笼罩着，看上去有些迷离。冯源朝东边望去，天空堆着厚厚的阴云，透不出阳光，但天际处仍有朝霞绽放，是一个阴晴不定的日子，说不定今天可能会落雨。冯源想起去年夏天和欧阳娴去十里画廊游玩，也是个阴天，后来还下起了大雨，逼他和欧阳娴跑到山神庙躲雨，有机会向她表白感情。说不定今天也像去年一样，中途会遇到雨。去年他在山神庙许愿，希望山神赐给他一段良缘，能和欧阳娴在一起。没想到梦想成真了，今年再去，得要带一瓶酒敬山神，算是还了愿。

走入树林里面，葱郁的树木拢住了湿气，雾气更浓，白雾将树木涂得影影绰绰的，看起来很抽象。鸟的叫声在林子里面响起，被雾气锁住，有余音袅袅的感觉。冯源心想：“真是良辰美景，这样的美景用来入画，倒是很好。”然而，他现在哪有心情画画，只想着早点去县城见欧阳娴，一起外出游玩。

树林里飘荡着一股浓郁的花香，清新绵长，沁人心脾。这段时间，欧阳娴去了市里进修，冯源平时忙于工作，加之夏雨频繁，他有好些天不到树林里散步了，现在突然闻到花香，感觉特别亲切。冯源心想：“这是什么花，香气这么浓。”

这是栀子花开的香味。其实去年的时候，冯源已经领略过这股清香，那时他和欧阳慧刚认识，跟她一起玩耍，教她织草帽和糊纸风筝，将她幻想成欧阳娴，一颗心拴在了她的身上，并没有在意这股芬香是什么花散发出来的。现在他和欧阳娴相恋，闻到花香，便想起那个桐花月下的夜晚，在春风沉醉的花香中，两人相依相偎，相拥相吻，那是多么美好的场景，仿佛花香代表了两人甜蜜的爱恋。

冯源钻到树林深处，寻找这股花香的来源，看看究竟是什么花，香得这么迷人。等到晚上的时候，他就带欧阳娴到树林里面约会，就像那个夜晚一样，两人沉醉在花香中，相依相偎，恨不得就此白头偕老。他幻想着那美好的时刻，心中更是迫不及待地想见到欧阳娴。

树林里雾气迷漫，花香四处都是，他不知道该往哪边走才能找到花丛，只好信步而行。在树林里漫步徘徊的时候，只见一个身影从树林深处闪现，缓缓地走了过来。冯源一看那人影，穿的是一条雾蓝色的碎花长裙，上身一件花格子衬衫，在这雾气弥漫中，显得特别的清新脱俗。朦胧之间，乍一看去，那不是欧阳娴的吗？这套衣服是冯源给她买的，绝对错不了。冯源心中一喜："难道阿娴骗我来着，说要留在县城过夜，其实昨晚就已经回来了，想要给我一个惊喜？"

这么一想，冯源顿时激动起来，脑子里立即闪出一个念头，准备要吓她一跳，还给她一个惊喜。于是，他随即躲到一棵大树边上。

欧阳娴摇曳着长裙，从烟雾中款款走来，颇有仙气飘飘的感觉。走近时，冯源悄悄地绕到她的身后，突然一把抱住她的腰。

树林里传出一声少女的尖叫，惊得鸟雀们扑翅而飞。冯源听到声音，猛然回过神——不是欧阳娴，是欧阳慧。冯源吓出一身冷汗，这才想起来，欧阳慧和姐姐的身材一样，姐妹俩的衣服是共穿的。他有一个月没见到欧阳娴了，心里实在是太想念，昨晚又做了怪梦，有点迷迷糊糊的，以至于在树林里见到欧阳慧，第一反应就想到了欧阳娴，激动之下，哪里会联想到是妹妹。何况，欧阳慧和姐姐本来就很像，她穿着姐姐的衣服，又在迷雾中看不清脸，被误认了也很正常。

欧阳慧看到从身后搂抱她的男人是冯源，惊吓变得惊喜，叫道："冯大哥，你怎么这么早就躲在树林里，吓死我了。"说着，脸色倏地红润了起来。

冯源颇为尴尬，他说："刘医生说，没事就吓吓你，说不定能激发你的脑力。"又问："你怎么这么早就出来了？"欧阳慧信以为真，用她惯有的小女孩声腔说："我要去荡秋千啊！对了，冯大哥，你好久没有陪我荡秋千了，你来帮我推一下。"

冯源跟欧阳慧走到老樟树下的秋千架，欧阳慧拿出一条手绢，抹了抹秋千架上的水珠与湿气，双手抓着绳子坐了上去。她早就掌握了荡秋千的窍门，不需要人从后面推，自己可以荡起来。但是冯源好久没有陪她荡秋千了，她怀念那种被他推动的感觉。

冯源站在欧阳慧的身后，双掌齐发，轻轻地推着她窈窕的纤背，让她和秋千架一起荡漾起来。欧阳慧感觉到他手上的温度，整个人都激动起来，仿佛荡漾起来的不是秋千，而是她的心。她欢快地说："冯大哥，你用力推，我要荡高一点。"冯源说："我怕你荡得太高了，摔下来可不好。"欧阳慧撒娇道："有你在身边，我才不会摔下来呢！"冯源笑道："那你可要抓紧了，我要把你荡到云朵上去，让你变成仙女。"欧阳慧开心地说："我才不要当仙女呢！仙女不能随便下凡的，就不能天天见到冯大哥啦！"冯源哈哈一笑："你知道得还很多嘛！"欧阳慧说："因为你给我讲过七仙女的故事呀！"

冯源加大双掌的力度，将她和秋千架推得飞高，仿佛都要荡到树梢上面了。树上的鸟儿啼叫欢快，叽叽喳喳的，就像欧阳慧欢乐的笑声一样，在林子里面余音袅袅。

欧阳慧每天都能在厂里见到冯源，但都是上班时间，只能简单地聊上几句，像这种私下见面聊天的机会已经很少了。工厂订单多，基本上每天都要加班到晚上九点钟，欧阳慧下班后就要回家洗澡洗衣服，然后上床睡觉，因为第二天她要早起到树林里面荡秋千，这是她每天必不可少的功课，已经养成习惯了，除非遇到天气不好她才会中断。工厂中午和下午的休息时间只有一个小时，为了节约成本，工厂的饭堂和宿舍只提供给顺德搬迁过来的老员工吃住，本村的工人都要回家吃饭。欧阳慧也不例外，有时还要回家做饭，时间匆忙，根本不可能跑去找冯源玩。

没想到今天来树林荡秋千，竟然能碰到冯源，而且被冯源突然从后面抱住，吓了她一大跳，这对她来说是巨大的幸福，她感觉身体里有什么东西像被激活一样，一种隐秘的快感在血液里涌动。荡秋千时，她的身子在空中荡漾，整个人都飘飘然的，她修长的双腿也跟着快活地在空中晃动，像小女孩那样忍不住发出“哇哈哈”的笑声，声音清脆响亮，在雾气氤氲的树林中，特别富有生机色彩，谁听到她的欢笑声，心情都会感到一阵愉悦。

欧阳慧说：“冯大哥，要是你每天这么早在树林里面等我，陪我荡秋千就好了。”冯源站在秋千架后面，待秋千落下来时，双手在她背后轻轻一推，说：“那可不行，我每天都很忙，要很晚才睡觉，起不来这么早。”欧阳慧说：“那你今天怎么起来这么早。”冯源说：“因为今天要去接你姐姐，你姐要回来了。对了，我今天去县城，你想要买什么东西吗？我给你带回来。”欧阳慧想了想，说：“不用了，冯大哥对我太好了，我不能再要你买东西了。等我发了工资，我给你买东西。冯大哥，你想要什么。”冯源说：“我什么都不想要，只要你开心就行。”欧阳慧天真地笑起来：“你只要陪我荡秋千，我就很开心啦！”冯源说：“要不我给你买一顶花帽子吧，天气热了，你每天要来上下班，戴着帽子不被晒黑。”欧阳慧说：“不用了，姐姐有很多帽子，我戴她的就行。姐姐还有防晒霜呢，好香的，到时我也擦到脸上去，就不会晒黑了。”

听到香味，冯源对着空气嗅了嗅，问道：“阿慧，林子里好香啊，是什么花？”欧阳慧说：“是栀子花开了。栀子花的香气最浓了，再过几天，等天气好了，我就可以去摘栀子花瓣了。”冯源问：“摘来干吗，用来做香囊吗？”欧阳慧说：“不是，到了冬天的时候，可以泡花茶。冬天打边炉（火锅），吃油炸糕点，容易上火，用栀子花泡茶最好了。”冯源说：“还有这样的效果。”欧阳慧说：“栀子花还可以用来炒鸡蛋，做糍粑馅，我们从小就是这么吃的。村里人都不知道栀子花可以吃，是我爸从书上看到的，他叫我不要告诉别人，怕别人知道了都跑去摘花，到时我们就没得吃了。”冯源说：“怪不得你和姐姐长得像花儿一样漂亮，是因为吃栀子花长大的吧。”欧阳慧说：“我也不知道啊！下次问问刘叔叔（刘见章），他应该知道吃花是不是可以让人变得好看。”冯源说：“你带我去看看栀子花吧，我们山里没有这种花，让我见识一下。”

欧阳慧于是停止荡秋千，从秋千架上跳下来，像小女孩一样，拉着冯源的手去看栀子花。

栀子花是半喜阴半喜阳的植物，长在林子的中间。那是野生的山栀子，零零散散地有十来株，并不是连成一片，而是东一棵，西一棵。山栀子的树叶稍小，花是单瓣的，开起来并不像重瓣栀子和大叶栀子那样出众，但香味却很浓烈，能让人沉醉其中。冯源的老家没有这种树，如果不是欧阳慧指出来，他还以为是山茶花。

欧阳慧说：“栀子花到端午节开得最旺，我们也叫它端午花。有时候端午节包粽子，我也会摘一些放到粽子里面，用它来包着肥肉，吃起来肥肉就不腻了。对了，冯大哥，你喜欢吃什么口味的粽子，很快就要到端午节了，我包给你吃。我包的粽子可好了，我妈说，全村都找不到像我这么会包粽子的人。”冯源说：“我喜欢吃鸡腿粽，不过要多放点花生和绿豆。”欧阳慧说：“绿豆要去皮才好吃，到时候我提前泡好，把皮搓掉。”冯源说：“你懂得很多嘛，我们家包粽子的绿豆就不去皮，觉得去皮太浪费了。”欧阳慧扳着手指说：“包粽子、做糍粑，还有蒸年糕我最拿手了。端午节那天，我一定把家里最肥的鸡给捉住，要抓两只，让我爸宰了，把四个鸡腿留下来给你做粽子。不过，我要把鸡腿粽藏好，因为我弟看到了，肯定也想吃的。”冯源说：

“那你留两个鸡腿粽给你弟，拿两个给我吃就行。”欧阳慧摇头说：“那怎么行，全部都要留给你，我弟弟没有你对我好，我才不舍得给他吃呢！”

冯源看到她那认真的样子，就笑了起来。他突然想到，端午节欧阳才华肯定要回来过节的，到时他去欧阳家过节，趁机去讨八字，应该不成问题。这么一想，心里便愉悦起来，对端午节充满了期待。

欧阳慧看了一下手表，说：“七点多钟了，我要回家吃早饭了，待会就去上班。冯大哥，你也没有吃早饭吧，去我家吃吧，我给你煎荷包蛋。”冯源说：“不用了，我去饭堂吃就行，你快回去吃吧。我今天去县城接你姐，不上班，下午如果回来早我就去仓库看你。”

两人在花丛中分手，欧阳慧脸上露出依依不舍的神情，一步三回头地走了。树林的雾气仍很浓，冯源看着她的身影消失在林子深处，一时还回不过神来。欧阳慧穿着这一身衣服，从后面看几乎跟欧阳娴一模一样，让他看得着迷。他实在是太久没有见到欧阳娴了，想着今天就能相见，不由得心驰神摇。他深深地呼吸了一口清香的空气，感觉整个身体都充满了激荡之情，才转身走出树林，往工厂走去。

上班之后，冯源就在办公室等欧阳娴的电话。可是，一个上午过去了，电话竟然没有响一下。冯源怀疑是不是电话坏了，特意打电话去顺德总部，跟那边的生产部经理聊了几句，发现电话并没有问题。

中午快要下班的时候，电话依旧没有响起，雷声倒是响起了，从天边传来，声音闷闷的，并不响亮。雨也洒下来了，稀稀疏疏的，一点也不利落，让人感到发愁。陈嘉南看到冯源一副心神不宁的样子，就笑他：“哟，下雨了，看来你的约会要泡汤了，只能相思风雨中了。”

中午下班，冯源去饭堂随便扒了几口饭，就回到办公室，守着电话机。他担心欧阳娴会在中午打电话过来。但是一直等到了下午的五点钟，工厂又下班了，仍没有等到欧阳娴的电话。欧阳慧也回家看了，欧阳娴并没有回来。

心中那股不祥的预感越来越浓，欧阳娴做事不会这么粗心的，昨天约好上午到县城约会，如果临时有事情绊住，她肯定会提前打电话告诉冯源。可是一整天过去了，毫无音信，难道发生什么事情了吗？冯源不由得想到了凌晨惊醒的梦，心里更是空荡荡的无所着落，有一种大难临头的惶惑。他再也忍不住了，吃罢晚饭，找陈嘉南借了摩托车，披上雨衣，连夜赶往县城。

雨还在下，仍是稀稀疏疏的，但摩托车开得快，仿佛所有的雨点都集中起来，淋在了他的身上。他原本戴着头盔，镜片被雨水打得模糊不清，加之天色已经黑下来，很难看清路面。他索性摘下头盔，绑在后座上。没有头盔的镇压，雨衣的帽子灌入了风，吹落到脖子上。他也不去管，就这么露着头，弓着身子，骑摩托车横冲直撞。摩托车大灯像一道闪电一样劈开路面，他看到雨滴像子弹一样从天而落，打在脸上，隐隐作痛。

到了县城时，雨水顺着头发，从脖子流到了身子里面，虽然披着雨衣，但冯源整个身子已经湿透。

这天是礼拜天，又是晚上，他料想欧阳才华不会在单位的办公室，于是直接去教育局边上的宿舍楼，到传达室去问保安，欧阳才华住在几楼几房。保安问他找欧阳才华有什么事。冯源说是同一个村子的，有急事找欧阳才华。保安见他开着摩托车，那时开摩托车的人都是有钱人，于是登记了一下，就跟冯源讲，在二栋三楼的三〇二房。冯源把摩托车停在楼下，雨衣都来不及脱，就往楼上冲去。然而，三〇二房一片漆黑，显然是没有人在里面。但他不死心，不停地敲门，根本没有人回应。

冯源只好到楼梯下，坐在摩托车上守株待兔，一直等到十点多钟，他淋湿的衣服已经干透，也不见欧阳才华回来。冯源心想，可能他带欧阳娴去走亲戚了。但又想，就算走亲戚，按理说欧阳娴会打电话跟他讲清楚的，她不像李素雅俏皮的性子，喜欢捉弄人，一整天都没有接到电话，究竟发生了什么事情？过了一会冯源又想，或许欧阳娴晚上打电话到打火机厂了，他正好到县城来找她，没有接到。这么一想，就待不下去了，开着摩托车连夜赶回工厂。

半路上遇上大雨，虽然有雨衣，但根本不顶用，全身都湿透了。因为雨大，看不清路，开得比较慢，回到厂里已经是半夜。

冯源顾不上换衣服，把沉睡的陈嘉南摇醒，问他有没有接到欧阳娴的电话。陈嘉南睁开迷糊的双眼，看到冯源浑身湿漉漉的样子，吓了一跳，说：“我还以为落死鬼来索命呢，怎么搞成这样子，你在县城没有找到她人吗？她没有打电话过来。”冯源抹着脸上的水珠，却抹不掉脸上的担忧。他说：“没有找到人，连欧阳才华也没有见到，该不会出事了吧？”陈嘉南说：“肯定不会出事，要是你找到欧阳才华，没有找到欧阳娴，那才会出事。既然两人都不见了，肯定是在一起的。”冯源仍是焦虑地说：“可是她为什么不打电话给我呢？她肯定知道我会着急的，如果她真有事情要忙，不会傻到不告诉我一声。”陈嘉南打了个哈欠说：“女人嘛，都是这样的，有时候耍个小心眼，让男人心急一下，提升她们在男人心中的位置，也很正常。你正好也有了借口，明天见到她后，就拿这件事情来找她索要赔偿。至于想让她赔偿你什么，就看你自己的需求了。”

听陈嘉南这么说，冯源心里稍安。陈嘉南又打了个哈欠说：“快去洗澡睡觉吧，不要着凉了。明天还要上班，现在急也没有用。再说了，欧阳娴能跑到哪里去，才一天不见，就把你急成这样子，像丢了魂一样，真没出息。”

冯源心里也知道，此时再怎么着急也没有用，不如早点睡觉，一觉到天亮，说不定明天能早点接到欧阳娴的电话。他于是脱下衣服，用冷水胡乱洗了个澡，抹干头发，就上床睡觉了。

第二天上午九点多钟，办公室的电话终于响了。工厂只有一台电话，装在陈嘉南的办公桌上，冯源和陈嘉南的办公桌只有两米远，电话铃声一响，冯源就像触电一样，整个人都紧张起来。

陈嘉南看了一下来电显示，是深圳的号码。他朝冯源眨巴眼说：“不要那么紧张，不是阿娴打来的。深圳的电话，应该是客户催货的。”于是拿起电话筒，“喂”了一声。

“阿南吗？帮忙叫阿源接电话。”电话的一端，传来欧阳娴略带嘶哑的声音。

陈嘉南惊奇地说：“咦，是你啊！怎么是深圳的电话号码，你不是在县城吗？昨晚阿源放心不下你，连夜去县城找你，找了半夜也没有找到，回来被雨淋得像落水鬼一样，差点在路上出事了，命都去了半条了。你要是把他折腾疯了，我可饶不了你，我还指望他帮我好好管理工厂呢！”

电话那端传来吸鼻子的声音，像是在抽泣。陈嘉南才突然意识到什么，感觉情况不太对劲。这时，冯源已经走过来，一把抢了电话，气急败坏般说：“阿娴，你在哪里啊？说好我昨天去县城接你的，怎么一点音信都没有了！昨晚我去县城找你和你爸，在教育局的单位楼等到了半夜，也不见你们的影子。”

“对不起，阿源，我……昨天到深圳了。”电话的一端，欧阳娴传来的声音有些哽咽，听起来像感冒了一样。

“什么，你到深圳了？”冯源尖叫起来，像冷不防被人捅了一刀。

站在边上的陈嘉南也惊讶得不敢相信，虽然刚才是他接的电话，也看到来电显示是深圳的区号，但他仍是难以置信，这根本不像欧阳娴平日里的作风。他喃喃地说：“不是说好进修回来的吗，怎么进修到深圳去了，唱的是哪门子戏？”

“阿源，我对不起你，我要离开你了。”

冯源还没有回过神来，听到这句话，更是如晴天霹雳，他跳起来大声说：“什么，你要离开我，怎么可能，你是故意骗我吧？干吗要离开我呢！说好你进修回来，我就去你家讨八字的，要早点订婚的，你是想考验我，故意跑到深圳让我着急吧。你告诉我，你在深圳哪里，我现在就买票去找你。”

“对不起……我真没有骗你，我确实要离开你，昨天……我一大早就坐车到深圳了，来找一个中师的同学，她现在来接我，介绍我进厂。”

“你为什么要这么做？是嫌当老师的工资低吗？那也要提前和我说一声啊！我可以跟你一起去深圳找工作的。”冯源听到电话的那端，鼻音越来越重，显然是对方想要哭了。他不敢说太重的话，怕她受委屈。他心里急得抓狂，恨不得通过电话线钻到她的身边，将她死死抱住才好。

“阿源，我突然发现阿慧也好……喜欢你，她比我还要爱你。你没有发现吗，你就是她的唯一。这辈子，也许只有你才能给她带来幸福。呜……我是她的姐姐，我应该让着她……所以，我不能跟你在一起。我要离开你……阿源，你帮我照顾好妹妹，也照顾好自己。对不起，我心意已决，绝不可能和你在一起了……你忘了我吧！不要想来深圳找我……深圳这么大，你也找不到。对不起……呜呜……”

一阵哭泣之后，电话被挂断了。

事发突然，冯源根本来不及反应，呆呆地想着刚才那些话，就像遭遇空袭之后的幸存者，站在废墟前手足无措的样子，脑子里面只有一个“嗡嗡嗡”的声音，让他无法回过神来。

陈嘉南看到他呆若木鸡的样子，就将电话接过来听，只听到“嘟嘟嘟”的忙音。陈嘉南把电话放下，说：“她把电话挂断了。她说了什么？”冯源才缓缓地回过神来，像受了重伤一样，有气无力地说：“她说要离开我……”陈嘉南说：“有没有搞错，干吗要离开你？她是唱哪一出戏，哪有这样子玩弄人的？”说到这里，他突然想到什么，赶紧拿起电话回拨过去。过了好一会，才有人接听，是个男人。

“喂，请问这个电话是哪里的？”

“深圳宝安车站小卖部的，你找谁？”

“刚才那个打电话的姑娘呢？”

“她走了。刚才付钱的时候，眼睛都哭肿了，这么漂亮的姑娘，怎么回事？”

陈嘉南挂断了电话，他问冯源：“究竟是怎么回事？你们没有吵架吧？”冯源喃喃地说：“怎么可能吵架，我们一向好好的。她在电话说，阿慧也喜欢我，她不能跟我在一起，要把我让给她妹妹。”陈嘉南惊呆了，仿佛听到了世上最荒诞的事情一样。他说：“还有这种做法？这不是扯淡嘛！她妹妹虽然长得也漂亮，人品也好，可是智力毕竟有问题，怎么能代替得了她，亏她有这种天真的想法。噢，对了，阿娴绝不会想到这种偷梁换柱的馊主意，肯定是欧阳怪搞的鬼。欧阳怪平时总是摆出一张阴脸，一看就是有心机的人。”

一语惊醒梦中人，冯源立马说：“肯定是，阿娴回来那天，还在电话里跟我说得好好的，让我去县城接她。后来她又打电话过来，说要在县城留宿一晚，她爸找她有事。我当时还在想，欧阳怪找她是不是商量讨八字的事情，心中还抱着很大的期望。没想到她竟然跑到深圳去了，肯定是欧阳怪搞的鬼！”说到最后一句话时，冯源咬牙切齿起来，恨不得跑到欧阳才华面前，狠狠地咬上一口，在他身上咬掉一块肉才罢休。平日里，说到欧阳才华时，冯源会尊称“欧阳叔”，此刻怨气冲天，就直接称呼“欧阳怪”了。

陈嘉南沉思了一会，说：“这件事情绝对是有预谋的，阿娴不可能仓促之间就去深圳，至少要有准备，办证件之类的。再说了，她去深圳投奔谁呢？”说到这里，他的脑子里面一下子就想到了一个人，喃喃地说：“该不会去投奔梁警官吧？”冯源回想了一下刚才欧阳娴在电话里说过的话，摇头说：“不是，她说投奔了一个中师的同学，在一家工厂上班，介绍她进去。她还说同学正来接她。”陈嘉南“哦”了一声，这才放下了疑心。

欧阳才华心思缜密，想事周到，他担心冯源会猜到欧阳娴去深圳投奔梁坤健，到时通过找关系，拿到梁坤健的电话号码，就能顺藤摸瓜去找欧阳娴。因此，他特意交代女儿，给冯源打电话时，就说是去投奔中师的同学。

欧阳娴昨晚就到了深圳，因为她没有边防证，不能入关，只能在关外的宝安车站下车，在附近找了间小旅馆睡了一晚。第二天早上起来，她打电话给梁坤健，把自己所在位置告诉他。随后，她打电话给冯源，说她到了深圳。本来，她还有很多话想跟冯源说的，可是伤痛之下，那些想说的话都说不出口了，只觉得胸口堵得厉害，就匆匆挂断电话，跑到外面，蹲在路边捂着嘴巴哭了起来。一边哭一边看着眼前陌生的城市，还有熙熙攘攘的人潮，让她有一种被人彻底抛弃的感觉，心里充满了惶恐与不安。

陈嘉南说："这个欧阳怪也真是的，怎么能做出这种伤天害理之事。阿娴也跟着犯傻，怎么不想想，感情这东西别人能代替吗？他们也太天真了。"

冯源猜到是欧阳才华搞的鬼之后，就没有刚开始那么惊慌失措了，仿佛病人知道自己得的是什么病一样。他相信欧阳娴是爱她的，不可能无缘无故离开他。毕竟，两人相拥相吻，感情深厚，都到了谈婚论嫁的地步了，她突然跑去深圳，一定是受了父亲的蛊惑。

解铃还须系铃人，必须要去找欧阳才华才能把这件事情解开。冯源二话不说，找陈嘉南借了摩托车，直奔县城。

在教育局的办公室见到了欧阳才华。欧阳才华倒是很坦诚，他说："你很聪明，马上就想到是我搞的鬼。"冯源尽量克制着自己心中的愤怒与不满，把声音压低说："我和阿娴已经到了谈婚论嫁的地步，我相信她是爱我的，绝不可能无缘无故跑去深圳。我想不通，你为什么非要拆散我和阿娴，明明知道我们彼此相爱，你还做出这种伤天害理之事。"

欧阳才华叹了一口气，毫不遮掩地说："我不得不这样做，谁叫我两个女儿都喜欢你呢！”冯源说：“可是我爱的是你的大女儿，我从来没有跟阿慧谈过恋爱，你让我怎么接受她呢？虽然我跟阿慧玩得好，但一直把她当成自己的亲妹妹看待，没有对她动过一点念想。而我对阿慧好，也只是利用她来接近阿娴，包括上次花三百多块钱给她买一条鱼，也只是想讨好你们，我好去讨要阿娴的八字。何况你也知道，阿慧智力不如常人，我怎么也不会想到要跟她发生感情，她在我心中就是一个小女孩。”

欧阳才华脸色勃然一变，厉声问道：“你是嫌阿慧脑子有问题，配不上你喽？”冯源坦白地说：“换作任何人，也会顾虑这个问题。我承认，阿慧天真可爱，也乖巧懂事，可是她毕竟只有八九岁的智力，如同一个没有长大的小孩，让我怎么能动得了感情呢？我从来没有在她身上动过一丝念头，就是想利用她来接近阿娴。现在你突然把阿娴逼走，让我接受阿慧，你不觉得这样做很荒唐吗？我想不通，你堂堂一个文人，怎么会冒出这种古怪的念头，做出这种不可理喻的事情。我求你不要再这样幻想下去了，我怎么可能跟阿慧谈恋爱呢！我爱的人是阿娴，阿娴也爱我，这就好比我跟你家大女儿相亲，两人就要结婚了，你家小女儿不懂事，也喜欢上我，难道你也跟着不懂事，要把大女儿赶出去，非要把小女儿塞给我？这不合规矩，天底下也没有这样的道理，说出去谁也不敢相信啊！我求你不要执迷不悟了，把阿娴叫回来吧！”

欧阳才华冷笑道：“两个女儿都是我的，我要把谁嫁给你，我有这个权利，至于你要不要，那是你的问题。说实话，我觉得你配不上阿娴，所以才把她哄走。既然你看不上阿慧，那就算了，你以后不要再来找我，我有权利不把女儿嫁给你，就这么简单。”

冯源气得恨不得把欧阳才华打一顿出气才行。这是个什么人呀，满脑子荒唐，蛮不讲理，还自诩圣人，真是无语之至。可是他又有什么办法呢，他还指望从欧阳才华口中打听欧阳娴的下落，要是现在撕破脸，对他也没有好处。他只好说："欧阳叔叔，你曾经写过关于同花镇的爱情故事，一个后生为了救回自己心爱的姑娘，把整个镇上的油桐树给毒死了，这是爱情的可贵之处，流传至今。你拆散我和阿娴，跟那个恶霸有什么区别？"

欧阳才华没想到冯源也听过这个故事，他自知理亏，拆散冯源和欧阳娴确实有违道德与良心，不是一件光彩之事。但是他只能这么做，他无论如何也要给二女儿一次机会。他说："我没有当恶霸，不是还有一个女儿留给你吗？"冯源很想来一句："好的不给我，挑有问题的给我？"但是他怕激怒欧阳才华，把关系闹僵了，最终忍着不说，只是说："可是我不爱你的小女儿，你不要强塞给我。我只爱阿娴，她才是我想要的人。"欧阳才华叹了一口气，说："冯源，你想过没有，如果你和阿娴结婚了，阿慧该怎么办？我问过她，她这辈子除了你谁都不嫁。如果你娶了阿娴，阿慧这辈子就毁了，她会痛苦一生的。"

欧阳才华这番话，倒也没有说假，他确实私下里问过阿慧，问她喜不喜冯源。欧阳慧当然说喜欢，冯源在她心中是无可代替的，她所有的感情都倾注在他的身上，她只是不懂得表达自己的爱意而已。欧阳才华又问她，想不想嫁给冯源。欧阳慧毕竟二十二岁了，虽然智力低下，但身体和生理各方面都是正常的，也知道结婚意味着什么。她的脸倏地红了，羞答答地说想嫁给冯源。欧阳才华又问她，除了冯源之外，她还想嫁给谁。欧阳娴说谁都不想嫁，就只嫁给他。欧阳才华又问，如果冯源娶了别人当老婆呢？欧阳慧听了这话，就不知所措了，眼睛里很快就蓄满了泪水，突然“哇”的一声哭了出来。也正是如此，欧阳才华才坚决要撮合冯源和欧阳慧，哪怕失败他也要尝试一下。他知道，失去冯源，欧阳慧这辈子恐怕很难走出失恋的阴影，即使冯源成了她的姐夫，虽说平日里能照顾她，但也有可能让她的处境更加糟糕，说不定养成一直依赖冯源的天性，感情一直放在冯源的身上，从此不愿意嫁给别人。毕竟欧阳慧是小孩心性，不像常人那样看得开，正常人失恋都很难走出阴影，更何况欧阳慧心智单纯，没有别的杂念。

欧阳才华说：“阿慧说，除了你谁都不嫁，你要是娶了阿娴，阿慧这辈子就无法走出阴影了。如果你娶的是别的女人，日后眼不见为净，时间久了她可能会把你忘掉，可是你娶的是阿娴，她根本没有办法摆脱你，她对你充满了依赖，所有的感情都倾注在你身上，加上你成了她的姐夫，她可以经常去找你，感情无法自拔，不可能再嫁给别人。要是放在古代，你可以纳她为妾，可是现在你只能选择一个。阿慧虽然智力不如常人，但也有自己的感情，而且她的感情非常单纯执着，非常天真无邪，认定爱一个人，就是深爱到底，就像小孩那样，不会有别的杂念。你就是她的唯一，你明白吗？如果你娶了阿娴，对阿慧的打击是巨大的，足以毁了她这一生。你说我能怎么办？我是没办法，换成是你，你也会那么做的。”

冯源听了这话，似乎觉得欧阳才华说得也有些道理，让他一时说不出话来。欧阳才华说：“要怪就怪你，不应该同时招惹我两个女儿。你回去吧，反正阿娴是不能嫁给你的，这是改变不了的事实，我不能让你娶阿娴而把阿慧给毁了，所以才狠下心做出这种事情。我劝你趁早放弃阿娴，不要再对她抱有幻想，她去了深圳，在那样的大城市，见的人多，世面不一样，也许过个一两年会把你忘了。至于你和阿慧，我也不敢妄想，毕竟阿慧智力低下，恐怕高攀不起你。可是，除了这一点，阿慧哪里比不上别人呢？她长得跟她姐姐一样漂亮，又懂事，又乖巧听话，又会做家务。如果你不喜欢她，以后也不要再接近她，以免让她陷得更深。你知道，她是小孩天性，天真单纯，世界上恐怕再也没有比她更单纯的姑娘了。她现在心里只有你，你就是她的全部，她的心里再也容不下任何人，你如果不爱她，就跟她保持距离吧！”

冯源说不出话来了，欧阳才华确实有自己的苦衷，并不是无缘无故拆散他和欧阳娴的。怪不得欧阳娴这么爱他，也会突然不辞而别，肯定是为了妹妹才忍痛割爱的。

冯源知道与欧阳才华再争论下去，也不会有结果，欧阳才华的性子他是知道的，绝不是那种轻易就被说动的人，一旦认定的事情，恐怕不会再改变。他只好默然地从教育局出来，打算回去找陈嘉南，一起商讨对策。

第三十二章

回到打火机厂，冯源将欧阳娴跑去深圳的原因，还有欧阳才华强硬的态度，以及欧阳慧非他不嫁的事情，全部跟陈嘉南说了。欧阳娴突然离去，搅得冯源心乱如麻，六主无神，不知道要怎么办才好。陈嘉南头脑灵活，经常会想出一些鬼点子来解决问题，冯源希望他能拿出一个补救的法子，帮他挽回失利的局面。

事发突然，陈嘉南一下子也想不出对策来，只是安慰道："再等几天看看，阿娴这么爱你，一下子跑到陌生的地方，内心肯定也煎熬，说不定一时忍不住，就会打电话给你。到时你再苦苦哀求，想办法套出她的地址，直接去深圳找她，把她带回来。欧阳才华这关你就不要过了，他这么严肃古板，脾气也怪，心肠肯定比较硬，你想从他身上入手不太可能。"

冯源也知道事情的难处，他懊丧地说："我现在都不敢相信，怎么会突然发生这种事情，实在是不甘心啊！"陈嘉南叹气说："我们两个真是衰透了，谈得好好的恋爱，说变就变，比天气变化还快。天气变化好歹还有个预兆，你和阿娴的事情，却连个预兆都没有，别说你不相信，就连我这个旁观者也不敢相信。我比你要好一点，只是卡在一个点上，就是为股份的事情拉扯，至少我还可以和素雅见面约会，你呢，连阿娴的面都见不到，又不知道她人在哪里，这可真不好办。”

这番话正说到了冯源的痛点，增加了他内心的彷徨不安，说：“我和阿娴都说好的，等她进修回来就去她家讨八字，她也答应了过年跟我结婚，没想到突然就跑去深圳了，你说，她怎么能做出这样的事情，就算欧阳才华逼她，她也可以反抗的嘛！”陈嘉南安慰道：“只怕她反抗不了，欧阳怪肯定给她洗脑了，她没有反抗的余地。”说着，见冯源黯然神伤的样子，就拍了拍他的肩膀，安慰道，“你也别太难过了，事情都发生了，难过也没有用，我们要把心态放平。上次我说过‘世事难料’的故事你还记得吧，许多事情是福是祸，永远都猜不透。这件事情发生得突然，说不定哪天也会突然迎来转机。毕竟，阿娴对你也是有真感情的，她不可能就这么躲着你，肯定会打电话给你的。”

冯源心里稍稍平静了一些，说：“也只能走一步算一步，我总不能寻死觅活吧！”陈嘉南冷笑道：“就算寻死觅活，阿娴也看不到，欧阳才华不会告诉她的，你表演给谁看呢？留得青山在，不怕没柴烧，先看看再说。”冯源说：“我担心时间一长，事情更不好办。要趁现在刚刚发生，看能不能找个亡羊补牢的机会。”陈嘉南想了想，说：“欧阳怪最好的朋友是柴叔和刘医生，你可以去找他们，让他们帮你做做欧阳才华的思想工作，看看能不能行得通。”

听了这话，冯源仿佛在黑暗中看到了一丝亮光。他打起精神说：“这个办法好。我和柴叔关系好，他肯定愿意帮我。”

事不宜迟，冯源找陈嘉南要了两瓶红米酒，去镇上买了一只鸡和一条鱼，请刘医生一起到兴龙观吃饭喝酒。

已是五月下旬，后院两棵油桐树繁花落尽，长出了巴掌大的叶子，风吹过能发出沙沙响声。地上的落花从未扫过，全部腐烂在地，化为了春泥，泥土里透出一股厚重的腥香味。

初夏的天气渐而闷热，晚霞的光芒也变得绚丽多姿起来，大约是昨天下雨的缘故，天边呈现出火烧云的色彩，点缀着稀疏的星星和弦月，看起来有些梦幻。

就着晚霞的余晖，柴叔在院子里面摆起了露天席，三人各自拿着乾坤杯，斟酒对饮。几杯酒下肚后，冯源便掩不住重重心事，跟柴叔和刘见章说起此行目的。他说到和阿娴相恋，两情相悦，难舍难分，都要准备讨八字订婚了，没想到被欧阳才华棒打鸳鸯，活生生将好事变成了坏事，把阿娴逼到了深圳，想将阿慧嫁给他。冯源让两人评评理，世上哪有这样的天理，简直是违背人之伦理。他希望柴叔和刘见章能帮忙去劝劝欧阳才华，让他转过观念，把阿娴叫回来。

柴叔和刘见章早就知道这件事情了，半个月前，欧阳才华在谋划布局时，特意请两位老友喝酒谈心，希望两人帮他做中间人，说服冯源和欧阳慧交往，促成这对好事。柴叔和刘见章也知道这是一件不合常理的事情，但是欧阳才华有自己的苦衷，作为多年的朋友，他们当然是站在欧阳才华这边的。加上两人是看着欧阳慧长大的，怀了情感，也希望她将来能有个好的归宿。所以，冯源来找两人帮忙，想请他们出面说服欧阳才华，却是找错人了。

柴叔端起酒杯，先跟冯源喝了一杯，才缓缓地说："阿源，你跟我来往也有几年了，我们情性投缘，亦师亦友，都是讲感情的人。说实话，你娶阿娴也好，娶阿慧也罢，我都十分高兴，因为姐妹俩是我看着长大的。现在欧阳怪把阿娴赶走，让你娶阿慧，这件事情确实有些荒唐。不过，这件事情恐怕也没有回旋的余地了，欧阳怪的脾气古怪，他心中认定一件事情，是很难改变的。你看他平时那严肃古板的脸色，就能看出他的性子。他既然把阿娴逼去了深圳，想让他再叫回来，恐怕比登天还难。”

刘见章也搭话说：“就是。他的性格乖僻得很，比如说他要调去县城工作这件事情，当初我和柴老怪都劝他，在同花镇当小学校长多潇洒自在，神仙般的日子，调去县城当办公室副主任，那是做牛做马的职务。可他就是迂腐，宁愿把好日子放弃了，得不偿失。柴老怪当时骂他，都说五十而知天命，他都五十岁的人了，却不认命，岂不蠢哉。自古文人，哪个不想隐居山野，活得洒脱，他倒好，非要往闹市钻。但是我们好说歹说，就是劝不住。从这件事情上你就可以看出他是个硬头驴，心肠是铁打的，一旦决定的事情九牛二虎也拉不回来。”

冯源本来还抱着一丝希望，听两人这么一说，一颗心顿时冷了下去，像沉入冰窖般，就连喝下去的酒也都变得寡淡无味，就像喝白开水一样没劲。

柴叔说：“阿源，欧阳怪想把阿慧嫁给你，可不是一两天的念头了。去年你搞话梅坊，第一次到他家里吃饭喝酒时，他心中就有这样的念头了，还让我和刘医生帮他做媒人，撮合你们。只是后来你去了顺德，此事就耽搁下来了。但谁也没有料到，你会和阿娴好上。不过，在我看来，你娶阿慧其实跟阿娴差不多的，甚至在未来的日子里，你会觉得娶阿慧是正确的。”

冯源睁大眼睛看着柴叔，不理解他何以说出这样一番话。柴叔自斟自饮了一杯，说：“我问你，阿慧长得漂亮不？”冯源点了点头，不可否认，阿慧长得跟姐姐一样漂亮，身材上甚至胜一筹，要比姐姐丰满一些。柴叔又问：“阿慧会做家务吧？洗衣做饭，种菜养鸡，并不比别人差，平时都是她做的家务，比阿娴还要贤惠。她除了智力低一点，其他一切都好，如果你是因为她的智力低下而嫌弃，那就大错特错了。”

冯源嗫嚅着嘴，想说什么，却又没说，只是看着柴叔，听他说下去。柴叔说：“阿慧只有八九岁的智力，这是她的缺陷，但也是她的优点，注定了她是一个天真无邪的人。人随着年龄与智商的增长，会产生各种各样的欲念，耗尽生命的元真，人性变得复杂起来，烦恼也就跟着多了起来。一个人活着的最高境界，一定是返璞归真，自古皆如此。世界上，每个人都想做一个聪明人，没有人愿意做愚者，这其实是犯天忌的。再聪明的人，能算得过天意吗，能算过宿命吗，能算过时间吗？终归化为尘土，不过是自寻烦恼罢了。人一辈子最难得的是纯朴和天真，苏东坡就看透了这个秘密，后来写了首诗叫《洗儿》，我念给你听，‘人皆养子望聪明，我被聪明误一生。惟愿孩儿愚且鲁，无灾无难到公卿’。这就是希望人们能回归本真的自我，不要把天生的愚性磨掉，但是世界上有几个人能做到？我和刘医生年纪都比较大，见过的世面也多，你看那些姑娘，年轻时一个个乖巧伶俐，一个个聪明可爱，可一旦结了婚，随着生活的改变，都会变得庸俗起来，为一点鸡毛蒜皮的小事跟你吵翻天。在我看来，聪明的人反而过不好一生，人都要是有点愚性的，大智若愚，阿慧天生就带着愚性，带着天真与无邪，哪怕她以后年纪大了，心态仍是那样，这就是她的造化。如果不懂她的人，必然觉得这是可笑的，可是懂她的人，必然会羡慕她的天性。阿源，我想你的觉悟和见识比那些普通的乡下人要高得多吧，别人看不出阿慧的好处，你会看不出来？她的单纯善良，她的乖巧听话，她的童心未泯，她的稚气未脱，永远像个小姑娘那样烂漫，这是可遇不可求的啊！世界上到处是聪明伶俐的姑娘，可是你和她们在一起，终将会有许多的烦恼，因为她们会跟你争论，跟你吵闹。阿慧是一个与世无争的人，她不会跟你争吵，你说什么她都听你的，这辈子就以你为中心，你说人生会不会少了许多烦恼呢？别看你现在和阿娴情深意切，毕竟是在恋爱，什么都是美好的，但是在一起生活，未必如你所愿。正所谓人生不如意十之八九，常想一二，才是生活之道。”

柴叔这番话融入了人生的哲理，让冯源一下子说不出话来了。刘见章竖起大拇指夸赞道：“柴老怪说得好，真是有境界的人，才能说出这样的大道理。我就说不出这样的道理来。我是医生，站在我的角度上来看，娶阿慧是绝对没有问题的，她的病是后天形成的，不是什么传染性疾病，经过这些年的治疗和调理，她的身体发育正常，不会有后遗症，生孩子也没有一点问题，这个你可以放心。”

柴叔说：“既然传宗接代没有问题，那还有什么好操心的呢？阿源，我喝了点酒，就当是说酒话。我这些年天天在观里悟道，还是悟出了一些真理的。古人说，天道忌满，人道忌全。二十四节气里面有小暑大暑，小雪大雪，小寒大寒，唯独有小满而无大满，因为古人早就参透，世界上永远没有圆满之事，一旦有，那就是毁灭，或者是衰落。小满足矣，何须大满，这就是天道。人都喜欢追求完美的东西，这岂不愚蠢，世上哪有完美之事，不过是自寻烦恼罢了。你想，什么好事都轮到你，会有这种可能吗？人生永远都会有缺陷，永远都会存在遗憾，所以，我们宁可守缺，不可求全。你娶了阿慧，就是守缺，或许将来的日子，会让你更加平静。我这辈子就是残缺之人，生不知父母姓氏，死无后人祭祀，未知恋爱之乐，不知婚姻之喜，孤家寡人一个，我活着图什么呢？我的人生是残缺的，但我守住这个缺，用其他的东西弥补它，让自己的生命变得更有意思。你看，我活得比任何人都洒脱，豁达，因为我知道生命的本相，用另外一种快乐去弥补这种缺憾。阿慧是残缺之美，阿源，你是有慧根的人，也是有造化的人，我真心希望你能去守护她。”

冯源听了，更是默然无语。他明白柴叔说的这些道理，但是，明白道理并不意味着接受现实。他举起杯子说：“感谢二位长辈开导，我敬酒三杯。”说罢，一口气喝了三杯，随后说，“今晚不谈这事了，我心烦意乱，怕是听不进去，让你们白费口舌。”

冯源之所以这样说，他已经猜到，欧阳才华肯定事先和柴叔、刘见章打了招呼，让他们来当说客。自己想请二人去说服欧阳才华，看来是不可能了。

从兴龙观回来，冯源跟陈嘉南说起柴叔和刘见章劝他的事情。陈嘉南叹道：“看来，你真是遇上高手了，欧阳才华早就把局布置好了，就等着你去钻，他是吃定你了。唉，我也应该早点想到，柴叔和刘医生是站在他那边的。”冯源急了：“这可怎么办啊！我现在心乱如麻，一点主意都没有。阿南，你是旁观者，又是聪明人，你比我清醒，得帮我想办法，我这辈子的幸福就靠你了。”

陈嘉南完全能体会到冯源的苦楚与无助，当初他和李素雅被李宝军拆散，何尝不是这样一种心境。他说：“你别急，世界上没有不透风的墙，再好的棋局也一定会有破绽的。我们现在想从欧阳才华身上找突破是不太可能了，因为他的棋子走在了我们前面，我们追不上。现在只有一个方向，我们要摸清楚阿娴在深圳哪个工厂上班，只有找到她的地址，才能出其不意地将欧阳才华一军，破掉他的局。”

冯源也知道当务之急，是要找到欧阳娴，可是他去哪里找欧阳娴的工厂地址。陈嘉南朝这个方向想了想，突然想到一个办法来。他一拍大腿，高兴地说："有了，欧阳娴肯定会寄信给欧阳才华，不说寄信，汇款总会有吧。只要有信件或汇款单上的地址，就能顺藤摸瓜，去深圳找到欧阳娴。"冯源想了想，摇头说："我哪里能弄得到她从深圳寄来的信件或汇款单，这些肯定直接寄到教育局给欧阳才华的，不可能寄回家。欧阳才华时刻防备我，我想去偷他的信，根本不可能。"陈嘉南说："你傻啊，难道不会截和吗？你去教育局门口守着，看是哪个邮递员给教育局送信的。肯定是同一个邮递员负责那片区，你买通他，只要是从深圳寄给欧阳才华的信，或者汇款单，让他帮忙把地址抄下来。你只要地址，又不要信件和汇款单，也不算为难邮递员。只要拿到地址，你就可以顺藤摸瓜了。"

冯源眼睛像通了电的灯泡，一下子放亮了，高兴地一把握住陈嘉南的手："南哥啊，你真是我的救命恩人，也只有你才会想到这么绝妙的一招。"陈嘉南沉思了一会，说："但是你也不要抱有太大的希望，欧阳才华有办公电话，而深圳的工厂内部一般也会装有公用电话，他们或许直接电话联系，不会写信。写信多麻烦，收信的时间又久。不过，欧阳娴总会汇款吧，但是她才去深圳不久，想汇款也要过两三个月，所以你要耐心地等待时机。"冯源说："等几个月有什么关系，越是难办的事情，我越要咬着牙等下去，才能证明我对阿娴的心意。我明天就去县城，找到负责教育局区域的邮递员，想办法买通他。"陈嘉南说："你明天顺便把去深圳需要的证件都给办了，办证件也要十天半个月，事先准备好，一旦拿到阿娴的地址，就可以直奔深圳去找她。去深圳需要办务工证、未婚证和边防证，到了深圳之后，车票要先保留，可以当三天的暂住证。三天之后，如果没有找到阿娴，你就要去顺德，再从顺德去深圳，这样车票照样可以管三天。因为你没有进厂，办不到暂住证，你以前在顺德办的暂住证不能跨市，到了深圳就不管用了。要是超过三天，被治安队的人查到，就会被抓走做苦力的，到时候得要有人来赎才行。”

冯源竖起大拇指，由衷地说：“还是南哥想得周到，我明天就去把这些事情给办好。有你出谋划策，我感觉一定能打败欧阳怪，把阿娴夺回来。”陈嘉南颇有些得意：“跟欧阳才华这样的高手过招，没有一点水平，怎么能赢得了他。”冯源说：“要是我拿到了阿娴的地址，去深圳找她，她不跟我回来，我就在深圳工作了。到时，你别怪我。”陈嘉南拍着他的肩膀说：“放心吧，我会祝福你的。”

第二天，冯源开了陈嘉南的摩托车，到教育局门口蹲点。蹲了半天，也没有看到邮递员出现。冯源等待不及，就跑去邮局，问柜台的人，是哪个邮递员负责教育局片区的。柜台人员问他有什么事，冯源撒谎说他是教育局的办事员，办公室主任有个急信还没有收到，特意让他来问一下。柜台信以为真，经过查找，把负责县教育局片区的邮递员找来了。

冯源将邮递员请到门口，跟他说了自己的故事。他说自己和教育局办公室副主任欧阳才华的大女儿相恋，本来都要谈论婚嫁了，但是这个副主任不知道犯了什么傻，硬是要把小女儿嫁给他，并把大女儿赶到深圳去。他希望邮递员帮他的忙，留意寄给欧阳才华的信件或汇款单，只要是深圳的地址，就将地址和联系人记下来，到时打电话通知他，他就到县城来拿。

冯源偷偷塞了两条红塔山和一包茶叶给邮递员，并在里面夹了一张纸，上面写着他的电话号码。他怕邮递员久了会搞忘，因此将自己所求之事也备注到纸条上。邮递员拿了好处，又被冯源所说的故事感动，反正只是抄个地址而已，并不是拆信件，不算违规。他收下礼品后，叫冯源回去等他消息，保证一有深圳寄给欧阳才华的信件或汇款单，就第一时间打电话给他。

冯源握住邮递员的手，发自内心的感动，说他是救命恩人，以后要是能把女朋友从深圳找回来，要请他喝喜酒。搞得邮递员颇为不好意思，对他来说只是一件小事。随后，冯源转身去了公安局的办证大厅，办理去深圳的相关证件。

第三十三章

六月一号上午，欧阳才华从县城回来。他平时工作很忙，经常加班加点，攒下了一些假期。六月二号是端午节，正好又是星期五，他调休两天（当时端午节并非法定节日），便可以连休四天，陪家人过一个好节日。

欧阳慧中午回家吃饭，看到父亲回来了，十分高兴，杀鸡宰鸭的事情一向是父亲做的。她让父亲晚上把鸡杀好，她要提前将鸡腿腌制起来，第二天用来包粽子。

打火机厂发工资的日期是每月的一号。临近过节，为了让工人有充裕的时间做节前准备，下午发完工资，厂里宣布晚上不加班，并且明天放假一天。毕竟五月份连续加班加点赶活，工人们也都疲惫了，让他们趁着端午节好好放松一下，做到劳逸结合。

工人们都欢呼起来，拿了工资，又逢节放假，对他们来说简直就是双喜临门。下午五点钟，厂区响起下班铃声，工人们放下手中的活计，纷纷离开车间，像潮水一样拥出去，高兴地回家了。

欧阳慧也兴奋得像一只出笼的兔子，她跑去办公室找冯源，想告诉他，明天煮好粽子就送过来，让他尝尝她的手艺。但是却没有见到冯源。陈嘉南在办公室，他知道冯源这段时间故意躲避欧阳慧，就问欧阳慧找冯源有什么事。欧阳慧说明天中午给冯源送粽子吃，让他记得在宿舍等她。

陈嘉南笑道："这么好，那你明天也给我送两个，我也要尝尝你包的粽子。"欧阳慧高兴地说："好啊！不过你只能吃肥肉粽，鸡腿粽我要全部给冯大哥吃的。"陈嘉南撇嘴说："给我一个鸡腿粽行不行，我也好久没吃鸡腿了，都忘记是什么味道了。"欧阳慧为难了一下，随后摇头说："不行呢，我说好四个鸡腿粽全部给冯大哥的，你要是想吃，到时让冯大哥给你一个。"陈嘉南假装委屈地说："好吧。那你先回去包粽子，我看到你冯大哥了，就跟他讲，让他明天留在厂里吃你亲手包的粽子。"

欧阳慧于是甩着头上扎得高高的马尾，欢快地回家了。到家后，她将装在信封里的工资双手递给父亲。她扬起笑脸，骄傲地看着父亲，就像一个小学生考试考出好成绩，等着父母的夸奖。欧阳才华果然夸赞她，一手接过她的工资，一手怜爱地摸着她的头说："真是了不起，你的工资跟我的一样高啦！我给你存起来，等将来你出嫁了，就给你办嫁妆。"

欧阳慧被父亲说得脸色红扑扑的，一时不知道怎么回答，害羞得转头就跑。她想起父亲不久前曾经问过她，喜不喜欢冯大哥，愿不愿意嫁给他。她当时把心思全都透露给父亲了，说她只想嫁给冯源，不愿嫁给别人。现在父亲说要把钱存起来，将来给她当嫁妆。她想起父亲那天说的话，不由得感到欣喜与甜蜜，以为父亲真是要将她嫁给冯源，那可是她这辈子最幸福与最美好的梦想呢！

欧阳慧怀着无比喜悦的心情，拎着一只水桶到厨房，从米缸打米，将糯米和籼米按比例舀入木桶里，加入事先剥好的花生，跟大米一起洗干净，又从井里打新鲜的清水浸泡起来。

别看欧阳慧只有八九岁的智力，但是做家务却十分有天赋，并且积累了大量的生活经验，家务琐事一向得心应手，跟乡间巧妇有得一拼。尤其是包粽子、做糍粑、蒸年糕等食物，她做得比谁都细心。例如包粽子，她就知道要用早春米。

乡下种两季稻子，第一季是大暑节气收割的，叫早春米，第二季是霜降节气收割的，叫晚春米。人们喜欢吃晚春米，一是米软，二是米香。晚稻生长的时节，正是天气由热转凉的季节，温差大，天寒之后米香就凝聚，吃起来口感好。不像早稻，天气由温渐热，米香都蒸发出去了，米也变硬。夏天的阳光充足，早稻的米浆也足，虽说口感偏硬，却是做糍粑的好材料。农村人做米线和米粉，必须要用早春米，揉出来的米团富有弹性与韧性，做出来的米线和米粉不容易扯断。不过，包粽子不需要磨粉，用早春米还是晚春米，人们就没有太多的讲究了。

要是以往包粽子，欧阳慧也不会讲究，但是这次她却坚持要用早春米。包粽子要掺入糯米，糯米黏软，如果用晚春米，吃起来嚼劲不足，容易粘牙。早春米口感偏硬，包出来的粽子因为有糯米的掺入，吃起来爽口弹牙，不会让人感到软塌塌的。欧阳慧想让冯源吃上最美味的粽子，因此花了心思，快到端午节时，特意让母亲去村里找人买了一袋早春米。欧阳家不种田，吃的大米都是找村里人买的，一般都是吃晚春米。夏天虫子多，早春米打的农药也多，晚春米的抽穗季节是在秋后，虫子少，不需要怎么打农药，无论是营养还是口感，晚春米都要比早春米好。母亲说，就用晚春米做粽子算了，因为家里有几袋现成的晚春米，不需要再去重新购买。但是欧阳慧却偏不，一定要用早春米包粽子，她要让冯源吃到口感最好的粽子，不能有一点马虎。

大米浸泡之后，欧阳慧接着拿出绿豆，用温水泡上，几个小时后绿豆发涨，就可以把皮搓掉。上次冯源说喜欢吃绿豆味的肉粽，她可是记在心里呢！随后，她又去找来几捆稻草，在门口燃烧起来，在簸箕内垫一层纱布，将稻草烧成的灰盛到簸箕里面，放到木盆上，用水均匀地浇到草灰上，过滤出灰水。用灰水泡米，一个晚上后大米发黄，用来制作甜粽子，那是十分的清香可口。

泡上灰水米，天色就黑透了，她开始用五香粉、酱油、细盐、白酒等作料腌制鸡腿和五花肉。肉要腌一个晚上才会入味。随后她还要准备梅菜酱，包肥肉粽子时要在边上裹一层梅菜酱，使肥肉吃起来油而不腻，有一种梅菜扣肉的感觉。

母亲见女儿一回来，就忙忙碌碌地停不下来，连晚饭都顾不上。母亲催了几次，但欧阳慧根本没有心思吃饭，后来实在是太饿了，才去胡乱地用菜汤泡饭，像喝粥一样，几下子就扒完了，省去了嚼菜的时间。她将饭碗放下，就去水桶里淘米，给大米换上新水。为了保持粽子的米香鲜味，必须要勤换水，不能让大米有死水的味道。

接下来还要清洗竹叶，并将竹叶泡开。包粽子用的竹叶并不是新鲜采摘的，而是晒干后储藏备用，要提前拿出来泡水。还要制作绑粽子的稻草，用剪刀将尾部的穗梗去掉，泡水两小时，等稻草湿软之后，捞出来淋上一些花生油，用手搓揉均匀，放到第二天，稻草就像麻绳一样有韧性了。

搞好稻草，又将绿豆去了皮，晾在簸箕上。随后，欧阳慧开始制作糖沙。她拿出碾槽，用布擦拭干净。碾槽原本是药店专门用来手动碾碎中药的工具，外形狭长状如船型，两头翘起，中间有凹槽，用来放置碾轮。双手握住碾轮的手柄，用力来回滚动，就能碾碎东西。农村人买来碾槽，利用它碾压五香粉、豆沙、辣椒粉之类的东西。

农村的豆沙很简单，就是用花生和红糖，放到碾槽里面研碎。欧阳慧的糖沙特意加入了核桃，核桃补脑，五一节的时候，柴叔过来喝酒，扛了一麻袋过来。欧阳慧用铁钳把核桃打开，取出果仁，跟花生一起放到碾槽里面，再加入红糖块，一起碾压。碾槽小，放不了太多，一次只能碾一点。

碾糖沙是最辛苦的，花生和核桃都是坚果，想将其碾成碎片可不容易，双手要一直在木柄上来回摩擦滚动，才能将花生和核桃逐渐从碎片到颗粒，磨成粗沙的形状。劳动过程中，手掌很容易就磨出血泡。幸好欧阳慧平时也是勤干家务的人，逢年过节碾糖沙或五香粉，都是她的分内家务，做得多了，倒也不觉得辛苦。

母亲见女儿忙得不亦乐乎，要帮她的忙，但她不让母亲插手，说要自己完成。到了十点半钟，女儿的糖沙才碾好一半，母亲知道她第二天要早起包粽子，因此催她去洗澡睡觉，余下的由母亲帮忙完成，并帮她及时更换浸泡大米的水。

欧阳慧洗完澡，便怀着少女的美梦去睡觉了。她想着第二天粽子做好之后，冯源肯定吃得很开心，一定会夸她做得好吃。她幻想着冯源吃粽子的样子，心间不由得荡起一阵喜悦，就像吃了糖沙一样，甜蜜得身子都快要融化到梦乡里了。

第二天凌晨五点，闹钟准时将沉醉在美梦中的欧阳慧吵醒。她洗漱完毕后，将浸泡的花生、大米，以及用灰水浸泡的大米，分别用簸箕捞起来，架在木盆上滤水。她又将竹叶捞起来放在竹匾上，随后便借着蒙蒙天色，去树林里摘了些栀子花回来，用来包肥肉粽。

母亲昨晚忙到了一点多钟才睡觉，但也早早起床，跟女儿一起包粽子。母女俩先包肉粽，欧阳慧第一时间将四个大鸡腿包了，做好标志，以免搞混。包好肉粽，接着包甜粽，用滤干灰水的大米掺入昨晚碾好的糖沙，搅拌均匀。在制作甜粽子的时候，欧阳慧还拿出事先准备好的红枣干和葡萄干，包到粽子的中间，增加香甜味。但每个粽子只能放一个红枣和两个葡萄干，不能放多，否则会走味。

这天，欧阳才华也一大早起床，去采割艾草和菖蒲，挂到大门口及窗户上避邪，并在家里的各个角落吹雄黄酒，用来驱虫。

忙到上午八点多钟，母女俩终于将肉粽和甜粽都包完了。因为包的是大粽子，要用大火猛煮三个多小时才熟。欧阳慧顾不上吃早饭，赶紧将家里两口大锅都清洗干净，分别放入粽子，倒上清水。新鲜的粽子必须要用冷水煮，锅里的水慢慢变热，竹叶气息渐渐释放出来，粽子里的每一粒米都吸满带竹香的水分，味道才会更加鲜美浓郁。

欧阳慧一大早起来忙碌，要赶在中午前，将粽子煮好送去给冯源尝鲜。她坐在灶前烧火，却没有感到丝毫疲倦，精神就像灶里的松木柴火一样充满了活力。在煮粽子的时候，她还开心地想，冯源吃了她的粽子，一定十分开心，他肯定没有吃过味道这么鲜美、口感这么丰富的粽子。

上午十一点多，粽子终于煮好了。在等粽子降温的时候，欧阳慧仔细地洗了把脸，换了一套新衣服。早上起来忙碌，她穿的是普通的旧衣服，现在要出门了，要去见冯源，她要换一身好看的衣服。姐姐去深圳仓促，衣服基本没有带，全部任由欧阳慧穿。天气炎热起来，是穿裙子的好时节。欧阳慧挑了一条粉色连衣裙，并不是单纯的粉，上面有淡绿色的碎花，仿佛花色中绽放出绿茵，让人感到一股清新与活泼。这是一件高腰连衣裙，裙摆过膝盖，双腿显得特别修长，而胸脯因为高腰衬托，却又显得特别饱满，可谓上下出彩；袖子是镂空勾花，带着刺绣花纹，像剪纸一样；心形的衣领略有些低，针挑出彩色编纹，特意显露少女的锁骨；裙摆处绣有蕾丝，蕾丝轻纱笼罩，附在裙摆上面，分为两层，就像花瓣与花蕊，层次分明，看上去富有生机，却又透出几分性感。

换上裙子，她重新梳了头发，将两边的鬓发编织成细细的辫子，每边编三条，一起拢到头顶，扎出一个略带蓬松的马尾；几丝刘海从额头两边自然地掠下来，看上去轻松随意。漂亮的脸蛋，无辜的双眼，加上小清新的发型，被一袭裙子摇曳出气质，清纯得就像一个不谙世事的大家闺秀。本来她就是天真无邪的小女孩天性，那种活泼与烂漫的气息是与生俱来的。她还擦了姐姐的润肤霜，涂了唇彩。女孩天生爱美，姐姐平时也经常教她怎么打扮，欧阳慧知道如何让自己变得更漂亮。

打扮完毕，她高兴地到厨房，从锅里挑出四个鸡腿粽和四个甜粽，这是给冯源吃的；她又拿了两个肥肉粽，是给陈嘉南吃的。一共十个大粽子，热乎乎的，分别装到两个竹篮里面，用扁担挑着走。

正好柴叔和刘见章上门来。欧阳才华事先约好，按照古人“端午赏午”的风俗，邀请两人中午过来吃粽子喝青梅酒，并趁着欧阳慧放假，给她做针灸。

见欧阳慧挑着两篮粽子出门，柴叔便打趣道：“阿慧，你要挑去兴龙观送给我吃啊！真是有孝心。”欧阳慧把头轻轻一扬，撇嘴说：“才不是呢，我要送去给冯大哥吃的。你要吃，我家里还有好多。”柴叔说：

“哟，我还说你这么懂事，给我挑粽子，看来是我想多了。你把冯大哥中午也叫过来喝酒吧。”欧阳慧高兴地说：“我去问问他，看他来不来。”

冯源在宿舍发呆，用收音机播放张学友的磁带。他喜欢听张学友的歌，唱得总是那么深情，让他感到忧伤，仿佛找到知音一样。工厂好不容易放假，冯源也是要回家过节的，给家人送一些钱。但是他上午没办法走，因为陈嘉南去李素雅家吃午饭，要用摩托车。等陈嘉南回来之后，他借到摩托车，下午才能回家。

听着张学友忧伤的情歌，冯源心里更是忧伤。他想起前不久，还打算端午节这天去欧阳家讨八字，早点和欧阳娴订婚，然而转眼之间，一切都变了。这十来天，他无时无刻不在痛苦中煎熬，根本无法接受这个残酷的现实。甚至有时候思念过度，梦到欧阳娴时会突然惊醒，心脏深处就像有一窝蚂蚁啃噬，那些疼痛是真实存在的，却又无法触摸，无法驱逐，无法回避，只好用失眠来对抗。黑夜的笼罩，失眠加深了内心的惶恐不安，让他产生满眼的绝望，不知道何时才能迎来黎明的曙光。

冯源痛恨欧阳才华，一切都是因为他的自私、他的一厢情愿而毁掉了自己的幸福。冯源暗自下决心，绝不让欧阳才华的阴谋得逞。因此，这些天来他再也没有去半成品仓库找过欧阳慧，下班之后也故意躲出去，不在宿舍待着，怕欧阳慧因为上班见不到他，下班会来找他。他要释放出一个信号，告诉欧阳才华，他是绝不可能娶欧阳慧的，让欧阳才华死了这条心，早点将欧阳娴叫回来。

欧阳慧这些天一直见不到冯源，心里确实感到奇怪，搞不懂冯源去哪里了。而且，那天冯源说要去接她姐姐回来的，还说去县城给她买东西，但是姐姐却没有回来，而冯源也突然不见了，让她十分想不通。后来她去问母亲，才知道姐姐去了深圳。姐姐怎么不教书了，突然跑去深圳做什么呢？她迷惑不解。母亲告诉她，说深圳工资高，可以赚到好多钱，以后给家里盖新房子，她才默然接受了姐姐离走的事实。她和姐姐情同手足，每天睡在同一间厢房，没有姐姐的日子，她是很不习惯的。但是，冯源去哪里了，难道也跟姐姐去深圳了？后来听厂里的人讲，冯源还在厂里，每天都去车间巡逻。可是，他为什么不来看她呢？欧阳慧很想找冯源问一下，却一直见不到他的人。她上班时间不能乱跑，随时有人来领料，下班后冯源又躲着她，她当然不可能见到。

欧阳慧以为是冯源工作太忙了，所以才没时间来看她。不过，也就十来天没有见到他，虽然思念，却也不会像以前那样对冯源有很强的依赖感。她不再孤单寂寞，上班有事情做，有人陪着聊天，下班后村里的人都愿意跟她玩，甚至有些人还故意讨好她，说些笑话和好玩的事情让她开心。她有了自己的人际交往，朋友多了起来，生活也就变得丰富有趣起来。

欧阳慧挑着两篮粽子，走进冯源的宿舍，看到他在房间里听歌，心里十分高兴，欢快地说："冯大哥，我给你送粽子来啦！我亲手给你包的粽子，早上五点钟就起床了。有你喜欢吃的鸡腿粽，里面放了去皮的绿豆，还有你肯定没有吃过的甜粽，我放了糖沙的。粽子都是刚煮好的，还很热呢，吃起来很香，你快来尝一下。"

欧阳慧的出现，一下子加深了冯源心中的伤痛。欧阳慧穿的裙子是他送给欧阳娴的，这还是四月初的时候，眼看夏天快要到了，冯源想给欧阳娴添些夏装，讨她的欢心。他托陈嘉志在顺德买了一条裙子，叫司机带过来。陈嘉志并不知道小镇的风气，以为跟大城市差不多，女孩们都喜欢追求时尚的风潮，于是买了一条最新款的短裙。欧阳娴收到裙子后，责怪冯源不应该买这么性感的裙子，裙摆太短，漫过膝盖了，能看到雪白的大腿，而高腰的衬托使她看起来腰肢纤细，但胸脯却又特别丰满，加上衣领偏低，透出锁骨，让人不敢弯腰，怕露出妩媚相来。欧阳娴平时穿的都是摇曳长裙，哪里穿过这样性感的短裙。当时的天气还不是很热，没到穿裙子的季节，欧阳娴只是试穿了一回，特意给冯源看。穿上短裙的欧阳娴风情万种，性感中带着洋气，妩媚中带着婉约，冯源一时惊呆了，两眼盯着欧阳娴，赞叹不已，说她穿这条裙子，把他的魂都勾走了。欧阳娴害羞起来，其实她也很喜欢这条裙子，却假装赌气说，以后再也不穿这条裙子了，说不定有人会在背后骂她狐狸精。冯源嘻嘻地笑起来，说狐狸精就狐狸精，反正他们也没有福气享受，我这辈子就是想娶个狐狸精做老婆。欧阳娴假装生气，拿拳头去打他，冯源却借机抓着她的手不舍得放开。

现在，这条裙子穿在欧阳慧身上，姐妹俩身材相似，乍一看，活脱脱一个欧阳娴的模样。而欧阳慧脸上抹的润肤霜，清香迷人，那味道更是勾起了冯源的感情，他想起与欧阳娴相拥相吻时，他嘴巴和鼻子里面全是这股清香味，仿佛灵魂深处都飘荡着这样一股少女芳香，那是一种蚀骨的记忆。

冯源刚才在安静地听歌，虽然忧伤，但内心的痛苦并没有完全爆发出来。欧阳慧进来那一刻，瞬间勾起了往事，那天打情骂俏的场景历历在目，恍然如梦。痛苦像决堤的洪水般涌来，冲垮了内心的防线，他再也控制不住，把脸僵硬起来，像石头雕刻的一样，坐在那里一动也不动，冷冷地说：“我现在一点也不喜欢吃粽子了，你拿回去吧！”

欧阳慧一下子愣住了，她以为冯源见到她会很高兴，像馋猫一样赶紧吃她的粽子，并且夸她的粽子做得好吃。毕竟，她从昨晚就开始忙碌了，满脑子都是想做好吃的粽子给冯源。对她而言，冯源是粽子的灵魂，没有冯源的肯定，这些粽子将毫无意义。她满怀期待地等着冯源将粽子的灵魂给苏醒，滋润她少女的芳心，结果却猝不及防地遭受了冯源的冷暴力，对她来说，简直就像有坏人拿着刀，架在她脖子上，让她感到心寒与害怕。

欧阳慧瘪了瘪嘴，将委屈藏起来，小心地问：“冯大哥，你怎么了？你是不是生病了？”冯源冷冷地说：“我没有生病。”欧阳慧眼眶里已经有泪花闪现，冯源从来没有这样对待过她呢！她又小声地问：“那你为什么不吃我做的粽子？是你说喜欢吃鸡腿粽的，我特意给你做的呢！”冯源仍是冷冷地说：“我以前喜欢吃，但是现在不喜欢吃了。”欧阳慧强忍泪水问：“为什么呢？”冯源说：“因为粽子是你包的，所以我不喜欢吃。你没发现吗？我最近都不去找你了，就是不想见到你。”欧阳慧想起来，最近确实没有见过冯源了，她急忙问：“为什么，是我做错了什么吗？”冯源一副不耐烦的样子：“你没有做错什么，只是我不喜欢你了，看到你就觉得烦躁。你回去吧，把你的粽子带回去，否则我就拿去喂狗了。”

欧阳慧如同遭到晴天霹雳，整个人都发蒙了，傻愣愣地发呆，失去了意识。她本来就智力低下，一下子哪里转得过弯来。她紧紧地抿着嘴，眼泪已经流下来了，马上要哭出来的样子。冯源甩了个脸色给她：“你不要在这里哭，被人看到了会笑话你的。你回家哭吧，哭给你爸妈看，不要哭给我看。我看到你哭，只会更讨厌。快回去吧，以后不要来找我了！”

欧阳慧的心思与情感全都放在冯源身上，哪里想到会遭遇这样的打击，对她来说，这是无法承受的巨大伤害。她没有想到，一直对她关心与爱护的冯大哥，怎么突然间就像变了一个人，变成了魔鬼，说出这样伤人的话来。她的脑子一片空白，根本不知道如何面对，但是她又不敢留在冯源面前，因为她没有能力来应对冯源这样的冷暴力，脆弱的心灵也无法承受这样的排斥。她于是茫然地转过身子，挑着还没有来得及放下的两篮粽子，失魂落魄地走了出去。她的双眼如同木珠，整个人木然无神地向前走，再也没有一丝少女的青春活泼，像枯萎的花朵一样。她也不知道自己接下来要怎么办，但她想起冯源说的话，又不敢乱哭，只好咬着嘴唇强忍哭声，但眼泪还是不断地流了下来。

看着欧阳慧颤抖的背影，冯源心里也难过得要命，充满了深深的自责与内疚。他知道刚才说的话，对欧阳慧的打击是致命的，可是他没有办法，他必须用这样的行动表明自己的立场，狠狠地回击欧阳才华。

欧阳慧挑着粽子往家里走。回家的路途并不长，也就十来分钟，但是她却像走了很远的路，走得筋疲力尽，快要虚脱了。她的眼睛一直在流泪，仿佛流血般，让她感到异常虚弱，好像快要晕倒了。终于回到家了，跨进家门那一瞬间，她支撑不住了，心神崩溃，悲伤像洪水一样涌来，冲垮了她脆弱的心灵。她再也忍不住了，“哇”的一声放声大哭起来，哭得全身发抖，上气不接下气，好似随时会昏厥般。

母亲杨碧春正在厨房忙着准备午饭，欧阳才华和柴叔、刘见章正在客厅喝茶聊天，突然间听到一阵惊天动地的号哭声，都吓了一跳，一起走出来探个究竟。

只见欧阳慧将挑在肩膀上的扁担一丢，两篮粽子像石头一样滚落在地上。她一屁股坐到地上，像小孩哭闹那样蹬着双脚，因为她穿的是过膝裙子，脚下一双凉鞋，没有穿袜子，双脚蹬地时小腿的皮肉不小心摩擦在地上，起了血丝。但她却浑不觉痛，因为心头的痛苦比身上的痛楚要强烈一百倍。她哭得满脸的眼泪和鼻涕，脸都变形了，上气不接下气，一副悲恸欲绝的样子，仿佛一个小姑娘被人活生生玷污了，恨不得马上要寻死。

欧阳才华和柴叔、刘见章都是聪明人，刚才欧阳慧挑着两篮粽子高高兴兴出门，要送去给冯源吃，现在却一个不少地挑回来，哭得肝肠寸断，不用说，肯定是冯源搞的鬼。

欧阳才华气不打一处来，冯源也欺人太甚了，怎么能把怨恨发泄到欧阳慧身上来。他说："阿慧，不要哭了，你说说是怎么回事。"

欧阳慧哭得快要断气了，喉咙里蓄满了悲伤，卡得她喘不过气来，哪里还能说得上话。杨碧春赶紧扶起女儿，掏出手绢帮她抹眼泪鼻涕，关切地问她，究竟发生了什么事情。但欧阳慧只是号哭，一句话也说不出来。杨碧春于是凶了她一下："你不要只顾着哭，告诉我们发生了什么事情，我们才好帮你解决，光哭有什么用呢！"欧阳慧吸着鼻子，抹着眼泪，像婴儿被冷水呛到那样，身子发抖，仍是说不出话来。欧阳才华就说："是不是冯源欺负你了？我去找他算账，把他打一顿给你出气！"

欧阳慧一听父亲要去打冯源，这才吓得止住了哭声，抽噎着说："冯大哥……他说不吃我的粽子，他说讨厌我……以后再也不想看到我……我也不知道是怎么回事……呜呜呜……你不要去打他，他没有欺负我……"说罢，想到刚才冯源对她说的话，心头又是一阵悲伤袭来，又放声大哭起来。

杨碧春将女儿扶回厢房里面去，就算把厢房的门关上了，也隔不住她伤心的哭声。

欧阳才华叹了一口气，满脸忧虑地对柴叔和刘见章说：“你们都看到了，我实在是没有办法，冯源那小子在阿慧心中就是唯一，失去了冯源，阿慧还真不知道怎么办。如果冯源真的跟阿娴结婚，阿慧这辈子都无法摆脱冯源，我也真是没有办法啊！”

柴叔和刘见章目睹欧阳慧哭得悲恸欲绝的样子，总算体会到了欧阳才华的苦衷。两人对此事也没有办法，他们也已经劝过了冯源，没想到冯源不仅没有听进去，竟然把欧阳慧当成武器，搞一个突然反击。柴叔叹气说：“真是一段孽缘。冯源这小子，回头我要说他一顿才行，太不厚道了，不能这样对待阿慧。”刘见章说：“他也是没办法，现在正在伤心中，年轻气盛，不免脑子昏沉。我们回头说说他，把他的思路纠正过来，无论如何也不能再让阿慧受这样的刺激了，万一情绪化不开，更是影响智力。”欧阳才华见女儿兀自哭得伤心，哭声一阵阵传过来，仿佛随时都能哭断气。他心里担忧，对两人说：“你们先喝会茶，我去安慰她一下。”

欧阳才华走进女儿的厢房，只见女儿抱着枕头，趴在床头大哭，杨碧春怎么也哄不住。欧阳才华说：“你去做饭，我来跟她讲几句。”

欧阳才华坐到床边，对女儿说：“阿慧，你知道冯源为什么要说出那样的话来伤害你吗？”欧阳慧把脸埋在枕头下，“呜呜呜”地摇头，双手捶打着床铺，一副不愿听人讲话的样子。欧阳才华说：“因为我把你姐姐赶去深圳了，他恨我，所以才故意针对你。”

欧阳慧对姐姐去深圳的事情也一直不能释怀，姐妹俩情同手足，天天在一起习惯了，现在她孤身一人住在房里，总觉得少了什么。她真以为姐姐去深圳工作是为了赚钱给家里盖新房子，听父亲这么一说，好像里面还隐藏了别的事情。她于是收住哭声，坐了起来。虽然哭声停止了，但仍是抽噎着，每抽噎一次身子就抽搐一下，像抽羊角风一样。她抹着眼泪问道："你为什么把姐姐赶去深圳？"

欧阳才华说："因为冯大哥想和姐姐结婚，我没有同意，就把姐姐赶走了，所以冯大哥恨我。他拿我没办法，就只好拿你出气。"听父亲这么说，欧阳慧惊呆了，本来还有些抽噎，一下子就止住了，像吃了灵丹妙药一样。她好奇地问："可是，你为什么要这么做？姐姐嫁给冯大哥，那很好啊！"欧阳才华问："如果姐姐嫁给冯大哥了，那么你嫁给谁呢？"

欧阳慧一听这话，立马就明白了，她当然知道一个男人只能娶一个老婆，如果冯源和姐姐结婚，那么她就失去冯源了。也就是说，父亲是为了让她嫁给冯源，所以才把姐姐赶到深圳的，姐姐并不是自愿去深圳，而是被父亲逼走的。顿时，一股内疚与惶惑感在欧阳慧的心头浮起，将她原本悲伤的情绪一下子化解开了。

欧阳慧并不知道姐姐和冯源谈恋爱的事情，当初冯源跟姐妹俩在一起玩，对姐妹俩都好，并没有什么偏心，欧阳慧毕竟是小孩心智，看不出其中的秘密，即使偶然看到他们打情骂俏，也以为只是在一起玩乐罢了。而欧阳娴正式与冯源光明正大恋爱，每天晚上来找冯源玩，欧阳慧却在仓库加班，根本不知道两人的感情发展。这时，她从父亲口中得知这一切，才恍然明白了，怪不得冯源这些天都不找她玩，怪不得刚才冯源发这么大的火，原来是因为他恨父亲，故意拿她出气的。

欧阳才华说："阿慧，你不要怪冯大哥，因为他实在是太生气了，所以才这样对你。你也知道，冯大哥不是坏人，他对你可好了，刚才他这么做，是故意吓唬你，让你回来当着我的面哭，这样的话他就以为我会心软，会把姐姐从深圳叫回来。可是，我不能把阿娴叫回来，因为我要让你嫁给冯源，如果姐姐回来了，你就不能嫁给冯大哥了。”

欧阳慧懂事地点了点头，却又迟疑地说：“可是，冯大哥愿意娶我吗？刚才他说很讨厌我，再也不想见到我了。”欧阳才华怜爱地抚摸着女儿满脸泪痕的脸，说：“傻孩子，他是骗你的，他故意这么说，不是针对你，而是针对我。他以为这样做就可以逼我把姐姐叫回来了，这叫作诡计，知道吗？你不要上他的当，不要生他的气，他对你发火，不想见你，都只是在生我的气，跟你没有关系。”欧阳慧忧伤地说：“可是他对我发火，我很伤心，我会想不开的。”欧阳才华说：“你要体谅冯大哥，他现在很想见姐姐，但是他见不到，所以才会发脾气。你要记住，冯大哥发脾气不是因为讨厌你，他一点也不讨厌你，他是因为恨我。你想不想让冯大哥高兴，像以前那样开开心心的？”欧阳慧忙说：“想啊！”欧阳才华说：“那么，无论冯大哥对你说什么样的话，发什么样的火，你都不要害怕，也不要伤心，要勇敢去面对。你仍是像以前那样对他好，时间一久，他就会慢慢变回以前的样子。因为你和姐姐长得很像，冯大哥见不到姐姐，时间一久，就会把感情转移到你的身上，到时你就可以嫁给他了。明白吗？”

欧阳慧的思维停留在小孩阶段，因此想事情也天真，不会像大人那样深度思考，但是人生的道理，还有事情的本质，只要大人跟她讲清楚，她还是会明白的，并能牢记在心里。这跟做饭炒菜一个道理，刚开始不会做，但是学会之后，就知道是怎么回事了，也知道盐油酱醋该怎么使用。欧阳慧第一次爱上异性，她根本不知道如何控制与表达自己的感情，但是她确实是想嫁给冯源，这个念头在她心中已经生了根。父亲的话让她明白了感情上的一些道理，她于是点头说："明白了，不管冯大哥怎么对我，我都不能哭，也不能生气，而且还要对他好。"欧阳才华说："对，就是这样。这件事情你一定要保密，千万不要告诉任何人，万一被别的姑娘听到了，她们知道姐姐离开了冯大哥，也想嫁给冯大哥，到时候你争不过她们，我的心血就白费了。所以，你就当作什么都不知道，仍像以前那样去找冯大哥玩。如果冯大哥不跟你玩，不理你，你就坐在屋子里面，看着他就行。或者看看有什么事情可以做的，帮冯大哥干点活，给他洗衣服、叠被子、扫地都行，这样他肯定就会理你的。记住了吗？"

欧阳慧点头说："记住了。"她的心情开朗起来，脸上的忧愁也随风而散，露出了略带羞涩的笑容。欧阳才华问："你现在还伤不伤心？"欧阳慧摇头说："一点也不伤心了。"欧阳才华问："那你打算接下来怎么办？"欧阳慧说："我再去给冯大哥送粽子，不管他说什么，我都不会生气的。我把粽子给他吃，希望他早点忘掉姐姐。"欧阳才华夸赞道："对。你看，阿慧多聪明，知道怎么讨好冯大哥。"

欧阳慧笑了起来，脸色红扑扑的，又恢复了原本的天真活泼。欧阳才华小声地说："我教你怎么对付他。"说着，悄悄地在女儿耳边讲了几句话。

冯源故意气走欧阳慧之后，心情并没有因此好过，反而增添了新的烦恼，更加难熬，像有根刺扎在心里，怎么也拔不出来。他觉得日子过得实在是太糟糕了，就跟身陷沼泽差不多，不知道怎么才能摆脱内心的烦恼与困惑。中午已经到了，但他一点胃口都没有，连饭都没有吃，就一直躺在床上听收音机放歌，无所事事，整个人像失了魂般，只等着陈嘉南回来，把摩托车借给他，他好回家一趟，改变一下心情。

然而没想到，欧阳慧又挑着两篮粽子过来了。他内心愧疚，这次却也拿不出伤人的冷漠来了，只是从床上坐起来，露出一副憔悴的样子，淡淡地问："你怎么又来了？"

欧阳慧不说话，也不去看他，将那十个粽子整齐地摆放在桌子上。摆好之后，她才用清澈无辜的双眼看着他，露出甜美的笑容，说："小一点的这四个，是甜粽，大的六个是肉粽。稻草上打了蝴蝶结的是鸡腿粽，两个没有打蝴蝶结的是肥肉粽。肥肉粽是给阿南哥吃的，其余是你的。"说着，她挑着空篮子走到门口，回头又说了一句，"你把粽子拿去喂狗吧，反正这些粽子用来喂狗和给你吃都差不多的。我回去了。"

冯源听她这么说，一下子愣住了。他料想是欧阳才华教她这么说的，否则以她的智力，断然说不出这种意味深长的话来。也就是说，欧阳才华对他刚才的所作所为，并没有生气，而欧阳慧也像没事一样来给他送粽子，由此可见，自己刚才那一招是失败了。

欧阳慧挑着空篮子走了，她没有回头，只是走出门口时，晃着脑袋，将头上扎的马尾甩起来，一副欢快的样子。冯源看着她的背影，也不知道一时要说什么。随后，他转头看着摆在桌上的粽子，有了食欲，却又不想去吃。

过了不久，陈嘉南骑着摩托车回来了。他把车子停在门口，哼着张学友的《每天爱你多一些》，带着淡淡的酒气，钻进了房间。

因为股份转让的事情，陈嘉南和李素雅的婚事一直没有进展，但陈嘉南还是和李家保持良好关系，该上门吃饭就上门吃饭，该送礼就送礼。李宝军也拿他没有办法，来者是客，说不定还是未来的女婿，因此颇为客气，并没有不让他进家门。

他上午去找素雅玩，吃罢午饭，因为冯源说下午要借他的摩托车回一趟家，陈嘉南没有多逗留，就开着摩托车回来了。

看到桌上摆着这么多粽子，陈嘉南把摩托车头盔往边上一放，说："阿慧送过来的吧。这也送得太多了吧，得要半个月不用去饭堂吃早餐了。"冯源说："稻草上没有打蝴蝶结的那两个是给你的。"陈嘉南"哇"了一声："只给我两个啊！给你八个，这也太不够意思了，在她眼里，我跟你的档次竟然差这么多。不行，我回头要吓唬她，要扣她的工资，看她还乖不乖。"冯源翻着白眼说："她对你够好的了，给你两个吃，另外八个说是用来喂狗的，不是给我吃的。"陈嘉南惊奇起来："怎么用来喂狗呢，难道你是狗？这是阿慧说的话吗，她会说出这样的俏皮话？"冯源说："肯定是欧阳怪教她这么说的。"一边说，一边将自己故意气走欧阳慧，后来她仍来送粽子的事情说了。

陈嘉南听完之后，唉声叹气一番，摇头说："怪不得人家说喂狗呢，原来是骂你狼心狗肺！你呀，这种损招都拿出来了，肯定会被欧阳怪看扁的，这是穷途末路、狗急跳墙才用的招数。我才出去半天，你就失去分寸了，真是太让我失望了。跟欧阳怪这样的高手过招，你这样做只会落于下风。阿慧是无辜的，你伤害她没有用，不但不会刺激到欧阳怪，反而让他觉得你人品不行，到时理直气壮起来，更加不会把阿娴叫回来了，说不定会反咬你一口，骂你是个无情的小人。理抓在他的手上，要捏死你很容易。这种时候，你只能用更加高明的招式，抬高自己身份，气势上压倒欧阳怪，才有可能扭转局面。你记住一点，你疏远阿慧可以，但千万不要伤害她，她是无辜的，你连她都伤害，欧阳怪怎么还会对你有好感。你只能打感情牌，让欧阳怪觉得对不起你，再从中去周旋。”

冯源听了这番话，也觉得有理，但他兀自不服气地说：“欧阳怪蛮不讲理，心肠又硬，哪里会讲感情。跟他打感情牌，没用。我也是被逼无奈才出此下策。”陈嘉南说：“我今天和素雅谈了你的事情，她喜欢捉弄人，鬼点子倒是不少，想了两个办法出来，我觉得还算高明，你倒可以试一下。”冯源忙问：“什么办法？”陈嘉南说：“用舆论取胜，把你和阿娴相恋的事情公布出来，告诉别人，说你和阿娴都要谈婚论嫁了，结果欧阳才华不同意婚事，将她赶去深圳。你现在是工厂的经理，厂里大部分工人都是渡水村的，他们都尊敬你，肯定会站在你这边，这事情一旦传开，大家都会去讨伐欧阳才华。欧阳怪虽然脾气怪异，但是有才华，挺注重自己名节的，说不定因此有压力，内心松动。”冯源点头说：“这个办法不错，还有一个呢？”

陈嘉南说：“你写几十份悬赏公告，贴到教育局四周，悬赏欧阳娴的信息。谁要是告诉你有关阿娴的信息，你就奖励多少钱。顺便在公告上面写明原因，说欧阳怪作为文人，却没有一点情怀，棒打鸳鸯，把阿娴赶去深圳，活活拆散你们，实在是不义之人。这样一来，教育局内部肯定会轰动，必然会有人问是怎么回事。欧阳怪毕竟理亏，搞得灰头土脸的，在单位抬不起头，一时恼羞成怒，说不定会露出破绽来。”冯源激动地拍掌说：“这个法子好，我到时悬赏三千元，这个高价一定会引起轰动。谁要是能提供关于阿娴的信息，出点钱也没关系，也证明了我对阿娴的爱。说不定，教育局内部有人知道阿娴在深圳哪个地方，会偷偷告诉我。”

陈嘉南沉思了一番，有些忧虑地说："后面这个法子，我觉得有些凶险，这么一搞，欧阳怪以后在单位可没有那么好受，说不定会适得起反，跟你的仇越结越深，最后来个鱼死网破。"冯源恨恨地说："他让我不好受，我也让他不好受，破就破，我才不在乎呢！"

陈嘉南突然想到了什么，说："不行，后面这办法行不通，你要是去贴悬赏公告，欧阳怪肯定会严加防范，就会让阿娴不要寄信和汇款，怕泄露地址。你不是买通了邮递员了吗？有他帮你暗中守关，比贴悬赏公告更有力。"冯源一听，也明白了其中利害，点头说："还是你考虑事情周到，否则我真的要去贴悬赏公告了。"陈嘉南说："不过前面的法子可以试一下，制造些舆论出来，给欧阳怪施加点压力，倒也无伤大雅。"随后又说，"制造舆论的时候你不要把阿慧扯进去，她是无辜的，要是她被卷进来，被人指指点点的，肯定不好过。她毕竟是小孩天性，容易想不开。"

陈嘉南经常和欧阳姐妹一起玩耍，对天真无邪的欧阳慧也充满了怜爱，喜欢她的懵懂和烂漫，那是别的姑娘身上没有的优点。有一次，他还开玩笑说要认欧阳慧做干妹妹，但是想到欧阳才华性情乖僻，认欧阳慧做妹妹只怕会引来误会，因此作罢。

冯源说："这个我也明白，其实今天我这样对她，心里也后悔不已。幸好她后来没有生气，又给我送粽子。"陈嘉南看了看桌子上的粽子，调侃他："人家给你送了这么多粽子过来，多少是心意，你不打算尝一下？总不能真的拿去喂狗吧！"

冯源中午没吃饭，肚子有些饿了，听陈嘉南这么一说，就去拿了两个盘子和两双筷子，剥开一个鸡腿粽和一个甜粽，分别装在盘子里面，用平时削水果的刀子将粽子切成一块一块的。鸡腿骨切不开，就把肉削下来，将骨头挑出来。虽然粽子已经不热乎，但还有一点余温，吃起来味道仍十分鲜美。冯源有了食欲，大口地吃了起来，他确实没有吃过这么好吃的粽子。

陈嘉南拿起筷子，分别尝了一块肉粽和甜粽，啧啧叹道：“味道真好，今天我去素雅家，她家包的粽子就没有那么好吃。这味道，跟我们粤式粽子差不多了，真的是阿慧包的吗？”冯源说：“她说五点钟就起床包的。”陈嘉南说：“没想到，她还有这样的手艺。”一边说，一边从口袋里掏出摩托车钥匙，丢在桌子上，“你下午不是要回家吗？回来时顺便把摩托车的油加满。”随后又说：“这么多粽子，我们也吃不完，又没有冰箱，放久了会坏。你带几个回家，就说是你女朋友做的，哄你爸妈开心一下。”

冯源苦笑起来：“粽子可以放很长时间的，每天早上当早餐吃吧。”一边说一边拿起摩托车钥匙，“老是蹭你的摩托车用，等过年时多攒些钱，我也买一台。”陈嘉南说：“你不用买，等我和素雅订婚了，我去买一台五羊本田，到时这台小嘉陵就转手给你。这台车子马力太小，开起来不爽快。”冯源欣喜地说：“那我祝你早日和素雅结婚，早生贵子。”陈嘉南擂了他一拳：“你这小子，倒会见风使舵。”

过了些天，关于欧阳才华狠心拆散欧阳娴和冯源，并将欧阳娴赶去深圳的事情，在渡水村传得沸沸扬扬，续而传到了镇上。人们终于明白了，为什么欧阳娴以前经常来厂里找冯源玩，突然一下子就不见了踪影，而冯源到车间巡逻时，不再像以前那样意气风发，就像发瘟的公鸡一样，整天哭丧着脸，见不到一丝笑容。

许多人纷纷打探为什么欧阳才华要拆散冯源和欧阳娴，两人郎才女貌，天生一对，欧阳娴嫁给冯源，多好的一件事情。为了保护欧阳慧，冯源并没有说出真实的原因，要是他说欧阳才华想让他娶欧阳慧，那么舆论肯定会涌到欧阳慧身上，欧阳慧定然会受到很多人的攻击与嘲笑。欧阳慧毕竟是无辜的，冯源不能让她受到牵连与伤害，因此他只是说欧阳才华嫌弃他是从穷山沟走出来的，配不上欧阳娴。

冯源在工厂里面很有威望，加上平时待人好，大家都承他的情。那段时间，村里人果然都在说闲话，指责欧阳才华的狠心。欧阳才华也听到了闲言碎语，但他无动于衷，仿佛事不关己一样。

舆论的力量在欧阳才华身上没有产生效应，陈嘉南又给冯源施招，用苦情计，去找欧阳娴的母亲杨碧春哭诉。女人的心肠比较软，说不定会把欧阳娴的联系方式偷偷告诉他。

杨碧春在水电站工作，打火机厂的电路就是从水电站拉过来的，每个月初，厂里的财务都会去水电站交电费，也算是有所往来。冯源去水电站找到杨碧春，他痛苦地说着自己的遭遇。虽然他上演的是苦情戏，但并不是装出来的，这段时间，他确实一直在煎熬中度过，吃不好也睡不好，人瘦了许多，有时不刮胡须，邋遢的胡须就像煤渣一样涂在脸上，看起来很憔悴。

杨碧春虽然同情冯源，但她也被欧阳才华洗了脑，知道丈夫这么做是为二女儿好。何况，那天她也看到阿慧因为冯源不要她的粽子而哭得肝肠寸断，足以证明冯源在阿慧心中占有的分量，几乎是她感情的全部。如果她把阿娴的联系方式告诉冯源，那么前面的心血就白费了。于是，杨碧春硬起心肠，撒谎说自己没有阿娴的联系方式，平时都是欧阳才华联系的。冯源当然不相信。但是，不管冯源怎么苦苦哀求，杨碧春都没有把心肠软下来，反倒流下许多眼泪，求冯源忘掉阿娴，以后多照顾阿慧。这样一来，搞得冯源也不好意思再找她演苦情戏了。

因为没有欧阳娴的联系方式，冯源再多的感情也都只能自己消耗，无法释放出去。那一段时间，他整个人就像一座水库，悲伤如洪水，不断地涌上来，几乎摧毁了他内心的防线。他死死地守着最后一个信念，将希望寄托在邮递员身上，期盼邮递员能早日拦截到欧阳娴从深圳寄过来的信件或汇款单，这样他就能起死回生了。

他默默地祈祷着起死回生的那一天。

第三十四章

时间不可能因为一个人的悲伤而变得缓慢。夏天很快就过去了，迎来秋风渐凉的时节，空气中又荡漾着野菊、桂花、木槿还有九里香的气息。富江的水瘦了下去，水藻浮出江面，像褐色的绸缎铺在水浅的江畔。尚未迁徙的鹭鸟和野鸭们趁着这个时候，钻到泥藻里面啄食鱼虾，饱餐之后的白鹭群飞到江边的竹丛顶部栖息，发出呱呱的叫声，仿佛告诉人们，又快到分别的季节了。等枫叶红的时候，它们的身影就会消失在漫长的天际。

还是没有一丝关于欧阳娴的消息，冯源眼睁睁地看着时间离自己一点点远去，而心中的伤痛却没有减少，反而因时间的积累，越来越沉重，像滚雪球一样，在他的心中轰隆隆地碾压。他找不到突破口，仍困在命运的牢笼里面，双眼一片迷茫，不知道怎么办才好。

相比之下，陈嘉南要幸运得多，他挣脱了命运的枷锁，中秋节和李素雅顺利订婚。之所以有这样的突破，是陈嘉南耍了个小聪明。

因为股份转让的事情，陈嘉南和李宝军扯了几个月的拉锯战。前两个月，李宝军限制女儿，不让她与陈嘉南来往太勤，只允许半个月见一次面，说是等股份转让谈拢了才能天天相见。开始，李素雅遵守父亲的限令，和陈嘉南来往得少。但是两人毕竟在热恋期间，如何能抑制得住心中汹涌的情感。慢慢地，李素雅不再理会父亲，只要一有空闲就往打火机厂跑。李宝军看到了，也没有加以阻拦。陈嘉南心思缜密，由此想到，李宝军是不是故意拿股份转让的事情考验他，试探他是不是真的愿意为女儿付出一切，而不是真想要他的股份。

陈嘉南和冯源分析这件事情，冯源觉得极有可能，如果李宝军一定要拿到打火机厂的股份才肯嫁女，那么肯定会禁止李素雅与陈嘉南来往，避免以后女儿的感情无法收拾。可是李宝军并未严加禁止，这就说明了，李宝军并没有因为股份转让谈不拢而要强行拆散两人的意思。

陈嘉南于是想了一计，上门跟李宝军说："股份转让的事情，我一直在努力争取，恨不得马上转给你，我好把素雅早点娶回家。素雅在我心中，没有任何东西可代替，如果工厂是我的，我可以将整个工厂都转给你。可是，股份的事情我真是一个人做不了主，这样卡下去也没有意思。要不这样，我私下写一份个人协议，和素雅结婚之后，我就找机会将手中的股份转给她，那时候她是我的妻子了，持有我的股份也是名正言顺。她拿到股份之后，再转给你也行。"

听陈嘉南这么说，李宝军考虑了一番，同意退让一步，选择陈嘉南的方案。于是，陈嘉南拟了一份婚前协议，注明婚后将股份转给李素雅，并按上手指印，郑重其事地交给了李宝军。李宝军确实也只是试探陈嘉南是否真的愿意为女儿付出一切，这几个月陈嘉南一直在努力表现自己，让他看出了这广东仔的真心，于是同意中秋订婚，元旦期间在同花镇举办婚礼。

陈嘉南的爱情尘埃落定，更是刺激到冯源。原本，他也是计划和欧阳娴中秋订婚的，可是谁能料到，两情依依时竟突生变故，将他美好的爱情化为了一场空梦，别说订婚了，以后还有没有机会与欧阳娴再续前缘，都已经成为悬念。

中秋节过后，冯源又跑去县城邮政局，找到那位邮递员，问他有没有收到从深圳寄来给欧阳才华的信件或汇款单。邮递员从包里掏出一个本子，让冯源自己看。这两个月，冯源已经来找过他几次，为了让冯源相信他是一个诚实可靠的人，邮递员特意准备了一个本子，只要是有关欧阳才华的信件或汇款单，不管是从哪里寄来的，他都将地址抄下来。欧阳才华平时会写一些文章投给报纸或杂志，能收到一些样刊和稿费单，本子上面记载的大多是报社或杂志社的地址，没有一个是从深圳寄过来的。

正如陈嘉南所料，欧阳娴不可能写信给欧阳才华，她所在的工厂小卖部有公用电话，可以联系得到她，而欧阳才华的办公室也有电话，根本就没必要再写信。欧阳才华家里除了儿子在读中专，其余的人都有工作，包括欧阳慧都有工作了，家里不缺钱，他叫欧阳娴不要寄钱回来，让她自己存起来，因此欧阳娴也从未寄过钱。尽管这位邮递员对冯源的事情很上心，但也没办法拦到有关欧阳娴的一点信息，让冯源的期盼一次又一次落空。

除了等待欧阳娴的信件，冯源再也找不到别的办法来破解这个困局。欧阳才华这一招很厉害，只要捏住欧阳娴的消息，就是捏住冯源的命脉，卡住他的喉咙，让他喘不过气来。冯源只能祈祷老天爷可怜他，希望哪天会发生奇迹。

陈嘉南和李素雅订婚之后，请来工程队，在打火机厂的宿舍后面建了一间一百六十多平方米的铁皮房。铁皮房用来当婚房，不能太简陋，进行了精致的装修：用砖头隔出三房两厅，配有独立的卫浴和洗手间；墙上刮了腻子，贴了墙纸；地板铺了瓷砖，屋顶吊了天花板，并安装了水晶灯；卧室有席梦思和实木衣柜，还装了空调；客厅有沙发、彩电和影碟机，以及功放器和音响，直接可以唱卡拉 OK；厨房有冰箱，阳台装了洗衣机。虽然从外表上看，这间铁皮房并不怎么样，但里面却是别有洞天，比任何一个农村家庭装修得都要豪华，家电也是整个同花镇用得最好的，都是从顺德运过来的。

陈嘉南搬到新房居住，原来的宿舍留给了冯源一人住。以前和陈嘉南同住一间宿舍，有说话的伴，冯源不觉得孤寂，陈嘉南住进新房后，他没有说话的伴，夜里睡觉特别难熬。宿舍没有电视机，只有一台收音机，是当初搞话梅坊时，陈嘉南从顺德带过来的。陈嘉南将收音机和那半箱子磁带留给了冯源，他知道冯源心中难受，听听歌曲或许能缓解情绪。就这样，收音机成为了冯源的精神导师，他喜欢往收音机里面塞磁带，听张学友、谭咏麟、刘德华、Beyond 以及张国荣的歌。他想用音乐来衬托自己悲伤的情绪，并通过心灵感应，将这股情绪传给远方的欧阳娴，让她感受到他的煎熬与思念，希望她能早日返回他的身边。

有时闲着无聊，思念太甚，冯源就想画一幅欧阳娴的画像，用来寄托相思之苦。但是他根本没办法集中精神去画画，仿佛欧阳娴离开之后，把他的绘画灵感也全部带走了。他想起以前在一起的欢乐时光，那些聊天说笑与打情骂俏的场景，历历在目，她笑得是那么的活泼甜美，那么的青春迷人，看他的时候她的眼中也充满了无限的柔情。他想将欧阳娴动人的神态复活于纸上，重现往日的激情。但每画下去一笔，都像刀一样割在他的心头。以前的欢声笑语，现在回想起来变得苦涩不堪，每一声笑，每一句话，都像一根刺撩拨着他的神经，刺激着他的情绪。才画了一个轮廓，他的胸口就疼痛得受不了，像万箭穿心一样，再也画不下去。柴叔曾经跟冯源讲，怒画竹，喜画兰，不喜不怒画牡丹。然而，他连画竹子的耐心都没有了，画出来的竹子就像杂草一样，毫无精神。

欧阳慧没事就来找冯源玩，尤其是陈嘉南搬到新房居住之后，她更没有忌讳了，每天下班都要跑到冯源的宿舍打转。冯源也不好再驱赶她，怕伤害到她。有一次他去找柴叔喝酒，柴叔跟冯源讲起端午节的事情，说阿慧挑着粽子回家时，哭得快要昏厥过去了。柴叔借机训了冯源一顿，说他不应该拿阿慧出气，那是十分不厚道的。阿慧喜欢他，并不是她的过错，谁叫他以前整天跟她在一起玩耍，对她又那么好，让她产生了无可代替的感情。阿娴的离去，是欧阳才华一手策划的，阿慧根本不知情，他不应该利用阿慧去对付欧阳才华，让她受到了无法弥补的伤害，这不是大丈夫所为，而是品行猥琐的小人。

冯源也知道端午节那天用冷暴力对待欧阳慧，确实有些过火，被训了一顿之后，加深了心中的内疚之情，他便不敢再存有伤害欧阳慧的念头。但是，欧阳慧上门找他玩，他又不想让欧阳才华的阴谋得逞，因此对欧阳慧不再像以前那样亲热，不怎么跟她讲话，用一种冷淡的方式来拉开两人的距离。

欧阳慧知道冯源心里难过，也不见怪，她不知道该为他做些什么，也不知道该说些什么才能让他开心。有时见冯源的床铺凌乱，她就帮他叠好；有时看见冯源有脏衣服、臭袜子堆在桶里，她就帮他清洗。冯源遭受感情打击，心灰意懒，对生活上的事情不怎么上心，不像以前那么讲究卫生了，生活有些邋遢，连地都懒得扫。刚开始，见欧阳慧扫地倒垃圾，又帮他整理衣服和床铺，冯源有些过意不去，让她别弄。但是欧阳慧却坚持要做，渐渐地，冯源也就由她了，因为他确实没有心思去应付这些生活上的琐事。

时间过得可真快，转眼就到了一九九六年的元旦。陈嘉南和李素雅的婚礼在元月八日举行，由李宝军主持并操办。已经进入冬月，天气寒冷起来，北风如约而至，开始打磨冬天的粗糙模样，把大地变得萧瑟起来。陈嘉志开着车子，载着父母来同花镇喝喜酒，并约定过年的时候，回顺德举办婚礼，让李宝军到时携带家眷来顺德度假。

看到自己的好兄弟经过努力，终于跟心爱的姑娘喜结良缘，冯源由衷地为陈嘉南感到高兴。但是想到自己的遭遇，却又止不住地难过。他和陈嘉南一起追求各自喜欢的姑娘，都进入了甜蜜的恋爱期，如果没有意外，他也会像陈嘉南那样，在新年来临时跟梦中情人结婚，一起白头偕老。可是一切都不可能了，大半年过去了，欧阳娴不曾打过一个电话给他，也不曾写过一封匿名的信，这样下去，只怕她会将他渐渐遗忘。毕竟在深圳那种大城市，生活精彩，会遇到各种各样的人来冲淡对他的思念之情，不像他待在小镇上，一潭死水的生活，充满了无助与惶惑。

冯源不甘心就这样失去欧阳娴，找了个闲时，又跑去县城找邮递员。新的一年来临了，他盼望着欧阳娴会寄贺卡或相片、汇款之类的给欧阳才华。但是很遗憾，邮递员拿出那个本子，上面记载的地址仍没有他想要的。

元月底，腊八节过后，陈嘉南带着李素雅回顺德。他年前要在老家举办婚礼，因此提前回去做准备。工厂的一切事务交给了冯源处理，冯源一时间忙得不可开交。他喜欢这样的忙碌，忙碌能让他暂时忘掉思念欧阳娴的烦恼，得到短暂的心灵放空，否则这么压抑下去，他感觉自己会疯掉的。

一直忙到了腊月廿三，打火机厂开始放年假，因为第二天是南方的小年，家家户户都要办年货。年假有半个月，一直到正月初八才上班。放假之后，冯源带着保安，将工厂各车间与仓库的大门及窗户都贴上了封条，连宿舍和饭堂也都贴了封条。所有的外地员工都回家了，没有一个愿意留在这小地方过年，饭堂和宿舍也不再开放。

工厂有四名保安，白班两名，晚班两名，二十四小时有人看守，并配了两条狼狗警戒，工厂的安全可以保障。但是，工厂当然不可能只交给四名保安看管，为了安全起见，陈嘉南打电话给冯源，希望他能留下来守厂。因为厂里有一批年前赶出来的成品，还没有来得及出货的，价值十几万；而陈嘉南的新房里面也有不少贵重的东西，担心过年时工厂空荡，保安也会产生惰性，万一招来了小偷可不好。无论如何，厂区必须要有高层人员留守，让保安不敢怠慢工作，确保日常的巡逻安防。

作为工厂的生产经理，又是本地人，加之陈嘉南和冯源的感情就像亲兄弟一样深厚，冯源当然不可能拒绝守厂的要求。他让陈嘉南放心，他会二十四小时守在工厂，叫陈嘉南只管快快乐乐地在顺德过年度蜜月，不必为工厂的事情操心。何况，冯源也想待在厂里，希望能守出一些惊喜，说不定欧阳娴会偷偷地跑回来看望自己的家人。毕竟要过年了，她肯定也想家的，他将最后的希望寄托于此，要坚守到最后一刻。

小年那天，冯源去了一趟县城。他买了两条红塔山，找到邮递员。邮递员拿出本子递给冯源看，说这是近期欧阳才华收到的信件和汇款单。冯源看了一下寄信的地址，仍没有来自深圳的，他失望地摇了摇头，将本子塞回给邮递员的时候，他感觉全身的力气都像要失去一样，快要站不稳了。没想到都要过年了，欧阳娴还是没有寄给家里任何东西，难道她是故意的吗？难道她真的是要彻底断绝和他的关系？然而，他纵有一万个不甘心，有一万个不情愿，却也有一万个无可奈何，因为得不到欧阳娴的联系方式，再多的想念都是落空的。

从县城回来，冯源带了两箱高度的三花酒。自从欧阳娴去了深圳，他时常会借酒消愁，酒已经成了他日常的伴侣。因为工作原因，他不敢喝醉，只是每天晚上睡前喝几两，把脑子灌得飘飘然，好让自己早点入睡，不至于被失眠折腾。他的姑父是开酒铺的，但是他没有去找姑父要酒喝，因为只有高度酒才能舒缓情绪，那种低度水酒，根本化解不开内心那股浓浓的忧伤。

工厂放假，厨师也都回家了，饭堂贴上了封条，没办法做饭。那四名保安都是渡水村的人，可以轮流回家吃饭，冯源一个外地人守厂，必须要自己解决伙食问题。对于吃饭，他是不必发愁的，可以去街上的姑父家蹭饭吃，或者去兴龙观找柴叔喝酒。柴叔也是孤苦伶仃一个人守着一座空荡荡的寺观，巴不得冯源去找他喝酒，好有人做伴。如果实在懒得往外跑，冯源还可以在宿舍里煮泡面吃，他已经准备了一箱泡面，还有一些饼干、瓜子、花生，反正是饿不死的。

然而，冯源去姑父家或兴龙观蹭吃蹭喝的念想并没有实现，因为欧阳慧知道冯源过年要留守工厂，心里十分高兴，每天都给他送吃的喝的，一日三餐，从不落下。刚开始她只是送一个人的分量，后来索性准备了两人的饭菜，她一起到宿舍跟冯源吃饭。

冯源不想跟她过多接触，以免日后更加不好抽身，于是就叫她不要送了，他说要去兴龙观或姑父家吃饭。但欧阳慧却不听，不管冯源吃不吃，每餐都送。而且，欧阳慧送的食物花样百出，不说米饭炒菜炖汤，还有大肚糍（桂北地区的特色糍粑，肚子很大，能装许多馅，像饺子一样在水里煮熟）、千层糕、酥骨（用米粉做的，类似麻花，油炸而成）、竹叶粑（包在竹叶里的糍粑）、豆腐酿，还有用油茶煮的鸡，油茶煮的桂林米粉。欧阳慧说这些饭菜都是她亲手做的，她问冯源最喜欢吃哪个，她下次再做给他吃。

冯源不知道是欧阳才华教她这么做的，还是她自己发自内心的意愿，但是欧阳慧做的饭菜确实美味可口，他不能说违心话，就说都好吃。欧阳慧高兴得很，每天都准时来送饭，如果冯源吃得少了，她还装出一副不高兴的样子，说冯源不多吃一点，就是不喜欢吃她做的饭菜，她会很伤心的。搞得冯源不得不吃得饱饱的。因为吃得好，他憔悴的脸色渐而红润起来，比之以前那副茶饭不思的样子，要精神多了。

有一次，冯源要去兴龙观找柴叔喝酒，他事先叫她不要给他送饭菜。但是她竟然不听，用篮子将做好的饭菜送到兴龙观去，并说没有冯源在身边，她吃不下饭。冯源觉得她做得太过火了，有些反感，可是看到她那一脸天真无辜又充满期盼的样子，哪里忍心责怪她。柴叔倒是很高兴，夸欧阳慧是个贤惠懂事的姑娘，说冯源不知道珍惜她，真是愚蠢得很。冯源知道柴叔受了欧阳才华之命，要撮合他和欧阳慧。他没有说话，只顾着喝酒，他晚上还要回去守厂，因此也不敢喝醉，只是喝出几分酒意罢了。

时间一天一天过去，离新年越来越近，欧阳娴仍是毫无音信，绝望与不安的情绪在冯源心头蔓延。他没有感到一丝过年的喜庆，相反，感觉自己正在地狱里受煎熬。平时工厂上班，他有事情可做，忙碌起来就不会想到欧阳娴。可是现在整天无所事事，脑子里就会不由自主地重温和欧阳娴在一起的欢乐时光。刚开始的回忆是甜蜜的，到了最后，全部都化为了苦涩的泡沫，有时想到自己与欧阳娴这辈子都不可能在一起了，那种痛楚比烙铁烫在心口还要疼。北风也不解情，越是接近新年，风就越大，吹得工厂的铁皮房呜呜作响，好像有人在偷偷哭泣，也让他感到烦躁不安。

留守工厂的日子实在是无聊，宿舍连电视机都没有，冯源每天都不知道如何打发时间。这就给了欧阳慧机会，她每天都来找冯源玩，给他洗衣服叠被子，到饭点就回去给他做饭，拿到宿舍跟他一起吃，就像两口子一样，她总是把最好的菜夹到他的碗里。

冯源很想拒绝欧阳慧，怕这样下去真的如欧阳才华所愿，他会把对欧阳娴的感情渐渐转移到欧阳慧身上，毕竟，姐妹俩长得很像，加上冯源心中愁苦，对欧阳娴过度相思，在一种煎熬的状态下，说不定真的会对欧阳慧产生爱情，那么以后他如何面对欧阳娴？何况，他不甘心也不情愿就这样被欧阳才华摆布了，他一定要坚守自己曾经许下的诺言，这辈子非欧阳娴不娶。然而，他又无法拒绝和回避欧阳慧来找他，因为他要守厂，不可能跑到别的地方去躲避她；他也不可能把宿舍门反锁，不让欧阳慧进来，那样对她是一种伤害。他知道，如果他不让她进屋，她一定会守在门口，不管天气有多么冷，也会一直等到他开门为止。欧阳慧是无辜的，并且她是真心实意对他好，愿意拿出自己的一切来讨他开心，他不可能狠下心肠冷落与伤害她。

不能拒绝，只好默然接受。就像人们无法抗拒时间的流逝，不管是否情愿，生活总是要跟着时间走的。

转眼间到了大年三十。中午，欧阳慧跟往常一样送饭菜过来。因为过年，中午的饭菜格外丰盛，她提了两个篮子过来，里面装了好几样菜。饭菜全部用工人打饭的那种铝制饭盒装起来，再盖上小棉被保温，虽然天气冷，但拿过来时仍是热气腾腾的。

欧阳慧将篮子放到椅子上，掀开小棉被，把饭盒端上桌。冯源过来帮忙，一边将饭盒的盖子打开一边说："我下午要回家，晚上在家吃年夜饭，你晚上不用给我送饭。"欧阳慧问："你吃完年夜饭还回来守厂吧？"冯源点了点头。欧阳慧说："那就好，我想跟冯大哥一起守夜。你几点钟回厂，我到时过来找你玩。"冯源摇头说："不用了，你留在家里和家人守夜吧。"欧阳慧露出一副小女孩般的倔强表情，嘟着嘴巴说："不行，我要陪冯大哥一起守夜，你一个人在厂里肯定很无聊，我要跟你说话。"

大年三十，地方上都有守夜的风俗，冯源一个人窝在宿舍，又没有电视看，独自熬到半夜，确实有些凄凉，如果欧阳慧来陪他说说话，多少能打破一些孤寂，总比一个人发呆好。他说："我大概九点钟回来，你不要过来太早了。"欧阳慧见他同意了，高兴地说："那时我正好洗完澡，到时来陪你守夜，等半夜放鞭炮了我再回家。"冯源"嗯"了一声，坐到饭桌前拿起筷子要吃饭，欧阳慧忙制止道："你还没有洗手呢！我不是说嘛，饭前要洗手的。"其实冯源也知道饭前要洗手，他是故意不去洗的，让欧阳慧提醒他，好让她有成就感。

吃罢午饭，欧阳慧收拾盒饭回去了。冯源把宿舍门锁好，骑上摩托车，绕道去了一趟县城。他买了三条迎春鞭炮，又去县城的年货街逛了一圈，买了一些拜年用的盒装腊肠、茶叶，还有罐装糖果。他打算大年初一这天去给柴叔和刘见章拜年，当然，他还要给欧阳才华拜年，虽然他内心痛恨欧阳才华，但礼数还是要尽的，毕竟这段时间欧阳慧天天给他送饭送菜，也是人家的一片心意，该表示的还是要去表示，不能忘恩负义。他还想借此机会探探欧阳才华的口风，看能不能打听到欧阳娴的一些消息，哪怕只是片面的，也好让他安心，总不能一直惦念不放。

从县城赶回老家，已是傍晚，正好是吃年夜饭的时间。农村人吃年夜饭都比较早，这是旧时流传下来的习俗，因为旧时没有电灯，平民百姓家的油灯昏暗，趁着天黑前把年夜饭吃了，好收拾家务；另外年夜饭还有“吃得早，过得好”的说法，只有穷苦人家才会吃得晚，因为旧时的穷苦人家都是先帮地主家干完活，才摸黑回家吃饭的。

吃罢年夜饭，夜幕才降临，一家人围坐在火盆边上聊天。即将迎来新年，冯源的生日是农历的三月，很快就要满二十六岁了，在农村乡下，这可是大龄后生，再不找对象结婚是说不过去的。父母对儿子的婚事向来关心，就问冯源，女朋友从深圳回来没有，打算什么时候讨八字订婚。当初，冯源和欧阳娴两情相悦，感情稳定，已经进入讨八字的程序，并有可能过年结婚，这样的大事，他当然要告诉家人，以便家里做好准备。父母从儿子的口中得知未来的儿媳是一名公办教师，又是县教育局领导的女儿，长得还很漂亮，对此充满了期待。然而没想到，关键时刻欧阳娴竟然被欧阳才华赶去深圳。事发突然，冯源也不好跟家人解释其中原因，只是说深圳工资高，女朋友想多赚点钱，讨八字的事情要推后。

现在父母再一次问起，冯源实在不知道怎么回复，只是随口搪塞，说女朋友工作忙，不回来过年。做父母的也不是傻瓜，看到儿子这大半年来神色黯然，一副憔悴不堪的样子，知道事情可能有变故。于是他们劝慰儿子，说山区偏远，那些家庭条件好的姑娘是看不上这穷地方的，不如找个普通姑娘，早点结婚，安安心心过日子。

父母语重心长地劝导，让冯源浑身不自在，他何尝不想早点结婚，可是曾经的结婚对象，此时已经成为了心病，他不知道这段感情还能否靠得住，大半年过去了，欧阳娴杳无音信，跟她在一起的希望越来越渺茫，每当一想到这辈子或许无法跟她在一起了，他的胸口便止不住地疼痛。

冯源本想在家里多待一会的，毕竟难得回来一趟，又是在大年之夜，可是父母偏偏在这个时候谈论这个不合时宜的话题，让他心情烦躁起来。他也不知道该怎么办，内心充满了迷茫不安，只想着逃避现实。他不愿意在父母面前表露出自己的无奈与困惑，也不想让父母看出他的痛苦与忧伤，于是借口说要回厂守夜，给了家里一些钱，便像逃难一样骑车走了。

夜里气温低下，寒风刺骨，吹在身上有如针扎。因为过年，人们都窝在家里守夜，路上几乎看不到人影。冯源把摩托车的油门拧到最大，途中还故意把头盔摘下来，朝着黑夜大吼大叫，发泄心中的郁闷之气。迎面而来的寒风打在身上，脸颊和耳朵像被刀子割开一样，让人忍不住打哆嗦。但他毫不在意，反而希望冰冷的寒风能驱散胸口那一抹疼痛，带走他的忧伤。可是寒风不解情，它呼啸而过，带来的却是更多的痛苦与绝望。

回到工厂才八点多钟。工厂依旧空荡，只有两名保安待在狭窄的保安亭里，用电暖炉烤火聊天。厂区各车间檐下的路灯孤独地亮着，照在空旷无人的过道上，愈发地显得冷清，凄厉的风声在四周萦绕，让人感到寒冷。

开了两个多小时的摩托车，冯源身上的暖气早已被一路袭来的寒风洗劫一空。他把车停在宿舍门口，感到浑身发冷，像从冰窟窿里爬出来一样，骨头都冻僵了，走路哆哆嗦嗦的，全身关节发麻。他掏出钥匙，因为手指僵硬，折腾了好久才总算把宿舍的门锁打开。

走进宿舍，第一时间就是打开电暖炉，想靠些暖气御寒，但是电暖炉热得慢，身上寒气实在太重，不及时祛寒只怕会生病。冯源从床边的纸箱里摸出一瓶五十二度的三花酒，拧开盖子，喝了一大口，酒入肠胃后，体内产生一些热气，整个人才缓过神来。

宿舍空荡荡的，没有一丝过年的气氛，让人感到心头发慌。冯源抱着酒瓶子，坐在渐渐变暖的电暖炉前，看着静悄悄的房间，一时有些失落。他不知道如何打发时间，于是打开收音机，塞了一盘张学友的情歌精选。音乐缓缓响起时，虽然歌声凄婉忧伤，但房间总算有了一点活气，驱走了些许的孤寂。

冯源拿出花生、瓜子，找来酒杯，一边听音乐一边喝酒，用酒气驱赶身上残留的寒气，顺便舒缓一下情绪。从老家返回工厂，虽然一路寒风相伴，却不能消散他胸口的愁闷，此刻，他的心情仍是很压抑。父母的话勾起了他内心的不安，回来的路上，他一直在问自己，假如欧阳娴留在深圳不回来，自己又找不到她，那该怎么办，是要一直等下去吗？冯源的念头是坚定的，他一定要等她回来，哪怕终身不娶。可是这种赌气的做法肯定会让父母为难，毕竟自己已经是大龄后生，耗不了几年，难道真的要为一份感情，让父母操心吗？万一欧阳娴在深圳移情别恋了，那该怎么办？这种可能性又不是没有，深圳毕竟是大城市，优秀的人才多，一两年不见面，谁也不知道会发生什么事情。

假如欧阳娴有了别的人选，到时自己是不是真的要娶欧阳慧？如果不娶欧阳慧，还要重新找对象，自己能走出感情的阴影吗？

这些令人烦恼的问题，答案全部系在了欧阳娴的身上，可是她杳无音信，留给冯源的除了迷茫与困惑，还有解不尽的愁苦。虽然他心里有一个坚定的念头，无论如何也要等欧阳娴回来，但是等待的过程毕竟是痛苦的，是无助的，是彷徨的，尤其是想到万一欧阳娴移情别恋，自己苦等了几年，最终还是悲伤收场，不免有些心灰意懒。

冯源只能喝酒，希望烈酒能化解此刻的情绪。收音机一直传出张学友忧伤的歌声，心情不好的时候，喝酒消愁，听这种情歌是很容易触景生情的。当张学友唱到《分手总要在雨天》时，凄美的旋律触动了心头之痛，冯源回想起和欧阳娴去十里画廊看风景的美好往事。那是他第一次向她告白，两人牵着手，并肩依靠在山神庙前，外面大雨滂沱，但那时的雨中透出来的却是甜蜜气息，让人感到无限美好。然而，另外一场突如其来的大雨，却将所有的美好冲散了。他想起去县城寻找欧阳娴的那个夜晚，半路大雨滂沱，道路被雨水屏蔽，黑暗中只剩下自己一人骑着摩托车，在暴风雨中独自挣扎前行，如同迷失方向的羔羊，陷入了黑暗的命运中。

同样的两场大雨，却有着不同的遭遇，在伤感的歌声中重叠而来，冯源的双眼不觉间湿润起来。他感到无比心痛，甚至觉得欧阳娴就是被那场大雨带走的，而那场雨的踪迹，此刻再也无法寻回，早已消失在漫长的岁月中，屋外传来的尽是凄凉风声。

在这惆怅的时刻，欧阳慧来了，看到冯源就着花生、瓜子一个人喝闷酒，不由得“哎”了一声，心疼地说：“冯大哥，你怎么这样子喝酒。”冯源也不掩饰自己的感情，低沉地说：“身子冷，心里也难受，喝点酒缓解一下。”欧阳慧说：“你吃花生喝酒怎么行，我回去给你带点菜过来。”冯源说：“不用了，我在家里吃过饭了，肚子饱，就想喝几杯酒。”欧阳慧却不听，执意要回家给冯源带下酒的菜。

过了半个多钟，欧阳慧才提着一个篮子进来。篮子里面装着一碗扣肉，一碗豆腐酿，一碟年糕，还有一盘油炸的五香排骨，以及一包茶叶。

冯源已经喝了半瓶酒，颇有醉意。欧阳慧将菜端上来，除了油炸五香排骨之外，其他菜都是热的，想必在家里蒸热了才拿过来。冯源喝酒喝寡了喉咙，夹了块扣肉吃，油而不腻，很是解酒。

欧阳慧从保温壶里面倒出热水，泡了一壶茶。她将冯源平时喝茶的茶盅洗干净，倒了一杯，端到冯源面前说：“冯大哥，你喝一下，猜猜这是什么茶。”冯源将茶盅拿到嘴边喝了一口，茶的味道带着异香，颇为熟悉，他对着杯子闻了闻，想起来了，是栀子花的香味。

冯源回忆起那个早晨，他去树林里面散步，遇到了欧阳慧，他当时还认错人了，从后面抱了她。后来，欧阳慧带他去看栀子花，说要摘下来晒干，过年时泡花茶喝，可以泻火。随后，冯源又想起来，欧阳娴就是那天离开他的。那天清晨他梦到欧阳娴坐在船上，被风吹到湖里，渐渐消失，他却无能为力，天没亮就惊醒了。当时他就有一种不祥的预感，感觉这个梦来得蹊跷，果然，欧阳娴毫无预兆地离开了他，至今杳无音信。

一杯花茶勾起了不堪的往事，心头绞痛起来。他急忙倒了一杯酒，一口饮尽，才将心头的痛楚舒缓了一些。欧阳慧坐在一边，看冯源喝酒喝得面目扭曲，好像很难受的样子，就问：“冯大哥，酒好喝吗？”冯源说：“好喝。”欧阳慧说：“那你怎么喝得很痛苦的样子。”冯源说："那不是痛苦，是痛快。"欧阳慧说："真的吗？看你天天喝，我也好想尝一杯。刘医生说我不能喝酒，因为酒伤脑筋。可是我看到你这么喜欢喝，我也好想尝尝。"冯源说："那你尝一小杯，没事的。"说着，将自己的酒杯倒上，给她尝尝。

那是一个半两的小酒杯。欧阳慧小心翼翼地接过来，颇有些兴奋，她轻轻地抿了一口，不由地"哇"的一声吐了出来，叫道："哎呀，实在是太难喝了，又苦又辣，像毒药一样。"一边说一边放下酒杯，弄了些冷水漱口，又喝了几口花茶，才终于平复了嘴巴里的味道。她很是不解，疑惑地问："冯大哥，酒这么难喝，你每天都喝，不难受吗？"冯源苦笑道："因为心里难受，喝了酒才不难受。"她好奇地问："为什么？你心里本来就难受了，再喝这么难受的东西，不是更加难受吗？"冯源说："就像你摔了一跤，把手摔疼了，如果在你的腿上割了一刀，腿痛起来，你就会忘了手上的疼。酒虽然很难喝，但是可以忘掉心中的难受。"

欧阳慧似乎听懂了，自从在工厂上班，她天天与同龄人在一起，说话与思维方式都变得成熟起来，智力也提升了，虽然仍是小女孩子心性，但褪去了一些稚气，比之前更会想事情。她问："冯大哥，你是因为想姐姐，所以心里才难过吧？"冯源黯然地说："是啊！我很想你姐姐，想得都快发疯了，不知道她在深圳过得好不好，我很想见到她，可是又不知道怎么样才能见她。"欧阳慧说："我爸说，姐姐在厂里过得很好，有个主管特别喜欢她，把她升为组长了，工资一个月有八百块钱呢！过年的时候，那个主管还给姐姐买了衣服，带姐姐到处玩，玩得很开心。"

这是欧阳才华故意编出来的，他知道女儿肯定会说给冯源听，这样就能打击到冯源，好让他早点对欧阳娴死心。果然，冯源听了之后，信以为真。毕竟，欧阳娴长得漂亮，人见人爱，多少人想追她。如果她一直在深圳，面对众多的追求者，迟早有一天会移情别恋，不再属于他。这是冯源最担心的问题，刚才他还在为此事发愁，没想到可怕的消息这么快就传来了。

冯源像突然间受了重创，内心的痛苦无法抑制，像针扎，像刀割，像烙铁烫，各种痛楚纷至沓来，如同上了酷刑，让他浑身难受。他又喝了满满一杯酒，滚烫苦辣的酒进入肠胃，仍无法压住他心头的伤痛，也无法抑制心中的怒气。这一切都是欧阳才华造成的，如果不是欧阳才华从中搞鬼，他与欧阳娴已经结婚了，绝不可能沦落到这样一个凄凉的下场。这么一想，他便加倍地痛恨欧阳才华，甚至浮现一个恶毒的念头，希望欧阳才华出事，欧阳娴必然会回来看望他，这样的话他就能看到欧阳娴了。可是，他也知道，这样恶毒的念头是不可能实现的，老天爷不可能因为一个诅咒而成全一个人的心愿。

冯源看着欧阳慧，醉眼中流露出厌倦的神色，脑子昏昏沉沉的，再也顾不上伤不伤害她了。他说："阿慧，你对我好我知道，可是我爱的是你姐姐，就算她离开我，我也不会娶你的。以后你姐姐回来了，我怎么面对她？你想想，如果我跟你结婚，阿娴肯定不好意思再跟我见面，因为是她抛弃我的。所以，我不能跟你结婚，如果我跟你在一起，阿娴以后永远都不会回来了，你就永远失去了一个姐姐。你是要姐姐呢还是要我？你肯定是要姐姐，对吧。所以，你回去跟你爸说，我是不会娶你的，我只娶你的姐姐。"

欧阳慧听了这话，顿时惊呆了，觉得冯源说得很有道理，如果让她选择姐姐还是冯源，她肯定会选择姐姐，毕竟她和姐姐从小一起长大，情同手足。但是，她又不愿意失去冯源，因为她深爱着冯源，整颗心装的都是他。然而，冯源只愿意娶姐姐，不愿意娶她，她又感到无比的伤心。一瞬间，她心乱如麻，根本想不通这些复杂的关系，眼泪一下子就涌出来了。她不知道该怎么办，愣在那里，一副手足无措的样子，只是默默地流泪。过了一会，终于忍不住轻轻地抽噎着。

冯源听到她的哭声，心里更烦躁，一杯酒下肚，把杯子重重地放桌子上一放，说："阿慧，你回家吧，你在这里哭我会更难受的，因为我也不知道要怎么办。总之，我一定要等到你姐姐的消息，哪怕她嫁人了，我也要等到消息为止。既然你爸爸要让我痛苦，我也会让他痛苦的，我要让他失去一个女儿，让阿娴永远不敢回来见我，让她一辈子躲着我！"

说着，冯源又恨恨地喝了一杯酒，用迷醉的双眼看着欧阳慧，不耐烦地催促道："快走吧，快去把这些话都告诉你爸爸。总之，我只把你当成妹妹看待，我只要你姐姐，你是不可能代替阿娴的！"

欧阳慧脆弱的内心再一次受到打击，她不知道如何应对此情此景，也不知道怎么样才能安慰无助的自己和沉浸在痛苦中的冯源。愣了一会，看到冯源满脸烦躁的样子，她只好哭哭啼啼地掩面离开。

欧阳慧走后，冯源看着空荡荡的房间，哪有什么过年的喜庆，全是冰冷无情的气息。张学友的歌声还是那么凄婉忧伤，也让他感到无比厌倦。他把收音机关了，拿起酒瓶，往杯子里倒酒，一杯一杯地接着喝。他十分清楚，只有喝醉了心里才不会难受。

一瓶五十二度的三花酒很快就喝完了。果然，他觉得天旋地转，头重脚轻，身子也热得厉害，像发烧一样。他将风衣脱下来，随手一丢，站起身子，踉跄地走到床边，直接倒在床上。但是，刚躺下来，整张床都像被卷进了旋涡，急速打转，胃里的东西也在不停地翻滚，排山倒海般涌向喉咙。他从床上吃力地爬起来，摇摇晃晃的，就像踩在云堆里，冷不防就要跌下来。他弯下腰，“哇”的一声就吐了出来，恨不得把胃吐出来才舒服。从胃里涌出来的东西滚烫，烫得喉咙发热，仿佛肚子里的愁苦也一起吐出来了。吐完之后，他一仰身子，横倒在床上，两只脚着地，双手张开，像十字架一样躺在床上。这回，整个人都舒服了许多，床不再像旋涡那样旋转了，而像摇篮一样悠悠晃动。很快，他沉沉睡去。

半夜，人们带着美好的愿望，举行祭天拜神仪式，放鞭炮迎接新年。鞭炮声阵阵，从渡水村涌过来，像滚滚雷声。但是却不能吵醒冯源，他醉得厉害，就算在他身边放炮，他也未必会惊醒。

这一觉睡得深沉，一直到第二天的早晨，因为口干舌燥，才将他渴醒。冯源迷迷糊糊地从床上坐起来，感觉头颅一阵刺疼，像裂开一样，伴随着阵阵眩晕。肚子的肠胃也在咕噜蠕动，还有些反胃，让他有一种大病初愈、恍如隔世的感觉。他缓了缓神，发现自己不是横躺在床上，而是斜躺在床上，身上盖着被子。床边斜躺着一个姑娘，是欧阳慧，她没有盖被子，蜷缩成一团，身上披着他昨天穿的风衣。

冯源拍了拍脑壳，脑袋愈发地疼，他知道这不是做梦。他不知道欧阳慧是什么时候来的，还睡在他的床上，他只记得自己喝醉了，吐得一塌糊涂，倒在床上就睡着了，几乎不省人事。他看了一下床边，昨晚吐的秽物不见了，地上擦得很干净，不着痕迹，显然是昨晚就收拾好的。再看喝酒的桌子，他记得桌面上有很多花生壳和瓜子壳，还有空酒瓶和酒杯，乱七八糟的，现在也被收拾干净了。桌上放着四盒菜，是昨晚欧阳慧拿过来的，他只吃了几块扣肉，这四盒菜此刻也整齐摆放在桌子上。

欧阳慧是半夜时分来找冯源的。她从冯源的宿舍哭着回家，父亲很是关心，问她怎么了。欧阳慧将冯源的话说了出来，欧阳才华安慰女儿，说冯源喝醉酒了，说的都是酒话，不能当真的。又说如果她想嫁给冯源，不管冯源说什么话，她都不要当真，因为冯源是在考验她，看她会不会变得更聪明，看她能不能经得起考验。欧阳慧信以为真，才止住了哭声。

大年三十晚上，人们都要守夜，就连小孩也不例外，到了十二点钟，要把鸡鸭鱼肉蒸热了，拿到神台上供神，还要搬到天井处祭天，许下新年愿望，放完迎春鞭炮才能去睡觉。欧阳慧和家人一起看电视守夜，到了半夜，父亲和母亲去厨房张罗着祭神的供品，弟弟则到神台上烧香点蜡烛，还有拆鞭炮。欧阳慧回到厢房要睡觉，但是心里却又挂念冯源，毫无睡意，她知道他肯定会喝醉的，不知道会醉成什么样子。她放心不下，于是偷偷溜了出去，跑到工厂宿舍，推门进去。

屋子臭烘烘的，冯源横躺在床上，双脚垂地，像昏迷一样。他没有盖被子，嘴角还有一些脏污。欧阳慧把冯源的鞋子脱下来，吃力地挪动他的身子，将双腿放在了床上，让他由横躺变成斜躺；她帮他盖上被子，将地上的风衣捡起来拍干净，搭在被子上面；她还拿来脸盆和毛巾，从热水壶里倒出热水，拧了热毛巾给他擦脸，抹掉他嘴角的脏东西。随后，她将屋子收拾干净。冯源醉得昏沉，哪里知道这些事情。欧阳慧担心他还会呕吐，或者出别的事情，就坐在床边，静静地守护着他。但坐着坐着，瞌睡就涌上来了，眼皮支撑不住，不由得倒在床上，跟冯源一样斜躺着。迷糊中感到冷，她就顺手拿起搭在被子上的风衣盖在了身上。

冯源看着欧阳慧，因为没有盖被子，小脸冻得发红。幸好电暖炉一直开着，房间的温度不是特别低，不至于冻感冒。他摸了一下她的手，有些冰凉，像从冷水里捞出来一样。她睡得很香，他猜到她肯定是很晚才睡的，也不忍心把她吵醒。

冯源将盖在她身上的风衣拿起来，穿回自己身上。风衣带着欧阳慧的少女体温，让他感到异常温暖。他掀起被子，给欧阳慧轻轻盖上，然后去找水喝。桌子上有一壶泡好的茶，已经冷了，是昨晚欧阳慧泡的栀子花茶，喝起来仍带着甜甜的花香味。他一口气喝了两大盅，冷冷的茶水涌进滚烫干渴的身体，才终于将喉咙那股恶心感给压了下去，人也清醒了一些。

他走出宿舍，到公共洗手间刷牙洗脸。洗漱完毕，想起昨晚只顾着喝醉，忘了半夜放鞭炮迎春。他买了三条鞭炮，打算守到半夜放的，没想到酒后误时辰。他准备将鞭炮拿出来补放，但是想到此时放炮，肯定会把欧阳慧吵醒，只能晚一点再放。

冯源在工厂里面巡逻了一圈，看到各处大门及窗户上贴的封条都完好无损，他才放下心来。他想，接下来这几天，还是不能喝醉了，毕竟要留守工厂，要保持清醒才行。

巡逻完毕，冯源正要回宿舍，突然想起来，新年大吉，要去给保安发红包。厂里有四名保安，白班两个，晚班两个，现在还没有到换班时间，先给晚班的保安发红包，犒劳他们守夜辛苦。

冯源走到厂门口保安亭，将昨天准备好的红包拿出来，给两名保安各发了一个。两名保安眉开眼笑，说了些恭喜发财之类的吉利话。

冯源走出厂区，到树林里面散散酒气。天气十分冷，北风呼啸而来，带着浓浓的火药味，闻起来有些呛鼻。树林里风倒是小了一些，但也能听到风声在林间回荡，把树叶拨得哗哗作响。尽管树林里有很多常青树，遮遮掩掩的，能挡住一些寒风，却无法掩盖冬天的萧瑟，地上那些厚厚的落叶，还有随风摇摆的枯枝，无不让人感到这个季节是无情的。他心想，都已经是新历的二月下旬了，天气还这么冷，看来不是寻常的一年。

冯源走到几棵老樟树底下，欧阳慧的秋千架在寒风中独自摇摆，仿佛有个无形的人正在荡秋千。他驻足了一会，感觉自己就是那个无形中的人，空荡荡的秋千就像他空荡荡的内心一样，总是摇摆不定。他在秋千架上坐着，抬头仰望天空，天色阴沉，看样子会下雨。然而已经过了立春，即便是下雨也算是春雨了，春雨一下，很快就到万物复苏的季节。

在树林里逗留了一会，寂静的树林毫无生气，寒风袭来，让人愈发感到孤寂，有一种莫名的忧伤。新年的头一天，冯源不想把自己搞得太悲情，于是走回了工厂。

进厂门时，两名保安仍是朝他笑，其中有一名脸色透着古怪。冯源脑袋还有些昏沉，一时没有反应过来，那保安意味深长的笑容究竟隐藏了什么。等他走到宿舍门口，才猛然想起来，欧阳慧半夜来厂里找他，一个晚上都没有离开，这两名保安肯定以为他们有了私情。加上这些天，欧阳慧每天都来找他玩，给他送吃的喝的，还给他洗衣服，简直就像一个妻子照顾丈夫那样，在别人眼中，两人的关系早就暧昧不清了。尤其是欧阳慧昨晚公然在他的宿舍过夜，这在乡下绝对是一件轰动的事情，当时人们的观念还十分保守，即便是订婚的男女，如果没有摆酒结婚，也不敢做出这种事情。何况冯源和欧阳慧的关系尚无名分，两人就有了过夜之情，一旦传出去，就算跳进黄河也洗不清了。

冯源这才意识到事情的严重性。这段时间他过度想念欧阳娴，一直沉浸在自我的痛苦中，对欧阳慧送饭送菜之事并未多想，只当作一件平常的事情。当他回神过来时，才知道事情并不像他想的那样简单，在别人眼中，都会认为他和欧阳慧是好上了。一个姑娘家每天都给后生送饭送菜，待在他的宿舍里玩耍，有时半天也不出来，而且大年三十晚上跑来过夜，无论如何，人们都不会相信两人是清白的。

冯源吓出了一身冷汗，身上的酒意全都惊醒了。这两个保安是渡水村的人，要是他们说出去，很快整个村子都知道了，到时肯定会引来许多流言蜚语，无论是对欧阳慧还是他，名声都有损害。他想去交代两名保安，让他们别乱说。但是想了想，就算自己交代了，他们未必会守口如瓶，纸终究是包不住火的，迟早会泄露出去。而且自己以后在两个保安面前，就像被抓住把柄一样，再也抬不起头来。既然事情已经到了这个地步，再怎么解释都没用，不如随他们去吧！

冯源心灰意懒地走回宿舍。房间很温暖，因为电暖炉一直开着。

欧阳慧兀自睡得香甜。冯源坐到床边，握着她的手，她的手已经温暖了，手上长着粗茧，是一双干活的手，比她姐姐的手要粗糙得多。她睡得安静，蜷缩着身子侧睡，像一只小猫那样惹人怜爱，秀发披散下来，遮住了半张俏脸，她的眉仍有些蹙紧，似乎还残留着昨晚的忧伤，看起来楚楚动人。

冯源成年之后，第一次看姑娘家睡觉，脸颊不由得有些发热。欧阳慧和姐姐到底长得像，他看着她，不由得产生幻想，欧阳娴睡觉是否也像这副娇美的样子。然而，一想到自己这辈子再也没有福气与欧阳娴同床共眠了，心里却又一阵刺痛。

外面传来了敲锣打鼓的声音，是村里的狮子队出动了。狮子队每年的大年初一早上，都会挨家挨户地舞狮子，送财神，找人们讨要红包。喧嚣的锣鼓声中，紧接着传来了噼里啪啦的鞭炮声，一阵一阵的，十分嘈杂。欧阳慧被鞭炮声和锣鼓声给吵醒了，她睁开眼，看到冯源坐在床前，正拉着她的手，默默地盯着她看。她脸蛋倏地红了起来，满脸娇羞之色，增添了几分妩媚。她从床上坐起来，用手指掠了掠睡得有些蓬松的头发，抬头看着冯源。冯源一时也不知道要说什么，只是讪讪地笑。不知道为何，欧阳慧突然“哇”的一声哭了起来，然后一把抱住冯源，把头埋在他的胸前，一直哭个不停，像一个受了委屈的小姑娘，哭得说不出话来。

冯源不知道她为什么要哭，或许昨晚上他说了那些伤人的话，仍让她无法释怀。他不好推开她，只好任由她在自己怀中哭泣，他的手轻轻地抚摸她的背，试图安慰她。

足有半刻钟，欧阳慧才停止了哭声。她从冯源怀里挣脱出来，抹了抹眼泪，有些害怕亦有些害羞地说：“我要回家了，昨晚没有回家，我爸妈肯定要骂死我了。”一边说一边穿上放在床边的鞋子。她不好意思再看冯源，像做错事的小孩那样，低着头走到门口，把门打开。

一股冷风灌进来，吹得欧阳慧打了个寒战。她走到门外，转过身子关门，不让北风灌到屋子里面。关门前，她抬头看了冯源一眼，脸色仍是红扑扑的，眼神透出无限的柔情，一副依依不舍的样子。随后，她把木门掩上，拉上了门闩，北风的呼啸声连同她的身影，就这样被紧紧地挡在了门外。

冯源看着那两扇关紧的木门，愣了一下。过了片刻，他下意识地走到门口，拔开门闩，站在外面。他看着欧阳慧走出工厂大门，钻进了那片葱郁的防风林，很快就没有了踪影。

北风仍在呼啸，带着浓浓的火药味扑在冯源身上，但他并没有感到一丝的冷；鞭炮声和舞狮子的锣鼓声在空中回荡，带着过年的喜庆，一阵阵地传到他的耳边，让他有些恍惚。他还没有做好准备，新的一年就这么轰轰烈烈地开始了。

2018 年 9 月 6 日起稿

2020 年 4 月 18 日初稿

时值清明与谷雨交接，东莞雾气弥漫，天色朦胧，春阳却也灿烂。

2020 年 5 月 14 日第一次修改

2020 年 7 月 7 日定稿

时值小暑节气，岭南多云，阳光时而明媚。